浙江省民国浙江史研究中心成果

倾听·记录·传承
飘散而去的中国乡土世界

丁贤勇　姜建忠　编著

中国社会科学出版社

图书在版编目(CIP)数据

倾听·记录·传承：飘散而去的中国乡土世界／丁贤勇，姜建忠编著．—北京：中国社会科学出版社，2014.12

ISBN 978-7-5161-5333-8

Ⅰ.①倾… Ⅱ.①丁…②姜… Ⅲ.①故事－作品集－中国－当代 Ⅳ.①I247.8

中国版本图书馆 CIP 数据核字(2014)第 304040 号

出版人	赵剑英
责任编辑	宫京蕾
责任校对	邓雨婷
责任印制	何 艳

出　版	中国社会科学出版社
社　址	北京鼓楼西大街甲 158 号（邮编100720）
网　址	http：//www.csspw.cn
	中文域名：中国社科网　010-64070619
发行部	010-84083685
门市部	010-84029450
经　销	新华书店及其他书店
印刷装订	北京市兴怀印刷厂
版　次	2014 年 12 月第 1 版
印　次	2014 年 12 月第 1 次印刷
开　本	710×1000　1/16
印　张	26
插　页	2
字　数	418 千字
定　价	75.00 元

凡购买中国社会科学出版社图书，如有质量问题请与本社联系调换
电话：010-84083683
版权所有　侵权必究

采写人员合影

目　录

前言 ·· (1)

第一编　旧貌新颜 ·· (1)
  1　皤滩梦回：山地市镇的繁华往昔 ·································· (3)
  2　濮川人家：小镇依旧的袅袅炊烟 ·································· (18)
  3　汤溪乡语：阅世八旬之新旧变幻 ·································· (30)
  4　马车湾头：碌碌人生的最终落点 ·································· (49)
  5　人在旅途：行走温州的前世今生 ·································· (57)
  6　云水贵池：记忆深处的皖南山村 ·································· (68)
  7　枣园忆昔：当岁月终究化为烟云 ·································· (76)
  8　竹乡旧闻：石桥村的过往与今来 ·································· (86)

第二编　时光流逝 ·· (95)
  9　梦绕玉环：山海文化的一场邂逅 ·································· (97)
 10　石门悠然：贫苦岁月里话桑说麻 ································· (105)
 11　仓前忆旧：余杭塘边的淳朴人家 ································· (114)
 12　菇乡往事：龙泉山村的个中苦乐 ································· (121)
 13　前港村事：逸文长辈的悲欢镜像 ································· (131)
 14　闻堰家居：蔡家门里的吃穿住行 ································· (141)
 15　稠江晨曲：在商海中的荡漾沉浮 ································· (150)
 16　古洲晚唱：江岸人家的似水流年 ································· (158)

第三编　家族往事 ·· (167)
 17　西周絮叨：浙东山村的人生百味 ································· (169)

18	堇荼如饴：世事喧嚣，我心宁静		(177)
19	黄坦炊烟：徐幸福的不幸与幸甚		(185)
20	静水微澜：常山乡村的生老病死		(193)
21	三甲长老：历经战火，安享平世		(204)
22	半世龙港：大时代下的小小人物		(212)
23	洪殿岁月：沉浮瞬间的家族变迁		(221)
24	西门追忆：梅顺一家的跌宕人生		(230)

第四编　农家孩子 …… (239)

25	孤儿自强：走出水乡的农技干部		(241)
26	水乡教师：叫我声老师，多高兴		(250)
27	春江纪事：梅山生活的点点滴滴		(257)
28	跳出农门：临海夫妻的成长之路		(269)
29	女埠细雨：飞渡旧时的岁月沧桑		(283)
30	浔阳江头：铁汉在香世庵的磨炼		(293)
31	上峪追忆：黄土坡上的村史家事		(303)
32	执法关中：秦川渭滨的那囚那案		(314)

第五编　女性故事 …… (325)

33	乌屿人家：女性、命运和我的家		(327)
34	吴叶绣娘：历经七十年雨雪风霜		(337)
35	月娥惜福：家里家外的"女汉子"		(345)
36	临海女工：旧时大户遇上新时代		(354)
37	妇女委员：镇西水乡的蚕家故事		(363)
38	隆昌忆母：淹没于时光中的悲喜		(374)
39	水落坡上：乡村女子的逝水流年		(381)
40	惠芳浮想：坎坷起落间的贫与富		(391)

后记 …… (403)

前　言

一

倾听是我们特别是当代新青年应该养成的一种能力。

现今社会生活节奏太快、竞争压力与精神压力太大，或沉溺于电子设备营造的虚拟世界之中，以致人与人之间的交往往往会出现两种极端现象：对同学、同事、朋友，我们喜欢自我表白，如同"话痨"，像"祥林嫂"一样，把别人当作是语言倾诉与情感宣泄的对象，喜怒哀乐，诉说不停，结果一场友好的对话变成了个人独白，无形之中剥夺了别人参与对话的权利，也失去了通过倾听来了解别人、建立友谊的机会；而对长辈，往往会是不言不语、不闻不问，以"让我休息下""让我清静下""不用你操心""别烦我"等为借口，以代际差异逃避与长辈相互间的沟通。相反，在日常生活之中，长辈往往会对我们问长问短、问寒问暖。而我们呢？不要说是问长问短、问寒问暖，就连简单地听一听的时间与耐心都没有！

其实，人们在遇到烦恼和喜悦后，都会有一种倾诉的渴望，希望倾听者能够给予理解，分享快乐，分担忧伤。在双方倾诉与聆听的互动过程中，联络感情，建立与加强友谊。而且，在物质、医疗基本有所保障的当下，就生长于1990年代的新青年来说，什么是孝？最为简单的就是能花时间去倾听长辈的声音。2012年6月，提交全国人大常委会审议的《老年人权益保障法》修订草案，新增了一条"常回家看看"的内容，引起社会关注和争论。同年8月13日，由全国妇联老龄工作协调办、全国老龄办、全国心系系列活动组委会等共同发布的《新二十四孝行动标准》，其中就有"聆听父母往事拉""每周不忘打电话""关爱父母说出口""沟通父母心结扣""新闻时事常交流"等五"孝"直接涉及与长辈的语言沟通。在语言交流中，倾听就是对长辈最大的尊重，从而拉近相互间的距离。我们毕竟没有经历过长辈所经历的,倾听是了解长辈的最好渠道,站在长辈的观点来看问题,懂得倾听是小辈开始成熟的标志。正如伏尔泰所说,"耳朵是通向心灵的道路"。小辈能抽时间听其倾诉,对其人生经历进行一定的梳理,不啻是一份子孙辈的成长礼。长辈的经历,特别是延续与养育了自己的祖辈,他们的生活经历,无论是成功与失败、平淡与激越、喜悦与痛苦、光荣与梦想、矛盾与冲突,都是我们血脉相连的一种生命财富,一种精神永续。

倾听是一种姿态,一种技巧。在凝神贯注的倾听中,我们用稍稍向前倾的姿势、专注的神情、关注的眼神、自然的微笑、微微的点头、微松的嘴角,甚至是慢慢端起杯子喝上一口水之类的小小动作,这些无声的肢体语言来告诉受访者,我们在倾听。就说眼神,眼睛是心灵之窗,访谈中的眼神就特别重要,眼睛注视对方,不是一直盯着对方,否则会给双方带来压力,可以尝试着看对方的鼻尖或额头等,以分散这种被盯住带来的心理压力。访谈中,适当地表达赞同或疑问,赞同则点点头,疑问则送上一种询问的眼神。我们的整个身体除了坐端正之外,也应微微地朝向对方,即使是将一条腿搁在另一条腿上的休息姿势,上面那条腿也是一直朝向对方的。这些都是一种集中精力积极倾听的表现,从而在相互交流中,感受真诚,受到鼓舞。

倾听是一种与人为善的态度。任何人都不可能是万能的,对人、对事、对社会现象永远不可能是未卜先知、先知先觉的,唯一的方式就是倾听、了解、调查、研究。让人说话,让人把话讲完,或许就会发现另一个世界,或者得到相反的一个结论。教育家卡耐基说,"做个好听众往往比做个演讲者更重要。专心地听他人讲话,是我们给予他的最大的尊重、呵护和赞美。"当然,在倾听中,我们也可以插话,比如通过"是这样吗""你的意思是"等引导性插话,以获得更多信息,并加深对问题的理解;通过"是吗""真有趣"等评价性插话,表示对话题的兴趣,并激励对方继续往下说;通过"这个问题是""这是说"等复述性插话,代表你在认真聆听着,并能更好地理解对方所说的意思。当然,在倾听时你实在有必要插话,也可以用商量的口吻说,"请允许我插一句",让对方有思想准备,以免误解。其实,倾听中基本不需要说话,只要表达出了一种自己受益良多并愿意了解更多情况的愿望即可。

倾听是一种能力,一种为人处世的基本素养。社会生活中往往会遇到这样的事，某人带了一批人跑到一个地方去了解情况，结果连让人家讲完整一句话的耐心也没有，动辄将人家的话打断，反复抢夺"话语权"，显示出自己的"无所不知"，只顾以一己之见，甚至几十年前的一点经历，对变化发展的基层现实说三道四，名义上是下到基层，了解民情，其实是一场喧宾夺主式的恶作秀，是一种深度扰民害民。苏格拉底说，上天之所以赐人以两只耳一双眼睛，但只有一张嘴巴，就是为了让人多听多看少说。这样，才能获得大量第一手的准确资料。在访谈中，敞开心扉，吐露心声，这是自己与人沟通的秘诀。倾听就是平等地对待受访者，体现出的是一种人与人之间最基本的尊重。

二

本项目的展开，使我们初步掌握以专业知识来记录生命中活水源头的能力。

历史资料大致分为文献、实物与口述三大类，人们据此建构起对历史的认知。口述是通过实地访谈经历过"历史现场"的人，用文字笔录、录音录像等采录形成的史料，也是搜集、记录历史记忆的一种田野方法。它让历史更加丰富全面、更加接近真实、更加富有人情味。

近百年来，特别是改革开放经历了三十多年的今天，中国几乎从传统的农业社会飞跃进入了一个工业化甚至后工业化的时代，社会面貌出现了前所未有的历史性巨变。这一巨变，是历史长河的瞬间，是飞逝社会的片断，却是经历者的生命全部。记录下这一巨变，是当下义不容辞的历史责任。伸出我们有限的双手，抓一把紧随时代发展而快速飘散的历史云烟，敞开我们的心扉，去追寻渐行渐远的生活世界与精神家园。

在史学研究中，因为口述历史带有主观性之故，人们往往忽视、回避甚至反对口述史料的运用，着重在于通过实物史料与文献史料，重建对历史的认知。然而，从史料学的角度或者套用法学关于证据的概念，史料由三部分构成，即作为实物史料的"物证"、作为文献资料的"书证"与口述史料的"人证"，三大类证据均有其独特的司法效益。我们有责任，下力气去保留这些社会证据。口述历史在历史叙述中，越来越受到重视，它在当今社会现代化进程之如何传承传统文化这一课题中意义巨大。

现代口述历史的兴起，改变了史学研究主要以帝王将相、精英人物为线索的叙述模式，主要是给那些原本在历史上没有声音的普通民众留下记录，向民众敞开了学术之门；也给那些在传统史学中没有位置的事件开拓出一个空间，人们更多地开始关注民众之日常生活中的衣食住行、生老病死与喜怒哀乐。借用史景迁在《天安门：知识分子与中国革命》前言中所说的："但我所关注的却是另外一些人，他们并不处于革命过程的最中心，但他们以其特有的敏感描述了自己的希望和苦痛，而他们的个人经历也有助于我们了解他们所生活的那个时代的特征。"（［美］史景迁：《天安门：知识分子与中国革命》英文版前言，尹庆军等译，中央编译出版社1998年版，第3页）日常生活固然离不开社会政治背景，特别是新中国成立以后国家与民众紧密关系之总体架构，但是我们依然可以发现草根民众为生存而与现实政治保持的恰当距离。我们的职责是在访谈中挖掘出他们内心的真实想法以及人性观察，将其心灵深处的共同意象进行凝练，进一步构建关于未来的共同愿景。

的确，口述历史存在着选择性记忆问题，这是无法回避的。口述历史能提供许多宝贵的真实信息，但因记忆、陈述、个性与心理等原因，它存在不准确性。这也是人们拒绝采用乃至不相信口述历史的主要原因。口述历史采写的是人的记忆，记忆具有很大的不确定性，在采写过程中，这种不确定性还会增加。在不同的环境和氛围中，受访者回忆内容的多少、深浅会有所不同；在不同的提问及对话语境中，其回忆的方向及事实要点也会有所不同；在不同心理情绪背景之下，对自我认知与往事的陈述甚至会大相径庭，这也有选择性陈述的因素。

另外，人们往往会有意无意地进行记忆上的取舍，只记忆对自己有利的信息，或只记自己愿意记的信息，而其余信息往往会被遗忘。对能够满足自己需求的信息，记忆程度一般较高；容易记住简化的内容较少的信息；形象具体的信息，记忆程度也高；新奇特的信息记住的可能性增加。人们往往根据自己的需求，在已被注意和理解的信息中挑选出对自己有用、有利、有价值的信息储存在大脑中。人们多喜欢回忆和讲述自己的光彩历程，而很少敢于面对不光彩的过去。同样也存在选择性失忆问题，是一个人有意无意地遗忘了一些自己不愿意记得的或者逃避的事、人或物。同一事件，不同的见证者，或因有意偏袒，或因记忆不全，所做的描述也不同。这样，口述历史似乎是不可全信的了。

其实，任何史料均有其不准确、不可全信的一面。档案史料是最权威的史料，但是造假、虚报又有多少。唐纳德·里奇说，"口述历史和其他学科的研究资料一样，有可信的，也有不可信的。没有任何一种资料是绝对可以依赖的，任何资料都需要用其他资料加以比对。"（［美］唐纳德·里奇：《大家来做口述历史实务指南》，当代中国出版社2006年版，第10页）它只是提供了一种互证、补证的工具。对此，我们只能是做好"笨功夫"，即查阅有关文献史料，熟悉受访人所经历的时代、社会及一些重要事件的历史背景与相关细节，从而尽量弥补其不足。

三

在学会倾听中慢慢成长，在记录中传承与我们血脉关联的过往。

本口述历史计划的展开，基于如何让高校文史及其相关专业学生，通过课外的基本训练及田野实践，初步掌握口述历史的技能与方法，从而培养面向社会文化发展所需的应用型史学人才；使之成为文史专业培养进程中，学生喜欢、教师乐意、社会需要的一个基本学程。以口述历史为手段，从专业知识、学科技能与情感培育等方面提升学生基本素养。它将社会实践活动与在校的专业学习有机结合，将情感培育与专业成长有机结合，在专业成长中增强责任感与使命感。

作为一项实践性教学的探索，我们主要着力的是：如何对文史及相关专业大学生进行口述历史基本训练；其训练之程度（范围）、强度（课时）、力度（精力）如何，学生参与度如何，如何辅之以田野实践，终而使学生具备初步技能；如何利用课余时间完成口述基本技能的培训；如何提高口述技能训练的有效度，改进训练工作，从而有效培养社会发展所需人才。

在高校文史等基础理论学科的教学实践中，作为一项探索专业人才培养模式的尝试，口述历史也是行之有效的。从专业培养的契合度来说，它是贯通课堂理论学习与社会实践能力培养的捷径。其次，高校学生思想工作如何将情感培育与专业学习有机统一起来，口述历史通过实践研究中国社会过去发生什么，共和国六十多年历程最能证明中国社会发生日新月异发展，从而有效增强学生爱国爱乡爱家之情；并且，因口述对象往往以老人、长辈为主，在倾听中唤起人性、亲情，从而感受到一种社会传承与社会责任的力量，在实践中见证人生的成长。再次，从学习方式上来说，口述历史训练是理论联系实际最好的方式之一。在校大学生不仅学习历史，感悟历史，而且，通过对历史亲历者的口述访谈，走进历史烟云深处，记录与"创造"历史,亲自参与历史建构。

本计划研究思路、研究方法及技术路线可以描述为"口述技能—田野实践—口述理论"路径。通过对参与者口述历史技能的培训,有效利用假期对家乡进行口述历史田野实践,最后总结形成一种行之有效的教学方式,终而使之成为文史专业学生常态化的基本训练内容。

经过近10年的实践,从2005年抗日战争胜利60周年大型口述访谈项目(参见袁成毅、丁贤勇《烽火岁月中的记忆:浙江抗日战争口述访谈》,北京图书馆出版社2007年版)至今,特别是近5年来的不懈努力与基本训练,让参与者在认知训练、能力培养与情感陶冶方面均获得提高。

比如说,本次口述访谈中,徐旭日在采写后感慨道:"爸爸妈妈的年龄也大了,转而去经营了一家鞋店和一家服装店,生意还过得去,我和弟弟也衣食无忧。这个慈父严母的家庭是我一生奋斗的动力,爸爸爱给我们讲故事,有神话传说,乡间逸事,也有年轻时走南闯北的经历。其实他的白发见证了一个山村热血少年的成长,是平凡小老百姓的代表,是中国1970年代山村生活的小小缩影。妈妈是传统的家庭妇女,也是典型的农村妇女,她为家庭奉献了青春岁月,换来的只有儿女藏于心底的深深感激。他们现在已经不再是当年意气风发的少年了,已经在时光中苍老了容颜,陪伴他们一代人的传统农村也只停留在了他们的记忆和那些泛黄的相片中,但那存在过的事物,通过他们的叙述,我的笔、我的记录,还是能留下最真切的痕迹。"

姜胜蓝则说:"我们生活在一个快速变革的时代,更多的时候,其实我们这一代人要感到珍惜,因为我们能够经历这个时代。当我们在怀念过去的那段乡村生活的时候,更多的人内心没有感到遗憾或者痛惜,因为丰富的物质生活已经让我们更加感到知足。在倡导'中国梦'的时候,我们其实是在保护传统文化,在怀念先人留下来的'德'。我想,只有人人注重提高自己的修养,做一个光明正大内心纯净的人,数十年后,现在的乡村生活也会被怀念。"

章建忠在采写后说:"我听到母亲这些话,感觉一下子理解了这些年他们之间的风风雨雨。母亲长得挺好看的,有过自己的恋爱。可是,命运让她得这种病。她的初恋曾是一位慕道友,母亲和他母亲认识,现在的他已经是弟兄了。父亲,其实也不想娶我母亲吧,毕竟两人相差那么多岁。

但是，终究他们走到了一起。20多年的婚姻，我见证了大部分。母亲虽然没有和自己的初恋最终在一起，而是与我父亲携手走上婚姻之路。但是，父亲十分钟爱母亲，包容她许多的不足。我很感谢上帝，虽然历经各种苦难，他们还是相濡以沫，一直过着清贫的生活。他们之间的爱情，虽没有轰轰烈烈的故事，但却有相守一辈子的承诺。如今的我，是一名师范生。我继承了母亲的信仰，并且对这一信仰有了更深刻的认识。对于母亲来说，她只是单纯地相信而已，许多深奥的道理，也许她也没有弄清楚。但是，我还是看到上帝的恩典，降临在她的身上。现在我们是三口之家，虽是清贫，确是充满希望和喜乐。因为我们看到，苦难人生已经转向福乐人生，这真是令人感恩的事。"

现实生活中，每个人或多或少都会经历风雨，每个人都是一部内容生动的教科书，甚至是丰富多彩的百科全书。采写过程中，我们获得了可供借鉴的人生养分和可以阅读的人生之歌。在长辈的千辛万苦中，让我们感受到微小生命存在的伟大意义，在困境之中保持一种奋斗状态的勇气。

倾听是一种力量。通过访谈实践，大家一起参与了较为专业的田野调查、口述历史基本训练。大家在倾听历史、记录历史与传承历史。

丁贤勇
2014年10月16日

第一编　旧貌新颜

1　皤滩梦回：山地市镇的繁华往昔
2　濮川人家：小镇依旧的袅袅炊烟
3　汤溪乡语：阅世八旬之新旧变幻
4　马车湾头：碌碌人生的最终落点
5　人在旅途：行走温州的前世今生
6　云水贵池：记忆深处的皖南山村
7　枣园忆昔：当岁月终究化为烟云
8　竹乡旧闻：石桥村的过往与今来

1

皤滩梦回：山地市镇的繁华往昔

口述者：周西章　叶永祥　吴汝品　俞美香　丁国万
　　　　张相辉　陈荷湘　李湘满
采写者：张幸芝
时　间：2013年1—2月
地　点：浙江省仙居县皤滩乡口述者家中

周西章，男，1921年生，皤滩乡上街人，小学文化，农民。叶永祥，男，1925年生，皤滩乡下街人，初中文化，农民。吴汝品，男，1927年生，皤滩乡上街人，高中文化，教师。俞美香，女，1927年生，皤滩乡上街人，小学文化，农民。丁国万，男，1937年生，皤滩乡上街人，文盲，农民。张相辉，男，1939年生，皤滩乡上街人，文盲，农民。陈荷湘，女，1942年生，皤滩乡上街人，小学文化，农民。李湘满，男，1944年生，皤滩乡上街人，大学文化，仙居针刺无骨花灯研究所所长。

历史足迹：孕育于深山溪畔的市镇

（李湘满）皤滩原来是永安溪河谷中的一块滩地，滩地上布满了白色鹅卵石，远远看去白茫茫的一片，所以取名为"白滩"。大概是在隋朝，这里有了固定的渡口——"白滩渡"。那时溪面很宽，又没有建桥，所以船都停泊在皤滩这边。后来附近村民用木头、石块等材料在渡口边搭起了摊铺，由于没有固定的摊位，小贩们每天都要把摊子搬过来搬过去，于是"白滩"也有"搬滩"的叫法。唐朝以来，永安溪下游过来的以及溪南溪北过往的船只越来越多，因而在这里摆摊做生意的人也逐渐增多。卖东西的、演戏法的、做猴戏的、说白文的……什么生意都有。渐渐地，"白滩"形成了集市。有一名秀才觉得"白滩""搬滩"的叫法不雅，在同当地人商量之后，将它改为"蟠滩"，蟠是"白"的意思。随着商业的逐渐发展，蟠滩由农村集市演变成了市镇。尝到利润甜头的商人，顺着永安溪曲曲折折的走向，在滩地上盖房造埠，龙形长街就在这个过程中孕育而生了。

蟠滩的主要商业街叫作"九曲龙形街"。西龙头，起于五溪交汇处，八角亭仿佛龙角；中间弯曲成龙身，后路街与水埠头下恰似龙爪；东为龙尾，绕过下街长生潭，建有砖雕照壁一座。整条街有9个直角的拐弯，街面全由鹅卵石铺就，街面上还呈现着各式各样由石子拼嵌而成的图案。龙形长街的路面中间凸、两边凹，因而排水非常便利。此外，顺着街道每隔十几米就会有或左右或前后分叉出去的小巷，这样一来既可疏通水流，又可疏散人流。我曾听上辈人讲：以前蟠滩繁荣的时候，都是一担石子（鹅卵石）换一担米的。除了街道用石子铺就，祠堂、有钱人家的天井也是用石子铺设而成的。这样不仅美观，而且利于身体的健康。一方面，用鹅卵石铺设而成的各式各样的图案，如荷花、铜钱、心形、八卦图等图案看起来都非常漂亮。另一方面，鹅卵石有按摩脚底的用处。足是经脉的起止点，走路的同时也在接受按摩，利于身体的健康、长寿。

龙形长街的北面是一条护镇河。现在河里没有什么水，当年可是清澈满渠。从护镇河往北走，只需须臾，便可迈上"大岭"，就是泥土堤坝。大岭的作用是防洪。它的北面原来是一大片宽阔的白溪滩地，就是永安溪溪滩。当年的永安溪水在雨量大的季节随时可能会漫过大岭。现如今，大岭北面是一条笔直的公路，公路北边是一片由无数浅湾杂草构成的沙滩。我听上辈人讲：当年蟠滩最繁华的时候，帆船从海门港可直达蟠滩。每天有四五百艘帆船在永安溪这条黄金水道上往返穿梭，把大量的沿海货物，尤其是食盐运到蟠滩。帆船沿着船码头一字排开停靠着，船的白帆依旧打着。一到夜晚，溪滩一片灯火通明，热闹非凡。船家在自家船里生火烧饭，商家在溪滩上摆摊卖货，说书人则讲起大戏。在我小的时候，船码头每天还停靠一些木船、长船、竹筏，多时100来只的样子。夏天我有时还跑到溪滩去翻大虾，那时候水还是挺清的。

食盐属于大宗货物，在没有现代交通的情况下，水运和人力肩挑贩运是必然的选择，那处于山旁溪畔的蟠滩市镇便是理想之选。反过来，盐业水运也成了蟠滩经济发展的支柱产业。每天运来从临海、黄岩等地熬制的食盐以及运往内地的其他商品,经椒江逆水而上,再经永安溪抵达仙居皤滩。随着食盐的源源东来,很多商人在皤滩兴建了盐埠①。盐埠的位置都位于古街的南边,为的是防洪水。那时候,雨季时永安溪水涨得很高,如果把盐埠建在北边,被水淹的可能性是很大的。盐埠占地面积很广,现在在这些盐埠旧址上新造了许多房子,所以就很难看出来了。那时,沿永安溪运过来的食盐在皤滩上岸,堆在船码头上,再由担盐人担到盐埠去。在这之后,各地商人便会来盐埠采购食盐,如缙云商人会到缙云埠来采购。公埠是给没有设立所在区盐埠的商人采购的地方。盐商的活跃,吸引了大江南北的商人前来投资设店,于是茶楼、酒肆、当铺、书场、妓院、赌场遍布街巷。还有许多人举家迁来皤滩。商业的繁荣使皤滩成了"不夜城",有了"小上海"之称,而龙形长街就是一条浙东山区里的"十里洋场"。

(吴汝品)大量的食盐交易,产生了一大批担盐人。食盐从盐场沿水路运至皤滩,堆积在船码头。担盐人既可以替盐埠挑盐,赚取工资,也可以选择担"私盐",担到缙云、永康等地贩卖。一个盐夫一般挑120斤盐,多的140斤。盐夫们挑出去的除了盐,还有本地的土特产,像木头、黄豆这些,而挑回来的是内地的瓷器、花布等。来回皆不落空,因而他们挑一趟可赚两趟的钱。这样一来,仙居、缙云、金华等地产生了许多以担盐为生的担盐人。

担盐人是十分辛苦的。一大早挑着食盐从皤滩一路往西走,过横溪镇的苍岭坑村、坎下村后,便要上岭了。往上至风门头,过风洞,挑至五洋湾。五洋湾是一个野草及膝却没有树木的地方,道路一弯一曲的却也宽阔,行人比较少,很安静,几乎听不到鸟叫声,但空气十分清新,风景宜人。就是那时候这个地方盗贼出没频繁。不过担盐人一般情况下是整队一同赶路的,因为这样可以降低风险。带的冷饭他们也是在这个地方吃,中途休息的时候也尽量站立着,不敢彻底地放松。先将底部是生铁块的支撑杆竖立起来,将担子放到支撑杆顶端,再用绳子牵扯着,使担子扶立不倒。过了五洋湾,再往前会经过南田村和冷水村。前一个村子大,后一个村子小,这两个地方都有饭店和旅店。南田是个小市镇,风景很好,秋天枫叶一片红,现在叫"苍岭丹凤",就像宋朝的古画一样。从南田开始,

---

① 盐埠为传统时代不同地域居民在皤滩设立的食盐采购中心,相当于食盐公司。

地方上的人讲的就是缙云话了。继续挑，就到缙云壶镇了，壶镇也是一个市镇，比现在仙居的白塔和横溪都要大。

担盐人一般在这里，或是在永康石柱将盐卖掉或是担到当地的食盐公司，然后采购一些商品返回蟠滩。当然，愿意担得远的担盐人还有继续往西挑至江西等省份的。此外，缙云、金华等地的部分担盐人会将从蟠滩过来的盐担到更远的内陆，如江西、安徽这些省份。过去担"私盐"的风险虽然比较大，但利润相当可观。替盐埠挑官盐，也能赚到一些钱。

商铺作坊：流连在石板柜台上的记忆

（李湘满） 80年代文物普查时，据当时老人回忆，到民国初年，这里还有永康埠、东阳埠、缙云埠、武义埠和公埠五大盐埠。街上有米行11家，药店7家，南货店18家，首饰局3家，还有布庄、染坊、杂货店、陶瓷店、饭馆、酒家、赌场、茶楼等（见附图）。龙形长街的商铺和作坊的建筑类型比较常见的为"板门店"，还有少数的"大门店"。这些店铺门口整齐地排列着一些石板柜台。当年繁盛之际，几乎每家店铺前面都会有石板柜台，保存至今的有60多个。柜台长2—3米，高1米多，由三块石板围成，石板与石板之间由阴阳榫头固定，上方则是由木板做成柜台的面，作展出商品样品或摆放花草之用。石板柜台上，原先还有雕刻精美的小栅栏。柜台上小栅栏的花纹图案，与这户人家开什么店是密切相关的，例如酒店柜台的小栅栏上雕刻着"太白吟诗""贵妃醉酒"；药店柜台的小栅栏上雕刻着"李时珍采药""神农尝百草"等精美图案。各家店铺柜台的小栅栏，花纹各异，雕工精湛，人物形象栩栩如生。

各家老店都有自己的招牌和店号。招牌全为直立式，俗语"招牌直登，无可欺人"，讲求"货真价实"。而店号则以匾额的形式挂在店面上方的门楣上。可惜木板招牌和匾额在"文革"期间全部被撬掉，只有一些不显眼的侥幸保留了下来。一些用墨汁书写在墙上的招牌，如"蓬岛源流""同源利生药材""官盐绍酒""苏松布庄""山珍海错""两广杂货""炼石补天""南货布庄""坤生官行"等，比较好地保存了下来。其实最具有代表性的还是一家招牌为"松鹤长春"的老字号药店，现在在这家店面的门楣上，还可以清晰地看见一句广告词："同庆和号道地药材，参茸宫燕丸散膏丹"。在夸赞的同时，明确了本店所出售的药材种类。如此华丽的店号和招牌竟能逃过红卫兵的火眼金睛，自有其特殊原因:"同庆和"药店在民国的时候转变成了糕饼店,糕饼店的老板就用石灰将广告和招牌涂掉了。这样,"文革"时才得以幸免。时间久了,石灰脱落,这些字又重新显露了出来。现在,这家店铺可以算作皤滩古镇的代表性古商铺了。

另外,龙形长街店铺的店号多为"××局""××行""××坊""××埠""××庄""××处"。店铺布局多为"前店后坊、宅、库"的多功能格局,其主体部分为面阔三开间的四合院。下堂临街部分为店面,往里,过穿堂屋经过天井,正面是厅堂,左右是厢房,一般为两层楼房。

(俞美香)民国的时候,我的父辈在皤滩开了一家比较有名的油店。油是从外面进购来卖的,在卖油的同时兼卖一些南货。家里还会招一些小工帮忙。我记得当时的店铺格局是这样的:天井过去,正面是厅堂,左边的房间是休息室,右边的房间为厨房。厅堂作堆放货物之用。房子的二楼一般也是用来储物的。那时候店里人比较多,既有小工,也有学徒和师傅,楼上有时候也用来给他们休息。天井就当作作坊使用。

(李湘满)皤滩古街分成上街和下街两部分,下街的建筑在80年代末的大火中基本被烧毁了。我所了解的店铺中能较详细描述的基本是存在于上街。

皤滩的手工作坊比较出彩,包括木工、染布、打银、打铁等。其中,木工比较有名气,具体分为细木工和粗木工。细木工主要就是制造一些家具,而粗木工则是造房子的活儿。木器作坊在观音堂附近,有个叫李水古的木匠,全县闻名,徒弟很多。新中国成立后,木器作坊改叫木器所。

染坊比较多,最有名的有"青蓝布定花""色赛春花"两家。"青蓝布定花",为直接销售与加工兼而有之的店铺。顾客可以拿粗布(土布)过来印花,也可以直接选购蓝印花布或彩印花布。蓝印花布还被制作成衣服、被子等,品种繁多。"色赛春花"是民国时期一家染坊的招牌,意为该染坊彩印花布技术十分精湛。这家店铺在民国初年的时候,为皤滩当地一财主方在林(方锡荣[①]的父亲)家的宅第,后出租给皤滩当地人开染坊。该染坊主要进行染布与印被花工作,顾客拿着粗布(土布)去印染。

"四柜台"和"成来首饰局"两家首饰局代表了皤滩的打银技术。

[①] 方锡荣,男,仙居县皤滩乡上街人。据皤滩当地人讲,方锡荣在上海经商致富成为资本家,解放时曾被捕,但因民国时与周恩来有交,一说送给共产党30箱桐油,获释,享年90多岁。

"四柜台"因占有四间店面，且一字整齐地排列着四个石板柜台而得名。它是璠滩一户姓范的人家开设的，专门销售金银制品，有金戒指、金项链、金耳环、金手链、金锁、金牙、金动物、金餐具、金匦、金莲烛台等，银制品有银钩、银缸、银灯、银饼等。"成来首饰局"为璠滩人张锦宾开设。"成来"的隔壁还有一家首饰局，是璠滩人张红梅的父亲开设的。

（丁国万）张锦宾雕银的技术非常好，比较有代表性的作品是一些银像，比例标准且表情丰富。有钱人家小孩戴的八仙帽，帽子上的八仙就是找他雕的，活灵活现。因他的雕银技术好，一位邻居也跟着他学习怎么雕银子，然后在他家店铺的隔壁开了一家首饰局，不过不怎么有名气。

在璠滩的下街，开设有许多家打铁店和竹器店。打铁店打制各种铁器，如锄头、柴刀、菜刀、铁铲、火钳等农具及生活用具。竹器店以竹篾产品居多。竹篾是成条的薄竹片，竹器店将竹篾编织成篾席、竹篮、灯笼等出售。

此外，在手工方面，制作索面、灯笼、棉花被的技术也比较不错。索面店主要集中在下街，索面制作工艺精湛。每到冬天比较干燥的季节，璠滩的很多户人家就会开始制作索面，门前会晾晒满了一架子一架子的索面，等索面完全干透便可以销售了。灯笼店、弹棉花店据我当年调查所知各有一家。灯笼店店主姓陈，店内出售的灯笼都是由他家人手工自制的。弹棉花店是一姓刘的人开设的，出售弹好的棉胎。

饮食方面的店铺，我比较有印象的是馒头干店、烧饼店、小吃摊以及一家名为"山珍海错"的酒店。馒头干店出售甜味的馒头或将其烘干出售。烧饼因其味美价廉吸引着许多顾客。民国时期，烧饼店都是彻夜做生意，据说当年人们半夜醒来能听到做烧饼的声音。龙形长街上有好几处小广场，每到市日（农历逢三、六、九），在这些广场上就会摆起许多小吃摊，因而广场上常常热闹非凡。"山珍海错"为璠滩比较有档次的酒店，"山珍"指的是木耳、香菇、金针菇等山里的干货；"海错"指的是虾、蟹等海中物产。因品种繁多，极易错认，故称海错，也就是"海味"。

璠滩作为食盐贸易中转站，开设有许多中介机构，包括过大行、黄岩柑橘行、湖南食盐转运公司、柴行、米行、垫生官行、当铺等。水埠头陈泰敦家设过"过大行"。黄岩柑橘行就设在"过大行"的旁边，是批发黄岩柑橘的地方。湖南食盐转运公司为湖南在蟠滩设立的食盐代购公司。从蟠滩永安溪船码头卸下来的盐，先担到这家公司，再由这家公司转运到湖南。

蟠滩虽不是木炭的主要出产地，但作为中心集市，每逢市日，横溪、白塔等地的人把竹木柴炭担到蟠滩来，在柴行落脚卖柴。米行也比较多，主要分布在龙形长街第五段、第六段以及水埠头一带。米一般是蟠滩周围村镇的人担过来卖的，如八都垟、五都潘、横溪等地，而蟠滩本地的米很少。当地有一句话是这么讲的：蟠滩商业发达，只有两口半是农民。

蟠滩当年作为食盐中转站，需要大量担盐人担盐过苍岭。当地设有"堃生官行"，是一个招募役差的场所，相当于现在的劳务介绍所，专为食盐公司安排担盐人。据祖上讲，在如今标志有"当铺"的地方，李义生的上辈，就开设过当铺。那时柜子比较高，民众一般在夏天比较热的时候用衣服换取救急用的钱。当铺也为在蟠滩经商的人提供了便利。

我家父辈祖辈多代行医，我早先从浙江医学院毕业开始当医生，80年代才开始接触文化工作。我的父亲李汉鸾开设的"同德春"，是蟠滩古街上规模最大的一处药店。它占有四间门面，两个石板柜台。药店挂有两块招牌：靠东边为"蓬岛源流"，靠西边为"同源利生药材"。靠西边销售的"生药材"其实就是土药材，从各地收集过来的，是动植物、矿物等制作成的药丸。靠东边的柜台是售药和诊病的。当时店里的药很多都是从上海进购的，5角钱以下的药就一起包，5角钱以上的药就分开包，货真价实。当时，好中医是与好药店挂钩的。因为我家药材好，所以当时的各地老中医都来坐堂，如永康、缙云等地，一月　次。药店里先生有五六个，学徒也挺多的，有的还是从天台特地跑过来学习的。我家的药店一直开到20世纪60年代末才歇业。

此外，我所了解到的还有"同怡生""同庆和""炼石补天"这三家药店。"同怡生"是一家中药店，为天台人范则大开设，既卖中药，也看病。其所出售的中药，有自己加工的，也有购进的。"同庆和"是一家老字号药店，占有两家店面。该店在清末关闭，民国初年原址开设了糕饼店。至于"炼石补天"，"炼石"是指用炉火烧炼药石，也称炼丹。"天"指的是先天之本，男性之能，"补天"为补益肾阴虚肾阳虚等。该店较大，有两间店面，两个石板柜台。通俗点讲，"炼石补天"就是春药店。

（吴汝品） 我是蟠滩上街人，老屋在火墙脚附近，年轻的时候我就住在那边，因此，对火墙脚附近的店铺比较了解。我家附近这片饮食店比较多，像猪肉店、豆腐店、糕饼店、点心店这一类。那时候开猪肉店的人比较多，我还记得四家，分别是"陈大山猪肉店""盛文瑞猪肉店""陈森河猪肉店""陈钦球猪肉店"（陈森河为陈钦球的父亲）。肉铺主人每天杀猪出售猪肉，也通过给别人家杀猪来赚取一些利润。另外，开豆腐店的人也不少，不过基本上都是穷人家开的。豆腐在磨制的时候很费时，卖出去的价格又很低。经营者一般上午卖豆腐，下午的时候将未出售的豆腐炸成油豆腐。由于油豆腐可以储存到第二天，这样就避免了浪费。

糕饼店和点心店为来皤滩做生意的人提供了便利。"陈晓太宣糕饼店""李汉忠糕饼店""陈森梅糕饼店"和"陈森茂糕饼店"这四家我比较有印象，店里主要出售羊脚蹄、馒头干等各类糕点。点心店主要是"陈茂西点心店""王振心点心店"和"金良点心店"这三家，其规模较饭店要小一些，主要出售面、馄饨，另外也有煮好的猪肝、猪腰、猪肉、大肠等。一般本地人舍不得买这些东西吃。街上也有几家旅店，旅店提供住宿以及煮饭的场所。旅客一般要自带米、番薯等，要在旅馆自己做饭。

上街开设了较多的小作坊，裁缝店、服装店、楦鞋店以及机器面店这四家是我比较熟悉的。裁缝店和服装店，都是既直接出售衣服，也加工布料。当年很少有人会去买衣服，因为生活条件根本不允许，所以基本上都是拿着粗布去加工。楦鞋店，是民国时期罗老旺的丈夫经营的一家加工鞋子的小作坊。彩云的父亲堂（当地人这么称呼）开设的机器面店，是皤滩第一家用机器制面的店铺，我至今印象深刻。

龙形长街上有不少的干货店，像南货店、广货店、杂货店、小百货店这类。南货店大概有18家，主要开设在上街，比较有名的是"陈裕兴"和"李义生"这两家。"陈裕兴"为皤滩人陈镇年开设，主要出售各类南货。"义生"就是"李义生南货店"，由李义生开设，后来店主是李南洲。在我那会儿（民国时期），算是皤滩最大的一家店了，出售布、糖、酒、香烟、面、自来火、酱油等货物。那时候，买什么，都说去南洲家。李南洲还当过皤滩乡的乡长，新中国成立后被定为地主，被枪毙了。街上有一家"两广杂货"店，主要卖荔枝、桂圆、白糖、桐油、茶油、烟叶、茶叶、柑橘、铁器、锡器、铜器、漆器等。此店占有店面两间，石板柜台两个，民国后期开过盛文瑞猪肉店。三家小百货店，其中一家与"李义生南货店"相隔两家店铺，店主为皤滩人余森诚。杂货店出售的物品比较杂,既包括南货、广货和百货中的一些产品,还可能出售一些食品,如鸡蛋、蔬菜、米等。在龙形街的第二段(自西向东)靠南边,有一排小杂货店,这一排店铺做香(拜佛用的香)的很多。

"正兴""大盛""德昌""叶和兴""陈永昌理发处"这几家店在街上算是比较有名气的,店铺规模较大,伙计也多。"正兴"为皤滩人李汉俊开设,"大盛"为皤滩人陈永兴开设,两家都是兼营南货与布匹。"德昌"为李汉地和李汉章两兄弟开设,一共有三家店面,经营范围比较广。哥哥李汉地家主要出售土烟丝、馒头、黄酒以及土特产等,酒、馒头等都是自家制作的,聘请了师傅,还招了小工。而弟弟李汉章主要经营两种货物,一为江西瓷器,二为蜡烛。江西瓷器以碗等生活用品为主,蜡烛是自制的,家里也有师傅和小工。"叶和兴"为叶永祥老先生的父亲叶汝河所开设。

(**叶永祥**)我家的店主要是卖桐油,还有荔枝、砂糖、桂圆、金针、木耳等以及零售食盐,算得上是皤滩出售桐油店铺的代表。桐油都是自己制作的,从油桐籽上提炼出来,油桐种在皤滩南边的山上。"陈永昌理发处"占有两间店面,为陈大日和陈小日两兄弟开设的兄弟店,理发技术过关,生意兴隆。

(**吴汝品**)皤滩其实没有专门的鸦片馆,但私下里的抽鸦片场所却很多,如在皤滩著名的学士府"何氏里"的后院天井里就设有鸦片馆。由于我家位于龙形长街繁华的火墙脚处,当年房子曾租给一些人开过不同的店,其中就有做抽鸦片用的。我家楼下出租给他们,楼上自己居住。小时候,我从楼上跑下来,经常能看到烟雾袅袅,我就知道有人在抽鸦片。大家叫店主"ling",应该是林,他的儿子叫方焕献。我家占两家店面,有段时间一家店面还租给别人开理发店。我家自己也做点小生意,店主是我父亲吴锦和。店里主要出售烧酒、馒头干、豆腐,冬天还批发带鱼、荸荠、橘子来卖。一般是自己去进货,进货很多的时候就让对方送过来,南货店、百货店等店都是这样的。赌坊一般设在门堂里、天井里,与抽鸦片场所类似。也有节日时,在屋外临时搭设的。

寺观祠庙:乡间信仰及其名人逸事

(**李湘满**)陈氏祠堂位于龙形长街的最西端,是一座清代的古建筑。祠堂正门前,安放着两只青石雕刻的石狮子,其中靠东边一只还抱着一只小狮子，从其造型与风格来看，应属于"南狮"。正门两侧门壁，彩绘着四尊门神，神态威武。门厅左右为房，进入大门，过长方形天井，前方是一座以五开间组成的大殿，大殿正中间供奉着福禄寿三星，天井两侧则为厢房。大殿的柱、梁、斗拱等建筑技艺精湛，巧夺天工，一排排高大石柱刻写着楹联，气势恢宏，庄严肃穆。这些楹联，不但书法精湛，而且记录着陈氏家族的历史。如"周家赐姓渊源远，宋代抡才甲第荣"，周文王时赐姓，宋代时陈家后人曾有科举考试第一的荣耀，这些都表明了陈家曾经的繁荣。

陈氏家族拥有一定面积的公田，公田收入往往用于修建祠堂、编修宗谱等。陈氏祠堂里摆放着他们祖先的牌位，一类是在生前相当有地位的人，一类是在去世后得名再将牌位摆上。这些牌位摆在大殿里石柱与石柱之间。大殿之上，还挂着各地陈氏有钱人送过来的匾额，如"典源维新""栉风沐雨"等。大殿的石柱高大巍峨，在福禄寿三星的后面，隐藏着两柱自成风格的石柱：上为圆柱，下接方柱，似乎不太协调。古人认为：天是圆的，地是方的。这两柱石柱上圆下方，圆代表天，方代表地，称为"天地柱"，作顶天立地之意，希望陈家男人顶天立地，让陈家发扬光大。它是祠堂的吉祥物，是祠堂的"镇殿柱"。除用于摆放祖先牌位之外，陈氏祠堂还用来处理陈氏家族的重大问题，如开会议事、处理违反族规的行为等，也用于庆典。

（陈荷湘）每年的清明和冬至，各地陈氏的人基本上都会赶回蟠滩，他们和蟠滩本地 1/4 左右姓陈的人会到陈氏祠堂参与庆典活动。到那一天，敲锣打鼓、爆竹声声，陈家人将猪羊等抬到祠堂，点起香、蜡烛，先祭祀祖先，过后摆宴吃饭，十分热闹。

（李湘满）五座寺庙，除胡公殿主体建筑保存完好外，其余四座：白鹤大殿与普济寺（又叫后佛堂）已毁，观音堂和镇兴寺（又叫下佛堂）仅存遗址。胡公殿与陈氏祠堂仅一墙之隔，始建于南宋，明万历年间重修，清道光年间再修。胡公殿的建筑风格，是南方古庙的典型：两边有围廊，当中是戏台，后面是大殿。戏台为明朝所建，清时重修，将时鸣钟安在了戏台顶上，取代了原先的龙珠。戏台前，有两根矮石柱，石柱的顶上雕饰着"莲台"，可以放置灯盏作照明之用，也传达出"好戏连台"之意。大殿上，供奉着胡公和他的两位夫人，其中一位是本地陈氏之女陈思兰。每到农历的八月十六，戏台就开始发挥它的功能，外地的戏班子会到这里来唱戏。

（**张相辉**）做戏是给大殿中的胡公和他的两位夫人看的，持续十多天。老百姓趁着这个好时候到殿里看戏，一般站在戏台前，有钱的人坐在院子两侧的二楼厢房里看。做戏的钱是从老百姓这里搜罗过去的，没有现钱的用谷米代替也可以。那时做戏，都是通宵达旦的。上半夜是干活的人在看，下半夜则是赌博的人在看。上半夜的时候，赌博的人在上街口搭台赌博。那时候，国民党的人很强势，知道每次这个时候会有人在这里赌博，他们就会过来巡逻。他们往往用铁棒敲打在赌博桌上，示意你交钱。这一敲，赌博的人就乖乖地拿钱给其中的领头人了。

（**李湘满**）关于胡公殿里的胡公和其中的一位夫人陈思兰，一直流传着一个故事。胡则年轻的时候是打小铁、修锁、补铜管的小货郎。有一天，挑货物担到了一家医馆（陈思兰父亲为蟠滩人，在金华开医馆行医）门前。陈思兰家有一个古锁，任何人都修不好，胡则却把它修好了。陈思兰的父亲就邀请胡则留下来吃午饭。饭桌上聊天的时候，陈父觉得胡则不是一般人，思维敏捷，行为举止妥帖。于是，他同胡则讲："你应该去读书，不要挑货了。"胡则答道："我家太穷，读不起书。"陈父又说："那你来我家读书吧！我资助你。"从此，胡则弃技从文，开始读书。一开始，遇到什么不懂的就请教陈父和陈思兰。后来，胡则考出秀才、举人，中进士，陈思兰也嫁给了他。胡公享年77岁，官至三司使（北宋最高财政长官）、兵部侍郎等职。蟠滩人把胡公供奉在殿里，一是因为他为官清廉，二是因为他是蟠滩人的女婿。

镇兴寺，是与上街上佛堂（胡公殿又名上佛堂）相对应的下街下佛堂，据说明朝后期即已兴建。从现存遗址中只能看见"下大殿"一座。走进寺里，最先看到的是关公殿，关公殿过去是一个大天井，大天井左右两边各有一个戏台，其中一个是临时搭建的。天井四周有围廊，看戏的时候可容纳几千人。再过去是两个大殿，分别是财神殿和白鹤大殿。大殿过去又是大天井，走过大天井是大雄宝殿，里面有弥勒佛等佛像。总之，镇兴寺面积非常大。镇兴寺供奉的主要神灵是关羽，他被奉为能给蟠滩带来雨水的神灵。每年的农历五月十三，镇兴寺会开始做戏。为了祈雨，做戏给关羽看。这里有一个特色，就是镇里会请来两个戏班分东西两台演出，为此要临时再搭建一个戏台，称作"双并班"。看戏的时候，你觉得哪边唱得好就去哪边看，由此两个戏班形成了竞争，俗称"唱对台戏"。

观音堂，又称"庵堂"，位于龙形长街第一段的南边，坐北朝南，是一座尼姑所在的庵堂，据说乾嘉时期已经存在。在观音堂的大门前有一座小花园，大门进去为大雄宝殿，殿里面供奉着弥勒佛等，再进去就是娘娘殿，从清朝开始，娘娘殿里一直供奉着陈十四娘娘和她妹妹两座雕像，直至"文革"期间被付之一炬。据说陈十四娘娘为天台人，磻滩当地有一个被称为"娘娘会"的组织，姓陈的人家每户有一人入会。陈十四娘娘的雕像由观音堂里的尼姑护理，每天焚香点烛，每周给陈十四娘娘雕像沐浴并换一次衣服。

关于陈十四娘娘雕像的形成，当地流传着这样一个传说：当年，陈氏族长张榜招贤，希望请到一个能雕刻出真正的古代仙女一般的娘娘——陈十四娘娘的木匠。可惜，请了一个又一个师傅，四五年都过去了，就是没有出现令人满意的娘娘雕像。有一天，一个头发、胡子花白，个子很高的老人上门自荐，他说："我雕刻出来的娘娘，保你满意，但时间必须是三年。"陈氏族长说："只要你能雕刻好，无论几年都没有关系。"于是，陈氏聘请了这位老艺人。不过，同时也聘请了其他师傅。当这些师傅都在认真画图的时候，老艺人却迟迟"未动工"：第一年，不雕刻也不画画，只是在溪边走来走去，回来好吃好喝，还抽鸦片；第二年，就待在房间里，吩咐任何人都不能进，没有人知道他在干嘛；第三年开始动工。过了一段日子，娘娘就雕刻好了。老艺人给娘娘穿上衣裙，戴上凤冠，然后将它安放在椅子上，请陈氏族长过来查看。族长第一眼看过去以为是真人，动了动雕像才知道原来是雕刻出来的。这座雕像的头手脚各个部位都能灵活转动，眼珠也会动，身长体型也与陈十四娘娘在世时一样，与现代的模特十分相似。所以，当年"文革"时陈十四娘娘被烧的时候，很多人哭了，一方面是觉得可惜，另一方面也是出于对陈十四娘娘信仰根深蒂固的缘故。

每年农历七月初七，陈十四娘娘要到十三都（淡竹）下叶村的娘娘庙赴会——看戏。古街上年纪较大的老人年轻时看到过很多次抬送娘娘的仪式，据说场面十分隆重。（周西章、吴汝品、叶永祥）仪仗队大概有200多人，都画着妆。赴会时，队伍从观音堂出来，浩浩荡荡。仪仗队的最前面是8面大锣，再是8支号同时在吹奏，又是8杆大旗迎风招展，蜈蚣旗最多，五颜六色，旗上绣着龙、凤、牡丹等各种吉祥物与名花图案，镶着金丝边，鲜艳夺目；接着是一顶大伞，称为"万民伞"，由8个青壮年抬着；再后面就是文武乐队；乐队后面是 8 名宫女手提香炉；宫女后面是 8 名旗牌挎着腰刀，护卫着娘娘轿。轿子的四周都是雕花的玻璃，透过玻璃能看见陈十四娘娘，十分逼真；大轿后面也跟着旗锣旗伞。围观的男女老幼满街满巷，十多岁的小孩子会一直跟到下叶娘娘殿，去看大戏。（**李湘满**）陈十四娘娘七月七赴会在当时当地影响很大，仪仗队的筹办，除了陈氏家族组织的"娘娘会"精心负责外，也有在各地经商、搞实业的皤滩人捐赠钱物。对于陈十四娘娘，皤滩人都是比较敬重与信任的。

（**吴汝品**）普济寺，又称后佛堂，位于上佛堂胡公殿的南边，大约出现在 19 世纪上半叶。普济寺里面有个和尚殿，殿里供奉着几个佛像，也住着一些和尚。当地人可以去普济寺拜佛，我念小学的时候（1937 年左右），普济寺已经不在了，当时有一户人家住在寺里，放学路过时经常讨点水喝。（**叶永祥**）白鹤大殿，位于上街南边靠近大桥路的地方，大门设在三条街。空间还是比较大的，里面供奉着白鹤大帝，是老百姓祈愿的地方。

附：民国时期皤滩上街商铺分布示意图[①]

[①] 该图为笔者以仙居县城建局提供的皤滩示意图为底图，结合田野调查所获的口述资料，绘制而成。

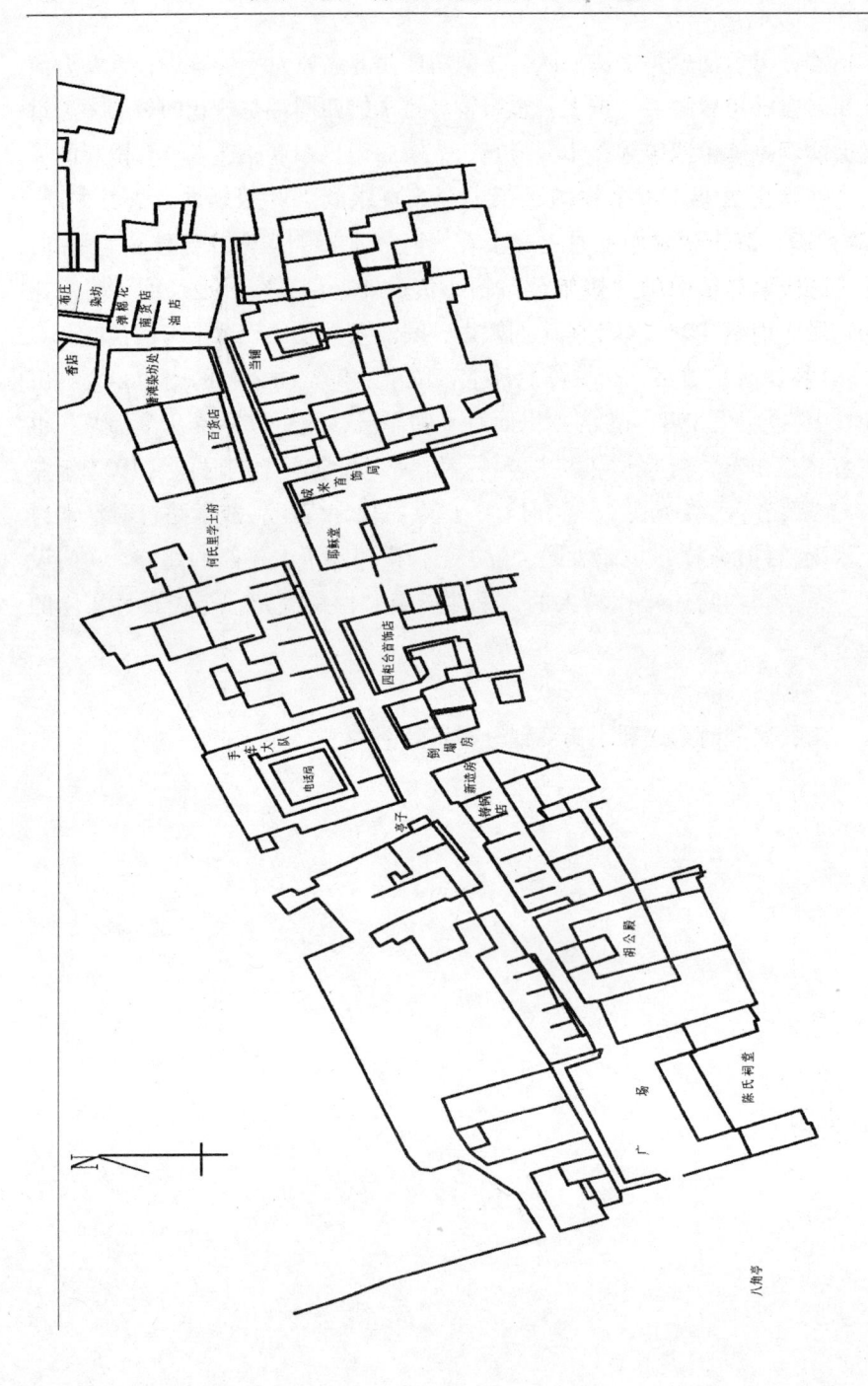

16　倾听·记录·传承：飘散而去的中国乡土世界

第一编　旧貌新颜

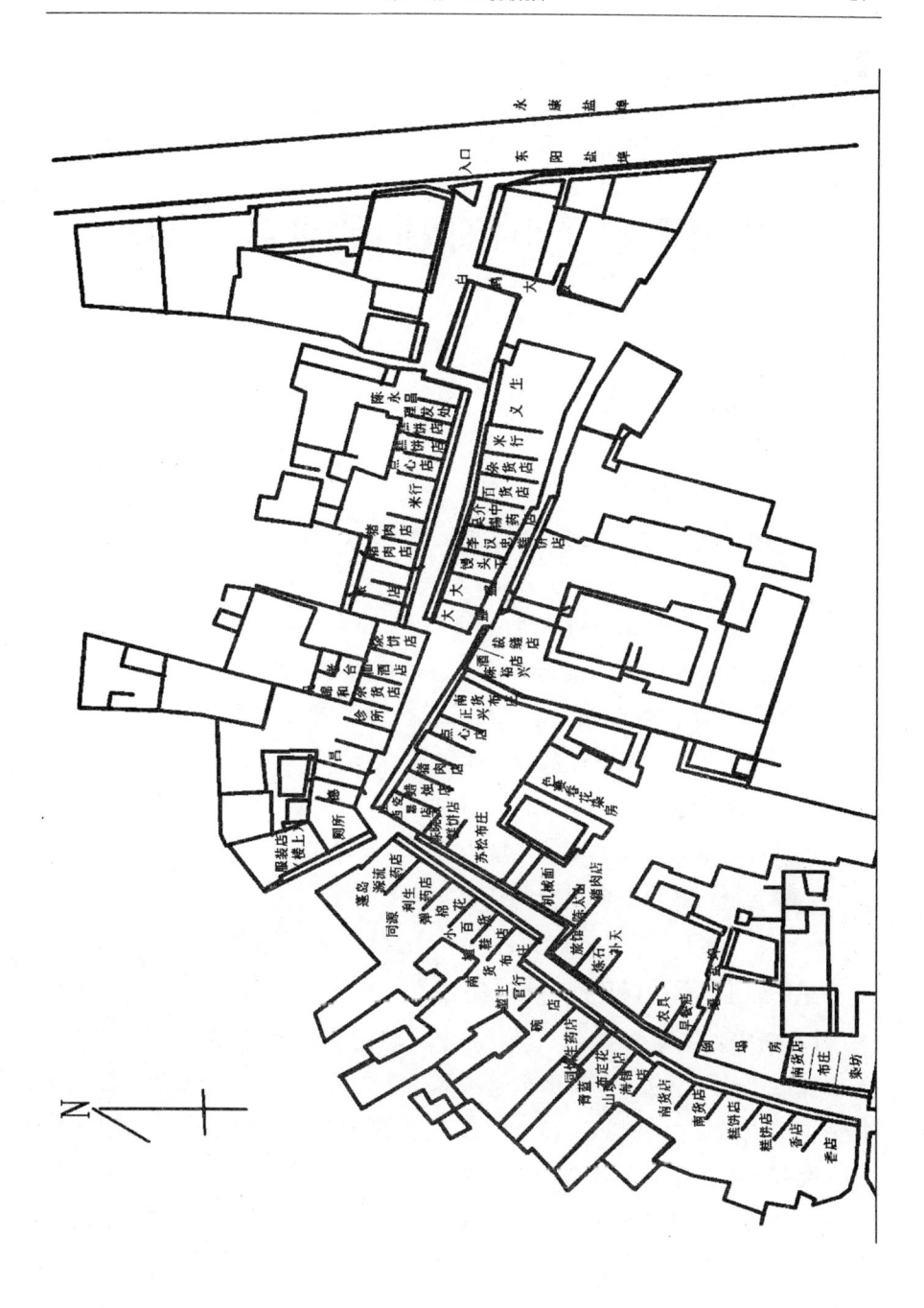

2

濮川人家：小镇依旧的袅袅炊烟

口述者：蔡云宝　蔡松林　沈金奎　蔡桂荣　沈利英
采写者：蔡嘉煜
时　间：2014年2月
地　点：浙江省桐乡市濮院镇口述者家中

蔡松林，男，1934年生，桐乡市濮院镇①人，文盲，从事过农民、工人等职业。蔡云宝，女，1942年生，濮院镇人，蔡松林之妻，高小毕业，农民。蔡桂荣，1967年生，蔡松林之子，初中毕业，先后从事过泥匠、销售员、个体经商户等工作。沈利英，1968年生，蔡桂荣之妻，初中毕业，先后从事过裁缝、个体经商户等工作。沈金奎，1946年生，沈利英之父，初中文化，先后从事过农民、电影放映员、会计等工作。

结婚：四年特殊的"分居生活"

（蔡云宝）我是1942年出生的，父亲在我12岁的那年就得痔疮没了，现在这是个小病，但那时就是绝症。父亲是旧历十月份没的，奶奶又在下一年的大年初一走了。因此，家里只剩下我和母亲，还有8岁的妹妹，没有男人。家里本来条件就不好，快解放的时候，父亲又买了一些地，但都是很贫瘠的那种，而新中国成立后国家又要求每户上缴一定的粮食，光靠母亲和两个小孩，农活根本干不完，因此家里常常要请南头人

---

① 濮院镇位于桐乡市东部，地处杭、嘉、湖平原之中，距省会杭州市64.6公里，东离嘉兴市18公里，西至桐乡9.6公里，南傍320国道（杭申公路），北枕京杭大运河。参见陈兴冀主编《濮院镇志》，上海书店出版社1996年版，第9页。

（屠甸人）来做长工或短工。

14岁那年，有一个长工在我家做了很久的活，人很老实，对我和妹妹又很不错，我母亲就想把他招进来做后爹，但是我和妹妹都不肯，毕竟长工再好，也不是亲爹。可是母亲坚持，最后还是把那个长工招进来了。我是个脾气很倔的人，自从那以后我就常常和我母亲对着干，常常和她吵架。

到了16岁那年，我母亲又开始帮我寻人（找对象）了，可我当时还没做"大人"啊。那时候比较苦，小时候吃得也不好，发育都比较晚，我当时就一个多月没和母亲讲话，可是母亲就是不死心，还是替我在她娘家的村里找了个人。当时村里的人也都说那个男的很好，是家里最小的儿子，肯出来做女婿，而且干活还是家里四个儿子中最厉害的。母亲也正是看中了他这一点，这样一来家里也又多了一个男人，但是他那年已经24岁了，比我大了8岁，所以我怎么说也不肯。

一次和母亲吵架后，我跑到永兴港旁边，当时想自己跳河死了算了，命这么苦。正好有个40多岁的男人经过，看我的样子好像会出事，就硬把我拉了回来，还把我送回家，告诉我母亲我在河边想寻死的事情。我母亲那时心真狠，不但没有松口，反而还打了我一顿。那时候结婚自己是做不了主的，况且我还是女孩子，我知道拗不过母亲，所以最后还是和他结婚了。

结婚以后，我是不要和他好的，结婚那天晚上我就跟他说，我要和你分开住，他确实是个老实人，虽然想说些什么，但还是默默答应了。就这样，我们虽然结婚了，但是却像两家人一样，他自己住一个屋子，吃饭睡觉都和我分开。刚开始的时候村里的人都劝我们，可我就是不肯，那时候就是脾气犟啊。后来村里的小队长看我俩这样也挺尴尬的，1958年也正好赶上大炼钢铁，镇上办了个钢铁厂，厂里缺人，小队长就推荐他去厂里干活了。这样一去，就是三年。

在这三年里，我还是像以往一样，参加生产队的劳动。这三年里做得最多的事情就是养蚕，在整个生产大队里跑来跑去养蚕，虽然很辛苦，但还是学到了一些本事。19岁那年他们说我生产积极性高，思想觉悟性高，就推荐我入了党。19岁也算大姑娘了，很多和我同龄的女孩子第二个小孩都生了。我那时候自己也有点着急，想想他人比较笨，但干起活来确实很厉害，这些年虽然不在家里，但也总是记得给家里捎东西，想想要不这样凑合过过吧。

（蔡松林） 我原本是梧桐镇的人，后来到了濮院这里做女婿。刚结婚的时候，妻子是不要和我好的，连结婚都是她家里人逼着的。所以我和妻子结婚后，妻子也不愿意和我住在一起，就分开了。记得结婚那年的年三十，我还是一个人过的。当时，我干活很起劲，为的就是她可以认可我。可结婚一年多，她还是对我很冷淡，我也比较内向，两个人见面很少讲话。觉得这样也尴尬，那时又不像现在这样，处得不好就可以随便离婚，那时离婚是件很严重的事情，而且还很不光彩，所以我想就先这样处着吧，总有一天两个人会好起来的。后来1958年镇上钢铁厂也正好招人，我就去钢铁厂里干活了。

镇上的钢铁厂开了一年不到就倒闭了，但因为我当时在厂里表现好，就和其他三个人被推荐到濮院镇粮油厂去了。我被分配到烧酒车间，成了一名酿酒工人，吃住全都在厂里，虽然厂子离家不远，但是我却很少回家，因为回家之后也没地方去，她根本就不搭理我。那时在厂里工作虽然苦，常常要上夜班，但是却比做农民收入高，一个月工资有20多元，我自己烟抽得也比较少，酒也不喝，所以一个月下来还能够存一些钱。

记得1959、1960年时，闹自然灾害，农村都没得吃，很多人吃水草根、吃树皮，我因为在厂里工作，凭饭票吃饭，管饱还是没问题的，所以，我就省着吃，把省下来的饭带回家，但也是很少的，最多也就家里每个人能吃到一口。有时不回家，我就在镇上买些小糕点托人带回家，几乎每个月都有。后来有一次，厂里发福利，每个人发到一点布票，我就请厂里一个姓杨的大姐跟我一起去挑一款布料送给妻子，还记得那块布是红底白花的，那时候算是很洋气了。

可能也是因为这件事情，妻子对我的印象好了很多。那时快冬天了，她也就做了双鞋给我，当时我真的很开心，结婚三年多，我丈母娘给我做过衣服鞋子，但妻子还是第一次给我做，当时我也舍不得穿，想等到过年再穿。也巧，那年也就是1961年，国家下了"农业六十条"，我们这些在厂里干活的农民都要求回到农村去，支援农业生产。

所以12月份，我就回农村了，厂里只补贴了一个月的粮食和一个月的工资，我就用这个钱买了一块肉和一些糖回家，想让妻子开心开心。回家那天，妻子躲在厨房里不出来，我把肉拿进去给她，她却骂了我一顿，说过年都吃不上肉，今天怎么舍得烧肉吃，说我没有脑子。我当时心里也挺火的，一个人闷闷地回到自己的屋里。没想到吃饭的时候，妻子居然来喊我吃饭，我这才明白了妻子刚才那番话的意思。后来两人也就好了。

当年结婚的时候，记得妻子结婚穿的红棉袄、红裤子都是借来的，一方面是因为没钱买不起，另一方面，国家政策上说反对铺张浪费，结婚的时候就摆了两桌酒席。另外，也没买什么家具，床什么的都是旧的。后来我就用自己存的一些钱，请村里最好的木匠做了一张床，一个衣橱，还有一个碗橱，这样夫妻俩的日子才算像样起来，掐指头算起来，差不多分居了四年才算结束。床上的雕花真的是很精美，前几年农村改造，老房子拆迁的时候，古董店的人想要来收这个旧床，我和妻子都没舍得卖。

求学：且学且农的校园时光

（沈金奎）我是家里的长孙，所以读不读书都得看大人们的意见。父亲觉得农村小孩子家读书没用，但是祖父却想让家里出个读书人，所以一直很支持我读书，而且要求我一定要用心读。当时村里很多人读完初小就不读了，有些甚至一点书都不读，我是读到初二才不念的。

小学是在家附近的村小读的。记得五年级的时候学校要造新教室，要求每个学生捐24块砖，但是大家都穷，砖头就都是从自家棺材头上扒来的。课余的时候还要帮助建房子，但是那年学校还建了个操场，下课的时候就可以去打打篮球，另外还扩建了一个果园，一片菜地，菜地里种的菜有时还会拿去卖。当时食堂里吃的米饭、菜有一部分也是自己种的，名义上是每个人都有一两饭，可实际就几粒米，那时候学校也很缺钱啊。

那时一到四年级都坐在一个教室里，学生也只有40个人左右，连老师都是临时的。还记得三年级的时候来了个老师，他是当兵回来的，就是在部队里学过几个字，然后来教我们，可这哪里是教我们，分明是我们反过来教他。印象最深的是当时教"冠"字，他一定要说这个字是"寇"，要读"kòu"，因为几个年级坐在一起听课，所以很多同学都听过其他老师讲过这个字是"冠"，读"guān"，不是"寇"。他还不信，后来大家就查字典，一查真的是"冠"字，那老师才肯认错。但是这个老师后来还是一直在教书，因为村里识字的人实在是太少了。

当时的课程也比较少，主要学的是语文和数学，科学是到了五年级才学的。现在的孩子从幼儿园开始就学英语，那时小学都没有外语，到了初中才开始学外语，而且学的还是俄语，因为当时中国和苏联的关系比较好嘛。我小学的时候成绩比较好，祖父就让我念初中，当时念完小学可以继续念普通初中、工业学校和蚕桑学校。工业学校和蚕桑学校就和现在的职业技术学校差不多，我上初中的那年，村里有两个人在乌镇那边读蚕桑学校。因为我祖父想让我以后再读高中，所以就让我念普通初中。

我虽然是濮院人，但是却被分配到乌镇第一中学去上学。当时国家倡导"半工半读，半农半读"的教育体制，所以那时读书，是一边上课一边劳动。当时我还是班里的劳动课长，有时傍晚下课后，我就要组织班里的同学去田地里劳动，把锄头、粪桶之类的劳动工具分配给同学，把活也分配好，有些人除草，有些人浇粪，要保证地里的蔬菜有收成。初一结束后的那个夏天，我们还被安排到乌镇周边的一个村里，帮他们收稻子。当时班里有镇上人，也有乡下人，但是乡下人只有是少数几个，他们镇上人又不会干农活，而我们几个乡下的同学，自己家里忙着收稻，也不愿意帮他们做，校长看大家积极性都不高，就放我们回家了。

到我初二第二个学期的时候，国家号召农村知识青年回乡，当时县里是要求16岁以上的在校学生必须回乡，我们大队（濮院人民公社星峰生产大队[①]）那两个在蚕桑学校念书的，一个已17岁，一个已19岁，已经到了必须回乡的年龄了，所以他们就回乡了。那年我才15岁，还没到年龄，但那时农村缺知识分子嘛，所以大队也到家里来动员，允诺回乡后给我在大队里安排工作。当时父亲就和祖父吵架，父亲不想让我读了，而祖父想让我继续读下去。我自己的话，也想继续读的，所以到初二第二个学期我还是去读了，记得学费加住宿费一共是12元，这在当时算是数额比较大的一笔钱了。但是开学后的第二个礼拜，天气有点冷，我回家拿床被子，回学校的时候经过一条小浜，没有桥，中间横了几个竹竿，很不稳，我当时没踩稳，一不小心整个人都掉到浜里去了，被子和书都湿掉了，只好拿回家重新换一条。回家后，父亲见我这么一副样子，痛骂了我一顿，说什么书都烂了，还读什么书，不要读了。他本来就不想让我读，现在正好找个借口不让我去。后来我还是去读了几个礼拜，读到快期中的时候，我祖父去世了。在读书这件事情上也没人向着我了，父亲便不让我读了，我被安排到大队里工作，也算是农村的第一批知识青年吧。

[①] 1961年濮院人民公社星峰大队成立，1983年包产到户后改为濮院乡星峰村，现为濮院镇新星村。

工作：苦尽甘来的学艺生涯

（**沈利英**）我家里有兄弟姐妹三个人，我是家里最大的孩子，下面还有一个妹妹和一个弟弟。父亲当时是农村里第一批有知识的青年，但是他初中没有毕业就辍学了。小时候他就常常讲他父亲不让他读书的事情，要我们要好好读书，走出农村。但是我母亲觉得读书用处不大，因为父亲虽然读过书，在大队里也当点小干部，但一年下来工分却没有母亲挣得多，而我家人多，劳动力少，每到年末都要向生产大队里借米吃，是属于透支的家庭。所以母亲就想让我们多干活。我和妹妹在小学的时候书没能专心读，上完课回来先把羊草割完了，地里的活干完了，家里的饭烧了，等到了晚上点上灯才写作业的。我还算是读完了初中，但是我妹妹读到五年级，母亲就不让她读了。其实，妹妹的成绩很好，当时老师都到家里来劝了好多次，我父亲和母亲也吵了好多次，但妹妹当时比较懂事，知道家里条件不好，也主动要求不读了，现在想想挺可惜的。

14岁那年我初中毕业，母亲就不让我继续读高中了，她觉得做裁缝师傅是门很吃香的职业，胜过读书。因为刚刚改革开放那会儿，大家还都是习惯到布店里剪好布料，再请裁缝师傅做，服装店当时还只有零零星星几家，裁缝店倒是多了起来。母亲就帮我打听了一个手艺很好的师傅，在梧桐镇红太阳村那里，离家也不是很远。当时去学的时候，我母亲给我织了两匹土布，一匹让我学艺的时候练习，另外一匹是要等到我学成回来给家里每个人做一件衣服。因此，我当时是真的下定了决心要好好地学。

我师傅年纪虽然不大，只有三十来岁，但是脾气却不怎么好，经常打骂我们这些徒弟。当时和我一起跟着师傅学的有三个人，其中有一个吃不起苦的，学了三个月不到就走了。平日里师傅教得不多，更不会一针一线手把手教，基本靠自己的眼力和领悟能力，一般是跟在师傅后面看师傅做，自己再琢磨练习。开始是学一些琐碎的活，像锁洞、缝边、钉扣子，慢慢地再学缝衣服，最后才学裁剪衣服。不是有句话说一日为师终身为父，拜了师就相当于在师傅家做了小工一样，要帮师傅做家务，扫地、做饭、倒马桶，师傅家农忙时，还要帮忙干农活。所以除非家里有什么事情，一般情况下是不让回家的。学了一年四个月，我算是出山了。但是以我出山的手艺水平还算不上正式的裁缝师傅，要跟着老裁缝师傅干一段时间才可以自己单独去干。

当时农村的裁缝师傅都是走家串户地给别人做衣服的。开始的半年，我只是跟着村里的一个快50岁的老师傅走家串户地做衣服。老师傅眼睛不好，很多时候他都让我来裁剪缝制，等到衣服差不多好了，他再看看，有没有需要改的地方。老师傅人很好，去别人家做衣服，他总是夸赞我技艺好，说自己眼睛不行了，以后要做衣服可以找我。我自己当然也知道，这段"实习"其实是为自己积累人脉和客源的好机会，所以也一丝不苟。慢慢地自己村和附近几个村找我做衣服的人也越来越多，"实习"半年以后，我就出来单干了。

那时布料大都是农民家里自个儿织的土布或者去镇上剪的，最后裁剪成衣服还是得靠裁缝师傅。当时有的人家已经有了缝纫机，就算没有也会去别家借来，所以缝纫机就不用担心了，我只要拿着自己"吃饭"的工具：一把裁缝剪刀、一盒划粉、一包针线、一条皮尺、一根木尺、一个熨斗，就可以走家串户做衣服了。刚开始用的是茶熨斗，后来才是电熨斗。去别人家做衣服是"包吃包住"的，特别是到了过年的时候，碰到这样一家老小都要做新衣服的，一天是做不好的，经常要在那户人家里住上一夜，把衣服做好了再走。那请裁缝师傅到家里来，菜也会烧得好一些。所以当时这门手艺还是很吃香的，大家也都很羡慕我的工作，以至于后来我母亲也让我妹妹跟着我学，但是妹妹耐心不够，最后也没有学成。

17岁那年，我有了自己开店的想法，地址打算选在320国道旁边一块地方，就是现在的国际童装城，那块地对面就是濮院丝绸印染厂，附近还有一个濮院绢麻厂，平时里有很多上班的工人经过，所以我想开在那里生意应该不会很差。而且改革开放了，大家的日子眼看着也渐渐好起来，手里的钱也多了起来，我想大家对于穿的肯定也会越来越考究，衣服肯定也会翻新得越来越快。但我父亲不同意，说我的技艺还不到开店的程度，开在国道边也不会有生意，因为当时国道旁边除了这几个工厂以外，确实也没有其他什么房子了。但是看我想开店的决心那么大，父亲还是去询问了一个在镇上开店的老师傅。老师傅告诉他，要是我能把一块四尺半开片裤子的料子做成一件衣服，就可以开店。当时，我不仅裁出来了，竟然还有剩余。于是，父亲这才放心地让我开了店。当时国道旁还没什么房子，父亲就干脆找人帮我盖了一间平房。

开店之后，生意确实很好，常常还来不及做别人要的衣服，所以妹妹也到店里来帮我打下手。后来人家看我生意好，也跟着在国道边开了裁缝店，但是生意都没有我好，有的开了不久就关了。为了保证衣服款式新颖，我经常去买一些新款衣服的裁剪书来看，也跑到杭州、上海去看看大城市里新式的服装，研究研究时髦的款式。客人来了，我也会让他们在书上挑选他们自己喜欢的款式。可能就是因为这样，一方面是我的技艺在当时算比较好的，做的衣服比较合身，布料用得也比较省；另一方面款式也比较新，比较好看，所以回头客也多，并且客人觉得我做的衣服好，都会向朋友推荐我。而我一般听说是熟客介绍过来的，也自然会在价格上优惠一点。

因为自己是裁缝，所以家里人的衣服也都是我做的，连我结婚的嫁衣，甚至丈夫的西装都是我自己做的。后来有了女儿，更是变着花样给她做新衣服穿，连她幼儿园的老师也来找我给她女儿做衣服。等到我第二个女儿出生时，也就是2000年，基本上没有人会找裁缝做衣服了，都是去服装店里买了。

在做裁缝的十几年时间里，我几乎是看着衣服的款式越来越多起来的。在农村做裁缝的一年，做的衣服基本上都是大襟、中装，到了自己开店后，开始做中山装和军装，后来做西装的人也越来越多，有一段时间还特别流行喇叭裤和垮裤。布料也是越来越好，刚开始只是农家自己织的土布，颜色比较单一，后来面料的品种和颜色也越来越多了。

随着服装商店越来越多，服装商店里衣服的款式也日新月异，越来越多的人也选择买成品的衣服，裁缝店里款式也不及厂里生产得新颖，再加上90年代初濮院羊毛衫已经兴起，个体经营户也越来越多，几年时间里320国道旁也逐渐建起了10个羊毛衫交易区[①]，形势越来越好，羊毛衫生意炙手可热。所以1994年之后，我就和丈夫走上了起起伏伏的羊毛衫经商之路。

生活：包产到户后的洋楼幢幢

（蔡桂荣）我是1967年生的，正好是生产队的时候，当时祖父母身

[①] 濮院镇羊毛衫市场，地处濮院镇南部320国道南、北两侧。始建于1988年10月，发展到1994年占地面积56万平方米，建筑面积12万平方米，分设10个羊毛衫交易区，1个兔毛衫交易区，有营业房4151间。参见陈兴冀主编《濮院镇志》，第168页。

体也不错，经常下地干活。我是家里的老二，有一个比我大四岁的姐姐和一个比我小四岁的弟弟。母亲是生产队里的妇女队长，每天开始干农活的时候，母亲常常带着生产队里的妇女先对着蚕房里的毛主席像鞠躬，喊一些类似"毛主席万寿无疆"的话，然后再开始每天的工作。父亲则是生产队里的农业队长，也就是副队长，负责选种，学习和教授农技、买卖粮食的事情。那时家里一年的收入全靠祖父母和父母挣的工分，虽然父母都算是生产队里的干部，但是父母也都是老实本分的人，母亲又是党员，所以没有做过以权谋私的事情，一年下来，我家也还是属于收支基本平衡的盈余基本是没有的。

小时候饭桌上的食物也比较单一，一般是蒸萝卜、蒸咸菜、蒸南瓜等，在土灶上烧饭的时候顺带蒸出来的，连炒菜都很少吃。那时用的都是菜籽油，每家人家能分到的都不多，所以我记得自己小时候有一段时间经常"大肚子"，我母亲跟我说是因为油吃得少，胃酸过多，肚子胀气。因此，猪肉已经是相当奢侈的食物了，只有等到过年的时候，才有的吃。记得每次过年去做客的时候，总是盼望着能吃那碗盛得高高满满的油豆腐包肉，但是桌上没有一个人动那碗菜，只能咽咽口水，因为大家都知道这盘油豆腐包肉是摆给大家看的，一摆还要摆到正月十五，家里的客人请完了才可以吃的，而且只有最上面几只油豆腐是包了肉的，藏在底下的油豆腐全是空的。等到全部的客人请完了，才能真正轮到自己吃，但是这碗油豆腐包肉也已经轮番蒸了好多次，已经没有什么肉鲜味儿了。

所以对于农村的男孩子来说，夏天是个大饱口福的季节，因为有很多"山珍海味"。抓鱼、抓螃蟹、抓鳝鱼等，这些都是大家爱干的事情。一到夏天，这些水产就特别多，去割草的路上，就会顺道瞅瞅水沟里有没有螃蟹洞，有的话就用草把洞口堵住，因为螃蟹洞很深，直接去摸的话是摸不到的，而且极有可能被螃蟹反咬一口，就先用草堵住洞口，有时再敷点淤泥上去，这样会使螃蟹洞变得很闷。等到割草回来时，螃蟹为了透气早就爬到了洞口，只要一拿出稻草，螃蟹就会自己爬了出来，很容易就可以抓住了。捉鳝鱼也是这个道理，那时城里人比较喜欢吃鳝鱼，捉来可以拿到镇上卖，赚的钱又归小孩自己，因此捉鳝鱼的热情很高，常常几个男孩子晚上相约去沟里和田埂边捉鳝鱼，尤其是天气特别闷的那几天，鳝鱼从洞里跑出来透气了。捉鳝鱼要用专门的工具，叫竹夹子（形状有点像火钳，但是竹夹子内侧是锯齿状的），只要一夹，鳝鱼就被抓住了，运气好的时候可以抓到六七斤。第二天，跟着大人去镇上鱼行汇①那个地方赶集，大概五角一斤，赚到钱后就去镇上的面馆里吃碗面，买几个包子什么的，特别开心。

夏天抓鱼也很容易，每当下雨的时候，田里或者沟里的水就会满起来流向河里，而河里的鱼则是反着水流的方向，拼命地往沟里游。我们观察着雨快停了，就把通往河边的沟口用木板堵住，这样游到田里的鱼就回不到河里了，再等到田里的水干一点了，就可以高高兴兴地去捞了，抓到的最多的就是汪刺鱼了。因此，夏天是常常可以吃到这类"山珍海味"的，这也是杭嘉湖平原"鱼米之乡"的特色吧。

我15岁那年初中毕业，也就是1982年，村里开始实行包产到户②。当时家里有7口人，一共分到了7亩多地和8亩多田。以前生产队的时候，家里的私留地才6分，一亩都分不到。分产到户后，我家依靠分来的田地，种了很多蔬菜和庄稼，收入也提高了不少，这才有钱盖楼房。

记得刚刚分产到户的时候，田里还是像合作社的时候一样，种的是双季稻，除此之外还要种大麦、小麦、油菜、胶菜、榨菜③和杭白菊④。种出来的粮食不但够吃，而且还有余粮可以粜掉。承包以前，大麦、小麦和双季加起来一亩也才七八百斤，承包以后，就单季稻一亩就能有1000斤的收成。当时桐乡县政府主打的农产品就是榨菜和杭白菊，因此，大家纷纷种榨菜和杭白菊。榨菜的收购价格却不是很高，每100斤才3元8角左右，但是当时一般家庭种的也多，有上万斤，所以收入还是可以的。

---

① 鱼行汇：濮院镇区中一个四街交汇口，东为北横街，南为义路街，西为栖凤桥，北为大有桥。参见陈兴冀主编《濮院镇志》，第72页。

② 1982年冬种起，桐乡县开始全面推行家庭联产承包责任制，将水田、旱地（包括桑园）全部包产到户。冬种结束时，全县有85%以上的生产队已经实行联产到劳和包干到户的责任制。1983年春，家庭联产承包责任制已在全县全面推行，并由县政府颁发土地承包证。参见新编《桐乡县志》，上海书店出版社1996年版，第229页。

③ 80年代，因为在榨菜品种选用、栽培及腌制加工、包装等方面均有很大进展，加上市场开放、菜农自产自销、多渠道经营，产销两旺，桐乡县的榨菜生产进入鼎盛时期。参见新编《桐乡县志》，第366页。

④ 80年代，国内外市场对杭白菊的总需求增加，菊价看好，仅桐乡境内种菊面积扩大总量上涨，1984年，每50公斤菊价曾高达700元，1985年菊区由常年的9个乡扩大到33个乡（镇），种植面积激增到47782亩，总产量4215吨，超过历史最高水平。参见新编《桐乡县志》，第363页。

相比榨菜的收购价格，杭白菊就要高得多，干的杭白菊一般在每斤5元左右。但是一分艰辛、一分价钱，菊花培育要比榨菜复杂得多，菊花在白天采摘下来以后，要连夜把菊花蒸好，灶上的沸水要一直煮开着，菊花摊在笪（用竹篾编成类似竹子的东西）上，再放到蒸架上一批一批地蒸，蒸好后，把菊花反铺在匾上，接着要在太阳底下晒上两三天才可以。菊花卖的时候色泽很重要，净白的菊花要比有斑斑点点的菊花价格高得多。

开始几年大家还都种胶菜，我和父亲摇着水泥船去浙江的桐庐和江苏的一些地方去卖过，每次在水泥船里装上500斤，傍晚时分从家这边出发，晚上我和父亲轮流摇船，一般第二天早上或者中午到达，卖给那里的蔬菜商后再回来。但是胶菜的价格很低，只有5分一斤，所以后来大家都不种了，改种其他收益好的蔬菜。虽然这些农作物的收购价格都不高，但是因为种得多，再加上家里又养了蚕，姐姐高中毕业后又在当时濮院绸厂当会计，我又开始做泥匠赚钱了，奶奶和爷爷当时也还在，身体还不错，帮衬着，家里的总收入一下子就高了，生活水平也就上去了。

在包产到户的第二年，我买了人生中的第一辆自行车，"海鸥"牌的，当时"凤凰"和"永久"牌这样的自行车是要用自行车票才能买到的，一般城里人才有。以前养猪都是到快过年的时候，把整一头猪卖给杀猪的人，家里只从他那里买半个猪肝和一些过年的猪肉。包产到户后，生活条件好了，就都是过年杀一头猪，半头留着过年，半头卖给别人。只是包产后，不同家庭的收入也有了一定的差距，农作物种得多，收成好的家庭收入要高一些，也是在那时我感觉村里人竞争攀比意识也强了，所以到后来大家都是越种越多，种得多就意味着钱挣得多。在包产到户的后五六年里，小队里都一个个造起了楼房。当时农村的楼房已经是砖混结构了，楼下有走廊，楼上有阳台，三四间为一幢。但那都是20多年前的事情了，现在看来根本不算什么。不过当时能在大队里盖起楼房真的是一件脸上很有光的事情，我家当时是村里第二户盖起楼房的，村里来喝上梁酒的人们都羡慕得不得了。

24岁那年，我和交往了两年的妻子结婚了。我俩是初中同学，交往的时候也比较简单，也没送过她什么贵重的东西。只记得当时送过她一块"宝石花"牌手表，结婚后她还一直戴着。倒是她，做了很多衣服给我，我当时刚到厂里上班，经常换着穿新衣服，特有面子。到了结婚时，还买了当时很时髦的家电和家具，21寸"佳丽彩"彩色电视机、"西泠"冰箱和收音机，另外还有一套村里木匠师傅做的黄色家具，外加一套沙发。

那时候农村的婚礼虽然比较简单，但是规矩还是要讲的。虽然两家隔得很近，但是按照农村的习惯，新娘是一定要坐船过来的，她的嫁妆也都装在船里。我俩交往和结婚的时候拍了好多照片，现在都珍藏着，有时候拿出来给孩子们看看，他们都会笑那时候的穿着和发型。时代总是变得那么快，在年轻时很流行的，现在看来已经很土了，但是用现在的话来说，这也算是60后独有的时代回忆吧。

3

汤溪乡语：阅世八旬之新旧变幻

口述者：胡在善
采写者：胡跃庭
时　间：2014年2月
地　点：浙江省金华市婺城区洋埠镇东十村口述者家

胡在善，男，1933年生，小学未毕业，农民，洋埠镇东十村人。

童里老家话当年

我出生在汤溪县东十村的坂田村①，处县城西面约15里，距离省城有500里的陆路和400里的水路②。东十村东面有条约1米宽的田畈路（最初为田埂路，由人走多了而形成较田埂更宽的路）通向县城；北面是一条泥泞的石头路，比东路宽两三米，但离县城远，要先绕到洋埠乡再折南至县城。县城往北50余里是水牛背（今金华的北山），南到塔石后山和驼峰山。东十村东高西低，农田也基本集中在村西。村西尽头有一条溪河，叫水（小）龙溪。小龙溪流70里左右至衢江，再流10里左右汇入兰江，最后至钱塘江。村东有一条后溪，从派溪流下，经过五六公里汇入小龙溪下游。小龙溪的西岸叫西十村，南面是浙赣铁路。

说起东十村，其由来已鲜有人知，东十村不是指溪东边的10个村，

---

① 今金华市洋埠镇东十村。明成化六年（1471），割金（华）、兰（溪）、龙（游）、遂（昌）四县之地置汤溪，七年（1472）始建，成汤溪县。参见丁燮等修，戴鸿熙等纂《汤溪县志》，1931年铅印本，第42页；1958年，汤溪撤县设镇，属金华县（今金华市）。参见《国务院关于撤销遂安县和汤溪县的决定》，《中华人民共和国国务院公报》1958年第28期。

② 《汤溪县志》，第89页。

因为你再怎么算也不可能凑得出 10 个村来；相反，西面的西十村正好有 10 个村，基本沿着溪西分布，不过后来村社合并，西十村也没有 10 个村了。东十村其实只有 4 个村，分别是坂田村、溪滩下村、端头村（墩头村）和野麦畈村①，而野麦畈村现已无人居住。后来，当地人随西十村的叫法，渐渐将东十村叫开了。

听我父辈讲，我的祖上是汴人。靖康时，胡嵩太公官防御使，从高宗南渡，居金华临江；到四世孙胡琏太公时，迁到了兰溪；元朝末年的时候，七世孙胡维二再迁到汤溪枫林②。隔壁有个大坟头村，是铭七太公的坟，去年刚刚大修过。铭七太公是明朝初年的人③，是个遗腹子，由维二的儿子廉一抚养长大，就是铭七的伯伯。铭七太公成年后，与其伯父一家又迁到了青阳。因此，严格意义来讲，他不是我的太公，我们村是铭十四太公的后裔，前前后后都集中在了东十村周围。

修家谱是为了让祖上保佑人口的繁增。维二太公迁到汤溪后，随着子嗣的增加就要修家谱，但仅限家中男丁，女人是属夫家的。一乐堂村是总支，隔壁的西上陈村是分支，家里有丁后都要去祠堂补谱。那时会有专门的人来我们这些分支补丁，不过要交几担米。西上陈村的大堂很大，我还去过，叫胡氏厅堂④。那时候很红（兴旺），正中央摆着太公们的牌位，还挂着一些太公的画像。祖上出过好多进士，比如胡超、胡斐、胡佩、胡邦盛。⑤ 有一个叫

---

① 野麦畈在老人口中是一个村，因为曾有一个太婆住在那儿。但笔者并未找到此村的相关资料，仅有其他三村，见《汤溪县志》，第 406 页。

② 老人家谱毁于"文革"，可参见《青阳胡氏家谱文献录》，嘉庆三年（1798）木活字本，上海图书馆藏。又见上海图书馆编，王鹤鸣主编《中国家谱总目》，上海古籍出版社 2008 年版，第 1676 页。

③ 胡铭七，明朝初年人，生卒年不详，名童，又名印，相关事迹见《汤溪县志》，第 842 页。胡铭七墓葬位于金华大坟头村，2004 年确立为金华市文物保护点。

④ 建自明朝，距今已有 500 多年，占地 400 多平方米，长 40 米，宽 10 米。坐北朝南，平面布局长方形。自汉朝始，胡氏共有 19 位先祖先后担任过尚书、太常少卿、贡士、庠生、儒士、太学生等职，胡氏家族在清朝时期始终是个书香门第，胡氏家族人才辈出，有很深的文化底蕴。参见浙江师范大学农村研究中心区域发展研究所编《大金西历代名人、文物、民俗调查报告》，2011 年辑，第 64 页。

⑤ 胡超，字彦超，号耿菴，明成化壬辰年进士；胡斐，字时章，明正德甲戌年进士；胡佩，字时鸣，明正德辛未进士；胡邦盛，字绍义，号晴峰，乾隆丙辰年进士。见《汤溪县志》，第 842、858、859、911 页。

胡森的①，也是进士，葬在九峰山。很小的时候听老一辈人讲过，那是一个很大的墓，一共有三个，是胡森太公、夫人及其儿子的，还有完整的墓道、石桌、石凳。这个墓以前一直有人守，但现在基本被毁了。

我父亲以及我这一辈还有修谱的，但到下一辈就没有了。主要是当时的环境，因为共产党来了以后就不让修了。后来我去询问，他们也说他们这支人口已足够大了，分出去久了也就像柳树发芽，不再补增其他分支了。

枫林是我们的发源地，但搬来东十村后却没有将风水带过来。村上几百年也就发（增加）了百来口人，比较其他分支，我们是抬不起头的。

我有三个弟弟，我是老大，还有两个姐姐。那时候穷，没啥吃的。这边，地是挺多，但基本为地主家干活。本来要养活七八张嘴就不容易，父亲又是比较霉卵（音译，形容人软易欺）的人，有时候粮食经常被别人借走，但归还的却少。母亲不能下地干活，她的脚很小，因为农村里大脚女人是嫁不出去的。两个姐姐和两个弟弟都没到成年就没了，仅剩我和三弟两人。父亲有兄弟三人，后来分家了，两个在本村，还有一个到洋埠青阳洪村去了，估计玄孙都很大了，没什么联系，也都不认识了。

爷爷的父亲在村上是有威望的，属于在外面闯荡见过世面的人，回来后又积累了一定的财富。但后来纳了一个小妾，由此家道便中落了。那小妾是他在外面闯荡时认识的，按照爷爷的说法，外来的媳妇是不靠谱的，她是不被祖上接受才会冲（损害）到家里的。到我父亲这一辈时，子孙辈人又多，分的家产自然就少了。父亲没分到什么东西，仅有两担谷和老父亲留下的一间老泥房。

我出生在民国二十二年（1933年），属鸡，是凌晨四五点钟出生的。按照老家的说法，那是鸡报晓的时候，这也注定我是一辈子的劳碌命，发不起来。小时候，我和老二关系很好，老二比我小一岁，这个鬼（相当于这个人，方言中形容比自己年纪小的同代或后代，无褒贬之意）是不怕死活的，但很顾家，要是有比我大的人来打我，不管对方如何，老二都是要为我出头的，也不认输。老二也是一个很聪明的人，小时候清明上坟，别人都是摘一些樟树绿叶带回家，他却是带杨柳回来，村上人笑话

---

① 胡森，字秀夫，号九峰，徙居吴碓，明正德辛巳年进士，有《九峰文集》行世。见《汤溪县志》，第860页。

他，谁知他却说杨柳是插上就活，无根也能生，樟树会吗？那时候老二是七八岁的样子，大人们都夸他聪明。日本佬打来不久，老二就生了场病，什么病不知道，好像是鬼上身。我们家找了村上一个懂点医的人，抓了半天鬼，也没辙，拖了没多久就死了。

  那时候没什么可玩的东西。村上有个叫胡宏祥的，家里是做木的（木匠世家）。他有一把木制的枪，这使得我们非常羡慕，一整天围着他跑，希望他可以把木枪借给大家玩一下。那时候还有用稻秆做成的风车，拿一根很细的竹线，把稻秆剪成适量大小，再一根一根穿进去，外面再用一根长稻秆套一下，用嘴巴一吹，就会呼呼地转，非常好玩。

  农村里讲虚岁，1938年，我6岁，那时爷爷还活着。爷爷常说他父亲的家业是败在外地货（他父亲的小妾）手上的，因此后代要多读书，重振家业，穷不过三代。于是，我被安排到村上的私塾读书。读书的地方是溪滩下村的一个祠堂[①]，这是我们胡家人的堂，别姓的人是不允许进入的。溪滩下村还有一批姓丰的人，是从隔壁黄堂乡迁过来的，现在也都在。他们也有自己的堂，但规模远不如我们的大。堂的名字我已忘记，大概建成已有两三百年了，外面是青色的砖，里面是木结构。这个厅虽然没有那个西上陈村的大，但有两个天井，每个天井有6根柱子，总共12根，前后三进，即门厅、大厅、后厅。里面还有几间房，也用木柱顶起来，面积也是可观的。一间给太公们用，剩下一间就给我们学习用。

  村里人6岁开始上小学，但基本读到八九岁的样子就不读了，只有一些有条件的人家会再读上去。民国前有个九峰书院，名气很大，是以前要考状元做官的人上学的地方，后来没有了[②]。村上读几年，好点的就到隔壁的第一小学[③]、黄堂初级小学[④]读，那是乡级别的，还有汤溪

  [①] 1916年，黄堂区私立三余初级小学成立，以溪滩下胡家祠堂为办校基础，东十村人称其为溪滩下小学。见《汤溪县志》，第328页。

  [②] 九峰书院设立于乾隆四十八年（1783年），知县陈钟奕改义学为九峰书院；光绪三十二年（1906年）改九峰书院为九峰高等小学堂（官立高等小学堂）；1923年，改为汤溪县立乙种农业学校。见《汤溪县志》，第55、78、320页。

  [③] 全名洋埠区区立第一小学，在今洋埠镇，1924年成立。见《汤溪县志》，第320页。

  [④] 全名黄堂区私立黄堂初级小学校，在今黄堂乡后宅村，1912年成立。见《汤溪县志》，第328页。

中学，金华七中（今金华市第一中学）。黄堂出过一个叫丰惠恩的人[①]，是爷爷同我说的，后来还去日本读书，这在当时是非常稀奇和威风的。我这个年纪里比较好的有胡培德、胡增贤[②]，他们辈分比我低好多，但只比我小5岁。在农村，同龄人里面辈分越高，说明家庭越穷，条件越不好。

那时候的教育不像现在要求那么高，每人每学期给老师6担大米，一年就是12担（每担约百斤），这就充当学费了。再磕头、作揖拜过老师，就确认先生收你了。我印象中教材有三本，国文、数学还有历史，总共要读到第8册。平时农作是要放假的，老师也要帮家里干农活。那时候也有寒暑假，周日会照常休息。父母是不会管你的，那时候人多，一来他管不过来，二来也懒得管，因为男丁都要干活。教书先生都是本村人，他们的队伍也一直在变化。比如小学读到三年级了，老师觉得你不错就可以留下来帮助他，而成为新的老师，但也有一些或参军或转学到好的学校的。

我的先生叫胡开基，是爷爷的堂侄，死了好多年了，他活了100多岁。他是清末秀才，是我爷爷同他说才收下我的，不过他没怎么带学生，一大把年纪了，教了几年就要去当兵。他很凶，动不动就要敲你脑袋（棍棒相加）。书背不出，就拿一根长约四五十公分、宽十公分左右的木条来打，被打过后，手好几天端不起饭，身上、脸上都是一块青一块紫的，有时候还使劲敲你脑门，并对你破口大骂。父亲是一直不希望我上学的，加上爷爷后来身体有病，我也就三天两头地不去先生那儿。起初先生还会打我骂我，眼睛瞪得老大，眼珠像要掉出来一样，想想一个学期6担粮食，还不好好读书，亨么可以（有疑问称亨么）？想想父母。先生会一直来回骂。不过，我一点也不在乎。过了一两年，我爷爷死了，我爸因心疼一年的12担粮食也就没有继续让我读下去。

---

① 丰惠恩（1893—1949），字济泽，汤溪县东祝乡黄堂村人，民国初年毕业于浙江省甲种工业学校。官费留学日本，回国在上海创办得师绸厂，后办金华丝织公司。40年代任南通纺织学院教授。

② 胡培德（1938—），汤溪县洋埠乡东十村人，浙江煤炭地质队高级工程师。胡增贤（1938—），汤溪县洋埠乡东十村人，中科院计算技术研究所研究员。

汤溪这个地方，以前是很乱的①。汤溪山头多，土匪也多。土匪都是村上一些好吃懒做的懒病骨头（事至即行曰发狠，延缓曰懒病，懒病骨头含贬义，等同于懒惰的人），平时不干活，躲在山里面。等到七八月份粮食收割了，头头就带着手下挨家挨户抢粮食，不给就杀你；冷来的时候（秋冬时分）就抢衣服、抢被子，再抢些酒啊、饭啊。平时从山里出来，看见漂亮的妇女就要拖到山洞去。经过他的地头要小心，把你人抢去，然后叫你家人送多少担粮食，不然就要杀你。政府是不怎么管的，剿匪是有，但这里山多，他们是应付不过来的。

清末时"长毛"（太平军）也来过，李世贤与清军在这儿打仗。"长毛"从江西、衢州那一带跑到汤溪，当官的（知县）都逃了，他们就在城里和村里抢东西、拖女人（奸淫妇女）、放火、杀人。每个村上勇（壮）的男人组成一支队伍，和"长毛"斗。不过打不过他们，经常吃亏，因为他们人多。

后来，"长毛"在这儿自立当皇帝，上头（清廷）就来剿灭了。"长毛"拆了房屋，又强迫村民在城外修筑长濠，不仅如此，还要叫你拿多少粮食出来，不然就要杀头。上头派兵过来后，在罗埠、湖镇那一带驻兵，包围"长毛"。上头厉害些，"长毛"边打边逃，慢慢就打到了县城下。"长毛"不敢出城，外面的粮食又进不去，没有吃的。"长毛"把女人抓去，赤裸放在城门口，打算把霉头冲向他们（清兵）。不过上头把这些女人都杀了，"长毛"没有办法，只有出城拼命。上头（官兵）人多，"长毛"逃的逃、窜的窜，往南逃到山洞困笼（深山老林）就只有死路一条；往北逃到罗埠，一路上一些村的人拿起锄头、斧头加入官兵，"长毛"真是叫天天不应、叫地地不灵，死了很多②。

---

① 汤溪多盗贼，此地民风剽悍，政府为缓解该地矛盾，采取招安怀柔政策，让盗贼自治。有明以来，汤溪基本属于"四不管"之地。明成化辛卯，金华守李嗣以其阻山带水、犷戾难治，迺（乃）因民情，请割金兰龙遂四隅之地另为一县；汤溪割四具边隅之地为邑，故习俗各随其方，如遂昌多强劲、兰溪多浇（狡）诈、金华多俭啬、龙游多闘（斗）讼而汤兼有之。参见《汤溪县志》，第87、273页。

② 史载咸丰十一年（1861年），太平军占汤溪城，侍王李世贤命李尚扬、彭禹兰等守之；同治元年（1862年）三月，左宗棠为浙江巡抚统大军至衢州；同年闰八月浙江布政使蒋益沣与太平军交战至汤溪、罗埠等地，大破太平军；同年九月，围太平军于汤溪县城，十五日剿追至白龙桥，距金华府城仅十里而返。同治二年（1863年）正月，清兵攻城，太平军数千人全部牺牲，县城失守。参见《汤溪县志》，第62—68页。

外国佬也来过,讲耶稣,建教堂①。但对于他们怎样讲耶稣,我是不清楚的。听老人说,他们长得不一样,都是些红毛怪,每天秘密集会,外面不允许就待在家里。古坊(山坊)好像有个天主堂,不过我那时候小,没什么印象。对于红毛(外国人),村上人是不敢去招惹他们的,因为他们长得又高又大。假如小侬(小孩)不听话,大人就会吓唬说"长毛"和红毛来了,小侬是很怕的。我没有见过红毛,以前打战的时候(抗战时期)会有人来讲(宣传)一些说法(教义),告诉你信耶稣哈么好哈么(怎么)好,不过说(宣传)的也都是村民。这种东西,没什么人信的,特别是共产党来了以后,就没看到过了。不过现在好像又发起来了,罗埠那边就有教堂,平时周六周日的时候,人很兴(多)的。

　　共产党(红军)也来过,粟裕、刘英的部队在这儿驻扎,打土豪、分田地。那时候地主是吃苦头的,红军把地主抓来,把地主家的钱和米拿到厅(厅堂)上,召集村民,再把这些分给他们。村民原先是不敢要的,共产党就不断讲(宣传),什么"红军是工农自己的红军""农民翻身站起来""土地革命为农民"。② 好吃懒做的,穷到赤裸的人看到白拿就都上去拿了。地主在那时候也是很罪过(很可怜)的,不敢响(作声),隔壁村有个胡长材(地主),好像不同意分他的东西就被打死了。这些我也没看到过,只有小时候听爷爷说起过。

　　日本佬也来过,炸附近的衢州机场,来这边抢东西。我那时候还小,但逃(经历)过。日本佬是很可怕的,日本佬进村是所有人都怕的事。日本佬进村时,小侬(小孩)要躲起来。村上有稻秆叠(用捆捆稻秆叠起来的堆),我就躲在那个里面。有一个翻译官,很胖,狗头一样(骂人的一种说法),吆五喝六的;地保每次都是笑呵呵的,送这送那;还有好

---

① 光绪二十六年(1900年),美籍牧师翁丕显来仓里村(今东祝乡)传教,后牧师伊文思在汤城文昌巷建浸礼会真神堂。参见新编《金华县志》,浙江人民出版社1992年版,第24页。汤溪之教民自同治年间始为数不多,教堂除酷坊天主堂外,余无定所。参见《汤溪县志》,第304页。

② 1934年由粟裕、刘英率领的中国工农红军挺进师活动于汤溪(今金华)的溪口、井上、源头、上阳、南坑口、九家畈、塔石等地,每到一地就打土豪、分田地,到处张贴、书写革命标语。现存于莘畈乡上范村许开等四户建筑内,有"农民起来打土豪分田地"等八条标语;塔石乡大茗村交椅山自然村叶连高、叶明登等人的住宅墙上,有"打倒卖国的国民党""农民起来实行土地革命"等七条标语。又见浙江师范大学农村研究中心区域发展研究所编《大金西历代名人、文物、民俗调查报告》,2011年辑,第74页。

臣（汉奸），站在旁边和狗一样，也没话。日本佬一声凶来，狗头翻译就大叫，村上人都不敢说话。日本佬什么坏事都干，抢妇女啊，打人啊，放火啊，放老鼠（鼠疫）①啊，还往家中米缸拉屎。日本佬有时候会从天上来，飞机在上头飞，人们就往山洞跑。天上子弹扔下来，声音比过年的鞭炮还响。我那时候小，很怕，屋子都是木头做的，一下子，火就烧起来，来不及逃的人都是要被炸死、烧死的。想想真是罪孽重啊。

村上人很恨日本佬，年纪轻的都想去当兵②。有一个叫胡志文的，后来当到国民党副团长。不过在一个夏天，他被日本佬给包围了，抓去不久后就被枪毙了。后来，因为条件太过艰苦，死的人多，主动当兵的人就少了。国民党的时候，保长是很威风的，肚皮挺起来，皮带上放一把枪，手上拿着一根四五十公分长的棍，后头跟着几个喽啰，妈胚狗种的满口骂人的话。在你家门口转一圈，五六个人就要来你家里白吃白喝了。村上胡汝金是保长，到处拉壮丁，很多人被迫当兵，逃的逃，死的死，活下来的没几个。我那时候很幸运没有被抓去，不然也就难说了。

铁路参军忆辛艰

我家门口就是浙赣铁路，是我出生那年造的。10岁那年，日本佬轰炸火车站③，后来铁路也被炸掉了。那时候的铁路没有现在这么宽，火车也比较小，黑的头，没有几节，都是烧煤的，一个大烟囱冒着烟，"行汹、行汹"（方言拟声，火车声），爬得很慢。这种车在90年代的时候还有，现在应该都没有了。

有一些说法，认为铁路穿过村中央是不好的，火车是铁做的，这就像一把斧头把村给劈开了，这是动风水的。铁路经过的地方，连坟头都给你铲掉，叫你移位，我太公的坟就被移过。当然有一定的赔偿，不过很少。那时候没什么人去闹事，因为在我有印象后，村上人已经习惯这铁路了。

---

① 1940年底，日军飞机在金华上空喷洒鼠疫杆菌。至年底患鼠疫死亡人数160余人。参见新编《金华县志》，第8页。

② 1939年，汤溪全县675名壮丁从戎抗日。参见新编《金华县志》，第26页。

③ 1941年元月，日军飞机4架轰炸汤溪火车站，投弹4枚，死伤各1人，毁1列车。此为汤溪县首次遭受日军飞机轰炸；同年4月，日军飞机轰炸罗埠、下潘等处，毁房221间，死伤42人；次年5月，日军轰炸黄堂，投弹48枚，死伤各13人，毁屋80余间。参见新编《金华县志》，第26、27页。

共产党来了以后这种事就更少了，说是迷信。想来不是迷信不迷信的事情，风水肯定是有的。不然村上人也不会越来越少，也红不起来，风水都映在外面了。

火车撞死人是有赔偿的，不过等到我孙子出生那一年（1993年），门口开始造双轨，那时候撞死人就没赔偿了。关于撞死人，也是有说法的，人被撞死的那个地方，三年都是有鬼的。就是说，某个地方有人被撞死了，他就留在那里三年，三年后就要找人来代替他，他好去投胎。说起来真是有点玄的，村口那个拐弯处，每三四年就要撞死一人，都是同个位置。我亲家以前来的时候，都是走铁路的。有一次，他经过那个地方的时候，怎么也走不下来。好在火车没开来，他就撒了一泡尿，这样他就安全了。应该是那些东西缠住他了，不过撒泡尿或抽支烟是可以化解的。我曾经看到过火车撞死人，应该是十几年前的事了。

元旦是火车站①交流会，方圆数里的人都会去玩（赶集）。去站里有两条路，要么陆路，但那个会很远，也是绕到洋埠镇再折回去。当然还有近的，因为铁路就在门口，几乎就是直线走去，而且那时候铁路没有拉铁丝围，人们还是可以上去的。火车站离村口就几里，在天气好的时候，几乎就能看到火车站那边的屋。但"看得见屋，走走哭"（意为虽看见了远方房屋，但距离还是很远的），走来还是很吃力的，特别带着我孙子。这鬼也是很（顽）皮的，我们在火车路边上走，火车在旁边开，这鬼居然去追火车，我呢也追不上他，担心得要死。好在没发生什么意外，不然，我还活得了啊？

不过，赶集回来时我却看到了很（可）怕的一幕。村上一个叫胡开支的，是个酒糊涂，又是个白嚼（专事空谈曰白嚼，即为只会耍耍嘴皮而懒于干活的人）。我还记得那天，我爷孙两个回来，经过村口那个经常撞死人的地方。火车没有来，开支还在另一户人家里买鱼，酒喝得也差不多了。我从那个地方下来，而他则是摇摇晃晃地要过铁路。那个地方是一个弯口（铁路弯道），我走下来百米后，就听到火车"呜"的叫声，随后看到远处的火车开来了。那时候火车也是很快的，这鬼，却是一点都没发

---

① 此处指汤溪火车站，是浙赣线上的一个站点。关于汤溪火车站为何在元旦形成交流会，今已不可考。汤溪站建于1932年，现为四等站，不办理旅客上下车业务和货车货物运输业务，属基本荒废。但元旦的交流会仍然保留。

现。我大老远去喊他，可他就是听不到，眼看着火车撞到他，就像摔田鸡（方言，青蛙）一样把他甩出去，人都飞起来了。

我是看到全过程了，连忙用手把孙子的眼睛遮上。小侬看见了可不得了，立即转身把孙子带进一户人家里。火车慢了一下，没怎么停就开走了。现在想想都怕的，好在没让孙子看到，不然要出大事的。① 这是我看到的最清楚也是最怕的一次。好在现在也都用铁丝围了，人就不能上去，撞死人的事也就没有了。

到日本佬跑了以后，铁路就要重新修复。修铁路的多是山东佬，再后来因为人手不够发展到招募临近健壮的村民。托点关系，你就能进去混口饭吃。从事这个，关键是靠体力，用工具将地整平；到村上的溪塘里把石子运上来，铺一层，也要整平；由两个人抬一桃木（枕木）放好位置，确保平整；在桃木的基础上，再把铁轨铺上去，钉好、固定住。这个过程没有很严格的分工，是一群人一起做的。桃木很重，少说也有几百斤，一天基本上只能铺七条桃木。

那时候也是一天工作8小时，早上6点多开始工作，11点多吃中饭，12点多又开始干活，直到下午5点左右休工。其实一天的工作量是有规定的，每一段铁路都有一个负责人，他负责某一段范围内的修建，他定好今天的任务，如果没有达到要求是不可能休工的。当然，他也不可能把要求定到不能完成的地步，基本上一天是七条桃木（包括平地、石头铺地等）。夏天的时候休息会稍微多一些，因为考虑到天气的原因。

那时候的工钱是按月结算的，工资待遇也会因人因事而调整。我18岁②那年通过熟人介绍进去，刚开始的时候只有六七毛钱，再到后来涨到一元左右，最高是一元二毛。工作的时间长短会影响你的工钱，人员的多少也会影响。那个负责人规定每天必须铺七条桃木，不管刮风下雨，人多的时候会轻松些，但工钱就会减少；反之，工钱会适当提高。那时候较为健壮的人都想去铁路上工作，因为去铁路上工作就不用被拉去当壮丁，拉

---

① 农村的一种说法，认为未成年的孩子魂魄还未定，目睹他人非正常死亡过程是会被招魂的，轻者七魂六魄少一魂一魄而致痴呆，重者魂魄会被当场带走。

② 此处老人的回忆可能有误。据老人说，修铁路是在新中国成立前，但若以18岁推算（农村算虚岁）应该是1950年。笔者推测老人是为在铁路上工作而虚报年龄，因为据他所说，未满18岁是不被允许进入铁路干重活的，老人进入铁路上工作应未满18岁，为十五六岁。又据史料显示，1947年，汤溪县境内铁路重新铺轨。见新编《金华县志》，第28页。

壮丁是因为蒋介石要打毛泽东。林彪很厉害，打得蒋介石昏头昏脑，蒋介石手下少了，自然就要拉壮丁。

保长是自己村上的，村周围几口人他都知道，只要到18岁的，按照保长的意思是都要上前线去的，因为蒋介石是浙江人，毛泽东是湖南人，浙江人不帮浙江人是反外骨的。不过国民党还要修铁路，但修铁路和打毛泽东是不冲突的。相比打仗，人们更喜欢修铁路，还有补贴，家里也可以带带（照顾）。村上只要到18岁的都喜欢去铁路上做事情，进不去是另一回事。我们这种，严格意义上不是真正的雇工，仅是当作打零工的，搁现在话说就是临时工。

我在铁路上零零散散地前前后后做了五六年，不过中间中断过一两年，因为那几年铁路上没事可做了。我都是从事最低等的体力劳动，基本集中在汤溪这一带，最远的去过金华、白龙桥。临近家里是可以照顾得到的，去远了就要住在那里，不过是吃他的，自己不用带什么东西。

在铁路上工作时还发生过一件比较滑稽的事，50年代火车（路）通了，也基本不怎么干活了。村上胡柏友的丈母娘是个山里佬（指常年住在山里没怎么出来的人），把女儿给人（嫁人）后，要到女婿家玩玩。那天，我在铁路旁弄菜（种菜），估计这个老孃（老太太）从来没看到过火车，看见铁轨就要爬上去。我看她站在上面好久了，远处又好像有火车要来了。我放下锄头，立马把她拉下来，好在火车慢。我问这个老孃怎么不怕死，（像）小侬一样爬上去干什么。她才反应过来，啊，车怎么不避人的啊？我站在（铁）路上，火车看到我不停的吗？火车还会撞死人？火车龙头这么大，上去坐坐应该蛮舒服的啊？我就是想上去坐坐。还有这种事？想想都好笑，这个老佛（含一定贬义地指未怎么见过世面的人），不拎清的（搞不清）。

新中国成立后不久后就要打美国佬，那时候我还在铁路上做工，但听到村干部的宣传，我也跃跃欲试。我是家里的长子，母亲死活不同意让我去当兵，因为打日本佬的时候死了太多的人，家里都认为当兵就是有去无回的行当，况且我在铁路上做工，怎么也能补贴个家用。三弟是当过兵的，起初家里也是不愿意的，他就和我商量要偷偷去。后来，父母也没说什么，一来他刚刚成年，二来家里靠我一个人也可以撑起来。

弟弟是冬天去的，连同村上好几个鬼（人）。村长还在那说什么好啊，俺哒（方言，我们）农民翻身了啊，打走日本佬后打美国佬啊，你家的（儿）子估计要当大官啊。那时候冷啊，母亲也是很心痛的，给他做了双鞋，煮了两个鸡蛋，也没说什么。弟弟当了两三年兵，他是没有去过前线的，虽然也算正规部队，但退伍转业回来后也是种田，没花头。不过现在每个月倒有补贴领了，也好。那时弟弟也曾经给家寄过信，还是我亲自到洋埠乡去拿的，好像是说部队还是不错的，平时还可以读读书，写写字。后来，等我想去参军的时候，上头（政府）就不答应了，因为年龄太大了。

1955年，我23岁了，铁路上也基本没活可干了，只能又回来务农。不久，家里就忙着张罗我的婚事。祖上还有一支胡姓，从胡碓村迁到了湖前村，是铭十太公的后裔，父亲那时候经常去湖前。湖前有一姓董的人家，是罗埠董家村一地主家的长工，我妻子是董家村地主的头胎大女儿，和我同岁，比我小几个月，因为奶水不足而拿到胡沿（地名）这户人家当女儿。共产党来了以后，我丈人家就被评为富农，成分很重。父亲起先是不答应这门亲事的，但听说可以不用什么彩礼钱就勉强答应了。

结婚的时候，我也是去镇上找了裁缝定做了一套衣服，这是我第一件真正的新衣，回村后我还在村上来回走了好多圈，见人就打招呼。如同父亲说的一样，没有什么像样彩礼钱给女方，事先安排见一面，再是简单地去董家村接回家，叫几个亲戚吃一顿就算完事了。我妻子力气也有，完全可以当男丁使唤，但有轻微的哮喘，一干重活就要休息一下。她是富农的女儿，成分也是有的，所以在村里会抬不起头来，但她以前的生活是不错的，这两种变化的苦，也只有我看得出来。

公社"文革"古旧事

1957年，大女儿出生，我就打算养一头牛，农村的牛可以当男丁使唤。我用攒下的钱加上妻子带过来的一些嫁妆买了一头牛。不久，人民公社成立了①，我的牛和几亩田就被挂到了公社名下。我（埋在）肚子里不

---

① 1958年汤溪未撤县前，下属4个公社18个队，分别为九峰（汤溪）、罗埠、曙光（琅琊）、中戴，东十村属中戴公社；1958年汤溪撤县并入金华后，金华县设11个公社；1959年，金华县设9镇10公社，东十村属洋埠镇管辖；1961年9月调整人民公社规模，恢复区一级建置，以乡为单位建立人民公社，东十村属洋埠公社，属罗埠区。参见新编《金华县志》，第10、11页。

说出来，这是有点像抢的，但听队长说公社就是一家，都是一样的，也就不好说什么。每天早上，队长在村口吹哨，村上的男男女女就要扛着家伙排队集合，就和打仗一样。社里还炼过铁①，连家里的锅铁也被公社拿走了，吃饭成了吃食堂大锅饭。每天早上全村能干活的都出发，中午回到食堂吃大锅饭②，下午接着干活，等队长说收工，大家就跟着全部回来。

吃大锅饭并没有改变饥饿的情况，甚至比以前更没东西吃，不久就闹饥荒了，人人吃不饱。我有好几个孩子因为没得吃而相继饿死。自己是不允许种东西的，看到没收不说还要被骂被打。去地里面晃荡一上午，能捡回一个地瓜藤就是万幸了，一大锅水上面就漂几粒米，地里的野菜都被人们挖光了，饿的时候就喝水充饱肚子，家里有吃的也是偷偷摸摸藏起来，不敢大声张扬。

再后来，不吃食堂饭，倒成了挣工分，割草啊、养牛啊、种田啊都有工分。工分决定你年末的获得，男子10个工分，女的少些，算7个，刚成年（农村虚岁满18即算成年）或未成年的更少。早上一大早就要起来，到田里拔秧、种田，晚上的时候到会计和书记那里算账，记几个工分。白天是有人监督的，基本上不会出错，但回到家也偷偷记一下的，担心他们会记错，这都是功夫啊。

1963年，大儿子出生，那时候有儿子意味着传宗接代，有光宗耀祖的希望。我就打算让儿子读点书，那时候的私塾已经有些正规了，位置还是我小时候上学的地方，老师水平应该高点起来了，有一些是隔壁的汤溪中学毕业的，是高中生，但很少。儿子是8岁上的小学，小学读两年后，因为村上建起了大会堂，村上也有专门的学校了，祠堂也就空着了。现在这个祠堂已经不见了，后来又遭了两次火，只剩一些地基了。

这个鬼，也是不会读书的人，和我一样，三天两头在家，勉强到小学毕业。不过那时候会读书也是没有用的，因为能读上去的都是干部子女，都是要关系的。村上有些读书很厉害的人，因为家里的原因或者成分重只能读完小学。那时候交一两块钱当作学费，小学是五年的，毕业后升初中

---

① 1958年7月，汤溪全县大办钢铁，103座土高炉集中在西门外，日夜生产。因质量极差，不久停办。参见新编《金华县志》，第31页。

② 1958年10月，时汤溪已并入金华县，全县完成人民公社化，村乡大办公共食堂，96%的农民在食堂吃饭；1961年，贯彻《农村人民公社工作条例（修正草案）》（即"六十条"），改建以乡为单位成立67个公社，停办农村食堂。见新编《金华县志》，第16页。

还有一个过渡班。这个鬼，非常野，读书就跟读草纸一样，上完课割完草就不知道去哪了。村上有铁路，小侬经常上去玩。那时候比较忙，也是不去管他们的，但如果看见是避免不了一顿打了。小学毕业后，我就不让他读了，一是家里条件也不太好，二是也没有关系可以继续读，再者，他也大了，可以当劳动力使唤了。

当时村里还会放一些电影，经常是一些抗战片，戏台也是比较常见的。电影只能在晚上放，天一黑，找个空地，一堵比较平整的墙，挂块幕布上去就好了。看戏经常是在正月里，有些村正月要兴一下，或者做好事，就请一些人来唱戏。我们村是比较少，但邻近村一旦有的话，周围老少都是围过去看的。

1965年二儿子出生了，那年我33岁。不久，"文革"就开始了。"文革"开始后，条件更加艰苦了，先是村上的干部挨个查你，告诉你家里不能放什么做什么，然后是一天到晚背《毛主席语录》，做什么都是毛主席说，毛主席教导我们什么什么。那时候是很怕的（恐怖），满口动不动就是你个反革命，只要有点联系，想动你就动你。今天你举报别人，明天别人举报你，批斗天天有。穷人相对会好很多，特别是穷到赤裸。被批斗的都是成分很高的人，地主家人、知识分子、村里干部之类的。红卫兵给他们戴高帽、挂牌子，让他们把身体弯成九十度，然后交代问题。夏天中午让你晒太阳，用被子把你包起来，冬天穿单衣，那是要吃大苦头的，身体不好的很容易就没（死）。至于关牛棚，放牛割草那都是很轻的事了。

村上人经常聚在台下大喊某某反革命、"文革"好之类的话来迎合台上的红卫兵，被斗的人一声不吭。隔壁的胡祥空，过年的时候在擦毛主席画像的时候，不小心将画像一角弄破了，就被人举报，撞了红太阳一角，被批斗得很惨；还有村上的小学，老师没法上课。学生打老师，老师一点不敢响，动来就是反革命；隔壁后彰陈村有个叫陈静华的，是我妻子姑姑的大儿子，"文革"前是浙江大学的老师。那时候也是吃苦头的，老师没得当不说，他和他老婆两个人还被弄到新疆去。他们一家都很惨，那时候他娘经常来我家，我对他们接济很多。村上人看到了，就会私下和我说，这种人接济得了的啊？要动到你的。我那时没多想，毕竟这是她侄女家。等邓小平上来后，她家就平反了。现在她孙子都很大了，在省厅里面当大官了。三十年河西三十年河东，三十年的风水变得很快的。

村上那时候还有红卫兵，年纪稍微小一点的就是红小兵，都是要到北京去见毛主席的。最出名的是胡孙庆，这个鬼一天到晚说要见毛主席毛主席，心很狠的，看你不顺眼就要动你，然后满口说毛主席要如何如何。村上有一些红卫兵到过北京，有走路的，也有坐火车的。坐车不用买票，直接上去就可以了，在外面饿了也是直接找饭店吃饭，不用花钱，有人来问就直接大喊"人民饭店人民吃，人民公车人民坐"，然后拿出毛主席语录，店员都是不敢声张的。

胡孙庆去过北京，还在天安门广场上看到过毛主席，这鬼，回来后是非常威风的。村上人都不敢惹他。后来去北京的人更多了，但都没见到毛主席就回来了。那时也有人来和我说去革命什么的，我就觉得不靠谱，这个怎么叫革命？自己安分点不好吗？斗别人都是要损到自己的，做恶人都是作孽啊。

改革春风换新颜

80年前后，单干开始了。这和公社时候不一样了，国家将土地承包到户，除了缴纳公粮外，剩下的都是自己的。田只分给成年男子，我有两个儿子，大女儿已经给别人（嫁人）了，还有一个小女儿，按照人口算，我家分到24亩田地。

种田这个行当是很苦的，不好好读书都是要太阳大学毕业（指在太阳下干农活）的。每年清明前后将早熟稻种下去，五六月份可以收割一次；后（晚）熟稻也是五六月份种下去，到七八月份就可以收获了，这期间当然还包括耕田、做秧田、播种、拔秧、施肥、治虫等。割稻的时候是大忙，小侬都是要到地里帮忙的。那时候没有收割机，都是人工的，好点的就用打稻机。夏天的时候日头孔（方言，太阳）很毒，田里还有吃血的蚂蟥，在田地干活是很难受的，皮肤晒黑、双手生茧、脚底起泡，这些都不是说说的。没有十滴水这种消暑药，中暑比较常见，干活吃力了是要喝盐水的。

一年到头，忙忙碌碌，剩些口粮，再把粮食卖给国家，算算也是没有多少钱的，都是辛苦的功夫钱。那时候产量也低，平均每亩7担是不错了。不像现在，农业税也没了，还有补贴；产量也高了，后熟稻基本每亩10担算低了。冬天是在家里休息的，但是会种些油菜，等到明年来收割榨油。

改革开放以后，衣食住行稍微好了些，但买东西还都是要票的①。肉票、糖票、粮票、油票、布票、烟票、自行车票，杂七杂八，各种都有。农村可以自给自足，对吃的倒不讲究。菜园里种的菜，吃的米也是自家的，过年的时候就把自家养了一年的猪杀了，做成腌肉，一年里多少可以吃到些肉。但有些事情还是比较麻烦的，用票买东西要排队。

80年代已有电视机了，黑白的，但那个价格高，要几百块钱，镇上一个普通老师的月工资才二三十块钱，而且很难买到。对于服装，那时候出现了一些新的样式，"的确良"是比较有名的，这种衣服在夏天穿着非常舒服。当然穿的人少，农村人干活是不可能穿这种高档货的，偶尔穿穿都会被调侃。做衣服是用布票的，几寸几寸，没有高矮胖瘦的区别，就看你有多少布票了。大家私底下是可以把票换来换去的，但要保证互不吃亏。

买自行车也要票，那时候自行车也是很稀奇的，最有名的是上海的"凤凰牌"自行车，和现在大街上跑的宝马、奔驰是一样的。买自行车还要有自行车证，就跟现在的汽车驾照一样。家里也买过一辆自行车，80年代的时候，我大侄子（我三弟的儿子）在罗埠读高中，离家里很远，在学校没地方住，三弟就去湖头镇（湖镇）买了一辆（自行车）。那个证现在还留着，很小的，绿色的卡，写着自行车驾照，里面是名字、信息、地址，1983年（颁）发的，右面是骑（驾驶）的要求等。有辆自行车是很高兴的，从村里到罗埠镇大概十五里路，每天早上，这个鬼就啦啦（音译，模仿自行车音）地骑去，到晚上再啦啦地骑回来。平时（放学）回来没事就在村上骑来骑去，很威风，整个村都看得见他。

后来还有BB机，大哥大，但这些东西都是很奢侈的，价格也高，只有城市里那些万元户才会有，农村人一般是买不起的。大哥大我是没有看到过的，我第一次见到BB机是在90年代末了。我的小女婿是个做木的（木匠），那时候大儿子已经结婚了，又打算在外面起屋（造房子），家里

---

① 十一届三中全会以后，随着国家经济的发展，市场商品供应有了根本性好转。至1985年前后，凭证凭票供应的除粮、油及电视机、自行车、洗衣机等大宗商品外，其他各类商品基本上敞开供应。直到1993年，粮票正式谢幕，这段凭票供应的历史——"票证年代"宣告终结。

要做一些家具。他就带两个老司（音译，指拥有某项手艺活的人①）来我家，我就在其中一个老司的腰上看到的，长方形的，中间一点小屏幕，底下三四个键，还会嘀嘀嘀地响。

后面的（老人屋后）胡连昌是个铁路工人，工人是很威风的。90年代初，他家里买了一台彩电，那时候的彩电可不得了，要上千块钱。村上人都轰（涌）到他家去了，觉得很稀奇，是上罗埠（镇）买的，还雇了辆车运回来。几个人在那弄来弄去，从我家借了梯子，爬上屋顶，把天线放（架）在上面，上面的人（把天线）转来转去，有没？有没？有，有，好，停。我家也有一个电视，不过是黑白的，90年代买的，200多块，不过很小，十几寸，比不上人家的。

生活条件变得好点后，两个儿子也大了。我就打算把屋修一修。老基是不能拆的，不过可以稍微扩一扩，材料什么的可以自己找。我们这一带山比较多，木头是有的。那时候的人力气也大，几百斤的担子是不成问题的。石头什么的就到邻近的溪河取，那时候也有红砖了，还有一些砖瓦厂②、锯实板厂。一家人一起发狠（认真）点做，造房子倒不是很困难的事。

儿子结婚也是有人说媒的。那年春节（1987年），我去临近的派溪李村看戏，村上的媒婆刚好在讲李家书记的小女儿与邻村一小伙可能成不了的事。那媒婆娘家和我是同村的，我就随便应和看看和我儿子是不是能和，结果倒还真成了。看来缘分这种东西就是上辈子配着的。

那时候结婚虽然也讲究父母之命、媒妁之言，但已经有很大的选择权了。农村也有一些男女是自己认识，自己决定的。父母只负责带头牵个线，关键还是看男女双方的意思，搁现在来说就是相亲。男方和女方见过几面，男方帮女方家干些活（这是检验小伙子最好的办法），双方父母也觉得合适，就可以选择一个良辰吉日了。然后，女方和亲戚来男方家"看人家"，就是看看男方家庭情况。那时候不像现在要求多少房、车和钞票，只要是正正气气，家庭过得去，小伙子肯做（肯吃苦）就基本没问题了。大儿子结婚也很简单，给了女方家两百八（元）作为彩礼钱；

---

① 汤溪农村称拥有某项手工艺活的人为老司，且通常会在前面加上该手艺，如泥水老司、做木老司、做篾老司，即为泥水匠、木匠、篾匠。

② 浙江古方砖瓦厂于1952年建成投产，是汤溪第一家砖瓦厂，也是金华地区较早、规模较大的砖瓦厂之一。参见新编《金华县志》，第29页。

自己又请人定做了床、桌椅和几只木箱；在结婚那天骑着一辆自行车去新娘家把新娘接过来；然后安排亲戚好友吃一天；拜过堂就算成"大人"（农村结婚称"做大人"）了。

儿子结婚后自然就要分家了。1988年，大外孙女出生了。老家两间房加上我父亲留下来的那间泥房，兄弟两个各分到一间半，但人是没分开的，我仍和他们住一起。很简单，房子名义上是给两个儿子的，但房子连在一起就不能分开。两家偶尔会有矛盾争吵，但我始终认为真正分出去是不利的，这样是红不起来的。

邓小平上来十多年后，在农村种田的年轻人也开始少了，年轻人是闲不住的，多赚钱才是本事。白猫黑猫，能抓老鼠的就是好猫。儿子后来去过东祝砖瓦厂，学过木（木匠），去过金华的地质队，打过井，养过兔。1993年，大孙子出生了，儿子打算找人合伙做来料加工。这在当时的农村是很稀奇的行当，从浦江、义乌那边进货（帮助他们加工），买来洋车（缝纫机），把我父亲那件老泥房整理下当作厂房，请村上三四十岁的妇女来工作，多劳多得。那时候利润很可观，一年赚个几万是不成问题的，这在农村是比较靠谱又赚钱的活，比种田来得实在。做这个自然是花功夫，时间很长，但休息不好。因为利润大，基本是晚上十一二点才休息，到早上四五点就要开门了。

我儿媳妇身体不好，想来都是当年太过辛苦熬的，这个事情我一直很心疼。干活赚钱都是不容易的。发钱（领工资）是儿子最高兴的时候，一个人一大早骑着一辆自行车出去。那时候都是10元的钱，上千块钱就用一个塑料袋装好，也不用担心会被偷走，放在前面车篮里，然后往返村镇间。一年后，儿子的合伙人就不做这个了，他去了金华搞房地产，后来发大财了。这个鬼，也是没有富的命，当初没去搞房地产。看到这么多的人跟他做，他狠不下心，不然现在应该会好很多。后来，来料加工在村镇上渐渐多了起来，现在正规的大厂都很多了，这种小成本的也就慢慢消失了。

2001年，大儿子赚了钱在村口起（造）了新房，这是真正分家了。在这之前，儿子在1988年买过一个电饭锅，100元；买过一个高压锅，80元，都是罗埠交流会①的时候在老街（罗埠镇上的一条街）上买的，

---

① 四月初八（农历）为浴佛节，俗作青粳饭，相馈遗，谓之乌饭，是日罗埠赛会。参见《汤溪县志》，第281页。

质量很好，现在还可用；买过一个收音机，80多；1999年买了一台25寸的彩电，2000多。农村人讲面子，但其实这些都是为了争口气，起屋（造房子）也是。房子造得越大越漂亮就越好，这样逢人就有夸赞的声音，当然也只有自己知道哪些是真心哪些是不服的，自己有数就行。

  我今年82岁了，古话说"七十三，八十四，能过七十三，难过八十四"。我是跟不上这个时代了，社会都是给年轻人的。儿子早就不做来料加工了，儿媳也在镇上上班了，孙女给（嫁）人了，孙子也快工作了，时间过得真快。时代真是越来越变了，不过现在也好，坐车不用钱，身体好的话可以多走走。自己也是国家养的人了，80（周岁）以前是80元一个月，现在80岁多了变成100（元）一个月，吃吃用用都是不成问题的。

4

马车湾头：碌碌人生的最终落点

口述者：马永迪　马庆再
采写者：马志宇
时　间：2014年2月
地　点：浙江省瑞安市湖岭镇口述者家中

马永迪，男，1934年生，湖岭镇马车湾人，小学毕业，农民；马庆再，男，1961年生，马永迪之子，初中毕业，个体户。

山湾人家，勉强温饱

（**马永迪**）我1934年出生在瑞安市湖岭镇马车湾村。听说从老祖起这个村就叫作马车湾，一直没变，我也猜想过这名字是怎么取来的。整个村背倚着大山，虽然常说靠山吃山，其实也不尽然，如果靠的是村里这样的山，没有什么力（肥力），那可就麻烦了。幸好在稍缓的地方（山脚边），多少还可以种些粮食，就像一块块小梯田一样。山上的水也常年流着，用水也还算方便。远离水的干地上就种些番薯，主要粮食还是种在山下边稍平坦的地里。

整个村只有18户人家，总共也就80多口人，算很少的，在整个湖岭来看也是个小村子。新中国成立前我家有10亩左右的地，在这个小村子里也能排在第二位。当时排在第一位的家里有18亩。也就因为这样，新中国成立时他们家被认定为地主，土地也被东一块、西一块地分了。我家被弄了个富农的帽子，土地相应地保全了。这也不长久，后来还是变成集体的了，这也是没有办法的事情。那时，有种麦，有种稻谷，也有种番薯，别的东西种的就比较少了。年景好的时候，这些地一年能打5000斤粮食，我母亲很会打理，忙不过来时就会在村里找个帮工。由于都是自己村里人，关系好得很，干一天休息一天，每年他们都还能再领一些粮食回去。

那时虽然吃的差了点，基本上都是番薯丝，除非遇上荒年，要不然粮食也还都有剩的。每年都有外村的人上门来收购多余的粮食，用钱买的也有，用物来换的也有。当然，那时候村里饿肚子的人也并不少见，程度不一而已。除了种地以外，猪、鸡、鸭家里也都有养一些。鸡鸭用来下蛋，一来鸡蛋算是当时的最高营养品，二来可以用来换些布、针等生活用品。那时，不是人想吃了然后去杀鸡鸭，而是只有鸡鸭不再生蛋，才能动刀。

每年过年，村里面顶热闹的活动就是杀猪了。大人小孩都爱围着看，主人家这时候也特荣光。但每年有这荣光的也就几户人家，那时候一户人家顶多养个两头猪，舍不得杀呀。如果谁家那年发达，杀了猪，就把猪血、猪肠、猪肉和香料混在一起煮，叫作"猪血汤"，煮好了叫来邻居一起吃，也算村里的一件开心事了。

那时候条件不好，大多数人家养猪都是为了卖钱来贴补家用。养大了的猪可以卖，刚生出的猪仔也可以卖几个钱。但在那时，没有什么交通工具，村与村之间的联系也很不便。人们就想出了一个办法，谁家想卖多余的猪仔，就先在一张红纸条上写上地名、姓名，然后找来几根小竹签把这张红纸条插在一些来来往往的路口。识字的人虽然不多，但消息多少也会传开，想买猪仔的人就会上门来买了。

新中国成立前的生活，如果不是跟今天的生活相比较，还算是过得去的，番薯丝也能吃饱，阿太还隔三岔五会到镇上买菜。不过买的都是干货居多，什么咸鱼啊、虾皮啊等等。自己也会去小溪那边抓点小鱼小虾。不过这种时光还是比较少的，因为家里的农活是天天等着我们去干。以前的菜没什么油，味道也淡，吃起来没有劲。后来经济条件越来越好了，我就喜欢吃味道重一点、咸一点的菜。想一想这也与以前吃的东西有那么点关系的。

不过新中国成立前的那些年，生活过得倒不是特别安稳。村里面最怕的就是国民党派保长下来。一是要钱，二是要人。有时候缓一点，几个月来一次，有时候来得急了，一个月都得来好几趟。我家条件还算可以，每次多少还能给一点。如果钱不够，他们就碗筷啊、被子啊什么都要，见什么拿什么。

还有就是抓人，一种是抓去当兵，一种就是抓去当挑夫。我们村子人本来就少，如果都去了那谁来种地啊！再说这种上战场的事情，最后是死是活谁也保不准。所以后来国民党抓人抓得急的时候，国民党一到村口，那些年轻人就都跑到山上去了，一直躲到保长走掉才下来。保长一看没抓到人，就更加要搬东西了。但那时搬来搬去也没有什么东西好搬的。我家人少，我是1934年出生的，一般抓人抓的是要18岁以上的，所以我倒也没有被抓去过，这也算是幸运的。

求学未成，务农为生

（马永迪） 我在家里排行最小，上面还有两个姐姐。当时在村里，我家算人少的一户了。因为我最小又是独子，所以家里人还是比较宠我的，两个姐姐也都会在生活上帮衬着我一点儿。我到了7岁左右，看到别人家小孩有书读，就心生羡慕也想去读书。告诉我父亲之后，他们没同意这事，这倒是我没想到的，至于原因倒不是因为家里没条件读书，而是说我年龄太小，等大一点再说。那时大人说什么就是什么，哪有小孩子不听的啊。

等再过了几年，母亲就主动让我去村里念书。一开始是在村里面教书先生家念书的，每次要自己拿张板凳过去。尽管延迟了几年，我还算是那一批里年龄较小的。在一起读书的总共有十来个人吧，也没分什么大班小班，来了就一起念书，无非就是读《三字经》一类的书。印象里那时候只有一个女孩和我们一起念书。不过就算如此，在当时女孩子最多也就念个一两年。现在想想，这也算不上什么真正的上学，就是跟着老师念，来早来迟也没什么关系。由于村子也就这么大，有时候课上到中间常有家里的大人跑来叫小孩回去，多半也是田里有农活干或者照看弟弟妹妹这类事。

我就这样在自己村里面念了一年学后，第二年要到邻近较大的村子里去念书。就是在全塘那边，说不上很远吧，但来回还是要一个多小时。我母亲怕我走得累，就先弄好午饭让我早上带过去。在全塘读书的学生应该是马车湾的好几倍，学生被分成了两个阶段，但也只有一个老师在教。念书的方法倒也是一样的，跟着老师念几遍书，等老师去另一班时，我们就自己念给自己听。其实老师一走，大家在玩的多。有一个不同的就是这边教了些算术，以前倒没有碰到过。

在全塘念了一年多后，按照道理是要去镇里继续念。但父亲那时候就说我没必要继续念书，认得几个字就已经足够了。我心底里还是想去读的，但家里这么说了我也没有办法。我估计可能是和我姐姐嫁人了有关系，因为这时候家里需要个帮手。

但是到了新中国成立的前几年，父亲又说继续让我去湖岭镇上念书，学费都已经帮我去交了。因为我心里还是想去念书的，所以也没多说什么，但就是觉得有点奇怪。可没想到才上了几天学，我像往常一样去学校上学时却被告知学校停了，叫我以后也不用来了。我记得那次我没有马上回家，却找了个树，在树下坐了一天，估摸着时间差不多了就回家。回家后我假装什么都没发生，就像平常一样帮着干些农活。第二天我又像往常一样去了镇里的学校，但门还是关着。这回我是马上跑回家就跟家里讲了这件事，但还是有点心慌的。我母亲听到后就说那学费怎么办啊？刚交过的呀。于是那天下午我母亲就自己去了镇里，想问问清楚。回来之后我才知道说学校校长跑到台湾去了。说也真是巧，两次去镇上读书最后都被耽搁掉了。后来学费退没退我也就记不大清了。

两个姐姐都是十六七岁就嫁出去了。大姐嫁到了塘店。那时也怪可怜的。抗日战争时期，我姐夫好好地被说成了"日本党"。说他给日本鬼子办事情，这是没有一点根据的事情。那个时期，我看日本人有没有到过湖岭还都是个问题，我那时年纪小可能记不牢，不过我母亲讲起来日本人那时候是没到过湖岭的，倒是一些城里人和"稻秆兵"（对逃兵的谑称）逃到过我们山里来。

后来因为被人们攻击得厉害，姐夫就带着我姐逃到安徽去了。过去之后就一直在那边讨生活，幸好后来的日子越过越好，但是他们一辈子也没怎么回来过。我一辈子没怎么出过远门，仅有的几次也就是去安徽黄山看看大姐。前两年，大姐走了。幸亏二姐嫁得相对近一些，走动也方便些。但是我身体越来越差了。

新中国成立的时候，我母亲听说要分地什么的，就说让我先成亲，这样家里就多个人，多分点地。新中国成立的第二年，经别人介绍我很快也就成亲了。过了两年我老婆就生了第一个儿子。新中国成立后没几年土地就集体化了，村里也改叫马车湾大队了。当时连鼓词（瑞安传统民俗）的内容也都变成土改啊，集体化啊，抗美援朝这类的。

我被分到了第三小队，一个小队大概有六七户人家。那时我父亲已经不怎么出工了，家里面就我一个人出工赚工分。大路边好一点的地就是集体种粮食，剩余的一些零零散散的地就会每家分一点种种番薯什么的。那几年再怎么样，吃还是能吃饱的。到了1958年情况就变得很糟糕了，连番薯丝也慢慢吃不到了。因为没吃饱人变得浮肿是很正常的，我母亲的脚也因此浮肿得厉害，更差的还有人饿死的，那段日子是最难熬的。

改革开放前，最好的日子也就是能吃饱，别的也就没什么了。改革开放后，分产到户。由于几个孩子也都长大了，家里人也足了，饿肚子是再也不会了。再过个几年，几个儿子基本上都出门打工、做生意去了。我发现村子以前是人少，现在人是多了，但真正住在村子里的人少。我在村里待了一辈子，从以前的种粮食到老了种点蔬菜瓜果。再怎么样我也还是待在村里，但前几年中风后没有办法我也就离开了这个村子。医院也去，养老院也去，孩子家里也去。但我其实最想的还是待在这个村子里。

走南闯北，家是归宿

（马庆再）我是1961年出生的，在家排行老四。跟大多数那时代农村的孩子一样，我从七八岁开始就帮家里干活了。但毕竟年纪小，也干不了什么重活，也就干些最普遍的上山放牛的活。每天一早，在村口，一群小孩领着一群牛就上山去了。到山上先把牛牵到有草的地方，然后大家就玩泥巴啊，弹珠啊，爬树啊。但大家心里也都有数，玩一会儿就得回头去看看牛，以免它们跑了，尤其是别让牛跑到庄稼地里去。放牛时的另外一项任务就是要在山上捡些柴火回去烧水烧饭。

到了11岁的时候，我就开始在村里的小学上课，在这我总共读了两年半。我记得当时上课的老师特别地能讲故事，从金鸡山等地方的传说再讲到陈傅良、刘伯温等历史人物，虽然后来镇上的老师教学更规范，但我怎么也忘不了最开始老师讲故事时的语调和表情。到了读第六册书的时候，我就要去湖岭镇上念了。当时十来个小孩里就两个人继续去镇上读。到了镇上就算读初中了，学的科目也多起来了，什么物理、化学、历史都开始学了。

1976年，也就是我在镇上读书的第一年，那一年社会特别得乱。刚开始那会儿课上主要是讲"文化大革命万岁"那一套，上课有时候就是喊口号，而且不管是老师还是学生常常不在。后来毛主席逝世了，学校又闹过一阵，再接下来就是"打倒四人帮"，教室里经常没老师，让大家自习。这怎么自习得下去呀，听话一点的还能坐教室里，调皮一点的就不知道跑到哪里去了。第二年的情况就好起来了，学校也像个学校了。这一年我也参加了高中的入学考试，但最后的成绩我也不知道，估计没考上。

1980年的时候，农村已经单干了，家里粮食也基本有个保障。那年正月里，多少年没见的三公来到了我家。几个兄弟对三公比较陌生，以前只大概听父母亲讲过他到日本去了。那天中午说起才晓得三公年轻时被国民党抓去在战场上当挑夫，后来被日本人抓去了给日本人当了苦力。

说起那些伤心事时，三公还会撩起裤子给大家看那时留下的伤疤。后来抗日战争胜利后他也就跟着一大群劳工一起回来了。不过这次三公过来主要是跟我爸商量：说我家兄弟多，可以考虑出去了（出远门赚钱）。那时候农村出门做生意的人已经慢慢多起来了，所以对三公的说法我们也感到不惊奇。但为难的是让谁跟着三公出门合适呢？我爸就说先商量商量让三公过两天再过来。

那天晚饭后，全家人就像开会一样商量着这件事情。我当时是没想到会让我出门的，我上面还有三个哥哥，想想也还轮不到我。但那时我大哥刚有了第一个女儿，二哥则刚刚结了婚，三哥则正好是在学木工也就比较犹豫。其实啊，后来我刚出门不久，三哥也出门了。当时呢，家里就定下来说让我跟着三公出去。说实话，也是没什么心理准备的，不过既然定下来了，我也就老老实实地为出门准备着。

过了两天，三公又过来了，这次三公就把事情讲清楚了。说这次是去福建的建瓯，主要是做粉干。三公加上我，再加上隔壁陶山镇的两个人。四个人从瑞安买了机器坐车到建瓯，建瓯那边也已经有几个说好了的人等我们过去。当时加起来共有8个人，等于是一人一股，每人出300块钱，三公不出钱出技术，这也算一股。虽然说起来一人也就出300块，但实际上家里很难拿得出这么多钱来，所以基本上是先欠着一部分，等最后赚钱了再分。

那时大家都不富裕，所以也没人反对，谁多出点、谁少出点也没有太计较。另外，那个机器要从这边买了运过去，这可是一项难办的活。之所以这样做，是因为在家这边买机器比较牢靠，更重要的是一次性买这个机器也是承担不起的，当时应该要400多，也是先付一部分，答应过年回来就还欠着的部分。

那时候出门都不讲究，没有那么多行李，随便塞了几件衣服就出远门了。其实真正伤脑筋的还是钱要放哪里才安全的问题。这在当时可是不敢马虎的。母亲说让我分散放保险点。于是我的内衣内裤上都缝了装钱的袋子，袜子里也可以揣一点。就这样，一行四人去了瑞安市里买了机器，然后把机器分成三个部分，一人负责一部分就上路了，三公当时已经快70了，所以主要的活还是我们几个干的。

先从瑞安坐车到龙泉，然后再从龙泉坐车到浦城，原本是到了浦城就去建瓯的，但后来改成了去建阳。说起来也巧，就是在龙泉去浦城的车上碰到了一个老乡，是平阳的。你要知道那时，四个人出来，就三公会点普通话，我们三个人是一句也讲不来，全是用瑞安话交流的。不过有时候会普通话也没用，地方上的人也讲不来普通话，只好用手语了。

在车上，我跟三公他们用家乡话说着，这个平阳老乡就靠过来了。虽然平阳话和瑞安话有一点区别，但在外面能听到相似的乡音已经很难得了，大家的精神都振作了起来。但毕竟是头一次出门，我们几个小的还都是很谨慎的，聊了几句就没话了。三公是老江湖了，跟那个人就讲了很多，我们也就在旁边听着。后来那个人知道我们要去建瓯后，就劝我们直接去建阳，大概是说建阳粮食更多（用来加工粉干），经济也好点，人也多一点。又说自己也在建阳做批发的生意，对地方上也熟一点。三公想了想之后也就点了头答应了。就这样，我们下车直接去了建阳。

那时，找一个能住的地方都是很麻烦的。而那个平阳老乡下车后热心地帮我们找到了一个小旅馆，又讲了很多地方上的事情。直到那天晚上平阳老乡走了之后，三公才讲，其实建阳他以前也来过的，地方也还知道一点。前面故意装不知道是想看看这个老乡可不可靠。不过后来也没和那个平阳老乡碰过面了，想想也是蛮可惜的一件事情。

第二天，因为我年龄最小，三公让我留在旅馆看行李，让阿勇他们（陶山人）两个人去外面找找合适的办厂的地方，他自己就去建瓯找另外4个合作的人到这边来。因为是我第一次出远门，好奇肯定是有的。在房间里待了半天之后，我就到旅馆门口转转。

当时这个旅馆周边还算热闹，不远处有个集市点。当我看着人来人往的时候，一瓶东西引起了我的注意。是一个男的拿着这东西在喝，看着就像水。这东西在我坐车的路上就看到过一次，我很好奇，虽然看起来像水，但我心里认定了它肯定很甜，很好喝。原本已经忘记了，这下又看到了，我就更想尝尝这味道了。我就往旁边的小店走，我假装挑选东西，然后就买了这瓶东西，花了我好几毛。

买完之后我就像宝贝一样抱着回房间准备享用了，可没想到我一连喝了几口,觉得跟白开水都没差别,我仔细区别,无非就是这瓶东西冰了点。后来才知道这叫矿泉水。这件事我一直记得很清楚,所以后来出门在外,我一般就不大轻易敢去尝试买新鲜玩意了。

找到合适的地方后,大家就立刻开工做粉干了。早一天开工就早一天收回成本。那时出门在外,基本上没什么娱乐生活。白天加工粉干,晚上要么聊天,要么就是打牌。那时家家都种粮食,因此地方上人家一般拿粮食过来交换粉干,很少有现金直接交易。

当时最怕的就是停电,那时电力很不稳定,又没有什么停电通知。尤其在夏天,电一停,天气又炎热,那个已经初加工过的大米就很容易坏,那等的过程叫苦啊。

刚出门在外时还想着闯一闯外面的世界,顾念不到家里。出门久了就特别地想家,那时最便宜的东西就是给家里写信了。虽然信里也讲不了什么事,但基本上每个月都会寄一封。

生活虽然无聊,条件又艰苦了些,但前两年生意也还可以。只是时间一久矛盾也就多起来了,尤其是有这么多人合股。到了第三年的正月里,三公说身体不大好就不出门了,我跟家里人商量了下也决定退出来。

退出来之后,那一年我就跟舅公、三哥三个人去了湖南衡阳。这是我第一次坐火车,那个滋味可真不好受。人多的时候,就连座位底下都能钻进去好几个人。到了衡阳,思来想去还是决定做粉干生意。过了一年多,我爸就催我回去结婚了。那时结婚很方便,有人介绍,两个人看着都还过得去就行了。

结婚后,在家里待了一阵就闲不住了。那时候周边时兴做牛肉片的生意。从买牛、宰牛、加工、出售一条龙都有。我这个姓马的也就开始和牛打交道了。那几年跑了不少地方,去了云南中缅边境那边,又去了贵州、广西,又跑到杭州等城市做销售。也是在这几年,我第一个孩子(女儿)出生了。我老婆就跟我商量说以后就别在外面跑来跑去了,还是留在老家吧。我想想也是这个道理,之后我就一直留在了温州,做的也还是粉干这类生意。

从1989年到现在我已经做了20多年的生意,虽然辛苦,但日子总算是稳稳定定,越过越好,一对子女也上了大学,这是我最骄傲的事情。前年女儿也已经有了一个小龙女,我也当上了外公,现在坐下来仔细想一想,还是家里好,还是熟悉的地方好,指不定再过几年我就回马车湾盖一个小别墅住。

5

人在旅途：行走温州的前世今生

口述者：陈云霞　吴建华　许清姆
采写者：斯　忆
时　间：2014年1月24日
地　点：浙江省温州市鹿城区水心口述者家中

许清姆，男，1927年生，村支部书记，居住在瑞安县城。吴建华，女，1939年生，农民，早年住在文成县吴家村，现居温州市区。陈云霞，女，1945年生于温州市区，小学文化，60年代初嫁人，随丈夫定居湖州长兴的牛头山，育有两女，在牛头山商店工作。

县前头，五马街

（**陈云霞**）我是在抗日战争结束的那年，也就是1945年10月23日出生的，是家里的老大。那时候日本鬼子进城，到处都在打砸抢烧，闹得很厉害，我妈挺着大肚子躲在桥下才躲过日本兵的搜查。在出嫁前我都是住在温州县前头巷里，往后面走就住在人民广场，现在温州市广场路小学这个地方。那时候温州可小了，地方小，路也窄。当时没有鹿城区，温州这个称呼通常指现在市区包括瓯海范围。

我外婆在水心某个食品厂工作，收入倒是记不清了，就是记得外婆在回来的时候总能带很多好吃的，而且我很黏她，与家里所有的弟妹比起来还是我和外婆的关系最好。外婆当时工作上班来回全是步行，也就是20分钟左右的路程。

我小时候在家照顾三个弟弟和三个妹妹，闲下来就带他们去五马街那里玩。当时温州根本没有大路，全是小巷子，很深，四通八达的，汽车开不进去,就是有点钱的人可以骑个自行车,不过那也很罕见。和现在五马街不一样的是,当时那一片有很多河,比较窄,真要绕进里面,也是很容易迷路的。出嫁之前,我基本没有离开过温州本地,因为是家里的老大,做长姐兼做娘,带弟弟妹妹很忙,根本没时间。而且虽然温州地方很小,但是出去一趟可麻烦了,全是盘山路,没什么重要的事情根本不想出去受罪。

(吴建华) 文成的山里面闭塞得很,电话直通到县城,医院也是在县城,如果是大病,还得送到市里的医院,很麻烦的。当时村里的人上城一次至少也要花费一周的时间,带回来个小书什么的礼物都能让村里的一群人稀罕得要死。

记得小时候有一次隔壁家的叔叔从城里回来给他儿子带了一本小人书,就是那种连环画一样的小书,上面有很多的插画,很漂亮,让周围一带的孩子眼红得不行。可是那小子宝贝得很,老是藏着不给我们看,太可惜了,我还在城里的书店眼馋过半天呢。

那时候城里简直就是天堂,我记得有次清明节的时候我和大人去温州,街上有卖咸鸭蛋,用细细的红丝线织的网包着,当时我磨了我爸很久他才给我买了一个。当时我真是舍不得吃掉,回村向伙伴们炫耀了一下,然后把它藏在柜子里,每天都要拿出来闻一闻、看一看,当我终于舍得吃掉的时候才发现这蛋老早就臭啦,为此我还郁闷了好些天。

(许清姆) 我爸爸,在30年代一次发大水的时候迫不得已才逃难到温州城区,住在硕门。那时候的大水很凶猛,很多人无家可归,城里面也到处是流浪的人。我父亲还算是幸运,找到了一个落脚的地方,后来水退了,父亲就托人找了好多关系才坐车辗转回了瑞安,之后就没有出门过了。不过这好像就是温州人的特点吧,交通真的不方便,要是晕车那就根本没法出行,肯定会在路上吐上一路,这时候连抱怨都没力气了,我的朋友来看我的时候都是好一阵抱怨,说是太痛苦了。

我去市区的机会也很少,印象中温州现在的五马街那里原先并不是陆路,而是很多的水路,就是那种细细的小河,有小桥的路,还是很漂亮的。从五马街那里出来再直走就进了墨池坊,那里有很多很多的小巷。里面的建筑都很老了,听村里有文化的读书人说,那些房子都是按照英式风格建造的,有很多在抗日战争的时候被鬼子的飞机炸掉了,现在看见的大概是重建的。

上城去，步当车

（陈云霞） 说到车票其实还是挺怀念的，那时也没有贵这个说法，一张车票就几块不到吧。愿意从温州那里来去的也不会在意贵的，就是那路上太受罪了，如果下了雨就更不好了。就青田到温州的那段路，旁边不是河吗，另一边就是山，下了雨河边的房子都淹掉了，严重点还会漫到车轮子，就更是吓死了，谁不担心开着开着就开到河里去了啊。

温州出去其实还是有水路的，就是坐船。不过这个实在是太慢了，我在怀着第二胎的时候和大女儿坐过，那时候在江心屿的码头坐船到湖州太湖那里要两天，坐到上海要一个星期呢，不过坐船比较好的就是它比较稳，还能欣赏到沿途美丽的景色，毕竟船是沿着瓯江一路下来的。

比起坐船，还是坐车的人多，毕竟车要快一些。当时从温州出去的人都是去做生意，赶时间呢。船也就是老人、妇女闲着没事干才去坐坐，图个干净稳妥。改革开放以后吧，车的速度越来越快，因而船也就没人再去乘了，因为速度实在太慢了。

说起船，我也想起来其实进温州也是要乘船的。就是在温瑞大桥的旁边，说是码头也不像，就是大部分司机都知道的地点，边上有个棚子和一大块空地，后来造了大桥，这个破旧的棚子也就没有啦。因为要过瓯江，通常都是等上几辆车一起，车和人数凑不齐就在旁边的大空地上等，等差不多人数够了，大家就带上行李从车上下来，上船，然后把车开上船，再从船上开下去，人就坐回去，继续开到温州去，哪像现在还有这么宽的桥。杭州至少还有钱塘江大桥，那时候温州的瓯江还真是，连座最普通的桥也没有，所以只能乘船渡江了。

（吴建华） 看了现在温州的地图才发现文成距离温州鹿城区似乎是最远的。但是由于交通的发展，现在来回可方便多了！温州都是山，文成就是在山里的，以前出门一趟来回要一周。从文成到温州全靠步行，三天是起码的。当时的山不只是大，路也就只有一条，可小了，因为是石子铺的，很陡，人走在上面都嫌硌得慌。

那时候村里人都穿自己家编的草鞋，长时间在这种石子路上走很容易坏鞋，村里的老人还说过，"上城一次鞋一双"。布鞋虽然比草鞋耐磨却太软，种田的男人脚掌厚倒也没啥，可是有些女人就不行了，上山挑着大行李本身就重，再压在石子路上走，布鞋没有什么阻挡，走着脚会很疼。

不过这也是没有办法的事，大部分人想要出山都是靠徒步走的，我们都管这叫"上城去"。当时的山都是未开荒的，吃的穿的都要带够，不然山里早上很热，晚上很冷，很容易生病。

政府改善交通这方面做得还比较迟。改革开放后温州受国家照顾得不多，车是快了，但是路还是老样子，上车就震得屁股都在疼。大概是到了90年代吧，造了温州大桥，火车通了之后出行才好一点。90年代有个校车去春游开进了河里的事故曾经闹得很大，就是在青田与温州差不多交界的山路上出事的。再后来有了隧道，路也平了，现在就更不用说了，动车多快啊，而且从温州出来到平阳瑞安那里就几个小时，当时哪里能想象得到！不过挺奇怪的就是温州的老山路抖了这么多年，都没听说过有事故，之后车的速度是快了，但是事故也多了起来。

我记得文成到温州那边通高速已经是1998年左右的事情了，比温州建飞机场还要晚。我和老头子在差不多1990年的时候就和女儿女婿他们一起迁到了温州，我走之前的路还是挺小挺窄的，只是大路通进的速度更快了，到了县城那里就更加好了，有了大路，还更宽了，汽车也更快了，只是文成这里山路太多，有些深山里面路通得更迟了。

（许清姆） 温州以前的交通并不好，就是很慢的火车，汽车的路况很不好，之后好不容易造起了机场。等飞机出现已经是90年的事了。汽车比较慢，这也和路有很大的关系，瑞安离温州算是近的，但是那路从新中国成立后开始就没有好过，路窄还颠簸得要死，所以很多人宁愿就这么待在乡里、县里也不要去城里。火车倒是和现在差不多，最先是绿皮，从瑞安出来要先坐车到温州去再乘火车，瑞安这里只有火车经过，没有停留的。当时火车一过大家可稀罕了，小孩子都爱挤在路旁边看火车，听着那种咔嚓咔嚓声感到非常新奇。

至于其他也没有大印象，大部分人出去都是出差或者是旅游。新中国成立后就忙着干事，后来赶上"文革"也没有多少空余时间，到了后来90年代机场建成了，离瑞安不远，大家尤其是那些有钱的，自然是去坐飞机了。

可能也是和环境有关吧，温州的水路一直都很好，虽然慢，但风光美，"文革"那时候就有不少不赶时间的人，会选择从水路去上海或者是杭州，花的时间大概是两天到五天吧，这就是过去的河道交通，挺独特的，和现在的江心屿渡轮很像，就是更大一点，也更好一点，至少比汽车舒服多了，比较稳当，不像汽车吵而且震，所以多数老人小孩或者是身体不是很好的女人们都喜欢从水路坐船。

温丽道，山环绕

（陈云霞）1964年，我出嫁了，嫁给了一个祖籍平阳的男人郑集勤。他是共产党员，服从分配，跟着他一起到了湖州长兴牛头山工作并定居。因为当时长广煤矿面向全省召集矿工和运送司机，刚组成家庭的我们，成了其中的一员。1966年我的大女儿出生了，也是在那年全国开始了"文化大革命"。

我嫁人后跟着那口子来到长兴的牛头山之后，还没有工作，因而比较空闲。在生头胎之前都有回温州过，之后有了孩子，也回去过几趟，两年后也就是1968年秋天二女儿生下来后，我把大的孩子放在长兴，带着小女儿在温州住了一段时间。后来我又乘车回去，留下小女儿让我外婆带一段时间。这也是没办法的事，小女儿身体不好，在车上颠簸，大人都累得够呛。

我听说过、看到过很多人在乘车路上出了事，像是70年代中期那时候，因为路况实在太差，弄得一些身体不好的生意人心脏病发作，在那种深山老林里没有抢救人员，等从车上抬下来的时候人早就不行了。因为当时的车就是在山上跑，前不着村后不着店，就只有一个破茅房还能让人上个厕所，医院那是完全没有的。要是在车上犯个心脏病、脑溢血什么的，就要躺进棺材里了。而且那时候是没有急救工具的，这不就是完完全全等死吗？所以更不用说小孩子这种身子骨了，受不住的。这之后，我外婆带着我小女儿从温州码头出发，乘船一天到宁波，再乘车到牛头山把她送回来。

牛头山到温州真是不好走，温州那时根本没有开通火车，要去只能在杭州或是金华转车，很多人都是乘火车到金华然后再买车票去温州，从温州出来就是买票去杭州，到杭州再转车。我当时回家都要在金华转站，一点多钟就起来排队买票，三点多才买到票，然后是六点钟才上车，一天一夜才到温州的老南站。车一天是有好几趟，但是买的人都要排很久的队，而且大家都想要好一点的时间。

买到了车票后通常是在早上六七点的时候到温州，在车上弄个一天一夜是肯定的，到处都有人抱怨去温州太苦了，震来震去睡不着。不止这样，还吓人嘞。因为路很窄，只能让一辆车驶过去，旁边就是河，这要是摔下去找都找不到。试想想，半夜里什么也看不到，就一个车子在这么窄的路上开，这河还是挺深的，每次我过青田那边的时候都吓得睡不着。

就算买到了好一点的时间段的票，也不敢熟睡。为什么不敢熟睡？因为从外面去温州的人很杂啊，小偷可多了，我当时回温州带着的东西都很多，给我的外婆和几个妹妹带的核桃特产什么的。那时候温州虽然说是市，但是比起杭州来实在是很封闭的地方，外面的货要运进来很不容易，外出的姑娘要显示自己在夫家过得好，生活幸福，总要带上很多的东西来证明一下。所以我就带很多的东西啊，像是土鸡蛋、肉、核桃、霉干菜等等的土货我都一大包一大包的带。想想每人一两斤就要十几斤了吧，那都是推着手推车的，谁家不是大包小包的呢。那时的车坐的人多，但是从来都是被什么乱七八糟的行李塞满的，你要是一个不注意，指不定你的包就被哪个人给顺走了。

从金华出发的时候路况其实还好，一开进青田就不行了。说起青田路窄，其实进了温州，那个路更窄，哪有现在的柏油马路这么舒服，那时候全是石子路，这车都在上面蹬来蹬去的，睡也别想睡。因为温州都是山，当时没有隧道，只能绕路，但是谁知道绕路还是这么吓人，车开得一颠一颠的，到了命都抖走了半条。在路上耗的时间很长的，其实温州去哪里都耗时间，车上都有两个司机，轮换着开，一个开上一夜，早上就换人。

到点了司机就把车停在路边吃饭，一般是停在丽水，青田那边，只有一个简陋的茅草棚，然后司机会把所有的人都赶下车来吃饭，关上车门，直到饭点时间过了再开门让我们进去。当时的条件很不好，草棚的饭都不好吃，我总是觉得那盒饭都是有点味道的，东西也不多，女人吃着勉强够，但是大男人肯定不够。人人都拎着大包小包的行李，累得慌自然也食量大，可是没办法，大家都是一边嫌弃一边吃完，唯一比较有味道的就是在金华等着买票的时候那个饭。

现在想想带着这么多东西都觉得累，可年轻的时候不知累，我带的东西真是很多，因为当时在商店里头工作，一些土特产都能多发一点，福利也还不错。结婚头几年是一个人走，到了后来，那就是一边抱着婴儿一边拉着不到五岁的小孩，两个孩子再加上几十斤的东西。这也没办法，温州太难进了，谁不是几十斤几十斤的往车上搬啊，东西难带也要带。就跟那时候即使有人晕车，那也得受着，温州的路就是这么难走。

到了点，就放下人来去厕所，那时候的深山哪里有厕所，说得好听而已，其实就是路边一个破草棚，脏的要死也只能忍着，因为想家了啊，只能折磨着来回几次。回来也不轻松，还是要几十斤东西地往回带，我都带着温州的糕点，特产回去分，连粮票我也带过，因为温州通行省里用的粮票，比地区用的粮票有用多了，我常常藏好了带走。不过温州出来的话大部分人都是到杭州去转车，而且车上大部分都是做生意或者是出去读书的，人素质总要高些，虽然到了青田、丽水那里还是怕，但是至少没有这么紧张了。

（吴建华）一个人上城去是不够的，都是村里的几个人一起。当时要去趟城里很不容易，大家就走路一起去，把要带的行李分一分，每人都提一份，相互照顾点也是好的，东西又杂又多，因为每个人上城的目的也不一样啊。有人是去探亲的，有人要去城里的集市上买卖东西，还有些人就是要出山打拼去的，一个人或者是一家几口就这么大包小包直接上。

一帮子男人挑行李，女人通常在后面拿包裹或者是抱孩子照看小孩，最后还有些会走路的小孩们边玩边跟着。我小时候也跟在大人屁股后面上城去，这算是小时候记忆中除了过年过节外最开心的时候了。一帮小孩子追着前面的大人跑，虽然路程很长但是非常兴奋，一路上也不会感觉累。真的到了温州市区后，简直都要被那里的东西迷花了眼，我至今还记得那时候在集市菜场边卖的爆米花和大饼的味道，那可是我从来没有吃过的美味。

大家上城通常都是步行，偶尔也有煤炭车来山里运货，就是现在有些电影出现的老煤车，开起来会突突的响，后边还会冒很浓的黑气，车身上面也全是脏脏的煤灰，速度不快，我小时候在后面稍稍小跑着就能追上了。当时没有现在的这种面包车，因为那时没有大路也没有隧道，车根本没法开进去，在稍微外面一点的山那里的路开的早，村里会来拖拉机，总之车对于我们来说都是新奇货。我们这些在深山里住着的，还是得自己走出来找到大路，才能搭到机动车。这是要钱的，按人头算，根据距离的远近要价不同，不过深山里的农民哪里来的钱，本来上城就是去做买卖的，还带着很重的行李，所以也没人要搭车，干脆就自己一帮子老乡走到底了，有小孩在后面闹闹还是挺热闹的。

不过那个机动车、拖拉机有钱人也去坐过，听说是不好，一路上都颠，声音超级响，把人震得耳朵发麻，基本上那种车，坐上半小时简直是比走路几天出山还要累。这种车一直到90年代还是有人在开，是一些退伍或者退休的老人，闲暇时间出来开车赚个外快，听说现在在福建那里这种车还在深山里跑。以前还听说有人从这里骑自行车到北京的，不过自行车在文成的山上也不好走，都是石子，太陡了，自行车扛不住的。

也不只是进温州是这样的，温州去瑞安有条江——飞云江。那个江倒是有桥，又窄又小，每次过这桥也是吓个半死。那时候没有大桥也没有隧道，车在山里全是盘山路，又陡又慢，足足耗了一天一夜才能到，就算是温州到瑞安、平阳，都要一天。至于乐清、洞头，那两个地方更加糟糕，根本没有公路，全要坐船。

我在二十几岁的时候，我妈妈的一个弟弟也就是我的一个表舅在乐清娶了老婆，我去吃酒，坐了半天多的船才到，早上出发下午才到乐清，当时虽然设了县但是规模远不及瑞安，我当时坐的船停靠在码头上，面对的就是乐清县城，那里的路又小又陡，连自行车在里面走都很危险。他们要出门只有乘船，太落后了。洞头也是，温州要去那里只能在码头坐船，平时也就是有渔民在温州和洞头之间走，打鱼来卖，到了台风雨季那就是直接全部封闭的。

（许清姆） 瑞安到温州给人印象最深的就是交通的不方便，明明距离是很近的。不过这个印象也就是温州整体给人的印象了。汽车一进温州，就是在跑山路，路很绕，人人都说是山路十八弯。绕山路就使距离变得更远了，从瑞安村里到温州城里要花上一天的时间。新中国成立前连隧道都没有，路也被日本人炸得破烂，因此在路上花的时间就更长了。再后来造了路、修了隧道，虽然不是高速但也好了很多，不用盘山，路就被缩短了，确实方便多了。

但这只是指外面的县区的情况，还有很多的村子山路多，大型的汽车不能进村，交通闭塞。我在的村子也不近，好在还是在县城的范围里。大家只有在每次探亲的时候才会出村去城里找大路坐车，那时候温州连公车和城乡公交都没有，站在大路上就随手招车，招不招得到全看运气，车人满了根本就不会停。

有一次我去亲戚家里回来，足足在路口招了半个多小时的车。我们村子还不算偏远，交通就这样了，那些更加靠近山里的村子的人与外地人接触的就更少了。直到90年之后，村的小辈都还是坐那种破破的机动车，声音很大，震得很强。这还真算得上是三代人的共同回忆了吧。

瓯来风，闯天涯

（陈云霞）"文革"前面那几年，温州派系斗争很厉害，枪战巷战什么的到处都是，也有伤亡，但是由于四周都是山，还有一条河，人死了也没有上头来管，逃也逃不出去，只能硬着头皮接着斗呗。就在长途车站向右走的松台山，每次路过那里都在搞批斗。留出一块地摆上棺材，让武斗输了的那派从山下爬上去，再下来，从棺材下面爬过，每次在车站那里进出都能看见。这里的车站是指温州市区以前的老车站，即现温州市区人民东路的开泰百货附近，向东走就是松台山广场，与现在的松台山广场位置不变。不过老车站早就搬掉了，原来的建筑也都拆掉了。然后进出的人还是照样走，派系斗争也就继续了。

说是说不连累家属，但是真斗起来谁管你这么多啊，一个单位里抬头低头都见的同事还有不同派系的呢，斗得狠了一家都搅进去也不是没有。就是六几年那会儿，忘了是什么时候，斗得真凶啊，死了很多人，我想温州估计是死人死的最多的地方吧，那会儿我被二弟送去瑞安县城里的舅舅家避难去了，也是乘车的，那时候去温州的人也少了，去瑞安足足花了一天。

但是，我去了瑞安后也没发现好到哪里去，那里的派系和温州的差不多，大概是分成南派和北派。上班的时候还好说，下了班两个派就翻脸，说打就打，到了休息的时间还会召集人挨家挨户的砸门询问，斗得最凶的时候就是狠狠地打，普通人老早吓死了，能走的都走了，整个县里面都死气沉沉的。

我当时在瑞安的舅舅家躲着，他们一家都是普通人，没有什么过多的派系观念，所以还没有被刁难过。至于一些很穷的人买不到票逃走，禁不起那些人天天上来砸门询问，最后走投无路就只能带上一家逃到山里去了，比如说我舅舅家隔壁的那家，姓什么我也不记得了，只知道也就几天的时间，他们家就逃走了。原先是南派有优势的，他们家的儿子就是南派混的，那时候真是横着走。但是没多久南派失势了，北派开始到处抓南派的人，抓到就是狠狠的批斗，不服就打，这家人就是不敢面对骚扰恐吓，连夜搬到山里去了，反正我之后是没有再见过他们。

再后来我二妹妹做了知青，参加了上山下乡的行动，我当时也回温州送行了。人民广场挤得人山人海，所有的知青都坐在大巴上，和我平时坐的那种挺像，不过更大点，他们就这样坐车到杭州，然后坐火车分派到全国各地的乡下，二妹妹当时是被分派到了大兴安岭，托关系找了一个县城去支教。据她说乘了快一周的火车才到那个天寒地冻的地方，这才知道温州的天气简直就是天堂啊。她在大兴安岭那里足足熬了好几年，才在差不多1969年的时候和我一样嫁到了湖州长兴。

说回来，在二妹妹走之后温州就是南北派系乱斗了，虽然温州当时斗得很厉害，但是温州来往的人却还是很多的，很多是做生意的，毕竟是温州人，生意头脑是压不住的。只是在那时候做商人不是挺光彩，但是温州与北边的杭州、上海那些地方还是有很多商人进行买卖的，交易的东西也不复杂，多数都是一些外地的原料供应或是温州的土产销售之类的，当然往来的人还有的就是旅游，只是当时雁荡山还没开发出来，大多数人也没有闲暇时间去看海。往来人里面最多的就是探亲的。

（吴建华）山多，路还绕来绕去，到了晚上真是瘆得慌，连平时天天上山的汉子都不敢轻易地进去，所以山里面外人是不会轻易来的，就是村里的人要上城，也一定要有个有经验的人在前面带领，否则一不注意也是容易迷路的。

如果晕车的话更不能来温州，大家说得最多的就是这里的山路十八弯，感觉永远也走不到尽头，何况文成这种山里头，先要乘车进去，然后再换走的，一群人一起走上一天，途中还要在深山里睡上一夜，才能到村子里去，实在是很麻烦。所以文成那边县里可能还好，乡下有些人就一辈子都没有出去过。

大概到了七几年的时候吧，那时还有一些队伍是来沿着村子挨个来放电影的。他们都只走到县城里，山沟沟里的小村子才不会来呢，那些大姑娘、小青年为了看场电影，也就一群人走去县城，不过他们到底年轻而且带的东西少，就一个小板凳，花的时间就少了很多，但是回来真的很晚了，一群人在山里还是会出事。

我就记得那些年失踪过几个人，也不知道找回来没有，想到文成那边这么多深山，我想找回来的这个可能性还是很小的。小时候要是调皮，还会被大人吓唬说要给丢到山里喂狼，可能在城里，小孩子不怕，但是我们一听肯定是马上老实了，我看那时晚上的山真是阴森，我觉得那山里一定有野兽，只不过我没有见过，这都是听村里的老人说的。

（许清姆）我觉得以前县城这边的路差不多都是给人走的，而不是给车走的。因为温州地区这边人的交往真的挺少的。我祖上差不多到爷爷这辈才有条件从山里走出去，后来到抗战时期，鬼子的飞机来了，军队也来了，到处乱炸乱抢就把一些人硬生生地逼走到外地或者是县城里了，也把一些人给重新逼进山里。也有很多人从别的地方来瑞安县城里避难，瑞安的交通就差不多是这样发展起来的。还有军队军舰就经过飞云江，会停在瑞安这里补点物资什么的，所以这倒是吸引了一些商人常常在温州市区和瑞安两个地方跑，做点生意。

之后交通再一次变化的就差不多是"文化大革命"的时候了，在1966年之前的两年，那时候总是号召去利用资源，于是就有好多的人来到瑞安的山里砍树，闹了好一阵子。终于到了1966年，温州那里号召要"上山下乡"，于是瑞安县里有好多读书的孩子都乘车大半天去了温州，当知识青年分配下乡。

之后的多年，我在县城里看见的除了老人、孩子、庄稼人，倒是很少看见有点学历的读书人了。本地的、外地的做生意的人越来越多，他们就是坐火车去外地进货卖货，再回来就坐那种很老的车回村里，也会乘汽车去温州市区卖货，总之这里面门路很多很杂。温州到瑞安的水泥大路也就是这样建起来的。后来通了隧道有了快一点的车，来瑞安的人就更加多了，至少不会像以前一样特别受罪。除了来往做生意的人，也有人过来探亲、旅游，瑞安县城里热闹了不少，虽然暂时比不上温州吧，但是比闭塞的乐清好太多了。

6

云水贵池：记忆深处的皖南山村

口述者：方文胜　舒玉宝
采写者：方秀枫
时　间：2013年1—2月
地　点：安徽省池州市贵池区家中

方文胜，男，1966年生，贵池区人，初中文化，商人。舒玉宝，女，1965年生，贵池区人，小学文化，无业，方文胜之妻。

磨砺贯穿童年

（方文胜）我是1966年出生的，属马，我家属马的人很多，我姐，我大伯家的哥哥，我小姑以及我的小女儿，都是属马的。我出生的时候父母亲年纪已经很大了，是老来得子。姐姐比我大12岁，姐姐上头有一个哥哥，不幸出生不久就夭折了。父母亲终于得到了一个儿子，因此格外重视，生怕再出意外。在那个年代，谁家要没有个儿子是要被人笑话的，在村子里是抬不起头的。按照风俗，为了祈求我健康地生存下来，据说点了一盏煤油灯三天三夜都没有熄灭，为了祈福求保佑。在那样一个很节约的年代，这样子做应该算是非常浪费的吧。

童年的时光应该还是很幸福的，虽然那是一个清贫的年代，但是课业负担没有现在的孩子这么重，家里人口少，粮食也还能满足需求。那时在农村，像我这样家里只有一个儿子的人家几乎是没有的，唯一的姐姐也比自己大12岁，所以家里人都很疼我，小时候过的日子相对于其他人来说还是比较好的。像我老婆家里兄弟姐妹多，她们女孩子吃饭都是不可以靠着桌子吃的，过年的时候父母只管儿子有没有吃到鸡蛋、肉类等东西，女孩子不在考虑范围内，平常就更加沾不到荤腥了。过年时女孩子都没有新衣服穿，更别提平常了，我老婆说她小时候冬天就是一件破棉袄里面一件单衣。而且女孩子都不给念很多书，只有男孩子才有读书深造的机会。但是我就很好，我还有一件"的确良"料子的白衬衫，这在当时大概就算是一件"奢侈品"了吧。我经常穿着它在其他还是穿老棉布的孩子们面前显，惹得其他小伙伴很羡慕。

但是天有不测风云，当我上初中的时候，母亲就开始生病，她的病是骨结核。要是在现在这个病是很容易治疗的，但是在那时整个贵池都没有什么医院，医疗条件十分落后，只有潘桥镇有一个小医院。可是不能住院治疗，就只能放在家里慢慢地害（等死）了。

父亲本来在煤矿工作，收入还不错，但是后来为了号召大家集体修一个完全属于自己队的水库，就回来当了小队长，这样家庭收入就没有以前多了。而且他整天忙于公务，都不着家，也没有想着要去照顾母亲，所以烧饭洗衣这类家务事就全部落到我的头上了。那时我还要上学，每天早上四五点钟就起来烧饭，用灶台烧饭，洗洗刷刷，慢慢摸索，等饭烧好要一两个小时。还要给母亲梳头洗脸，尤其是冬天的时候，还要准备好火盆。这样上学就经常迟到，刚开始的时候被老师骂，但当他了解到我的情况之后，也就不骂了。

虽然家里的负担很重，但是我的成绩还是很好的。我的脑子很灵活，数理化只要上过一遍便会举一反三地解其他题目了，而且书读得比较多。语文听说读写都不在话下。我写得一手好字，直到结婚前我都一直在练毛笔字，结婚后事情多了就停掉了。后来母亲的病情加重，我也就没有什么心思学习了，父亲又整天不在家，也不怎么关心我们母子的生活，姐姐出嫁了也不挂念娘家。中考的时候我没考上，即便考上了估计也是没有钱让我继续念书的。我18岁的时候，母亲就离开了这个世界，于是家里就剩下两个男人了。那时我还没有结婚，一边料理家务一边在煤矿上班。日子就这样一天一天地过着。

婚姻改变生活

（**方文胜**）母亲去世之后父亲就开始张罗着给我找对象了。在家里只剩下两个男人的时候，娶进一个能够料理家务的女人便是当务之急。同村的一个老人向我介绍了隔壁村的一个女孩子，我俩也没有什么想法就很简单地在一起了。那时找对象不像现在这样子挑三拣四的，这里不行那里不行。对物质并没有多大的讲究，只要表面上日子还过得下去就成了。两年之后也就是我 20 岁的时候这个女孩便成了我老婆。其实 20 岁的男子还是不能够结婚的，这事我没注意，多年之后补领结婚证的时候才知道。

我老婆家在山上，每次爬上去都非常吃力，山上田地不多，但是有很多竹子，村里的竹篮子生意比较出名，是一个比较有特色的村子，很多年后电视台还去做过专访。田地只是用来糊口的，做上几十个竹篮子走上三四十里路挑到市区去卖成了她们村主要的收入来源，可以很容易看见现钱。每次卖完篮子，总要买点其他的东西回来，其中打粮食酒就是一项必不可少的内容，所以她们村的男男女女喝酒都特别厉害。我刚开始去的时候都是被灌得酩酊大醉。

岳父是一位比较厉害的老人，脑子厉害，嘴巴也很厉害，在这方圆几十里都颇有名气。他平常在家里务农，农闲的时候就跟村里的黄梅戏团到各地去唱黄梅戏，也能获得一点收入。学习唱黄梅戏使他认识不少的字，可以自己阅读书信报纸，这在农村老一辈的人当中是不多见的。但是他很重男轻女，我老婆就是在家里做竹篮子卖钱供她的三个兄弟念书，那时在农村里一家有三个兄弟都念大学是一件很不容易也很惊天动地的事情。我老婆嫁过来的时候她最小的兄弟还在念大学，所以她大部分时间都在娘家做事情。她在很长一段时间里都不会烧菜，回到我家还是我烧饭，这样我和父亲想撒手家务不管的目的并没有达成。即便家务事还是我做，但比起先前的日子总算是好多了，不会无缘无故地被别人笑只有父子两个男人的家。

那时结婚比较流行的是买手表、裁缝机、自行车三样东西，我人比较老实，就一口气把这三样东西都买齐了，记得当时买的那块手表是一百多块钱，在当时也是不得了的。我老婆的二姐一直向她老公要块手表，但是二姐夫一直不给她买，二姐就到岳父面前告状，岳父是个比较厉害的人，每次二姐夫去的时候都会被他不动声色地说哭。我那时是得到岳父相当大的认可的，比起其他的连襟，我并没有受到岳父多少的"折磨"，每次到他们家心情都比较轻松。可见在当时，一块手表是多么的被人看重。不过跟现在结婚买车子房子相比，那时结婚算是比较清贫的了。

潜移默化的山里人家

（方文胜）现在，人们断然想象不出来活活饿死是什么样的感觉，可是在50、60年代，甚至到了70年代，饥饿还是一个大家不得不面临的严峻问题。1958年，全国刮起"大炼钢铁"旋风，我们这个小山村亦不可避免地卷入这股旋风之中，大家都疯狂地加入了炼钢的队伍。家里面只要是铁的东西都被拿来放入熔炉中重炼，灶台上的铁锅、铁汤罐，甚至门锁扣都没能逃过劫数。山上的大树，包括一些原始树木，都被大批量地砍倒，有些并没有利用就放在山上烂掉了，十分可惜。不重视粮食生产，导致无粮可吃，人们只能拿粗糠、草根、树皮这些东西来充饥，很多人饿得两腿浮肿，活活饿死也不是什么稀奇的事情，像屋后某某家的父亲就是活活饿死的。他父亲饿死之后，他的母亲还寻了条件更好的人家，改嫁了。从1960年开始，刘少奇在全国主导"三自一包"改革，于是在实行了多年的大锅饭之后，有了短时间的分田到户，这两年之内，粮食紧张稍微得到了缓解。但是两年之后，分田到户措施被取消了，饥荒又成了摆在大家面前最束手无策的事情。

1970年，皖南地区遭遇了前所未有的大旱，粮食收获十分有限。而生产队里由于水利设施不健全，基本上都是颗粒无收，就连第二年的稻种都无法预留，只得向隔壁老屋韩队借稻谷吃，老屋韩队人是向来不太厚道的。这次借稻谷也不例外，他们把夹杂着狗尾巴草以及其他各种野草种子的稻谷借给我们，大家都感觉受了奇耻大辱，从此之后队里就发誓要修一个水库，改善水利设施。父亲向来雷厉风行，作风严谨，就被大家推选为大队长，义无反顾地承担起了主持的任务。那时候不像现在有推土机、挖掘机等各种现代化机器，全部靠人力肩挑手提，日日夜夜不停地挖，再把挖出的土堆成大堤。

那时候队里的劳动力也不够，所以小孩子只上午上半天学，下午就去挑泥土，当然这跟当时的政治环境也是有关系的。泥土是按立方计工分的，到了年底可以在队里面兑换钱，拿着钱去村里唯一的粮票销售点买粮票。那时像我们这些普通的农户家庭是没有粮票的，只有国家公务员之类的人才发粮票。所以大家就狠劲地挑，夜里点着马灯挑到12点，马灯的灯光很弱，只是一根棉线沾着菜籽油烧出的光，第二天起来还要挑。我记得那年年底我分得了90元钱，在当时也算是非常多的，可把我高兴坏了，那是我结婚之前挣到的最多的年收入。隔壁家分到了 400 元，是最多的一户，那时候的 400 元钱可以造一栋三间结构的砖瓦平房了。压大堤的时候，也没有压土机，只能用石头来压大堤。在一块大石头的四个角分别凿四个洞，用四根很粗很粗的麻绳子分别系住四个洞，四位粗壮的劳动力分别抓住四根绳子使劲地往地上砸，这样就把泥土砸结实了。还好那时候队里还有几个力气比较大的劳动力，不然的话那些力气小的人根本砸不动那么重的石头。

夏季是洪水多发的季节，那年夏天就发了一场很大的洪水，洪水无情地冲垮了大家辛辛苦苦堆积的大堤，情况很危急，全村的人都来抗洪抢险。老实说那时的人的确很团结，不像现在这样子有点邻里之间老死不相往来的感觉。小孩子和妇人就在家里搓麻绳，用麻绳将石头绑在一起填埋被冲出来的缺口，甚至将家里整捆整捆的柴禾都搬去堵洪水了。那是一个热火朝天的场面，也是一个悲壮的场面。万一洪水冲垮堤坝，不仅大家的努力都白费了，而且下游将会被淹，非常危险。经过一年的修理整治，水库建好了，这样队里的水利设施就大大地进步了。

40 多年来，这个大家用双手修建出来的水库经过了岁月的洗礼，扛住了大自然的风吹雨打，即便是在洪水如猛兽的 1998 年也没有出现危险，成了造福一方的水利设施。碧水蓝天是这个小山村的标志，抵挡住了旅游开发的外来诱惑，在这里进行水产养殖，给这些灵动的水更加增添了生命的气息，也给本地百姓带来了经济收入。这水库静静地依偎在三座大山的怀抱之中，四季不停地奏着"叮咚"这一曲名乐。

从 1971 年开始，大家又琢磨着应该改善山村里的交通条件。原本的路只是一条沿河流蜿蜒伸展的泥巴路，已经不能适应发展需要了。大家便开始肩扛手提，用大石块铺填路基，再用泥土填平路面。经过两年的努力，到 1973 年，终于将之前的羊肠小路改造成为了约 2 米宽的石子路，使得两辆平板车能够同时行驶了。

虽然在那个年代会有很多不合常理的事情出现，但是那时的集体精神是没有话说的，大家为集体的事情劳心劳力。而现在，随着城镇化的进行，整个山村处于快要被掏空的状态，平常时节，居住在这里的都是老人，孩子都被大人带走了。所以，现在要想再靠大家的力量进行什么集体建设那是不可能的事情了。不知道等这些老人去世之后，这里还会不会有人居住，又会变成什么样子。

在大力进行基础设施建设的同时，大家也想办法努力发展经济，最负盛名的就是创办集体企业。最早的一个集体企业是创办于1958年的煤矿，成就最大的是创办于1984年的水泥厂，水泥厂经营数十载，最后在1996年左右倒闭了。那时，全村上下只要是身体健康的都在厂里做事。厂长、副厂长由村领导兼任，稍微有知识的就成为助理、秘书了。其实在现在看来，这样子用人肯定是不对的，比较封闭。人才有限，科技跟不上来，所以渐渐地随着外面的水泥厂多起来之后，这里的水泥就销售不出去了，随之就是关门大吉。但是在上个世纪80年代末90年代初托这个水泥厂的福，村里发展得很辉煌。那时在外面，只要说是我们村的，大家首先想到的就是"有钱"两个字。村领导去上面开会，其他村的领导中午只能吃自己带的一些干粮或者是饿着肚子，而我们村的领导就可以去餐馆里面吃饭。虽然这不是什么好事，但是也说明了那时村里还是比较有钱的。

水泥厂倒闭了之后，大家就像是久被关在一个笼子里的鸟儿一样，顿时飞散于四方，各自寻找自己的活命路去了。要是这个企业还在的话，应该还是会留住一些说不上是人才但是起码是劳动力的人的，这个村子也就不会被城镇化的浪潮洗刷得这么空。

朴实无华的乡居生活

（舒玉宝） 山村的四周都长满了竹子，所以大家有空的时候就会砍竹子做竹篮，只要是从我们村走出去的人都会这活儿，做竹篮子拿到市场上去卖，换成钱贴补家用。但是那是一个禁止私自做生意的时代，所以每次挑一担竹篮子到市场上去卖，都要半夜三更起来走上三四十里路，赶在天亮之前进行交易。记得有一年发大水，那夜没有月光，我的哥哥和父亲一起挑竹篮到街上去卖，走到滚水坝那里（滚水坝为清溪河流经此地的地名，坝上有桥，约50米长，离家约4里路），河水已经淹没了低矮的木桥，没有办法他们只能慢慢地试探着过河。但是一不小心哥哥的脚踩滑了，一下子就飘了起来，整个人都失去了重心。说时迟那时快，父亲一下子揪住他的衣服，很庆幸他没有被洪水冲走。那时候一个竹篮子只卖几分钱，现在都10块钱一个了，可见这些年的物价上涨得多么厉害。

那时候一家都会养好几只猪，过年的时候杀一只留着自己吃，其余在平常时候杀掉卖肉钱或者是整只猪拉去卖。那是一个食物短缺的年代，连人都吃不饱，更别提猪了，山上但凡是能够给人吃的都采回来给人吃了，人不能吃的树叶野草就被摘回家给猪吃，俗称"讨猪草"。这样都不够，猪还是没得吃，没有足够的食物猪就不长肉，这样养就不划算。于是要跑到东南湖、天堂湖去摘水草。那里离家很远，往往是半夜就起来，拖着板车去，干一天的活。湖里有很多野生的鱼虾，有些时候会捞个大丰收，不仅拖了满满一板车的猪草回来，还顺带好几餐吃的鱼虾。

那时候的鱼虾都没有被污染，非常的鲜美，对于许久没有沾荤腥的人来说可谓是雪中送炭，每次人、猪都吃得美滋滋的。除了去湖里要猪草之外，我们还会起得很早，拖个板车到市里的菜市场去捡卖菜的老板扔的烂菜，有些烂菜堆里也会有一些好菜，会捡回家来给人吃。那个年代到菜市场里捡烂菜的人很多，与其说是捡，不如说是抢。为了在夹缝中争得一席生存之地大家都争得头破血流，但是这种争不是暗地里陷害别人，算计别人，而是光明正大地和别人竞争，靠自己勤劳的双手换来生活水平的提高。和现在的一些攻于算计的小人相比较，那时的人大多数都算是淳朴的了。

相对于现在人们的视线大部分都离开了山头，那时人们不出去打工，都在家里种庄稼，"靠山吃山，靠水吃水"，所以山头就成了重灾区。人们会把好端端的一片山给烧掉，再撒上芝麻种子，之后就任其生长，不管了。等到收获的季节就来山上收芝麻，不过收成也不高，因为成长期都没有施肥除草，也没有围篱笆，所以野兽就成了经常光临的客人，碰上雨水不好的年份，颗粒无收也是可能的。老实说那时农业技术真的很落后，要是现在的技术移到以前，应该有很多人不会被活生生的饿死。

除了在山上种芝麻，大家还在山上种麻。种麻比较好办，只要牛不吃就行了。但是麻容易生毛毛虫，毛毛虫把麻的叶子吃光，麻就长不大了。到了夏末，就去剥麻，麻也就是麻秆的外皮，是一种很有韧性的纤维，不会被扯断，等晾干之后可以搓成麻绳，在农业生活中很有作用。麻秆砍断之后放在水中浸泡一段时间晾干，之后烧饭的时候可以引火，俗称"麻枯"（音），这是每家每户生活必需的东西。剥下的麻若是自己家里用还多的话，就拿到街上去卖，去市里又是用板车拖着走去，有时也会有商贩吆喝着上门收购。这里离徽州不远，据爸爸说，他年轻的时候会将大批的麻整理好运到徽州去卖。

本来乱糟糟的麻要整理到用梳子梳得通的地步才算是好的，才会卖个好价钱。虽然徽商没落了，但是小的生意还是在的，去徽州来回也得有个把月的时间。现在回想起那些日子觉得挺不可思议的，怎么可以走六七十里的路，回家后还干活，要是搁现在的人，估计走一天都走不到的，还累得够呛。

那时，邻里之间都很和气，大家日子过得都差不多，就算是稍微好点的也好不到哪里去，互帮互助，和和气气的。平常时节，东家有的东西往西家送，西家有的往东家送，过年时更是如此。不像现在，贫富差距越来越大，彼此之间的竞争也越来越厉害，比房比车比小孩，就算是亲兄弟之间也分得一清二楚，人与人之间的感情越来越淡了。随着大家陆陆续续搬离这个小村庄，见面的机会少了，更加没有培养感情的机会了，就算是以前点点滴滴的温暖也随着时间的冲刷越来越淡了。

这是坐落于皖南山区的一个普通小村庄，是我成长的地方，但是现在随着城镇化的进行，我也被夹裹着成为进入城市的千军万马之中的一员，改行做了生意人。我的女儿或在外地求学，或在外地安家，每年大家都只能在岁末的时候才回来一次。每次回来看见因为村民外迁而产生的荒地，觉得既熟悉又陌生，熟悉的是这是一个鲜有变动和新建设的地方，而陌生的则是因为人烟稀少而偷偷成长起来的无边荒草；还有邻居家老人那雪花般透白的头发以及佝偻着的背，他用好奇的眼神死命地盯着我，而我只能从记忆中挖出以前他好像没有那么老的印象；那些在路边伫立的小孩我也不认识，只能在心底欣慰：还好，这里还有生命的延续。也许在以后的日子里，我都不会在这里居住了，但是作为成长的地方，这里有我的童年，我的青年，我生命中最富有活力的时光，所以不论岁月荣枯，这里永远是我生命之根所在。只期望这个小村庄在时间浪潮的拍打下，不会真的蜕变成为一个无人居住、让人惊恐的地方！

7

枣园忆昔：当岁月终究化为烟云

口述者：李有枝　关京（景）信　李德龙　李清芬
采写者：李　云
时　间：2014年2月
地　点：河北省邢台县浆水镇西枣园村口述者家中

李有枝，女，1942年生，初中毕业，浆水镇西枣园村村民。关京（景）信，男，1948年生，"文革"时期曾为西枣园村基干民兵。李德龙，男，1964年生，初中毕业，曾为二十冶、河北邢台冶金镁业有限公司工人，现务农。李清芬，女，1964年生，高中毕业，邢台县浆水镇西枣园村，农民。

苦难光阴，寸草春晖

（李有枝）我是1942年正月初九出生的，我这一辈子也赶上过几件大事，只是咱是农村人，嘴笨不会说。早先咱这片都比较穷，吃得赖，穿得更赖。小的时候不记事，也觉不出来受罪。大概到六七岁往后我才算开始记事。枣园村是从前禅房村搬过来的，当时村里搞运动，上面要村里办互助组，几户人合到一起干活种地。那时候讲究穷人翻身，咱这个村以前就一大户姓关的人家。现在姓李的、姓马的等都是那时候搞运动才到的枣园村，那时候的人口跟现在比也差不了多少，也就300来口人。

我8岁才上学，在关帝峪村上的小学，小学毕了业又到浆水上高小，上了两年毕了业，那时候高小都是上两年的。之后就到邢台轴承厂工作，也没干多长时间，由于车间噪音太大，整天轰隆隆轰隆隆，我的耳朵受不了那个罪，我后来就跟一起去的几个姐妹商量着一块回来了，算是没干成，干了顶多半年的时间。

回来以后我就到村里的大队干活，那时候村里都是分着生产队，挣工分、分粮食。我记着我那时候年纪也小，干一天活才给记 5 分，成年男劳力挣 10 分，妇女是 8 分。俺们刚毕业的这一群人还算是孩子，所以就给 5 分。等到秋天玉米熟了，队里就收走，拿出账本，按各家各户挣的工分分粮食。分粮食的时候用一杆大秤，俩老爷们儿抬着托杆称粮食。那时候分粮食可是大事，大家都指着分的粮食过活，分粮食那几天是大家最高兴的时候。

我丈夫是后掌村人，家里穷，弟兄俩。我家稍微强点，爹娘生了我和妹妹俩妮子，没儿子。老传统讲究传宗接代，老了脚下得有人。就因为这，我爹托的媒人提的亲让我丈夫到我家当了上门女婿。那年丈夫 25 岁，我 19 岁，结了婚过了事。当时结婚简单得很，没现在这么多乱七八糟的程序和讲究，话说回来，主要也是因为当时太穷。结婚那天我爹跟媒人一起带着一块布去后掌村那把我丈夫接到了我家，这就算完了。到了我家以后也没摆什么宴席，实在是因为那时候太穷，各家各户有喜事也都是口头道个喜，说说话。

因为我丈夫是上门女婿，所以结婚以前就立了字据，说以后生了孩子的话，以第一个男孩为准，前面的孩子姓我的姓，也就是姓李，往后才姓丈夫爷爷的姓——马。所以大女儿和大儿子才姓李，剩下的子女姓马。

孩子小的时候家里缺乏劳动力，嘴多劳力少，大女儿和大儿子刚懂事就带着几个弟弟妹妹上山挖野菜，拾柴禾，啥有用干啥。我丈夫一有空闲就上山刨药材，卖了钱补贴家里的柴米油盐。几个孩子谁也没穿过新衣裳，连过年都穿不上新衣裳，都是补丁摞补丁，老大穿的小了老二穿，老二穿完了老三穿。现在想想那时候苦啊，都不知道怎么熬过来的。没办法，那时候都穷啊，都是这么过日子。

大女儿七八岁的时候，前掌有小学。那时候乡政府在前掌，就让她去上了几年学，后来考学校没考上就不上了。由于孩子也多，早不上学了早干活，所以她就跟着家里的大人一起下地干活。我爹娘岁数大了干不了活，家里过得也紧巴，早点干活也能帮着减轻负担。大儿子我也记不清初中到底毕没毕业，反正也早早地就不上学了。三个儿子当中二儿子上学上的时间最长，上了小学上初中，又到浆水上了高中，考大学没考上，我丈夫把他送到学校复读，没想到他自己就偷偷跑了，跑到邢台一个制造硫酸的厂子当了工人。三儿子最淘气，我丈夫和我都管不住，让他上学他坚决不上，也没在学校混几天就到邢台砖厂当了装卸工，再往后就是我丈夫和我给这几个孩子成家过日子的事了。

先是大女儿成的家，具体几岁出嫁我记不清了，大概是二十多岁时结的婚。时间久了，我岁数也大了，实在是记不起来。那时候结婚是用拖拉机把姑娘从娘家拉到男方家就算完事儿了。那时候时兴的拖拉机后轮特别高，得有小两米的样子，车厢也长。老辈人穷，谁也拿不出像样的嫁妆，我记得当时我丈夫和我俩人省吃俭用才买了两个木箱子，一个给大女儿当了嫁妆，另一个给二女儿当了嫁妆，俩女儿结婚的时候都是让人用拖拉机接走的。

儿子里面老大先结的婚。我丈夫托的媒人到女方家提的亲，结婚那天找了两辆拖拉机把儿媳妇从娘家接到了我家。大孙子出生了以后二儿子三儿子相继也结了婚。结婚的礼数也都一样，简单得很，也没有攀比，因为都穷，谁家都一样。但不管怎么说这几个孩子也算都有了自己的家，对我丈夫和我来说，家里往后也就没啥大事了，辛苦了一辈子，几个孩子都成了家，我也算放心了。

乡部之前在前掌村，大约50年代搬到枣园村。1996年发洪水之后枣园乡又跟浆水合并，乡部撤销了，到了浆水，组织机构被搬走了但房子还在，现在留下来的乡镇府大院、农村信用社、供销社等等，都是乡政府搬过来之后新建的。现在除了信用社还是国家的以外，其余的卫生院、粮站等的房子都卖给私人了。

想想以前过的日子，真叫个苦，80年代往后才过上好日子，之前都说"糠菜半年粮"。58年村里响应号召成立了公共大食堂，让各家各户都把粮食上交，交到村里集中到一块，村里安排人手盘大锅、挖大灶，开始吃大锅饭。一到饭点，家家户户提锅拿盆去打饭，刚开始都在一起吃热闹，后来有的人都是打回家自己一家几口人在一起吃。那时候没计划，都是随便吃，说实在的浪费的也多，糟蹋了不少粮食，结果吃了没多长时间就没粮食了，加上收成又不是很好，所以只能算计着吃了。村里后来就开始印粮票，每家每户按人头发粮票，分着粗粮和细粮，粗粮就是高粱面、玉米面之类的，细粮就是小麦面。计划着吃，就这到最后也吃不开了，没办法了后来就又开始跟以前一样自己做自己吃，大食堂算起来吃了也就一年的光景。

那时候群众都响应毛主席的号召大炼钢铁，不论男女老少，一起上阵，建土炉炼钢，凡是铁的东西都上交用来炼钢，每户家里就留个锅吃饭，连勺子都捐了出来，没日没夜地炼钢。那时候也不知道是为了啥，群众干劲都特别足，人心齐，光听大人说国家要还债，还要赶超老英老美什么的，到底啥意思那时候也不是很懂，后来才知道是赶英国超美国。

紧接着有一年咱这里下大雨发了洪水，闹了灾，村里的地都被洪水刮了，等到水退了村里立刻就开始组织人手劳力拉土垫地，要知道老百姓可就指着这一点地过日子。除了垫地之外，村里还挖了几口井，储存水来灌溉地。垫好地以后就开始分地，按人口分。咱这山区不比人家平原地区，地少人多，一口人才几分地，打的粮食刚够吃，那时候其他的事情也少，也不花什么钱，东西也便宜，我记得当时盐才一毛钱一斤。村里人除了种地之外，闲的时候都上山刨药材，摘酸枣，拿着这些山货卖给供销社的收购站，这才有了钱补贴家用。再接着就实行了粮票、布票，买东西得用票，说是国家有难了都得节约，给国家省东西。不过，跟前几年相比，日子也算好过得多了。

我还记得我二十三四岁的时候，闹"四清"，清生产队的会计、保管、支书，看他们有没有搞贪污。那时候也没啥钱，主要是粮食，哪个干部要是多分了粮食被发现了，查出来就开批斗会批斗。"四清"工作队到村里组织群众三天两头地开批斗会，让那些腐败干部到台上交代错误，还让群众给提意见。中午散会群众都回了家，被批斗的不能回家，还得老老实实在台上站着，从天明站到天黑。

那时候，不管哪个干部都不敢多说话，不管你有没有贪污，谁也不敢吭声。有的群众纯粹就是为了私人恩怨，诬陷当干部的，结果就是批斗人家。工作队让群众给干部提意见，有的意见挺中肯，但是大多数意见都是瞎胡闹，即便是这样，当干部的也不敢顶嘴，谁顶嘴的话那就只有一个下场——被斗得更狠。有的干部生性耿直，觉着憋屈，想不开就上吊自杀了。唉，浩孽啊！

工作队走了以后，村里才算是恢复了以前的生活，可是没人当干部了，都被批斗批怕了，人人都怕到时候惹到自己身上麻烦，乡政府只好派人到村里组织选举，重新选干部，这算是接上了茬。

再后来，"文革"开始，那时斗人斗得更厉害，周围几个村的村民都到咱村来开什么"万人批斗大会"，集合到咱村后的那片大洼地，斗那些"走资派""国民党"。其实根本没有那么多"走资派""国民党"，大多数罪名都是被强行加到头上的。

一些"防资反修"的积极分子在组织批斗大会的时候,千方百计地折磨那些"走资派",给他们挂牌子、戴高帽、贴白条,有的还押着他们游行,有些人心眼儿小的扛不住,开完会回到家就自杀了。自杀的人可多了,咱村虽然没有,周围村光听说的就有好几个。挨斗的人真是活着不如死了,死了不受罪。

"文革"到咱这里的时候就已经是后期了,没过多长时间就结束了。那段时期,小孩子不懂事就是觉着热闹,大人是觉得真揪心啊,不管怎么说总算最终过去了。到后来,政府又给"文革"当中被冤枉的那些人平了反,给他们的子女重新定了性质、划了成分,这一点还是不错的。人还犯错误呢,何况这么大的一个国家。

80年代初,咱这里才把地按人口分到了户上,叫作"联产承包责任制"。要说好日子啊,直到分到了地,这才算是真真正正地过上了好日子。自己种粮自己吃,政策放宽了,群众手里的闲钱多了,有的人还开始做小买卖赚钱补贴家用,老百姓的日子是越过越红火。我受了大半辈子的罪,做梦都没有想到在活着的时候还能遇上这种好日子,不愁吃不愁喝,想穿啥就穿啥,想买啥就买啥,真是知足了,这一辈子算是没有白活啊!

曲折岁月,记忆永存

(关景信)我叫关景信,1948年生,1949年新中国成立时,我才两岁,我这一辈子也经历过不少难忘的事情。给我印象最深刻的是我十七八岁那几年的"文革",先是搞"四清",清工分、清账目、清粮食、清会计。"四清"结束以后,紧接着"文革"就开始了。

当时咱们村的支书姓董,支书带着一个人到县里查档案,那个人是谁我记不大清了,回来后说咱村有好几个人是国民党,随后这几个人就被抓了起来,开大会批斗他们。那时候天天开批斗大会,周围村的群众都来咱们村,因为当时公社已经搬到了咱们村。我记得是1962年时,乡政府从前掌挪到了咱们村,没建乡镇府之前,我现在住的这个老院子就是当时的乡政府办公的大院。

那时候我是村里的基干民兵。咱们村当时一共有十来个基干民兵,都是岁数上下都差不了几岁的年轻人,一人发一支枪,几发子弹,还有手榴弹,子弹是真的,木头把儿,铁头的手榴弹是假的,做得跟真的一样。每天搞训练，天还不亮就起床集合跑步，一人带个小被子，叠得方方正正，跟现在电视上演的一样。规定几分钟必须集合完毕，迟到了就得受罚。跑完步吃早饭，上午主要是训练，打枪，练匍匐前进，扔手榴弹，累了没别的娱乐活动就是唱歌。"日落西山红霞飞，战士打靶把营归……"《大海航行靠舵手》就是那时候学会的，就这几首歌翻来覆去地唱。下午了就铲地、平地，干农活劳动，不管是民兵也好还是其他群众也好，干部让干啥就干啥。人心齐，主要也是心里害怕，不敢不干，不听话就会挨批斗。

咱村的支书去了一趟县里回来后宣布咱村有好几个国民党，要开大会公开批斗人家，其实都是子虚乌有的事情，哪有国民党？都是上面分的指标，一个村必须得有几个国民党、走资派。那时候真是草木皆兵，群众有啥话也不敢说。胆子大的，爱开玩笑的，往往都得被批斗。

我记得当时咱们邻村有一个人姓冯，媳妇叫秀蓉，是河南逃荒过来的，结婚没几天自己逃跑了。那时候村里每天集合学毛主席著作，支书让他学毛著，他就随口说了一句顺口溜"学毛著，不顶用，不如桥上接秀蓉"。这本来是一句玩笑话，结果就被揪到台上当众批斗，说他公开污蔑毛主席他老人家，把双手朝后绑起来，头上戴着高帽子，一条腿站在地上，一条腿悬空，就这样折磨他。小孩子们不懂事，天天追在他后面喊："冯××狗东西，胆敢反对毛主席"，明事理的大人都不这样说，少数几个积极分子才这么带头喊。

那时候像这样的事情太多了。当时上面派下来的工作队，天天查什么"走资派"，村里人是敢怒不敢言，私底下还编了顺口溜来讽刺工作队，说他们是"工作队，下了乡，好比猛虎震山岗，先收你的小片地，后收你的自留荒"。有的人说这段顺口溜是褒义的，有的人说贬义的，我自己看来还是讽刺的意思比较多吧！还有很多顺口溜，有的纯粹就是溜须拍马，跟实际情况根本不符，比如说我记得有一段是这么说的，"工作队，下乡来，贫下中农笑颜开，阶级队伍组织好，地富反坏垮了台，团结中农向集体，资本主义根子挖出来"，村里的小孩那时候都会念，也不懂啥意思，就那样念着玩。

信用社主任叫王槐强，清沙坪村人，在咱村口碑也是不错的，挺随和的一个人，也不知道究竟是因为啥就被"揭发"了，说是贪污了信用社的公款，是信用社里的"走资派"，并且还是国民党，就这样被揪到台上斗，押着游街示众，变着法地折磨人家，最后估计是实在忍受不了这种折磨，自己偷偷跑到地窖里待了一夜。第二天大清早我给大队放牛，在村后面的那棵大核桃树上发现他已经上吊死了，是我最早发现的，跑回村里叫村民把他的尸体拉回来。想起来那时候真是残忍。当时那个时期被冤枉的人太多了，上吊的、跳井的、喝农药自杀的很多，好在邓小平上台以后给这些被冤枉的人都平了反。说句实在话，"文革"当中没被折磨死的，平反后还算见到了光明，那些扛不住折磨自杀了的，就算给他们平了反又有什么用呢！

我还记得那时候除了吃饭干活外就是每天学习毛主席著作和背诵毛主席语录。那时候谁家都有几本毛主席语录，不管是谁都能背上一大段，每天都带在身上，形影不离。《为人民服务》《纪念白求恩》《愚公移山》，这叫"老三篇"，那时人们一见面，别的不谈就谈老三篇和毛主席著作。家家户户吃饭之前"四首先"，先给毛主义鞠一躬，再背几句毛主席语录，祝愿毛主席身体健康，万寿无疆；有的人家还在主席像前面跳舞，那时候还提林彪，念完毛主席语录后接着祝愿林副主席身体健康。

吃完了饭以后，全村的社员都积极地集中到乡政府大院学习毛主席著作，给毛主席唱赞歌《东方红》《大海航行靠舵手》，这就是当时主要的娱乐活动。那时娱乐活动本身就少之又少，跟现在没法比，对了，还听过一段时间的样板戏。

到了最后，林彪死了，中央接着粉碎了"四人帮"。邓小平上了台，掌了权，也就不再提什么阶级斗争了，那时候流行的话就是"不论黑猫白猫，逮住老鼠就是好猫"，只要有本事就行。当时听说中央下了一个什么文件，给"文革"当中那些被冤枉的人平了反，还有就是实行了联产责任制，每家每户分到了地，自负盈亏。从那往后，老百姓才算真真正正过上了好日子。

铅华洗尽，心存感恩

（李德龙　李清芬）十来岁，大概1973、1974年，正是样板戏红火的时候。听大人说，这都是响应毛主席在延安文艺座谈会上的讲话，贯彻百花齐放、百家争鸣的双百方针的需要。所以就开始编现代戏、样板戏。那时候唱的就是《红灯记》《白毛女》《智取威虎山》《红色娘子军》等。

每年到农闲的时候就是唱样板戏最多的时候，地里没什么农活了，也有了空闲的时间。每年冬天、正月，每个村都搭台子唱戏，有时候公社还要组织周围几个村进行会演。除了公社组织的会演以外，各个村之间也互相交流演出。那时候参与样板戏的群众生产队都给记工分，唱一场计两分。

那时候唱戏简单，因为是现代戏，服装不用专门的制作，就穿平常的衣服就行。演员就是各个村嗓子好、会唱戏的群众。舞台嘛更是简单，就在新垫的地上简单地搭个台子就行了。刚开始的时候，大家都觉得新鲜，因为以前都听老戏，猛一下编了新戏都觉得新鲜，所以看的人特别多。那时候十来岁，说实话也听不懂个啥，就是觉得人多，也不用干活了，来回跑着玩。戏台子下面，有男有女、有老有少，挤得满满的。到后来，因为演员大多数都不识字，戏词都是全靠死记硬背，所以会唱的也少。再说样板戏那时候也确实不多，翻来覆去就那几个，听得多了也就没啥人愿意听了，除非是实在没什么别的事干了才去看两眼。

其实当时啊，群众看了一段时间现代戏以后，逐渐开始对现代戏感到厌倦，进而开始怀念老戏。但是呢，当时上面领导不允许演出老戏，所以另一种形式就备受人们的欢迎，那就是瞎子说书。

瞎子说书其实是盲人为了赚口饭吃，就给大家伙儿说老戏里面的内容，比方说豫剧《穆桂英挂帅》《三哭殿》等，讲故事《杨家将》等。瞎子说书可不敢明目张胆地说，那都是悄悄地说，因为一旦被村干部，甚至乡镇的干部发现，那可就不得了了！轻者把你赶出村子，摔了你的饭碗，重者还要抓你到乡镇派出所拘留你十天半月。所以，对群众、对瞎子本人来说，危险都是很多的。以至于每次聚众说书的时候都有人站到房顶上放哨，一有情况立刻通知瞎子，瞎子领会了意思就变换说书的内容以防出现啥意外。每次说完书还要千叮咛万嘱咐，千万不能出去说自己在哪里听谁谁谁说旧书了，一出事那可了不得。

再后来就开始看电影，看电影比看样板戏来劲。那时候最受喜欢的就是《朝阳沟》，我还记得那时候因为电影不像现在这样手机电脑都能看，那时候只能晚上看。乡政府管放电影的人串街走村。一到晚上小孩子就跟着放电影的去各个村跑着玩，大人也不例外，都抢着去看电影。

我那时候记得最清楚的就是有一次去叫我大姐看电影，那时候我还没出嫁，我大姐出嫁到邻村，晚上村子里放电影《朝阳沟》，我娘让我跑着去叫我大姐、姐夫来看戏。结果演一次不是《朝阳沟》，再叫一次还不是《朝阳沟》，来来回回叫了得有四五次才看了一遍《朝阳沟》，看完都说好，都是高兴得不得了。有的亲戚因为没看上《朝阳沟》还互相埋怨对方，这时候想想都觉得不可思议，主要是那时候也没个什么正儿八经的娱乐活动，跟现在实在没法比。

记得有一次在枣园村放电影，那时候我还没嫁过去，爹娘带着我和哥哥姐姐们一行人到枣园村看电影。一人带着一个小马扎，揣着几个窝窝头，到了才发现来晚了，早就没地方坐马扎了，就连影布前面的大槐树上都爬了几个年轻人。只好把马扎放到地上，然后再站到马扎上昂着头看。那时候穷，孩子也多，不像现在，看个电影手里嘴里零食不断，那时候根本就没地方卖，倒是有几个"不法"的年轻人倒卖点瓜子什么的，但是买的人也很少，都舍不得花钱，最多也就是从家里带几个窝窝头罢了。那时候看一场戏觉着可高兴了，比过年还高兴。

再看看现在，就拿过年来说，越来越觉得没有年味儿，那时候说实在话，只要能看一场电影，就是喝点水也觉得甜，现在呢？吃的是好了，穿的也好了，电视电脑啥也有了，节目也多了，可偏偏就觉得没意思了。究竟咋回事咱也说不清，也可能就是专家分析的那样生活水平提高了，对生活质量的要求也提高了吧。

我总觉得啊，我们这一代人小时候那会儿，人心特别齐。有活一起干，有饭一起吃，大家都穷得掉渣，所以也就没什么攀比啊、斗富啊的这类事儿，大家都是齐心协力地做事情，垫地、植树造林、种植果树、盖护林房，等等。大家都丝毫不吝啬自己的力气，谁有多大能力就出多大的力气，从不计较别的。现在咱们种的地、用的木材，基本上都是那时的父辈们劳动的结果，没有他们的辛勤劳动，怎么会有现在的好日子。

现在人们是富裕了，孩子也少，最多也就两三个，再也不用为吃、穿、喝、用而发愁了。以前家家户户还存粮食，怕遇到灾荒，现在你到处走走看看，哪里还有人存粮食？都是花钱买着吃。就算碰到个灾年什么的，你比如说汶川地震那件事，政府一声令下，"一方有难、八方支援"，还愁不会有好日子过吗？用赵本山小品里的话说就是："有政府给咱们做后台，怕啥呀！"

日子是越过越红火了，可总是觉得少了点什么，现代的孩子由于没有经历过类似的事情，所以都不大能理解那个年代的事了。看看现在，村里要组织个集体活动什么的，那得有多难？根本就组织不起来，更别说和和气气地搞个活动啊什么的了，不产生矛盾就算不错了。人心再也没有以前那么齐了，各家各户之间走动的也越来越少，有什么事情就直接电话联系了。以前那种大家聚在一起，围在火堆旁，听老一辈人讲故事的情况估计再也不会有了吧！日子越过越富裕当然不是一件坏事情，但是人情味越来越淡、人心越来越散总归也不是一件好事。

不过，话又说回来了，要不是当初把"四人帮"打倒，"拨乱反正"，又实行了联产承包责任制的话，咱老百姓的日子恐怕也不会像现在一样过得这么好，不管怎么说还是得相信、感谢党和政府啊！

8

竹乡旧闻：石桥村的过往与今来

口述者：杨保君
采写者：李明东
时　间：2014 年 2 月 12 日
地　点：四川省乐山市沐川县沐溪镇被采访者家中

杨宝君，男，1958 年生，农民，四川省乐山市沐川县沐溪镇石桥村人。

贫农、地主、粮食关

我叫杨宝君，今年 56 岁，家住石桥村。听母亲说新中国成立后共产党在农村划成分，分为地主、富农、富裕中农、上中农、下中农、贫农等。划分的标准是每户人的田产：中农与贫农的分界线是是否拥有风车（一种为晒干或脱壳的粮食筛去渣滓的鼓风装置）、礱子（用于谷物初步脱壳，造型与原理均与石磨类似，但比石磨更大）、犁头、耙子；富农与中农的分界线除了以上的物件还要加上耕牛。更细的成分划分标准我已记不清了。

由于祖父辈没有搞清共产党要消灭地主的形势，因贪图便宜而从新中国成立前逃跑的地主手里买了不少廉价土地，等到共产党快划分成分时，又不得不廉价将超出份额的土地卖出。导致我家仓促卖地的原因不止这一条，祖父染上了鸦片瘾，为筹钱抽大烟不得不卖地。那时候鸦片烟馆开得就像现在的茶馆那样普遍，我记得三关楼下就有一家。三关楼就是今天钟楼的旧址，相传为一娄姓士绅所修，大女儿小学一二年级的校址就在其附近。新中国成立后吸食鸦片才被政府禁止。当然现在罂粟壳用来做中药治拉肚子是合法的，在做白斩鸡时要把鸡和罂粟壳一起熬才能使鸡肉更好吃。

我家和二哥家因为土地都还算卖得利索，被划成了贫农，但与二哥家仅有一庙之隔的曾某某家还是遭了殃。他父亲其实是一个光着一双脚丫子田间床头两头跑的苦命人，只因新中国成立前买地太多，来不及卖而被划成了地主，被人关在二哥家旁边的解结寺（现名金王寺）里斗。斗的人用麻绳圈套住他的头，并在圈中塞一根木棒，然后一直旋转木棒，使绑头的绳子越来越紧，这叫"绞刑"；还把他从庙中央的阶梯高处往下摔，摔到底又拉回高处重摔……斗得好惨！曾某某因为在划成分时已年满18岁，根据规定被划成了地主，但他弟弟因当时未满18岁而躲过一难。石桥的张某某也是因为即将解放时买了太多土地而被划成了地主。这些辛辛苦苦挣钱买地的人，被划成地主确实有些冤枉。

听母亲说，在我出生后不久，我家跟二哥家都去沐川中学背后余家山的坪子上斗过地主刘某某等。那天，二嫂把用来抄地主家的背篓放在一旁，先去开批斗大会，等到抄家时却发现背篓早已被哄抢的众人夺了去。那几个地主被枪毙在了坪里。母亲说她在石桥还看到过两回斗地主，其中有一户姓李。那时的斗地主就有这么厉害。

我出生不久就经历了"粮食关"（三年自然灾害），1961年最困难。我那时还不能记事，但母亲却时常向我提起当时的情境：一次大姐用手指在院里的磨盘上抠出了拇指大小的一块玉米面团，突然听到母亲喊了一声"吃糊了"，便哇的一声哭了出来。那糊是瓢儿菜（俗称小青菜）和玉米面一起熬的，大人一般就喝浮在碗上层的汤水，孩子就吃点沉在碗底的煳渣。不过我还好，当时政策规定未满幼儿园入学年龄的孩子每天有二两白米的补助，这项政策从1961年实行到了1963年。我还记得祖父每天领到白米后亲自用一个小瓦罐给我煨饭时，总是疼爱地看着我，因为我是长孙。

那时读幼儿园的孩子每天可在幼儿园的伙食团免费吃饭，幼儿园里的伙食团从1957年就开始搞了。生产队在1961年搞了一年的大锅饭，先是在我老房子所在的院子里搞了一小段时间，后来又在石桥堂姐家附近的院子里搞，因为那是五里公社的办公地点。

一年后便搞不下去了，散了伙。大锅饭的主食是瓢儿菜糊。团年的时候一人发半斤晒干的玉米粒，会做的人再加上玉米芯（玉米棒脱粒后的芯）和玉米壳，能吃两顿。怎么做？在玉米壳和玉米芯里加碱用水煮，煮熟了之后，再往锅里倒用石磨磨的玉米粉，再煮。这就是吃大锅饭时的"年夜饭"。

那时地里种的红薯不准往家里收，家里存的粮食也被强行收走。实在没吃的，只能把萝卜丝晒干，再用磨子打成面熬糊。除此之外，还吃过田里的水草以及把枇杷树皮、蚕豆叶、羊角老草、叶儿粑叶的茎、芭蕉树的茎磨成粉或搓成浆后再做成的饼。怎么做这些饼？先用开水把这些东西烫一下，然后再磨、搓，再下干烧的热锅煎熟或放在蒸笼里蒸熟。大人一顿吃两个饼，小孩吃一个。那些饼非常涩，不过为了生存，也只有咽下肚子了。那时的日子，苦啊！

读书、"文革"、共青团

我6岁开始上小学，起初是在石桥的小学念，后来转到了城关镇的小学，名叫万寿宫。这个学校早已不存在了，当年位于今沐川县公安局附近，与沐溪河上的通灵桥相对。老师在学校里教我们认字和算术，现在基本的看字算账都不是问题。但拼音就不大搞得懂了，那时是一字一字抄着背的。

8岁那年，"文革"开始。14岁以上、有胆量、能跑的青年就可以去当红卫兵，我们年纪太小，只能做红小兵。红小兵年纪虽小，参加的活动却不少。记得有一次沐川县姓刘、任、舒、项、罗等时任领导，被红卫兵抓起来批斗，我们不仅手拿小红旗，跟在押送"反动派"巡街的队伍后面喊口号，还被学校召集去批斗大会的召开地——枣儿坝看了"反动派"吃"忆苦思甜饭"。为什么叫"忆苦思甜饭"？在批斗过程中，红卫兵会给"反动派"灌由老瓢儿菜和老包心菜的叶子混以米糠、玉米面熬成的糊状物。那玩意儿一般人是不可能轻易地咽下去的。让人民看到"反动派"为叛离革命而吃苦，并让人民意识到可以随时推翻"反革命"的甜，这便是"忆苦思甜"饭的由来。

"反动派"被红卫兵反押着双臂，低着头站在批斗大会台上，头上戴着尖尖的高帽子，胸前各挂着一块牌子，上面写着"某某反动派"，被控诉完罪行后，他们还要高呼打倒自己的口号。批斗完后，"反动派"被红卫兵押回县政府，像锁囚犯一样锁起来。那时的县委、县政府就在如今的地址上，本是刘家的祠堂，里面种有两棵大黄角树和一个有两三个我家堂屋那么大的水池，池里喂着鱼。这些景观现在都还在，不过现在的县政府可没那时那么好进了。

　　这样的批斗会我亲眼见过两次。在印象中刘某某等主要集中在那一年被批斗,他被斗得最惨,头发都被扯掉了。那时虽然县领导遭到了批斗,但由于造反派夺权之后对基层的控制还算比较有力,因此学校里倒没有出现过批斗老师或校长的情况。不过在这种三天两头就要出去声援"革命"的环境中是不可能学到足够的知识的。

　　"文革"期间沐川也没发生过什么较大的武装动乱,我看到的被关进监狱的人都是犯了盗窃等在现在也应该被判入狱的罪行的。不过有一次倒也挺险的,隔壁县的一群造反派冲到沐川县武装部,也就是今沐川县实验小学旁来索要枪支、"闹革命"。武装部干部见对方气势汹汹,不愿把枪借给他们惹事,但在当时的形势下又不便跟造反派针锋相对,便命令武警悄悄把所有枪埋在了武装部的操场下面。造反派寻枪未得,只好离去。但干部仍不放心,第二天叫武警把枪全部取出,用车把枪和武装部里看押的犯人一并押送到了五马坪监狱。

　　那时,人们对毛主席是十分崇拜的。有一次为了领取从外地运来的毛主席像章,排了一天多的队。队伍从县城中心一直排到了今沐川汽车客运站附近的大桥,足足有两公里长。那时学校还给每个学生发了一本《毛泽东选集》。我的那本因为搬家已经找不到了。那时要是背不出毛主席写的"老三篇",守门的红卫兵便不准你进沐川城。

　　当时沐川城很小,有两个城门:一个在东门坎,一个在老邮电局,也就是现在的街心花园附近,那里修有一座"天安门",要想进城必须从其中穿过。当然出城还是比较容易的。现在的步行街、红旗桥下面等地都是后来才开发起来的。而大女儿就读初中的校址,也就是现在实验二小下面的梁桥,又叫永济桥,是清朝、民国甚至新中国成立初期处决犯人的刑场。据说清朝时官府把被斩首罪犯的头颅挂在桥上。母亲当年也被叫去梁桥参加过审判土豪劣绅的大会,审判完后便开始行刑:只听到轰的一声枪响,罪犯便扑倒在了桥头的空地上。我也亲眼看到过这样的枪决。

　　"文革"时全国流行搞串联,大概在我读四年级的时候学校包车组织去几百里外的大邑县参观大地主刘文彩的庄园。在大邑整整待了五天,路费、食宿费自己出。当然,在那时只是象征性地收一点,不可能赚得回本。不过路费都是通过出卖学校组织种植的油菜籽得到的,绝对是自己的劳动成果。刘文彩的庄园里有天牢、地牢、水牢。我还看过他睡的那张床，非常大，上面装有门隔，拿到现在没有几万块钱买不下来。参观期间就在庄园里吃饭，那几餐十分丰盛，有回锅肉等平时不容易吃到的东西，可能是招待伙食的师傅们想让我们明白当年刘文彩的生活有多么奢侈吧。当然，遭到迫害的干部们后来都成功平反，有的人还尚在人世。

我读书时县城的初中还在现在的沐川中学里，因为家庭贫困，只读了半年初中便辍学，回家参与集体劳动，那年我11岁。14岁那年，我加入了共青团，后来还做了两年团支部书记。那时一般是深夜在五里坡开会，当时还没有手电筒，不过年轻胆子壮，在黑夜的山林中走几里路并不害怕。记得小时候跟伙伴一起玩时就是天不怕、地不怕的。我敢用手去蛇穴里拽蛇尾，不过蛇要是狠劲儿往里钻就拽不出来了，相比之下，捅马蜂窝之类的就是小儿科。

集体、劳动、种类散

我们这里的集体劳动是从1963年开始的。我干了20多年集体劳动。那时的大队长姓王，后来父亲也做过大队长。那时衡量每天劳动量的标准是工分，不做工分就别想分到粮食。每年腊月，生产队开结算大会，一户人家一年所做的工分超出了划给他们的应做工分额，那么他们既可以领超出工分额所对应数量的粮食，也可以选择领等价的钱。

那时候钱是非常吃紧的东西，记得一个满工分，也就是10工分的劳动力一天可获得5角钱的收入，一户人家一年能挣个100来块钱就是非常不错的了，因此有盈余工分的人家都会选择换钱。计算好要发的钱后，出纳才去公社的银行取钱来发。如果工分没做够，又想要领到差额部分的粮食就必须自己贴钱。记得我干得最多的时候一天也只是算的9工分。

那时的物价是什么样的概念呢？一颗酥心糖或者花果糖只卖2分钱。当然这些东西都是限量供应的，要买的话基本都得排队去供销社。那时每一个公社有一个供销社，我们公社的供销社设在黄角苞，也就是现在的世纪锦城附近。除了供销社，其他地方是不准摆摊买卖的。如果要买布或肉，光有钱还不行，必须还要有布票或肉票。

记得那时每人一年可以买一丈二尺布，也就够做一套衣裳。肉更是奢侈品，一个人一年只能攒到两斤肉的肉票。母亲当年的任务是给生产队喂猪，喂猪的地方就是二哥家的老房子。弟弟当年才三岁出头，带着不方便，只能被母亲关在家里，我因为能走了，便跟着母亲干活。有一次弟弟思念母亲在家号哭，邻居从家门口路过，听到哭声后赶紧进屋抱我弟弟。

那时生产队的母猪都被无偿征收到了二哥家的猪圈，产出的小猪卖了那也是集体的财产，牛马等牲畜也一样。我家养的母猪和牛都"投资"了进去。因为黄角苞同时挨着沐溪河和沐卷河，水源充足、交通便利，公社的奶牛养殖场便设在那里。生产队里面还有木匠、瓦匠等，在七几年之前这些工匠都不准外出务工。七几年以后，兑换粮食的标准由工分这样"计件"式的标准变成了工时，一个月必须干满二十六七天才能得到足额的粮食。我当年几乎各种农活都干过：铲过田坎上的杂草、打过谷子、挖过土……

每天生产队都会给大家安排任务，早上六点的广播是起床的闹钟，收拾完、学习完毛主席语录后便开始下地干活。大锅饭停搞以后，虽然粮食还是要交公，但每人可留一份自留地，光自己种菜吃是够的。我现在盖的房子的地基就是当年我家的自留地。除此之外，每家都可以有锅碗瓢盆、犁头、锄头等工具。当生产队长叫大伙儿休息时，就捡地里晒干的玉米秆、野草等柴禾回家烧，一天差不多能捡一竹背篓。那时我家一年干下来能领到1000多斤谷子，几百斤玉米，倒也还过得下去。

记得有一年除夕六哥（我有三个姐姐，一个弟弟，但由于小的时候拜了雷打石上面的曾某某为干爹，因此我们的排序是和干哥哥、干姐姐们一起排的，我的三个亲姐姐分别排老大、老五、老七，我排老九、弟弟排老幺）来找父亲说自己没粮揭不开锅了，父亲二话没说就给了六哥一箩兜（约50斤）谷子，让他拿回家过年。

不过父亲当大队长倒没得到多少好处，记得他去世后政府就给他送了一个花圈，给了我家100块钱。如果父亲晚几年走的话，根据后来的政策我家可以获得更多的补助。他当时做大队长时主要是去公社开会，然后把各生产队长召集起来开会，传达上面的指示，还是有贡献的。

七几年后，政策有所放松，可以卖草给奶牛养殖场了。不过卖草所得的钱必须要交一大部分给生产队长，否则他就要计缺工，就会领不到足够的粮食。除了奶牛养殖场，我还给堂姐夫当年工作过的养路段喂过马。

当然挣钱的路子还有很多，建筑老板李某某在老汽车站附近盖房子的时候，我也去工地打过工。记得我当年还赚过一项外快：把自己种的多余的烟叶拿到50里外的田家坝去卖，那时精力真是好，50里路两个小时就走到了。改革开放后,到外地打工和做买卖才真正流行起来。

故人、故地和土特产

先前沐川并不像现在号称"竹乡",种植的经济作物种类很多:竹子、茶叶、桑叶、烟草都有。小时候,除了捉蛇、捅马蜂窝外,还在河边的沟里搬开石头捉躲在洞穴里的螃蟹,下河捉鱼。捉鱼不用现在这样大费周章,在河里游泳时一不小心就可能碰到一条不小的鱼。那时没有渔网,想要大规模地捉鱼只能先在河里洒农药再下河捞死鱼。当时的水利部门对这种事不管的。

这样做当然造成了不好的后果,就拿家门口的那条沐卷河来说吧,频繁地毒鱼之前河里的青波、白鲢鱼非常容易捉到,乱毒鱼后,河里鱼的种类越来越少,并且只能捉到几寸长的小鱼。再加上现在河边修了一排居民楼,什么生活垃圾都往河里倒,河水闻起来有一股臭味,想捉大鱼就更难了。

大人也不愿意孩子下河游泳,怕脏水弄坏了孩子的皮肤,要知道十多年前大女儿、侄女都是夏天泡在河里才学会的游泳啊!现在在河边看到的基本都是因家里缺水才无奈地用河水洗衣服的。不过也有例外:每当雨后河水浑浊、鱼儿急需浮到河水上层换氧的时候,杨叔叔仍坚持在河边钓鱼。

杨家没听说有祠堂,要想查族谱、祖坟埋在哪儿等,恐怕只有在与二哥家田土相连的堂兄家可以查到。那时家里穷得买不起什么玩具,只能用竹子和皮筋做竹箭,那箭可比现在的小孩用刚打完谷子的谷草做的草箭射得远多了。那时每家只有一两窝(每窝40根左右)竹子,而且竹子也没有现在值钱,基本上每户人家只能用来划些竹篾片用。现在用竹篾片编簸箕、背篓,当年的竹篾片却差不多只够用来搓牛绳。二哥家荔枝树附近的那片竹子,是当年在集体团年时种的,主要为了解决生产队用的竹篾片。

人和猪都可以吃的焦藕,也不是本地的品种,是上个世纪70年代传进来的。当时二哥家房前的那块地是生产队的两块焦藕试验种植地之一,后来收藕人将藕根乱扔,生产队的人把拾到的藕根埋进土里,才使焦藕在这一带种植开来。焦藕可以用来做茨粉,十多年前有人在河对面开了一家加工焦藕的作坊。先在地里把挖出的焦藕削根削茎,再把削好的藕背到作坊里卖，记得价格是 100 斤 10 元左右。后来不知道什么原因那家作坊搬走了，不过也是好事，因为作坊里排出的污水脏得很。

解结寺是一座古寺，至少有 300 年历史，是沐川县唯一的正规寺庙，原来的规模大概只有现在的四分之三，现在的大雄宝殿、放生池等是后来才修的。记得"文革"之前，庙里的主持因为缺嘴（裂唇），大家都叫他"缺和尚"。"缺和尚"死后被葬在庙旁的坪里，也就是二哥家老房子的旁边，庙里去世的和尚都埋在那里。"文革"时，有人用绳子把庙里的王灵官塑像套上，扯下座来。那王灵官右手持鞭、脚踏恶兽，模样十分威武。

改革开放后，解结寺香火重兴，主持换了好几个，寺庙的格局、殿名都开始模仿峨眉山上的寺庙。二哥在世时跟我说过，他当年也曾在庙边摆摊卖香蜡，后来庙里的和尚突然放出话来说，信徒只有买庙里的香许的愿才能实现，不要买其他人的假香，二哥一气之下便不再做这生意了。

这边气候潮湿，夏天经常看到蛇，记得十多年前石桥那儿有一家收蛇的，后来因为上面禁止就没开了。但是只要有爱吃蛇的人，私底下收蛇的买卖就不会停止。当年想过沐卷河去赶集的话，要么走村里著名的石桥，要么就通过更靠上游的石板滩上的石墩跨过河去。我家附近的那座桥不仅修得晚，而且远没有石桥那么坚挺，几经冲毁和重建。记得 1998 年特大洪水时，老桥被冲垮，大家只能用木头和竹子搭一座临时的桥，后来又被洪水冲垮。直到 2001 年才由解结寺提议，大家捐份子钱修了一座钢筋混凝土的桥，桥面后来又被庙里改成了现在的铁板。

关于二哥嘛，他有一项跟鬼神有关的手艺：打纸。这里人死后流行烧纸钱，纸钱只有让师傅用半圆形刃口的刀片打出数排对称的波浪状印记后才可以拿去烧。捶打刀片的锤头是从牛角上切下来的圆片，把圆片嵌在上大下小的木槌上，再套上木柄，便做好了打纸槌。起初二哥帮人打纸基本上是出于相帮，请他去打纸的人只需要给他封一个红包并供餐就可以了，红包的多少全凭心意。后来渐渐开始按量计价，大概 10 把纸 20 元钱吧。打纸只要掌握好了技巧倒也不费力，后来二哥把这门技术传给了对面山上的徐某某。二哥是一个乐于助人的厚道之人，他这一生可以说基本上没过过什么清闲的日子。

分田到户后，我、二哥还有六哥便是经常聚在一起的酒友了。主要聚在一家叫"宜宾兴文酒厂"的酒行里，1990 年酒行开张的那一天我们就去捧场。哥几个每逢赶集便会去酒行里喝上一二两，来迟了的自然要罚酒，兴致来了就在那里边喝边聊上一中午。

当然喝酒聊天不仅仅在酒行，每逢过生日、杀过年猪、相帮别家干活等时候，就会把从酒行里打来的酒拿出来边喝边聊，有时还会请上酒行老板彭某某到家里一起喝一杯。起初彭家的酒真的是在宜宾酿好以后用车运到沐川的，那味道确实好。但是几年前发现突然变成了用酒精兑的了。

现在的形势好，我还想多活几年，便不去那儿打酒了，基本上只买瓶装酒喝了。想那酒行起初只卖酒，老彭生意做得很用心，现在他的店一边卖副食，一边供人打牌，早已没有心思认真卖酒了。

哥几个除一起喝酒外，还一起打"狗儿牌"，这种牌又叫六红牌。二哥是一个非常有节制的人，打牌从未输过大钱，喝酒也从未喝出过大乱子。什么叫相帮？比方说你家要盖房子，四亲八邻便会在接到通知后来帮你家运砖、搬瓦，不用给他们工钱，但是饭菜要招待好。相帮是这边的一种风俗。二哥在世时每逢相帮，他往往最积极、最卖力，大家都非常敬佩他这一点。

由于我家经济困难，政府给我、母亲、大女儿、小女儿办了低保。后来大女儿招了女婿，低保资格就被取消了。当时一个低保资格每个月能得100元补助。记得九几年时，政府每年给发一次额外补助，有50斤米、20斤面粉、1桶菜籽油。这样的补助发了七八次。后来政府考虑到我家老房子是危房的状况，给我家提供了1万元补助，建议我家搬新居。我自己贴了两三万块钱，花了半年时间，在2007年盖好并搬入了现在这座新房。

虽然我在几年前患了股骨头坏死，已干不动重活，但是大女儿和女婿已能撑起这个家。现在我家通了自来水，买了彩电，生活是一天比一天好了。

第二编　时光流逝

9　梦绕玉环：山海文化的一场邂逅
10　石门悠然：贫苦岁月里话桑说麻
11　仓前忆旧：余杭塘边的淳朴人家
12　菇乡往事：龙泉山村的个中苦乐
13　前港村事：逸文长辈的悲欢镜像
14　闻堰家居：蔡家门里的吃穿住行
15　桐江晨曲：在商海中的荡漾沉浮
16　古洲晚唱：江岸人家的似水流年

9

梦绕玉环：山海文化的一场邂逅

口述者：林二娣　江再昌　林金花
采写人：江　虹
时　间：2014年1—2月
地　点：浙江省玉环县沙门镇口述人家中

林二娣，女，1922年生，沙门镇人，农民。江再昌，1965年生，林二娣幼子，初中毕业，家具厂工人。林金花，江再昌妻子，1966年生，家庭主妇。

耄耋余光中回望

（林二娣）我今年94了，经历过蒋介石、毛泽东和改革开放三个时期。我是18岁嫁过来的，老头子那时23岁。那时候婚嫁要通过媒婆，媒婆负责写红纸八字，两个人的八字合得上就在一起。而且谈婚论嫁的男女双方自己不能见面，由两边的爹看就好。订婚是16岁订的，订金是12块银洋，那种银洋上面有的是人头，有的是凤凰，后来结婚时老头子家又拿来42块银洋。我爹就我一个女儿，"三袋三扛"把我嫁到这边来，陪嫁了很多东西，有蚊帐啊、被子啊、柜子啊……那个陪嫁过来的柜子现在还在。结婚那天，老头子家的亲戚们抬红花轿过来，轿子里还有新娘的衣服和一顶凤冠和一个红盖头，这些东西都是租了轿子连带就有的。

喜酒在我娘家办了12桌，总共办了2场，每张桌坐8个人，不像现在坐这么多人。老头子家里好像有十四五桌，办了4场，总共有两个晚上，结婚后的第二天早上也有一场，叫"落厨房"。结婚时的菜就笋干豆芽啊，还有鲻鱼，这种鱼以前很多的，长得很大。至于肉嘛，就把家里的猪杀了，这样菜加起来就有十多盆。酒就是老酒，大家酒宴吃完了还要再吃饭，配个一两个菜，因为怕大家吃不饱。亲戚们也会送点衣服之类的，还有送酒，有钱的就送钱，但那时候老百姓都没多少钱的。结婚之后，夫家要去娘家送馒头和圆（方言，一种米粉做的点心），馒头和圆上面还会印上红红的花的，代表喜庆吉祥，现在也一样。几个人担着扁担去，娘家那边的人就把这些东西发给隔壁邻舍吃。过了三天就要"拜三日"，新娘嫁过来三天后是要回娘家的，那时候我爹还派了一顶轿子来接我。

我18岁嫁过来，总共生了十多个孩子，但是生下来很多都死了，现在只剩下4个了。以前政府都任由你生的，死了就再生，我婆婆生了16个！家里有一两亩田，地也有，比较少，物什都是自己种起来的，像麦、豆、番薯、水稻。麦有三样，米麦、小麦、大麦，豆就串豆、蚕豆，水稻有晚稻、早稻。以前番薯丝、米都是自己家种起来吃的，户户都这样，不单我们，没有人去买的。老头子风痛，就我去做事件（工作），他经常痛的，隔两天就痛隔两天就痛，没办法走。我自己去做事件了，小孩就扔家里了，老头子就给他们喂饭，要是我们都不在家，只有我姆妈带孩子。

灵门做塘的时候我还"后生"（年轻），那时候潮水"轰"地涨过来，就把房子没了，塘建好了，潮水就打不上来。政府拿钱过来建，今天轮到谁做领导就会上门喊人。虽然这个是没有工钱拿的，但是户户必须去做，不然潮水涌过来我们就什么都没了。要是家里"能子"（方言，年轻男性）好，老妇人就不去做，"能子"不好，就我们这些妇人去了。还要把中饭带过去，把煮好的番薯粥放在饭桶里。"菜色"就咸菜，平时家里偶尔还会买斤小鱼做菜，还有一些小虾。那时候再英（最小的女儿）就几个月大，带过去喂几口奶就丢在盐场人家的床上，有时叫再花（二女儿）一起过去看着再英，我才好放心去做活。做塘要把泥土一块一块地锹起来，放鎏里，鎏棍打上去，然后有个人在上面扛，最后叠起来。

后来，盐场都卖给政府了，政府拿去造房子，家家户户都有分到钱，每个人4000多块钱。我记得做塘大概做了有五六年吧，后来又做水库，记不清多大岁数了。做水库是打工分的，我的大儿子一直在外面工作，幼子又还小，再富（二儿子）死了，老头子听说从小就有风痛的病，只有我去了。而且晚上也要做，要做到8点钟！以前有一个大钟，到几点钟就"嘡"起来的，就知道几点了。做水库那会儿，老头子在"小闾水库"煮食堂饭，饭做好放在水桶里担去给大家吃，"夜吉利"（方言，夜点心）

也这样担去给他们吃。老头子是直接睡在水库那里的，我晚上跟大伙儿一起回来。领导说老头子积极，还奖励了他一个毛主席像，还有一支红旗。现在"小间水库"的水质很好的，都拿去卖外面的人的。以前我还被选为女的小队长，领导说正月初四就要开始担泥土，我就正月初四上门叫人去干活，汉林（某男邻居）"没法哦"，说我咋这么积极！

再能（大儿子）6岁就开始读书了，校长很喜欢他的，经常抱他。虽然家里穷，但是他读书好，都免费读的。小学读完了就去楚门，楚门读完了就去太平县师范读。在太平读师范的时候，学校每个月会补贴给他7块钱。以前没得吃，学校就把大桩菜头一刀分成四瓣，放在蒸炉里蒸起来，一人拿一瓣。再能在学校里没有粮食吃了就回家来拿，第二天起早，我就跟他担着番薯丝、米去他学校，在那里休息一会儿，走路回来就晚了。有一次，他七天工夫就吃了一块豆腐乳，四四方方的，5分钱一块。

以前我公公养鸭，生了鸭蛋拿去卖，按个卖，一个鸭蛋一个铜板。他也很苦的，脚烂了，脚上、腿肚子上，一个洞一个洞的。那时候我妈来，再能就去营田买"黄马筒"（一种比较贵的鱼），因为他从来没去过，我妈就叫他不要去，他说"路生嘴边咯，什么不识"。后来再能去上海当海军了，在海上待了12年。不幸闪了腰，回来工作，直到退休，今年69岁了。

我大儿子受难有三回，其中一回去很远很远的地方唱戏，住在三层楼上，洪潮没来，他的蚊帐都变红了。当时电话线架在楼外面，他就跟团里的人攀着电话线向上爬，他爬了再下一个爬，一直爬到山岗头。一群人在山岗头饿了几天，终于飞机开过来把一个个大饼扔下来，他们才算得救了。

大儿媳比儿子小四岁，她先是在公社里上班，后来去了计生委。后来因为我的小儿子超生，她也被降职了，那时候抓计划生育抓得紧。我最大的女儿再凤17岁就出嫁了。邻居想要她，我想想自己家里也没得吃，也就让她嫁过去了。嫁过去也很苦，她打猪草、砍柴、做塘、做水库，23岁就生了毛病。以前旁边都没打针的，医院也在太平县，再凤去那里医过，钱不够又回来，她丈夫也不给她医，就放在躺椅上扛回来，以前车也没有。反正以前就是生了毛病就医不好的。

垂髫印记里说道

（江再昌）我 7 岁开始上小学，学校坐落在本村的一个小山脚下，上学校要走 20 多级的台阶。听大人们说，它原来是清末民初建的一座尼姑庵，"文革"之前还有几个尼姑住在这里，后来因为政府部门办学的需要解散了尼姑们，成立了这个小学。

这座学校的规模也不小，是一个四合院的样子，房子共有 30 余间，四面八方而建，中间还有天井，正房中间还有 3 间大礼堂。学校的校会活动，都在大礼堂举办。学校下面还有一丘空地，学校不管哪一班按次序安排，每逢体操课都要在这里上体育课，内容也蛮丰富的，有跳高、跳远、跑步、拔河、跳橡皮筋，有时候老师还安排到学校后山进行爬山比赛。这座学校共有 6 个村庄的学生，大概有 10 多间教室，总共 400 多个学生。远一点的学生（5 里路之外）都是带中饭来的，夏天的时候带过来的饭还是有点热的，但是一到冬天，他们的中饭基本都是凉的。后来，老师向当地政府反映，学校才招了一个阿姨过来烧饭。阿姨用大铁锅、大土灶烧，烧山里的柴爿，把学生带来的午饭盒全部放在里面加热，烧得热乎乎的，然后再拿去吃。每个人一学期只要付两分钱。

我记得很深刻，那时候 1 分钱能买到 8 粒炒蚕豆。逢年过节小伙伴们口袋里都有一袋蚕豆或花生，饼干或糖几乎没有，即使在城里见到，农村学生也无钱去买，口袋里带着一小袋炒豆就很开心了。至于背的书包都是妈妈拆了旧衣服缝制而成的，有些心灵手巧的妈妈她们还会在书包正面绣上一个五角星或荷花的图案，或者是"为人民服务"五个字。

学校以前风景挺好的，正大门对出去有棵很大的香樟树，树干粗壮，有两人合抱之粗，树叶茂盛，有些顽皮一点的同学们一到中午休息的时候都爬上去玩耍。学校还会组织春游，由老师带头去观看小间水库，有时去参观千江岙的水电站。通知下来之后，每个人都要准备干粮。每次去春游的时候，爸爸妈妈就会很担心。我们这帮人读了五年的小学，最后就到镇上的中学上初中了。

每逢下午放学回家后，肚子饿了，就随便吃几个麦缸、麦老鼠，这些都是妈妈事先做好放在锅里热着的，回来就抓几个来吃。吃了以后，就提起一个小篮子去打猪草。那时，几乎每家每户都有一两头猪，而且有些家庭还有几头牛，也养羊、兔子，不过数量都不多。打猪草回来，我就在小溪边把它洗得干干净净，洗完之后，太阳都要下山了。那时还没有路灯，傍晚时分，还有点余晖，路很窄，还朦朦胧胧看得见，我就蹦蹦跳跳回家了。一到房门口，把一篮子的猪草往墙边的小石凳上一放，然后使劲地喊："妈妈！妈妈！我回来了，我饿了！我要吃饭了！"

桌子上，爸爸妈妈早已放好那时自己家腌的咸菜和鱼生，主食是番薯丝和一点点大米混起来做的一大锅饭，但有时候就是一大锅番薯丝汤。做番薯丝汤的时候，一般搭配做麦老鼠、麦缸，防止晚上饥饿。桌角摆放着一盏煤油灯，这盏煤油灯是我妈妈做新娘子的嫁妆之一，材料是铜质的，形状也挺好看，那是妈妈的嫁妆中唯一的铜制品，灯光不是很亮，模模糊糊能照亮一间房间。吃好饭后，煤油灯就转移到土灶上，便于妈妈洗碗。洗好碗后，我又把这盏小煤油灯提到我自己的床边写作业。

以前周六上午半天上课，下午放假。每逢星期天，村里的几个小朋友就会一起去桩上那个打麦场去玩耍。这个打麦场是公用的。大人们都在打麦，用一个小小的像毛竹梯子一样形状的工具，他们个个用双手抓起一捆捆麦秸，使劲地往上面敲打，果实就分离掉落了。然后用箩筐装起来，晒到旁边的空地上。小孩就在铺满的麦秆上翻筋斗，在麦堆上挖一个洞捉迷藏，这边玩了又到那边找"草籽"玩，草籽要是从藤上掉下来，扎在头上、身上，用手也掸不下来。

我们还会在收割的季节去捡稻穗。大人们收割完稻谷后，田里总会遗落一些果实还很饱满的稻穗，于是就会随手捡起来，一株一株都不遗落。小伙伴们计划好去捡的话，就会带上一个"洋粉袋"，把稻穗放进去。有时有些大人还会喋喋不休，说我们捡了他们的稻谷，心里不开心。

晚上特别是十五六的时候，月亮圆圆的，趁着月亮的亮光，去竹林里面抓小鸟，说实话抓是抓不到的，就唬唬它们玩。一看到竹林里面的鸟巢，我就慢慢地伸手抓巢里的小鸟，结果，小鸟很灵巧，你的手一碰上去，它就啾啾一声飞走了，都是空手而归。

我家靠近东海，小时候经常去海边捡贝壳、捡泥螺、捉小鱼。有很多小朋友跟着大人们一起去浅水滩的海边和围垦的塘内去抓小鱼小虾、小螃蟹和泥螺等海鲜。每个人背上背着一个小箩筐，拿着一个小木桶，小箩筐是用来抓小螃蟹、小鱼小虾的，小木桶是用来捉泥螺的，只要用半天的时间，就能抓好多的小鱼小虾和半桶的小泥螺，一般是到涨潮了大家才回家。

1976年，我12岁。印象很深刻，有一天我叔伯大哥来跟我说，他是人民公社的书记，并叫我去组织一群小学生来当"红小兵"，并任命我为红小兵队的队长。他亲自动手示范做了一枝红缨枪，叫我照着他做的那支一样，每人做一支。每个红小兵都分头去家里找木头，找竹竿，找红绳子，找刀具，急急忙忙地做了起来，刷上油漆，当时油漆也没有的，就随便叫妈妈拿农村里的那种红色颜料，用水一泡，刷在红缨枪尖尖的头和枪把上。不到半天时间，一枝红缨枪就做起来了。

　　到黄昏时分，叔伯大哥来了，我们每个人都扛着自己所做的红缨枪去向他报到，然后大哥挥挥手说："红小兵们，你们真有本事啊！"然后他说集中起来排个队，排好队后就对着大家喊"向前看齐""一、二、三"，我们就跟着他的口令也喊"一、二、三"，他说"齐步走"，我们就跟着他绕着我们村那个打麦场转了三圈，他说："很好！从明天晚上开始，你们吃了晚饭，由我带队，每天操练，然后绕着村庄小路，村前村后去巡哨。"他说我们要"保卫国家，保卫人民财产，打倒资产阶级，打倒四人帮"。有一天，大哥过来说："告诉你们一个大快人心的事，'四人帮'已经被打倒了，你们也有一份小功劳。"

　　这支红小兵队伍按时地操练巡哨，坚持了约一年，后来得到大队干部的表扬，大家都感到非常自豪。我还记得有时候还自己组织到一棵大的杨梅树下去练习，照着解放军叔叔的样子去打靶。

花季过隙中成长

　　（林金花）那会我弟不想学做衣服了，我爸就叫我去学。刚开始每天坐面包车去清港（旁边的一个镇）学，那边的师傅很好的，每天7点半上课，下午4点就回家。交到的朋友也很多，都是女的，我经常去她们家玩，哪里的都有，像胡新、坞根、张岙等。那时候去街上吃饭，吃的白米饭，菜也很多了，大白菜、胡萝卜各样都有。在那里学了两个月的裁剪，学费大概两三百块，记不太清楚了，然后回到自己家镇上学，这时候什么都学了。我家离镇上也很近，所以都走路去。那个师傅大概有四十七八岁的样子，徒弟五六个。他技术是可以的，有些东西学着还是不错的。而且他一边带徒弟，一边做生意。每逢别人家里的女儿要出嫁，便会请他去家里做衣服。我也跟着老师去过一次，就是我家附近的一户人家。做好衣服后，人家会给工钱，还会请吃饭。师傅的生意真的很好！

我学了一年，是第一班徒弟，后来他接了第二班人，第二班学完后，他就不教了，去外面做衣服生意，生意也做得很好的。有次做生意的时候，他骑着三轮车去送货，不幸遇到了车祸，他老婆被压死了，留下一个很小的儿子。年前我还问过他丈母娘，她说儿子已经都结婚两年了，已经过了很久了。老婆死了之后，他就在家里做车垫子的生意，后来娶了一个徒弟当老婆，当时那个徒弟也死了老公，两人岁数差很多，不过他们生活得蛮好的。学衣服一般要学一年，我学了一年多后，想出去打拼，那会大概十七八岁。以前我家里是做米线生意的，爸妈不让我出去，他们觉得女孩子出去不好，很怕外面不安全，就说家里的米线没人卖，没有人算账，叫我留在家里算账，我也就没出去了。

现在这种米线的价格是4块钱一斤，以前是2块钱多一点一斤。做米线要先把大米浸在水里泡，然后水磨磨起来，放在带子上一层一层轧起来，再放在蒸炉里蒸起来，最后用机器制成面条。卖的话，"行贩"会过来的，大量地购买，当然也卖零散的。到农历12月份就要做年糕，我们这里都是一过年就做年糕。大家看家里的人数有多少，选择做多少斤。所以一到过年就很忙，一连忙个十几天，晚上甚至忙活到10点多钟，除了弟弟跟我帮忙，另外还要雇四五个人干活，一个人的日工资大概三四十块。

家里的厂就在那个山下村的山脚下，前面是两条岔开的公路。我25岁时，因为那里要造更大的公路，就征用了这块地，但是政府给的征地钱并不多。我爸把房子拆了后，那时候刚过年，还要做年糕的生意，于是就到市场上租了一个场地，用了一个月。这个时候开始，家里的生意就给弟弟了。不过以后，米线生意冷清也就渐渐不做了，只有过年才做年糕。我生儿子时，刚好是做年糕的12月份。现在弟弟还经常提起来这件事，他年糕做回来就听说我生了。

我的小学就在家附近，在面厂旁边，都是回家吃饭的，但是我小学也没毕业，读到第9册。因为写不来作文，所以就一点都不想上学了，而且我也学不进去，就没上了。不上学之后，就在家里做花，去山上砍柴，打猪草，也跟别的打猪草的小朋友一起去田里玩。我天天要做花，同时跟别人学，和邻居家小姑娘一起坐在那户人家家里，不用交钱的，学好了就每天回家练。那时候做做就想睡觉，就说"打牌！打牌！"于是就停下不做了，开始打扑克牌。做花做得比较好了之后，就开始给别人做，可以赚钱，一天赚十几块钱，拿到钱就自己存起来，留着买嫁妆的被子。被子是十几块一条，后来年年贵起来一点，就变成二十几块了。以前的小姑娘都是这样自己存钱买嫁妆的被子的，嫁妆用要八九条，多的人家有十几条。

做米线的时候，小姑子刚好来买米线瞧见了我。那年，她刚刚嫁到我们村里，觉得我能干，长得也清秀，就托人把我说给她弟弟。他家里拿了50块钱的订金来订婚，过了五年差不多，他又拿来了4000块钱过来准备结婚。他家订了日子说正月初五结婚，我觉得时间太早，就换到了二月二十六。

结婚的时候，我爸"嫁"给了我戒指、电视、大橱柜，我大伯"嫁"给我凤凰自行车。那时候我也算乔里"头"了，还什么都有，拖拉机都拉了好几趟。可以说，那时候有凤凰自行车就"望天"了，电视的话那时也还很多人没有的，我记得很多人都来我家天井看电视，非常热闹。

我们酒席办了十几桌，总共3趟。那时候丈夫用的饮料都是大瓶可乐，大家很喜欢。婚房也很漂亮，顶上有盏西洋大灯。结婚穿的衣服是租来的，全毛大西装，下面是裤子，整套都是蓝色的，这个衣服在当时也是最好的。丈夫穿的是全毛的黑色的大西装，这套西装很洋化，还有双排扣子。结婚那天，我弟弟一直叫我喝酒。那时候公公也有70岁了，很高兴的，也终于了却了最后一桩心事。从2月份到11月，过了9个月，我生下了大闺女。

10

石门悠然：贫苦岁月里话桑说麻

口述者：林月珍　金建平　沈桂郎
采写者：金小燕
时　间：2014年1月
地　点：浙江省桐乡市石门镇口述者家中

林月珍，女，1938年生，由上海市奉贤县迁至浙江省桐乡市石门镇，小学毕业，农民。金建平，男，1963年生，石门镇人，高中毕业，私营个体户。沈桂郎，女，1965年生，石门镇人，小学未毕业，私营个体户。

上海媳妇忆往昔

（林月珍）我今年76岁，1938年正月初八出生的，老家在上海奉贤县钱桥乡周陆村四组。家里共有七个人：爷爷、爸爸、妈妈、我，还有其他三个兄弟姐妹。四个兄弟姐妹里，我排行最小，上头还有一个阿哥、两个阿姐。

我小时候生活就很苦，更别说我爸爸小时候了，苦得不得了。听爷爷说，奶奶虽然已经生下两个儿子——我爸和我叔，但还是因为嫌那里太穷，奶奶想要离开。正好奶奶的姐姐也有这样的想法，所以两个人就一起抛下自己的家庭，去了浙江省的路桥湾（记音）讨生活，那时候爸爸和叔叔年龄还很小。后来我奶奶在浙江重组了一个家庭，又生下个女儿。想想看，能为了生活而抛弃自己的家庭，那时候的条件该有多差呀。

奶奶去浙江后，家里就只剩下爷爷、爸爸和叔叔。爷爷辛辛苦苦把两个儿子拉扯到十几岁，还是觉得家里没个女的不像回事。那时的人结婚都早，所以想给大儿子找个媳妇，也好帮衬着做点家务活。那时我娘刚12

岁,娘家的父母都去世了,一个小女孩靠自己根本没有办法生活下去,所以我娘就接受了小媳妇的身份。听说爷爷、爸爸和叔叔一起推了辆"个斗车"(记音),把她从娘家接到了周陆村一起生活,差不多推了24里路呢。娘到周陆村后,家里洗衣服、烧饭什么的就都归她负责,爷爷他们也就可以轻松一点,专心赚钱养家。

我娘生下三女一男,但是家里负担不起四个小孩,所以大姐姐只好在她12岁时被当成小媳妇,去到闵行的婆家生活。我和另一个姐姐则比较幸运,没有被当成小媳妇,一直生活在家里,大了才出嫁。

我小时候的生活跟父辈的生活相比,没有改善多少。记得春头(刚开春),麦子还没熟,因为没东西可以填饱肚皮,实在是没办法,把麦子拿来,搓一下,烧烧熟吃掉。

那时候,地要自己花钱买,买了土地,地里面种出来的粮食可以全部归自己;买不起地的人,就只能帮有地的人种地,种出来的粮食要对半分。我家自然没有多余的钱去买地,除了帮别人家种地分点粮食,爸爸也出海抓鱼。每次出海总能抓到一些鱼,我娘就把捉到的鱼拿到钱桥乡鱼行里卖,卖完换了钱就量点米,全部给几个小孩吃,他们自己是不舍得吃的。

新中国成立后,生活条件变得比较好一点。土地按照人头进行重新分配,那时候叔叔已经成家,爷爷也已经去世,所以家里只有五口人,大概分到了两亩半的田,并不多,但基本上也够吃了。

家里排行最大的阿哥不爱读书,成绩自然也不好,没读几年书就退学了;阿姐也没读几年书,因为那时学生要是不听话,老师会惩罚学生——拿毛竹板打手心,阿姐年纪小,不懂事,老师要打她手心当作惩罚。她说,我来读书,你倒还要打我手心。所以赌气,不高兴去读书。可能因为阿哥阿姐的缘故,爸妈自然认为我也是读不好书的人,所以原先就没有打算让我去读书。

但其实我很想读书,年纪越大,读书的愿望就越迫切。14岁那年的秋天,正好是新学期开学的时候,我跟隔壁的婶母偷偷借了五角钱报名费,去钱桥中心小学报了名。很快这件事被家里人发现,但是他们看我实在是很想读书,也就没怎么反对,同意让我上学,我高兴得要命。

在学校里,像我这个年纪才上学的也是蛮多的,甚至有不少比我年纪还大。暑假里,老师把我们这群年纪较大的学生集中起来补课,上上语文啊，数学啊什么的，这样就可以在下半学年直接开始读二年级，尽量早些毕业。

一天一共六节课。三年级以后要开始学算盘，一个礼拜一节课，五年级开始就要学常识、自然、历史等课程。平时也会有音乐课，整个学校就一台琴，上课就让几个同学把琴从办公室抬到教室，上完课再抬回去。

学校里不供应午饭，中午都要回家吃饭。那时候也没有电灯，家里都只是烧洋油来照明，更别说学校，所以夜里也不会上课。

平时玩跳绳、踢毽子什么的，最有趣的就是跳旁旁舞（记音），就是一群人围成一个圈，里头有两个人跳舞，想跟谁一起跳，就直接把那个人拉进圈子里。怎么跳的现在完全想不起来啦，只记得真的很好玩。

小学本来是六年制，因为跳级，我只读了5年，19岁小学毕业。小学升初中是要考试的，我那时候已经考到了三桂塘中学，但是因为小队里要干活做工分，家里人便让我回去，没办法，我只好不去读书了。

后来有一个农业中学，规定上半日可以读书，下半日要回去做农活，我毫不犹豫地就去了。农业中学抽了两个学生到南桥农场里读书，我是其中一个。后来又不知道是什么原因，从南桥搬到了海滨农场。

我在那里还是没能毕业，因为海滨农场有两个去上海拖拉机训练班的名额，选了我和一个男生。我去那里学开中型拖拉机，待两年半。后来要下放，我立刻把户口迁回了家里，因为家里也算是农业户口嘛。

经人介绍，我认识了金炳富——浙江桐乡人，在上海当兵，复员以后，在中国科学院有机化学研究所实验厂里工作。认识没多久，就登记结了婚。那时候结婚仪式很简单，根本不会像现在这样大办宴席。我记得只是和厂里一起工作的同伴吃了顿饭，也就算过去了。

跟着丈夫来到浙江以后，这里的人都说我娘家给了金子银子什么的当作嫁妆，大概是他们觉得上海人都很富裕，其实哪有啊，娘家那边生活条件也很一般，金子银子自己都没有，更别说给我当嫁妆了。

桐乡的生活也很苦。记得那会儿刚到这里，住的都是老房子，而且丈夫的兄弟多，所以要和他们一起分着住。我在1963年生了个儿子，到我儿子12岁那年，家里才造起了新房。这边也不像上海，基本上没有工厂；小队里也会抽人到砖窑工作，但只有零星几个，大多数人都一样，一天到晚做农活，换工分。砖窑不会直接发工资给工人，而是把工资转到小队里，向小队里买工分，如果有多余，就会给他们一些补贴。

丈夫回到桐乡，先在大队里当了没多久的支部委员，负责调解工作，又当过羔羊公社人民武装部代部长。后来因为一些原因把他划入了"四人帮"帮派体系，所以村干部也没得当了，只好回家务农。

养蚕和种稻都是必干的农活，养小蚕的时候就要开始种双季稻。到了阴历六月底七月头，双季稻就可以收割了，割好再把秧苗种下去。秧苗是割稻之前在专门留出的田里就种好的，这样可以不浪费时间。第二次稻收割好之后，就要开始种油菜、大麦和小麦。油菜秧也一样，是在稻还没割好之前，在专门留出的田里种好的。养蚕宝宝需要很多桑叶，所以也会种桑树。这边很少有人种菊花，因为实在是辛苦，塘东那边有很多人种。

小队里会定期分粮食，大人算大口，小孩算小口。我家比较节省，粮食一般是够吃的；但也有人家总是不够吃的，因为他们的饭总是烧很多，要是晚上把多出来的饭煮成粥，也够吃了，可他们下午休息的时候总会忍不住，把剩下的饭都吃掉，所以到头来总是不够。小队里有自备粮，不够吃的人家可以去借，但以后要在自己种出来的粮食里面扣掉。那时候我家养着母猪，买不起饲料，要是自己家够吃的话，就可以把双季稻煮给母猪吃，里面会掺点菜啊什么的。母猪一年可以产两窝小猪。那时候小猪也就卖八九角一斤，贵点的时候个把块一斤，虽然少了点，但是总归可以补贴点家用。

1974年到1977年那三年时间里，除了干农活，我也在小队办的小学教书。小学办在秀才村，叫庆丰小学。总共30多个学生，都是一二年级的，老师就只有我一个。一二年级的学生组成一个复式班，上一个年级的课的时候就让另一个年级的学生写字、做作业。我除了教最基础的语文、数学，也上美术、音乐和体育课。在正式教课之前，老师们先在羔羊（地名）培训，学唱歌、画画什么的，好让大家回去教给学生。学生上到两三年级就要换到比较大的学校去读书。后来学校没有再让我继续教，我也就不教了。

在桐乡这里，清明的时候会去洪家村那里看看双庙渚。双庙渚上会做戏文，组织小孩子打拳；也有人表演爬吊杆旗，就是船上竖着一根毛竹，人越爬到上面毛竹就越弯，看起来很是惊险刺激。双庙渚是年年都有的，但我总共也没去过几次，一是要自己走过去，路很远，不方便；再是每年都是这么个形式，看多了也觉得没意思，多多少少有点厌了。

桐乡过年的时候流行请客做客，大鱼大肉搞一大桌，其实客人也吃不了多少，非常浪费。倒是上海那边比较好，一般没事的话是不做客的，要是有人因为别的事来家里，就适当地多弄几个菜，不至于浪费。

丈夫是生肝癌去世的。正月里他觉得身体不对劲去看病的时候，医生说已经是晚期，没得治，只能回家待着。从正月到五月，没多久，就去世了。我深刻地记得那是1987年，因为那时候儿媳妇已经怀着孙女了，丈夫没有来得及见着孙女就走了，现在想想，真当是可惜。

平头小伙工匠路

（**金建平**）我1963年出生在桐乡，虽然妈妈是上海人，但我算是地地道道的桐乡人。小时候家里一共四口人，除了爸爸妈妈，还有一个比我小两岁的妹妹（金杏仙）。

记得以前家里养着羊，我放学一回家，就要忙着去割青草给羊吃。礼拜天就去生产队做农活赚工分，当时一个正（青壮年）劳动力一工也才记10分。当时我中学刚毕业，做一工农活能记5分，工分是要一级一级评上去的。当我评到8分的时候，国家开始实行土地承包到户政策，按家庭人数分配土地，从那以后就不用再在小队里集中干农活。家里分到两亩半田和一亩半桑叶地。

那时，村头的河水非常干净，鱼也多。到了夏天，常常下河游泳、捉鱼。家里洗衣服、洗菜都是用河水，连喝的水都是到河滩头挑回家的。一般是早上挑水，因为早上的水比较干净。但也不是固定的，要是水不够用，那下午也会来挑水。把水挑回去就倒进家里灶台边上的缸里，放点明矾淀一淀杂质，就可以用来烧水做饭了。

小时候过年家里只是称点肉来请客吃饭。在那时的桐乡风俗里，不只是正月，清明时节也要做客和请客。但是到别人家做客，鱼肉、鸡肉这些荤菜都是不能吃的，要是小孩子在做客的时候因为嘴馋吃了肉，那别人就会说这个小孩一点都不懂事、不听话。那时候肉很稀罕，肉菜都只是放在桌子上做样子、撑门面用的，要从正月一直放到清明，只有在清明请客请好之后才能吃肉。

我在安全村小学里上了六年的学，教室是村里向别人家租的房子，去读书都要从家里搬桌子和椅子过去。中午回家吃饭，家里有什么就吃什么。吃的菜都是自己家种出来的，不是过年过节基本上不会去买菜，平时饭桌上也肯定不会有肉。

小学一个班有 40 多个人，都是少先队队员，要戴红领巾。体育课会学打篮球、踢足球，不过不怎么正规，大家更喜欢下课的时候拿着球随便踢着玩。那时候的地都是泥地，要是下雨就没法玩了。

念完小学后就去了羔羊公社中学。中学的条件比小学要好一些，至少不再是泥地，变成了煤渣地。也不用每天中午回家吃饭，只要带上菜就好，饭都是在学校买的。

读完小学就没有少先队员这种称呼了，变成了红卫兵。我那时也是红卫兵了，但除了发给我一个可以戴在胳膊上的塑料牌子之外，也就只是个称呼罢了，到"文革"结束，我们便不戴牌，不叫红卫兵了。

在羔羊公社中学念了两年初中后，我继续念了一年过渡班，之后又上了两年这个中学开办的高中。17 岁那年——也就是 1979 年我参加了高考。

当时恢复高考才两年，学校教学质量也一般。全班 50 多个人参加高考，只有三个人考上了大学，而且还是第二年的复读生。我那时候没考上，本想继续复读考大学，但我爸那时候对我说还是不要去读书了，大概是家里钱不多，经济压力也大吧，所以就听了爸爸的话，不再念书。

我那时候拜了一个油漆师傅，说是拜师，其实并不正式，也没有什么仪式。我爸只是跟师傅提出要让我拜师，师傅同意之后，我就开始跟着他学手艺。

刚开始只是在师傅工作的时候帮帮忙、打个下手。那时候的西式床上很流行画些西湖景致、花鸟画什么的，我就跟着师傅慢慢地学着用油画颜料画画，也学线雕、烙花等技巧。平时也买点相关的书来看看，希望自己多学点东西。师傅对我一直很好，也非常用心地教我手艺。现在想来，还是很感激我的师傅。

这样过了三个月，我就算出师了，开始自己接油漆工的活。我相信只要自己踏实努力，总能干出一番事业来。

油漆工的工作一直做到现在。在我和妻子的共同努力下，开了一家油漆店，承包油漆工程，生活也算宽裕，也算是了了当初干出一番事业的愿望。几十年一晃眼就过去了，还是要珍惜眼前的生活。

干练二姐早当家

（**沈桂郎**）我家有七口人，除了我奶奶和爸爸妈妈，剩下的就是我们兄弟姐妹四个。我排行第二，1965年生，上头有一个大我3岁的姐姐（沈菊郎），下面分别有小我3岁的妹妹（沈惜男）和小我6岁的弟弟（沈笑平）。爸爸思想很传统，觉得只有生男孩才能叫做传宗接代。家里连续生了三个女儿，生活负担可以说很重了，单从我妹妹的名字——"惜男"就可以看出爸爸有多想要生个儿子。幸好1971年弟弟出生，才让我爸如愿以偿。

奶奶的身体一直不太好，说是心脏有毛病。她平时行动都不便，更别说下地干农活了，就连吃饭都是几个小孩或是妈妈盛好饭菜端给她。我对奶奶最深的印象就是她总坐在门口，孤零零的，也不怎么爱说话。我10岁那年，她去世了。

妈妈身体也不好，除了照顾奶奶，还要带我们四个小孩，根本不可能出去工作。所以家里只有我爸爸一个人工作，他在加工厂当碾米工人。维持生活主要靠家里养的七头猪和两只羊，养羊的肥料，到小队里可以换工分，猪仔养大可以卖掉换钱。

都说穷人家的孩子早当家，我觉得很有道理。我五六岁的时候，虽然还只是个孩子，但已经开始帮着妈妈照顾弟弟，学会了带着他玩，哄他睡觉。再长大一点，到了10岁，我就和才13岁的姐姐跟着别人一起捉稻（即割稻）。轮到小队里分柴，也是我和姐姐负责把家里的那份拿回来。

不过我7岁那年生过一场大病——败血症。妈妈则留在家里照顾我其他几个兄弟姐妹，外婆和爸爸轮流去医院照顾我。记得那时候在崇福医院住了十来天，病情没有好转，只好去杭州治疗，待了一个多月。我的病是慢慢好起来了，可外婆因为照顾我太辛苦，自己也生了场大病。外婆的眼睛虽然动了手术，最后还是失明了。我现在想起来总是忍不住要掉眼泪，外婆真的是太辛苦了。

因为家里人多，负担重，生活条件自然好不到哪儿去。我清楚地记得，十来岁了，根本没有新衣服穿。衬里布衫啊，棉毛衫啊也都没有，穿的只有一件直筒棉絮棉袄。因为家里小孩多，别人家也会给点旧衣服穿穿。家里也会摇纱织土布，做成土布衣服，不过穿久了膝盖上和屁股上的布容易破，打着好几块补丁，可那时候还觉得很好呢，至少有衣服穿。

十四五岁的时候，"的确良"衬衫很流行。因为它穿着舒服，花纹也好看。我很想有一件自己的"的确良"衬衫，但是因为知道家里条件不好，所以从来没有跟爸爸妈妈提过这个要求。

突然有一天,我爸妈主动提出让我去羔羊的裁缝店给自己剪一件的确良花衬衫,我很惊讶,高兴坏了。第二天我一大早就起床,拿着10块钱,大夏天里走了一个多钟头,满头大汗,可因为心里实在是很高兴,一点都没觉着累。

对我们几个小孩来说,读书是件奢侈的事情,姐姐一年级都没上完。我自己也很想读书,但因为家里生活条件摆在眼前,也只能读到三年级。我和姐姐早早就学会了干农活,赚工分帮家里减轻负担,也好让妹妹弟弟继续读书。但可惜他们都不喜欢读书,初中毕业就不再读了。

我十四五岁开始在生产队里干活赚工分,除了种双季稻和晚稻,还要种小麦、大麦和油菜,每天都忙得很,起早贪黑。除了做农活,也要挤出时间来摇纱:比如早晨刚起床但还没下地的时候,晚上从地里回来以后,也要开夜工摇纱,要是遇上雨天,就得整天待在家里摇纱。摇好的纱可以用来织麻布,卖钱补贴家用。

卖布也要起个大早,那时候都是泥路,不好走。记得有一次,我和我妈早上3点钟就出发,走到洲泉专门收布的地方卖布,一尺布卖一角三分,后来价格涨点,可以卖到一角七分。但一年也织不了多少布,顶多千来尺。

我18岁进安全布厂工作,算下来在布厂总共干了五年。第一年当打车工织布,这一年还是算工分的,一天大概三分半,每天下班后都有人把工分记下来。第二年开始负责整理、检验的工作,这一年就改拿工资了,刚开始每个月28块,慢慢地涨,到第三年涨到32块多。

布厂实行三班制,8个钟头一换班,分别是早上8点到下午4点,下午4点到晚上12点,12点再到第二天8点。我上下班都是靠走路来回,夏天天气热,就拿把蒲扇扇扇风、降降温。中午会在厂里吃饭,可以买菜票,一个菜1分至1角不等。像我们为了省钱,会把在家里已经烧好的菜装在一个搪瓷杯子里带过去吃。米需要自己带过去,出点加工费,让厂里帮忙烧熟。

以前不光是过年的时候,清明也要做客。但是那时候穷啊,鱼、猪肉、鸡肉都是很难得才能吃到,每家每户过年的时候也就只买一份,而且要从过年一直摆到清明,装门面。来做客的客人都心知肚明,其实来就只是吃吃小炒,没人会去动桌子上的肉。到别人家做客的时候要拿礼品,就是一包糕加上几颗糖。做完客也不能吃,因为总共就那么一份礼品,要等到清明头蚕养好，客人吃完饭后，才会把糕和糖分给小孩子吃。

那时候男的流行认朋友，女的流行认小姐妹。"认朋友""认小姐妹"就是表示关系很要好。从十四五岁开始，在过年或者清明过节的时候邀请你来我家做客吃饭，我也会去你家做客吃饭。我当时认了两个小姐妹，到现在关系都很好，经常联系。

我是1985年的冬天结婚的。我和丈夫是一个村的，我家在村头，他家在村尾。结婚那年我刚刚21岁，还在布厂上班。丈夫在羔羊农具厂当油漆工，一个月五十几块，平时有空的时候他就自己接活，赚点外快，一年大概可以赚个1000来块。我是十四五岁定的亲，那时候公公托朱玉良——公公朋友的儿子，来我家说媒，我爸妈同意了。

到我21岁时，就简简单单地结了婚，嫁妆也很少，记得就一台21寸黑白电视机，18床被子，其他就是像火炉啊，脸盆啊，零零碎碎的日用品。还去上海旅游了一回，像上海动物园、外滩、上海大世界、城隍庙，都去看过。那次旅游用了400块，相当于我一年的工资。但是结婚嘛，一辈子也才一次，所以觉得很值得。当时猪肉还挺便宜的，只要8角钱一斤，但是别的东西就很贵，尤其是电器，结婚时花380块买了一台"美的"牌录音机，十分宝贝。

印象很深的是1992年，妈妈肝硬化，病情很严重，在医院住了13天后才回到家里休养。因为肚皮里有腹水，所以肚子变得很大，而且一直发烧，完全不能照顾自己。那时候我们三个姐妹已经出嫁，家里还留下未成家的弟弟。娘家的生活全由爸爸和弟弟撑起来。那时候爸爸还在碾米厂工作，弟弟则正好外出打工，在武汉卖皮鞋。因为姐姐和妹妹嫁得挺远，而且孩子都还小，所以不方便来照顾妈妈。而那时候我大女儿已经6岁，乖巧懂事，我婆家也表示理解，所以我就回去照顾我妈妈，在娘家住了七八天。我丈夫写信给一个挺有名的医生，并且每个月寄200块钱去，那边就把配方和中药寄到石门，再去拿来熬中药，一直吃了三个月，我妈妈的病才渐渐好转。

从80年代开始的这30多年，村里的变化真的很大。土地开始承包到户，供应自来水，村里的泥路变成整整齐齐的水泥路，小轿车也多了起来，以前的生活水平跟现在的压根不能比，完全不在一个档次上。生活啊，确实是越来越好了，我相信以后会更好。

仓前忆旧：余杭塘边的淳朴人家

口述者：林胜华　葛阿凤　陆林仙
采写者：林嘉晖
时　间：2014年2—6月
地　点：浙江省杭州市余杭区仓兴街口述者家中

　　林胜华，男，1945年生，仓前人，小学毕业，初中辍学，回家务农，后进入供销社食品公司工作，直到退休；葛阿凤，女，1949年生，仓前人，林胜华之妻，务农后经营一家杂货店直到现在；陆林仙，女，1969年生，林胜华之儿媳，先后去过多家工厂工作。

跌宕起伏的职业人生

　　（林胜华）1945年我出生在仓前老街上面，家里面有父亲、母亲、奶奶和两个妹妹。8岁的时候，父亲得了重病没钱医治，30岁就去世了。之后母亲找了个人来入赘，所以我的家庭关系十分复杂。

　　9岁的时候，我上了小学一年级，由于母亲二婚的原因，我得不到她的关爱，从小自己就比较独立。那时粮食统购统销，家家都要卖余粮，经常看见长辈们把多余的粮食卖掉，其实那时已经是几户人家组成的"低级社"了，吃饭问题还是可以保障的。大概我六年级的时候，毛主席提出"三面红旗"，组织人民公社，我们也成了公社社员。那时候吃饭都不用钱，上面的方针就是"放开肚子吃饱饭"。说实话，那时并不像现在所说的很穷吃不饱肚子，由于方针的原因我们大家都在一起吃饭，而且都吃得很饱。

　　那时就是大家一起工作一起吃饭，常常听队里的人说这就是社会主啊,毛主席好,社会主义好之类的话。我们队的人也是比较团结的,没有人偷懒不去干活,大家有的被分配去田里干活,有的也是被分配去饲养一些家畜什么的,还有些年老的妇女被分配去大食堂烧饭。清明前后,还会去塘河岸边摸点螺蛳,大家也会很自觉地交到食堂去,没有想着自己吃的,总之,那时候真的是一种大集体的感觉。

直到我去瓶窑读初中,刚好发生自然灾害,粮食歉收。上初中的时候很苦,两个礼拜回家一次,要走18里路才能到家。每次去学校都要很早起来,走到学校的时候刚好天亮。碰到雨天鞋子都沾着泥巴了,还是照样一步一步走回家,在学校里就买点稀饭喝,把自己家里的盐炒一炒,就带过来当菜吃了。初中的老师都是瓶窑本地的,也要回家干农活的。很多时候,上好课就去自己小队的地里那边看看。

初中上课的很多东西我都忘记了,只记得要上语文、数学。让我印象很深刻的是当时还学外语,只不过不是英语而是俄语,到现在我还能说几句呢。当时小队里面的情况不是很理想,大家平均分到的粮食也少,真的是吃不饱。而且像我这样去别的地方读书不干农活的也要分粮食,队里的人老是说不劳动浪费粮食什么的。由于母亲二婚不怎么管我,都是奶奶跑到队里面跟队长去求情,队长当然也没说什么,让我继续读书,但是外面大家都在说浪费劳动力,很多读小学的都辍学干活了,我还在外面读书。因为家里劳动力少,做的工分不够,负担重,在各方面的压力下,初三下半年我就不读书,回家务农了。

1962年虽然是公社集体劳动,但是已经开始"包工到户""包地不包产"。那时候号召开荒地种粮食,也慢慢扭转了粮食紧张的局面。产量高了之后,除去上交国家的任务粮和社员的口粮之外,剩余的粮食按工分分配给社员,称为"超产粮"。我也是因为读过初中,就当上了队里面的会计,那时候每天生产多少粮食,要交多少公粮,每个人分多少都是我来算的。刚开始,我很紧张,刚刚20出头,每次算账都会算好几遍,担心自己算错。

1963年开始,开展"社教运动"。社教干部蹲点到生产队落户,每天都给社员开会,教育大家走集体道路。这段时间每天晚上7点到9点,大家都会到指定地点聚集开会,讲的内容都是差不多的。聚会的地点都不一样,地点都是轮着来的,轮到自己家的那一天就把厅房腾出来,然后大家就聚集在里面讨论问题,上面的教员每天都是讲要怎么怎么抓生产,要大家揭发大队、生产队干部的四不清问题。但搞了三个月，实在揭发不出什么问题，因为如果有一点收入，生产队当场或年终就分给大家了，经济账目是很透明的。结果只能给大队干部硬扣上多吃多占的罪名，但也无法处理，这样的情况其实也是很少的，退赔就是了。

他们每天都叫大家举报，后来看实在是揭发不出来，就宣传各种社会主义好，要求大家集体抓生产。我是队里面的会计，经常要把账目拿出来跟他们一起讨论，所以跟那些干部还是比较熟的。这些社教干部很多都是知识分子，经过培训来到我们公社，上面要求知识分子与贫下中农同吃同住同劳动，与贫下中农打成一片，通过参加社教运动，使自己的思想和行动来个脱胎换骨。

社教运动发展到"四清运动"，"四清"就是清账目、清仓库、清工分、清财物，后来变为清思想、清政治、清组织和清经济。通过运动要把从公社到生产队的"四不清"干部挖出来，根据《二十三条》文件，要把党内的当权的走资派揪出来，对群众进行社会主义思想教育。他们也有给我们定的标准：群众发动起来了吗？揭发了多少干部的四不清问题？解决了多少？通过了运动当地丰收了没有？社教干部一开始的时候把社里的干部都当成"四不清"干部，把群众都当成会去告密的嫌疑人。一开始很欢迎他们，后来就很平淡了。运动一直到66年才结束。

1969年，公社里的干部指定我去国营食品公司做临时工，但是工资要交给生产队买工分。食品公司的每天工作就是下乡收购生猪，大部分上调到杭州市食品公司加工销售，少量在当地零售。每天的流通量十分大，我在自己小队里面是做账的，所以也会帮忙记账什么的。70年有一个临时工转正的招工，我是农村户口，那时候都是居民户口才能转正，所以我没有转正。之后，我就继续回生产队劳动务农。

直到76年的时候，因为我有做食品临时工的经验，生产队派我去生产大队的服务店当贫下中农管理员，管理商业，这个店就是供销社的下属店。平常的工作就是把每天的销售量记账，算营业额，我在这方面还是比较有经验的，做起来也不是太累。后来机缘巧合，供销社行政出纳的腿摔断了，我就接手了他的工作，被选为代理出纳。那时候工作繁忙，每天要去余杭银行交现金，白天营业也很忙，晚上还要做账办公。当时还是计划经济，只有供销社是营业的，可以说是垄断的，大家买东西都要到这里来买，所以工作量特别大。本来农民户口是不能进供销社工作的，但是后来摔断腿的行政出纳一直没有回来，而他们确实需要人来担任出纳，我也算比较有经验，所以就一直做出纳。后来各种商店都开了起来，供销社也不是很忙了，以至于到后来变成了小型的银行，我也做起了收银员。管理供销社的经济，我还是每天做算账的事，直到 2005 年退休。

记忆犹新的宣传队员

（葛阿凤）我出生在张庙前，正好是新中国成立那年。我有个同父异母的姐姐，小时候母亲跟别人走了，所以一直跟着父亲和大妈生活。10岁那年，姐姐结婚了，也生了一个孩子，那时每个人都要工作，在一个生产队里面工作，是按照人口来分活的，男的 10 个工分，女的 7 个工分，每天干的活都有记录。年终结算分红，按照生产队总收来分，除以总劳动工分算钱，一户做了多少工分除去口粮钱和食款就能够领到相应的钱。很多人口多、劳力少的人家往往会透支，钱都分不到反而还欠生产队的。

姐夫是入赘过来的，算我家的户口。姐姐、姐夫、父亲和大妈都去工作了，只有我那时候还小没去干活，所以我家总的来说都是可以分到钱的。而我也帮姐姐带带孩子，每天中午的时候抱着去田里面找姐姐，让她给孩子喂奶。那时吃的都是大食堂饭，一个小队里面的工作都是大家商量决定的。当时大妈是分在大食堂里面做饭的，所以每次干活的人吃饭吃好了，我都会跑到那里去捞竹筒里面剩下的一点粥来喝。

我读过几年书，后来由于要到田里面干活，就没读下去了。我也算懂一点知识的，后来跟几个要好的小姐妹加入了生产队的宣传团，加入了共青团。白天就在自己队里面的田里面干活，晚上就跟着队里面的人去参加文艺晚会，也会经常跑到别的小队里面去唱歌演出。年轻嘛，根本不会害羞，也唱得很卖力。我记得都是宣扬社会主义好，经常唱的歌是《社会主义好》《太阳出来照四方》，唱的时候下面的人鼓掌叫好。也会教大家唱歌，后来大家都会唱，就跟着我们一起唱了。

1966 年，公社里面出了下放政策，把"地""富""坏""右"四类分子当作牛鬼蛇神，抓出来之后就是戴高帽、披麻衣游街。游斗的方式是每人头上戴着一米左右长的高帽，高帽上用黑色墨汁前后左右四个方向写着这个人的罪名和名字，并且还在名字上打上一个大大的叉，每个人胸前还挂着一个小黑板式的大木牌子，牌子上写的也是跟帽子上一样，牌子是用细细的铁丝挂在脖子上的。这样基本上是哪个方向都能看到被批斗的人叫什么，因为什么被批斗。

　　这些被批斗的人，手上还都拿着一面铜锣，每走几十步就一个挨着一个地敲一下铜锣：比如第一个人敲一下锣说"走资本主义的当权派谁谁谁"，第二个人再敲一下锣说"反动学术权威谁谁谁""三青团分子谁谁谁"，过程中还得不紧不慢，如果说急了或说慢了，旁边站着的"造反派"打手，要么上去用手就给一个嘴巴子，要么用手里拿着的一个木板打一个嘴巴子，严重时打人用的竟是三角带，一抽就是一道血道子。

　　宣传团的也响应号召，我也就成了红卫兵的一员，队里面有的姐妹会被叫去给那些抓出来的四类分子剃阴阳头。那时隔三岔五就会被召集起来，大概二三十个人，别个红袖章，扛个红旗，去地主、富农人家里面翻东西，当时叫作"抄家"。其实就是到别人家里面去乱翻，衣柜里面的衣服都翻出来，找上面所说的不正当的财富，大家都是乱翻，把值钱的东西比如什么金银财宝都翻出来没收。现在想起来那时被翻过之后的情景，就感觉是被强盗抢过了一样，有时有的人也会砸他们家的东西，我们也跟着照做。一旦发现了东西，就会开公社大会，当众批评他们。那时只觉得好玩，很新鲜。我记得那时有个郎中，去他家里面翻东西，找他就医的诊盒，后来发现藏在一个篮子里面，还用土灰盖好，找出来就直接没收了，还把他家翻得一塌糊涂，吓得他老婆抱着孩子躲在一边哭。而我们其实就是小喽啰，什么也不懂的，看着大家去做什么，也跟着做。我也就这样当了一两年红卫兵。

　　后来"文革"发展了，在对待省委书记江华的问题上，造反派出现了两派，"红暴派"（红色暴动委员会）和"省联总"（浙江省革命造反联合总指挥部）。当时的口号是抽走资本主义的当权派，"红暴派"要保护老干部，保护省委书记，"省联总"要抽出老干部批斗，于是两派就相互斗了起来。听说杭州"省联总"集合1万多人到杭丝联（杭州丝绸印染联合厂）与厂里的"红暴派"发生大规模武斗（6月6日）。我们这里的两派成员都到杭州拱宸桥那边去游行，形势变得十分激烈，还打斗了起来。后来，中央下发"六二四通知"（1967年），下达指令，就是要大家不上街游行，不打架，不抓人，不夺枪，不开枪，可是当时两派都不听，还是继续斗争。后来毛主席视察大江南北，说要搞"革命大融合""要文斗不要武斗"，两派才停止争斗慢慢开始融合了。到1969年，这边下了很大的雨，都发了大水，住在塘河边上的就更加有体会。田也淹了，大家团结一致抵抗水灾,"红暴派"和"省联总"也就渐渐解散了。

到 1981 年,上面政策下来了,推行"分田到户",我们有了自己的田,不用像以前一样去小队里面干活了。1983 年,我们开了一家小店,卖点杂货。那时也是要营业执照的,因为丈夫原来在小队里面就是管店的(那时一个小队只有一个店),在这方面还算有点经验,先去乡政府打了一个申请报告,经县工商行政管理局批准合法工商个体户营业执照,小店也就这样开起来了。货物也是夫妻俩用双轮车去余杭进的,一般一趟可以拉 12 桶黄酒,当然也要缴工商行政管理费和营业税,开店时间也只有大清早和晚上,因为白天的时间还是要去田地里面干活的。时间安排也就更加自由了,后来儿子也大了,平常丈夫和儿子去田里面干农活,我就在家里面照看下店。就这样攒钱买木头,造房子,也造了一间平楼房。生意也还不错,这家店也一直开到了现在,开了也有 40 多年了。

风云变迁的角色转换

(陆林仙)我总共有五个兄弟姐妹,我是家里的第四个孩子,后面还有个弟弟。上面还有个姐姐,我穿的衣服都是姐姐穿过的。虽然读过几年书,但也就学会写几个字罢了。小时候兄弟姐妹几个经常在田里面跑来跑去,那时候没有现在玩的玩具,随便抓块泥巴就可以来玩了。游戏也有很多,比如说老鹰捉小鸡啊,大家一起玩,感觉很好,现在的小孩子可能都体会不到了吧。

读完五年级,我就像哥哥姐姐一样开始去田里干活了。由于那时候我家人口很多,差不多 10 岁的样子就去干农活了,小时候还是很苦的。刚开始拔拔草什么的,小孩子干着干着就开始玩起来了,老是被长辈骂,后来懂事一些了,就开始认真地干农活了。

18 岁时,家里面分到了土地,田地也不用按照工分来计算,也不用老是去田里面工作,家里的劳动力也够了,我也就跟着哥哥们出去了,试试看能不能找到工作。

干惯了农活,对于新的工作自然是很感兴趣。那时有很多人都去工厂里找工作,我也托亲戚找工作,找到了一家丝绸纺织厂工作,做了一个织布工。第一次接触机器,真的把我吓了一跳,后来在师傅的帮助下,也渐渐地了解了机器是怎么操作的,也渐渐地熟悉了起来。后来我就白天在厂里面上班,傍晚就骑个自行车回到家里面干农活,一直到我结婚生了孩子。

后来我在家坐月子,而厂里面员工不够,就找人把我代替了。坐完月子后,我闲着在家也没事,就让姐姐托人找了一份工作。

之后找到华立制表厂,被分配去做一些小的螺丝零件。刚去大家都是不知道怎么做的,开始有个师傅会教大家,等师傅觉得可以了,你就可以去工作了。我在那里干了十几年,也认识了几个小姐妹,算是老员工了。期间考了摩托车驾驶证,买了当时很火的摩托车,那时候真的觉得很洋气。到了粮食丰收的时候,也会回家去帮忙割稻。爸爸老是说你们这代好,终于不用老干农活了,我可是跟田打了一辈子的交道啊。不过后来厂里面要换新工人,虽然我也是老员工了,但因为没有什么知识,也被厂里回绝了。

之后,我去过橡胶厂、皮鞋厂等很多工厂工作过,但那些厂环境真的很差,因为厂里的气味和家人的劝说,我辞职不干了。像我这样没文化的人也只能干一些手工活了,跟知识分子竞争不过。

后来我进入了一家对外贸易公司做做手工活,产品都是纯手工制作的,销售到国外。公司环境很好,并且会在节日的时候发些东西,我就想这样做做手工活也不错。我还听公公的话买了养老保险。随着电脑的普及,公司也进行了员工培训,我也得到了培训,学会了电子操作,了解了网上销售,学习了一些销售的理论知识,还进入了成人大学学习。我在这个公司工作了很多年,也算老员工了,培训了很多的新员工,现在也算个管理人员了吧。

现在想想,当初自己从田地里面出来,找了很多厂,换了一个又一个工作,从来都没有想过今天自己能够坐在办公室里面工作,人生真的是变幻莫测。

12

菇乡往事：龙泉山村的个中苦乐

口述者：陆建根　陆庆荣
采写者：陆佳丽
时　间：2014年1月、7月
地　点：浙江省龙泉市龙南乡上兴村口述者家中

陆建根，男，1945年生，龙南乡上兴村人，初中毕业，高一辍学务农，有砌墙泥水手艺。陆庆荣，1969年生，陆建根之子，初中毕业，工人，泥水匠。

父亲早逝，无奈辍学

（陆建根）我17岁的时候父亲生病去世了，家里就只剩下我和母亲、弟弟。那时还是在生产队里干活的，不像现在分田到户搞单干。父亲没了，家里的顶梁柱倒了，只有母亲做活，弟弟还小，工分不够，一家人都要挨饿。我那时候已考上龙泉县里的高中了，就是现在的龙泉一中。当时农村人在城里读高中的不多，一个村没几个人。我是很想接着读下去的，没办法，家里没有人去生产队下地干活挣工分，光靠我妈一个人是不行的，而且也没有钱供我读书了，所以我刚刚踏入高中学习没几天就回家种田了。

回家后我就每天跟着生产队里的人下地，晚上收工以后小队长就拿着账本记每个人的工分。虽然我原来也会帮着家里干些农活，但是到底还是新手，一起干活的人都叫我"读书的嫩娃子"，也不大让我干重活。开始的一年多时间，我还不算全劳力，只能算个半劳力，只给我记六七个工分。

在生产队，最明显的一个感受就是人们比较懒散，大家都在磨洋工。

每天早上生产队里的人都要聚集在一起，就在现在下村的那个大院子里，听队长布置任务。稀稀拉拉拖很久人才到齐。出工的时候，懒懒散散的，有的人撒一泡尿一去就是小半天，一抽烟就是好久。

这样子磨磨蹭蹭地磨洋工的人只要有几个就很够了，事情做不下去，翻一块地要好半天，除草又要好半天，而且因为那几个人偷懒，原本好好干活的人也不想干了。因为到最后大家记的工分都是一样的，那还有谁心甘情愿干呢！整个效率很低，人多反而干不出活来。

大概到了1981年，上面突然通知说可以自己种些田了，除了生产队里的活，还可以自己种自己家的庄稼。虽然当时我们很难相信，但很高兴，因为原来谁家要是自己偷偷种粮食，被发现了是会被批斗的，要"割资本主义的尾巴"。后来政策变得越来越宽，搞家庭联产承包责任制，村里开会把田直接分到每家每户，种的粮食交够国家的剩下都是自己家的了。

生活从这时开始慢慢变好了。当然也有自然原因，那几年龙南一带雨水调匀，水稻长得很好。分田到户后，大家积极性高了很多，干活的劲头也很足。田埂上的杂草都除了又除，菜畦也收拾得油光。像原先生产队里大家都不愿干的脏活累活，家家户户都干得挺快，施肥啊放水啊除虫啊一次都不落下。那一年收的水稻比原来生产队里分到的足足多了两担。虽然还是要掺着番薯吃，但当时觉得真高兴啊，感觉人走路都有力气了。

粮食不够，番薯充饥

（陆建根）那会儿搞实体，要等生产队里粮食收成了，年底再根据每家的工分数来分粮食。劳力都被编在生产队里，不能到别的地儿刨食儿吃。一年到头都扎在地里，干不了别的事儿。最后得的粮食也不多，根本不够吃。为了填饱肚子，大家就另外种些番薯、洋芋，煮饭的时候将番薯切成一块块贴在锅边蒸熟，吃小半碗饭，吃几块番薯，既抵饿又能省些米。洋芋啊，也是煮熟了当饭吃的。我们还会在山上或者田边挖一些洞，将表皮没有破损，个头大的番薯贮藏在洞里，把洞口封严实，好留作来年的番薯种。

为了长时间贮存番薯洋芋这些杂粮，我妈，还有很多人家的妇女都会把番薯洗干净，用刨子刨成番薯丝，将番薯丝过水，洗出里面的淀粉，等淀粉沉淀后将它晒干，制成番薯生粉。这生粉弄成菜可也算得上是一道好菜了。过水了的番薯丝也要靠太阳晒干。有的年头不凑巧，刚刚好下雨，番薯丝晒不干很快就会发霉烂掉。这可是家里几口人的口粮，没别的办法，只能生起炭火烤干。100斤番薯最后可以有十多斤番薯丝吧，有的品种水分少些，能有20斤。

　　晒干的番薯丝可以贮存很久，用水泡软，蒸熟就可以吃。一般是平铺在米饭上蒸，吃饭的时候先把上层的番薯丝吃完，再吃下层的饭，这样比较省米。也有和米拌在一起蒸的。但无非都是为了节省粮食，填饱肚子。

　　现在人们生活好了，讲究吃得粗细搭配，营养均衡，补充粗粮，熬什么红薯粥、玉米粥之类的。我是一点都吃不下，小时候吃多了，现在闻着味道胃就不舒服。我们那一代人很多胃都不好，大多都是饿坏的。

　　不过番薯和洋芋这些粗粮都还算是好东西，最苦的时候，连这些都吃不上。吃的是糠粿，糠粿主要是米糠，就是稻谷碾米后剩下的谷壳粉。糠很粗，不好下咽。我们就采摘山上一种叫"山昌"（记音）的叶子，切碎了，混合米糠揉制成粿子状。这样子相对比较好吞咽，顶饿。但是这种糠粿，几乎没有什么营养，还很难消化，吃下去很难拉出来。但是还是得吃，毕竟吃下去可以让肚子不至于那么饿得慌。三年自然灾害的时候，人们饿得连树皮和草根都吃。现在想起来，我们的生活已经不知道好了多少倍了。

娶妻生子，生活改善

　　（陆建根）我老婆是隔壁双溪村娶来的，我们一共生了二子二女四个子女。刚开始的时候家里就是种田，再就是几个人合伙儿每年定期出门到江西婺源那边栽培香菇。种田其实没有什么额外收入，一家几口人有饭有菜吃就很好了。所以如果一年下来想要攒点钱，村里人多半会去江西做香菇生意。

　　后来开放了，做生意的人越来越多，尤其有很多人开始做木材生意。现在龙南由于毗连凤阳山自然保护区而被封山，不许随便砍伐。但当年木材是允许砍伐和买卖的，所以村里人来车往是挺热闹的。我们在公路边租了店面，开了一家小餐馆。有时过路的货车司机、跑木材生意的人或是来办事的邻村人会来吃个便饭。大家手头都不宽裕，吃得都很简单，所以餐馆生意一般，但也有些额外收入。

　　那时候剩饭剩菜几乎是没有的，人们都是节俭着过日子嘛，不像现在家家户户都有剩饭剩菜倒掉。如果想喂一头大肥猪，那就得在菜地里勤拾掇拾掇，瓜菜多得人吃不完，或者下地回来再去割担草，这样子才可以养头猪。这一头猪得养到年底才舍得杀，猪杀了之后，如果有人家没有养猪，要买过年肉，就卖掉一些。但卖得不多，剩下的肉都是自己家留着。因为大多数人家都会仔仔细细养一头，哪怕小一些。没养的要掏钱买，那会儿大家都没多少余钱的，也就只是割个几斤几两的，过年意思一下，不至于正月里来了客人饭桌上没有肉招待。

家里杀猪，要请几个亲戚邻居的男劳力来帮忙"拿猪"（记音），几个有力气一些的男子把猪摁住。在刀刺进猪脖子的时候，猪会挣扎得很厉害，腿蹬得很起劲。如果体力不好摁不住，还真的会被猪踢到。猪杀倒，刮完毛，清理干净后，猪头和猪尾巴要割下来放在一起，连同酒、茶，首先供奉给神明，感谢风调雨顺，家宅兴旺，然后才轮得到人们享用。杀了猪会请帮忙的邻居、亲戚们吃杀猪饭。新鲜的猪肉用大锅煮着，席上还有猪血、猪肝等菜肴。秋天晒好的干菜也烫到油汪汪的肉汤里，真是很好吃，现在的饲料猪味道简直没法比。另外，还有些杂七杂八的猪大肠啊就得清洗干净腌制在米酒的酒糟里，可以放很久。养一头猪作用大着呢，猪油熬好以后，装进瓦罐里，一吃就是大半年。炒菜的时候用勺子挑起一小块，炒出的菜就会有肉香。为了长时间保存猪肉，一般用盐腌制，腌肉咸香又下饭，是道招待客人的好菜。

我是觉得自己因为我爸去世得早没书读，想让我孩子书读得多一点，也好生活一些。但是四个孩子都不要读书，我想让他们多念几天都不肯。大女儿嫁到双溪村去了，小女儿嫁在本村。两个儿子也已经成家有儿有女了。就是我的老婆去世比较早，2000年生病去世了，也没有多享几年福。

老婆去世后我一个人生活不好弄，就去儿子女儿们家里住，就这样也过了十多年了。现在一年里也有几个月是在做活的，虽然他们都叫我好休息了，不要再做工了，但我闲不住。年轻时候学过砌墙手艺，虽然现在需要砌墙师傅的地方不多，但是会这门手艺的人也不多了，我一年也能赚万把块。他们要养孩子，小孩子又要读书，我自己能养活自己，倒也还不用给儿女增加太多负担。而且要我天天待在楼里不干活，闷得慌，闲不住的命啊。

我今年70岁了，现在想以前的事情就像做梦一样，有很多都记不清了。即使是刚刚这几年的事情我都会忘记，唯独年轻时候的事情一直都记得，有时候晚上还会梦见。我最怕的就是以后再老一点躺在床上动不了。现在社会好了，政府也好，衣食都不愁，我想健健康康多活几年。

布鞋油灯，广播电视

（陆庆荣） 我是1969年生的，家里有兄弟姐妹四个，一个大姐，一个弟弟，一个小妹。今天看来是很多，但是在那时也不算多，家家都有那么些个孩子的。

我那时候的条件比起上一代当然要好很多了，最起码吃得饱，挨饿的时候少了，但是和现在还是没得比。就好比穿，那时候穿的都是家里做的布鞋。鞋底要一针针地纳，做好鞋底还要做鞋面，做好一双鞋要费好些功夫的。我记得我妈常常在忙完田地里的活后，仔仔细细地洗手，然后搬来小板凳坐在院子的天井下为我们做布鞋，一忙就是大半天。洗手是怕手上的汗沾在布上，把布弄得长霉斑了。还有衣服，因为买布是要用布票的，买来布又要找裁缝师傅做，那时候没什么余钱，所以衣服都是尺寸量大些，好多穿几年，哥哥穿了弟弟穿。所以有句话叫"新三年旧三年，缝缝补补又三年"。

听奶奶说，我出生那年就通电了。有很多电力工人租住在村里，拉电线，立电线杆子，架电网。奶奶老是念叨说我一降生就来电了，命里带着福气来的。刚开始的时候不像现在是统一国家电网输送来的电，几乎村村都有自己的发电机，是水力发电。但河流水量都不很大，不是时时都有足够的水量来发电，只能蓄好水，在晚上七八点的时候发两个小时的电，多就没有了。自发电电压不稳，灯泡经常一闪一闪。很小的时候大多数还是点煤油灯，煤油灯的光昏黄昏黄的，其实家里煤油灯也不大舍得点，买灯油不单费钱，还要凭票，所以家家户户晚上睡得都早。大概到了我十四五岁，1983年高溪桥电站建起来后才不是由村里小电站发电，电力供应就稳定多了。

在我十六七岁的时候，村里边少数几户有钱人家有了电视机。有些很好客，一到晚上，整个客厅都挤满了人，椅子坐不下了就站着，也有从家里搬着小板凳来的，还有蹲着的、坐地上的。也有的人家有了电视机，但舍不得用，怕费电，又怕把电视机用坏了，小心翼翼地用布罩住，怕沾灰尘，一年都不看几次。等到差不多88、89年，很多人家有电视机了，不过是黑白的。我结婚是1992年，妻子的嫁妆里就有一台彩色电视机，是

"西湖"牌的，21寸，这在当时农村还很少见。这台电视机质量很好，用了十多年，到2004年买了新彩电才正式退休。

至于广播，我记事起就有了。具体时间也不清楚，就记得那时候每个大院里都有一个大喇叭，大多是收听龙泉广播电台的节目，中央台都收听不到的。龙泉台的播音员很多时候还不说普通话，讲得一口龙泉话。广播也没有什么别的内容，就是天气预报或者农业节目之类的，也会放些歌曲。记得读小学的时候，在傍晚经常播《我的中国心》。

学生时代，苦中带乐

（陆庆荣）我上学学校的房子原先是地主家的大宅子，后来地主被打倒，财产充公，大屋就被用来改做学校的校舍和宿舍。大宅子的后院用作厨房，住校生们都在后院的天井那里洗米、洗衣。前院用作宿舍，整栋大宅子除了离天井近的几间厢房比较亮堂，别的都黑漆漆的，加上是地主家的老房子，年头久远，阴暗潮湿，小时候走进去都觉得有点瘆得慌。后来那房子因为年久失修被拆除的时候，拆房的工人在大屋的墙壁缝隙里发现了很多大洋钱和铜钱，据说是地主婆塞进去的，防止小偷和土匪偷盗。

听老人说，这个刘姓地主人不坏。他们家的家业很大，当时村里大概四分之三的山林和田地都是他们家的，还有临近村子的一些山林和地产也都被他们家买走。所以村里现在有些田地和山林是在源头村那边的，这就是当年地主置办家业时从他们手里买过来的，后来土改重新分到村民手中。刘地主家大业大，但不是剥削来的，而是几世辛辛苦苦经营，勤俭节约积攒下来的。而且听说地主还很乐善好施，每年五六月份青黄不接的时候，他就会在龙泉大桥桥头摆粥棚施粥，接济吃不上饭的穷苦人。

我读书那会儿小学是五年制的。我是本村人，所以通校，临近像叶村、东湖这些村子的学生都是住校的。星期天回学校时就背些米来，在学校厨房用饭盒蒸饭，全部饭盒都放在一个黑色的大锅炉里蒸，就着家里带来的菜，一吃就是一个星期。冬天还好，可以家里炒点菜带到学校吃。夏天怕馊掉，都是带腌制的咸菜或者辣椒酱，死咸死咸的。那时候也管不上什么营养不营养的，就这些菜住校生也要省着吃，不然后面几天就只能干吃白饭了。

住校生的寝室很大一间，要住四五十个人呢，也是上下铺，晚上睡觉很吵，你一句我一句，老师都管不住。不像现在学生的寝室都是八人间、四人间，带独立卫生间和阳台，电扇、空调、书桌都备齐了。这在当时简直无法想象，现在的孩子真是幸福的一代。

我还记得小学时，一个星期要上五天半的课，星期六早上还要上课的，下午才放假。放假在家里就要帮家里做事，上山砍柴啊或者去干地里的活。全村的小孩都是这样，也有玩的时候，都是在山上玩或者在溪里摸鱼。不过现在都没鱼了，有人用药水毒鱼，连一尾小的都不放过。

星期五下午是劳动课，老师带全部学生去劳动。有时是去山上砍柴，背到学校给食堂烧饭用。住校生在学校食堂蒸饭要烧柴，这要求每个住校生都要交柴。我们通校生砍了柴交给学校，就会算钱给我们，我记得好像是100斤柴给一块钱。劳动课的时候还开过田，就在现在大转弯那里。有的时候生产队里要肥料，我们也会在劳动课的时候去路边扒拉一些"垃圾泥"，这些泥腐殖质多，收集着用来肥地。那时候也不觉得累，因为平时也要帮着家里干些活，砍柴砍得最多，家里做饭烧水都靠烧柴，不像现在有煤气有电。

小时候不像现在的孩子有玩具有电脑，平时都是在山上、田里玩的。经常去小溪里摸鱼，还会去田里钓青蛙。用一小段蚯蚓做饵，钩在竹竿上，夏季的傍晚经常能钓上几只绿油油的大青蛙，直扑棱着腿。倒也不是钓来吃的，就是觉得好玩。还经常在路上滚铁环，几个小孩子一起，比谁滚得远，滚得快。"拍洋片"也玩得很多，用硬纸板折成正方形，在地上拍，整个人都趴在地上了。现在说起来觉得没什么意思，但在当年却是每个小孩子都喜欢的游戏。在物资匮乏的时候，连硬纸板都不多见，就会去村里供销社问他们讨些烟壳，折出来的"洋片"又硬又牢固，让很多孩子眼馋。

和"拍洋片"差不多的还有"打瓶盖"或者"打弹珠"。也是趴在地上用瓶盖儿或者弹珠瞄准，击打对方的瓶盖儿或弹珠，不过弹珠要少些。玩这些经常让大人骂的，我妈就老是骂我把衣服袖子磨破了，但还是喜欢玩。到后来上学了，学校里有一些体育器材，我们就开始打乒乓球、打篮球。刚开始的体育老师也不懂这些规则，大家就不按规则地瞎玩。学校只买了乒乓球拍和乒乓球，没有乒乓桌，就用几张课桌拼在一起打。直到后来学校里来了位年轻的体育老师，才慢慢知道一些。

我在村里读到初二，没有初三班，就到离家9公里的上田村读初三。上田海拔有800多米，比我们上兴冷多了，冬天冷的时候有零下十多度。

早上起床连毛巾都冻住了，牙膏也冻住挤不出来，要放在牙杯里用热水泡泡才会变软。由于我是住校生，星期天下午就要从家里带了米和菜去学校。我妈经常给我炒的菜是霉干菜炒黄豆，多放点盐，炒得干一点，这样不容易坏，也会带自己家做的咸菜，像萝卜条、蒜头、咸笋这些。我是骑车去上田中学的，差不多要半个小时。

说起这辆自行车，那可是我唯一的奢侈品。我记得很清楚，是"海狮"牌自行车。当时花了160多块钱，是舅舅买给我的。当时农村里没有几户人家有余钱买自行车，舅舅做木材生意赚了钱就给我买了一辆。他家是隔壁双溪村的，那里地盘大，山林多，林木茂盛，舅舅脑筋灵活，刚刚好那时分田到户可以搞单干，很多人做起生意来，他就做木材生意。有辆自行车是真的高兴啊，就跟现在买辆小汽车一样稀罕，我小心翼翼地骑那车，生怕磕着碰着，经常擦洗擦洗，现在那辆车还放在老家阁楼上。

我在上田读初三读了差不多15个星期，就再也不肯去读书了。那会儿也不知道要多读些书，多学点知识，而且我成绩不好，觉得读书没意思，就更不想去学了。当时农村也不是那么重视孩子读书，我爸看我成绩不好，就算是考高中也考不上，也就没逼我读了。

十八岁时，出门远行

（陆庆荣）1987年，我18岁，第一次出门远行。和很多人家一样，我家在江西做香菇，有一个香菇寮。为什么在江西不在自己本地呢？因为江西景德镇婺源县山林资源很丰富，而且温度、降水都很适合香菇种植，所以八九十年代的时候龙泉、庆元、景宁人纷纷去江西婺源开香菇寮栽培香菇。不过我现在在电视广告上看见婺源开始发展旅游业了，好像是有很多人去那里看油菜花。所以时代和审美真是变了，那会儿没觉得油菜花有什么好看的，就等着它结籽榨油。

我们一般会是在农历九月份动身去江西，要收割完稻谷，忙完田地里的活才出发，在香菇寮里待到第二年清明才回家。因为要先去修整香菇寮的房子和做些准备工作，我在农历八月份就先去江西了。龙泉没有直接去婺源的车，我们出门都是先乘客车到江西上饶，在上饶改乘火车去景德镇，又改乘客车去婺源，转来转去很麻烦。

在香菇寮生活，条件很艰苦。香菇寮都在婺源的山上，住的是自己搭建的茅草房，也不通电，只能点煤油灯。吃得也很简单，都是自己种些菜，萝卜啊青菜啊，或者下山到当地老乡那里买些蔬菜。米也是到当地人那里买，一般十来天就要派三四个人下山挑一次米。十几里的山路，又陡又滑，肩上又挑着米，走几步就得停下来歇一歇，挑一担米要走一天。不过我年轻体力好，有时候急着回去采摘香菇，半天也能赶回来。我现在还记得很清楚，到当地人那里买米买菜，米是 4 毛一斤，猪肉 2 块钱一斤，我们种植的香菇也会卖给当地人，虽然市场行情在变，但也能卖到十几块钱一斤。

一起栽培香菇的人里有几个叔叔十分擅长猎野物，他们经验丰富，婺源的山林又茂密，林子里野猪、山鸡、跳子（山麂）比老家龙南多，还有山老鼠。为了猎点山货改善伙食，他们得了空就会去下套，挖陷阱，布置好机关，留点油渣做饵食，过个一两天再找回去看看有没有套到猎物。有时走运真能夹住几只山鸡，还有一次竟然套了一头野猪，一群人美美地吃了好几天野猪肉。

当时我还不懂香菇栽培，主要是去守香菇寮的。虽然和当地人关系处得还行，但还是会有人来偷香菇。这也不奇怪，什么地方没几个小偷小摸的人呢。所以必须看守好，不然一伙人一年就白干了。香菇长成以后就要采摘、烘干，再挑下山卖，也有的收购商会到山上来上门收购。婺源当地自然条件很适合香菇栽培，不过那时婺源人不知道方法。香菇栽培技术是我们庆元、龙泉人发明的，不管是最早的砍花法还是后来改进过的用菌种种植。不过他们也没有人想学，我们自然也不教。

恋爱结婚，学种香菇

（陆庆荣）年年出一趟远门去江西守香菇寮，过了 5 年。1992 年我和妻子结了婚。她是邻村双溪人，我妈娘家也是双溪村，我会跟着我妈去外婆家做客，所以我俩很早就认识了。后来到了适婚年龄，再加上我妈比较急，就找人说媒，为我们牵线。后来两人恋爱、订婚、结婚。这中间我还去江西守香菇寮，那时候电话有是有了，还不普及，我和妻子会写信。但也没写几封信，因为我在婺源是在山上，收信寄信都不方便。那时候谈恋爱也没什么花样，有时会去爬山，有时会去帮她家干活，但也不多，因为她家兄弟姐妹很多，不大需要我帮忙。

1992 年 12 月，我的大女儿出生了，我也就没有再去江西守香菇寮了。后来我朋友开始栽培袋料香菇，在他的带领下我也开始学着做。种植香菇是技术活儿，很多地方如果做得不够仔细，很有可能最后香菇就出得不多，甚至不出。

我那时候刚刚开始做，十分小心，就怕到最后一年白忙活。从碾木糠、拌料、装袋、烧灶，到接种、放气等一系列的步骤我都尽量小心，包括后来的采摘、烘干，每一步都很关键。第一年几批干菇卖出去了，赚了2000多块钱。由于我第一次尝试，香菇做的比较少，所以2000多块其实已经是卖了高价了的。当时觉得总算松了口气，做香菇其实心理负担挺重的，又要担心菇筒成活率不高，又要担心市场行情不好，卖的价格不高。后来连着好几年我都栽培香菇，价格起起落落，但总体来说还是赚了些辛苦钱的。后来村子里的人也越来越多开始栽培袋料香菇。

2009年，我看着香菇的产量做不起来，可能是由于本地栽培香菇有十几年了，环境不适合香菇菌丝的生长。也可能是那几年的菌种品质都不好。而且连着几年市场行情也不好，外销不出去，香菇价格越来越低。我索性放下原先置办的设备不做了。

这一年我女儿在龙泉三中读初三，妻子担心女儿的学习和生活，觉得临近中考应该多加照顾。于是我就到龙泉学着做泥水匠，顺便照顾女儿。由于我原来也会摆弄摆弄，还算有点底子，所以很快就出师了。

我现在也还在做泥水活儿，接一些小工程做做。像最近这几年国家关注新农村建设，对农村进行改造，修路啊，建公共厕所啊，承包活儿还是比较多的。还有现在新建了很多农家乐，城市里的文化墙这类，都要泥水工。

到现在，我最深的感受就是，做一样事情就应该脚踏实地地做，不能做着这个事儿又心里想着别的。还有就是要读书，现在的社会不读书是不行了。这么多年过来，很明显感觉到社会的变化。以前是把人绑住，饿不死但也没有赚钱的机遇，现在就不同了，只要肯钻研、肯干，人人都有机会过得更好一点。

13

前港村事：逸文长辈的悲欢镜像

口述者：陆金其　陆水根　陈跃英
采写者：陆逸文
时　间：2014年2月5号
地　点：浙江省平湖市广陈镇前港村口述者家中

陆金其，男，1940生，广陈镇前港村人，农民。陆水根，1968年生，陆金其二子，初中文化，工人。陈跃英，1969年生，陆水根之妻，平湖市三华人，小学文化，工人。

困难·坎坷·前港村

（**陆金其**）3岁时我娘就过世了。在当时那个年代稍微生点大病就等于被判了死刑，娘生了病之后一是没有钱，二是因为小地方也没有医术高超一点的医生给看病，所以就这么去了。那时候我年纪也小，对于母亲的去世其实并没有多大的感触，怀念母亲也多半是由于后妈对我不好，才会想到要是娘还活着我现在大概就不会过得这么辛苦了。

过了没几年老头子又娶了第二个老婆，就是自己同村的，但是她的命不好，嫁过来后没能留下一儿半女地就去了。之后老头子又娶了第三个老婆，她生了四个孩子，老大是男孩，其他是女孩。当时生活条件艰苦，她自己又有好几个孩子，对我自然就不怎么样了，毕竟是后妈，偏帮自己的孩子也是正常的。她尤其偏心自己的大儿子，大概是由于重男轻女的观念影响，凡事偏着他大儿子，对自己的三个女儿也不是很好，最后三个妹妹出嫁后和哥哥家没有联系，和她的关系也是淡淡的，有酒席什么的就去叫她，平常基本不回来看她。

我和阿妹（华阿妹——陆金其之妻）是通过人介绍认识的，她们家也是孩子多家里穷，她又是长姐要拉拔几个弟弟妹妹，所以嫁过来的时候都没什么嫁妆。那时候结婚和现在可大不一样，没有什么大排场，更不要说有汽车接送了，我那时是一路摇着家里的水泥船去接的新娘子，嫁妆只有一条被子，就是在那时也算是很寒碜的了。但我自己家里本来也穷，拿不出彩礼给女方家里，能娶上个媳妇已经算是不错了，自然对阿妹的嫁妆没有要求了。

但老太太却因为阿妹没有带嫁妆过来，婚后就一直不给她好脸色看，还一直使唤她干各种苦活累活，甚至撺掇老头子在我结婚的时候以没钱为借口不给我置办任何东西，更过分的是连婚床都没有，还是我去要了以后才给了一张旧床，就这还引得老太太好几天都阴着脸，整天指桑骂槐的，闹得家里鸡飞狗跳的。阿妹气得私下里哭了好几次，到现在都一直记得，时不时和我翻翻旧账。

结婚后，家里就分家了，两兄弟一人一半房子，照理来说家当也是要一人一半的，但由于老人都归他们养，我分到的家当很少。我一直在老房子住到1977年，后来稍微攒了点钱，搬出去在陆家寨后面另造了一个房子，跟他们也就不再来往。为了建这个房子我跟大队借了7担米，自己弄的土窑烧的泥坯砖，木头是队里分配的（那时候什么东西都要靠分配、靠票证，甚至连火柴都要凭票购买），之后几年负着债，日子一直过得很苦，还了好几年才算是把债还清了。

生活最为艰苦的一段时间是大队生产的时候，那会儿主要是靠出工数的时间来计算工分，而我家只有我和阿妹两个人在挣工分，我一天大概能挣六七毛，而阿妹更少，只有五毛六分一天，就这点钱却要养活六口人——老头子和老太太吃在兄弟家，挣的工分也算在他们家，由于他们不肯养我奶奶，所以奶奶只能吃在我家，老人家上了岁数身体不好根本不能劳动，再加上自家又有三个孩子，岁数都还小，根本帮不上什么忙。那时生活过得真的非常艰辛，每年到头来都欠着队里的工分，没有一年是拿得到分红的，家里天天喝稀粥，大概只有过年那几天是能吃上一口饭的。

春天里就抓几把花草放进去一起煮，花菜粥、青菜粥也是常喝的，而如果能吃到番薯就已经很好了。水根（陆金其的二儿子）他们到十一二岁可以挣工分后就每天放学回来割草给村里畜牧场里的猪、牛、兔子吃，能有个两分半的工分，能稍微帮家里减轻点负担。不过有一年大儿子在割草的时候不小心跌倒在沟里，结果胳膊断了，这边的医生只能治治胳膊脱臼这样的小毛病，骨折是治不了的，所以只能摇着船去了上海看病。由于没钱只能把家里养了一年多的母猪卖了（那时候没啥给猪吃，一般喂的都是草，所以长得特别慢，不像现在），那一年的日子也就比往年过得更辛苦一点。那时候我家甚至可以说是整个村子里最穷的那几家之一了。

日子是在分田以后才慢慢好起来的，我家分的田比较多，分田后劳动积极性就提高了，不再是按队里算工分而是看你自己的劳动，勤快的、做得多的、懂得侍弄庄稼的自然田里产量就高。田里收获的稻米除去上缴国家的一部分全是归自己的。家里将多余的稻米卖掉，家境也就慢慢地在改善，再加上后来家里几个孩子都长大开始挣钱了，我家的条件才算是变成村里的平均水平。我50岁那年，在大儿子的支持下将泥坯房推倒，重建了一个楼房，日子自然是越过越红火。

对于建华的去世我是怎么也没有想到的，她是家里最小的孩子，又是个女孩，因此对于她就不免多宠了几分。她的两个哥哥也是十分宠她的，虽说小孩子之间可能有时会因为妹妹得宠而羡慕嫉妒，但是年龄越大越懂事后他们之间的感情愈加好了。到了她外婆家里，由于阿妹的几个姐妹生的都是男孩，就她一女孩，自然是对她特别宠爱。有一次他们兄妹三个去外婆家，舅舅煮了一碗水煮蛋专门留给她吃。要知道那时候鸡蛋可是金贵的物件，都是留着换钱的，哪舍得自己吃啊！水根回来后就抱怨说舅舅偏心，不让他吃鸡蛋，全都留给妹妹吃。虽然生活依旧贫困，但建华几乎是家里宠着长大的。

等她到了结婚的年龄，我和阿妹不舍得她嫁出去，就在自己队里为她找了一个对象，离我家总共也就那么几步路的距离，还能够常常照顾一下她。但是没想到就在她出嫁前几天她婆婆熬不住过世了，嫁过去后丈夫和公公每天都出去打工，只有她一个人每天孤零零的在家。

后来她想在马路边开家小卖部，几乎是在她两个哥哥的支持下才建成的，但谁想到生意一直不好。她就每天守在小卖部里整天七想八想地钻牛角尖，又觉得家里冷冷清清的连孩子也没人帮她带，全部要她自己来，竟然得了忧郁症，有好几次差点把凯杰（她的儿子）掐死。那时谁懂得忧郁症啊什么的，就不免指责她、批评她，谁想到她竟然会选择了喝农药自杀！就一点也没想到我们会有多么难过，一点也没想到她一岁多一点的孩子以后要怎么办呐！就这么狠心地把我们抛下了。

好不容易在时间的流逝下冲淡了悲伤，培根（陆金其大儿子）在

2009年的时候竟然又出事了,在夜晚劝阻几人打架时被一刀捅中大腿动脉,在医院抢救了一天之后还是去了。培根是三个小孩中最爱学习也是最有成就的,他上小学那会儿每天都要走上二里路到先锋去上学,不像水根那会儿就在自己大队里。那时候家里苦,上完初中后就让他不要再上学了,家里没钱供他。但是他坚持要上高中,没办法,咬咬牙还是让他去了。但是到了上大学时实在是拿不出那么多钱,他也知道家里的情况,也没多说就去了村里的五金厂打工了。

他在那里认识了爱英,他们两个那会儿算是少有的自由恋爱然后结婚的。后来有一年交警队面向社会招收高中毕业生,培根就去报名了,也是他自己争气考上了交警大队。一开始在交警队的日子也不好过,交警队连身制服也不发。不过后来工资待遇都慢慢地上去了,他们在市里有了一套房子,户口迁到了城里,做城里人可是当时非常值得骄傲的一件事,我走出去邻居都称赞,"你儿子成了城里人,真了不起",我和阿妹都觉得非常有面子。再说培根是个孝顺的孩子,一直不忘帮衬着家里,两兄弟的感情也一直很好。虽然由于我们在行捷(培根的儿子)小的时候放心不下家里的农活,也因为不习惯住在城里就没去帮忙带孩子。他虽然对两个老的有些怨气,但依然很孝顺。谁会想到他竟然走得这么早,让我们两个老的再一次白发人送黑发人,真是心痛的不得了。

童年·欢乐·鬼故事

(陈跃英) 我小的时候比现在的孩子可苦多了,但和水根他们比起来还是要好过很多的。一天基本上都能吃上一顿饭,两顿粥,有的时候甚至能有两顿饭吃,不过那时我们家吃的米都是事先炒过的,煮出来的饭是金黄的,胀的比较开,所以吃了以后饿得特别快,但是在那时能吃上两顿饭已经是非常难得的了。

当时我们住的是大屋,四户人家住在一起,人多了自然是非也就多了,相互之间有点小摩擦是正常的,有时还会发生骂战甚至于发展到手脚相向,我去劝架就被无辜牵连过一次,在她们打架的时候被卷入其中还挨了几下揍。又有一次奶奶把做的"浆粑粑"(用豆子磨成的粉捣成浆做的)晒在屋檐上,结果被人给拿走了,奶奶发了好大一阵火最终也没能把它们找回来。

令我印象深刻的是,邻居家有一个老奶奶总喜欢做点偷鸡摸狗的事情。趁着我家大人不在，我和妹子出门玩又忘记关门的时候到我家里来偷米。妈回来以后准备淘米烧饭，一摸"柴福屯"（记音，用稻草编织的一种放米的工具）发现高度不对，立马就知道米少了，又问了问我和妹妹，知道我们出去玩忘记锁门了就知道是怎么一回事了。我们立马去找隔壁的老太太理论，可人家抵死不承认也没有办法，只能自认倒霉了。

其实说起来我并不是妈的亲生闺女，我干妈（后来被认回来以后叫了干妈）家里已经有了四个孩子，又比较穷，生下我之后根本没有奶水来喂养。而妈则是因为刚刚生下来的儿子夭折了，奶水也有，就把我抱来了，据说那时我刚满20天。但是妈并没有因为我不是亲生的就对我不好，对我和妹妹一视同仁，奶奶反而更喜欢我一点，有什么好吃的都偷偷留给我吃，也很少骂我。

小时候下雨天，没有雨靴穿，就在脚底绑两块砖，这样就能够不弄湿鞋子，得到家长的同意后出门找小伙伴们玩，这是我们那时候在下雨天最大的乐趣了，估计现在也没人会这么做了。元宵节是小伙伴们都很期盼的一个节日，虽然不可能像现在一样吃到肉圆团，但是晚上"着辣子"（当地一种风俗）也是一个乐趣所在。把竹竿插进稻草里然后将稻草点燃，沿着稻田一边走一边挥舞，口中还不停地喊着："着辣子，着辣子，田稻好来讨娘子，讨个大脚烂麻子。"这个时候到处都闪烁着火光，回绕在耳边的都是"讨娘子，讨娘子"的声音。唯一让我一直记到现在的是那时候的稻草都是队里的，因为要"着辣子"大家都去草垛上拔稻草，小孩子烧完了一捆还觉得不过瘾就又相约去拔稻草。在一个草垛都快被拔光的时候，被队长发现，他就大声吆喝让我们放下，人家顿时拔腿狂奔，队长就在后面使劲追赶，拿个舀子舀了一瓢"农家肥"直接泼上来，大部分浇在我的身上。当时几个孩子就我年纪最小，跑不快，他们都跑在前头就我落在最后结果就遭殃了。身上那个叫臭啊，真的忍受不了，大队长又是我叔叔，奶奶知道他泼了我一身后，还将他臭骂了一顿。

我小的时候胆子特别小，大人又喜欢拿鬼啊什么的吓唬小孩子，这就使我特别怕这些东西。隔壁大队里有一台黑白电视机，我那时候每天晚上吃完饭后都要和小伙伴们去看《排球女将》，一般要到9点多才回家，尽管有很多人一起但是我还是怕走夜路，都要拿个电筒照着。那时爷爷在大队里唱花鼓戏，我一起跟过去看，中途自己一个人回来的时候想起有人说过竹林里有"背娘舅"（也就是常说的背后灵），就吓得不行。一路跑过竹林都不敢回头，天黑跑得快都不看路，结果冲进了沟里，鞋子陷了进去不敢去找直接一路冲回了家，还是第二天奶奶去把我的鞋子找回来的，从那以后我就再也不去看爷爷唱花鼓戏了。

还有一次队里杀牛，奶奶让我去叫姑姑吃牛肉。去她们家是要路过一座桥，队里有几个孩子喜欢恶作剧，把我堵在桥上吓唬我，弄得我以后一直不敢去姑姑家。一直到长大以后我的性格都没有什么大的变化，仍然比较怕鬼神，23岁那年我和妹子两个摇着手摇船跟别人一起去"趟螺蛳"，晚上把船停在坟地旁边，按照规矩应该要说一声"借过夜"，结果忘了说了，晚上坟地里一直有"碰碰"的声音传过来，扰得我们不能好好睡觉，心里毛毛的，就起来重新把船停了一下，又说了一声"借过夜"，才算清净了。

或许是由于小时候发生的一些事情，又或许是受长辈的影响，一直到长大后我依然很信奉佛教。不过现在的一些年轻人，包括我女儿，认为佛教是些迷信的东西，是不可信的。事实并不是这样，不然国家也不会提倡宗教自由，允许人们信教吧！相反，我觉得那是一种很好的寄托方式，可以给你一种信仰。佛教相信因果报应，行善的人在死后可以去到西方极乐世界，而作恶的人自然会受到报应。信佛的人会约束自己不作恶，这样的影响也是好的。

奋斗·失败·再奋斗

（陆水根）小时候家里很苦，一年到头都是吃不上几顿白饭，一直是喝稀粥、酱油汤来充饥。每个星期六下午，一放学我们连家都不回就直接走上两个小时的路到外婆家，就为了能吃上一顿米饭。这样的日子一直过到82年分田以后才算结束，终于可以向顿顿稀饭的日子告别，吃上白米饭。

我书读到初中就出去工作了，当时大哥已经参加工作了。家里条件虽然比较艰苦，但家里人还是决定供我上学，而我本身成绩不好，再加上同村年龄差不多的小伙伴都不再读书而开始工作了，我也就不想再在学校里待下去了。

一开始是在村里办的印刷厂——先锋印刷厂工作，后来厂里派人去上海学技术我也跟着一起去了，但是由于当时年纪小就只能是给他们打打下手，递递东西，技术倒是没学到多少，不过正经的也就是那几个年纪大一点的去学技术。说实在的，在上海那段时间最重要的不是学没学到技术而是在那里吃得好，人跟着也开始长高了。原本由于家里条件差吃得差，我只有一米六多一点，又瘦又矮的，到了这会儿才稍微长高长胖了一点。

但是好景不长，村里印刷厂由于效益不好关闭了，要说这种情况在当时是极为普遍的，各个村里都一窝蜂似的办起了企业但大多数到最后都倒闭了，真正办得好的总共也就没几家，所以我就算是失业了。

在我们那代人的眼里，有个一技之长是挺重要的，所以我就跟着同村的一位老师傅学做木匠。跟别的学徒有一点不一样的地方是我是待在师傅家中的，也在师傅家吃饭。师傅每天去农具厂上班前都会事先给我布置任务，告诉我今天要完成什么，然后就留我一个人在他家做工，等到他晚上回来后再验收我的作业，指出我的不足以及教我新的知识。

另外，师傅在自己家里摆了一个小摊，接一些散活，接受村里人上门定制家具，师傅做工时我就在一旁观摩、学习。当学徒还有一些"规矩"：吃饭时要先给师傅盛饭然后才能给自己盛，还要比师傅先吃完饭，不能让师傅等你，吃完饭要给师傅泡茶。我吃饭速度快的习惯就是在那时养成的。

就这样我跟师傅学习了两年手艺。学有所成之后我就跟着卫根（同村的小伙伴）的师傅去了上海造房子，基本上是造的民居，一天能有五六块的进账。那时候做木匠活比现在要累，因为大多数的活都是要手工完成，不像现在很多都由机器代劳了。

条件最艰苦的要数住宿了，因为是住在工地上的，因此主家提供什么样的地方就住哪里。有些人家是跟隔壁邻居借的地方，有些是搭了简易帐篷让你住，还有一次是直接住在了猪圈里，主家把猪卖了以后简单地冲洗了一下就让我们住了进去。但不论是什么样的条件我们都是睡不到床的，直接在地上铺点稻草，铺上自己带过来的被子，就这么将就着睡。

后来我因为嫌做木匠工资低又听人家说开船很挣钱，就买了一条船和老头子去趟了两年的螺蛳，一直是在江浙沪一带活动。那时候河里螺蛳很多，虽说卖得便宜，但是一年下来也能有个一万的收入，不过那时万元户已经不那么稀罕了，大家口袋里的钱都多起来了。

和跃英结婚后就两个人一起去开船，再加上姐姐一家（跃英三姐）和大姊子一家，基本上是三条船一起开的，路上也能有个伴。在女儿3岁的时候我也把她带到船上过一段时间，但是中间有一次把船停在水库边上，水库抽水形成了一个吸力，船受到影响差点就翻了，之后就一直没敢再把女儿抱上船，在我们开船的时候一直是让她爷爷奶奶带。就这样一直开了五年的船，不过后期主要是在上海浦东一带吸铁，废铁的价格能够卖得高一点，挣得也多一点。

后来不开船是因为托大哥的关系能够去考驾驶证。那时候不像现在汽车满地跑，小年轻高中一毕业就去考驾照。那时基本没什么车，驾驶员非常吃香，跟大学生也有的一比，学车名额也是卡得紧紧的，没点门路你基本轮不上。恰好大哥交警队里分配每个交警都可以有一个名额去学车，我就赶紧把船卖了去考驾照了。当时学车非常严，比现在新的学车规定还要严，而且学车时间还非常长。首先是在嘉兴党校进行一个月的封闭式理论学习，然后是上车学习，进行了三个月，最后还要再进行一次理论考试才最终可以拿到驾照。不过拿到驾照后还不能直接上路，我还是跟车跟了一个月才算最终结束。

学完车后我就凑钱买了一辆公交车，车子的所有权是属于公交公司的，但使用权是属于私人的，每个月公司还要收1000多的管理费。我当司机，跃英就是售票员，夫妻搭档的这种模式在当时是极其普遍的。一开始我买的那辆车的路线是平湖—新埭，离家里很远非常不方便，但由于当时买不到平湖—南桥线的车也就没有办法，开了半年有得买之后我就换了一辆南桥车，一个是回家比较方便，再一个就是乘新埭车人比较少，盈利比不上南桥车。

我们一共开了三年公交车，每天早上5点就从家里出去，晚上要到六七点回家。女儿没工夫带，一直是让她爷爷奶奶带着的，所以跟我们不是很亲。有一次回家比较早，她妈妈想叫她一起睡，结果过了一会儿她自己就抱着个枕头跑下去和爷爷奶奶睡一起了。总的来说，开公共汽车是蛮赚钱的，但是由于汽车公司要收回汽车的使用权，不再允许私人承包汽车而改为由公司统一管理，因而当时一起开车的那班人几乎都把车卖了然后转行了。

拿着卖车的10多万巨款，我去买了一辆小面包车，停在前港接一些散活。但是在小镇上就是有一点不大好：大多数人都认识，邻里之间的也不大好意思收费，因此有时还免费帮他们开车，也不收车钱反而自己倒贴了点油钱。再加上生意也不是很多，就可想而知挣不到什么钱了。

有一天我稍微喝了一点酒，有点困就把脚架在方向盘上眯了一下，结果下车的时候可能是脑部缺氧还是什么的晕了一下,一下子倒在了地上磕到了脑袋。当时比较凶险,被诊断出是脑出血,立马就被送到了嘉兴二院进行治疗,家人也全都吓坏了,住了个把月用掉了万把块钱。做着生意不但没挣到什么钱,反而还自己出了事用掉了好多,出院后就不大想继续下去了,就把车给卖了。

之后在家里休养了一阵也没想好要接下来做什么,后来看到有一个好兄弟做起了绣花生意,加上村里也有好几家人家陆陆续续地买进绣花机就动了心思,也跟风地去买了架绣花机做起了绣花生意。一开始做得还蛮好的,歇了一年后又买了一台。但是因为是从别人那里拿货为他们做加工,利润有限,自己做单子的话又没有关系接不到活,再加上有很多人都在做这个生意,单子接到的愈来愈少。又听到周老师介绍说做豆奶很赚钱,原来在嘉善做得很好的那家夫妻俩在闹着离婚就想把厂子让出去,我就动了心,想到反正绣花生意也不怎样,就把机子卖掉去承包了豆奶厂。

刚开始豆奶厂生意很好,做豆奶主要是靠夏天热的那几个月,7、8月的时候只要温度高每天都差不多能卖出五六吨豆奶。光是做豆奶的就有四个人,还有五个人负责送货。不过到后来生意就慢慢少了起来,一些冷库关门不做或者转做其他豆奶,尤其是常温豆奶的出现对鲜豆奶来说冲击是巨大的,常温豆奶的保质期有一个月而且还不用占用冷柜,而我的鲜豆奶一般来说只有一个礼拜的保质期还是要放在冰箱里,虽然说如果卖不掉或者变质了可以退货,但是依然很麻烦。因此有很多的冷库都做起了常温豆奶的生意,鲜豆奶的市场就慢慢萎缩了。再加上现在大家口袋里的钱都多起来了,基本上口渴了都会买瓶装饮料喝,哪怕饮料比豆奶贵得多,大家也不愿意选择比较廉价的豆奶,因为觉得喝豆奶比较没有档次。喝豆奶的人在慢慢减少,豆奶自然就卖不出去了。

生意少起来后我就自己买了辆面包车去送货,厂里也只剩我老婆和她妹妹妹夫在帮忙。2012年的时候因为卫生许可证的时间到期了,如果厂子还要继续开下去的话就要重新去申请卫生许可证,而且那年夏天气温一直不高,刚刚高温没几天,台风就又来了,做我们这行的就是靠天吃饭,当然希望一直高温,但是老天爷不眷顾,那年的销量也格外的低。所以夫妻俩商量着觉得接着做下去没什么利润就关门不做了,最后连房租都付不出直接拿厂里的设备抵押。

我这大半辈子生意换了好几种，钱却始终没挣到，好像一直就缺了那么一点财运。去年本来还准备养猪的，幸好被兄弟和家人劝住了，否则就真的血本无归了。唉，现在踏踏实实地在五金厂里工作，生活是比较轻松，但是挣得那点钱刚好够开支，想多攒点钱却是不容易啊！

14

闻堰家居：蔡家门里的吃穿住行

口述者：蔡土祥
采写者：蔡　蕾
时　间：2014年2月
地　点：浙江省杭州市萧山区闻堰镇口述者家中

蔡土祥，男，1944年生，萧山区闻堰镇人，少时务农，60年代后期在生产队担任会计，后又入山林队、电管站，80年代初开始自营开店，经营过饭店、电器商店，直至退休。

关于"蔡家门"

在我爷爷那时候，蔡家是开木行的，现在还留着的那老屋用的木头都是自己木行里面的。那时候的蔡家也算是大户人家，爷爷当时也被人称作"阿兴殿王"（方言），那时候名气还算大的。可以说，蔡家一直下来，在村里面条件都还算可以的。现在那边大墙门只剩下东墙门了，那间老屋也有100多年了，可以说是古迹了。

我父亲生了六个儿子和一个女儿，他原来是在绍兴那边搞运输的。我排行老四，前面还有三个哥哥，所以我还读过六年书，其他人都没怎么念过书，就算读也是很少的。

在当时村里，我们家生活条件还不错，养着几头牛。我读书读了一阵子还放过牛，后来又去读书了。但读了几年又不让我读了，因为当时三哥工厂里（杭州发电设备厂）对工人也有限制了，好些人都被赶了回来，由于我三哥工作比较负责任，做得比较好，所以还能被留在厂里。由于这个限制，我父亲就说不让我去读书了，反正读出来也没有用，进厂里的机会不大，就这样我就辍学了。

之后我就开始务农，人民公社刚开始是有很多粮食的，人们干农活也很有干劲，经常开夜工，连吃的番薯都丢来丢去。那时还是有饭吃的，我的一个侄子月民当时人虽然小，但很会耍小聪明。原来四两饭和六两饭都是放在同一种大碗里的，但在六两的那个饭碗里插一根稻草。一般小孩子都是给他们吃四两的那碗，大人吃六两的。月民人虽然小，却很会吃，他想吃那六两的，就把饭上插的稻草插到另一碗四两的饭上面。现在想想还是挺搞笑的。

到了60年代初，有几年就真的没饭吃了。最苦的时候，就吃山上某种树的根和树皮，还有花生草（后来是用来喂猪的），那个草是苦的，所以一般用花生草烧泡饭。

这段时间过后，生活又开始好了起来，有了生产队。我二哥是生产队的队长，由于兄弟比较多，也比较听他的话，所以当时粮食也多了起来。而我在生产队里担任会计，就分分稻草之类的。

现在的人可能很难想象，当时稻草也是很有用的。稻草可以用来搓草绳，然后做用来盖砖头的草茧。由于当时村里有一个砖瓦制造厂，所以这个草茧的需求量还是很大的。甚至为了这个稻草，还要到附近湘湖农场那儿去拿，先要搬一段路，然后再用船来运输。这样来来回回要好几个晚上，都不能睡觉，当时还是很辛苦的。

改革开放以后，生产队就并成了二级所有，就分田到户了。我由于是公务人员，就被分到了山林队。之后到了炮塘，但在一次放炮打石头的过程中，我不幸被石头弹中了，至今我的背上还有一个凹洞，当时营养不好，所以这个肉都没有长好。

这次意外之后，我就到闻堰镇里来开店了，当时我38岁左右，那时的店还是归属于农业办事处的。直到1994年农业办事处解散，我才出来自己开店。刚开始在办事处，我也开过饭店，后来自己领了营业执照，到电管站开了关于电器的店，主要就是经营村里电力整改所需的电线杆、电线、路灯，等等。就这样，我就一直经营这一方面的东西。

现在想想，当时的日子还真的很苦，我们有六兄弟，人太多，吃的也不好。父亲去世得早，也没有享到什么福，后来我们兄弟几个经济条件都开始好起来了，就会买很多东西回家孝敬母亲，她是有几年福享的。不幸的是，在1989年10月1日我二哥因生病去世了。而母亲急火攻心，可能就是想到自己就这样白发人送黑发人，没多久也走了。

关于"吃"

老底子嘛，一般就是吃泡饭、番薯、萝卜这些，到饥荒的时候，就也吃山上的树皮、树根，还有花生草，没饭吃也没有办法。要到改革开放，分田到户之后，日子才慢慢好了起来，米也越来越充足，那时候才算真的解决了温饱问题。之前嘛，其实有白白的米饭吃就不错了，其他也没什么梦想了。

在生产队里时，蔡家这么大的一户人家，到过春节，这么多人也只拿到了 60 块钱的工资。我们这一大家子，大人小孩一起坐下来要好几桌子，但就是只发了这 60 来块钞票。那时候的压岁钱最高都只有 5 角，一般是几分钱，就算这点钱，小孩子拿到已经很高兴了，哪像现在 500 块钱都嫌少了。

我小的时候，最喜欢春节。等到过年，家里就去买一块肉，差不多五六斤，还会买一条稍微大点的鱼，然后杀一只自己家里养的鸡。但是那时候的鱼啊肉啊烧好都是不吃的，等正月里客人来了，就拿出来，招待客人。这样拿进拿出要好几回，直到菜都起白的毛了（发霉）。以前一般还有一盘鸡胗，也是这样的，这些菜一般要吃到正月二十，等客人都来完了才能吃完。如果小孩子嘴巴馋，菜烧出来就吃掉了，那家的大人就会很不舍得。如果是自己家的孩子，还可能会追着打他。客人一般也不怎么吃那几盘荤菜，如果自家孩子吃得多，就在桌底下用筷子戳戳他，以示提醒。

后来自己家里养猪，到过年了还杀一头猪，那时候条件就好些了。但猪肉还是很少买的，像笋干烧肉这样的荤菜是舍不得吃的。就像我前面说的，蔡家这么一大家子，过年才拿了 60 块钱的年终结算，这大过年的肯定得省着点用的。虽然说那时猪肉也只要 7 角钱一斤，但是那时做一天的工资才 7 角啊。现在虽然说猪肉要十多块钱一斤，但现在工作一天的工资也涨了很多，这么一算现在猪肉还是很便宜的。现在过年，一般客人来吃饭都要摆满满一大桌，还要拼命劝客人多吃点，如果菜吃不完就都倒掉了，真是很浪费。

旧时，真的是 2 分钱一支的棒冰都舍不得买来吃，就是那种 2 分钱的白糖棒冰。像我大儿子小时候，就坐在小墙门那边的档上，看着卖棒冰的人走过，虽然很想吃，但都不能买支来吃。那时候连自行车都没有，那个卖棒冰的人还是走路的，棒冰用一只箱子装着，里面有棉花被子塞着，他就背着这个箱子到处吆喝。

那时候生活条件差啊,又都是干体力活的,一天要吃很多饭,不然很容易饿。我大了以后出去工作,一般就带点饭配点霉干菜。原来一起工作的一个人,别人羡慕他天天吃咸鸭蛋,觉得他生活条件真当好喽,天天有咸鸭蛋配饭。但其实那个人是在咸鸭蛋壳里面装了用油炒过的盐,然后从小洞里倒出来,配着饭吃。那时候就是这么艰苦,哪里有像现在这样,很多东西都不要吃了,挑食很严重。

现在对于吃饭伙食,既要好吃又要吃得健康,最近几年不是新闻上报道了很多食品方面不卫生的新闻,让人买菜都不太安心。比如说,前几年曝光出来的问题豆芽菜,由于加了一些东西很快就能够成熟,还加东西让那些豆芽菜又白又长又嫩,有些甚至还加了漂白粉,让豆芽菜又白又能够放很长时间不坏,但是这些东西都对人的身体健康不利,好像吃得多会致癌。还有这几年报出来很多的"地沟油",我倒是不太去外面饭馆里吃饭的,看新闻里报道的画面,想想就觉得恶心。还有什么"瘦肉精""毒鸭血",还有那种奶粉,吃了那些奶粉不是还弄得有些孩子变"大头娃娃"啦,这些企业真是太没有良心了。

而且现在的物价是越来越高了,原来在湘湖农场干一天的活,男的只有 7 角钱,自己只能拿 5 分,剩下的 6 角 5 分还要交到生产队里面,去买工分。至于为什么买工分?这是由于当时是生产队分粮食的,大家都要去干农活,这样才有粮食分。去做一天就给几个工分,但是这样干活没钱赚,有些人就去农场里面干活赚钱,但是粮食还是想要分的,就要去生产队买工分,这样才有饭吃。有些人家没什么劳动力,工分不够秤谷,也就没粮食分,实在没办法的,还要到大队里借谷,等来年再还哩。

不只这样,为了多赚点钱,有时候还去帮农场锄地。当时锄一亩地是 5 块钱,一亩地是很大的,一般要花很大的力气锄一天才能干完。当时还会耍点小聪明,而那个来村里的知识青年汪少军就不大懂这个,晚上生产队里大家都坐下来说,你锄多少,我锄多少的,一般像我们这样都能锄完一亩地,但是他一亩也锄不完,还说自己这样一天干下来,手上已经有九个泡了。他是知识青年嘛,本来就不是很会锄地,而我们是有借力法的,他就很务实的,所以一亩地都锄不完了。那时候就是这么过来的,哪像现在这样,这么一说变化真的挺大的。

关于"穿"

我小时候的衣服鞋子都是家里自己做的。那时，我印象里就是去附近湘湖农场，去捡田地里掉下来的烂棉花，然后挑稍微好的一些棉花去摇花。

摇花可能现在人都不太清楚了，就是要用摇车，把一团团棉花弄成很细的一根根线，然后再手工织布，织好后才能做衣服。这个时间嘛当然是长的，但那时候的衣服都是老大穿过老二穿，有些还要老三、老四穿。有时候过年做一件新衣服，我母亲到第二年过年再把它染一下，这就又是一件新衣服了。

当时的土布也是稍微结实点，但是我们都是在地里弄来弄去的，还是容易坏，而且天天就是穿这么一件衣服，所以一般是补丁上面加补丁。就是衣服上有个洞了，就加块补丁，然后穿着穿着补丁上面也破了一个洞，就在那个补丁上面再缝一块布。

那时候在衣服穿着方面的梦想就是想要有件新衣服，这样就可以高兴很久了。但是现在很多衣服都是过两年觉得旧了就不要穿了，很多衣服都丢掉了。现在买衣服就想要穿着舒服，面料好一点的，最好的就是纯棉啊之类的，式样方面也要有点创新，不能看起来太老气的。

我小时候的鞋子，如果要做，就是大年三十晚上做，因为第二天大年初一要穿嘛。那时候的鞋底都是布一层一层的缝起来的，布都是原来的破衣服上剪下来的，然后用自己搓起来的线，密密麻麻地缝上一圈，这样的鞋底叫"千层底"。纳完鞋底，然后再用布来做鞋面，这样的鞋子很结实。

说起这个，我姐姐生了两个小孩，照顾不过来，就送了一个到我们这边，和我母亲一起睡。有次他在被窝里小便了，母亲就把孩子的衣服、袜子这些都洗了。为了快点干还用铜火燫来烘那些衣服，结果晚上烘着烘着就睡着了，起来一看已经烧破了，母亲看了就很着急，孩子都没衣服穿了。那时我就说别急别急，然后连夜织毛衣和毛袜，还有毛线的鞋子。

当时织一件毛衣就两块钱工钱，那时的两块钱多少值钱嘞，我那时白天干活，有时空闲一点就织织毛衣，这样弄的话，要7天才能织好一件毛衣，就为了赚那两块钱。织毛衣的话，我弟弟也会织的，还是我学会之后教他的。那时我姐都出嫁了，嫂子们都有了孩子，我呢老婆还没讨，当时生活条件已经有点好起来了。我父亲就去买了上海生产的那种毛线，结果买来之后，家里没人来织毛衣，然后我就想要自己去学着织毛衣。

现在男的女的是可以待一起了，那时候男人女人都不能待在一起的。我就等一些女人坐在外面织毛衣的时候，走过去，也不问的，就是在旁边这么看看，看第一排是怎么织的，然后第二排怎样弄。就是这样看看，然后学会的，之后我就自己用平针来织毛衣。后来，我还去看她们怎么织花样，慢慢也学会了。在"大跃进"的时候，我还在毛衣上面织"大跃进"那几个字。

"大跃进"的时候，我们这边也大炼钢铁，但是生产指标都太高了，都是用破的铁锅这么丢进去炼铁的。当时，这里生产的稻子一块田最多只有500斤，他们就报上去1000斤，其实是两块田的产量并拢来的。那时候，就是这么搞搞，才会到后来饥荒，没有饭吃了。

真是要等到分田到户，日子才好过起来，有布买了，不用再自己去捡棉花摇布做衣服了。其实，摇棉花我以前也会的，那种摇出来的线都很粗，很像现在做地毯的那种，那时候都是几块钱一斤这样卖的。我那时候会的东西还是很多的，我还会做麦草扇。一般是麦收的季节。在劳动之余，拿一把剪刀和竹篮，到田里剪收割过的麦穗秆子，剥去外面一层，经过处理后，再用七根麦穗秆子相互交叉编织，编出一长条后，用针线一针一针地沿圈缝成圆形，最后装上竹子做的扇柄，这样就做成了。有时候还会用草编出花的样子，缝在中间做装饰。那时天热起来，都是自己做扇子来扇风。那时没有电风扇，夏天天实在太热了，就会到巷子里乘凉，直至半夜。夜里都睡在院子里，一般是蚊帐装着，然后露天睡的，最好的就地上放块门板，有些差点的就直接在地上铺上稻草睡。屋里都热死了，都不大会进去睡觉。本来老底子的房子就比较矮，夏天就很热。

关于"住"

蔡家老屋，现在还有一部分留着，就是在汉民他们家旁边。前面也提到了，我爷爷的时候，蔡家是开木行的，那个老屋就是用自家的木头造的。现在那边大墙门只剩下东墙门了，也可以说是古迹。现在政府里也会每年拨一笔钱，算是保护古迹的费用。

厢房的柱脚，以前拆掉的前面几间还比较小，后面现在留着的几间比较大。老底子，在那个老房子的二楼还能夯米的，虽然是木头做的，但是楼上就算小孩子小便,那个木地板都是不会漏的。在当时来说,也算高级了。

那老屋先是造了后面的厢房,那时候我父亲都还没出生,直到他小时候才造了前面的几间厢房。现在我大嫂子有时还会去住那后面的厢房。老房子的话,就是采光不太好,白天都很暗,因为窗户比较小。原来那个房子,前面大门进来有两进,然后经过阴门,是天井,之后再是一进房子。那时候,一到过年,在大墙门上挂一圈的灯笼,很是好看。现在有窗帘,当时墙门开进去,也有一个帘子,还是比较高档的,在那时候可以说是地主人家。住这个房子直到我28岁,那时几兄弟分了家,然后就各自造了房子。

由于这时候的生活条件已经好起来了,所以房子都是用砖头、水泥造的。虽然当时水泥用得不多,好像就两三吨水泥,造了三间两层的屋子,我记得造那房一共才花了6000块钱。那时候造房子借钱嘛,都是几十块几十块借的,这样肯借钱的人家还是关系比较好的。

后来,生活条件就越来越好了,到90年代初,我在王家庄又造了另一间房子,这个就造得比较好了,我也花了蛮大的成本。房子有三间三楼半,原来那里的地基差,是个低塘,我从建筑队借了拌和机,地基都是用混凝土浇上来的。当时村里的人都看得,觉得不可思议。又过了差不多十年,我把七八十年代造的房子又拆掉,在原来地基的基础上又造了一间新房。

现在是住在闻堰镇上的一个社区里面了,但是听说这边这个小区再过几年也要拆除了,都要把这种低层的房子造成高层的,不过这都要看镇里发展的形势了。就住房来说嘛,现在住的都是这种商品房,当然是希望房子造的坚固一些,不要水泥、钢筋什么的偷工减料,然后房子没有什么安全隐患,近年来萧山的火灾是挺多的。其他方面,就是想要住得舒适一些,社区物管的服务态度要好一点啦。

关于"行"

老底子,都是靠双脚走的啊。我二哥去杭发厂上班开始也靠走的,到后来才有了一辆28寸的脚踏车,那时差不多是60年代,脚踏车还很少很少。

到80年代后期,去解百大厦买脚踏车还要排队的。那时候结婚,比较好的人家嫁女儿，都要买脚踏车、缝纫机、冰箱这些东西做嫁妆的。国民家最老的电视机，还是二哥厂里面有这个名额，然后凭票买来的一台"西湖"牌彩电。现在这种东西都丢在一边不用了，就丢在老屋里，像缝纫机都已经没人会用了，根本不用补什么东西，衣服都是丢掉的。

回到交通工具上来，脚踏车之后，就出现了摩托车。条件好的人家在80年代后期也有摩托车了，差不多在1992年我一个侄女结婚的时候，就有一辆摩托车做陪嫁了。那时候最好的就是"重庆"牌，也要七八千块钱，还有一种"木兰"牌的摩托车就稍微便宜点，差不多是"重庆"牌一半的价格。"重庆"牌的质量还真的是不错，我自己那台就开了很多年。

后来过了几年，又出现了踏板摩托车，我大儿子第一辆踏板摩托车也要两万多块钱。我老婆就骂他，他说"摩托车嘛越多越好，如果以后汽车也多起来就好了"。被他说中了，没过几年，汽车也越来越多了。现在更不用说，路上开来开去都是汽车，路是越造越宽，但是车多起来之后，觉得这个路还是不够宽，上班高峰还是堵车堵得很厉害。

以后嘛，希望地铁多开通一些，现在杭州的地铁覆盖的地区还是太少了，以后覆盖面积大了，大家开私家车应该会少一点，这里的空气质量应该也会有所提高。现在汽车排放的尾气实在是太多了，杭州的雾霾天也越来越多，空气明显没有以前的时候好了。

还有通信。以前的时候嘛，都是靠写信的，联系起来很不方便，因为一封信寄到再回信，就要经历很长的时间。

后来终于有了电话，原先装电话还要安装费5000来块钱，甚至连电话线的电杆都要自己去树起来的。由于我是做电力这方面，还在电力局那边有熟人，才花了5000多，那时也请客吃饭，还要花香烟钱。当时差不多是80年代，在村子里还是第一户。后来到90年代，装部电话差不多3000块钱。之后就看着电话越来越普及，家家户户都有了。

90年代初，这边市面上就有了BB机、大哥大。那时候这个价格很高的，一只BB机要1000多块，当时钱是少的，但这种东西也还是蛮贵的，我最早的那只手机也要3000多。

我看现在的年轻人电话都不怎么用，都是打手机。而且手机差不多一年或者两三年就要换一个，一般不是因为坏了或是旧了，而是想要更新款的。更有些小小年纪，还不会赚钱呢，就要父母给买苹果手机了，真的不知道该说什么。

　　现在的社会真的发展得很快，如今电脑也是比较普及的了，很小的小孩都会上网聊天，我是老了，电脑这种东西可能这辈子都学不会了。

15

稠江晨曲：在商海中的荡漾沉浮

口述者：金文花　张志和
采写者：张　笑
时　间：2014年1—2月
地　点：浙江省义乌市稠江街道高庚村口述者家中

金文花，1967年生，女，稠江街道高庚村人，初中毕业，15岁进裁缝厂工作，25岁随丈夫创业经商。张志和，1967年生，金文花的丈夫，初中毕业后应召入伍，退役后曾在工地工作，22岁下海经商。

艰难的童年

（金文花）我是1967年正月出生的，原来叫文化，因为出生在"文革"期间，所以名字就被取作文化。在我读小学的时候，还一度因为这个被同学叫成"大革命"。当时我们村是十里八乡都算得上的先进村庄，村里"小富"（如木匠）的人还是有几个的。听父亲讲，我家在我出生那年日子过得很苦，家里没东西吃。父亲向富裕一点的人家买番薯藤，对人家说是买去喂猪，其实都是家里人当粮食吃掉的。

我真正记事是7岁读小学那一年。当时一个班大概有40个学生，有3个年级，由一个老师教书。记得老师姓吴，但具体叫什么已经记不住了。当时吴老师大概40岁，他一个人要带4个年级6个班。虽然班级数目多，但人数最多的时候也只有60个人。上午两节课掰着上，上半节课教一年级识字，下半节课教三年级数学，等下节课又教二年级美术。因为当时家里小孩多，班上有好多同学会带着弟弟妹妹一起去上课，吴老师也不会管。夏天上学还好，冬天就特别辛苦。当时义乌的冬天特别冷，家里穷，买不起鞋子，大雪天地上都是冰，我们一群小孩都是赤脚跑去上学的，边跑还一边喊"工业学大庆，农业学大寨"之类的口号。

放学回家后也没有休息时间，我随着哥哥一起去割草喂猪，或者带着妹妹去捡叶子等可以带回家烧火灶的东西。等到周末，当地的小孩子就会替父母去看鸡、看麻雀。当时还是生产队，父母的工分中包括替生产队看收下来晾晒在空地上的稻谷、小麦，防止被鸡和麻雀吃掉。所以每当周末放假时，父母就会叫我们去看稻谷，而他们自己趁这个时间多干一点活，多拿到点工分。

我还记得当时生产队的工分计算方式（那时候刚好大哥进入生产队，在家里抱怨干一天才一点工分，记忆挺深刻的），成年男性劳动力每天10个工分，成年女性（这里指能下地干活的女性）每天6.5个工分，不能干重活的劳动力每天5工分，16岁后进入生产队的学徒每天只有2个工分。每家每户的工分会在年底算出总和后进行分红：如果年头好，工分多，那每家可以多分一些稻米；如果年头不好，算清工分后还要交钱到队里。听我父亲说，当时基本上的年份都是要自己交钱去补贴生产队的。

我小时候的伙食主要是番薯和萝卜，由于当时番薯吃得多，到现在我还对番薯有种生理上的厌恶。那时候的生活才能叫作青黄不接，就是说去年的粮食已经吃完了，新的稻米才刚刚种下去，根本没有大米吃，偶尔能吃到小麦都不错了。我8岁那年，家里在除夕夜煮了花生，花生在我小时候是一种很不错的食物了。当时妹妹才4岁，没吃过这么好吃的花生，一口气吃了一大碗，结果上吐下泻，被母亲骂了一顿。再等我大一点，我就会随着我可可到池塘里摸螺蛳吃。摸到的螺蛳加点清水直接煮熟后，是难得一见的肉类食物。像鸡蛋、猪肉这两种食物，只有在过年的时候，客人来拜访才拿出来摆盘的，小孩子仍旧是不许吃，只会给一个鸡蛋，但是那个鸡蛋也是十分宝贝的，都不舍得吃。就这样顿顿番薯、萝卜地度过了我的童年，直到农村分单干后，家里才开始吃上了白米饭。

还记得一件发生在我小时候的大事，具体哪一年我已经记不清了。那年义乌的收成特别差，很多人的家里可以说是颗粒无收，没有办法生存下去，当时便有好多人去别人家的田里偷菜吃。这些偷菜的人被抓住后，会被送到当时义乌县公安局。那时候还处在"文革"时期，那些偷菜的人被抓住后就会被吊起来打，打完之后还要到村口被挂牌批斗，好像不把他们当人看。直到当时的公安局局长表示：那些偷菜的人是因为实在过不下去了才会来偷菜，以后抓住这些人就不用送到派出所，拿点吃的给他们吧，救人一命也好。他们都不能算是小偷小摸，不许吊起来打。这番话，在当时可以说是救下了好大一批人的命。

我 12 岁时，村里一个惯偷被我父亲保释出来（我父亲是当时的大队书记）。他出来后找我父亲谈话，那时候我家的家境已经开始变好了，我得到了一双新凉鞋。看到那个惯偷来时，我十分担心，一直想着那个小偷会不会来偷我的凉鞋，我父亲怎么会把这样一个人放进家里。我悬着一颗心盯着我的鞋子和那个人，直到他离开后我才松了一口气。现在想起来，我觉得十分对不住那个人，因为他当时已经改正了，而我却还用原来的眼光看他。

（张志和） 我也出生在 1967 年，是家里五兄弟中最小的。村子的人口少，是江湾一带算得上穷的村子。听父亲说，我出生后没多久，因为家里负担太重，母亲曾一度想将我送走。后来父亲说，以后不会再生了，这是最后一个，苦就苦一点，自己的孩子还是自己养。这样，我才留在了家里。

在我小时候，家里一共有五个孩子，而成年劳动力只有父母亲两人，家里过得十分贫苦。从我有印象起，我就没有穿上一件新衣服，都是老大穿完老二穿，老二穿完老三穿，一直轮到我这个老幺。我的衣服根本没有一块完整的布料，到处是厚厚的补丁；也没有内衬，解开扣子就能看到裸露的黑棉絮。冬天的衣服又厚又硬，一点都不保暖。下雪也没有鞋子穿，母亲有给我纳过一双布鞋，但下雪没法穿，只好赤脚跑去上学，到学校后才穿上鞋子。但穿上有什么用呢？一点都不暖和。直到我 12 岁，在雪天才有了一双鞋子，那是母亲的一双旧拖鞋，虽然依旧不保暖，但对我而言，却意味着我不再用在大雪天赤着脚去上学了。

我 9 岁才上小学。这倒不是因为家里穷，而是因为农村人少，村子里办不起学校，只能到 5 里外的大村去上学。也是因为人少，那些学校来村里收学生时只能隔一年收一次，我 7 岁那年没够上，只能等到 9 岁才上了小学。我所在的班级有 5 个年级，我四哥大我 3 岁，因此在我上小学的时候，我还能和四哥一个班。那时候上课管理特别宽，请假特别容易。学生只要和老师说一声家里有农活需要回去帮忙，老师就点头让你回家。放学回去后第一件事就是到池塘小溪边上去割"革命草"（一种只要有水就能生长的藤类植物），然后回家喂猪。有时候"革命草"被割完了，父母就会让我回家烧饭，他们则会带着哥哥们去较远的山头割草。

上小学的时候家里穷，每餐只能吃用番薯煮的粥，盐都没几颗，什么味道都尝不出来，我十分讨厌吃（直到现在仍旧不喜）。对我这样一个男孩来说，番薯粥既不好吃，又吃不饱。家里常备的除了盐之外只剩下酱油了。每次家里酱油一用完，母亲就会叫我拿一个鸡蛋去换酱油。我那时还小，嘴巴馋，总想吃好吃的。在我心里，酱油是一种十分美味的东西。我每次打完酱油回来，都会在回家的路上偷偷地舔一下或者喝一口，那真是人间美味。有一次，我馋嘴地喝了一大口，酱油瓶明显少了一大截，我害怕回去后母亲骂我，就偷偷地将池塘里的水灌了进去。后来，我将这件事告诉了我妻子，一直到现在，她都会拿这件事取笑我。

那时我家门前就是一条老铁路。天气热的时候，浇在铁轨上的沥青都有些化了。而我们只能赤脚在沥青路上跑去上课，往往到学校后，我的脚上都会起好几个水泡。那条老铁路上也有火车经过，那些经过的火车对我们村的生活起着极大的作用。我现在还记得，当时农村穷，没有时钟，村里的人就没有时间概念。但是，每天早上 10 点半到 11 点的时候，会有一班火车经过。看到那辆火车，田里干活的大人都会休息，女人带着小孩回去烧饭。如果路上碰到还在干活的村民，就会告诉他们："午饭的火车都要过了，你们还不休息吃饭吗？"到酷暑的时候，天气热得受不了，母亲就会叫我在田埂上等候，看火车什么时候经过。一旦看到火车过来就大声叫她，她便会跑过来，站在铁轨边上等火车开过带来的那阵凉风。当时火车的速度极慢，现在想想估计不到 30 码。在村头看到火车，大人们可以快速赶过来乘凉，不用担心赶不上。小孩子都喜欢在铁轨上面玩耍，一点也不会害怕。等到火车快开到眼前了，才会嘻嘻哈哈地从铁轨上面跑下来，大人也不会担心我们的安全。

大概在我 8 岁的时候，村里终于通上电了。当晚上第一次亮起电灯时，村里响起了一阵欢呼，大家都觉得这是一个了不起的东西。不过在那之前，我妻子所在的隔壁村早在她 6 岁的时候就通上电了。装上电灯后没多久，村子里就装上了广播。每天早上在 6 点准时奏响《东方红》，小孩子一听到这个广播响起就要起床上学去了。等到"四人帮"倒台，"文革"结束后，邓小平开始实行改革开放，村里的广播就从播放《东方红》改成了"小喇叭开始播音了……"

我小时候还处在"文革"时期，买什么东西都要凭票购买，像什么粮票啊，布票啊等等。改革开放后，票制才渐渐消失在我们的生活里，我们可以"光明正大"（不会出现投机倒把）地去买东西，而不是一定要到供销社去凭票买。我还记得那时候是端午节，母亲给了我5元钱叫我去买猪肉。我还是个小孩子，卖肉的铺子前都是人，我硬生生地挤了进去，买了5元的猪肉回来。回到家后，我被母亲痛骂了一顿，说我乱花钱买这么多肉，其实她的意思是只要买3元钱就好了。当时对我家而言，5元真的是一笔巨款。

改革开放前，村里有些靠种田过不下去的人就会偷偷地做生意，那时叫作"投机倒把"，一旦被发现要被抓，被批斗。那些做生意的人就好像是老鼠一样，偷偷摸摸不敢抬头走路，生怕被巡逻或告密的人发现。直到1982年，县委决定跟随党中央的号召，加上当时"投机倒把"的人太多，当时的义乌县县长谢高华决定规范管理。我记得那时他表示："我给你们一个规范安全的地方做生意，你们则要接受政府的管理，按时缴税。"这样，他签署了义乌第一个营业许可证，现在，我们这一辈人都还记得他。

商海沉浮

（金文花）15岁的时候，因为学习成绩不是很好，再加上我也不想继续学习（尤其是外语），就没有上高中了。后来在我父亲的帮助下，我找到了一个裁缝厂的工作（裁缝厂在杨村），一天有8角钱的工资，十分受当时村里同岁女孩的羡慕。因为在那时，一天能挣8角钱是很不错了。要知道在当时，好的猪肉才5角钱一斤。我那时候还不是很懂事，反而羡慕那些年龄够格在生产队里工作的女孩子们。因为我觉得一群女孩子一起在田里劳动，一起休息打闹，是一件极其有趣的事情，要不是我的年龄没有够到16岁这个门槛，我一定会到生产队干活而不是在裁缝厂工作。

但这个"梦想"一直没能够实现，在我快要迈入16岁这个门槛的时候，改革开放在农村已经开始了。村里实行了家庭单干而不是生产合作，以生产队为主的生产方式从我的生活中被淘汰了出去。那时候的分土地单干和现在的农村土地不同（现在是农户分到的土地就是归农户所有），尽管说农村开始实行土地分配，但是土地的权利还是归属于生产队，每户人家需要到生产队签字才能拿到土地的使用权。但是这个使用权是有期限的，需要每隔两三年重新去签字领地，大概等到1988年才将土地分给每家自己使用。

到我20岁，我拥有了自己的一辆自行车。我每天骑着自行车上下班，每天能有30多元的工资。我拿到工资都直接上交给我的父母补贴家用，只会留下两三元零钱给自己，然后在周末的时候约几个要好的小伙伴一起骑车去看电影。这样的生活又过了几年。

　　我和丈夫相识是在24岁的时候，是在隔壁村我丈夫的堂叔的介绍下认识的。见面没多久就对对方很满意：他是一个退伍的军人，看上去有些帅，又聪明；而他相中我是因为我看上去就是一个贤惠的女人，还会干家务，能在身旁支持他。很快我们就坠入爱河，他约我一起看电影，请我吃了几顿饭，还干了几件浪漫的事情。恋爱一年后，我们领了结婚证，在他租的一个仓库里办了一小桌的酒席，就这样结了婚，生活在一起。

　　结婚后，我随丈夫住在城里，回家就不方便。那时，义乌还是一个不富裕的城市。不像现在可以自己开车回家，这么方便。在当时，公共汽车都没有几辆，而且路面坑坑洼洼，十分不舒服。父母所在的农村那会儿还没有直接到达的汽车，回一次家需要辗转多次且花费比较大。不过，那时候还有穿过义乌的老铁路，其中一个站牌就在农村的路口，所以我一般会选择搭乘这种火车回家。从我住的地方到父母亲那只需要花2角钱就够了。

　　那时候义乌市场还不像现在这样有名，只有一条马路的大小，名字就叫湖清门市场，但因为建在一条新马路上，大家习惯叫它新马路市场（现在已经变成菜市场了）。我现在还佩服着丈夫，在当时那样艰难的环境下，他还是凭着自己的本事和冲劲，下海经商。尽管那时住在仓库里，但我相信将来的生活一定会变得更好。

　　一年后，我和丈夫迎接来了一个新生命，我们的女儿。我们相信生活会变得很好，同时祝愿女儿能一辈子幸福，我的丈夫给她取名为"笑"，希望她一辈子笑口常开。女儿的到来似乎真得使我们的生活变得好起来。没过多久，我们就从仓库里搬了出来，住进了一个小平房。那时候我小弟也高中毕业，找上我们并和我们一起生活了一阵子。

　　在我26岁到29岁这三年间，我们的生活蒸蒸日上。做生意投资的状况很好，很快就赚到在当时来说很大的一笔财富。在1996年，我们买下了第一套住宅（位置离现在的福田市场很近），地理位置十分优越。在那之后不久，就在新开张的宾王市场买下了整整两个商铺，一切都向好的方向发展。1997年，我们的小家庭又迎来了一个新成员，他是一个漂亮的男孩。同年,我家购置了第一台洗衣机,这为我减轻了不少劳动。在 1999 年,购置了第一台彩电,我现在还记得那是一台 24 寸的"长虹"电视机,十分好用。2000 年,丈夫回到农村建了一栋自己的房子,直到现在,一家四口还一起生活在这里。

在我 35 岁时,我和丈夫搬回了农村的房子居住,将城里的套房出租。但之后的两年,丈夫投资失败,从上海花巨资买回的机器根本没用,丈夫开始与生产机器的公司打官司,但是那并不容易。一直到两年后,才拿回了赔款,但这个生意也做不下去了,我和丈夫就这样闲在家。但是我们还年轻,有拼劲,我支持着丈夫开始了新的投资。就这样,在我 40 岁那年,又开始经商。这个时候,义乌国际商贸城福田市场一期已经开始运行,并且开始受到国际上的关注,于是我和丈夫又投入到了这个战场。

今年我已经 48 岁了。从再次经商到现在,又过了 8 年。这中间家里购置了 2 台电脑,又有了轿车,女儿上了大学,儿子上了高中。我和丈夫的生意有起有伏,有过大赚一笔,也有段时间亏本许多。去年受全球金融危机的影响,义乌市场经济极其不景气。我们的生意主要针对的是外国商家,赚钱已经越来越难了,希望 2014 年能够让经济好转,可以让全家过上更宽裕的生活。

(张志和) 我 17 岁初中毕业后就没有继续读书,家里的经济供不起一个孩子上高中。不过,对比以前要好很多,母亲还扯布给我做了一件衬衫,那是第一件独属于我的新衣服,我很宝贝它。几天后,我就在大哥的带领下做了工地的搬运工,很辛苦,而且我把每天赚到的钱都交给母亲以改善生活。这样过了一年多,到 19 岁,我应征入伍参军去了。我在部队待了近四年,认识了很多战友,也在部队中学会了很多知识。在部队里,我学会了修电器,改装电路,这对我以后的生活也造成了很大的影响。部队的四年生活,使我的性格更加坚强,也使我养成了一点洁癖,例如讨厌床上用品没有摆放整洁等。

退伍时,我已经 22 岁,这个时候义乌的市场刚兴起。我放弃了部队安排的电路整修员的工作(有时想想会有些后悔,不然现在就能吃上公家饭了),自己投身进入市场开始创业。在创业的前两年,我游遍了中国的大江南北,去过西藏、北京、云南、四川、广东、湖南、内蒙古等地。这两年的"旅游",极大地开阔了我的视野,也看到了在改革开放 5 年后,中国的经济发展蒸蒸日上。因此,我对自己创业的信心又加倍了。

在我 24 岁时，我认识了我的妻子。她个子娇小，皮肤白皙。相处没多久，我便看上了她的贤惠，很快便开始谈恋爱了。我请她看了几场电影，又多次约会。一年后，便在我租的仓库里办了一个简单的婚礼，我只请了我和她的家人，这点我总感到有些愧疚，尽管她从未向我抱怨过。

结婚后，在她的全力支持下，我开始了真正的自主创业。开始的那段时间真的特别辛苦，而妻子还怀着第一个孩子，但她却一直在劳作。女儿的出生带给我俩很大的喜悦。之后生意的一帆风顺使得我信心倍增。我们有了自己的房子，搬到了小区居住，后来我又买到新建的义乌小商品市场的两套商铺，一切都向着好的方向发展。

1997 年，我们迎来了第二个孩子，那是一个健康的男孩。这个年份是个好年份，生意发展极快，我们陆续为自己的家添置了电器，减轻了妻子的负担。2000 年，我将生意托付给妻子，而自己回到老家建了一栋属于我们自己的房子。建成后不久，我就将全家搬回新建的房子，并将城里的房子租了出去。不幸的是在 2002 年，我投资的机器失败了，大亏了一笔，并退出了当时的市场。但幸运的是，妻子一直支持着我，相信我，两年后，我又和妻子重新做起了生意，并坚持到现在。

今年，我已 48 岁了。这些年，家里添了许多现代化的科技产品。我也努力学习，想跟上时代的潮流。尽管受金融危机的影响，义乌市场生意难做，但我仍然不想放弃，我想趁我还有劲再拼一把，为我的孩子创造一个更好的生活。现在想想，对比小时候的生活，我对现在已经挺满意了。不管怎么说，物质的享受越来越好是不能否认的事实。但我有一点不是很喜欢，就是环境越来越差了。真希望等我老了退休的时候，能和妻子漫步在蓝天白云下，或者晚上能在阳台上看星星，而不是像现在这样在房间中躲避雾霾。

古洲晚唱：江岸人家的似水流年

口述者：许石玉　许石武　胡宪美
采写者：许　谦
时　间：2014年1—2月
地　点：安徽省池州市贵池区秋江街道家中

许石玉，男，1950年生，贵池区秋江街道人，小学三年级文化，农民。许石武，男，1962年生，系许石玉弟弟，初中文化，做过裁缝，技术精湛。胡宪美，1964年生，许石武之妻，安庆市枞阳县人，文盲，裁缝。

既是长子又是顶梁柱

（许石玉）我是新中国成立之后的那一年出生的（1950年），出生的时候不在现在这个地方，而在长江边的土地庙那个地方，后来由于江边经常闹洪水，父亲就把家迁到大圩里了。据上辈的人说，咱们这个地方叫古家洲。那时候人们经常说"江南古家洲，十年九不收。收了三担毛大麦，肚子喝得稻箩粗"。"十年九不收"是说，咱们这个地方靠近长江边，每回发洪水地里就没有收成，灾害频繁，以至于十年有九年没有收成。"收了三担毛大麦，肚子喝得稻箩粗"是什么意思呢？由于这里灾害太多了，而且长江里有血吸虫，很多人没粮食吃，又患上了血吸虫病，死的时候肚子肿得很大（应该是浮肿病），像稻箩那样"粗大"。母亲说，那时小孩出生哪有什么衣服穿，穷的连块布都没有，能把身体包起来就不错了，家家户户都一样。

古家洲在清末以前是没有人家的，不像现在人口都密起来了，那时这里还是一片芦苇荡。大概在清朝末年的时候，父亲的祖辈叫梅庄公（记音），据说他有八个弟兄，他排行第五，原先家住江北，随着几个兄弟渐渐长大，其他人都各自成家，只有他独自一个人来到江南，用篱笆和木桩围成很大的一块地，里面养满了鸡、鸭、鹅，成群的牛羊在小山坡上啃草皮。他死后家里的几个儿子分的家产都很多，我爷爷也分到了一些财产，用现在的话来讲他就是富农，可惜由于得了血吸虫病，三十几岁就死了。然后到我的父亲这一代没念书，家里就破败了。

我7岁的时候去读书，因为没得吃，饿得很厉害，就经常跑到地里刨山芋，剥青蚕豆吃。那时候还是大米最好吃。我以前上学读书时，因为太饿了，一道题目明明我会做，但是饿得大脑都懵了，就不会写了。我家隔壁的王四友，是我的小学同学，饿得实在受不了，就在路上把书包扔到河里了。这是真实的事情。

本来我还有姐姐和妹妹，但在1954年发大水的时候，因为没的吃，先后都生病饿死了，现在想起那段日子都会流眼泪。1954年长江发大水时，我母亲逃荒去南京。那时候我才5岁，姐姐7岁，姐姐生了场大病，身体很虚弱，再加上没的吃，就去世了。妹妹才两三岁，也是没有吃的，真的是没办法。那会医学不发达，姐姐体弱多病，如果搁现在是可以治好的。

我书念到小学三年级时，家里实在是太穷了，没钱交学费，连吃的都没有，哪还有钱去读书。后来我就歇下来，不念了，在家里做农活。我打心眼里是很喜欢读书的，可是家庭条件太困难了，没办法，读不起书。于是就发誓，无论如何也要让家里的其他人去念书，所以后来就是我供弟弟们去念书。

14岁时，我就开始"挑大埂"。就是用扁担、畚箕挑着土沿江边垒起来做成大堤，从而防止洪水淹掉庄稼，避免一些损失。别看那大堤现在有两层楼那么高，这里的整个乌沙大圩都是好几代人用一锹土，一扁担挑出来的，现在的人是根本想象不出来的。书上说蒋介石不好，我说（他）也不大坏，家里的洋面粉，当时是美国援助的，当时规定谁去挑大埂就有面粉吃，所以大家都跑去挑了。

除了"挑大埂"，还有就是干农活。那时叫挣工分，每天只有8毛钱，一年挣不到300块钱。大集体时所有的东西都是集体的，自己家不能留任何的口粮，一旦被发现了，工作队的人马上就冲到家里，轻则批斗，重则坐牢。每天就是早上吹号子集合上工，晚上天黑回家。60年代这里根本就没有通电,自然连电灯都没见过,平时点煤油灯,就这样的家庭条件还算是比较好的。但当时有一些现象是非常好的,那就是这里几乎没有贼,大家都很讲信誉。

后来遇上"文革",我们这里那时叫乌沙公社幸福大队,是因为大队里出了个全国劳动模范——龙冬花。龙冬花13次见到了伟大领袖毛主席,她与毛主席握手的大照片被印成年画贴遍全国,她的故事被编成小学课文,全国人民都知道她很幸福,我们村的名字当然就叫"幸福"了。下半年农闲的时候经常要开批斗大会,宣扬共产主义,斗倒牛鬼蛇神。由于我父亲的阶级成分被划为贫农(属于"红五类",就是阶级成分很好的那种),所以他们工作组的人经常要我去参观批斗大会,但我觉得天天让人站在台上戴高帽,把他们双手押着批斗的行为太不人道了,所以我就坚决不去,他们也拿我没办法。

问我"文革"乱到什么程度?别的地方我不知道,但是我身边的情况我还是知道的。就拿66年许义求(我的小学同学)的爸爸来说,有天晚上有只棉铃虫爬到毛主席的像上,他对着毛主席的画像小声嘀咕一句:"人们都没的吃,看您的脸都生蛆了!"结果他就被批斗了。

"文革"闹得最严重的是67年和68年这两年,经常有上海的知青下乡,我们称他们为"上海佬",他们叫我们"土包子"。上海知青一开始连小麦和韭菜都分不清,地也不会弄,还经常做偷鸡摸狗的事情,简直就跟土匪进村一样。后来我们渐渐熟识了,他们就给我们讲故事,我听得最多的就是《三国演义》《水浒传》和《西游记》。到70年代时就要好点了,没有那么乱,但是到外地还必须持有公社证明。

1982年我们开始分土地,就是"包产到户"。由于人多地少,家里太穷,饭不够吃又挣不到钱,我就在外面到处揽活儿做:比如1975年在红旗铁矿拉过矿石;1982年去过上海的南京路上摆地摊,白天是不允许摆的,我就偷偷地晚上去摆;1988年在池州码头当过装卸工。那会儿我也曾想过去外面做生意,但一没技术二没钱,也就没有到外面去了。90年代以后就在家搞生产,然后下一辈出世后的生活就好得多了,粮食、棉花都大丰收。

从书生到裁缝的天道酬勤

(**许石武**)我是1962年出生的,现在的书上不是说1958—1961年的这三年自然灾害非常严重嘛，饿死了许多人，实际上，到1962年的时候这种影响还是存在的，只是相比较那三年要好一点罢了。我跟弟弟是双胞胎，别看现在生个双胞胎很受大家羡慕，那时一下子生两个孩子意味着任何吃的都要掰成两半，原本家里就穷，一份口粮两个小孩吃，家里当然支撑不住。所以我和弟弟小时候就特别瘦弱，个子也长不高，因为没营养嘛。

在我上小学时，大概10岁左右，我就开始帮家里做事情了，包括做家务和田里的庄稼收割。那时候念书不像现在这样舒服，是要求半工半读的，就是上午上半天课，下午就回家做工，但是小孩挣的工分只有大人的一半。在我14岁的时候，记得有一次是和大人们一起下田割稻，我割稻的速度相当快，跟一个成年人差不多，甚至还超过一些人，但在年底评工分的时候生产队队长只给我算半个工分，所以搞得我很生气。在评工分大会上我和哥哥找他们评理，最后总算是给我算大人的工分了。自那以后，我做的工分就都和大人的一样了。

我初中是在靠近江洲的柳城中学读的，每天大概步行1公里，来回2公里。晴天还好，下雨天就难走了，雨天身上就穿蓑衣，卷起裤脚，光着脚去学校。最难熬的是冬天，没有一双像样的鞋子，连布鞋都没有，冷得人直哆嗦。

初三毕业那年我考中技，中技全称是中等技术学校，就相当于现在的中专，是不用读高中就可以上的。而且读中技有一个好处就是毕业出来国家包分配，家里可以不用交钱，俗称"吃皇粮"。当时的政策跟现在不同，要先通过统一的考试，等考试成绩下来后再划一个分数线，你只要达到这一分数线就可以去任何一所中技学校。不过话说回来，那时候中技很难考，不比现在考研的难度小，录取比例很低。我考中技就是因为差了3分，没有考上，就打算学一门技术养活自己。

古人常讲："荒年饿不死手艺人。"这句话是非常有道理的。从古至今，木匠、砖匠、裁缝、厨师等行业，只要和咱们平常的衣、食、住、行相关，都是非常吃香的。所以我就去舅舅家拜师学艺，他是个裁缝，老师傅了，技术很好的，方圆百里的人遇到红白事的时候就找他帮忙定做几套衣服，对他毕恭毕敬。当学徒的日子是非常清苦的，每天早上天一亮我就得起床，把他家的水缸挑满水，晚上还要帮忙挑土，做屋基。那时候我是刚好十七八岁的大小伙子，身体有劲，他家条件又好，我吃得多，个子也就是在那时长起来的。

学手艺不是简简单单就能够学会的，光能吃苦还不行，得学会用脑筋。一开始我也不会，学了大概快一年了，我自己慢慢琢磨，开始摸出点门道了。我尝试用废旧的报纸做试验：先找一款衬衫，衬衫在当时最流行，而且又省料子。然后就用尺子量好并在报纸上画上线，这就叫量体裁衣。接着就开始剪裁了，等所有的料子裁剪完毕后就可以做成衬衫的样子。我记得我第一次做的效果并不好，车线走得不齐，弯弯扭扭的，一看就是技术还不行。后来次数多了，渐渐地就开始熟练了，等到技术完全掌握透就可以出山，单独给人家做衣服了。

我和我的妻子是在 1985 年底结婚的，那时候我刚满 24 岁，她 22 岁。说到跟我的妻子处对象，这中间还有许多故事。我刚开始认识她是我姨妈做媒的，我姨妈和我丈母娘是同一个地方的，然后牵线搭桥，对方同意先瞅瞅小伙子，就领我去上门看看。我一到我丈母娘家刚开始是很紧张的，毕竟对我来讲不熟悉，见过我妻子后我觉得人很漂亮，尤其是那个辫子，又粗又长，很好看的。

第二天一大早我就起床把水缸里的水灌满，然后再挑水给丈母娘的地里浇水，来来回回要跑二十几趟，感觉一点儿也不吃力。丈母娘家只有一个儿子，唯一一个男劳动力，其他都是女的，所以丈母娘对我很不错，觉得我干活有力气。那会儿干活有没有力气是检验一个男人好不好的最基本标准，农村里面的庄稼汉，当然得有力气做农活。这算是第一关，通过了丈母娘的考验。

那天晚上，丈母娘家的许多亲戚，包括姨父、姨爷们，围了满满一桌子在一起吃饭。姨父是卖猪肉的，会做生意，酒量很大。他们私底下商量好了轮番要我喝酒，我知道他们想试试我的酒量。于是，我先谦虚客套一番，跟他们推辞说我酒量小，让他们长辈先喝点，等到他们喝得差不多的时候，我就找他们一个一个地轮番喝。结果，姨父喝到最后趴在桌子上翘着大拇指说："我们的新姑爷是这个！"我将他们全部放倒，就这样通过了考验。

我和妻子结婚以后，就去安庆开了个小裁缝店，刨去成本也赚不了几个钱。1987 年，妻子怀孕了，孕期很辛苦，再加上生意不是很好，我们就回家了。直到 1993 年外出打工之前，我俩一直在家搞生产。

当时在家搞生产根本就挣不到钱，虽然能够填饱肚子，但要供孩子上学读书,盖新房子还是不够的。我和妻子就商量着看能不能外出打工挣钱。那时候正值改革开放,很多人都到外面去,有做包工头的,做服装的,做生意的……真的是各奔前程,大家觉得去外面就一定能够挣到钱。于是我俩就把孩子交给大伯伯和爷爷奶奶带,外出找活儿做。当时去了江苏省常熟市,那里的服装厂非常多,于是就在那里常年打工了。外出第一年回家,我就带回来了大概9000块钱,那时候的钱是非常抵用的,相当于现在的3万块钱。因为那时候家里的房价是1500块钱一个平方,现在都5000元了,涨了3倍多。

挣到钱以后,我们就一边供孩子上学,一边筹划着盖新房子。在农村,盖房子可是一件大事情,一旦盖了新房,又大又宽敞,大家就会刮目相看。农村的房子造起来以后,就有了住的地方,不用担心阴雨天气漏水了。现在大家都往城里买房,不过我觉得还是农村好,空气新鲜,住得又舒服。

一样的女性,不一样的贤妻良母

(胡宪美) 我是1964年出生在枞阳县的凤凰洲,为什么叫凤凰洲?听说在很久以前,有一对凤凰落在这个沙洲上,于是叫凤凰洲。凤凰洲四周都是长江水,也就是在长江中间的一个江心洲。平时买东西去乡里的集镇上就可以了,但是,要买年货就必须要到贵池去,因为那地方繁荣些,货物很多,像糕点、芝麻糖、炒米、米角等,这些东西我小时候都喜欢吃。

我是8月份出生的,听妈妈讲人家怀孕10个月就该出生了,我却是足足12个月才生出来的。所以,我一出生,周围的人都讲这个孩子能够出生下来真不简单。估计是因为当时妈妈吃得太差了,营养不够。听说妈妈生我的时候还差点昏过去了。

我是家里的第一个孩子,作为长女,那吃苦的事情叫多了,什么打猪草,带着弟弟妹妹,做工,烧菜,洗碗……每天都有忙不完的活儿。对于爸爸妈妈,别的事情我都可以原谅,唯独没让我读书这件事让我很生气,直到现在我还时常埋怨他们。那时候不是说家里穷念不起书,而是说父辈没有给孩子读书的这个想法,再加上我是个女孩子,农村的封建思想认为女孩读书没用,所以我到现在都不认识几个字。

为我读书的事,我还和爸爸妈妈闹过。9岁那年我偷偷地跑到凤仪小学的窗外看着老师上课,老师后来发现了我,就建议我爸妈让我去学校读书。妈妈也想让我去读书,可是家里实在没人带孩子,爷爷奶奶不是去世得早就是身体不好,没办法,我就没念成书。随着弟弟妹妹们渐渐长大了,懂事了,我的任务也就轻多了。平时,除了爸妈,他们都听我的话。我虽然没读过什么书,大道理我还是懂得的。

我六七岁的时候就开始帮家里干活了,经常要洗衣服、打猪草等。有时候,干活累了就去江边玩。我最喜欢跟舅妈家的孩子一起摸鱼、摸螺蛳。那个年代的孩子不像今天的这样娇贵,经常卷起裤脚,捋起袖子就敢跑到水里面去。有一次我摸着摸着突然掉到水里去了,舅妈的女儿当时和我在一起,她就大声地喊"快来人啊!有人掉水里去了!"正好那时是大中午的,大人们都待在家里,没去地里,听到喊声就赶过来把我救了起来。现在想起来还后怕。

在我18岁那年,外婆就开始四处托人找关系,让我学技术。舅爷不是裁缝嘛,那时候裁缝很红的,我就跟着他学了两年。学成以后,我就开始给弟弟妹妹做衣服,每年都要做上那么几件好看的衣服。我不喜欢布料款式的,因为穿布料的太多了,颜色也很土。那时候流行一种叫作"的确良"的衬衫,因为它是化纤品做的,穿起来很精神,不像棉布那样容易变形、变皱。那会儿年底正好我爸要去贵池卖小猪,我知道能卖几个钱,就缠着一起去,然后买下了一件"的确良"衬衫,真是非常开心,紧紧地抱着衣服一路小跑回家。

20岁以后,外婆就托人做媒给我找婆家。我当时脾气比较犟,因为我自己是个不识字的人,所以我就想找个文化程度高一点的人,至于说家里穷、兄弟多、房子破……这些都无所谓。后来,经过媒人介绍,我就认识了我现在的丈夫。他第一次上我家来,我妈很开心的,烧了一大桌子好吃的。然后,媒人问他,你觉得她怎么样?他就说,挺好的。媒人问我,我说印象也还好。因为他身高一米八,很魁梧,又是读过书的,所以我比较中意。

记得见面印象最深的是,当时我对他说:"我大字不识一个,你觉得我怎么样?"他回答:"不认识字不要紧,只要我认得字就行。"就因为这句话,我就决定嫁了,不仅仅是他念过几年书,关键是他的心肠还很好。

结婚的时候他家里什么像样的东西都没有,家里还是瓦房子,墙壁还是土垒起来的,一下雨就到处漏水。我的陪嫁品就是一台缝纫机,一个大衣橱，还有一副手表。人家至少还用自行车去接新娘，他倒好，直接带我走着就过门了，整整5公里的路，脚都走麻了。

（许石武） 我就喜欢她这个优点，肯吃苦，不像现在的小姑娘，动不动就豪华轿车阵容，恨不得连直升机都出动。**（胡宪美）** 你还好意思说，当时来你家，连床新棉被都没有，冬天一阵风刮来，透过墙壁冻得人直发抖。

当然了，现在生活条件好了，以前的生活，现在这一辈很难体会得到了。不过，话又说回来，以前的那种时代，没经历过的最好不要经历，而且永远不要经历。

第三编　家族往事

17　西周絮叨：浙东山村的人生百味
18　堇荼如饴：世事喧嚣，我心宁静
19　黄坦炊烟：徐幸福的不幸与幸甚
20　静水微澜：常山乡村的生老病死
21　三甲长老：历经战火，安享平世
22　半世龙港：大时代下的小小人物
23　洪殿岁月：沉浮瞬间的家族变迁
24　西门追忆：梅顺一家的跌宕人生

17

西周絮叨：浙东山村的人生百味

口述者：张彩娥　赖爱祖　朱爱芬　赖云霞
采写者：赖艳艳
时　间：2014年1月
地　点：浙江省象山县西周镇口述者家中

张彩娥，女，1936年生，西周镇人，14岁出嫁做童养媳，农民，家庭主妇，文盲。赖爱祖，1964年生，张彩娥之子，初中学历，先后从事学徒、水泥工、装修工等。朱爱芬，女，1950年生，赖爱祖的岳母，18岁出嫁，腿有残疾，行动不便，农民，家庭主妇。赖云霞，1992年生，张彩娥的孙女，大专毕业，工作会计，已婚。

童养媳，小丈夫

（张彩娥） 我们那个年代，结婚再简单不过，婚礼是一件极其简单的事，不像现在这么讲究。新娘穿婚纱穿旗袍，乘小轿车出嫁告别娘家，媒妁之言，丰厚的聘礼之类，我想都不敢想。记得那时我才14岁，家里小孩又多，条件又不好，母亲那天给我穿上唯一的一件她自己修修补补的新衣服，说是带我去一户好人家，后来来了一对陌生的老夫妻，母亲嘱咐我到了"新家"以后要恪守本分，尽心侍奉，当时我还不知道她和我说这些是什么意思，后来她就把我交给了他们带走，从那之后，我就极少再回家。再稍微长大了一点我才知道，原来我已经是赖家的"童养媳"了，丈夫比我小10岁。

现在一切都不一样了，生活条件好了，思想也开放了，结婚一般要办婚礼，还要摆上好几天酒席。我和他就没有那么走运了，娘家拿出了一些家里稍微拿得出手的东西作为聘礼，只要夫家接受，两家大人私下协商好，就算是把一个女儿嫁出去了，基本就是夫家的人了，像卖女儿一样，我的妹妹们当时也是这样。

到了夫家之后，公公婆婆对我算是还可以的，虽然免不了一天到晚到田里干活，但是那时候农村里的女人大都是这样的命。一空下来，我就要照顾"小丈夫"。但是不管怎么说，我至少是比原来在家里和几个弟弟妹妹分饭吃要吃得多些，可那点稀饭对于一个十来岁正在长身体的小姑娘来说是不够的，由于长期营养不良，我从14岁开始就没有长过个子，一直是140公分。我就这样像姐姐一样照顾着我的丈夫，等他长大。他大起来之后，婆婆就要求我为家里添丁，于是，我就这样糊里糊涂地生了四个孩子。

十多年后，等到儿子结婚的时候，已经和我那时候有很大的区别了。随着生活条件的改善，结婚置办等方面也开始一点点讲究起来。我和孩子他爹与亲家私底下商量决定了儿子和媳妇的婚事，当时他们两个还没见过面，大人商量着让他们早点把婚事办了，儿子成家立业了就可以安心外出打工。置办嫁妆和聘礼方面，亲家送了自行车、缝纫机还有新床等作为嫁妆；我家这方面呢，承诺婚后几年会把新房子尽快盖起来。农民别的不多，有的就是村里分来的田地和山上的竹林，所以新的家具，像床、柜子、衣橱、沙发什么所需的木料都是自己的。不过当时我家条件也不是很好，所以婚礼酒席什么的也没办。

大儿子当年到贵州打工的时候带回来一个贵州姑娘，说是当老婆，当时也没领结婚证，也没办过酒席。不过这里的人，对贵州、四川、安徽来的女人多多少少有些看不惯，叫她们是"北佬"，也不是说歧视和偏见，而是这里的风气一直以来就是这样，对外省人的行为习惯和思想都无法接受。不过他"媳妇"还算本分，为他生了个女儿。贵州女人都是用一块布把小孩包住背在背上的，平时在家里也会做一些贵州少数民族的服饰和吉祥挂件。可惜过了五六年之后，她嫌弃我儿子没钱就带着女儿悄悄逃回贵州去了，再也没回来过。

（朱爱芬）我和他那时候结婚是父母包办的，我家和他家就几步远，而且两个人都到了谈婚论嫁的年纪（我18岁，他23岁），顺其自然，两家人就趁热打铁把事儿给办了。那时刚好赶上了"文革"，村里查得十分严，结婚是绝对不给办喜酒的，请亲戚吃顿饭都不行，非要办酒的话只能小心翼翼地藏着掖着，一旦被发现就要罚款。

当时是没有车接送的，新嫁娘穿上一身粗糙的新衣服，像我，是走着到夫家去的。再早些，条件稍微好的人家，是有轿子抬着新娘子到夫家去的，有的新娘还穿着"娘娘"的衣服，头上戴着"娘娘"的帽子，脸上化好妆嫁过去。

可以说，没有任何感情基础，我就嫁给他了。那时才不管双方喜不喜欢呢，父母说了算。婆婆家的重男轻女思想非常严重，婆婆非要我生个儿子，所以我和他生了三个女儿之后，在婆婆的要求下，又生了一个儿子。现在想想，要不是婆婆的要求，这个儿子还不如不生好，这么不长进，只恨时代不自由啊。

嫁给他之后，日子也不好过。他这个人脾气很暴躁，当时村子里赌博兴起，他年轻气盛，忍不住就每天晚上出去赌博，三更半夜才回来，我说他几句，他还打我，那段日子我真的是以泪洗面，又不敢还手……等到大女儿结婚的时候，家里条件虽有所改善，不至于走到婆家去，但也只是乘着三轮车嫁过去的。

修鞋匠，花草娥

（张彩娥）嫁鸡随鸡，嫁狗随狗，那些年我跟着老头子，什么苦都吃过，总算也熬到了现在，只是可怜了孩子们，小小年纪，七八岁的时候就跟着我俩干活。80年代初国家实行了包产到户、包干到组，村里也组织了生产队，几户人家合起来组成一队，大概十几个人，男女搭配干活。由村里干部分配，每个人大概五六角一天，好的也有八角一天的。当时的物价不像现在，那时候都是以分、角计算的，我还记得那时肉是6角5分一斤，香烟是1角3分一包，能吃上肉是极其奢侈的。老头子白天到很远的地方跟着生产队去割稻、砍柴、干活，我就去给他送饭。有的时候他还要到宁波去割稻，那时没有水泥路，没有公交车，好几十公里的路，他都只能穿着草鞋连夜踩着石子路，爬过好几个山头，走上好几天才到，他的身子也是在那时累垮的。

为了减轻家庭负担，我们就到山上去砍竹子、砍柴，扎成一捆一捆徒步到很远的市集去卖。那时，100斤柴火卖个五六毛都算是好的。所以那时流传着一句话："冲杠两头尖，拔出有铜钱。""冲杠"就是当时用来挑毛竹、挑柴火的。那时候孩子也苦，有一次老大饿了，一口气把那一天的几碗稀饭都给吃光了,结果我和他爹,其余的几个孩子就只能饿肚子了。每逢过年,孩子们的压岁钱最多也只有 1 角、5 角。当时就靠给村里干活和卖柴来换钱、换米、换饭票,吃的都是大锅饭,那时村里还搞了个集体小食堂。

直到几个儿子长大成人,离家干活工作,生活才慢慢地得到了改善。后来生产队解散了,每户也就自食其力。在自己家的田地里种菜种土豆种各种庄稼,还在棚里养过牛,到田里耕作,后来把牛卖了养羊,把羊卖了养猪……

我小的时候,没读过书,没文化,为了配合乡下的风土人情和农家耕作,家长给我们取的名字里都有"花""草""娥""春""菊""莲"之类。到了下一代,为了响应国家的发展和爱国情结,就给三儿子取名叫"爱祖",大儿子取名叫"中华",隔壁家的儿子也叫"建国"。而到了现在这一代,又开始流行重叠式的名字了,叫着顺口又好听。

(朱爱芬)我年轻的时候也在生产队里干活,大女儿和二女儿也到田里割稻,我就在家里养养兔、养养鹅,成天地干活,身子都累坏了。有一次我不小心被很重的木桩砸到了脚,大腿的经脉被敲伤了,那时生活条件和医疗条件都不好,医生说进口的材料装进腿里能恢复得快些,我家怎么买得起进口货,最后还是到别人家借了钱装了个国产的,疗效虽然不太好,但也撑到了现在。只是当时耽误了治疗,我也是从那时开始落下了终身的残疾,从此只能拄着拐杖行走。

那时卫生条件也不好,自来水还没有安装起来,吃饭喝水洗漱都只能用河水,结果有一次孩子他爹搞得农药中毒,送到医院抢救,昏迷了一个多星期才醒过来。大致康复之后大脑好像是受了损伤,当时也没能治疗得彻底,从此他的脾气也愈发暴躁,做事情也丢了分寸。

孩子他爹年轻的时候为了养活家里的几个小孩,还做过修鞋匠,背着一个木箱子,里面装着修补的各种工具,走到邻村去叫卖,一边喊着一边给别人家补鞋,就像卖货郎一样。

说起来也可怜,大女儿两岁的时候发过一次高烧,那时正在流行脑膜炎,烧退了之后,人是慢慢康复了,可是做起事来就像她爹一样失了分寸,有时候也有点神志不清。亲戚们生怕那次高烧是脑膜炎,会遗传给下一代,就建议她生下孩子之后不要喂母乳,让孩子吃奶粉。

后来孩子都已长大,在亲戚的帮助下,家里也终于盖起了房子,置办了家具，不再像以前一样一家人挤在一间屋子里。女儿女婿还买了一台黑白电视机给我俩解闷，平时还可以看看京剧，听听广播和录音机。我记得老头子可喜欢看陈强演的电视剧，女儿们最喜欢听高胜美的歌了。等到三女儿结婚，大概是2002年，才用轿车来做婚车，办酒宴，大女儿和二女儿那时可没这种福利。

小儿子长大后，就把他送去当兵，一当就是好几年，村里每年都会送来几张大大的挂历，上面是解放军的照片，说我家是"三好家庭""光荣之家"。

艰从师，苦求学

（赖爱祖）小时候除了一空下来就帮家里干活，再就是走路去上学。虽然是农民出身，但父母也深信"读书成才"的道理，好不容易平时积累了一些钱才可供我上学。那时大家形容一个人没出息时就会调侃说"书读不好就放牛去"，当时的人心目中农民和读书人是有差别的。没有光滑平坦的路，穷的时候也没有鞋子穿，只是偶尔可以穿上草鞋，我就这样背着自己家做的书包常常光着脚走山路，走石子路，走上好几公里到别的村子里去上学。

那时候的学校自然是不比现在的学校先进，也没有那么大的规模，也没有分年级，小孩子坐在同一个教室里上一样的课。课桌也是村里东拼西凑弄出来的，老师也少得可怜，只有一两个老师，还身兼数职。那时虽然没有现在这样有多媒体设备，不过老师都相当敬业，语文、数学、物理、政治什么都学，英语倒是没有。现在的老师不允许体罚学生，那时倒是蛮严格的，老师人手一根粗粗的教鞭，学生不听话时，常常会被打手掌、打屁股，大家都相信"棒下出孝子"，因而这种思想也就运用于教学中了。

有时交不起学费，我就上学的时候背着一捆柴去给老师抵学费或者饭票，因为在学校吃饭也是要花钱的。那段日子真的是刻骨铭心，我也很认真地学习。记得那时我的数学成绩很好，背的乘法口诀和运算技巧到现在还记忆犹新，只可惜长大后那时学的东西都没有用到。

成年后我跟着邻村的一个师傅学手艺，一跟就是20多年。自己学着混水泥、砌墙什么的，村里有一个"平潭水库"，地方山清水秀，供应着好几个村的用水，那年发大水，水库快塌了，我还跟着村里的壮小伙一起去修水库，修了几天几夜。在我娶了老婆之后，怕整日待在家里没出息，就跟着师傅去了外地干活,把孩子老婆留在了家里,过年才回一次家。

卖焦糖,打米糖

(赖云霞)我们90后处在好时代。小时候,已经普遍有上学的机会了,国家已经开始义务教育,不像父母一样艰辛求学。学校建在镇里,是公办的。那时候各个村里办的小学慢慢地一所所被拆并,各个村的适龄学童陆陆续续到镇上的小学上学,因此一个班里有来自各个村的孩子。女孩子大部分扎羊角辫或者马尾或者留干净的短发,没有一个剪刘海的,男孩子一律是清一色的板寸头,清清爽爽。课间女孩子就跳绳或者踢毽子什么的,男孩子大部分蹲在地上玩弹珠、陀螺,还有受电视动画片影响,相互比着玩具赛车。学校里的老师都是分门别类,各教各的,很少有一人分饰几角的情况。学校里是分班制,一到六,六个年级,不像以前是一个班大杂烩。放学后校门口有卖蚕宝宝的,有骑着自行车卖糖葫芦的,还有卖焦糖的(融糖作画,可以用糖做成各种图案人物)等。

上小学的时候,还没有英语课和电脑课,学得还是挺轻松的,期末考试也只要考语文和珠算。儿童节会自己排练或者观看汇演,老师还带我们去就近的田野里春游、野炊或者爬山。学校有时候还组织各班学生走到老年活动室去看录制的黑白教育电影。中学之后,开始认识各种明星,也有一些女生买了明星的海报贴在家里的墙上。还有制作简报的,厚厚一本,比如林青霞、梁朝伟、周润发、林志颖等,这些当时最热的明星。

在饮食方面,小时候对"咪咪"和"上好佳"有一种特殊的情结,一提到零食,脑海中就会浮现乳牛奶糖、旺旺雪饼、咪咪、上好佳、大大泡泡糖。那时,运气好的话,"咪咪"里常常会发现一张一毛钱的纸币,而大大泡泡糖的包装纸上也印着各种可以反印在手臂上的卡通人物,那些淘气的男孩子经常把卡通人物印得满手都是,而要把它们清除,可要费好大的功夫。那时没有现在饮料种类那么丰富,一直嘴馋的就是可乐、雪碧、娃哈哈。不过吃喜酒是令人高兴的,因为喜宴上往往有可乐和雪碧,还有一桌子吃不完的菜。当然,吃酒要"上人情",也就是类似现在的交"份子钱",不过这是父母亲的事情。

那时候交通并不发达,出门能有自行车骑已经是很好的了,小孩子更加难以出远门,所以就村里的小孩一起玩。农村里有的是小桥流水,大点的男孩子就直接在河里游泳、抓鱼、打水漂,还有些小孩子在草丛里抓蚱蜢，在山上摘红红的"苗"（即覆盆子）吃。家里养着牛，爷爷就常常让我坐在牛背上，在山间小路上放牛，傍晚时分到处炊烟袅袅。村子里的房屋都是低矮的瓦片房，但到了夏天却十分清凉。

家里有用石头打的灶头，灶头上有两个大铁锅，还有汤壶，是舀满了水用来灌热水瓶的，灶头上贴着"灶神爷爷"的红色壁纸，摆放着祭品。那时还没有像现在这样的厨房全套——煤气灶、电饭煲、高压锅，根本不用想。每到冬天，我们就在地里挖一些小番薯，拿出一些秋天藏着的橘子，放在灶头下的柴火里煨，十分美味。有几次下大雨，山里发大水，河水淹没了过河的大石头，大人就背起我，卷起裤脚趟过一块块大石头，饶有趣味。

我本来还有一个姐姐，不过她还没活到两岁就去世了。听说是营养不良，一直长不大，智商也低于常人，用现在的说法，好像是侏儒症，不过当时也没有钱医治，最后也只能等她"安乐死"。后来父母就抬着姐姐在山上找了个风水好的地埋了。等到爷爷去世的时候，已经普遍实行了火葬，不像那时候那样随便地土葬。不过爷爷的骨灰也是在山上找了个地方埋了的，每年清明总要摆上新的花圈，烧纸钱、烧香、烧经以示怀念和敬意。大人们尤其是女性大部分是信佛的，每次需要祭祀总要烧一些"经"（黄色的薄薄的纸，上面印有经文，是大人们或者虔诚的老者或者庙里的法师祝祷过的）以示尊敬和虔诚。

那时是没有公厕的，如果说有的话，那就是设在路边的茅草屋里的"茅坑"了，而且没有门，蹲坐的地方只有一条木栏，很危险。为了积肥，农户家家都有茅厕，里面放着肥桶。等到一定的时候大人们就挑着肥桶到田里去施肥、灌溉庄稼……

我的童年，高科技还没有普及，童年的快乐更多地来自"原创"，更加原生态。而现在的小孩，离不开电脑，离不开ipad，还挺为他们的童年遗憾的，他们是无法体会到我们小时候的乐趣。

（张彩娥）大年农历十二月廿六，村里每户人家都会"谢菩萨"。在客厅中间摆上一张大桌子，桌上摆满各式菜。菜色也颇讲究，鸡、肉、鱼、面条等是必备的，桌子两边排着一杯一杯老酒，点上祭祀的蜡烛，大人跪在垫子上虔诚地祈祷、磕头、烧香、烧祷念过的经文，向观音菩萨请愿、感谢，希望来年家人平安、家庭幸福美满，这样摆上一下午，"菩萨"就会听到你的祷告了。这个时候小孩子是绝对不能出来胡闹的，怕是会惊扰了神明。到了晚上，就要请一桌的亲戚朋友来家里吃饭。"谢"完菩萨之后的几天内，家里又会办类似的"请太公"，又是大鱼大肉，又要请亲戚朋友来家里吃饭。这两件大事办完之后，才可以安心地迎接新年的到来。

每当要办喜事、丧事等红白大事，家里就要做一些吉祥的点心，像馒头、萝卜团、青团，供亲戚朋友品尝。妇女生完小孩之后，亲戚朋友就会前来看望祝贺，送上缠着红黄吉祥线的红包给新生婴儿，保佑他健康成长。

每年清明前后和农历七月半，村里几户人家连夜在一起"捣麻糍"，在捣的时候放进棉花青（艾草）碎末，做出来的青麻糍清甜可口。

立夏，每户人家就张罗着自制茶叶蛋。有空闲的时候，有的人家也会"打米糖"，打出来的"米糖"像拉面一样一条一条的，趁它还热时再把它切成糖的大小，十分香甜，不过我家嫌麻烦，就不常"打米糖"。我们这一辈和我们的下一辈，这些点心食品大多都是会做的，现在的小姑娘就一窍不通了。

村里的汉子要喝酒就自己制作番薯烧酒、糯米酒，几户人家在一起烧酒，烧上大概半天光景就行了，小的时候香味老远就能闻到。自己烧的酒不同于买来的酒，它没有酒精，反而还有番薯的香味，而且喝适量还有益于身体健康。

田里的稻谷收获后，临近几户人家就一起找个有阳光的日子，把竹编的大席子地毯式地铺开，撒上谷子，晒上几天，晒干之后就用家里的碾米机碾米。碾米机像车一样的，木头做的，用手操作。这样就一边出来稻壳，一边出来大米了。家里现在还留着那时用来装稻谷的小隔房和碾米机呢。

年底，村里有时也会有外面的戏班子进来唱戏，在村庙里的台子上。小孩子是不喜欢看戏的，最喜欢趁机凑凑热闹。老人就喜欢提着一个"烘炉"（铜制，里面装着热的炭火，盖子上有一个一个圆形小孔），一边取暖一边看戏……

18

董荼如饴：世事喧嚣，我心宁静

口述人：姜炳根　林苏娟　汪小强
采写者：姜胜蓝
时　间：2014年2月
地　点：浙江省江山市淤头乡礼贤村口述者家中

姜炳根，男，1921年生，淤头乡礼贤村人，农民，识字，身体健康，思维清晰，轮住在三个儿子家中；林苏娟，女，1970年生，小学毕业，个体经营户；汪小强，男，1977年生，浙江大学毕业，在正大青春宝药业工作。

以天为被，以地为床

（姜炳根） 我是1921年出生的，正好是共产党成立的那一年。7岁时父亲去世了，15岁时通过村里人的介绍到市上村帮人做工。捡狗粪、挑水、喂牛，下雨天还要到处帮人"拢谷"（就是将晒在空地里的谷子收回）。那时我们穿不了像样的衣服，帮了东家一整年就给了我一块一尺二宽的防风布。16岁时我又回家帮村里人喂牛半年。后来我又去了龙游学习做粗纸，因为日本人侵略的缘故粗纸卖不出去，我就被老板辞掉了。19岁时回到村子里学了一年多的打铁，主要是打农具。

20岁时，日本鬼子进村，村里有两三个人被抓了，我就在其中。加上别的村子里的总共有18个人被抓。日本人一路抓着我们往衢州方向跑，一路上不断地拆铁轨。到了江山平潭，一天下午天下起了雨，我就趁着雨天逃了出来，一路奔跑，不敢停下来。到了双塔底附近，我在茶叶山上迷了路。由于我只顾着蒙头跑，不小心就摔了一跤，摔在一座坟墓前面。刚刚落地日本人就朝着我这边一通开枪，当时我吓得双脚发软。还好有坟前的土包，救了我一命。之后我又被日本人抓了回去，被绑了一个早上。

那时候我得了痢疾，当时这个病是很难治的，几乎治不好。村子里面刚开始时只有几个人得了这病，后来就越来越多。当时没有医生，医疗水平也不高，所以生了这个病的人就会一直拉肚子，瘦得都不成样子了。我儿子小时候也得过痢疾，不过那时已有西药和抗生素，要医好就简单很多了；我的孙女小时候白白胖胖的可漂亮了，但是就是因为来村里断奶染了痢疾，孙女就一直拉肚子，差点小命不保，在这之后她也就没胖过了。后来有一个日本人看我实在是太瘦太瘦了，就写了张通行证放我回家。有一个日本人还指着井里的水然后捂着自己的肚子露出很痛苦的表情，咿咿呀呀地说着话，告诫我井里的水不好再喝了，喝了会拉肚子。被日本人抓去的那几天，有个日本人还拿香烟给我抽，香烟用日语怎么说我现在都还记得。被抓去的日子里，日本人还叫我"踩米"（用脚剥谷壳）啊什么的帮他们做事。当时日本人拿着大炮对着"山白石"（即江郎山）打，地脉都在抖。后来我在玉山飞机场做工，挑泥石，日本人为了不让飞机场盖好，就开着飞机轰炸飞机场，我们都跑到飞机场旁边的树丛里面趴着，动都不敢动。

1950年底，30岁时我结了婚，妻子比我小10岁。我结婚的年纪算很大的了，因为家里条件不好，所以就一直拖着直到30岁。村里和我同龄的人，孩子都有好几个了。结了婚之后，当时家里穷，借了一桶米我就和我的徒弟一起去了开化苑（江山方言，地名后习惯加"苑"字）那边打农具。师徒两个一天的工资是3块钱，那时1000斤谷子才5.6元，吃饭的话白菜8分钱一顿，我们吃饭都是自己烧的。开化苑的方言大部分我还是能听得懂，一些词和江山的方言也大同小异。那边的人还是很尊敬我的。

之后回家乡，参加了淤头乡的"青年社"。1956年由乡长带班参加了"妄山口"水电站的工作，那时水电站还组织大家读夜校。小的时候我也是读过书的，所以基本上识字的，平常看看书看看报纸都是没有问题的。1962年我被下放。土地改革的时候我是居民户口，下放了之后就变成了农业户口，下放之前我本来是党员的，下放之后我就是预备党员了，就给了我几百块钱的下放费。当时要入党的话要写申请书，但是只有贫下中农才可以申请，淤头镇那时都是要存入档案的。当时入党申请书我整整写了五六张大白纸。

1963年我因为哮喘的原因已经不能干重活了，所以我就写信给民政局，将自己的情况和困苦的生活写下来，希望可以得到补助。起初那封信就好像是石沉大海，没有回应，后来领导来乡里面视察，我就冲上去说了我的情况，后来得到了政府的几十元补助，那时猪肉是六角几一斤的。

　　共产党是真的好，改革开放以后生活也富起来了。以前连饭都吃不饱，现在想吃什么都有，每年还给我们发补助金，虽然不多，但是对于我们这些乡下的从穷苦日子中过来的老人来说，这笔钱真是大有用处的。

生活易满，无关风月

　　（**林苏娟**）我是1970年出生的，小时候发生的很多事情都已经记不大清了。小的时候家里面还算富裕，爹是木匠，娘又很勤劳，种了好几亩地，还养了很多的家禽，所以我小时候虽然很多时候都要做家务事但是生活水平却要比村里的同龄人要好一点。小时候印象最深的一件事就是我6岁时毛主席去世了。为什么我的印象特别深刻呢，因为那时不谙世事，村子里的广播播出毛主席去世的消息之后，给每家每户超过入学年纪的人发了黑袖套（在黑色的袖套上用白线绣一个"孝"字，家中亲属去世需要较长的一段时间别在手臂上，别的时间长短根据与死者的亲疏程度来决定），村子里不准唱歌、放电影。看着每个人袖子上都别着黑袖套，我就很想像大人那样别上黑袖套。

　　小时候就是渴望能吃上好吃的。记忆深刻的是有一次过年家里杀猪，我娘炒了一盘猪肉。我到现在都还清清楚楚地记得那盘肉的味道。我眼巴巴地守在锅旁边，等娘炒好以后就端到桌上去，那时平房就好像北京四合院那样的，有门槛，我一个没当心绊了一下就把整盘肉都倒地上了，我娘那时可生气哩，还好是过年，不然肯定逃不过一顿打。小时候一整年就吃几次肉，哪像现在这样想吃就可以随时吃到。水果什么的那时也没有，也就是一些桑果、很小的毛桃（桃子的一种，果小核大）什么的。那时桑果很黑很甜的，一到桑果成熟的时候，我放学之后的第一件事就是去采桑果吃。每次吃完整张嘴、整个舌头都是黑色的，有些时候贪吃忘了时间，回家晚了又要挨骂。

　　大概五六岁的时候家里种了一棵毛桃树，毛桃在当时是很稀罕的，一到成熟的季节，爹娘就会叫我去桃树底下守着不让别人采去吃。那棵毛桃树本身就很矮小，又长在庄稼地的旁边，村里人早上去"弄田"或者傍晚回家看到树上的毛桃就会爬到树上去采。我那段时间又没上学，家务活会干的也不多，所以娘就叫我每天都守在桃树底下，不能让人采我家的毛桃。我那时才几岁，瘦瘦小小的，毛桃诱惑力又大，那些大人才不管我拦着还是会爬上树去采，后来我就找了根竹竿，谁爬上树我就拿着竹竿捅谁。

8岁的时候上小学，一年级一块钱一个学期，二年级两块钱一个学期，以此类推，到了五年级就是五块钱了。那时也像现在一样有寒暑假，寒暑假回家就是帮着爸妈做家务：割草，拾牛粪（当作柴火来烧），洗碗，做饭。那时的课程也和现在的小朋友差不多，有体育课、音乐课、图画课、语文、数学，还有跳舞，三年级以前都只能用铅笔，三年级以后就可以用圆珠笔。我小学上跳舞课和音乐课时，学校就会组织每个班出一个节目，在空地上表演，就类似于现在的操场。空地的中间铺一层厚厚的土，就当作是舞台了。

我读到五年级的时候由于没有考上初中就辍学了，当时12岁。回家帮家里干了4年活，16岁的时候我就去帮皮鞋店做饭，那时的工资是45块钱一个月，我做了4个月之后买了一辆180块钱的"飞花"自行车。

小的时候看电影是每个村在空地里轮着放的，十一二岁以后就要去江山电影院看电影了。有什么好看的电影公告出来，有人看过了推荐好看的电影我也会跑去看，像少林寺这类武打片是最热门的。电影票一般2角钱，半票是1角但是没有座位的，必须站在过道上看。

家里的孩子都不是读书的那块料，大姐读到五年级，留了一年级也就回家了，我也是小学毕业。妹妹读初中的时候家庭条件好，虽然她也没考上，但是爹娘觉得不能三个女儿都小学毕业没读什么书，就托了关系安排妹妹去了邻乡稍差的中学，因为路远我爹还专门配了一辆自行车给妹妹上学用。

小时候妹妹闹了很多笑话，那些印象深刻的、搞笑的事情差不多都发生在她身上。记得有一次，当时时兴水晶凉鞋，妹妹就很眼红，缠了娘很久才买，当天穿了很兴奋，一直处在亢奋状态。到了饭点，我做饭她烧火，她跷起二郎腿，边抖腿边唱歌，凉鞋被抖到一边。突然就听到妹妹哀号一声："我的凉鞋！"就看到妹妹把灶里面烧着的柴一个劲地往外扒，当中就有一坨有点透明有点黑软软的东西，妹妹当时脸都黑了。还有一次我在家里做家务，妹妹放学回家，夹着两条腿一阵风一样地往家里冲，我就跟着妹妹看热闹,妹妹直冲向马桶,大叫了一声我要上厕所,裤子一脱往马桶上一坐,我就"噗哈哈"忍不住笑起来了,因为马桶的盖子没有拿掉。小时候笑料很多的,生活还算欢乐。

后来大家的生活水平普遍上去了,我家却反而走起了下坡路,做什么事情都因为一些意外赚不到钱,只是够糊口。我记得很牢的一次,那时我已经出外赚钱去了,省吃俭用存了 1000 块钱,爹说要投资养牛蛙,就把我的积蓄全拿走了,花了 1 万多买蛙苗。后来牛蛙已经养得很大好拿去卖了,可是天公不作美,连着几天下暴雨,涨大水,水漫过池塘里防止牛蛙跑走的网,第二天一看,牛蛙已经跑得差不多了。

18 岁时我学做包子油条,那时包子店很少,也有承包性质的。某个单位到包子店预订包子,第二天我就要骑三轮车拉到他们单位里去。那时包子店拜师是不需要另外送什么的,就是在店里当学徒的时候做白工就相抵了。

21 岁时我去江山小商品市场卖小百货,每个摊位 12 块钱一个月。那时条件很简陋,就是用水泥砖块隔出一个个小隔间,每天市场关门就要收摊,将货存到市场的房间里,有专门的人给市场看货所以也不怕丢失。进货也是像现在这样大部分到义乌去,坐火车坐客车都行。当时火车还是烧煤的,发动起来"呜呜"响。我一般去的时候坐火车要便宜一点,回来因为有货就坐客车。在小商品市场卖小百货干了四年,后来小商品市场搬迁,我投标没有投到就和男朋友去了贺村。

刚到贺村,男朋友用木车从淤头的家里拉来一车工具,他"雄"(江山的方言,意思是"叔叔",那时候家庭生活条件贫苦,生下来的孩子叫父亲为叔叔,为了好生养)就给他 100 块钱,让他创业。那时我们租在简单用楼板隔起来的阁楼上,住了两三年,20 块钱一个月的房租,阁楼连人都站不直,一整年的时间都没吃过肉。

1994 年我有了大女儿,在正月十六结的婚,在我家办的酒席。我当时还去理发店化了个妆。男方爸妈不同意我们的婚事,所以男方家属一个都没来参加。结婚之前他爸不来看我们,结婚后有一次来还来找我的麻烦。虽然当时他们完全不同意我们的婚事,但是有了女儿后就好了,慢慢也就像一家人。现在他爸年纪也大了,虽然脾气还是很倔,但是对我们尤其对大女儿还是很照顾的。

7 月的时候大女儿出生,在医院住了半个多月花了 600 多。当时还有一个插曲,其实生孩子的钱自己当时都凑不齐,要好几个月才赚得到,后来借了一点才凑齐。有一天丈夫抱着女儿坐在凳子上睡着了,放在口袋里的借来的几百块医药费掉到了地上,还好邻床的是个好人,和我说了。要是这钱被人捡走了,估计我连院门都出不了了。坐月子吃的基本上是豌豆干煮猪肉,偶尔会煮几个鸡蛋,生活很苦的。

  随着大女儿渐渐长大,家里的生活条件也慢慢变好了,偶尔丈夫会和几个朋友一起半夜去农田抓青蛙、黄鳝改善伙食,女儿也因为常吃大大小小的黄鳝没有长过痱子。我和丈夫都很宠爱大女儿,四岁的时候就给她买了一辆200块钱的"三毛"牌儿童自行车,有些时候丈夫也会花五六十块钱买一双小孩子的运动鞋,当时200块钱可不是一笔小数目,五六十块钱的鞋子对于小孩子来说也是不便宜的了。大女儿小的时候其实家里的生活条件还是很差的,但是我和丈夫都宠着她,她过得也还好的。女儿很可爱,坐在店门口,来来去去认识的人都会跑过来抱一抱。丈夫还在房梁上吊了一座秋千供女儿玩。

  2000年,出租的房子着火,我们就在中心街买了一套房子。后来小女儿也出生了。小女儿一出生就有了新房子住。坐月子的时候就要比前一次好多了,鸽子肉、鱼肉、鸭肉什么的丈夫都变着花样给我做。

  之后的生活条件便是越来越好了。我对现在的生活很满意,生活在农村又如何,生活在城市又如何,只要开心就好。

忆苦思甜,不忘本心

  (汪小强)我就是人家所谓的"凤凰男",和目前社会上的第二代农民工的区别就在于我是受过高等教育的。十几年前,当我收到了大学的录取通知书,并且享受到国家规定的"农转非"待遇的时候,乡邻们送给我诚挚而淳朴的祝福,让我至今难以忘怀。和我同期的同学们相比,大学毕业后我的职业历程所取得的成绩并不突出,但我现在已经学会了满足。因为现在的我,拥有一个非常幸福的家庭,妻子善解人意,儿子乖巧好学,我有一个很安稳的家,也过着很有品质的生活。

  我们现在生活在一个相对浮躁的社会里,内心都显得不够平静,一个人的成功与否,已很肤浅地以他所拥有的财富来衡量。当人们在自问"时间都去哪儿了"的时候,我却经常在深夜里做着相似的梦,总是梦见我的小时候。

小时候，家里经济条件很不好，为了维持生计，家里养了头牛，父亲在农忙的时候每天都去帮别人耕水田，我清楚地记得耕一亩水田是10块钱。我从8岁开始已经是家里的一个小劳力了，每天早上起床的第一件事情就是去接我父亲回家吃早饭，因为他天刚亮就出去耕田了，我则牵着牛让它吃草，就是所谓的"放牛娃"。父亲在吃完早饭后继续耕田，我回家吃早饭，然后做一些家里的杂务，也看看书。下午4点之后我还要放一次牛，天黑了回家。我做了整整14年的放牛娃，一直到读大三的时候，家里把牛卖了。当然我非常感谢那些年放牛的暑假，当别人都在玩耍的时候，我边放牛边看书。大学一二年级的两个暑假，把英语四六级的单词全部背完了，所以我是大学班级里第一个过英语六级的。

　　那时的乡村，非常淳朴。河里的水非常清澈，鱼也很多，暑假有时间的时候我爱去钓鱼，每次都不会空手而归，家里经常可以吃到我钓回来的鱼，母亲的厨艺很好，那种鱼的滋味现在是吃不到了。那时候稻田里也有很多泥鳅，我现在仍旧历历在目的就是这样一幅场景：开春的稻田都是干的，没有水，父亲在耕田的时候我总是跟在他后面，手里拿着一个竹笼，当看到土里的泥鳅被爬犁耕出来的时候我就把它捡到竹笼里。当我们现在看到很多饭馆都叫什么什么土菜馆的时候，殊不知小时候我们顿顿吃土菜。

　　那时整个村子只有几台电视机，如果没有记错的话应该是3台，晚饭之后男女老少，都会到有电视机的人家里去玩一会儿，天气好的时候电视机是放在屋子外面放的，就像看露天电影一样，大人们会一起喝茶说说话，看看电视节目。那时，我总觉得人人都很快乐，每家每户之间没有那么大的差距。

　　我们生活在物质生活相对贫乏的90年代初，当家里有什么高兴的事情的时候，母亲就会到集市上去割斤猪肉，让一家人都开开荤。

　　我至今仍然记忆犹新的事情是村里有人种了西瓜，在炎炎夏日的某个中午，我和伙伴们一起去偷西瓜吃。我们人手抱一个西瓜，躲到一片小树林里把西瓜往地上轻轻一摔，然后大吃一顿，挺着一个滚圆的肚子离开，当然运气不好的时候晚上回家是要挨揍的。

　　小时候中秋、春节过得很隆重。中秋的时候母亲会买一筒豆沙月饼，包一些粽子，做上一桌好菜。春节的年味，从十里之外都能够闻到。年夜的时候全村的人都是互相串门的，小孩子更是乱串，大家相互寒暄着说着祝福的话。过年了,小孩是最幸福的,吃着一些平时不大能够吃到的零食,顿顿吃鸡鸭鱼肉,对我来说最快乐的事情在于可以拿压岁钱去买鞭炮,享受巨响之后的那份快乐。现在的年味已经变得非常淡了,家家户户条件都很好,村里几乎每户人家都有小汽车,但乡邻见面后的寒暄没有以前那么纯净,特别是有些富有了的人家,头抬得老高,邻居之间也有意无意地生分了许多。

19

黄坦炊烟：徐幸福的不幸与幸甚

口述者：徐幸福　徐美华　徐旭阳
采写者：徐旭日
时　间：2013 年 12 月 28 日
地　点：浙江省仙居县大战乡口述者家中

徐幸福，1959 年生，男，仙居县大战乡黄坦村人，高中肄业，随木匠学习手艺，曾远走上海天津等地以做沙发为营生。30 岁后，当过泥水匠，开过包子铺，经营过服装店等。徐美华，1963 年生，是徐幸福的爱人，初中学历。徐旭阳，徐幸福之女，大学在读。

山村少年，艰苦求学

（徐幸福）记忆里儿时的冬日总是大晴天，午后，约几个小伙伴到田野里，把稻草搬一块儿围个露天小房间，躺那儿晒太阳，现在已经步入中老年，回忆至此，暖意满心头。

年轻时候最大的梦想就是成为一名军人，这与当时的时代背景有关。我初中毕业时以优异的成绩考进了高中。当时仙居的高中还很少，我就读的高中是白水洋高中。白水洋位于仙居和临海的交界处，离我家大战乡黄坦村很远。小山村考上高中的人少之又少。周一我需要独自一个人走 6 个多小时的山路去上学，差不多凌晨 2 点钟就要出发。我妈会在当天晚上给我准备一周的粮食，就是一小袋的米，还有洋芋、番薯之类的粗粮。但是米只有几把的样子，如果按照现在的煮法，两顿都不够吃的。周六放学后就走路回家，到家基本上 12 点的样子。在家的两天我就做农活，爸爸会做的我都得会。当时，大哥已经没在读书了，他走在各个小山村叫卖豆腐油泡,但这对于一个有8口人,还要供五个孩子读书的家庭来说,经济依然很拮据。

我是住校生,宿舍的条件很艰苦。宿舍地址据说是当年枪毙一些政治犯的刑场,据说晚上总会听到一些稀稀疏疏的怪声音。正是因为这个原因,稍微有一些办法的学生都不住校。但是初来乍到的我怎么会知道呢?所以我就和另外一个叫王德胜的同学两人住了进去。宿舍真的很僻静,两个人一回到宿舍就不知道自己要干些什么。我们两个家境都不好,吃的喝的都很节省,衣服也是缝了又补,补了又缝的,两个人倒也合得来。当时的政治面貌是这样的,严厉打击投机倒把,像我们这样的学生虽然家境比较穷,但是也很少有人会因为这个原因歧视我们,这和现在的社会风气真的是截然不同!不过,当时我的成绩还是相当不错的。我还是校乒乓球队的队长,还曾经和临海的一所高中打过比赛。现在想起来,这算是我为数不多的高中记忆中比较难忘的一笔了。

虽然说条件艰苦,每周来回一趟也的确不容易,但我还是坚持要读书。我深知家在偏僻的山村,如果离开了学校,就只能和爸爸妈妈一样待在山村务农,山外的世界就和我隔绝了。如果我一直没有读书,一直是山里不识字的少年,倒也没什么,但是我已经见过外面的世界,再次隔绝的滋味实在太难受了。

相连亲缘,挥别理想

(徐幸福)18岁那年的夏天,我人生第一次重大的变故发生了。直到今天,我还是深刻地记得那一天所发生的事情。那天,我在田里看西瓜,那时农药化肥很少使用,在西瓜成熟的时机要严防野猪一类的偷吃西瓜。如果瓜卖得好,那么下半年的学费就能解决了。我正是抱着这样热切的憧憬守在田间。其实相对而言我是比较幸福的,和我同龄的少年还在读书的不多。大哥其实成绩也是不错的,但初中毕业就被迫辍学。爸妈可能还是对我这个稍小的儿子心存偏爱,我也心存感激。我在家里是老三,上面的姐姐仅仅小学毕业而已。那时我坐在田埂上,天边的云像烧透了一样,夏天的风扑在皮肤上还有灼热的痛觉。小妹妹云棉跑到田里,带着哭腔喊我,我记得她说:"二哥二哥,你快回家来,小哥哥没了……"我拔腿就往家里的方向跑去,我看见妈妈坐在地上哭,三弟头发湿漉漉地躺在地上。早上的时候他吃完饭就和大伯家的儿子一起出门玩去了,说是去后山的水潭游泳了,还说要给我摘一些野果子回来。同去的顺平说,大伯家的堂哥先落水,弟弟想拉他一把却不料自己也滑落了下去……

大伯母像疯了一下冲进我家的家门,说是我三弟叫她儿子去游泳才会导致她儿子做了淹死鬼,妈妈红着眼睛和大伯母拉扯对骂。三弟和我的性格很像,很冲动也很讲义气。他看见一同玩耍的小伙伴落水而下水救人对他而言是很有可能的事情。但大伯一家却没有因为这样而原谅我们一家人。我已经见过很多人的死去,有爷爷奶奶还有同村的一些长辈们,一个人的离去总让我有一阵莫名的忧伤,不管我是否熟知他,但想到以后再也见不到那种面孔,听不到那种声音,总是很感伤。何况这次,是从小和我睡一张床的三弟。我除了张着嘴巴流着眼泪,已经没有了其他的动作。我从小就感受到贫穷,但这一次,是我第一次感受到什么叫雪上加霜。

为了给三弟下葬,我终于答应辍学。一个学期的学费是14元,但是在大米还是1角2分一斤的时候,14元已经算是一笔很大的开支。何况每一个星期都需要开支,家里也实在是拿不出钱来,也需要我这个劳动力。我跑进山里坐在田埂上待了整整一天后,答应了爸妈的要求。我再也没有去过我的高中,很多同学老师至今再也没有见过,但是今天我还是记得他们当年的样子。

后来征兵的告示下来了,我认为这是一条出路。随后我做好了一切的准备,也通过了体格检查,但却在背景调查上出了问题。大队里的大队长儿子和我同年,但是名额却只有一个。最后,落选的原因是我的外舅父,据说他曾经是国民党军队的一个小军官,我也由此受到了牵连。我接到通知的那一天又痛哭了一场,我的参军梦就此破灭,我也想着要报效祖国,光耀门楣,但我已经没有办法了。

情路虽难,相守相持

(徐幸福)19岁那年,爸妈托关系找了一个远房亲戚,让我拜了师傅学做木匠。做学徒的日子很辛苦,没有工钱只给温饱。每天4点差不多起床,要照顾师傅一家的生活起居,给他们打柴做饭,偶尔也会遭受一些白眼和轻视。学徒的日子真的不容易,师傅去给人家做木匠的时候我得跟在身后背工具箱。心思还要灵活,师傅骂起来也不会留情面。三年后,大姐出嫁了,我也总算是出师了,家里的生活条件也好了一点,所以家里也着手造房子。房子造好后大哥就结婚了,但是他没有回山村,而是去了山下的村子居住，离开了大山。

我做了四年的木匠，在乡下村子的一户人家做木匠的时候认识了我的爱人徐美华。她的家人很反对我俩在一起，因为我的村子太偏僻，她家的家庭条件也比我家好一些。家里也刚巧正在给我安排婚姻，但我还是坚持了自己的选择。所以我们最终还是走到了一起。婚姻在哪个年代都是一样的，不会因为时代的变迁而有所改变，能改变的也许只是婚姻的形式，可永远改变不了婚姻的意义。结婚后的日子，我的责任更加重大，因为生活的烦琐，争吵也越来越大。那些老套的婆媳战争就像戏一样上演。俗言说，贫贱夫妻百事衰，我决定趁着还年轻应该出去闯闯。我联系了两个关系比较好的朋友就商量着去上海的事情，达成共识后就定了下来。

后来的几年，我在上海等沿海城市奔波。让我难以忘怀的还有那个年代特有的姓氏情节。有一次在上海和朋友们与一个当地人发生了冲突，已经到了快要动手的地步。在最后时刻，知道双方都是徐姓后，都很诚恳地道了歉，相互退让了一步，这种情况在现在这个社会是很难理解的。或许那个年代特有的淳朴，以后再也不会有了。婚后第四年，我的孩子出生了。农村，除了淳朴热情之外，还有着特有的迷信，而这种迷信又带来了各种烦琐的规矩。爸爸有很重的传统观念，他认为农民就应该有男丁才能种庄稼，才能防老。但是我很喜欢我的女儿，她长得像极了我，性格也像个男孩子。

我买了全村最早的电视机、电风扇、缝纫机。我记得电视机是黑白的，是"北京"牌的，那时全村的人都会聚集到我家看新闻，听天气预报，夏天蚊子多，就点起一种有驱蚊功效的艾草，我也不知道这种草的学名。在当年买不起蚊香，大家都用它。缝纫机是"西湖"牌的吧，和电风扇一样，20多年后的今天我爱人还是舍不得扔。

几年后，儿子也出生了。恰逢计划生育最严格的时候，超生的巨额罚款让原本已经开始走向富裕的家庭再次走向下坡。各种困难也就像电视剧里演的一样接踵而来。我妈妈总是对大哥大嫂格外偏爱，这让美华很是不满，争吵似乎成了家常便饭。

我买了很多梁羽生和古龙的武侠小说，放在床头，睡觉之前总要拿一本出来看看。这或许是我唯一的消遣吧，作为儿子，作为父亲，肩上的担子真的很重，青春年少时的抱负也渐行渐远，我最希望的生活只是合家美满。我的女儿和儿子能开开心心地长大，希望他们能有出息，不要再像我一样那么平庸。就因为这样，我让女儿到乡镇上的小学去就学。虽然山村有自己的小学，但是教学质量的差距一定存在。多年后，我很庆幸自己的这个决定。虽然开支大，但是我尽自己所能，为儿女们创造了我能给的最好的条件。

世事变换，安于平淡

（徐幸福）转眼就到了2000年，改革开放后全中国的面貌都发生了变化。随着贫富差距的拉大，小老百姓的生活压力越来越大。村里开始出现了彩色电视机，我家的房子已经显得非常落伍。各家各户似乎都已经赶上了我家，有不甘也有无奈。

记得上高中那时，老师和我们讲起2000年要实现四个现代化，现在我们已经进入不惑之年。现在回想起当时老师的表情、语气还历历在目，一晃人生都走了一半了，我也经历过了人生的风风雨雨。但随着世界的发展，儿时的玩伴，一个也找不到了。我所有的记忆都放在那个相册里，后来有一天女儿把那个相册里的照片全弄湿了，一张不留，我也没有生气。一刹那回想起小时候在那清清的小河里抓鱼，爬树掉下来把手搭断，甚至还玩农药伤到眼睛结果导致眼睛高度的近视。现在教育儿女我却不举自己当年的例子，毕竟要面子。2008年，爸爸因为生病，在去田间的路上去世，作为儿子，我此生不孝啊！

命运和那段时间独特的背景息息相关。当年取代了我去参军的大队长的儿子，一直就留在了部队，官路平步青云。我则在养家糊口的重担下渐渐白了鬓角。我们走上了完全不一样的人生道路，平淡的生活也让我那不甘的心渐渐平复了下来。我生活的那个年代，大体就是这样。

守望幸福，风雨人生

（徐美华）我上小学的时候成绩还是不错的，但是我比较顽皮。我们以戏弄老师为乐，只有在这件事情上，同学们异常团结。我们常常会把老师锁在教室里，然后用墨水把窗栏染黑，老师为了回家就只能从窗子里爬出来，衣服就被染得一身黑，对于这种恶作剧我们乐此不疲。我想这可能与"文革"时那种对知识分子的轻视有关系。

顽皮归顽皮，我们这个年龄的孩子已经会做家务了，爸爸的背很驼，他是生产大队里的会计，只能干些文字上的工作。家里的农活全都由妈妈承担。而我作为家里的长女,家里 8 口人的一日三餐,衣服换洗都是由 10 岁出头的我来负责的,没事的时候还要去田里帮忙,攒一些工分。我的上面还有一个大哥,大哥为了把上学的机会让给弟弟妹妹就放弃了上初中的机会,爸爸怎么打他他也不愿意再去读书了。当时兄弟姐妹之间的那种情谊至今让我感到温暖。

那时,农村家里都会有一种铡刀,是用来铡喂猪草的。我带着最小的弟弟,为了哄他玩,我用铡刀铡一根小草给他看,结果我走神了,但手依旧在动。直到弟弟的哭声把我唤醒,铡刀铡断了弟弟的一根小拇指。我吓得面如土色,在家里的妈妈冲出房门,看清楚状况后马上捡起那截断指按回弟弟的手上,在乡土医生的治疗下,弟弟的手终于没什么大碍了,只是每逢阴雨天关节处就会很难受,这成了我一生的愧疚。

到了初中,家务就渐渐重了,我也就不再上学了。我家有三个兄弟,给家里盖新房就成了当务之急。当时的物价真的是很低廉,我记得,当时的猪肉 6 毛 5 分一斤,我和大哥一起去矿场上当帮工一天也就只能赚个 5 块钱左右。在新房子造好后,家里请了木匠造家具。几年后我就嫁给了我的丈夫,也就是当年那个木匠。从娘家到丈夫家一天有一辆班车经过,当时的车票是 1 块钱,钱还是很值钱的。回忆起来真的很心酸,我的娘家虽然当时强烈反对我的婚事,但我爸总是偷偷地给我塞钱,他怕我的生活会不如结婚以前。

重男轻女,违规重罚

(徐美华)婆婆不喜欢我直爽的性格,我也真的看不过去她的偏心,我们一直都在吵架。分家的时候,我家什么东西都没有分到。但是丈夫还是帮着他父母兄弟说话。我生气,觉得他总是拿自己的热脸去贴别人的冷屁股。为此我们不知道吵了多少架。尤其是我的第一个孩子是个女儿,更是被婆婆看不起。后来他们硬是要求我们再生一个男孩。农村重男轻女的思想很是严重的。

从我小儿子 1995 年出生,一直到 1998 年交完超生罚款。其间一直和计划生育的人打交道,有时候他们每天来,有时三五天来一次。其间他们多次来骚扰,家里有什么就搬什么,在政策的外壳下为所欲为。"计划生育"猛如虎。后来他们居然想了个办法,把公公抓去坐牢了。他(徐幸福)很担心,就去凑齐了款单赎出了父亲,但是我家的房子,还是被破坏得不成样子。

在儿子 2 岁的时候，我们在城里郊区的村子租了个房子，房东是个很直爽的人，他说愿意以两千的价格把 25 平方米的地基卖给我们。我们两个人商量了很久还是谢绝了这笔买卖。现在即使是花了 30 倍的价格也买不到那里的地基。机会错过了就是错过了，再后悔也没有用唉。

人的一生真的是很短暂，以前场上晒谷子收谷子，邻里前后聚在一起打牌搓麻将的日子一去不复返。现在的我都已经长了那么多的白头发，身体状况也大不如前了。我比较怀念的是和隔壁大婶一起烧着火堆看越剧的时光，那时大婶的丈夫还健在，他们的养女小青也还在他们身边，夏天的时候大家很闲适地坐在门前的小矮凳上纳纳凉、猜猜谜，想想日子过得真快阿！

我的女儿到乡镇上的小学，她去读书后，我家就搬到了那里。我跟邻居一起做一些小工艺品，赚点小钱，就这样日复一日。虽然我起早摸黑一天的酬劳最多也就十几二十块，但有总比没有好啊。1997 年香港回归的时候，有个小贩挑着箩筐来卖一些小物件。那天我刚好不在家，女儿和儿子每人花了一块钱买了两个气球，我知道后还骂了他们一顿。我希望孩子们知道父母养家的辛苦，不要乱花钱。转眼间我的孩子们都已经上大学了，我从小就教他们要自尊自强，现在看来他们没有让我失望。

无知无畏，笨拙成长

（徐旭阳）我觉得自己记事是比较早的。在我很小的时候，妈妈虽然老用棍棒来教育我，但是在生活方面，条件却比同村同龄的孩子要好上许多。我妈说我喝的那些营养品如什么贝贝血宝就喝到了五六岁，由于我的体格不怎么好，他们在这个方面也费了很多的心思。爸爸妈妈在其他城市打工的时候也会带着我，每天爸爸下班回家总会给我带来小零食，虽然在经济条件上我比不上城市里富有的孩子们，但是在父母关爱方面，我真的是一个很幸福的小孩。

后来弟弟出生了，因为违反了计划生育，给我家带来了很大的麻烦。大概在我 6 岁的时候，爸爸妈妈工作去了，我被留在山上奶奶家过几天。一天午饭后，一群人来了，在奶奶家门口闹哄哄的。好像在问奶奶我爸妈的去向，奶奶说不知道，我却冲出了门口大叫，我知道我知道！爸爸妈妈在某某村！奶奶急忙把我拽进了屋里，但为首的那个人却不停地问我，奶奶最后打了我的屁股，少不更事的我委屈地大哭起来，这下谁问我话我都不愿再开口了。我不知道这件事最后怎么样了，我的行为曾给家里带来怎么样的伤害我至今还是不知道。

我曾经在山村奶奶家待过两个月。村里的孩子都比我大，他们都已经上学了，我总是从星期一开始等待，等待星期五他们回家。时间总是过得很慢啊！我便翻出爸爸以前那些泛黄的旧书，开始各种剪，各种折腾，一般是做纸风车来玩。在夕阳下逆着风奔跑，在田埂上拍打着蜻蜓。上学的孩子回来后，我就加入他们行列，一起玩跳房子、捉萤火虫放在麦梗里之类的小游戏。那时，空旷的稻田和各种各样的稻草人是山村最常见的风景。我也是最平凡的大山里的小姑娘，我敢独自一个人到大山深处摘野果，到小水潭抓泥鳅。

我是 8 岁才开始上学的，在这之前连幼儿园都没有上过。我总是会遇到很多的大人，问我读几年级了，而我对上学这个概念一直不清楚。后来爸妈觉得我的年龄实在是很大了，上学这件事已经不能再拖了，他们才决定让我到镇上的中心小学读书。当时我并不觉得这有什么，直到在四年级的时候，山上的小学被兼并了，在那里就读的孩子都被分到我们学校的各个班级。据说那个小学只有三个班级、五位老师，老师一边在家种庄稼一边教书，教学质量自然是很不好。分到我的班级的三位同学，很整齐地包揽了我班的倒数前三名。我才开始假设，如果我一开始也是在山村的小学读书的话，可能我就是现在的倒数第四名了，而事实是，我一直都在班级里保持着前三的排名，我感谢爸妈，他们为我的人生走了最重要的一步棋，我现在在一所还算不错的大学要得益于他们明智的选择。

我也见证了一个山村的衰亡。我家以前有一台黑白电视机，每到晚上，全村有三分之一的人都会聚到我家来看电视，搓麻将，那时我家真的是最热闹的地方。后来，表叔家里买了全村第一台彩色电视机，我也很新奇地跑去看。再渐渐的，村里很多人都不住在自己的家里了，我每次放暑假回家都会发现人都少了一些，留下来的不是老人就是小孩。妈妈告诉我青壮年们都外出打工了，而我就像绳索一样，拴住了爸妈的脚步，他们想看着我学习，看着我成长，不想让我成为留守儿童。其间，爸爸做过泥水匠，妈妈一直忙着她的小工艺品，而我拿回家的是一张又一张的奖状。

20

静水微澜：常山乡村的生老病死

口述者：徐志强 谢红花 徐晓燕
采写者：徐燕君
时　间：2014年1月
地　点：浙江省常山县东案乡口述者家中

徐志强，男，1958年生，常山县人，初中文化，当过红小兵，崇拜毛泽东，做过小生意，现为农民；谢红花，女，1962年生，徐志强之妻，小学三年级文化水平，农民、外乡务工者、家庭主妇。徐晓燕，女，1983年生，徐志强之女，中专毕业，先后从事打字员、售货员、会计等工作。

骨肉分离的悲潮

（徐志强）我的父母是被寄养在这个村里的，那个年代（20世纪30年代）没有计划生育，家里有七八个孩子，数量跟母猪的一胎差不多。孩子养不下去就送人，或当童养媳，或当养子。当时蒋介石的军队会不定期地在村里拉壮丁，规定只给每户人家留下一个青年壮丁。父亲当年17岁时，排行老二，为了逃避上战场，结果就被送到了没有成年儿子的家庭当养子。

送儿子的现象在那个时代是家常便饭，不用办过继手续之类的，而且以前户口登记也很简单，只要村里的保长帮忙上宗谱就行。我只听过老一辈的人讲过家谱，到下一代的时候就更没有家谱了。因为"文革"时候"破四旧"，这些东西都被烧了，没有人敢藏家谱这类代表了旧文化的东西。人死后，墓碑上只有名字、出生死亡时间、配偶、子女等寥寥信息，再过几代时间他曾经活过的信息就完全消失了，现在留下的坟只能追溯到太公（祖父的祖父）时代。

还有一些家庭会因为其他一些原因把孩子送走，有穷的养不起孩子的（或者算命的说不适合养在家里的），还有的领养儿子来"招弟"，等等。

母亲生于富有人家，当时家里为了生男孩就被送走了，每个月还倒贴生活费。这边的爸妈也比较富，而且我母亲又是这个家唯一的女儿，五六岁时还被抱在怀里，不舍得让她下地走路。

母亲的妹妹也是被送出去的，她过的日子是童养媳，标准的煎熬生活。她七八岁时就要踩在凳子上，小手握着大勺，战战兢兢在灶头上烧菜煮饭。不小心将碗打破就是一顿毒打，还被罚不准吃饭。饿着肚子熬到第二天鸡叫，起床做早饭，等家人吃完才能喝点米汤。家里的一切活都要童养媳打理：洗衣、烧饭、砍柴、喂猪，全家人都在告诉你，你就是这个家的奴隶。

农村人走不了远门，所以这些孩子都送在同一个市内，虽然不在一起成长，但是血缘不会变，他们有困难的时候互相帮衬着，感情比较好。我要结婚时，家里实在是拿不出钱来，我妈就跑到衢州市的姐姐家借粮票，然后把粮票换成钱。多亏大姨娘的救济，我才娶到了妻子。那时交通不便，特别是走访距离远的亲戚就更不方便，出门都是靠走路的，一小时走3公里左右。去大姨娘家要经过一条河，河上没有桥只能乘船过去。现在我爸妈那一辈的亲戚走动也很多，也不会感觉生疏。

旧时，徐姓的几个亲兄弟都住在一个四合院里。房子取材于泥土，加以稻草，然后用"响隔板"，一下一下地把泥土打实，最后造成坚固的地面和墙壁，雨淋不化，风吹不倒，能屹立100多年。四合院是冬暖夏凉的，极热的夏天睡觉时身上还要盖件衣服。木板做成的隔层，楼下住人，楼上放杂物。楼梯也是木板做的，每次走在木板上都"嘎吱嘎吱"地响，很有趣。晚上睡觉经常会听到老鼠咯吱咯吱的声音，米柜里的稻谷会被老鼠偷吃，因此几乎家家户户都养猫；下雨天时，每个人走路都是施施而行，生怕滑倒，把衣服摔湿。有四合院的家庭是村里的大户，我们村里只有五户。

（谢红花）1982年，我21岁时就结婚了，第二年生下了大女儿。婆婆知道生了个女儿，头也不回地，脚一抬就走了。大嫂生儿子的时候，婆婆马上就端上鸡蛋了，月子里不准用冷水，不能吹风，躺床上等着吃好的……我很难过，就因为生了女儿，婆婆从来没有照顾过我，丈夫也看不起我，娘家有很多活离不开人，母亲只能来照顾个两三天。月子里我就要烧饭、洗尿布，被婆家不待见。现在落得了很多妇女病，如贫血、失眠。

坐完月子后，我又要去砍柴、摘猪草、种田，婆婆不帮忙照顾女儿，我只能把她锁在小房子里，任由她哭，有时候就把她带到田地里玩，活得累啊。未出嫁时在家里要干活，虽然会被嫂嫂欺负，但是妈妈会帮我，不会受气。嫁人后的头几年对我来说就是炼狱一样的生活。

1991年时我怀上了第二胎，但正撞上了计划生育政策，一发现二胎就进行罚款处理。快生产的时候我就回娘家了，那段时间心里很担心，很怕生下的又是女儿。结果真的是女孩，母亲和姐姐就劝我把这个孩子扔掉再生一个。我很想争口气生男孩，可又没有别的法子，五天后姐姐就偷偷地把孩子放在一个光棍的家门口。光棍家的光景不好，二女儿的生活也就不怎么如意，把她扔掉我感到很难过，她是恨我的，我也没有能力补偿她。

1992年我又怀上了，村里人都可怜我，认为我是个只会生女儿的、没本事的女人，所以那李家的人、赵家的人也不会多看我两眼。怀孕的时候我劝丈夫别赌博，结果被踢打了一番，哭着去找了我舅妈。舅妈看着我圆滚滚的肚子，觉得我又要悲惨地生下第三个女儿了。舅妈心疼我嫁给了重男轻女的人家，她说假如是女儿胎就帮忙抚养。命运弄人，真的是个女孩。7天后，丈夫和姑父就在漆黑安静的晚上，骑着自行车偷偷地把包裹严实的孩子放在我舅妈家门口。这是件见不得人的事，他俩一放好孩子就骑着车慌慌张张地逃走了。

为了生男孩，我义无反顾地怀上了第四胎。怀孕的日子就像躲猫猫，为了躲避管计划生育的人，整天都是东躲西藏的，有时候甚至要躲到山里面。被抓到是很凶的，还没生出来的妇女，不管怀了几个月，直接拉去做流产手术，最后做结扎。如果孩子生出来了，就逼你交罚款，天天到家里来，全家不得安生。终究没有顺利地生下第四胎，孩子六个多月的时候我就被拉走了……

酸甜苦辣五十载

（徐志强）我家里有7个兄弟姐妹，爸妈干活繁忙，都是稍微大点的孩子带年龄幼小的孩子。读书没有强制规定，爸妈都认为养女孩最后都是别人家的，女孩读书好不如干活好，所以两个姐姐都没读过书。

我是58年生的,"文革"的时候我还小,记忆不深刻。当时我是红小兵,懵懵懂懂的,骄傲地挂着红小兵的袖章,其实那时的红小兵就相当于现在小学的少先队员。初中的时候骄傲地成了团员,依稀记得要交几分团费。刘少奇、林彪、毛主席的事情我都知道,村里的广播会播报消息,如林彪叛逃、周恩来逝世的消息。"批林批邓"也听过,但是农村人一般不讨论,一来懂得少,二来害怕因为言语有失被批斗。

开批斗会是很恐怖的,更多时候它是一种"泄愤"工具,突然之间你就有可能被抓起来拉去游街。揭发你"图谋不轨"的人,大多是平日里跟你有仇的人家。一般老实百姓是不敢去泄愤的,也不会去看游街。被批斗的人,是会被大家抛弃的,连亲朋好友都不敢站出来为他说情。鸡毛蒜皮的事都能压死一个人,村里有人不小心戳破了毛主席的画像,就被拉去批斗了;言语中有对毛主席的不敬也有可能被批斗。当时社会有五类分子:地主、富农、反革命、坏分子、右派,这五类分子都是被批判的对象。

现在的年轻人总会评价毛泽东,说毛主席的决策错误。但是毛泽东是我心中的英雄,出现"文革"错误是毛泽东身边人犯了错误,现在我还是很喜欢看有关毛泽东的电视剧。那时候上课就是读毛泽东语录,现在还记得有抨击林彪的"天天语录不离手,万岁不离口","当面说好话,背后下毒手"。但是上课时间很少,语文课的内容有《伟大领袖毛泽东》《向毛泽东致敬》《我爱北京天安门》。还学唱过《国际歌》,很有全球化的感觉。

那时候过年不准带礼物,为了带礼物,亲友间会夹着东西去串门,如果东西被发现后会被村里的掌权人物拿走。现在拜年还会说带上"臭纸包",但是现在都是些酒、牛奶、补品啊。以前真的是"臭纸包",礼物用一张很大的草纸,四四方方地包住,一般是白糖,条件好点的人家会有橘冰、大枣、桂圆、荔枝,要包好几层,外表看起来,大大的,实际上里面只有小小的一份。以前走亲戚都是走路的,有一辆自行车的人都很少。有些亲戚距离很远,要走很长时间的路,走得久了就饿了,就会把臭纸包打开,吃些东西,然后再把纸包封起来。

日子过得挺苦的,大嫂的陪嫁毛衣要先后给二弟弟、三弟弟穿,从冬天一直穿到夏天,穿到脱线为止,然后再用剩余的毛线再编一件衣服继续穿。有些更穷的人家,大冬天都要光着脚跑到山上去砍柴。

那时候家家户户都烧柴，所以山上都是光秃秃的，有些时候要跑到好远的地方去砍柴。那时候很少有肉吃，豆腐算是个很好的菜，过年的菜也要控制着吃，因为要把大部分菜省下来留给客人吃。

婚礼的日期只能选择在11月份，在春夏季结婚就有可能是未婚先孕了，对姑娘家的名声不好。结婚的时候一般不能吹喇叭，邻居家那时候是管喇叭的，所以他们结婚时还吹了会儿喇叭。

人死呢也是件大事，村里"黑白喜事"的规矩很多，人死后下葬也分很多种类型。出生的婴儿不幸死了的，不能立即下葬，要找个法师来家里做法事，然后把婴儿交给法师，法师用畚箕把婴儿挑到石头山上，把婴儿装在盒子里，挖一个坑直接埋下，没有墓碑，从此以后家人也不会来这座山上祭拜。这个石头山是专门埋小孩的，10岁左右的孩子也埋在这块地，这座山不长东西的，连草都很少，挺荒凉的。

成年人死了，规矩也差不多，只是基督教徒的葬礼比较简单。死后要找个黄道吉日，而且还要选个风水宝地，一般是坐北朝南的。以前是土葬的，每个坟都有一个小小的山丘。亲人要送死者最后一程，每到一个关键地点就会告诉死者，走到了河边会抛一个硬币，要围着坟堆转三圈。等到"三七"的日子法师会把纸做的冥房烧给死者，冥房里装着冥衣服、冥币，还会放一些生鸡鸭，把冥房放在空地上烧，村里的其他人会去看热闹，捡被烤熟的鸡肉鸭肉，现在就很少有烧冥房的了，亲戚都有自己的事业，在"三七"的时候很少聚集在一起，大家也不会注重这些形式了。

我上完了初中就没有读书了，因为70年代读高中、大学都是靠推荐，家里没关系的很难上高中。一个村里也就几个人去读高中。那个年代的高中生放在今天"含金量"高，上过高中的人都有好工作，到现在，退休工资都很高，最低层次的小学老师也有4000多的退休工资。等我们做爸妈的时候，对孩子读书要求就提高了，我们相信考上大学就能找到好工作。尽管也在新闻上看到大学生工作难找，但是我觉得家里有孩子上了大学很有面子。

粉碎"四人帮"后的几年，物价都没涨，肉还是6角3分，洋灰火柴2分一盒，买东西还是要用粮票。一般只有工作人员有粮票发，我们需要粮票就要到县城换。100斤稻谷值72斤米，挑上100斤稻谷就能换72元粮票，1斤粮票值2毛。现在生活比过去好得多，但是物价乱七八糟，尤其是农民种植的胡柚，价格区间是1毛一斤到2元一斤，提心吊胆地生活着。

当老师的每个月28斤粮票，重工业工作者每个月30斤粮票。我们都很想去当工人，但是工人名额是有限的。工人是生产队选出来的，家庭困难的、有关系的、成分好的人才能被选上。

那时候基本的生活用品可以到乡里的代销店购买，代销店是县城供销社的分支，从供销社拿货，现在有些墙上还有代销店的字眼。

曾经"上山下乡"很火热，但是我们村没有知青。因为我们的田地少，不能提供"贫下中农再教育，到广阔田地再学习"的条件。知青里面成分坏的人就要被欺负，成分好的改造一段时间就会被推荐，后来只要没有嫁人娶妻的都能返城。

所以那时候知青急着托关系回城，因为居民户口很值钱，能享受很多农业户口没有的利益。居民户口的好处是：有最低的生活保证金，厂里招工的最低要求是居民户口。

分单干的时候，办一个居民户口要花3000多元，只有有钱人才能农转非。身份证是在80年代才出现的，其实拍身份证也是我第一次照相。

年轻的时候在生产队里干完活，回家之后还要干活。砍柴、摘猪草的工作都是姐姐妹妹干的，每年都要养四五头猪，一年的生计基本放在了猪的身上。那时候即使艰苦劳作，日子过得依旧贫困。后来就分单干了，按人头分到了一些田地，根据上头指示改种了胡柚和柑橘树。

78年改革开放后没有什么记忆，反倒记得大跃进、生产合作化。为了赚更多的钱我还跑到义乌去进货，把袜子、毛巾、尼龙衫之类的拿回家卖，要按以前这是"走资派"行为。妻子就会背着个箩筐，把袜子、毛巾、尼龙衫之类的东西背到一些村子里去卖，有时候要走到20里之外的村子里，一天能赚十几块钱，就相当于现在的100多块钱吧。

那时候的文化活动很少啊，每天都是干活。乡里也有电影放映队，几个月才会轮到，到村子里来放一次。电影在一个空旷的地方放映，去看电影都要搬条凳子去，人山人海的。边聊天边看电影，我印象最深刻的就是《地道战》《铁道游击队》这些片子。

90年代，橘子的价格很高，一块多钱一斤，橘子卖掉手头就很宽裕，1993年我就买了一台200—300元的电视机。村里有电视机的家庭很少，所以来家里看电视的人就很多，一般只能收到中央一台、衢州台，有时还可能收到江山台。2000年的时候，还没有闭路、有线电视，仍旧是收到两三个台。有些时候要半夜起来看好看的电视剧，记得我经常在晚上11点多看《新白娘子传奇》《雪山飞狐》。其实金庸的好几部小说我都看过，很遗憾现在找不到这些书了，估计我上学那会儿用的书都被我妈妈扔掉了。

晚上，也会打打牌，有"拖拉机""双扣""十点半"，赌资不大。以前，村里一个叫痫痫的人，在火车上跟人玩牌，输得很惨，把老婆孩子都输给人家了，结果就疯了。现在村里赌博的花样很多，赌的非常大，年轻人回家过年就聚在一起赌博，一点都没出息。我下象棋的技术很高，村里没有几个人能战胜我的，以前每晚7点多钟我的棋友就会来家里下棋，现在大家都有好几年没下过棋了，我很怀念啊。

90年代批地造房子很困难的，我就去送礼物拉关系，最后县国土局也没有批准。村主任就说出了另一个条件：造房子可以，但是要搭配4台手套机。村主任有很大的权威，不接受这个条件就休想造房子，没办法啊，因为必须造个房子堆橘子啊。手套机一台800元，按村长的说法是：让你买手套机是帮你发财，还能拿到个体户经营证。事实上，手套机是当时县里卖不出去的机子，购买手套机是绝对赔钱的买卖。为了造房子，我买了4台手套机，1996年的3200元比现在的5万还值钱呢，村里也有好几户人被逼买了手套机。手套机买来也做了几个月的手套，不敢雇人，怕亏的太多，都是自己家人做的，手套做好了销量也不大，现在家用的手套还是当年做起来的，手套机还堆在柴房里。

我还干过扛木头的活，去开化的山上为大老板砍树，拖大树。那地离家比较远，都是带上中饭的，晚上再走路回家。那时砍树渴了就直接喝山上坑里的水，现在好多地方的水都不敢乱喝，但一些深山里的水还是可以直接喝的。这两年县里整治环境的措施搞得不错，家家户户都发到了垃圾桶，专门有人捡垃圾，河道变清了不少，都可以跳下去游泳了。

有一次砍树，和几个村人在山头休息，边聊边抽烟，火星子窜到草上了，忽然就烧起了一大片。就我们三个人在山上，突然就着起大火，连忙用衣服拍打，没效果啊，眼看火势越来越大，很担心啊，怕被抓走坐牢。后来我们把火源周围的草割掉才没酿成更大的火灾，那次是我最害怕的时候。现在逢年过节的，总少不了上坟点蜡烛放鞭炮，每个乡里平均就有两座山被烧。

2003年左右，家门口的大马路还是石子路，干燥天气，车开过时扬起许多灰尘。下雨天，道路坑洼泥泞，经常有拉煤的车陷在坑里。后来就修建了水泥路，不知怎么回事，上头部门又在水泥路上加了柏油，夏天的时候，柏油路软软的、烫烫的，还有很浓的柏油味。

我一辈子都是辛苦劳作的，没有一天是休息日。现在每年都在伺候着胡柚树。春天要喷农药，夏天晒胡柚片，秋初给大胡柚套隔阳膜，秋末剪胡柚，整个冬天基本在包胡柚。秋收季节要把山上的橘子拉回家，载货工具从箩筐变成平板车再变成独轮车，到现在机动三轮车，变化也挺大的。

其实我这一辈子活着的目标就是培养女儿，造房子。房子的架构早已造好，只是屋子表面还没粉刷装潢，这几年的目标就是给房子贴瓷砖，有了好房子，将来女儿就能嫁得更好一点。

（谢红花）我是八九岁开始读小学的，那时候没有幼儿园，那时的学费也就两三元一个学期。老师就是我邻居，春天插秧忙碌时，老师经常带着"泥腿子"来上课，上完课后再回去插秧。之后有"野学校"，是公社里请初中水平的人来教书的，教没读过书的人认字，但是我没有上过"野学校"。

我偶尔也会挑柴去大的集镇上卖，通常一担柴可以卖两三元钱。但是砍一担柴，很耗精力和时间。每家每户都要用柴，所以山上基本是光秃秃的，只有去一些偏远、难爬的山上才能砍一担柴。所以这两三元钱也不是容易赚的。

20岁时就有人来家里相亲了，那个男人也来了，我不敢用眼睛瞧他，所以我不知道他长什么样。后来几天，男方邀请女方去他家吃饭，在饭桌上我偷偷地瞥了一眼。一看吓一跳，回家后死活不同意嫁给他。但是爸爸妈妈对男方很满意，我只能嫁过来了。

刚结婚的时候，完全是个小媳妇模样，天天受到公婆的压迫。嫁过来的第二天就要去烧饭。在家当闺女的时候，在生产队干活，分了单干后也是干些砍柴、摘猪草的活，但是从来没有烧过饭。那天天灰蒙蒙的，一大早我就战战兢兢地待在床上，我不敢起床，因为我不会烧饭。后来公公就拿着大斧头砍我的床，当着我的面把粥倒掉，最后还请来了娘家的人。

之后分了家，我就和丈夫一起勤劳干活，1994年造了一幢砖瓦房，之后的生活就越过越好了，最近几年缴了好多农村保险，等我老了之后就不用担心给儿女增加负担了。

文明与落后的较量

（徐晓燕） 我的小学是在"私塾"读的。去老师家，要经过一座桥，窄窄的，刚开始的时候我只敢爬着慢慢过。和我一起上学的女生有一个印着卡通图片的双肩包，她嘲笑我背着布包。我强烈要求爸爸给我换，但家里人完全无视我。小时候我脾气非常火爆，有一天放学回家的路上，我直接把书包扔进河里了，这是我至今做过的最叛逆的事。

我在村里待的日子比较多，见的事情也多，所以我就说说村里的人和事吧。

在每个村，都有那么一群人，他们一直在拼命地干活，吃穿节俭，毕生的目标就是为了给儿子造一幢房子，迎接未来的媳妇。一座新房就是他们能够安享晚年唯一的希望。所以，不管他几岁，只要他还未造一幢砖瓦房，就没有任何东西能够阻止他奋斗的脚步。自己干着重活，只将技术活交给那些砖瓦工，几乎每一天都能看到两鬓发白的他们在地基那边无止境地干活。与其说他们不懂得享受，不如说他们不舍得享受。最终，他们花光了所有积蓄，新房的架子做好了，再东借西凑，将房子粗略装修一下，辛苦地将媳妇娶回家。

儿子媳妇往往不是自己恋爱的。爱情，确实是一个奢侈品，两个人结合也无须爱情。在农村，相亲无处不在，处处体现了门当户对。女孩子相的是男方的本事和家庭实力（所以房子是很重要的），男孩子也会挑挑女孩子的家世。这里所说的家庭实力和家世绝不是那些电视剧上面所演绎的富贵。不管怎样，男孩总会找到属于他的女孩，然后结婚。而那些已经有了房子的人也不会停止脚步，他们的虚荣心永远都超出我们的想象。他们还会再加高，会给外层贴上昂贵的瓷砖，然而吃穿上还是照旧节衣缩食。

多数的儿媳不会善待公婆，儿子也会娶了媳妇忘了娘。那个在地基上劳累的公公，将劳累到死的那一刻。生活在一起久了，就会对公婆处处露出鄙夷之色。儿子不是父母心中用来"养儿防老"的吗！砖瓦房是轮不到搭建的人居住的，他们将一辈子住在泥土房里。一年一度的团圆佳节，就是他们不得已向儿子儿媳讨要生活费的艰难时候，他们要的不多，都不及1000块砖头的价值。他们死了，村里的其他人都会同情。儿子儿媳会给他们买好的石碑，每年清明节也会给他们送上很多纸钱，可这都是做给活着的人看的，他们生前没享受到儿子儿媳的孝顺，死后岂会如此介意！

村里的老人是最可怜的一个群体。他们作为父母亲，永远把孩子的利益放在第一，可是他们最终只能以泪洗面。在没分家前，老人在家中还有一丝的威信，能够让孩子们出一些小力量。分家后，老人的命运就惨了，他们需要向孩子伸手要抚养物品，但是这时孩子总会非常拽。然后村里就出现了恶媳妇这个生物，当然恶媳妇是不会认为她们的行为过分的，她们总能找出很多历史原因来虐待老人。比如老人以前对我很坏的，不帮我带孩子；老人偏心，喜欢小儿子一家；分财产时不公平……

村人也常常会为了老人的财产而大打出手，斗争的对象是亲兄弟。其实他们的财产也就是几亩地，几间房。这些不值钱的东西在孩子们的眼中可是很值钱的，至少这些财产是不费吹灰之力得来的，不争白不争。一直流传着一句话"养儿防老"，可是现下的农村，有儿子的倒不如没儿子的。没儿子的精神是很空虚，但是他能进入养老院，能够受到国家的照顾。

乡村的生活是散漫的，因为大家都一样的没有钱，都一样的拥有大把的闲暇时间。乡村的妇女们是最喜欢这样的生活的，因为她们很喜欢闲聊瞎扯。说错话是不需要负责任的，即使说错了，之后也可以不承认的。她们喜欢拉帮结派，而且成员是很不稳定的。早上，她们会一起去集市，边走边聊；做午饭也会集中在一起，边洗菜边聊天；傍晚，会一起坐在某家的坪地里聊天。她们有说不尽的话，当她们小声细语的时候就有秘密了，这个秘密就是关乎村里某个女人的。她们的聊天内容也很有趣，越是别人的秘密事就越八卦。东家儿媳又和婆婆吵架了，西家大龄女儿还没出嫁，某某人的老公和某某人的老婆在牌桌底下互相调情，集市上又有免费赠送活动了等。很奇怪，她们所说的秘密最后都会被当事人知道，但从来没有发生过打斗。

在农村名声是极其重要的，也许这是古老的中国在农村留下的遗存吧。农村的每一个角落最不缺的就是谈资，任何东西都能成为谈资，最龌龊的东西能够成为永存不朽的谈资。张三家的姑娘还没出嫁，可能是不会怀孕，或者是外面已有家，或者是她在外面做有损名声的活；每个人都说李四这个人太龌龊了，所以他就是龌龊的；孙二家的儿子被雷劈了，一定是这个家族干了太多坏事，老天爷在报复了……这是大家谈论的话题，只要一个话题有了大多数人赞成的结论，那么这个结论毋庸置疑就是对的。

谈论地点往往是在小店的门口，先是两个人，然后话题很吸引人，越来越多的人凑在一起，于是一帮人凑在一起去小店打牌，然后另一帮人去小店摸麻将，来得晚的人也不会太可惜，因为话题还在继续。谈得厌烦了，可以再去小店当看客。夏天，因为家里闷热，两三个妇女会坐在石板一直谈到八九点钟。那个臭名远扬的人往往是村里的一个"大人物"，每个人都在避免与他发生干系，与他有关系的人也会假装同他没关系。这就是众口铄金的力量，绝对不会比古中国牌坊的力量弱。

村里人用他们集体的力量把一人塑造为一个混蛋，然后这个混蛋总有机会抛出橄榄枝。那么之前的所有言论都将成为浮云，村人们会竞相向混蛋投诚。大家的嘴又把他塑造成一个有良心、能干的大好人。

家乡的宗教是安慰人心的。家里但凡出现不好的事情，就会立即想到菩萨、耶稣。有很多年，去庙里拜观音很灵，然后天未亮，村里的妇女就不约而同地爬上拖拉机，过半个小时后，到达那个庙，去拜佛。现在倒没有这么盛大的事情了，可能新一代的人不相信了。不过奶奶那一辈的人还是很信佛的，她们会把廉价的观音挂在脖子上，也会强烈谴责某个小孩的逾矩行为。不知道奶奶的宗教信仰是如何变得这么强大的，大概是菩萨保佑过她吧。除了这个，奶奶好像也没有其他东西可以慰藉了。邻居家的大门上挂着一面镜子和一把剪刀，从大人的表现中，我大概知道是驱邪的。当我问他们时，他们会说"小孩子别问太多"。

21

三甲长老：历经战火，安享平世

口述者：金仁恩　金素文
采写者：金　铭
时　间：2014年1—2月
地　点：浙江省台州市椒江区三甲街道优良村口述者家中

金仁恩，1940年生，男，椒江区三甲街道优良村人，能读书认字，21岁去当兵，后在家务农，乡村教堂长老；金素文，金仁恩三女儿，1971年生，初一辍学。现在外经商，过年期间在家。

婚后从军，返乡务农

（金仁恩）我是1940年农历五月初二（公历是6月7日）出生的，但是身份证上写的是阳历5月2号。我母亲总共生了五个儿子，二哥、三哥在我幼年时就死了。二哥还是孩子时掉水里淹死了，三哥也是在小的时候不知怎么搞的就死了。1943年，就在我4岁时，五弟出生。可能是产后调理得不好，两三个月后，母亲就去世了。现在我都想不起来她长什么样子。小弟则托给亲戚带，但是离开了母亲，没过几个月也夭折了。想想那时的人，真是脆弱。那时只能靠多生，才能保证存活率。于是，我爸就剩下两个孩子：比我大7岁的大哥和我。

8岁时，爸爸和叔叔们分家。我家分到一头大肥牛和一头猪，二叔、三叔分到的家产也差不多。分家后，我就跟着爷爷割草、养牛。爸爸和大哥则是做绿豆面（即红薯做的粉丝），到街上散卖。做些小本生意，家境也还算可以。

1949年新中国成立和"土改"还没到的时候，有国民党兵和当地流氓地痞到村里来"借钱"、抓壮丁。本来去帮忙对抗土匪的爸爸，却和好多个同村的壮年人一起被抓去关了起来。讲案（谈判）的人来到村里，狮子大开口地提出要 300 银圆才能赎一个人。但是同乡的人们都知道那些人虽然开口很大，有时候还会要到上万的天价，但实际上能收到的钱也就十几个银圆，毕竟那时小老百姓们都穷，积攒不了大笔的钱。最后家里还是花了 100 个银圆赎回了我爸。只是爸爸回来的时候，身上带伤，听说差点被打死了。臀部还一直留着疤。等他很老了不方便的时候，加上我又不在家，我老婆帮他洗澡的时候她都能看到那个疤。

当时也有好多青壮年被带去了台湾。到 80 年代，只有一部分混得好又活得久的人回家乡来探亲。只是那时已经迟了，因为家里老父亲、老母亲多已不在了。以前的娇妻弱子要么不是自己的，要么与自己形同陌路。更多的同乡则是漂泊在异乡，不禁让大家感慨他们的遭遇并心生同情。

自我爷爷那辈加入了宁波兄弟会开始，我家至今都是信仰基督教的。我爸爸在乡里的小教堂中当传道士（不过因为文化水平的原因，解释圣经经文的时候稍微有些"半吊子"，不能像现在的神学生、长老、牧师等那样侃侃而谈）。他是一个忠心、老实的人，他也这么教导我们。我们全家周日都去教堂，我爸教大家圣经里的一点内容，经常讲这么一段经文："太初有道，道与上帝同在，道就是上帝……"我小时候是去教堂上"主日学"，认字、学习。每个礼拜我们都学并且要背下那一节或一小段圣经，因为它的"经典性"，所以被教友们称作"金句"。年终的时候要背经文，也要考试，背得好和考得好都有奖励。就这样，虽然我没上过正式的小学，但是凭着当时认的字还有在部队里扫盲班的学习，我到现在都还能看书、看报。其实到现在我都还在学习。

村边的老教堂，原来是外国人办的。周日的时候，附近的人家都将小孩送进"主日学"识字、明理。那些到现在还活着的八九十岁的老人家，他们小时候都在"主日学"认过字。既因为它是免费的，又因为当时的农民没有送小孩去学堂进行系统学习的概念和习惯。这个小小的"主日学"，就承担了一部分文化教育的功能。

后来，我爸续娶了一个住在街上的，身体不怎么好的女人为妻。在当时，住在街上，意味着家里在较繁华的地方有店铺，家庭条件较好。在我十四五岁的时候，碰上了集体化的农民公社，我爸就开始在石柱街上的供销社做生意。而我开始跟着大哥学做绿豆面，拿出去卖。

20 岁时经媒人介绍，我结了婚。丈母娘和我妈（后妈）是认识的，两人都是信教的。当时她们都会帮别人家介绍对象，"兼职"做"保媒人"。当时在教堂里，就有人打趣她们说"都给别人家讲做媒，什么时候给自己家讲啊？"于是她们一合计，就安排我们相亲，这样就促成了我和妻子的婚姻。1959 年，正好遇上"大跃进"，没有猪肉吃，喜宴上只能用大头菜代替主菜。我穿着蓝色的里衣，黑色的直襟大衣，妻子穿着紫红带花的花呢上衣，咖啡色的卡其裤，还有红色的回力鞋，我们就在外国人办的教堂里举办了婚礼。虽然当时的条件比现在艰苦，不过想想当时别人家连新衣服都置办不起，还要去借来，我们这样也要惜福了。我们的结婚证，和奖状差不多，只是后来搬到新房子后找不到了。

21 岁时，我听从父亲的安排去参军。记得很清楚，那是 1960 年的 9 月 1 号。我爸还在家里继续做小生意，我和老婆还没有生养小孩子，老婆就一个人留在家。幸亏我们没有生养，不然，我不在家，接下来的三年自然灾害，光吃村里食堂中掺着糠和菜叶的大锅饭，老婆既要赚工分又要带小孩，大人和小孩估计都要饿死。

当时，和我一起去当兵的还有附近村子的好多同龄人。我在舟山海军基地的守岛部队当炮兵。部队番号是 348，是从朝鲜转来的一支战斗力很强的部队。当时的形势很紧张，蒋介石一直叫嚣着要反攻大陆。从上午 6：00 到下午 6：00，每天 12 个小时坐在炮上等敌方的飞机过来。飞机一过来就会响警报，几乎每天都会响起警报，最多的时候一天拉 5 次警报。一旦警报响起，大家就要高度戒备。偶尔有过来探亲的家属则躲进防空洞去。我跟着部队先是驻扎在海岛南面，后来转移到北岸。但不管在哪个方向，海边的风一直都又冷又大，待的时间久了，我后来还落下了风湿关节炎，一到湿冷的天气腿就痛，也不能做太久的活，扛不住。在外当兵，粮食也缺，我们从农村出来，就靠自己劳动去生产粮食。

1963—1965 年，打"蒋"形势更加紧张，我随着部队去了福建平潭。我曾经听说在福建偏远的海边有善于泅水的从台湾游过来的特务，被人叫作"水鬼"。他们游过海峡，爬到岸上，潜入哨所，杀害哨兵，还将哨兵的头割下来挂在楼上，让人远远地就能看见。特务的行动真的让人感觉很恐怖。

虽然当兵的人在外面又苦又累，但是家里的人应该是光荣的，并且会受到国家补助。国务院六十条规定军人享有补助金，并有工分、粮票等补给家里。但是，下面执行的部分人员中却有些上欺下瞒。当时的政府设在黄岩县，它将我们那个年龄段的兵的补助金全拿走了。我们当兵的不在家种田、劳动，于是每年会有15个工分转给妻子、家人买饭吃，折合成钱就是8角。这有点少，村里面主事的人却认为够了。那时候还有一件比较可气的事情发生了：当时的一个食堂会计，他利用了他的"职权"克扣了本应分给我，然后转交给我妻子的粮食。这个会计还对其他军属做过同样的事。

1965年8月，部队响应国家号召，"从何处来，回何处去"，我和伙伴们就退伍回家种田了。国家财政不富，国际形势也紧张，所以我们都理解，就都回家当农民，没有获得任何其他优抚、保障政策。

含辛茹苦，哺儿育女

（金仁恩）我退伍是26岁，那年妻子生病了，慢性气管炎。为了治病，还将结婚时穿的衣服都卖了，治了两年才治好。后来的日子里，我们回想起来也真是惊险，幸好人抢救回来了。

28岁时，老婆生了下大女儿。当时"文革"开始，我当过兵，就是"红卫军"，是保卫毛主席的军人，和参加批斗的红卫兵是不一样的。我没参加"文革"的一些具体的检举、批斗等事情，毕竟我家是"红"、"白"分明的。当时那些"对革命积极"的和不做什么正经事的人，批评我对革命不积极。因为我当过兵，所以他们也不敢对我怎么样。

在1968—1969年时，一些造反派、红卫兵就开始黑白不分，是非颠倒了。我家是基督徒，爸爸是传道人，也管理着小教堂里的一些东西。曾经在学堂里读书的红卫兵问我爸爸借过一些教堂里的东西去进行批斗、游行活动。但是我爸不借，趁着"文革"，他们就报复他。他被拉去批斗，戴上高高的纸帽，胸前挂着写上"打倒基督教头"的铁牌，还要去游行。批斗的时候，家里人都不允许到场看。就算我家成分是"贫下中农"，就算当地人都知道"老金是好人啊，怎么也被拉去批斗"、"他们（红卫兵）把老金这样的好人也拉去批斗了"。我爸在很热的天气里跪在桌子上接受批斗，也有在很冷的天气里一直发抖着接受批斗。在那个年代，总会发生奇奇怪怪的事情。我爸是很虔诚的基督徒，虽然接受了批斗，但是周日他还是会去传教，只是比以往更低调了些。

大女儿出生18个月后，就是在我29岁时，二女儿出生了。我妈（后妈）在大女儿出生的时候就生病了，她和我爸是大哥家和我家轮流照顾的。到了我这一辈分家时，我还小，印象不深，感觉大哥娶了老婆就相当于各过各的了。二女儿出生后十几天，岳母也生病了。然后坐月子时，妻子就自己一个人在家，没人帮忙，什么事情都自己干，因此没有得到很好的休养。不过那时的妇女谁不是这样，大家都忙着做工，只能自力更生，而且产妇都还是要承担家务的。过了一年后，我妈（后妈）久治不愈，去世了。

1971 年，我 32 岁，三女儿出生。1975 年，妻子生下了儿子。之前生产队里还有几个长舌妇编排说"穷人家是没有儿子的"，爸对我的几个女儿也很严厉，没什么好脸色。有了儿子后，爸的态度是好多了，但是总有几个倒嘴的"女客人"在背后不甘心地唠叨。女儿们很听话，做事也勤快，虽然我以前是很严厉，带着部队的一些习惯回来教孩子，但是我还是很爱我的女儿们的。我觉得爸和村里人的思想观念真的很不好，只是当时我们也只能在他的脸色下生活。

接着，大女儿开始去村办的学校读书，那里提供桌椅。生产队里、村里的小孩们都在那里。农村里大家的生活都紧巴巴的，虽然小孩儿们的学费只要两三元，但大家都读不久，因为没钱嘛。大女儿读到了初一上学期就辍学了，后来去学做绣花，做衣服。二女儿小时候不喜欢读书，她说她要在家里喂鸡，于是她小学都没有毕业，后来也在家绣花。

1979 年，因为十一届三中全会要改革的缘故，生产队分了。到了 1980 年，这边开始实施家庭联产承包责任制。村里的田地都分到了各家，谁家的田头挨着水塘，还能分到水塘的一面。我家就分到了水塘的一部分，种了菱角和茭白。

1980 年，家里拆了老屋。那座老屋是镇上唯一一座朝西的房子，也算是镇里有名的，它也高。这一年，爸爸身体开始不好起来，生病了。一年后新房子落成。那时大家拆房子、建房子都是你帮我、我帮你，不像现在要付工钱的。拆的老屋的木头，现在还悬在我们的头顶上——木柱子架成框架，木板再垫上去，木板上面再放一些不怎么用的东西，像夏天放棉被，冬天放电风扇，还有不用的电器、不穿的衣服等等，就像小阁楼一样。

八几年我帮别人家建房子时，不幸有石子射进右眼，当时就做了手术。因为我有风湿关节炎，右眼又瞎了，所以只能在家里种种田，不能去干公家或是私人招的靠出力气赚钱的活。我就一直是半嬉半做工。

这个时候，家里经济情况愈发紧张，三女儿读到初一上学期就没钱交学费，辍学了。她蛮喜欢去学校读书的，成绩也好，知道不能继续读书后，还是很伤心的。后来她就跟二女儿一起在家里绣花，还用了一个月的时间去街上培训学做衣服。到了88年还是89年的时候，大女儿去杭州读了神学院，现在就在台州的温岭市当传道人和牧师。二女儿和三女儿做花、做衣服，赚钱，也供大女儿在杭州上学。我儿子读书成绩也不错，初中毕业了，因为知道家里的情况不好，自己就放弃了读书，蛮可惜的。

1990年后女儿们陆续出嫁，外孙女和外孙也陆续出生。在我爸去世后，他在教堂的工作就由我承担起来。我经常在周日登上讲台，翻开圣经，进行着我的布道工作。日子就一直这么安稳地过着。

2010年，中央有政策，老兵可以参保并享受退休工资。因为想把这笔钱当作政府办公经费，镇里曾经压着不发放给各村曾经当过兵的老人。于是我和大家一起去镇里、市里反映情况和理论。也想过信访，人大代表也支持我们，与我们一起活动。我们还联系过各村、各镇的退伍老兵，静坐在市政府广场前。甚至还有人建议如果不给解决这个问题的话，大家就去杭州上访。最后在大家共同努力和省里下来调查和部队派出的人员见证与监督下，市政府的、民政局的、镇政府里的人来同我们协商。现在我们都参保了，每年过年也有人送军队主题的日历给我们。这可是我们光荣的见证，我每年都贴在正大门上。

想想以前的日子，现在的生活真是最好的，又轻松，又有很多物什（事物）可以玩。我 不赌博二不抽烟，闲的时候就喜欢在家里看看书，看看电视。

真挚亲情，永不泯灭

（金素文）我在老屋的时候年纪还小，那时玩的时间和花样都多。我记得那个老房子是朝西的，好看但是人住着很晒，不舒服。小孩要干的活有割草喂猪、晒草卖给生产队养牛，也有给生产队放牛的。但是闲下来就有好多好玩的游戏了，像捉迷藏，房子里面外面都可以藏人，也玩跳房子，跳橡皮筋，玩过家家等。

在3、4月麦子黄了、蚕豆熟了的时候，我们要去赶海：捡泥螺、香螺、螃蟹，还有滩涂上的弹跳鱼。有些自己煮起来当天就吃了，有些盐腌起来留着，还有一些会卖给别人。到了夏天，我们会去钓泥蛤蟆、小青蛙，会去捉知了、竹虫、金龟子，也会看大人们设陷阱捉偷鸡的黄鼠狼。晚上住在同一排房子的人们，无论老少都端出椅凳来坐在平整的晒谷子的场地上乘凉。小孩子最喜欢聚在老人家的旁边听他们讲故事。一旦有人开始讲起了鬼故事，大家一面很怕，一面又安静下来，因为很想听嘛。听着听着，入了神的人们连扇风赶蚊子的大蒲扇都会情不自禁地停下来。那时的蚊子很多，又毒，一个晚上下来，腿上就会长很多包，腿都要被抓烂了。到了冬天，天气非常冷，早上起来，屋檐下挂着很多冰凌，我们经常掰下来把它当棒冰吃。现在天气暖和起来，连冰凌都很少见。我舅舅还有一个笑话，大家现在都还在打趣地讲——"什么是耶路撒冷？我知道什么是耶路撒冷！你看我晚上走夜路（方言里"夜路"与"耶路"同音），天气这么冷，我冻得瑟瑟发抖就"瑟冷"了（方言中"瑟冷"与"撒冷"同音）。

1980年，我10岁时，我家搬到了建到一半的新房子里住。那时候，我家每个人都已经有自己的毛衣、棉袄、雨靴，春、夏、秋三季的衣服则是自己买来棉布，请街上有缝纫机的人去做，要付人家工钱。虽然有各自的衣服和鞋子，但都舍不得穿，遇到下雨天，大家宁愿光脚走到学校，擦干净脚再穿上鞋。我们都很节省，要是晚上回来做作业，一般点一盏不是很亮的煤油灯，下面趴着好几个小孩，而且几家还是轮流提供煤油灯照明。当时没有自来水，连家里的水井也没挖好，大家都是去池塘里挑水，用明矾过滤、沉淀，然后煮开来喝。

1980年，随着国家的改革开放的政策，家家户户都开始想着致富了。一起读书的小孩子很多都不上学了，要在家里赚钱：有为私人做衣服的，有为外贸绣花的，有用麻、蒲草编草帽的，其实那时也不知道供给私人还是外贸。那一年，棉毛裤、棉毛衫，还有皮鞋都出现了。我家里还换了新的绿箱子——新广播，以前都是村里的大喇叭播放批斗的和又红又专的东西。新广播一到烧饭时间就会放歌，让妈妈她们一边做饭一边听歌，大家开始享受起来了。播放的内容有越剧、评书、当时主旋律的流行歌曲。越剧一般是浙江小百花越剧团的，剧目有《红楼梦》《梁祝》《孟丽君》《西厢记》等，都是名家唱的。还有一个广播节目："小喇叭现在开始广播了……"一听到这个前调，大家闲的或者没什么要紧事情的，都会放下手头工作，聚集在广播前开始难得的娱乐活动。

1983年，家里通了电，安了灯泡，在家里做衣服的大姐也有了自己的缝纫机。83年还是84年时，县里响应中央"新农村"的号召给每个村都发了一台彩电，有一些人家也买了黑白电视机。1985年时，我家隔壁的人就买了黑白电视机，把它放在场地上，然后一堆人像看电影一样排着座位坐好看电视机。那时会放《霍元甲》《上海滩》、日剧、新加坡剧等。我以前做过"最疯狂"的事就是和弟弟去村里看彩色电视看到半夜回来。因为是彩色电视，电视剧又好看，看着看着就没有时间概念了。回来的路上，有一户人家的房子建在栽着好几丛竹子的水池旁，刚巧，这家有人死了，走在黑漆漆的小路上，冷风那个吹呀，真是怕得要死。幸好我和弟弟是两个人，不然太瘆得慌了。

1985年，我与二姐一起在家绣花。我爸还是在家种田，要缴农业税。我喜欢看书，看小说，但是又不能耽误赚钱的工夫。于是我就白天绣花，晚上看书。虽然那时书不多，但是香港的武侠小说和台湾的言情小说还是非常流行。一个稻场上的同龄人，大家都是相互借着看。姐妹几个看过金庸的、琼瑶的，还有岑凯伦的书。印象最深刻的是那几本书——《白眉大侠》《七剑下天山》《射雕英雄传》《神雕侠侣》。我当时连续看了一个多礼拜，看到晚上1点多，看到眼睛都发炎了。

这一年，我们可以不再编两条发辫。原来如果披着头发，就会被太婆们说我们晦气，虽然觉得戏剧里披散着头发的女演员也蛮好看的。那时我们还没有马尾这个发型。

1985年，我家买了两辆自行车，一辆"永久"牌，一辆"凤凰"牌，一辆我爸，一辆大姐。1987年，我接受了一个月的培训，然后在自己家加工衣服。1988年，大姐去杭州上了神学院。1989年，爷爷去世，虽然小时候，他几乎不给我们姐妹笑脸，但是他最后的岁月以及他的丧礼，都是我们照顾他，办理后事，尽到自己的本分。

姑娘几个平时干活，到了大的节日就一起骑自行车到椒江城里玩。1991年，二姐和我都出嫁了。1992年，外甥女出生了，1993年，我的孩子也出生了。孩子们小时候长得都很可爱，所以我们就拍下他们各个阶段的成长照片。先是在照相馆拍照，后来自己家买了相机，就拿柯达的胶片去照相馆冲洗出来。1997年，大姐的女儿出生了，1998年二姐的儿子也出生了。我和二姐都在外地做些小生意，大姐在温岭自己带孩子，家里的其他三个孩子都是在外公外婆家长大。

22

半世龙港：大时代下的小小人物

口述者：林玉香　陈志盛　赵林华
采写者：陈君君
时　间：2014年1—2月
地　点：浙江省温州市苍南县龙港镇口述者家中

林玉香，女，1949年生，苍南县河北庙村人，半文盲，信佛。陈志盛，男，1966年生，为林玉香女婿，初中文化，经营公司。赵林华，女，1970年生，为林玉香之女，陈志盛妻子，小学文化，经营公司。

70年代：走私犯险只为生计

（**林玉香**）我出生于1949年农历八月十四，活了半个多世纪，最大的感受便是每个人都是大时代背景下的一个小格子，命运随着国家政策的变化而改变。现在回过头再看看以前的生活，用忆苦思甜这个词来形容并不过分。

在五六岁的时候妈妈就跟我说，她出生的时候很苦，日本人铜管（一种炮火）滚上来，打过来，鳌江拉响警报，人们就纷纷躲到竹林里去了。当时妈妈背着大哥也跑进了竹林。在枪林弹雨声中，人们颤抖着躲在竹林里。原本夏天的时候这个地方是用来乘凉的，那时候没有电风扇，大人们就摇着蒲扇躲在竹林下乘凉。小孩子们嘛，由于大人们受不了他们在边上大喊大叫，就给他们挂起秋千，荡啊荡，谁知一荡就荡到了打仗的时候，现在回想这两个场景，还是心有余悸。

1958年国家继续大力推行"土地公有化"政策。在此之前我爸爸租了一块地，想给家里种些东西吃，希望能够自给自足。他种麻种谷，浇水等一系列事情都做好了之后，恰逢国家新政策颁行，这块地被回收了，结果种好的谷物都落了个空。

当时，正处于"吃了上顿没下顿，餐餐都是烂菜叶番薯梗"的状态。我生活的河北庙村就只有两个灶头烧大锅饭，妈妈每天拿着饭桶，排队领饭，经常是看着大队负责人插起红旗却迟迟等不来饭。大年三十晚上也不例外，生产队只给分些被捣碎了的年糕和番薯，我家13口人，根本吃不饱。记得当时，有个人饿了好几天，中午到了生产队的食堂里想多吃点，打饭的人问他一斤米吃得下么，他说可以的，结果吃得太快撑到了，竟被活活撑死了。

在温饱都没有得到解决的情况下，学校自然也是办不好的，好多学校都收拾起来了，老师没有工作了。不过这些老师也不是正规的，大部分是几年前村里为响应教育政策，从中学里成绩较好的学生中挑选出来，组成教师队伍。当时，教书也不是铁饭碗，丢了教师的饭碗之后，他们都去闯事业了。

我8岁上学，但只读了半年的书。1958年，家里连饭都吃不上，哪里还有心思和闲钱去读书。新学期开始，只能待在家里帮妈妈纺布。看着村里小伙伴成群结队去上学，我心里多少还是有些羡慕的。我的人缘还不错，路过的小伙伴总会来我家转一下，然后会问出我最不想听到的话："哎呀，阿香啊，开学了你怎么还不去上学啊？"我只得羞愧地低头。虽然难过，但是心里明白，我不能继续读书了，一是家里贫困，再是父母的想法是上学也没有前途。那天晚饭，妈妈就甜菜拌着稀饭给我吃，可那种甜味我却怎么也尝不出来，只觉得苦。

关于"文革"，说起来不好意思，我也参加过。现在回忆起来那个场景就是一大帮人，高年级的同学带着低年级的同学，最前面是大人领头，浩浩荡荡地走在路上。前面举着大红旗，后面举着小红旗，声势浩荡地去富农地主家里搜东西。上头的红卫兵会组织在非读书日的时候上街游行，给大家发纸做小红旗，敲锣打鼓地在街上走。说有些富农家里很有钱，有黄金，派大家去搜东西，那帮人当中有的人听了激动万分，有的人也就是盲目跟随，总之不管是真去伸张正义，还是凑个热闹，大家脸上都是一副非常兴奋的样子。到了人家家里头，他们都是派男童或者领导亲自去搜的。至于小女孩嘛，就是站在边上看看，有些好动一点的就在他家里东看看西碰碰的。说到底，也没有什么东西搜出来。

除了搜查有钱人家外，我印象最深刻的是给一个宜山人开的批斗会。

那个人硬是被抓着游街示众，戴着高帽。那高帽大概有 80 公分的样子，大家齐声喊着要打倒他，说他只顾自己，管自己发财。其实他也没有特别多的钱，只听说他家好像藏着点黄金。那时候看到有点钱的人就会去打，一味地说他自己赚钱，不和大家一起劳动，独自搞，这是不行的，必须开个批斗会。其实，那时候大家还是盲目的，也有些人是为了宣泄一天劳作的怒火。

不过，当时大家还真是平等待人，不管是平民还是当官的。那时宜山镇的区委书记也被批斗过，说他工作是为自己做事，没有为人民服务，戴着高帽上街游行示众。有些做媒人的也要被戴高帽，大家就说他们自己赚钱。说实在话，我那时参加批斗会还是很开心的，因为什么都不懂，只要有游行的通告，就互相叫着去看，去凑个热闹。

我 19 岁结了婚，我丈夫是打鱼的，但当时渔业没有起色，为了生计，只能出去闯事业。我干过很多活：种地、纺纱、织布、浇地、卖盐、卖香瓜、卖布票、卖裤子，都是自己挑担的。女儿还没出生前，我做走私布料生意，当时的台湾布料价格低而且质量好，但政策不允许，所以走私台湾布。

当然走私是有风险的，抓到是要坐牢的，我倒是没被抓过，可能和我卖的布料不多也有关系，也就几十公尺，我都放在袋子里背着。我记得有次我坐船去温州市区卖布，船上有人被抓个现行，他是第一次"走私"，带着走私货非常紧张，警察就觉得这个人有鬼，然后就问他是不是带走私货了，问了几句后因为害怕就招认自己带了。我就眼睁睁地看着他被带走了。

因为租店铺价格很高，所以为了节省成本，我将布带到温州市区之后，就摆摊子来卖，布料好而且便宜，所以买的人很多。

后来因为走私管制得太严，也不敢继续冒险了。因为我们是渔业户，不像农业户那样分有土地，有田可种。那时，龙港少有的还算流行的商业活动就是卖年糕。农民在田里劳作累了饿了，回家又不方便，常常会在田边买年糕吃补充能量。因而在不外出做生意之后，我便选择去田里卖年糕。我会在正午之前早早地来到田埂边上，放下担子，然后把年糕取出来放在手上。因为生怕晒坏了年糕，所以就会马上开始吆喝着卖年糕。卖年糕的时候比较怕碰到"老癫疯"①，怕他会赶我走。其实，卖年糕也赚不

---

① 老癫疯：龙港方言，意为老疯子，由于此人白天夜里，穿着邋遢，行为怪诞，又被任职为管地人，大家送绰号老癫疯，带有点贬义的意味。

了多少钱，只是物物交换。农民会拿自己种的番薯之类的农作物和我换年糕。

大女儿出生之后，家里的生活才好过一些。那时的生产制度是计分制，在大队里头种地、割稻、插秧，丈夫去起坊业，我俩加起来的分数可以换钱。但是实际上钱在那时候并没有多大的用处，有用的是粮票。大约可以分到1800斤谷，虽然数量不少，但是还得供养我的母亲，丈夫的两个妹妹，加上自己的三个孩子，这些粮食也就恰好够吃而已，其实我自己还是吃不饱的。因为常年吃玉米粉，我落下了胃病，到现在还没治好。

丈夫彼时一共四兄弟，只有一个船员身份，所以只能每年轮流着去捕鱼。更不幸的是，恰好轮到丈夫去的那一年，他脚摔得不行了，干部就只好安排他去工厂里做司机，赚的钱当然没有去捕鱼多！

我现在就念经拜佛超脱自己，也给家人带来福气，这是我的本分。

80年代：北上南下后回乡扎根

（陈志盛） 以前家家户户生活都很困难，父亲常和我说他小时候，家里有六个兄弟，一个妹妹，还有父母，家里人数多，粮食少，饥饿才是生活的常态。他说人们做事都很认真，一丝不苟，但最后却只能吃到番薯丝和野菜，分来的肉也就指甲般大小，生活起色一点时就买点豆腐泡。那时，勤劳奋斗也并不见得能改变生活与命运。

爸爸是在苦难中成长起来的人，对我们的要求也很严格。他十分珍惜粮食，家里一盒方形的指甲大小的豆腐泡可以连着吃三天，他让我们用豆腐泡蘸一点汤汁，然后用嘴来吮吸汤汁，不要轻易嚼豆腐泡。父母在准备晚餐时，兄弟几个就会趴在桌沿边上眼巴巴地看着食物，等到真正吃饭的时候，要是不小心把豆腐泡咬得大口了就会遭到一阵痛骂，总之根本吃不饱。

父亲在我小的时候是捕鱼的，做到了船长，常常开船去舟山群岛一带打鱼，一去就是十天半个月的，甚至更久。等他回来，这鱼就拿到鳌江镇上去卖，常常会有鱼打得多了的时候，他作为船长是可以拿一点回家的，像林鱼、鳗鱼、鲳鱼。但是小时候，我不把鱼当回事，鱼很便宜，6角钱一斤，我还是比较喜欢难以得到的肉和豆腐泡。

在家吃不饱，在外学不好。六七十年代村里头读书氛围不浓，没有形成读书的风气，学生学习的兴趣低，导致老师教书的积极性不高。我是属于不爱读书的那一类，不过小学毕业后，还是顺利地考上了宜山中学。我记得放榜那一天，学校门口立的木板前熙熙攘攘的全是人，我个子比较小，哧溜一下就钻到最里面了，一看红榜上赫然写着我的大名，开心得跳了起来，觉得运气很不错，就飞奔回家找小伙伴玩耍了。再后来我上了初中，却还是因为兴趣不浓没有继续读下去。那时不读书就跟着师傅学手艺，这是我们那儿的传统。

我拜了一个师傅，学习做木工，当然我的伙伴里也有学习做水泥工、电工等的。但我觉得做这事儿也没前途，加上又没多大耐心，就中途退出了，按理说应该学艺三年，学满之后才出来自己打拼的。

我既没有继续读书，也没有把手艺学成，但为了生活我必须找一条谋生的路。那时我有几个小时候的玩伴在北方卖衣服，听说他们混得还不错，我就抱着试试看的心态跟着他们去了。三个小伙伴为了彼此之间有个照应，自成一组。想不到这一干，就是四年。

我们大量批发家乡的腈纶毛衣毛裤，然后打包用船运到南京，到南京后，再用火车运送。当时年轻，在我看来北方都是南方人的市场。最常去的是郑州、西安。一到城里头，就开始摆摊在大街上卖，吆喝着大减价啦！我习惯铺一张3米长的尼龙纸在地上，两块五一件。批发价大概在一块二三，除去运费，一件衣服可以赚5毛钱，带2000件大概赚1000块，收入还是挺不错的。我还到过很多地方，比如长沙、南昌、抚州、济安、洛阳、西宁、荥阳、颍川、兰州，也去过长春、沈阳、天津、大连、烟台、徐州、南京、蚌埠、合肥等城市，甚至也南下到过广州。

后来我们几个就不干这一行了，一是因为国家要规范市场，不让摆地摊了，在城里卖东西需要在商场开个店面；二是经济也发展了，两块五一件的衣服人家也不喜欢了。

大概到了18岁时，正值改革开放的热浪持续席卷全国，深圳被设立为四个改革开放的窗口之一。大哥这些年在深圳混了一些出路，听说是个好地方，我就跟着他去深圳另谋生路了。其实，当时的深圳看上去和龙港也没多大的区别，到了深圳，看到的是一半渔民村、一半高楼。也就是在那些年，深圳迅猛发展起来，我也算是个见证人之一了，深圳留给我的回忆还是挺多的。

1992年，深圳发展银行刚开始发行股票，轰动全国，我记得刚刚开盘那会儿，银行那儿是人山人海，从凌晨就开始排队。我站在街边等大哥送身份证来，因为买股票要填表格，拿表格需要身份证，一张表格能买到2000股。由于那时候我认识银行里头的主任，他就把信息透露给我，说"小陈啊，要发行股票了，机会难得"。我就赶忙用传呼机联系在家乡的大哥，让他在老家弄100张身份证南下，可是等啊等就是没等到他来。记得那时候的队伍真是一条长龙，人们从今天排到明天。因为大哥动作比较慢，没有抓住机会。要不然，100张身份证，就可以买20万股了，刚开始发行的时候是一块钱一股，后来涨到七八十块钱一股，现在这个股票还50多块钱一股哩。所以说，做事情速度要快，做生意的人怎么能慢吞吞的，一定要看准机会，抢先一步。

　　80年代正是我们的青年时期，改革开放也算是为我们这代量身定制的。总的来说还是比较幸运的，赶上了时代的浪潮。在深圳打拼几年后，小女儿也出生了，我就暂缓在深圳的发展，先回到家乡办厂谋生，其间我也被选上了村长。

　　由于南下深圳的经历，开阔了眼界，我看到了一个小渔村是如何走向大城市和现代化的，我打算在村里建一个小区，方便大家的生活。这个方案虽然得到了一部分人的赞赏和支持，但是难以实施。因为建造小区需要把老房子拆掉，要把直间房改成套间房，在实施方案的初期就遭到了很多村民的反对，我印象最深刻的就是有村民拿着五六根锄头来到办公室，对我说："阿盛，你把我们房子拆掉了，那我这些农用具放到哪里？我还能不能种地了？"由于阻力太大，本来两二年就能完成的项目拖延了八九年，我当时计划好的蓝图都被打破了，觉得有些可惜。

　　现在，苍南县到处都是小区了，村民也慢慢适应了，不过还是落后了十几年，没有赶上潮流，所以说，人要学会转变思想观念，放大视野。其实在集体中做事还是挺难的，认识不同的时候，很难达成共识，不过得之淡然，失之坦然，社会的发展也是个人所无法左右的。

90年代：文艺分子成妇女主任

　　（赵林华）"文革"时期，有一件事情和我密切相关。我是学校的文娱分子，五年级的时候被选到龙港中学去跳舞，大概一共选了十二三个小姑娘，伴着歌声跳舞，很有节奏感，左边一下，右边一下，那歌好像是这么唱的:"打倒江青打倒四人帮,大家的红旗更鲜艳……"下面有很多人在观看。那时,常常跳舞跳到半夜才结束,每个人会分到一个小面包,大家可开心了。每次只要有重大的活动,都会选我们这支舞队去跳舞。

在演出之前,老师会帮忙扎头发。自己随便用水把脸扑腾干净,眉间用红笔画一个点,然后拿红纸来抿一下嘴巴,当作上口红,穿上老师借来的服装,登上木头做的舞台就可以跳了。说起来那时候的舞台,高大概一米不到的样子。我印象最深刻的是六一儿童节的表演,全台晚会,一年级就唱跳"毛主席啊东方红"什么的,三年级是"打倒四人帮",当时我很羡慕他们,因为还能拿着毛主席的头像跳舞。

"文革"结束时,我记得最清楚的就是一次游行,从我家隔壁村林家蓬走到马桥头村,又往江口村走,走到渡口,总有好几里路。记忆最为深刻的就是有人高举着毛主席的画像,大概是2米高,1米宽,喊着"打倒江青、打倒四人帮"之类的口号,人群熙熙攘攘,好多人在看。

这是我的小时候,但人生有时候就是跟着国家政策转的,所以我想重点说说我在村里做妇女主任的事,凑巧的是我正好赶上计划生育政策的颁行,但是我却有两个孩子。

90年代,实行计划生育政策的时候,大家还是心慌慌的。当时丈夫在深圳做生意,每次到家都是深夜,开门的时候我特别害怕,总以为是镇里的计生委要来抓人了,结果一看是丈夫做生意回来了,虚惊一场。其实我当时在村民自治委员会里头当妇女主任,主管计生工作,通俗地讲就是跑到人家家里面叫人家不要生孩子。那时候镇里的妇联会有分配下来的指标,一年需要组织两次让村民去做透环,看看这个妇女肚子里的避孕环是否有脱落或者其他情况。一般妇女都是在她生完第一个孩子后将环放入子宫中的,每一年做两次是因为怀孕到妊娠大概要十个月,检查两次就能防止已经怀孕的妇女继续生产。

但其中有一些人在异乡做生意,或者有一些外地人回老家去了。我遇上的其中最特殊的就是有一个四川来的妹子,她经常回四川,逃避做透环,催促了好多次让她回来,其实就是担心她怀孕了回老家去休养,三番五次的催促之后,她还是没有回来,我们便扬言要抓她的家人去坐牢,她这才回来。我们便带着她去做透环,幸好她并没有怀孕。

在做计生工作时,我恰巧怀了自己的小女儿,所以幸免于做透环的事情，以至于当时怀孕七个多月了大家还是看不出来，到了第八个月有个邻居发现我身体状况有些不对，进行了举报，于是村书记和村妇联主任都知道了，他们赶到我家里来叫我不要生，要跟着国家政策走，支持国家政策，但是我心里转念一想，我都怀胎八月了，这是一条生命，既然怀上了我就要负责到底，所以还是决定生下来，大不了不要这份工作。最后我还是顺利地把我的小女儿生下来了，但要罚1000块钱。村书记是个很淳朴善良的人，他先帮我把这1000块钱垫付了，我后来才把这钱慢慢还给他，其实我还是很感动、也很感谢他的。

当时有些邻居其实也不知道我生了第二胎。记得有一次，我的邻居找我，但我在楼上休息，他很奇怪，嫌弃我磨蹭，就开玩笑地在楼下喊："阿华你干嘛？磨磨蹭蹭不下来，生孩子啊!？"我的婆婆正巧在我边上给我喂粥喝，就回应道："真的那，阿华就是在生孩子。"邻居跑上来一看，还真有一个孩子。

后来回想起来我觉得自己还是挺勇敢的，也因为生小女儿，我在计生委的工作就此结束。我当时也不想做妇女主任，一直以来都是习惯家里三四个孩子，只生一个孩子，这个孩子没有玩伴，实在太孤单了，当时我的很多同学朋友都是这么想的，没办法，根深蒂固的思想一下子真的很难改变。

现在好了，觉得生多少个孩子还真是无所谓，也无所谓生男生女了，只要是孩子都是很好的。生了小女儿后，虽然在新一轮换届时又被选上了妇女主任，但是到镇上去审批，说我是不合格的，因为生了二胎，违反了计划生育政策。

但我觉得我和女儿还是幸运的，到了1994年5月份以后，计划生育的政策越来越严格，女儿出生在3月份，只交了一些罚款。我有一个朋友那时也怀孕了，她生下她的女儿是在10月份，因为是二胎，所以户口无法入到自己家里头，但也不能让孩子成为黑户，这可影响到孩子以后上学就业居住等问题，于是她就把孩子的户口入到孩子的大姨家，孩子也寄放在大姨家。她和丈夫到广州做生意，一年回来一次，直到7岁女儿才回到她身边。但是那时已经晚了，她亲生女儿叫她阿姨，叫她姐姐为妈妈，孩子心里虽然知道自己的亲生父母亲是谁，但是习惯养成了对于孩子来说很难改。而成长的过程中没有父母的陪伴，这对孩子来说真是一个很大的打击。

虽说我很幸运，但也只是侥幸。所以说还是要跟着国家政策走，国家出台的政策是为了人民生活得更好，有时个人要做出一点牺牲。不过时代在变化，现在开放了单独生二胎政策，我觉得还是不错的，希望每个家庭都幸福美满。

23

洪殿岁月：沉浮瞬间的家族变迁

口述者：厉香弟　郭彩琴　郭振宇
采写者：郭振豪
时　间：2014年1月—2月
地　点：浙江省温州市鹿城区洪殿口述者家中

厉香弟，女，1939年生，永嘉县人，农民，文盲。郭彩琴，女，1968年生，厉香弟之女，小学文化。郭振宇，男，1992年生，厉香弟之孙，大学在读。

第一代，古稀之年回顾沧桑岁月

（厉香弟）我是一个平凡而又辛苦一生的苦命女人。直到现在，重男轻女的观念还是存在的。过去男丁都是宝，每个家庭都需要劳动力给家里赚钱，也需要传宗接代，所以我在家里也就没什么地位。小时候生活条件比较艰苦，出生的时候正值战争时期，不过温州受战争的影响还算小。我那时候还小，关于战争的事情也都忘记了，就记得被共产党救过一命。我也是随遇而安的性格，后来长辈安排相亲，我也没什么选择余地，就嫁到了郭家。

郭家算是一个后期发展起来的比较大的家族，历史这些我不懂，所以也不清楚郭家以前的具体发展情况。我后来得知郭家本身是一个比较贫苦的农民家庭，丈夫是家里最小的儿子，被放到城里一个家庭寄养。正是由于这么早地离开家，所以丈夫很能干。他靠打铁为生，是当地打铁的老师傅了。当时打铁的价格基本是1元钱一块，而他的要贵一毛钱，那时1毛钱已经是了不得的事了。打铁是一个很辛苦的功夫活，如果打铁的火星子弄到身上，就会发生流血的情况。他赚的钱比较多，吃的东西也是隔壁邻居吃不到的。但他很大方，经常会把一些吃的分给邻居。他有时候会到码头、工厂去，那些地方的人对他都很客气，可以说他是当地蛮有名的人。

我本身是个胆小又懦弱的人，一直接受的观念也就是在家从父，出嫁从夫。丈夫很勤劳，认识的朋友也很多，但是我对这个倒没有太多的想法，觉得生活还是普普通通的好。反倒是，成功易守功难，男人有了钱之后就会变坏。后来我丈夫的脾气变得很差，动不动就破口大骂，而且嗜酒好赌，把赚的钱花得也差不多了，没什么钱存下来，现在想来也后悔。后来孩子出生了，生了五个，随之我俩生活中出现了很多分歧。我也受不了这样的日子了，所以就选择了离婚。70年代夫妻选择离婚是很少见，甚至是几乎没有的，当时的思想不像现在人这么开放，离婚几乎是不可想象的事情。

当时找了大队干部作证，协定好了离婚分家的事宜。"男方支付女方480元"这个条件对于70年代的人来说，几乎是不可能完成的，但是正如上面提到的，他能赚钱，干部问他分几次支付480元，他一口答应一次性支付我这么多钱。大儿子跟我住，其他四个跟他住，家里的前房给他，后房给我。之后凡是其他几个孩子往我这里跑的，都跟打游击战一样，如果被他们父亲看到，都要挨打的。家里的东西也分了，基本上是根据各自的需要拿的。

年轻的时候对中国共产党的认识就是他们打下了江山，让我们过上了安稳日子。50年代末的公社化运动，大家吃大锅饭，家里的铲子都要上交。"文革"更不必说，很多人都被迫害，每个人都活在担忧之中，说不定哪天就被认定为"反革命分子"了。

说到"大跃进"，炼过钢铁的人都知道，小高炉前是不能离人的，时不时地要填焦炭，因为如果不保持炉内的高温，一旦里面冷却下来铁水凝固住了，整个炉也就报废了。如果炉内壁淤积的灰烬太厚，就很容易使熔出的铁水流不下来，也会导致前功尽弃。所以拆炉是件很麻烦的事情，全部拆了再造一个炉，就会使炼铁的进度放慢。所以那段时期，必须要有人日夜守候在高炉前。特别是夏天，汗流浃背的，身上的衣服根本就没干过，但哪怕是很难受，也不能离开。隔三岔五，一些小高炉的负责人就会被叫去开誓师大会。我也参加过这种大会，就是喊口号，如果有人在会上表态要一个月内炼100公斤钢铁，就马上会有人高喊，"奋战一个月，炼它几百公斤"，最后这个数字被人们越喊越大，貌似所有人都信心十足，称要天天"生产放卫星"。报纸上也会刊登各个地方的各种产量数字，虽然都心知肚明，知道这些数字都是虚构假造的。实际的生活水平没有得到什么提高，反而是浪费了大量的人力物力。后来的自然灾害，农作物产量大幅度下降，当官的也就认识到了错误，及时纠正了。

之后没几年就到了"文革"时期。后来，他（丈夫）被人诬告在地上写"毛"字还踩了几脚，结果被抓到看守所里。他两只手的大拇指在背后相扣12个小时，证明自己没有做过。因为在那个年代凡是做了对毛主席大不敬的事情都是可能致命的。这个事情我还是有印象的。后来我眼瞎的婆婆带着几个孩子亲自到看守所和大队干部说如果抓了他，孩子和老人就没有办法生存，没有人赚钱养家了。干部向红卫兵组织负责人报告同意后他才被放出来。在那之后，我为了谋生，也开始打一些零工。我比较笨，不太会做什么事情，也就干一些手工活。

离婚之后，带大儿子的生活相对比较轻松。大儿子自己也长大了，到码头去赚钱。那时比较苦，赚的都是血汗钱。大儿子也是因为这样缺少了管教，十三四岁的时候就学会了抽烟。后来开了个卖化妆品的店，我就帮忙看店，有一次一个口红是三块钱，我以为是三毛钱就卖出去了。现在说来也是愧疚，都是没有文化的原因。再后来我就一心拜佛，心存菩萨了，念经也成了我后半生的工作。

改革开放之后，沿海发展得还算比较快，特别是衣服种类变化得特别快。之后的一段时间里，邻居很多孩子都出国打拼去了，现在很多也都载誉而归，成为比较富裕的"海归"。政策这些理论的东西太深奥了，小老百姓根本不懂，但是党带我们富起来却是实实在在的。

孩子长大了也都成家了，我跟着小儿子住，日子也算过得安稳。后来由于小儿子到外地工作去了，我就跟着大女儿住。2010年那年，一次下雨天家里地滑，我摔了腿，子女们急忙将我送医院治疗。当时劳保和医保都带来了不少的优惠，这点印象很深刻。

因为老家在永嘉，我也会经常跑到永嘉去看看亲戚。每年过年的时候，子女们也会跟着我去永嘉拜年，之后永嘉的侄子侄女们也会到温州市区来拜访我们。永嘉的发展相对市区来说还是比较慢的，田地还是占了很大的部分，有些地方的交通也不是很方便。听说永嘉现在还算是温州的贫困区域哩。也希望永嘉能够和隔江的温州市区一样，好好地发展起来，老百姓的生活能够富起来。

当然，孙子孙女们都很孝顺，有空就会来看看我，陪我聊聊天。年纪大了话就多，有的时候拉着他们讲重复的话就会讲半天，好在他们也不太嫌弃我。大的方面也不懂，不过国家改革开放，各种制度建立起来了，社会变化发展得很快，年轻人的思想我们已经是跟不上了。现在我也是古稀之年的人了，享受着国家的福利，我的公交卡是免费的，出门交通也很方便，现在大家生活也都好了，每年都有一些机会一家人聚在一起。

我平时看的电视一般也是以温州话为主的电视剧、新闻和一些戏剧。温州鼓词历史悠久，我还是比较喜欢听的。不过现在的年轻人对这些应该也没有什么兴趣了，但其实我还是希望这些文化能够好好地传承下去。

我一个老太婆，一大把年纪了，这辈子也没有什么追求了，到了现在，也就希望子孙们能平平安安，健健康康，安稳地过下去就好。

第二代，社会和家族的承前启后

（**郭彩琴**）我的父母一共生了五个孩子，两男三女，我是第四个，也是二女儿。家里姐妹都是彩字辈取名。我既不是家中最小的，也不是男孩子，从小不太受父母的喜欢，书也不怎么读，读完小学也就打工赚钱去了。20岁我就开始谈婚论嫁了，整个过程还是比较坎坷的。

记得小学一年级的时候（1976年），在学校里还踢着毽子，学校那个不响的广播里清晰地播着毛主席去世的消息。当时很多老师都在哭，但是小学生不懂事可能还不知道是什么情况，只知道一个脑海中伟大的人没了。

父母离婚之后（在当时是鲜见的离婚情况），我和大姐、小哥和小妹一起跟着父亲，大哥跟着母亲。父亲很强势，虽然没有太多的文化，但是他的地位和经济条件都是一流的。当初分家的时候，我们几个小的在旁边看着，大哥和大姐连一个水舀都争来争去。父亲烧得一手好菜，因为有钱也可以说是天天都大鱼大肉的，经常吃海鲜也并不稀奇，也经常会分给其他邻居。每次吃饭的时候，父亲都是要求他先动筷我们才能动筷子，吃饭的时候还有其他规矩，比如小孩子不能用手抓，吃饭过程中是不能把饭掉出来的，夹菜不能太随便等，其实这些也都是传统社会的基本礼仪吧。父亲虽然脾气不好，但还是很关心我们的。每天晚上都会到床上一个个头摸过来，看看舒服不舒服，如果身体不舒服，就会半夜骑着自行车带我们去附近诊所看病。

父母不重视读书，加上我在家里本来也就没有什么地位。读完小学之后，我就去打工了。打工的内容其实也是比较简单的，那时没有什么好的工作，正好家里附近有个工厂（85年被并了），我就一直在那里打鞋包，一天也能赚个几块钱吧。那个年代针线活的话女孩子还都是会的。80年代没有那么多的娱乐活动，平时也就踏青或者一群人聚在一起聊聊天，打打扑克。因为还有很多家务活等着去做。日子一天一天也就这么过去了。

　　1994年我和前夫结婚，1995年生下了女儿。虽然家里经济条件已经好转，但是那时医疗条件还不太好。城市里也到处是农田，真正的医院没几家，只有一些小诊所。等到我要生的时候，也是诊所的医生把我送去医院的。怀孕期间，那时候也没那么多的讲究，不要说什么好的补品了，能有一些基本的营养保证就不错了。我有的时候甚至还会喝啤酒。因为婆婆是住山里的，当初到山里看望，看到好吃的东西我就用手抓，被大姐夫和大姐制止。不幸的是，后来因为山崩，整个山塌了房子都被埋了，婆婆被活活地埋在山里，永远离开了我们。一般有了女儿本该夫妻关系更好，但是之后我和丈夫的生活却是"三天一小吵，五天一大吵，吵了就要打"，这样的日子让我苦不堪言，特别是丈夫每次一喝完酒之后，脾气就会变得非常糟糕，动不动就要打我，所以孩子四岁的时候我们离婚了。在这个新的时代做一个单亲妈妈，和之前完全不同，孩子承受的可能更多。但幸好女儿很争气，也很听话，表现一直都很不错，现在也上了大学。之后我也赚了一些钱，家里的经济情况也在好转。

　　90年代，温州发展得比较快，老房子特别是靠江边的房子都要拆迁。拆迁的时候，几个兄弟姐妹也都买了新的房子，所以老家也就这样没了。后来老家变成了温州一所比较好的医院，给附近人的生活也带来了很多方便。唯一遗憾的是没有把拆迁之前的一些东西给保留下来，造成了我们现在的一些不方便。现在每次回到老家的旧址，虽早已物是人非，但是还是有种亲切的感觉，因为毕竟是小时候长大的地方。

　　2000年，手机已经逐渐代替传呼机了，但是我的两个兄弟还是在使用传呼机。那时候我觉得不能太没面子，所以就给他们一人买了一部诺基亚，什么型号的已经记不清了，就记得是黑色的，挺拉风的。02年的时候跟随着潮流，我又给他们换了一部诺基亚翻盖的银灰色手机。不过手机这东西更新换代很快，现在路上人人都有手机，苹果、三星手机也是不新鲜的了。

2008年的经济危机对我的生活多多少少还是造成了影响,家里的经济条件也一度差下去,甚至到了难以正常开支的程度。这个时候幸好有亲戚朋友义无反顾地帮助我,真的是雪中送炭,让我十分感动。虽然我只能住在一个不大的房子里,但是我也有自己的兴趣爱好,比如制作美食,我也正打算干这行赚钱。前些年温州市中考都要有一次素质考核,内容包括艺术类、生活类等多方面内容。生活类的选择,绝大部分学生都是选做菜,所以学校都会组织学生一同到温州一个专门烧菜的地方进行考核。我女儿和侄子是典型的90后,想通过考核是比较困难的,所以我就在家"开小灶",教他们烧一个拿手菜——"酸菜鱼"。并把基本的鱼片削好,调料配好,让他们带去直接烧即可。烧菜的结果也是令人欣慰的,其他同学都很喜欢他们做的菜。也因为这次,他们认识到了要注重生活的一些基本技能,对他们自己也大有帮助。

2009年父亲去世了。前夫家那边的两位长辈早已不在,家中只剩母亲一位老人了。即使我已经长大,即将半百,头发也有些发白了,但是母亲还是经常会念叨一些对小孩子说的话。可能在父母眼里,无论何时我们永远都是孩子。

虽然我没有什么文化,普通话也说不标准,温州话讲的也不如父母那么地道,但是也教孩子把最基本的温州话学好了。可怜天下父母心,我现在也没有什么太大的愿望,只是希望我女儿可以安稳地过一生,找个好男人幸福地生活就好了。

第三代,新时期家族的新希望

(郭振宇)我出生在1992年,也是相对经济条件比较好的一个阶段。小的时候家里人都很宠着我,因为是孙子和侄子的缘故,奶奶和姑妈对我的关心与照顾都无微不至。我是家里的独生子,小的时候父母带我去天津,开了理发店。后来由于我水土不服,回到温州,住在了大姑妈家。我去过的地方挺多的,印象最深的是小学一年级的时候一家人去北京玩,当时感觉大城市真的非常有气魄,特别是马路上有那么多的汽车。挂在天安门城楼上的毛主席的头像,让我心生敬意。那时的天津,高楼大厦也不多,虽然是直辖市,但是还是很有小城市的生活气息。

与弟弟妹妹不同的是,我小时候的经历比较特殊,因为我在老家住过一段时间。直到小学二年级的时候,因为拆迁,才离开了老家。虽然那时候年纪尚小，但是我对小时候在老家发生的事情还是留有深刻的印象。那时候爷爷会骑着自行车带着我去买面具玩，我最喜欢孙悟空的面具了。当时的物价低，这些面具一毛钱就能买到一个。妹妹喜欢猪八戒的面具，所以爷爷在给我买的同时也会给妹妹买一个。印象中爷爷是个非常强势的人。他的饭量很大，尤其他的嘴巴"大"得让我惊讶，那么大的一碗饭，三口就吃完了。这么多年来，爷爷一直都很照顾我，他经常说的一句话就是，"孩子，你要好好读书，爷爷没什么文化，你一定要把书读好"。

我小学是在温州市百里路小学读的，坐落在有"旧时驿路，荷花百里"之称的鹿城区百里坊，和老家很近。学校西对郭公山的旖旎翠色，北临瓯江水之粼粼波光，坐拥优越的自然环境和浓郁的人文气息，也出了不少名人。我上小学的时候正值21世纪这个新时代，感觉当时电视已经比较普及，但是当时更多的还是广播和收音机。那时汽车也不是太多，三轮车和公交车还是比较常见的。

我20年的经历整体上来说还是有些不顺的。其间住过两次院，都是因为运动受伤。一次是小学的时候打篮球头撞到地上，头上出血，送入了医院。另一次是初中的时候参加学校的50米接力跑，可能当时发力过猛，当场骨折了。两次住院的经历让我更加感受到了生命的意义，也学会了珍惜自己的身体，在生活中时刻注意提高自己的身体素质。

我爸妈在天津、上海甚至泉州都开过理发店，后来也在温州开过，还带了很多学徒。但受几次经济危机的影响，父母的生意一直也不太顺利。2010年暑假父亲遭遇变故，因为帮他人出头，遭到严重伤害，身体被刺多刀，后经过抢救才得以保住性命。但这件事也深刻改变了父亲的生活。虽然因为这次伤害，身体多处还是处于难以修复的状态，生活非常不便，但爸爸也因此意识到了自己应该要努力改变自己的生活方式。他不再抽烟，不再懒惰，每天保持锻炼。因此他身体恢复的速度很快，发挥出了他身体的潜能。

在爷爷去世前的那年清明节，爷爷带我去了历史悠久的郭家祠堂。也是通过那次得知郭家的历史是如此的悠久。拜祭了郭家的历代祖先，并看了族谱，当时看到那密密麻麻的名字我就傻了。从族谱中我得知爷爷是家里最小的一个，小的时候家里的条件非常艰苦。那次我也答应了爷爷，以后会经常来祠堂的。

21世纪，说到年轻人的变化，最大的我觉得可以说是恋爱观和娱乐方式了。恋爱呢出现了早恋和自由恋爱，也不像过去那么专一了。这个年代连小学生都知道谈恋爱和攀比了。早恋情况太普遍，老师也来不及管。父母之命媒妁之言的情况也不存在了，绝大部分都是自由恋爱到结婚的，还有裸婚的情况。离婚也是非常普遍的现象，记得前几年有些数据说离婚率已经突破百分之十五了。主要还是由于事物转变得太快，人们对新事物的期待和兴趣比较大。谈到娱乐方式，一般是 KTV、看电影、桌游和电脑游戏。如果玩多了，其实也会感觉到很闷。不过跟过去比起来，已经是非常多样化的休闲方式了。麻将可以说是现在年轻人的基本"技能"了，几乎人人都会玩麻将。电脑游戏，自从我 2002 年玩泡泡堂到现在的英雄联盟，十多年以来各种游戏都会吸引年轻人的眼球。现在很多的小学生也都参与进来了。不过我认为，玩游戏还是要适可而止的，特别是作为打发时间的一个方式，不能占据大家的太多时间。这个年龄段学习还是比较重要的，还是多读书比较有意义。我现在比较后悔的就是读书时期天天玩电脑，荒废了学习，也学会了抽烟，身体大不如从前了，有点不学无术的感觉。现在经历得多了，看到的多了，真的觉得这样做是很不恰当的，趁着还年轻，我想尽快改变自己。

现在，我是一个即将工作的大学生。我的专业虽然是测量学，但是我第一份正式的实习工作是在物业里做管理员，刚开始的工资才 800 块，在这个物价极高的年代，800 块钱连保证最基本的温饱问题都困难。不过万事开头难，一切都要往前看。刚出来的人没资格提什么要求，必须要先做到转正，这需要一个过程，其间要肯吃苦，不怕脏，渐渐地适应这一份工作。以后的日子还长，我相信，路是人走出来的。

现在一个很常见的情况就是大学所学的专业和未来的工作没有必然的联系。很多时候，我们应该要更多地掌握一些技术和能力，这对自己未来的发展会有很大的帮助，而不能死读书，否则结果往往会得不偿失。去年几个月的实习让我明白了现在赚钱真是不容易，即便是烈日暴晒、狂风暴雨，都要到山上和路上进行测量，中午报纸铺起来就睡在地上，每天早出晚归，非常辛苦。所以，年轻人要学会艰苦奋斗，勤俭节约，不能随便浪费钱。

众所周知，温州话可以说是中国最难听懂的一种方言了。当初抗日战争时期温州话也难倒了日本人，让很多密报得以传出去。对于我这样的 90 后，温州话也是基本上能讲，但是很多俚语和深奥一点的内容，就可能不懂了。很多时候在家里和长辈讲话，讲着讲着就会说成普通话，可能平时更多的是使用普通话吧，用温州话已经很难把一个事情讲清楚了。但是，我毕竟是土生土长的温州人，温州话是不能忘的，做人不能忘本。因而我还是经常会和长辈谈谈这方面的事儿，从中学到一些东西。

谈到自己的展望，我就希望先立业后成家。先好好工作，多学习一些东西特别是工作技能和社会经验。等到一切都稳定的时候，再谈婚论嫁。也希望家人朋友都能万事顺利，平平安安。

24

西门追忆：梅顺一家的跌宕人生

口述者：梅　顺　张丁仁
采写者：张蓓蓓
时　间：2014年2月
地　点：山东省东明县马头镇西门村口述者家中

梅顺，女，1940年生，农民，东明县陆圈镇梅庄村人，后嫁入陆圈镇陈楼村。张丁仁，男，1941年生，东明县马头镇西门村人，小学毕业，18岁入伍，复员后到马头镇拖拉机站工作，拖拉机站随公社解散后，以种地为生。

生逢战乱多磨难

（梅顺）我出生时正赶上日本侵华，等到记事的时候，日本就差不多投降了，所以我对日本侵华印象不是特别深。不过，常听大人讲，日本鬼子爱抢东西，看见什么拿什么，从鸡窝里掏出的生鸡蛋滋溜就喝了。还有就是糟蹋女人，那时候，女的被日本鬼子抓到，但凡长得好看点的，都被糟蹋了。所以那时谁也不敢把闺女养得太大，很小的时候就送出去嫁人了。

小时候刚记事儿的时候就听说日本人乱杀人，他们不光杀八路军，连老百姓也杀。鬼子进村后，老百姓有的藏起来了，有的跑了，跑不掉的就被日本人杀掉了。小时候一个玩伴儿的娘，鬼子进村后没来得及藏，就想跑到隔壁的那个村。结果刚从咱这个村跑出去100多米，就被鬼子发现了，直接被鬼子从城楼上瞄准给射杀了。还有一个老爷子，死活不走，非要守着自己的家，也被小日本用枪打死了。除了杀人，还抢东西，不管家里养的什么活物，他们都抢。

不光日本人抢，早些时候，流行便衣队。这个便衣队主要是社会上一些闲散人员和社会混子，队伍也不大，10个人左右。也不知道他们从哪里倒腾来两把破枪，有了枪，他们说话就硬气，就找各村管事儿的要吃的要东西，往往一来到村里就找村里管事儿的说"快给我们做盆饭"或者"快给我们做一筐馒头！"老百姓没有办法，只得给他们做饭送东西。但是跟土匪又不一样，因为土匪都是晚上抢，他们是白天活动。

日本人投降后，在咱们鲁西南这一块儿，中央军和八路军打的是拉锯战！一会儿中央军占领，一会儿八路军占领，晚上睡觉的时候经常碰见两军开战，子弹跟下雨一样！老百姓都赶紧藏起来，害怕误伤到自己。那时候军队打仗都是走到哪儿就住到哪儿，谁家的屋子宽敞，就被军队征用了。老百姓家里的锅灶等生活用具，都被军队征用了。

后来，日本战败了，国民党和共产党又开始打内战。那时候村上有国军驻扎，中央军的军官还在奶奶家老院住过，部队经常在麦场（农民给小麦脱粒和晒麦子的地方）里操练。军队吃喝经常向老百姓要，军队里管事儿的就找村长，村长再向老百姓统一征收。由于军队一缺粮就向老百姓要，没有个时间和次数限制，弄得村里人都非常穷。老百姓不光交公粮，还得干白活，就是中央军让你干什么活就干什么活，还没有报酬，不服从的就被拉去游街，还有的人被打得很惨。总之，那时，老百姓都是东躲西藏的，日本鬼子在的时候横行霸道，尤其是糟蹋女人。换中央军了，老百姓又穷得叮当响，家里有男人的都被拉去做壮丁了，那几年百姓真是躲了日本鬼子又躲国民党，整天没个好日子过。后来，八路军打到这边，中央军就撤走了。

记得中央军在村里住的时候，抓过八路军。我的堂二叔就是八路军，被国民党逮捕了，中央军对我二叔用大刑，逼他供出同党。那时候牵连了很多人，可是那些受牵连的人根本就不是八路。后来，村里有国民党背景的村长出面说了很多好话，那些受牵连的人才没有被害死，不过我那个堂二叔倒是被枪毙了。再到后来，记得在我6岁左右，八路军就打过来了，国民党在前面跑，跑的时候一路抢老百姓东西，后面八路军紧追不舍，枪子弹跟下雨似的，老百姓都吓得不敢出门。

后来，八路军管事后，也是先抓那些当过国民党的人，审讯枪毙不少曾经有国民党背景和为国民党效力过的百姓,听说是那些被国民党害过的八路军的家属揭发的。新中国成立后,共产党就把地主的地均分给穷人,但是那时还是地主少,穷人多,我家6口人总共有10亩地,每人虽说有一到两亩地,但是产量太低,一亩地好的能收个100斤左右粮食,差点的收三四十斤就不错了。

艰苦岁月濒饿死

(梅顺)那时种地,既没有肥料也没有水,也没钱买牲口,积攒不了多少肥料,耕地都靠人用铁铲子掘地。地里也没有水沟、小河,更没有水井。遇到个旱涝年景儿,麦子就死不少。再加上那时候种子少,麦苗稀,一年下来收成就少得可怜。后来,种的庄稼又增加了玉米、地瓜,开始流行用日本进口的那种透明的肥料,国家又组织挖河开沟,粮食产量才慢慢提高了。

大概是52年的时候,农村开始实行农业互助组,后来互助组都加入了集体公社,大家就都一起干活了。那时一天干四晌活,早上,上午,下午,晚上都干活,有时候晚上不干活就开会,召开大会的人就给我们讲国家大事,讲未来的社会是美好的社会,将来的生活会实现"楼上楼下,电灯电话",反正就是鼓足劲干活!但是很多村民都是不太相信的,那时那么穷,谁敢想"楼上楼下,电灯电话"的生活啊!不过,大家干活还是带劲的,因为不干没办法,不干活就会饿死……在公社里都是工分制,你不干活就没有工分,没工分就分不了粮食,家里的一家老小就可能饿死。干活的时候,都有组长队长监督着,还有一些积极分子暗中打小报告,这样那些耍奸耍滑的人就会在开大会的时候挨批评。所以那时没有人敢明目张胆地不干活。

说起那个工分制,可是没少受苦,我一个女人,自嫁过来就没有婆婆,要看孩子还要下地干活。男人是村里会计,不下地干活,幸亏他还有个底分,一家老小才勉强过活。不过公社里也有工分高的,就是那些经常干活不惜力,干活麻利,活又好的人。那些人经常被选为生产组长或队长,他们不仅自己干活,还督促生产队的其他社员干活,所以这些人的工分要比一般劳力高出两到三分。

但是农民还是缺衣少食,"大跃进"时期,产的粮食要掰成好几半,交公粮,留种子,留给牲口,留当官的公务出差费,最后才是分给社员。

一年下来，到分粮食的时候，一家子分的最少就20—30斤粮食，最多的也就100斤，根本不够吃的。有本事的人从其他公社那里偷偷换点粮食，但都是偷偷摸摸换的，换的量也很少，一是没钱，另一个是人家也不敢卖，要是被发现了，就不得了了。因为公社的粮食都是集中存放，每三个月就要清查一遍，遇到粮食少了，公社就专门派人调查，找不到头绪就往往追究平时有前科和惯犯的人，有时候都把人逼自杀了。隔壁的朱庄就听说有人被戴上了偷公社粮食的罪名，气得跳井自杀了。

"大跃进"的时候，社员一起干活，粮食集中存放，遇到上级检查，粮食产量不达标，就在粮食下边铺麦秸秆，粮食看着多，实际上少得可怜。另外，老百姓的锅灶都被收走炼铁去了，老百姓根本没法做饭。谁家要是饿得不行了，也只能在晚上用洗脸的盆子煮点野菜吃，还得担惊受怕，因为有些积极分子眼尖着呢！被他们看见就得挨批评，受处分。

其实58年最大的问题还是饥饿。那时候的人，干活重，吃饭差，吃稀水粥、棉籽馍馍。当时各种野菜都被拿来吃了，人们吃庄稼秸秆，吃树皮（吃里边的内皮，把树的外皮刮掉，去除内皮晒干，用剪子剪开，用磨磨成粉，做成粥，很难吃，但是为填饱肚子，只能将就着咽下去），还有人吃野草，吃草根……吃后拉肚子，呕吐。那时候吃饭的目的只是撑肚子，哪里还顾得上考虑营养和健康啊！很多人饿得浮肿，要是吃饭还是跟不上，又没有药治，那只能是死路一条。即使得到治疗，如果营养跟不上，人还是难活。

其实那时，老百姓不仅要干农活，还要参加挖河打井，男女老少都挖河，活重吃的饭又差，那年没少死人！我就是在那时候全身浮肿，实在受不了了，就被放回家了，不然命都难保。当时，村里人的寿命到70岁都算很大了，活到80岁的人极少。很多年轻人都是因为生病死的，当时生病后能到公社医院去治，那虽然是公家医院，但还是要收费的。也有那种义务治疗，不过病人情况好一点，就不给治了，让回家休养。有的人回家后，病还是不好，又没钱治，只能等死了。

那会儿，家家都缺衣少食，为了能活下去，老百姓也有自己想办法的。但是当时老百姓都在公社，搞的是集体经济，商品经济受限制，很少有敢做小买卖的，有的话也是偷偷摸摸地进行。因为怕被发现，有些人晚上将贩卖的商品，像熟花生、布等，偷偷拿到很远的地方去，通过中间牵线人将东西卖给买家。那会儿，村里还发生了一件好玩的事：有一个人，在过六月节①的时候，村上有个人炸了几根油条，想到大街上卖了换几个钱。可是不料被人揭发了，告到村里专门打击"投机倒把"的民兵队里，一上街就被民兵队盯上了，结果卖油条的在前面跑，民兵队在后面追，眼看要追上了，卖油条的那人就拼命往油条上吐唾沫，后来还是追上了，但是看着满是唾沫的油条，民兵队就没有没收油条，只给了卖油条的一顿揍就散了。

其实那时候明着买卖不行，暗着也是不行的。听说那时候有偷着卖公粮的情况，也是托关系，通过中间人卖点儿粮食，谁也不敢卖多，因为公社都有贫民主席和贫民组长，对村干部管得很严，隔三个月就搞一次四清，所以买卖公粮的数量很少。其实那时候的干部作风还是很好的，都是实干家儿，农忙的时候领着大家干活，农闲的时候，大队干部往往就在晚上开会，有时还偶尔搞个集体活动，搞个野餐之类的，那时候野餐做个白菜豆腐汤就是极好的了。

苦尽甘来感触多

（梅顺）从包产到户后，公社就解散了，公社里只管事儿不干农活的人也开始回归农田。公社除了分地还分牲口，那时候牲口少，好几户人家就共用一个牲口。包产到户后，曾经耍奸耍滑的人也有了干劲。当时在公社里都是集体浇地，后来地分给了个人，家家户户都开始为了提高生产率想办法，有买浇水的电动机的，有买三轮车浇地的，买不起的就几家合伙买机器或者集体合力劳作，但是水的供应是有时间限制的，几家合作可能会耽误干活时间，错过供水，所以当个人能负担和操作后就不在一起干活了。除了浇地方便了之外，老百姓也都普遍开始使用肥料。那时候最流行的是从日本进口的肥料，用量少，但肥力高，非常好用。

包产到户后，虽然粮食基本上够吃了，但是生活还是很困难，很多地方都还很不方便。比如说，那时候都是用石磨磨面，磨上一次只够一家吃两三天的。穿衣服也都是自己织布，那时候白天干农活，晚上织布，织好

---

① "六月节"指六月初一的时候，是中原农民的重要节日。正处于麦收完毕、秋苗尚小的农闲时节，再加之"端午节"多被麦忙所误，所以到了"六月节"，家家都要蒸馒头、炸年糕、油条和包饺子，以改善生活。趁节日的食品，再买些桃、杏之类的水果，拾个"篮子"，闺女就要走娘家了。

的布除了留给自己做衣服用，还要用于人情世故的送礼，实在困难的时候，还不得不拿到市场上卖一部分，换几个钱贴补家用。

还有一个感触就是上学的问题，我小时候家里特别穷，根本上不起学。当时上学的人也很少，女孩上学的就更少，加上我又是老大，所以理所当然早早地开始下地干活，把上学的机会留给弟弟妹妹，自己只能在农闲的时候在村里上几天夜校。妹妹上完小学，家里穷也供不起了，可是妹妹争气，不上学后，在村里积极劳作，她总是带头干活，认真仔细，又有些文化，所以经常作为村里模范受到表扬。

有一次被村里派往县城开会，被包片儿管理农村的领导看重，问她愿不愿意出去工作，妹妹回答了一句："党让我去哪儿我去哪儿，党让我干啥我干啥！"结果，这个领导就和村干部协商后，把妹妹调到一个乡镇的供销社工作，后来又到县城的供销社工作。在县城工作到退休，因为是正式工人，所以工资和退休金都很高，比我们这些老农民的收入不知要高多少倍呢！

（张丁仁）小时候吃饭很少有麦子，都吃高粱、黍、红薯、豆子、绿豆。数量可是少得可怜，根本不够吃。不过我老伴那时候家里富，她家的地至少有50亩。1942年，河南闹旱灾，没少饿死人，老伴家住在河南和山东交界，却粮食大丰收，光是黑豆就收成了一大囤。老伴没结婚的时候可是没受过罪！不过后来划成分的时候差点儿被划成地主，还好划成了中农，不过那时候人多地少，她家的不少地，就被分给了穷人。

刚解放那会儿，国家还允许做小买卖。我小时候家里很穷，老辈上就穷，家里地少，只能靠开杂货铺为生。主要卖黑糖、白糖、染色剂、鞭炮等，其实主要卖染色剂，那时候都是织布，要想织花布，就需要有花线，花线都是白线在染色剂里染后形成的。那种染色剂，冬天是块状，夏天是黏稠的糊状，颜色主要有黑、红、青、蓝等。给白线子染色需要高温，想染什么颜色的布，就把什么颜色放到开水锅里，然后把白色线子放到锅里煮，如果不是高温，染上的颜色不牢靠，用水一洗，就变成灰色的了。

小卖铺里卖的这些东西都要去汴京城——开封批发，开封距离我家大概有100里路，那时，交通不便，都是步行去的。白天天边刚泛鱼肚白就出发，跑到开封天都黑了，反正至少要走一整天的路。那时也没有什么交通工具，进货的时候只能推个小推车，车是独轮车，纯木头做的，因为轮子的轴都是木头做的，没有润滑剂，走起路来吱吱哇哇，隔大老远都能听见。那时没有润滑油，每个推车的人在车上都挂一个小油瓶，里边装点棉油或者花生油，走一段就停下来往木轴上滴几滴油，木轮车才能走起来不那么费劲！很多老辈儿都推了一辈子独轮车，每天推车，脖子里挂个带子拉车，慢慢地都驼背了，老了之后就驼得更厉害了。

  人民公社的时候，镇上一个叫赵怀安的干部经常在戏院子里开大会，大会上讲："以后老百姓想受罪都难！咱们这儿离黄河近，直接可以把黄河水引到地里，到时候地边上沟沟坎坎里都是鱼，老百姓干着农活还不耽误抓鱼呢！"还讲道，"犁地不用牛，点灯不用油，楼上楼下，电灯电话。"其实那时候说实在的有点不信，不过后来挖河开渠，把黄河水引过来后，还真是到处都是鱼！小孩子整天泡在水沟池塘里抓鱼，那时候五天左右就能吃到一次鱼呢！

  另外，以前种地都是用牛，一天能犁个约半亩地，后来55年后，开始有用拖拉机了。其实最不敢相信的是"楼上楼下，电灯电话"这句话，因为那时都是用煤油灯，用个小瓶放点煤油，瓶口放个麻绳当灯芯，那样的灯灯光暗，也冒黑烟。真没想到，后来国家建了发电站，老百姓也都用上电了。现在生活都好了，很多人家都过上了"楼上楼下，电灯电话"的日子。当时，中央倡导的还有扫文盲，其实那会儿老百姓识字的很少。"文革"时，红卫兵抬着毛主席的像，旁边还抬一个黑板，遇到路人，至少要写两个字，老百姓不会念，必须教到你会读不行。然后再在毛主席像前大喊一声"毛主席万寿无疆！"

  其实，搞公社那会儿，老百姓日子是很难过的。在参加公社前，国家还允许私人做点小买卖。那时候家里地少，仅有的几亩地还是盐碱地，地碱到可以晒盐的程度，那时候爷爷和爹经常把盐碱地的土拉到家里，沥出水来晒盐。地里收成低，好歹还能靠做点小买卖糊口。可是全国实行人民公社后，每个镇上都设治管所、税务所、市场管理所，严格限制市场买卖，小生意也做不成了，全家就到公社里干活了。

  但是公社那会儿缺水少肥，还多旱涝灾害。缺水是因为还没有开渠挖沟，缺肥是因为那时候人都很穷，买不起也养不起牲口，积攒的肥料少，另外那时候还不流行用肥料，土地没有肥力。我们住的这个地方靠近黄河，黄河是个地上河，县城又地势洼，站在黄河大堤上看县城，整个县城就好像在一个大坑里一样，一旦发洪水，淹没的土地、房屋不计其数。那时麦子亩产100多斤算是极好的，差的亩产只有几十斤。我们一个生产队

200多口人，等到秋收完，只有一个麦秸垛，总的收成仅有七八十袋麦子，还比不上现在一户人家的亩产量。工分多分的粮食不过才100斤左右，我家七八口人，因为孩子多，劳力少，工分就少，到分粮食的时候只有十几斤，那时候的人真是太受罪了，很多人都差点儿没饿死！

我们全生产队一个食堂，每个人都很难吃饱！两个妹妹饿得脸色蜡黄，大妹妹饿得站起来走路的力气都没有，二妹妹饿得还到山西去要过饭。到公社后期，人穷得真是没有一点儿粮食吃。大伙刚散的时候，大家都没粮食吃，只能整天水煮野菜，放一丁点儿盐，有的人吃完上吐下泻，很多人都是身体脱水死掉了。到后来实在没吃的，人们就到地里挖野草根吃，连地里那种带刺的干草都吃。很多树也都长不出绿叶，特别是榆树，树皮都被人刮掉吃了。还有人把带着棉絮的棉籽和晒干的榆树树皮磨成的面混在一起，有的还把花生皮磨成的面和榆树皮磨成的面混在一起，然后放到锅里贴成锅饼，但是这种东西粘肠子，吃完根本拉不出来，有一个人饿急了，吃了很多，然后就一直拉不出来，一直吼了好几天，差点没疼死。

现在回想起来，那时候人吃的东西还不如现在牲口吃的东西好啊！更不要说穿衣服了，一件衣服都要穿个十年八年的，衣服上是补丁摞补丁，有的人家，整个家里只有两床又窄又薄的破被子，一家人冬天的时候都挤在这两床破被子下边，为了挡风，他们就把干草盖在被子上。虽说那时候家里劳力少，工分少，分给的粮食少，但万幸的是我在拖拉机站上班，还能拿几个工资。那时候钱金贵，30块钱的工资，就能托人在黑市上给买点杂面儿，杂面才8分钱一斤，好面也才毛把钱一斤。靠着这点工资，一家人才没有被饿死！

后来，公社解散了，拖拉机站也就跟着瘫痪了，我也重新开始种地。记得公社刚散那会儿，生产队长说："地已经分给你们了，以后你们就老鼠爬墙头，各找门道吧！"地虽然有了，但是没有种子，也没有牲口耕地，只能东拼西凑点粮食做种子。虽说好几家合伙分得了一头驴，但是牲口根本没有饲料，都很瘦，耕地也没有力气。另外，时间不等人，如果都等这一个牲口犁地，就耽误播种了，没有办法，很多人都是自己掘地，好歹把地给种上了。

大概到分地后有两三年，每户人家才积攒点钱，开始买牲口。那时，因为还不流行化肥，麦子品种也不行，粮食还是产量不高，但是秸秆倒是存了很多，方便养牲口了。到分地五年左右，各家各户才基本上能站住脚了，最起码能吃上掺点白面的馒头了。再往后开始流行日本化肥了，那些化肥全是从日本进口的，用量少，肥力高。

第一年用，麦子产量就从 100 来斤升到了 300 来斤。但那时候国家又提出了一个新口号，号召中原地区努力发展农业生产，争取跨上纲要，争取小麦亩产达到 400 斤，然后再跨越到 500 斤，更高的标准是 800 斤。但是，无论农民怎样下功夫，小麦亩产量始终达不到 400 斤。最后发现原因在于小麦的品种不行，为此，国家专门成立了农科院，研制了小麦新品种。此后，小麦的亩产量才逐渐提了上去。现在的亩产量可不得了，普通小麦亩产量都能达到 1000 斤。

温饱问题解决后，市场也慢慢放开了，感觉最明显的就是交通工具的变化。以前去县城都是步行，就算骑个自行车也没有三轮车快。那时候儿子做跑车拉客的买卖，因为去县城快捷了不少，所以坐车的人很多。很多人看到这一行赚钱，路上跑车拉客的人也就渐渐多了，而利润就不大了。幸好国家政策开放了，市场也慢慢全面放开了，赚钱的机会也多了，无论是做买卖还是给别人干活，收入都高了，各家也就慢慢富裕起来喽。现在，就期盼着，自己能多活点年岁，能看着自己的子孙平平安安，顺顺利利的，希望家人的生活越过越好吧。

第四编　农家孩子

25　孤儿自强：走出水乡的农技干部
26　水乡教师：叫我声老师，多高兴
27　春江纪事：梅山生活的点点滴滴
28　跳出农门：临海夫妻的成长之路
29　女埠细雨：飞渡旧时的岁月沧桑
30　浔阳江头：铁汉在香世庵的磨炼
31　上峪追忆：黄土坡上的村史家事
32　执法关中：秦川渭滨的那囚那案

25

孤儿自强：走出水乡的农技干部

口述者：蒋云生
采写者：蒋伊凡
时　间：2014年2月
地　点：浙江省杭州市口述者家中

蒋云生，男，1937年生，嘉善县西塘镇高家浜人，中专学历，曾任浙江省北湖种畜场场长，省劳动模范，现退休颐养。

独姓、水乡、垂钓能手

我出生在嘉善县西塘镇北郊的高家浜。高家浜的前浜和后浜共有二三百户人家，大姓有李、钱、罗、陆，只有蒋家是独姓。父亲是个有手艺的木匠，每天去镇上的木作坊里劳作，他本来是祖父的徒弟，后来因为被祖父看中才入赘，当了蒋家女婿。母亲则在家照顾我和两个姐姐，还要耕种家里祖传的5亩水田，农忙时家里会叫帮工，一家5口生活还算安定。

但在我出生6个月的时候，父亲在劳作中受伤病故，家里失去了顶梁柱。光靠母亲一个人难以养活两个姐姐和我，最后她只能忍痛把6岁的二姐送给别人家做童养媳，据说二姐不久后就死了。因为我是独子，所以母亲对我宠爱有加，生活还是很幸福的。

西塘是个鱼米之乡，大米因为质量好，所以很有名。在我小的时候，西塘的生态环境非常好，稻田里也有黄鳝、螃蟹、田螺，不过现在都没有了。水道四通八达，河流也都没有被污染，水里长着水草，所以鱼虾很多。原来的河里还能游泳，现在哪还能游？

当时没有公路也没有火车，人们出门都走水路。我大概六七岁的时候就会游泳了，然后就开始和小伙伴们去河边到处抓东西玩，如钓黄鳝。黄鳝要怎么钓呢？先用一根铁丝做出一个弯头，挖一条蚯蚓，把它穿进去做好饵。黄鳝喜欢在稻田里的田埂上面打洞，如果看到一个洞比较新鲜，像是刚刚打出来的，就从口子里把蚯蚓伸进去。不用多久黄鳝就会一口咬住蚯蚓，这个时候再猛地把铁丝抽出来，黄鳝就钓到了。那种快乐的感觉，是语言所无法表达的。

还有就是抓螃蟹，螃蟹也会在田埂上打洞，但是它们打的洞比较光滑，如果是不光滑的洞，那就有可能是泥鳅打的了。想抓螃蟹很容易，在洞边上随便抓一把草，用草把洞口塞住，过两三个钟头再把草拿走，把手伸进洞里就可以抓到它们了。

我也经常去钓虾，虾喜欢吃螺蛳肉，拿只竹子做的淘米箩边钓边兜就可以了。现在家里孩子们喜欢吃的河鳗，西塘以前也有很多。河鳗喜欢吃田螺的尾巴，但是那个东西，人是不吃的。所以吃完晚饭以后，我就把吃剩下的田螺尾巴放进一个比较深的水笼里，在水笼上吊一根绳子，再放进水里，河鳗就会自己钻进去吃。

像捉田螺这样的就更简单了，到稻田里赤脚去捡也行，竹竿上做个兜去捡也行，很方便的。

这样一来家里荤菜就有了，再挖点菜烧烧就可以上桌了。这才叫鱼米之乡，吃的都不用担心，自己抓抓就好啦，而且小时候我家里也没钱，所以一般就是自己去抓。

寄居、农校、找工作

我的童年因为到处去抓东西，所以是很幸福的，不像现在的小孩整天在教室里读书。小时候是不读书的，整天在外面玩，这样的日子一直持续到我 9 岁。那年母亲得了血吸虫病，去世了，后事是我的两个叔叔和远房亲戚帮忙操办的。按照母亲的遗愿，姐姐在那年出嫁，我被交给小叔照顾，而我家祖传的 5 亩水田则交给了大叔代耕。

就这样我离开了生活了 9 年的高家浜，搬去了在古镇烧香街开茶馆的小叔家里，开始了寄居生活。那之后我就很少回农村了，一年大概也就回去一两次。

寄居生活让我学会自理，姑姑曾经对我说："你阿叔是亲的，但住在人家家里也要做事情，要懂规矩。"所以我每天放学回家后，都要帮忙打扫茶馆的卫生：第一件事就是打扫店堂，清理垃圾；第二件事是用肥皂清洗七八条公用毛巾，还有洗脸盆，那时东西少，这些用品都是公用的，不像现在什么东西都有；第三件事是分装茶叶，以前泡茶是有专门的规定的，每壶茶放多少茶叶都要一格一格分好，我要把红茶和绿茶按照每壶一定的分量各装50份；最后一件事是给四五盏煤油灯加油，并且擦干净灯罩，那时晚上只能用煤油灯，不像现在有电灯那么方便。

这些事做好就到吃晚饭的时间了，晚饭是我婶妈做的，吃完晚饭后我就在煤油灯下写作业。第二天早上，我起床的时候，婶妈还没起床，所以没早饭吃。叔叔每天都会给我两毛钱，这样我就可以买一副大饼油条，但是我都不花的。我的婶妈其实是个很挑剔的人，但是她从来没说过我坏话，她临终前还和她的孩子说："你阿哥真好，真懂事，读书也用心。"

也就在9岁那年，我进入小学读书，一开始在西塘世贤诗小学读书，后来转去了西塘文化小学。家庭的变故让我很小就懂事了，因为我知道自己没有父母，只能靠自己读书才有出路，所以我认真读书，考试成绩总在前三名。

1949年5月的时候家乡解放了，学校里成立了少先队，我成了第一批少先队员，还是学校的大队长。土地改革的时候我没成年，但是政府仍然保留了我的5亩田，还给我发了土地证。后来"文革"的时候造反派查我，知道我有5亩土地之后说我不是贫农。那时候有个同村的人知道我的情况，他说："我有7亩土地，还是个贫农！"那时候土改，一个人可以分到3亩土地，如果是单身一个人，那可以加一倍。后来嘉兴要办酒厂，征用了我的5亩地。

以前的小学分初小和完小两种，初小读四年，完小读六年。在我初小毕业的时候，根据我母亲临终时的遗愿，我叔叔是要安排我去学生意的，当时他也托人让我去上海的一家汽车修理铺当学徒。我把休学的打算告诉小学校长，他说："现在解放了，今后学校是向工农子弟开门的，你学习好，成绩好，身体好，读书有前途。等你完小毕业后，我保证送你去一所免费食宿的学校继续上学。"回家以后我把校长的话告诉小叔，他也就同意让我继续读下去，这样我就放弃了去上海学生意的想法。

1951年我小学毕业，校长兑现了他的承诺，让我在三所学校里选一所继续上学，最后我选了嘉兴农校。到那时为止我从来没离开过西塘，没见过火车和汽车，也没见过山，只从书上知道了一些。所以离开西塘去外地读书我心里很高兴，而且当时整个西塘也只有我一个人被保送去了嘉兴农校。但是这毕竟是我第一次出远门，叔叔还找来一个邻居给我介绍去农校的路线。

1952年8月底，我带了一条祖传的老棉被，穿着一身夏天的布衫，很寒酸地独自一人离家出行。

我先在西塘轮船码头坐船到嘉善魏塘，然后坐火车到嘉兴。当时西塘到嘉善的轮船票价是1角2分，嘉善到嘉兴的火车票是2角1分，相当于当时3斤半籼米的价钱。临行时小叔给了我大概4角钱的路费，到学校还剩7分钱。

还好当时学校食宿全部免费，在校学生都有助学金，伙食标准每人每月9.5元，粮食为每月37斤。这些都不发到个人，由食堂统一安排，每月只发饭菜票一次，多余的也不能兑换现金或粮票，只有因公外出才能换。

学生寒暑假期间是没有助学金的，只有无家可归的学生自己要求留校，经过学校同意才可以有助学金。因为不想加重小叔的经济压力，每年寒暑假我都申请留校。

我的中专从初一开始读，读了6年。我们班这群人是新中国培养的第一批农技人员，刚报到的时候班里有40个人，是清一色的贫下中农子弟。大家都是被保送进学校的，但是每个人的经历和文化都不一样。有的参加过土改工作队，党组织觉得他年纪小，所以就送来读书；有的参加过抗美援朝，回国以后来读书；有的是乡政府的文书。真正读完小学的没几个，所以文化基础参差不齐。我们一进校就开始上初中课程，有几个人跟不上教学进度就退学了。到毕业的时候班里只剩下32个人，因为人数不够，所以学校又从杭州、嘉兴招了50个初中毕业生和我们混编成2个班级，直到中专毕业。

我读初中的时候，因为基础比较扎实，所以比较轻松。到高中的时候基本就上农校的专业课，因为没有课本，只有一点讲义，所以老师上课的时候一定要记笔记。我的专业主课是作物栽培，其他课程有地质学、测量学、气象学，自选课程还有俄语。

我在嘉兴农校读书的时候，没得到亲友的分文资助，好在同学和老师知道我是孤儿，所以对我比较照顾。学校每次抽派任务都有我的份，不管是抽一个人，还是两个人。现在想起来，可能是分配的人出于好心。因为外出有旅费补贴，增加了我的经济来源。而且我学习成绩也比较稳定，学习比较自觉，就算离开学校一段时间也不会把学习落下，只要看看上课笔记就可以跟上学习进度。

当时出差多是为了抗洪，嘉兴地区地势低，容易有涝灾。如果机关里人手不够，就要学校里派人去帮忙。有时候省里也会有干部来检查，地区里的农业干部不够，有些老干部没文化，到农村视察时会被群众问住，我就在旁边帮他们回答。

临近毕业的时候班主任问我毕业后的打算，我说我还是去工作吧。如果当时我每个月有4到5块钱的经济来源，我肯定会选择继续读书升大学。现在的年轻人可能会问，这一点困难算什么，难道不可以用课余时间去挣钱，比如打短工、捡破烂吗？可当时的社会一切都得有组织，捡破烂、打短工或者做生意都是不被允许的，完全不同于现在。

学校的毕业考试我没有参加，因为当年空军部队招高空飞行员，按规定应该在当年的普高毕业生里招人，但是因为没招满，就到应届中专毕业生里扩招，最后学校推荐我去应征。我通过了县里、市里和省里的三级体检，但是在南京航空学院体检的时候，检查出我鼻腔里面有一颗芝麻大小的肉瘤，医生说不适合高空飞行，于是我又回到了嘉兴农校。

我因为去参加体检，离校了20多天，不仅毕业考结束了，工作分配也结束了。学校给了我一封介绍信去浙江省农展会报到，我就马不停蹄地赶到杭州。省农展会那时设在西湖孤山18号，有一个嘉兴农校的同学和我一起在那里工作，因为有熟人在一起工作，所以我很高兴。

在我毕业前青海省的农业干部要求浙江支援，省里决定要派最好的毕业生去。当时人们的思想和现在很不一样，现在哪有人肯去那么苦的地方，好的人才都想留在条件好的地方，但是当年大家是很无私的，都是把最好的人才送出去的，我也报名表示愿意。

在报到后的第三天，有分配去青海工作的同学来找我，说我原先被分配的工作是去青海，青海人事厅接人的名单上有我的名字。但是我回到学校的时候没人告诉我已被分配到青海，而且省农展也把我当月的工资发了，手续也办好了，第二天我就要去东阳出差，我只能拜托他们把我的情况告诉青海来的带队干部，所以我最后留在了杭州。

在农展会工作时，我大部分时间都在全省各地搞农业调研。因为当年刮"浮夸风"，温州有个县发来电报称该县一块试验样板田亩产6万斤，但我去那里验收时，没见到稻田，只见到仓库里的稻谷。显然没法证明这些稻谷产自试验田，所以我拒绝在验收单上签字。回杭州以后我如实汇报，但是不敢对此做任何评论。

1960 年的时候我和浙江省农展会代表团一起去北京参观全国农展会，当时从杭州坐火车去北京，因为还没有长江大桥，要在南京摆渡过江，到天津还要转火车才能到北京。

干将、劳模、考察荷兰

我在省农展会工作了近三年，后来遇到经济困难时期，政府决定停办 1961 年的省农展会，所以我被重新分配到省农业厅直属的北湖种畜场农业组工作。

当时种畜场的规模很大，政府把我们调到这里想要"以场带队"。当时种畜场有 1 万多人，由大北山种羊场、后潮湾种猪场、塘角廊种猪场、圣塘奶牛场组成，还包括当地的生产大队。我被派去圣塘奶牛场蹲点，帮助大队处理事务。

当时每亩地粮食产量都是有国家要求的，每亩地每年上交多少粮食也是固定的，一点也不能少，所以任务很重。如果有自留地的话还可以种种番薯和萝卜，在自然灾害严重的年份不至于连口粮都要上交。我所在的圣塘大队，是当时最落后的一个，因为这个大队不靠山，自留地少。

1961 年 10 月，受台风影响，种畜场出现严重的内涝，因为没有排涝设施，只能眼睁睁地看着稻田被淹，心里很不是滋味。当年的秋收也严重减产了，在秋收的会议上，场长布置了当年的粮食征购任务，大家都不说话，因为没办法落实。在场面僵持的情况下，我说了圣塘大队的情况，表示如果让农民留下明年的种子和口粮，能完成任务的 60% 已经很不错了，再增加计划以外的任务，根本不可能完成。结果我的发言当即遭到严厉批评，参加会议的其他同事都不敢吱声，但会后有些人私下对我说赞成我的发言。

那次干部会议不久，总场开了干部大会，又一次批评了我不顾国家利益，犯了群众尾巴主义的错误。这样一来群众都知道我吃了批评的事，6个生产队为了不让我为难，都很主动地交纳了粮食，没留下种子和第二年的口粮，但这样也才完成了全年征购任务的 90%。

结果第二年春节以后就开始闹春荒，当时我和支部书记住一起，早上起来就有一大群人上门要饭吃。我把情况反映到上面，因为对受批评的事十分不满，所以我用很生硬的语气说了"如果饿死人，谁也逃不了责任"。这样一来，上面很快就派人来调查。我陪调查人员去群众家里，发现绝大部分人都已经断粮了，只能用胡萝卜、野菜充饥，这才引起上级重视。

在我刚通过全面调查即将入党时，"文革"开始了。从 1966 年 8 月到 1969 年 8 月，我被批斗和陪斗了 6 次。每次我被批斗都是安排在夏收夏种和秋收冬种刚结束以后，批斗结束以后又被勒令留在当地农业队劳动，不许我回北湖。这样是为了把我和北湖群众隔离开，方便造反派活动。但是每当农忙时候又少不了我，全场除了我几乎没人能胜任水稻生产的大兵团指挥工作。造反派没办法，只能派我回北湖，一开始我还从大局出发想回北湖组织"双抢"，但是 1968 年秋收冬种以后批斗我是"二月逆流里干将"，从那以后我就再也没听过造反派的命令了。

造反派采取各种手段，把我从原先的单间住房赶走，但是我也不争不吵，搬到单身职工集体宿舍去住。到后来连集体宿舍也不让我住，我就每天早出晚归去劳动。最后他们想用停发我的工资来逼我就范，但这一招遭到了总场的反对，造反派也拿我没办法，我和造反派的关系一直僵持着直到"文革"结束。

1978 年十一届三中全会以后我被选为党委委员、总场副场长，同时负责场办工业。我就一心扑到场办工业上去了，把厂子正式更名为杭州柠檬酸厂。

1979 年由于场办工业增加了盈利，总场破天荒地扭亏为盈，摘掉了连年亏损的帽子，同时我被提拔为总场场长。我任场长后贯彻"一业为主，多种经营"的办场方针。总场的条件本来比较差，到 1985 年农场职工的工资收入、福利待遇、居住条件都得到了很大的提高，甚至超过了市区职工的水平。因为 1980—1985 年的工作成绩，我在 1986 年被授予了省级劳动模范的称号。

1988 年我被选为代表团成员出访荷兰，我负责代表团的安全工作，所以组织上让我看了几部内部片子，是有关台湾国民党特务对我出访人员进行策反活动的。在出发前，代表团的所有成员都到我所在的单位开了一次小会，互相熟悉的同时也分配了各自要带的小礼物。我被分配到要带几斤罐装的自产龙井茶。这些礼品总共装了足足三大箱。

6 月 2 日出发，当时杭州机场还没有国际航班，先坐火车到上海，再从上海机场坐中国民航的国际航班到法国巴黎,从巴黎转机到荷兰阿姆斯特丹。在上海的时候因为飞机要排除故障,推迟了3小时登机。

之后飞机在中东沙加国际机场降落加油,下了飞机到候机大厅休息。大概一个小时以后重新登机,即使是重新登机,海关对每个人的检查也很严格,这可能和当时阿拉伯局势很紧张有关。

到达法国戴高乐机场时,已经是当地时间晚上11点了,因为飞机晚点了3小时,没赶上去荷兰的班机,下一班班机要等17个小时。由于出国的护照没办理滞留法国的签证,所以不能离开机场。正当为难的时候,刚好中国驻巴黎大使馆的人员在机场接人,他们知道情况以后,立即和海关协商,在征得同意以后,把我们接到巴黎大使馆休息。第二天又安排我们游览了巴黎市区,在凯旋门、埃菲尔铁塔和巴黎圣母院略作停留,然后把我们送去巴黎机场,在巴黎度过的17个小时也非常有意思。

到荷兰机场的时候,有位中国大使馆的外交官问我们之中有没有嘉兴市长,我们说只有绍兴市长。他是嘉兴王店人,1952年大学毕业以后被分配到外交部,派驻西欧大使馆已经30多年了,子女都在北京,每年回一次国探亲。因为长期在国外工作,国内没有朋友,所以很想见见家乡的父母官。我和他说我也是嘉兴人,后来他陪同访问时,和我关系很好,之后他回国探亲我们也有联系。

荷兰国家很小,土地面积还没有浙江大,但是经济发达,我们在那里访问了8天,几乎到达过这个国家所有的地方。除了城市以外,这个国家全是乡村,到处都是不停在转的风车。他们的乡村别墅一般是临河建造的,门前是花园,穿过花园就是河流。在别墅的后门有和主干线相连的车道,所以别墅主人有私人小汽艇和轿车。有钱人都住在乡村别墅,不住在城里。

几个住在荷兰的华侨都说他们一般住在乡村别墅,但是这个别墅不是自己建的,而是租的或者买的。西欧国家那时就出现了人口负增长,有很多空余的住房。而且西方人的传统和我们不一样,子女读大学开始就离开父母,对父母没有赡养义务,老人靠养老金生活。老人的遗产因为要缴巨额遗产税,也很少被子女继承。所以乡村别墅里住着的大多是独居老人,他们很乐意把房子租给别人,因此价格也比较低。

在荷兰那几天让我印象最深刻的就是地上见不到一点垃圾,我们穿的皮鞋一直没擦过,但是还很干净。更让人吃惊的是荷兰的交通十分顺畅,没有红绿灯也没有交警。还有不同于我国的就是周六周日城市商店都歇业，城市显得十分冷清。但当我们离开宾馆出去活动的时候却发现海滩上人山人海，体育馆里也有很多人，高速公路上车辆来往不息。而乡村里只有老人留守，基本见不到年轻人和小孩。

  1997年我退休了，退休之后生活悠闲了很多，网络、电脑都已经普及了，我也可以在家里上网看新闻、打打牌了。杭州的城市建设也大刀阔斧地进行，运河、西湖的水更清了，山更绿了。我和爱人白天爬爬山，傍晚在运河边健健身，年轻时腰椎间盘突出的顽症也没再复发。

  搬到新社区后，我被选为楼道支部委员，在党支部的领导下，定期组织学习国家新的方针政策，帮助社区领导处理楼道邻里间的小摩擦、小纠纷。因为我家住一楼，单元内双职工的快递都由我家代收，单元年年被社区评为和睦单元。社区领导对我也很重视，每年寒暑假我都要给社区的小朋友们上课。

  政府对老同志更是关怀备至，每两年安排退休职工参加体检。退休以来，杭州市总工会组织部分劳模体检了三次，去年体检时我的各项指标基本正常。

  我现在77岁了，楼梯爬上爬下也没原来方便了，所以我辞去了支部委员。今年最高兴的事情就是"大运河"申遗成功了，我为我家是"运河人家"而骄傲，这是从前从来不想的，所有这一切全靠党的改革开放的政策。

26

水乡教师：叫我声老师，多高兴

口述者：陆洪祥
采写者：陆凤婷
时　间：2014年2月
地　点：浙江省嘉善县姚庄镇口述者家中

陆洪祥，男，1948年生，姚庄镇北鹤村人，中专毕业。1973年开始任乡村小学教师，2003年退休。

艰难困苦：不幸的童年

我1948年出生在嘉善。我住的那个村子叫北岳村，现在叫北鹤村。嘉善是杭嘉湖平原上的一个水乡小城，一般认为在这样的地方生活应该算是不错的，但我觉得我的童年生活是非常不幸的。小时候正好遇上三年自然灾害，肚子也吃不饱。十几岁的年纪，正是长身体的时候，我们吃些什么呢，一天就只能靠学校里的那碗薄粥支撑，家里也只有稀粥喝。父母有我和妹妹两个孩子，日子勉强过得去，但在12岁那年我父亲因为血吸虫病过世了，失去了最主要的劳动力，家里的负担一下子就变得沉重起来。那时妹妹只有6岁，爷爷、奶奶年纪也大了，七八十岁的人已经不能劳动，家里就只剩我一个男孩，所以我就必须得学会自立，虽然什么也不懂，但还是得生活下去。因此，我认为我的童年是在不幸中度过。

记得父亲得血吸虫病时，肚子大得不得了。那时还没有治血吸虫的办法，听村里人介绍，家里人只好去江苏省的金泽镇那边去"求医"。说是治病，其实就是找赤脚医生帮忙。我还记得赤脚医生每次都会拿一根挺粗的针从父亲的肚皮那里扎进去。扎进去以后，肚子那里的皮和肉之间的"水"就放出来了，父亲的肚子就会慢慢地扁下去，这样就算是"治好了"。但是过了一段时间，肚子就又会胀起来，这个时候就又不得不再去扎一针，反反复复，没有好的时候。

那时对于血吸虫这种病，所有人都没有办法。我记得毛主席为血吸虫还专门写了一首诗，我们那个年纪的孩子几乎都听过，叫《送瘟神》，我对其中一句的印象特别深，叫"华佗无奈小虫何，巡天遥看一天河"。血吸虫害的不是一个人，而是一代人，那时因为血吸虫不知道死了多少人。要是谁家有人得了血吸虫病，就意味着活着的日子不多了，父亲就是其中的一个。而且得了血吸虫病以后就不能吃咸的东西了，咸的东西一多吃，腹水就多了，肚子就要胀起来。但是吃惯了有味道的东西，淡的东西怎么也吃不下去，父亲就背着我们偷偷地弄点味道重些的东西来吃。一吃咸的东西，肚子里的腹水就胀起来了，只能再去"放水"。

后来我也得了血吸虫病，但那时条件比父亲那一代好多了，国家重视血吸虫的防治，我也就平安度过了那一劫，真是万幸。记得父亲死的时候，要下葬，但是家里连买棺材的钱也拿不出来，12岁的我就只能去生产队里借钱。后来在熟人的帮助下，家里终于凑够钱，买了一个薄皮棺材，把父亲葬了，现在想想那段日子，心里真的是难过啊。

小时候虽然家里连吃饱饭都成问题，但我还是去读书了，相对于村里其他小孩来说，我也算是幸运的了。即使后来半途而废，只念到小学六年级就去生产队里干活了，但这也是我后来能够当上小学老师的垫脚石。在生产队里的时候，一天到晚都在干活，夏天在太阳底下晒，冬天冷得不得了。那时我年纪小，吃不起苦，就又去上学了。

记得小时候冬天下雨，我连套鞋（雨鞋）也没有。那时家里条件不好，我就只有一双鞋子，我不舍得把鞋子弄脏，不愿意在雨里走。我就只能把鞋脱了，赤着脚在雨里一路跑到学校里，然后在学校旁边的河滩头那边把脚洗干净，再把鞋穿上，就是现在想想也觉得冷啊。

那时村里的路都是烂泥路，没有现在的水泥路，一下雨路就变得一塌糊涂，走都没法走。有时候实在没办法了，就想到一个办法，找两块砖头，拿两根长点的绳子把脚和砖头绑在一起，绳子套在头颈里，然后用手拎着绳子，手用力往上抬，这样砖头就和脚一起抬起来了，左右手交替用力，慢慢地走到学校里。冬天天气稍微好点的时候，我就赤脚跑到学校。天气差点的时候，我就只能穿砖鞋了。后来觉得砖鞋也太麻烦了，走起来也慢，于是就有了木屐。一块厚点的木板，下面凿成两排，木板上面用稻草编成鞋面,就像拖鞋一样,然后穿在脚上,这可以说是砖鞋的升级版,走起来也稳,而且穿起来不吃力。

我小时候基本上就是这个情况,家庭困难,父亲死得早,所以不像其他同年纪的孩子一样,我的童年轻松的日子基本上是没有的,没有时间玩耍。我是在24岁结婚的,那时在村里这个年纪结婚算是很晚的了。

命中注定:走上教书之路

我在村里念了6年书,那时没有吃的,又正好遇上三年自然灾害,生活非常困难。上学的时候中饭是在学校里吃的,但是按照规矩每个人只能喝一碗粥,如果你一个人喝了两碗粥,老师就会说你,说你是在吃谁的粮食啊,讲得我们都不敢多吃。

因为那时在学校里吃饭是要凭饭票的,基本上食堂里提供的也就只有薄粥这一类的东西,而且是定量提供的,每个人只能喝一碗粥,不能多喝。那时又吃不饱,多吃又怕老师说,可是肚子又饿得不得了,这样弄得我平时上课也没有什么精神,听课效率也差。后来我不想读书便辍学回家,去村里的生产队里干活。那时我人小,肩也不能挑,也没有力气,只能和村里的女人一块儿做装装小东西的事情,拿的工分也比别人少,日子跟原来比根本就没有好过多少。

在生产队里干活的时候,我和同村的几个小孩子经常待在一块儿,平时也经常会聚在一起瞎聊,什么都讲。好几次讲到以后的生活问题,都觉得如果一直在生产队里做下去,肯定赚不到什么钱,是没有出头之日的,一定要想想其他办法,让自己家的日子好过一点。这个时候我就想到了重新回学校里读书,于是我就去村里打听哪里可以念书。说巧也巧,那时村里正好新办了一个夜校,于是我就去报名,开始念初中。

读了几年书以后,"文革"就开始了,大家就开始到处去闹了。我,年纪轻轻的,一个小青年,那时挺积极的,当起了红卫兵,破四旧,轰轰烈烈的。那时村里的学生基本上都参加了这场运动,姚庄乡里成立了"革委会",由于我在学生当中表现比较好,思想比较积极,家里的背景没有什么污点,所以我就进了"革委会",当上了委员,帮忙管理乡里的事情。

几年以后,"文革"结束了,乡里开始重新抓生产。照道理讲我家的情况应该会好一点,可是也不知道自己的运气怎么会那么差,家里还是穷得叮当响。"文革"结束后的几年，我家的经济条件更加差了，只能靠每个月从乡里拿的两毛钱的生活补助费支撑。那时家里的开销蛮大的，可是手里能用的钱就只有这么一点，连一家人平时的伙食费也不够，日子不好过。心里想想自己还有小孩，姆妈年纪也比较大了，仔细想了几天后，我又回到了乡下做事。

回到乡下后，我的好运来了。村里正好又办了一个夜校（给村里那些文化水平比较低的文盲和半文盲办的一个班），村里需要老师，因为我上过学，算是文化人我就去当了老师，教了大概有一年多。后来，党中央号召乡村普及教育，让孩子们能有学上，为了响应党中央的号召，于是村里扩建了小学。但是上面派不出老师，他们认为我有当老师的资格，就叫我去当小学老师，我就开始了教师生涯。

那时老师也还是算生产队里的工分的，当老师拿的工分和在生产队里干活做事拿的工分是差不多的，但是当老师的要求更高，待遇却低得可怜。我记得很清楚，那时我狠下心来买了一双猪皮做的皮鞋，花了我大概半个月的工资，平时我一直都舍不得穿，宝贝得不得了，生怕穿坏了，只有碰上大场面的时候才偶尔穿出来撑撑场面。

那时我只是一个民办学校的老师，所谓的民办，就是人民自己办的，国家不出钱的意思，和现在的大多数学校都不一样。在自己村里教了几年书以后，大概到了1993年，我被上面派到了隔壁南面的武长村当小学老师。

从自己村到武长村，虽然只有三四里路，但要过一条大的红旗塘，宽度大概有100多米。那时北岳大桥还没有建，平时两个村的来往就只有靠一条摆渡船，那条船每天也就来回那么几趟，稍微晚一点点就有可能会错过，有时实在是来不及，错过了，那就只能自己想办法了。过了红旗塘以后还要过一条河泥槽，来回也是靠一条小的摆渡船。那时的船不是用竹竿撑的，而是用一根绳子拉的，就好比说南面的人要到北面去，就要把船拉过来，人上船以后，再把船拉回去，条件差得不得了。

学校早上7点钟上班的话，我起码6点多一点点就得出门了。平时还好，摆渡船基本上每天都会撑的。冬天就不一定了，红旗塘的摆渡船有时候就会因为天冷不撑，那时我就只有自己想办法了。有一次没有船，我又要赶着去上班，我就自己借了一条非常小的鸭船（一种非常小的船，只能乘一个人，而且只能坐中间，站在边上的话容易翻船），自己撑着去上班。还有一次，下着很大的雪，路上的渠道里都是雪，我看不清楚哪里是路，哪里是沟，不小心一脚踩空，整个人都滑进沟里，浑身湿透。到学校以后衣服上的雪化了，一边走一边滴水，想想就好笑。

  那时的小学老师什么都要教，语文、数学、体育、唱歌、跳舞、画图……不像现在的老师只要教一两门就可以了。而且每个年级学生的人数都不是很多，有时几个年级的学生只能在一个教室里上课。我记得有一年，二三年级加起来只有七八个同学，这个时候情况是最差的也最难教，村里的老师少，为了把两个年级的孩子都顾到，两个年级的学生就只能挤在一个教室里上课。一间教室里，左边的是二年级，右边的是三年级，我给二年级上完课后，就给他们布置作业，让他们自己做作业，然后再接着给三年级的学生上课。最累的时候，一天到晚都在上课，一天下来嗓子就哑了。那时的小学老师虽然什么都教，但什么也不精，教也教不好，但又必须教，教学水平和现在根本就不能比。但那时的小学生基本上都很听老师的话，我让他们做作业就做作业，不用我操心。

  那时的民办老师的生活条件都不是太好，不像公办老师，除了发的工资外，还会补贴点粮食什么的。即使在一个学校上课，教一样的学生，一样的工作时间，但民办老师的地位总是比不上公办老师的。后来慢慢地，到了1994年，我转正了，我又回到了自己村（北鹤村）教书，同时也成了北鹤小学的负责人。我在那里教书，一直到2003年正式退休，我记得那也是我教书的第30年。我教书满30年，可以提前退休并且退休后还可以拿全工资，这一点我还是很高兴的。

  我刚开始教书那几年，我能拿到手的工资还是根据村里生产队的情况定的，好的时候一天能拿到一块钱，不好的时候一天就只能拿到七八角了。即使后来当上了小学校长，一个月也就只能拿到三四十块钱，这样的情况持续了挺久。后来涨到了40多块，这样的工资我那时已经很满足了，以后又涨到了100多块，2000年以后的工资就不用讲了。我记得有一段时间我还能拿到镇里给老师的补助，拿到补助后我又拿这些钱去村里买工分，具体是多少我也记不大清了，反正那时生活过得挺清苦的。

  作为老一代的老师，我其实是没有教师资格证的，上岗证书也没有，后来教育改革，要当老师就必须得有教师文凭和教师上岗证，没办法，我就只能重新回到学校学习，然后再自考证书。为了拿到教师文凭，大概1996年的时候我进了中专（平湖师范学校）学习。我考教师资格证的时候还没有分专业,我的专业就只是师范专业,考试的时候每个人都要考语文、数学、物理之类的,如果有一门不及格,还可以补考,和现在也有很大的不同。现在想想我们这一代人实际上是非常苦的,生活条件差,连温饱问题都解决不了,不像现在,要什么就有什么。

安逸祥和:充实的晚年

今年过完年,我就67了,母亲也94岁了,她是村里年纪最大的,但她的身体非常好,耳朵听得还很清楚,讲话也清楚。现在,我家里一共有四代人,连孙女都已经在上初三了,可以说是四世同堂,村里的人万分羡慕。

2003年,我就退休待在家里,这个阶段家庭情况改善了,前两年还造了新房子,一共三层,360平方。另外,在姚庄镇上也有一套房子,90个平方。儿子在西安做生意,他在那边也有一套房子。现在我吃也不愁,穿也不愁,每个月还有全额的退休工资拿,生活比一般的老年人还要好,过得很开心。

每天早上起床后我会在村里的小路上散散步,上午去村里的老年活动中心和朋友打打乒乓球,下午打麻将或是打牌、下棋,过得很充实,我的晚年生活确实是非常幸福的。

我另外一个女儿在大连,每年暑假,我就带着老伴和孙女坐飞机去大连玩一玩,然后再坐飞机到西安儿子家去待一段时间,最后再坐飞机回家。秦始皇兵马俑、西安古城墙、大唐芙蓉园、华清池,大连的海边我都去过了。准确点来讲,退休的这几年里我去了中国的不少地方。我儿子女儿虽然平时都不大回家,但每年的春节肯定是会回来的。以前是坐飞机,现在生意做得不错,前几年他们都买了车,过年就自己开车回来,这样就比坐飞机方便了不少。一天一夜的车程,虽然人是辛苦的,但是一家人能坐在一起吃顿年夜饭,热热闹闹地过年才是最重要的。

我小的时候过得很苦,年轻的时候拼命工作,赚钱养家,老了日子就过得非常悠闲,像是两个极端。除了自己出去玩以外,镇里每年也会组织我们这批老教师出去玩一次,前年去了江苏无锡,去年去了湖州一带的一些地方。每年寒假,镇里还会把老教师们聚起来,一起吃顿年夜饭,还会发一些东西,那时镇里重要的一些领导也会来,招待我们这些老教师。本来那些在职的年轻的教师们也会一起来吃饭的,但是今年开始就取消了。

  在我看来，教师是一个非常不错的职业．虽然平常累了点，辛苦了点，但是它有寒暑假啊，放假就可以去自己想去的地方玩，这是很好的一点。作为一个乡村老教师，每次走到那里，遇见我的人不管年纪大小都会叫我一声陆老师，听到人家叫我的时候，我的心里不知道有多高兴。我可以讲，这几年村里出去的几批大学生，基本上是我教出来的，这是一般人不会有的经历。

27

春江纪事：梅山生活的点点滴滴

口述者：李国军　李　军
采写者：李冰莹
时　间：2014年2月13日、16日
地　点：浙江省桐庐县城南街道口述者家中

　　李国军，男，1966年生，桐庐县凤川镇梅山人，大专文化，公务员。李军，男，1969年生，李国军之弟，凤川镇梅山人，大专文化，初中教师。

回不去的年少时光

　　（李国军）我在1966年年底出生，小时候在家里要帮助父亲母亲种田、割稻、拔秧，总之什么活都要干。小时候在生产队里和小朋友们一起在村里面跑来跑去，躲猫猫，这个活动是属于比较时兴的，其他活动没有场地也开展不了，偶尔还去水库里洗澡，不过没有抓鱼抓虾。小朋友就是好玩，夏天天气这么热，就喜欢洗澡。有一次记得夏天上课（小学）的时候，我跑出去游泳去了，结果被老师抓住了，被罚在太阳底下站了一个多小时。

　　在上小学的前一天，母亲给我做了一个书包，书包是有点红色的，那种棕红色的，直接是一块布，用缝纫机缝好，带子也是布的，都是自己手工做的。印象非常深刻的就是第二天要去读书了，背着那个书包，心里那个高兴啊，好像是家里有什么喜事一样，在那里晃来晃去的。那时的书包，不像现在一样，可以在商店里买，品种各式各样，当时都是自己就地取材，自己动手做的。

　　我在学校里还看过《上海滩》的电视。第一次看电视是很小的时候，隔壁村有一个电视机,在大礼堂里,我去看过一两次。后来自己村里也有了电视机,《排球女将》就是在自己村里的大礼堂里放的。还有毛主席逝世的时候,我印象蛮深的。1979年,我刚好上初一,说"解放思想,实事求是,以经济建设为中心"我是有印象的。

我的小学是在自己村里的完小上的。完小就是完全小学的简称。在以前由于师资、经费、生源以及人口分布等原因的综合作用,有许多小学不是一到六年级(以前是五年级)都有的,而是只有其中几个年级;有些大的小学才有完整的从一到五年级,这样的小学才能称为完小。完小就是一个村里面一年级到五年级都有的,一个班里有好几个年级,一年级上好之后再上二年级这样的,半节课半节课上的,读了五年多毕业,科目就是语文和数学,我还记得语文课本第一页翻过来就是"毛主席万岁",还有就是毛主席语录。

小学的时候,都是走路去上学的,我家离小学很近,中饭和晚饭都是回家吃,放学以后还要去采猪草,家里的猪还等着猪草采回去喂的,一天要采好几篮猪草,甚至中午都要去采的。小学也没什么活动,就是小朋友自己玩玩,跑来跑去。还有一次,早上起床,爬起来迟了,我早饭来不及吃就跑到学校里去上课了。上到第一节课,我奶奶来了,跑到学校里给我送了两个油沸馒头,还夹着两块臭豆腐,那感觉,现在回想起来都觉得是一件很开心、很幸福的事情。

小时候,早餐是很薄很薄的稀饭加番薯,因为那时粮食不够多,要生产队里面分一点才有,吃是够吃的,就是还不是很充足,而且平时家里面的什么开支都是靠卖粮食来维持,其他没什么经济来源,所以粮食是非常节约的。各家都是自己有点地的,蔬菜是自己一年四季在地里种的,难得吃点肉。还有的时候呢吃番薯米果和糊麦粿。那个粥是怎么烧得呢,米呢放很多,烧熟了再给它捞起来,捞起来以后大部分是汤了。捞起来的米到中午的时候要重新烧过当饭吃。晚上呢,麦子出的时候做麦食,类似麦粿汤,我们那里用米直接烧好煮好的饭叫作粒汤饭,这对我们来说是一件非常奢侈的事情,一般的像之前那个捞起来的饭叫焖饭,农忙季节的时候,人出去劳动,饭就先放在锅子里,再放到炉灰缸里,然后把热的灰和烫的炭放在上面,这样回来以后就直接可以拿来吃了。不仅保温,还可以使饭更熟一点,也可以节省时间。小时候很少吃肉,基本上只有过年过节的时候才能吃到肉。

还在初中的时候，我才十几岁就要到生产队里面去干活了。一个是"双抢"，"双抢"就是公历的7月20号左右到立秋之前，一般是每一年的8月7号或8号前，生产队里面搞"双抢"是因为夏季稻要收割，秋季稻要播种。然后要到生产队里面去挣工分了，我和几个同学，一个是明军，还有信余，三个人是同一个小队的。有时候一个早上，三个人要割两亩多地，就是每天挣工分，在我印象中割一亩稻是22分，每个人一天基本上要割一亩，得20多工分（工分是评价每个人劳动的指标），年底一起结算，一家出了多少劳动力，挣了多少工分，然后按劳分配，来分配粮食。那时我们都是集体劳动，不是自己归自己。

除了大家的地，自己家里还有点自留地，种点蔬菜和番薯。我也就是"双抢"的时候去割一下稻，种一下田。我最早还有一根皮带，是在七几年在读初中的时候。当时生产队里刚好在搞杂交稻推广，"双抢"要去种田。杂交稻推广是这样的，50公分还是60公分之间要种六株稻，前后也有尺寸的，长宽也有尺寸的，种得好的话有奖的。我种了一个夏天的稻，结果母亲给我拿来一根奖来的皮带，好像值五毛钱，解放军用的那种抽抽的皮带。

我还记得那时人民币值钱，一个肉包子3分钱还是5分钱，一斤肉是六毛九还是六毛三。衣服也很少，好像到初中的时候才知道有"的确良"，还有卡其布，原来我们那里用的都是粗布，全棉的。那时有布票、粮票、火柴票，什么都凭票的，不是像现在有钱就可以了，那时有钱都不行，一个包子值一两粮票，价值三五分钱，一碗面三五两粮票，值一毛钱。还有全国粮票、省级粮票、桐庐粮票，各种各样的，全国粮票跑到哪里都好用，桐庐粮票只能在桐庐用，省里的粮票只能在浙江省里用。

（**李军**）我是1969年4月27号出生的，7岁之前的记忆不太有，就是有一件事情令我印象比较深刻。其实我在7岁的时候也上过一个星期的学，我和村里的一个同年的男孩子去上学，上了一个星期，结果呢，其他村的一些人提出反对，学校就不让我们上学了，然后就回家了。又等了一年到1976年9月1日，母亲给我买了一个新书包，就是当年军队里用的那种军绿色的斜挎包，我那时很开心，书包里放了鸡蛋和韭菜，有着象征可以考一百分的寓意，然后很高兴地去上学了。上学了以后，过了没几天，毛主席去世了。所以我印象比较深刻的就是每天上课之前需要全班默哀三分钟，后来又在村里的大礼堂举行追悼会，上一辈的很多老人都很伤心。

小时候呢，也没什么好玩的东西，其实就是一些纯自然的游玩方式。比如说在村里的祭拜祖先的祠堂里，就是我家老屋边上大的集体的房子，大家一起捉迷藏，追来赶去或者一些其他的玩法。

小时候村里在冬天还有一个比较流行的活动就是打乒乓球，当时大家家里条件都比较差，但村里面爱好打乒乓球的人比较多，村里有两张乒乓球桌放在大礼堂里，日常不开放，大部分时间是没办法进去玩的。平时只能自己想办法玩。因为家里条件不好，没有钱去买乒乓板，就自己做乒乓板。先用刀把胶木板割成乒乓板的形状，再去捡个破的篮球，把皮剪下来再贴在板上当作乒乓球板。没有乒乓球台，就把门板拆下来当作乒乓球台用，中间放一根扁担或者砖头当作网栏，就开始练乒乓球了。乒乓球是要自己买的，有时候实在没地方打，只能对着墙打。后来，大礼堂开放的时间比较多，一般放学以后，就去大礼堂打乒乓球，经常要打到很晚，吃晚饭也要父母来叫才回去。有时候因为打乒乓球的人比较多，大家就用挑将法。最好的人在一边，然后另一边按顺序挑，分成两队对打。往往好的那个人是从最差的人开始挑起，最好的留在最后面，我是属于马马虎虎，中间那一档。

夏天，在水里活动比较多，在水塘里摸螺蛳啊，还有钓黄鳝。钓黄鳝一般需要笼子、钓钩。做钩子的材料有两种，一种是钢丝，磨尖，然后再用老虎钳把它的顶端弯一下，做成钩子。另外一种呢，是用坏了的雨伞的伞骨，把它拆下来弄弯做成钓黄鳝的钩子。钢丝的钩子比较软，洞里伸进去也比较方便；伞骨做的钩子比较硬，有一些洞里伸不进去，但是它比较牢固，不会被黄鳝拉直，有些黄鳝力气很大，要把你钩子拉走为止，拉啊拉不出来。

有些人晚上会去照泥鳅，我不大喜欢的，我比较喜欢钓黄鳝。一般春夏时分，和几个固定的同学，约在几个固定的区域钓黄鳝。一个呢是在田埂边上，还有一个呢是在水塘的边上。水塘边上的黄鳝一般来说比较大，田里的黄鳝要相对小一些。有时候呢，我觉得钓黄鳝会给人一种神秘感，因为不知道这根黄鳝是大是小，人总是有一种期盼心理的。基本上每次出去，都能钓到一些。我钓到的最大的一条黄鳝大概有一斤多重，后来把这条黄鳝卖到了医院里，卖了两块多钱，心里很开心，毕竟那时的两块多钱是很值钱的，小一点的黄鳝拿回自己家里吃。

还有一个人钓黄鳝很疯狂的，他在田埂上钓黄鳝如果钓不出来的话，他要用锄头把整个田埂都挖开来，挖来挖去就是要挖到他那条黄鳝。因为这个，他老是要被人家骂。这个活动比较多，空下来就是挖蚯蚓，钓黄鳝。小的自己吃，大的拿去卖，也要搞点零花钱用用。卖黄鳝得来的钱大部分要上交给我母亲，自己留一点点最多几分当零花钱。

另外呢，夏天经常一群人在水库里洗澡，经常是把水库里的鱼玩得从身上跳来跳去。大家洗洗，再太阳底下晒晒，再去洗洗，就这样有半天好弄。上初中的时候，学校里要求午睡，我们几个不喜欢午睡的，就溜在外面在大源溪里或者渠道里面洗澡。

上了初中以后，我家条件还是比较差，没什么书看。那时的书主要是小人书，连环画，都是比较吸引人的。自己买不起，只能向有几个有书的人家借。后来，人家不肯借了，然后只能想办法，就是拿东西去换。不过也没什么东西，就是在春夏之间的时候，去采桑葚，弄个一小包，拿去给他，把连环画借来看一天，跟他这样换来看。到了初二的时候，我自己也去买过，那时的连环画好像是叫作《黑三角》什么的。《三打祝家庄》是比较厚的一本，一毛五分钱，再后来这本书被另外一个同学借去，在上课偷看时被老师收去了。因为这件事我记恨了他好久了。买连环画在我印象当中好像就这么一次，是在初二的时候。

初游桐庐与交通

（李国军）我第一次到桐庐街上是在十来岁的时候，那时七几年，桐庐开交流会，跟母亲还有弟弟妹妹四个人到桐庐来。开交流会时人很多，非常挤。那时很少见到汽车，自行车也没有的，要到柴埠去坐船，坐的是从杭州开到桐庐的船，结果到柴埠码头的时候人山人海，船挤不上去，然后往桐庐沿着江边走过去，准备到滩头去坐船，结果还是没挤上，最后一走走到了桐庐，然后过渡到现在的江北，去开交流会。交流会开好之后，再坐船回去。

我还在"五七"小学读书的时候，凤川还不大有车的，只有那种拉煤的车，从竹筒坞到柴埠，再加上几辆拖拉机，就这么几辆车。有一次在学校里做早操，就在那个"五七"小学，还是79年的时候，听说有一辆大客车来了，同学们从来没看到过，哗，全部冲出去看了，还说，哎哟这个大客车真好。现在这种车都不大有了，那种客车，班车性质的，那时看起来好稀奇啊。

我上高中的时候去桐庐的次数很少，除了轮渡之外，也有坐过汽车，也有自行车。有时候叫我母亲去借自行车，然后我骑自行车到桐庐来，早上来转一下，回去了刚好到家吃中饭，一个上午刚好一个来回，原来坐船大概也要三四十分钟，坐船很慢的，不过船是直接到江北码头的，而骑自行车还要过轮渡。我学自行车是在初中的时候，家里去借来的自行车。有人在晒谷场上骑自行车，然后我去偷偷地学，跟人家借过来骑了一下，学了一下。

记得有一次在高中的时候骑自行车，那时我胆子很大，刚好我有个同学是桐庐的，是在洋塘的，他是个转校生，是后来到高二的时候转到我们学校来读的，他从桐庐下去到窄溪读书是有个自行车的，他跟我关系还蛮好的，有一次我回家问他借了下自行车就骑回来，结果那次就闹了个笑话：骑到我家门口，快到家了，已经到我们村了，我家那个地方刚好是亭子过去一点，沿着晒谷场那个地方一路围墙上来有一个不高的上坡，旁边是田，落差大概有一米多高，刚好转弯骑到这个上坡上来的时候，我自行车也是刚刚学会不大会骑的，结果连人带车跌到了田里面，幸好爬起来什么事情都没有，自行车也好的，人也没事。

等我高中毕业了，家里也买了辆自行车。是在我弟弟去窄溪读书之后买的，但是他总是抱怨母亲不让他骑到学校去，怕他出事，因为那时三大件嘛，好像是有钱人家才有的三大件，哪三大件呢：手表，电风扇，自行车。我弟弟有时候从学校里骑回来，不放在堂前，我母亲把自行车搬到楼上去放好。第一次到杭州去，还是在我上大学的时候，之前从来没去过。那时凤川翙岗有一辆车专门通到杭州的，在仁和路下车，坐五路车到我学校，是在文王庙下车。

（李军）小学的时候还有两次经历。一次是到桐庐春游，那时去桐庐要到柴埠去坐船，而且坐的是那种运煤的船，把我们一帮学生装在船舱里，虽然很脏，衣服也弄得漆黑，但是大家都很开心。然后运煤船把我们运到桐君山，到达桐君山以后，我们就跑到街上去玩，那时身上已经都是煤灰了。我们在街上买油条啊、包子啊、冷饮啊一些吃的东西。虽然当时物价挺高的，但是难得出来一次，家里总会给点钱，我们就准备用光再回去。

后来在十几岁的时候，跟我母亲一起来过一次桐庐。因为我姨母当时是在上杭埠供销社的布店里工作，我和我母亲从凤川家里走了两个多小时走到上杭埠，我还记得我第一次看见富春江的时候赞叹了好久，这么宽啊，这么大啊，而且水又干净。那时来一次桐庐很不容易，来回要五个小时，来的时候走两个半小时，回去的时候又要走两个半小时。

知识改变命运

（李国军）初中的时候有体育课，因为我家离学校近，也是每天中午回家吃午饭的，中学到我家就这么点路，比我现在上班路还要近。当然原来的路没有现在的路好，原来都是田埂路，弯来弯去的，现在都是水泥路。到了初中也没多少业余活动，每天一放学就记得快点回家去采猪草。弟弟比我小，但是采猪草也是要采的，妹妹可能不用，因为是独养女儿，家里宠一点的。

上高中之后到窄溪中学读书，条件差，不是像现在这样给孩子点钱让孩子去学校里就好了，要挑着米，挑着棉被，挑着菜，那个菜么都是装在搪瓷罐里的，里面都是萝卜干啊、霉干菜啊、炒黄豆啊，这些挑去住在学校里吃一个星期，然后一个星期回家一趟。到窄溪中学读，要走十里路，走一个小时到学校里读书，那时候高中读两年，为什么读两年呢？因为那时从我们这一届开始可以读高三了，当时桐中已经可以读高三了，而窄溪中学可以读高三也可以不读高三，所以我呢高二就毕业了。那为什么高二就毕业了呢？我是这么想的，反正参加两次高考，多参加一次高考经验足一点，所以我高二就毕业参加了一次高考，结果第一次确实是考不上，然后考第二次让我考上了。

第一次高考，没考上。那时中专和大学分开来考的。一般英语好的考大学，像我英语这么差的就考中专。物理化学两门加到一起是 100 分，再加英语数学语文一共是五门课。我相差 20 多分，我想想觉得完蛋了，要在家里干活了。我母亲那时还有个打算，已经给兄弟两个安排好了出路，一个做木匠，一个做泥水匠，这样家里造房子就不用愁了。

结果在家里面干活干了一个月不到的时候，收到了一张通知书，是叫我去复读的通知书。说我相差 20 多分，去横村中学复读。当时家里母亲和父亲因为条件比较差，弟弟和妹妹都还在读书，还有个奶奶在家里，只有母亲和父亲还有我三个劳动力，所以不大肯让我去复读。而且那时收入和现在不一样，现在收入来源比较多，打工的渠道也比较多，赚钱也比较容易，那时只有生产队。还好没过多久分田到户，粮食多起来了，就刚好维持三兄妹读书，如果还是生产队的话根本没条件去读书。那时农村里面穷的人家基本都是家里读书人多的人家。因为父亲母亲不大情愿让我去复读，所以我和他们谈条件，读一年，考不上我就死心，也不怨他们，考上了，我就去继续读。后来他们的思想工作让我做通了，就让我去读了。

记得我去上学是10月份，那时候学校已经开学一个月了，我和母亲挑着米，她送我到桐庐车站，然后坐车到横村，读了一年，还好运气好，我考上了。我考了400多分，超出了分数线40多分，上线分数大概是360多分，在复习班里我成绩算比较好的，能排到前十名，班里60多个人，考上了60个。横村中学一炮打响就是从我们这个班开始。我那时物理很差，第一次高考的时候物理考了22分，50分的卷子考了22分，相当于100分的卷子考了44分，所以后来我在复习的时候有意多复习一下物理，物理怎么复习呢，我难题都不做，就做基本原理的那种简单一点的物理题，结果第二次考的时候我还算好的，物理考了60多分，刚好那一年考题特别难，班里最高的80分，70多都很少的，所以说读书也有方法和技巧的。

我上大学的时候有助学金，我是属于第二档，9块钱的助学金，学费不用缴，都是国家包的，而且毕业出来就包分配。学校给学生发饭菜票，还经常拿菜票打赌，2块钱的菜票，吃了一个星期变成了4块钱。那时候我经常吃糖醋排骨，肉是最贵的，2毛钱，蔬菜几分钱。我上大学之后就一个学期回一次家。

我大学毕业的时候直接分到了新合乡镇府工作，当司法助理员。那时工资分好几块，见习期间的工资是46块，见习期满的工资是64块，书报费4块，下乡补贴10块，乱七八糟加起来有一点。直接分在桐庐镇上的是要有见习期的，拿42块，我这种直接分到乡政府里面的就没有见习期，直接给64块了。工资加起来90块左右。我第一个月工作是拿了一个半月的工资，大概100多块钱，感觉这钱吓人的，用都用不掉。那时好的衣服三四十，差的衣服10块左右。在乡镇府工作的时候我自己买了一辆自行车，那时公车改革，旧的车折价给我了，20块钱一辆，不过是烂自行车，人家骑来骑去，新的要100来块钱，因为我刚参加工作没钱，他们照顾我给了辆旧的。

其实第二次高考的时候，我分数还蛮高的，400多分，那时比较热门的学校像银行学校，供销学校，商业学校，化工学校这种，是非常热门的，因为当时供销社好上班，银行也很好，我本来填的都是这种学校。因为我分数还挺高的，一般情况下这种学校都能进的，因为当时是分数出来之后再填志愿的。

过两天我填好志愿以后，回到家晚上的时候，村里的喇叭在通知说某某地李国军，还有个叫李玉军的，就是原来和我一起玩的，到桐庐县招待所来一趟。我就在纳闷什么事情呢，就跑过去了，结果说法律学校招生的两个老师叫我过去，说他们那个学校好，一个是新的学校，再一个是专项培养的，以后分配都是在检察院和法院这些单位，到学校以后助学金也很高，还有衣服发的。而且最诱人的东西是如果你今天填了这所学校，你就定下来了，肯定会被招去的。那时我在想农民和居民还是有区别的，城乡之间差别还是很大的，有工作和没工作差别也还是很大的，别的银行学校、商业学校这种虽然都包工作但是不一定能去，这个学校他答应你肯定能去。

我那时也比较单纯，想想就填这个好了，蛮好的反正有工作，我父亲母亲也没给我什么建议，那么我就填了。改成了杭州法律学校，这样阴差阳错就填了这个学校，所以选了这个职业，做了一辈子。一个不小心决定你命运的也就是这么几步，我就是因为喇叭的那个通知，就决定了我后半生的工作。所以呢，每个人都要认真走好每一步，因为可能刚好这一步就决定你的一生。

（李军）读小学的时候我成绩中等，也去参加过一些乡里的竞赛，但是没有获奖。当时科目也只有语文和数学，上学是一块五毛钱的学费。小学的时候有一个女同学真的很可惜。她跟我同桌，成绩比我好很多，但是因为她们家里条件比较差，而且她爸爸重男轻女，上初中的时候就没看到她过，后来听说是被迫辍学了，让她哥哥去继续读书了。她哥哥高中毕业，连续考了五年都没有考上，但她却是被迫放弃了。

初二时，我成绩差了很多，因为那时母亲说让我初中毕业以后学手艺去，我想如果以后学手艺的话，泥水匠肯定不要学的，因为泥水匠太脏了，还要在外面工作，还是木匠好。从初二的时候开始就不大读书了，心里想着反正初中毕业以后没的读了，玩玩就算了，所以英语差了很多。初一，我是班里的三好学生，到初二的时候什么都不是了。然后我就不读书了，就跟那些人玩玩。到初三，分成了两个班，我还算是在好班里的，晚上还要晚自修的。我当时的班主任叫陈妙凤，是个化学老师，很严厉的。写错一个化学方程式，她就要罚我们抄50遍，平时稍微犯点错误也要挨骂，甚至还要挨打。在这种严厉的氛围下，整个班级应该说是还不错的。中考结束的时候，有五个同学考上了桐中，一个考上中专，有十来个在窄溪中学读高中，还算比较多的。

中考结束以后，我是刚好够到了窄溪中学的分数线。当时哥哥已经考上了法律学校，所以我就想我一定要去读。但是母亲叫我别去读了，因为家里条件太困难了。然后我就想办法，把我阿姨、舅舅等一些人请到我家里来给母亲做思想工作，最后母亲终于同意我去读了。通过这件事，我当时也认识到自己有书读是很来之不易的，所以在高一的时候我目标很明确，也很认真。

因为我觉得当时劳动实在是太可怜了，累死累活，还条件这么差，所以拼命想考出去，跳出龙门。从高一开始，我才真正地去读书。上课也好，不像有些人吊儿郎当的，我一点都不会去弄乱七八糟的东西，就一门心思读书。不过像英语这种东西，我读的时候非常累。高一的时候，数学也不好，第一次考试考了18分，看得我眼泪都流下来为止，但是我没有放弃。同时，认识到了我的基础很薄弱，老师上课讲过一遍的例题，我课后会再去做一遍。课本后面的练习题，每一题我都不放过，就算是那些看上去很简单的，我也要做一遍。这样做了以后，效果是十分显著的。等到期中考试的时候，我数学就提高到了89分，成绩上得很快，而且我专门有一本本子用来记录数学的常规题。那时也没人跟我讲，反正我就自己去做。但是在语文和英语上并没有什么大的起色。

高二的时候，开始分文科和理科，我选择了文科。其实当时我的文科也不强，语文和英语也不见得好。当时怎么去读文科了，其实我自己也弄不清楚。我后来学英语花了很大的力气，而且专门有一个本子是用来记单词的。每一次课单词上好，我都在小本子上记一下，放口袋里，随时可以拿出来记一下，包括买饭的时候，睡觉的时候，什么时候都可以拿出来背背记记。后来英语稍微好了一点，可以考到70分了，在当时班里的男生里面，我的英语算还好的，就是有一两个比我好，其他的都二三十分的。班长英语比较好，他是城里的孩子，父母亲都是居民，在当时很厉害的。因为他家里条件比较好，所以英语有90多分好考，像我这种学的要命也就考了70多分。那时候我家里条件还是很差，我家里兄妹三人全在读书，虽然我哥哥当时在杭州读书学校里有发助学金，但是还是需要家里给一点生活费，所以家里生活上压力还是很大的。

高中时候冬天都是自己家里带的一大罐菜，再装一小罐新鲜的蔬菜可以吃一天，夏天还不能带，因为要坏，一般只能带干菜，榨菜皮之类的，再弄点炒黄豆和萝卜条，米也是我自己背去的。高一的时候，我还是走路去上学的，刚好村里两个人一起去，挑米的时候也可以一人挑一头。学校里还要交搭伙费和一些学杂费，大概30块钱。那时父亲在村里造纸厂工作，一个月工资大概30块不到一点，27块还不晓得几块，现在那个造纸厂已经没有了。

高二的时候班里有些人更加可怜，他们要一个多月或者半个学期才回去一次，像我的话至少每个星期能回家。班里还有两个人是诸暨的，他们带来的菜是用很大一个袋子装的，里面全是烘的很干的那种干菜，他们吃的时候就把菜放在碗里，然后买饭的时候直接把饭盖上去，这样蒸一下直接吃。有一个人很坏的，把这两个人的菜全部倒在脸盆里，把里面的肉挑出来然后吃掉。毕业以后，这两个诸暨人我到现在都没再碰到过。

高二的班主任不大管我们的，比较懒散，所以班里风气很差，很乱，班里谈恋爱的人特别多。到高三班主任就被撤掉了，换了个语文老师。新班主任一来就开始整顿风气，连班长都被停了一星期的课。班主任管得紧了以后，班里至少不敢像原来那样明目张胆地乱来，班里的学习氛围也好起来了。

让我印象最深的是，每天到第四节课的时候，吃饭的欲望特别强烈，所有的人都这样，还有五分钟快下课的时候手里碗早就拿好了，都不需要等老师说下课，所有人都直接冲出去了。后来我还专门写了篇作文，描写去吃饭的那个场面，语文老师还大大地表扬我这篇作文写得生动形象，因为感受深，就像千军万马，绝对比自己跑100米还要快。

在食堂排队买饭的时候，学生之间经常会发生一些冲突。一个是插队，特别是早上的时候，买稀饭，因为挤，比较容易倒在人身上，容易闹事，所以当时学校里因为这种事情处分的人特别多。第二因为我当时人小，胃口大，食堂里买面包不给多买，一个碗只能买一个，所以我们只能想办法，一个人带两个碗，可以买三个面包，这样才吃得饱。曾经和一个人打赌，他早上吃了一斤稀饭，四大碗，全部吃下去了，整个人很撑。吃的方面到高三以后，条件要好很多，到每个礼拜六的最后一餐可以去食堂里买点菜吃，买五分钱的菜。

高中的时候也没什么零花钱，最多有五毛钱，包括买学习用品等其他的开支。而且那五毛钱我在高一的时候还省吃俭用，再加上我哥哥的支持，才买了一个口琴。我那时候很喜欢口琴，五块四毛钱，我节省了一个学期，才省了三块多钱，然后哥哥当时在杭州读书，他也省吃俭用，给我信里寄了两块钱。因为我之前跟他提过，他支持我，我就开始学口琴了。现在那个口琴已经不知道去哪儿了，但是我很想再去买一个。这个应该也算是我的艺术生活了。当时学笛子，学口琴在学校里很热的，因为流行歌曲已经开始流行了，像齐秦、老狼这些歌手的歌，那时都是这里学学，那里学学，自学起来的。

1987年我参加高考，其实我那时候很会玩，在毕业考临考前，我还在篮球场上打篮球，结果被校长骂了一顿。那一届的文科班考得挺好的，甚至超过桐中。高考的时候是7月份，不像现在已经是6月份高考了，很热很热，我们都是到桐庐镇上来高考的，当时我是住在姨母家里，还记得那天刚好下大雨，电闪雷鸣，我总分刚好考了487分，超过分数线7分，但是可能志愿没报好，没被录取。

后来又听说我这个名额被人家挤掉了，因为之前老师说过，大专只要考得上就肯定有的去读，中专考得上不一定有的读。中专不用考英语，而大专要考，所以本来我很想考中专的，结果被班主任这样七说八说我就去考大专了。班里的人英语都不怎么好，所以大部分都去考中专了。我的英语呢，好也不能说好，差也不差，反正就这么几分，班主任一定要叫我去考大专。我家里的话，父母是希望我考中专，可以稳一点，毕竟考大专很难，班里上线的也就两个人，而考上中专的人多一些。

因为志愿的缘故，我第一年没被录取。我之前的打算是如果考不上，我就不去复读了，但是如果上线了没被录取，我是一定要去复读的。后来在父母的支持下，我就去桐庐复读了。地点是在桐庐的一小，复习班好像是桐中开办的。白天在自己房间里复习，姨母专门整理了一个房间给我，晚上去复习班里上课，周末也要上课。

有志者，事竟成。事实证明，我做到了。在我的人生中，知识一直扮演了一个十分重要的角色，影响了我的职业选择和人生走向。我最终成了一名光荣的人民教师，而生活也变得越来越好。

28

跳出农门：临海夫妻的成长之路

口述人：叶国敏　王丽芬
采写者：叶倩玲
时　间：2014年1—2月
地　点：浙江省临海市口述者家中

叶国敏，男，1967年生，临海市人，师范学院毕业，初中语文教师。王丽芬，女，叶国敏之妻，1968年生，浙江农业大学毕业，公务员。

孩提时代：农活与娱乐

（叶国敏）我在家中排行第三，上头有两个姐姐，我是家中的第一个男孩。当时农村里盛行"重男轻女"的观念，所以尽管家里条件不好，但是家里人对我还是蛮宠的，供我读书，让我学到知识，最后跳出"农门"，改变了我的命运。让我吃上国家饭，过上与老一辈那种永远挣扎在土地中所不同的生活。

那时候各家各户的条件基本都差不多，村里的户户人家都在为生计烦恼，为解决全家温饱问题而辛苦地在土地上耕种，早出晚归。那时候，每户人家里的每位成员都需要为自己的家庭出份力。在我还很小的时候就要开始干活，帮家里分担，补贴一点家用。虽然说赚的只是几毛钱，但是家中每个小孩都会干自己力所能及的事情。像我们，大概是六七岁的时候就会去捡烟头或者是啤酒盖，等积攒到一定数量以后就可以拿去换几毛钱。

我印象比较深的是每天放学一回到家，甩下书包，做的第一件事就是拿起家中的竹条编"草辫子"。竹条是别人做好的半成品，我要做的就是用竹条编辫子。我需要把竹条分成三股，接着就用编麻花辫的方法把竹条编成一条又一条长条形的"草辫子"。我从小就比较聪明，总爱思考一些问题。就像编"草辫子"，我就会一边编着，一边想着如何能在短时间内多编几条"草辫子"出来，多赚点钱。

刚开始做这个活的时候，生疏，就用手一条一条地把竹条叠起来。后来发现别人的手法有些不同，速度更快，我就在旁边认真地观察、学习，终于发现其中的奥妙。其实就是在编的时候，用上中指。编"草辫子"需要的是三股竹条，大拇指和食指拉住旁边的两股，中指钩住中间的那股，往旁边拉。这样，三股竹条的其中两股顺序就会交换，再重复这样的动作。每次都将处于中间位置的那股竹条往与之前相反的方向拉，也就是一左一右，一左一右，这样交替轮流下来。用这样的编织方法会比原来那样叠起来快很多。而且我还把"草辫子"的开头绑在牢固的窗子铁栏上，双手拉紧"草辫子"，这样紧绷的竹条就更易于编织了。编织的速度也就加快了不少。

由于编织的"草辫子"最后是需要卷起来当作草篮子的底盘用的，因此"草辫子"也就要求有一定的长度。方法就是把它们一条一条地接起来。为了编织方便，我把竹条绑在牢固的铁栏子上，因此在竹条一条用完需要接上一条新的竹条的时候就需要我走回开头的地方拿竹条。每次的来回走动都是在浪费时间，我转而一想，就找到了新的方法。通过测量和计算，把竹条每隔一段距离放好。这样就节省了走去拿竹条的时间。生活中每次的思考都可以带来不一样的好处。

除此之外，我放学以后还要帮家里生火，也就是方言所说的"烧锅灶"。那时候农村烧饭用的都是灶台，不像现在用的煤气灶或者更先进的天然气管道那么方便。生火的第一步骤是需要把麦秆点燃，再用点燃的麦秆让木块燃烧。刚开始的时候我把麦秆一大把点着塞进去，结果发现从洞中冒出来的灰很多，但是火一下子就灭了。后来在不断地尝试中发现，把麦秆点着以后左右摇晃几下会烧得比较旺，也容易让木块燃烧。

当时我也不知道什么物理原理，只是自己摸索出来的。那时候为了让火烧得更旺，一般家里都安装了风箱。在生火的时候我就一边左右摇晃麦秆一边拉风箱，木块就燃烧得更旺了。后来上学接触到物理，也就知道了麦秆摇晃的原理。其实是这样的：燃烧需要一定的氧气，麦秆在左右摇晃的时候氧气比较足，所以比较容易燃烧。

小时候的娱乐活动很少，不像现在有电脑、手机这些电子产品可以玩电子游戏或者去大型游乐场玩刺激的游戏。那时候，除了读书还要干家务活和农活，根本就没有太多的空余时间可以玩。

平时有空的时候，会玩玩"跳洋房"。在地上随便捡块石头画出一摞大大小小的长方形格子，再背过身子扔石子，转过身子，看到石子扔到哪里就按照格子的单双，单脚落地或者双脚落在不同的格子里。一格一格地跳过去，捡起石子回到原点。途中谁要是跳错格子了或者双脚落在同个格子里就算输了。因为这个游戏不需要什么道具，只要有空旷的场地和石子就可以玩，而且人数也不限，所以这个游戏基本上算是小时候最为流行的游戏了。

当时，偶尔会有电影放映员下村子里来放电影，那是为数不多的娱乐活动之一。小时候看的电影一般是《地雷战》《地道战》，以抗日战争为主题的片子，而且都是黑白电影，画面也比较模糊。但对于大家来说，这些电影也是很新奇的，所以每次只要知道自己村里或者附近的几个村子里有电影可以看，在头几天就会兴奋得睡不着觉，做活的时候也会心不在焉的，只想着立马能够看到电影。等到了放映的那一天，我和几个平时玩得比较好的伙伴就会早早地吃完晚饭，一起带上凳子赶过去。

记得有一次，村子后面的"牛后郑"村放电影，我跟着同龄小伙伴去看的，爸妈在家里做活。那时候等看完电影，天都很黑了。回家的路都是崎岖难走的山间小路，离家距离又远。当时又没有手电筒，根本看不见，说实话那时候还挺害怕的。只能紧紧地跟在别人的后面，在下坡路的时候就跟小伙伴们一起争着跑下来，是一路跑回家的，气都不敢喘一口，一直等跑到家中才停下来歇歇。那时候，家中等候的父母以及那盏暗黄色的煤油灯都是我心中最温暖的地方。

其他还有点印象的玩耍活动就是看戏和"丢铜板"。每年过年的时候，都有来自各个地方的戏班子来村子"做戏"。"做戏"是在祠堂的戏台子上做的。"做戏"通常分为上午、下午两场戏。亲戚们都会过来看戏，还挺热闹的。看戏都需要自家带上长板凳，每次都有很多人。个子小看不见的孩子，都是站在长凳子上或者"骑"在爸爸的脖子上看。

当然，那时候还是孩子的我对满脸画上花的行为一直想不明白，对拖腔扯嗓子大唱的戏剧是没有多大兴趣的。过去看戏就是为了凑热闹。一般情况下我都是和一帮子同龄的伙伴们一起玩的，有时候大着胆子爬上了戏台子去看，对那些个在一旁吹拉弹奏的人倒是十分感兴趣。特别想亲自去捣鼓一下，但是一直没有那个机会。那些个乐器是拉吹弹奏之人养家糊口的东西，根本舍不得给我们这些调皮的小孩玩，就怕磕着碰着了。

当然，家里的老人都是特别喜欢听这些"咿咿呀呀"的绵延悠长的声音，而对于我们这些小孩来说，除了吹拉弹奏的人，最喜欢的就是那个鼻子中间涂着白粉的，时不时打几个筋斗逗戏台下大片看众大笑的角色。小的时候不知道他们具体是干什么的，后来长大了渐渐明白，那是丑角，他们的台词一般念得比较快，而且诙谐有趣。念台词的时候他们就会不断地挤眉弄眼，逗得大家哈哈大笑。

戏台子最前面的地方视线最好，经常挤满了人。由于地方小，人又多，很容易发生一些挤压与踩踏事件。记得有一次村里的一个年轻小伙子在拥挤中不小心踩到前村的一位妇女，结果那个妇女破口大骂，抓着小伙子的衣服乱扯，一副不依不饶的样子。我们村子的人当然不会坐视不管。结果就是两个村子的人吵起来，戏也演不下去了。最后还是在村长的调解下解决了这件不愉快的事。其实我觉得看戏就是图个愉快，大家都互相让一下，何至于要吵起来，毕竟都是前村后店的乡里乡亲。

村子里过年的习俗就是"吃馒头"。每到过年，最开心的不是穿新衣服，而是去走亲戚。在大年三十，就开始念叨着亲戚家的那些小孩子，等到真正串门走亲戚的那天，就早早地起床，催促着爸爸快点出门带我们去。一般是在初三或初四的时候去外婆家。外婆家、大娘舅家、小娘舅家都会一一吃个遍。那时候妈妈都不去，就只有爸爸带着小孩一起去。妈妈要留着看家，如果有客人来了就可以招待下，这样也不至于家里一个人也没有，让客人吃"闭门羹"。

因为外婆家还算是比较有家底的一户人家，所以过年的时候外婆都会给每个小孩一个铜板当作压岁钱。拿到铜板以后，我们这群小孩就会围在一起玩"丢铜板"。这也是过年里最喜欢玩的游戏了。会按照"石头、剪刀、布"得出的先后顺序，按顺序把自己的铜板丢出去。后面丢出的铜板如果正好打中地上的某一铜板，就可以把地上的铜板拿走。当然，为了公平起见，都会在地上画定好丢铜板的界限。这个游戏考验的是眼力和手力。需要掌握好丢出去的角度以及力度才能正中别人的铜板。每次玩都玩得热火朝天，经常就会出现这样的状况，那边爸妈在喊："快过来吃饭了，要开饭了。"我们这边却没有一个人答应，直到屋里又喊几遍才敷衍地说："快来了，快来了。"嘴巴上答应着，但是全部人的视线都还留在铜板上。

有一次，我将铜板朝着最近距离的目标抛去，结果，由于抛出去的时候酝酿了好久，手抖了一下，没有掌握好方向，铜板朝着角落滚去。想着铜板不会正中目标的时候，没想到，峰回路转，铜板竟然在碰到墙壁的时候转了个方向，继续"咕噜咕噜"地又滚了几圈，正中场上另外一个铜板。在场的人都很惊讶。长大后渐渐明白，人生的道路本来就不是自己可以预计的。既然生命当中有那么多无法预计又无力阻止的事情，为何不抱着积极的心态去对待生活呢。

学生时代：读书与娱乐

（叶国敏）我一向都比较聪明，读书成绩一直以来也都很好。而且我也比较喜欢读书，书读得多了，懂的道理也就会比较多。小时候最崇拜的就是老师了，感觉老师懂的东西好多。因此我从小也就立志当一名受人敬仰的老师，当然，还有一个最重要的原因就是希望能够跳出"农门"，有一份稳定的工作。而教师就很符合我的这个要求，成为教师的生活虽然不会太精彩，但至少可以给家人一个安逸稳定的生活。

我在读完小学之后，家里人就送我去读了初中。弟弟跟我不一样，他不喜欢读书，记得那时候爸妈把学费都给他付了，他还是自己偷偷地向学校把学费要回来。爸妈知道后很生气地打了他一顿。弟弟在小学的时候数学比较好，语文就实在是不行，他自己感觉没什么兴趣，再读下去也没什么结果，所以他退学的想法也就更加坚定了。不管爸妈打他还是给他讲道理都不能打消他退学的念头。最后弟弟拿着退回来的学费去拜了师傅，学了一门手艺，就是做家具，现在的收入也还可以。所以说当文化课成绩不好的时候拥有一技之长也是比较重要的。还有一点就是，一定要想好自己的方向，定位好自己，然后朝着自己的梦想努力。

我的小学是在自己村子里读的，初中以后就在大石中学读了。记得我读初中的时候，为方便学习，就住在学校里。每天早上需要很早起来，去学校旁边的小河里舀水洗脸。冬天的时候，小河里的溪水都结成冰了，就只能拿石头把冰块敲碎，等冰块融化了再洗脸。那个水啊，真的是很冷很冷。本来还没怎么睡醒，被水一冲就立马清醒了。而且还需要晨跑锻炼，就是绕着学校外面的田地跑步，整整要跑四圈。跑完之后才能吃饭。吃完饭还有晨读，然后就开始一天的课程。

每天上课我都会在头天晚上预习下明天上课的内容，而且我个人比较喜欢梳理知识，学习一段时间就梳理下最近一段时间学习的知识，并进行归纳与整理。每次遇到不会的问题我就会跟老师交流，而不是一个人默默地绞尽脑汁地去想结果。因此科学的学习方式使我在学习当中取得较好的成绩。我的记忆力也比一般的同学要好。古诗词什么的我只要读几遍就可以背出来了。相对来说什么偏理科性的东西就比较费时间和脑力了。

中考，我的成绩是临海县城里第一还是第二的，本来是可以上最好的高中，但是由于当时中考前我没有填高中的志愿，只是一心想要去读师范。这样就不仅不需要学费，国家还有补贴给你，而且师范一读出来工作就是包分配，根本就不用担心工作的问题，最多就是分配的学校差点。读高中的话我怕到时候大学考不上找不到工作，风险比较大。而且作为家中的长子，我要承担起家中的责任。因此，我在中考之前填志愿的时候就填了师范。

就这样我去了巾山上读师范。读师范的时候，国家一个月给的补贴是10块钱，这已够我的生活费了。当时的物价和现在差很多，我记得当时一份茭白肉片只要一毛五，还很好吃呢。刚开始的时候大家都是很节俭的，只点青菜什么的，一个月下来还能省下一点点钱给家里用。到了后来，大家就慢慢地开始吃好点的东西，结果还没到月底就把钱花光了。剩下的时间里，只能买一瓶豆腐乳，加上白米饭凑合着吃。那时候的豆腐乳一瓶只要一块钱就可以买到了，而且还可以吃好几天。

在巾山上读师范的时候，我读书也还是很用功的呢。我是乡下来的嘛，英体美一点都不会，跟他们那些县城里的人根本就不能比的。有的篮球、乒乓打得好呀，有的会书法、乐器呀，比赛都能获奖，那时候我就很羡慕。我什么都没学过，能做的就是把书读好点，来弥补在这些方面的不足。所以，那会儿我的文化课成绩是班级里前几名的。

国家补贴的10块钱生活费我会拿出其中一大部分的钱来买书。我经常去临海老的新华书店买书，看到好的书都要买下来，一个学期要买三四十本。结果每次寒暑假回家带回去的都是满满一箱子书。

那时候男生读师范的也有很多，大概男女比例1∶1吧，可能还男生多一些呢。那时候读书就是为了跳出"农门"。所谓的跳出"农门"就是师范读出来可以不当农民，不用干农活，可以找份工作吃政府饭。所以很多人选择就读师范，因此男女比例就不会像现在一样差这么多。师范毕业的时候，因为我的成绩好被评为学校里的优秀毕业生。但是由于没有背景关系就被放到乡下去了，在现在的话起码能留在县城里教书了。

  我记得我第一次看到电视机好像是在1983年的11月份。那时候我还在临海师范巾山上读书。双休日的时候就会和同学一起跑出来到山下的一个小工厂里面，趴在窗户上透过玻璃偷偷地看电视。那个小工厂里的电视机还是14寸的黑白电视机，那时候正在热播的是1983年版的《射雕英雄传》。几个同学双休日看完电视回学校以后都还会讨论里面的剧情。《射雕英雄传》尽管后期也有很多版本，但是在我们这一辈心中，1983年版的《射雕英雄传》是最为经典的版本，没有人可以超越黄日华演的郭靖以及翁美玲演的黄蓉。里面的黄蓉俏皮活泼、非常灵动，是我们男生堆中经常讨论的对象。

  我的自行车也是在读师范的时候学的。那时大街上不要说是汽车，就是自行车也是不多的。第一次学自行车的时候，不知道怎么刹车，只以为刹车刹一下就好了，结果我把手一放，车子就一个劲地往前溜，简直手足无措了。师范第三年的时候，家里给我买了一辆150元左右的黑色小自行车。当时觉得有自行车是一件很自豪的事情，连续高兴了好几天呢。在学校里、大街上骑着自行车很拉风。

  在师范读书的同学还是蛮多的，所以寒暑假的时候就会相约去同学家里玩。不管多远的距离都是自己走过去的。山路虽然崎岖，但是有同学相伴也不感觉路远了，路上说说话什么的，一会儿工夫就到了。在同学家里我们会打打扑克，喝喝茶水，吃吃点心什么的。虽然说都不是什么特别好的东西，那时候条件没现在好，也吃不上什么好东西，但还是玩得很开心。夏天，还会去村附近的小溪游泳嬉戏，当然都是那种"狗爬式"的姿势。炎热的时候浸在冰凉的水里，可真舒服。同学之间还会比赛看谁游得远，游得快……这些都是很难忘的事情。

工作时代：谋前程、勤教书

  （叶国敏）师范毕业以后，我就被安排到了乡下教书。就是现在的"石佛洋"小学。我记得第一年工作的时候一个月工资是88块，一星期大概需要上24节课。那时候我既教语文又教音乐。我还记得当时我手上拿着手风琴拉，嘴上吹，给学生们伴奏。直到现在，我还会唱几句"左手一只鸡，右手一只鸭，身上还背着一个胖娃娃呀，咿呀咿得儿喂……"

几个同是师范出来的同学，都还想着以后一定要考个大学。后来在报纸上看到临海党校那里有党政大专班函授的班级招生，就没有去考大学。函授一个学期的学费就需要三四百。我想我一个月 88 块钱的工资全部给它都差不多了。但是为了自己以后的生活过得更好一点毅然决定报名去读函授。总共读了三个学期，付了 1000 多块钱，相当于我一年的工资了。

　　在读函授的过程中又听说可以考去杭州进行脱产学习——成人高等教育的一种学习方式，这样就可以不教书专注学习而且还有基本工资可以拿。但是整个临海只有一个名额，我就想这是一个很好的机会，必须努力争取一下，就赶快去报名，积极准备。在准备的那一年中，我很认真地读书，还买了脑灵素、脑富康一些增强脑力的药来喝，白天教书，晚上准备考试。由于又要教书又要准备考试，时间不够，我一般晚上读书都要读到一点多钟。就是在日复一日的准备当中，我读了很多的书，最终在那一年考了文科函授成人考试临海市第一名。最后就是凭着考试第一的成绩被指派到杭州进行脱产学习。

　　在杭州进行脱产学习是我人生中最重要的转折点，也就是在那里读书我认识了我的妻子。脱产学习回来，知识丰富了，学历更高了，后被领导看中，就有了更好的前程与发展。

　　进修以前教书，由于没有经验，年纪轻，只知道要跟学生打成一片，做学生的大哥哥，没有把握好做老师的一个度。在学生面前没有威信，课堂上学生吵闹，不听话。无奈之下就只能对学生进行打骂，送到他家中跟家长说明情况，让家长一起帮忙教育，但是这样做起不到什么效果。

　　在浙江教育学院毕业后，我明白老师要做到传道、授业、解惑。在生活上要像慈母一样关心学生，在学习上要像法官一样让学生怕你，对你有敬畏心。这样他们才会听你的话，上课纪律才会好起来。为了加强班级管理，要挑选好班干部、小组长。这样的话，由班干部管小组长，由小组长管组员，一级管一级，像作业的收集、背诵的检查等都会简单很多。

　　对待调皮的学生，要有耐心，要去发现他们的闪光点。即使是班级中表现最差的学生也会有闪光点。记得我班级里有一个叫朱洪衡的学生，学习一般，但是劳动积极。为了让他听话，我就特意在劳动课的时候创造了一个条件让他做好事，隔天在班级里进行表扬，这样做就可以让他在班级里有存在感，他也会因为受到表扬而越来越听话，越来越会去做好事。体育好的同学就可以让他参加学校里的体育比赛，改变自己，发挥体育上的优势。音乐很好，就让她自己排练节目参加学校比赛，比如元旦、六一的时候，让他们有一个发挥的平台。

进修以后，我回到河头镇中心校任教五年级语文，担任班主任及大队辅导员。我感觉学校的教学设备落后，教学观念陈旧，决定改变这个现状，带领学校向前进。首先，我在阅读教学中多次运用李吉林的情景教学法，创设音乐、场面、图片等情景，使学生身临其境。后来我根据这个写了《我教〈十里长街送总理〉》的论文，获得临海市一等奖。

其次，在关注学生的智力因素的同时，我也十分重视学生的非智力因素，如兴趣、情感、意志。孔子说过"知之者不如好之者，好之者不如乐之者"。都说兴趣是学习最好的老师，让学生在兴趣上获得一个成功的体验，这样他们就会有更大的动力去学习了。通过教学上的一些成功案例，我写了《运用非智力心理因素，促进作文教学》论文，获临海市、台州市一等奖，轰动了全镇。

后来，由于我教学上的一些可喜成绩，中心校——原来大石区最大的教育组织，管着大石这片区里面的各大大小小的村和完全小学，指派我到百步小学当校长。我首先拜访村里的村长和书记了解村里的情况，之后第一件事就是排教室和排老师，这是一切教学顺利开展的基础。我认认真真地将学校所有老师的相关资料拿来看，熟悉情况，再跟他们进行谈话，了解他们的想法，最后跟教务处一起将课表排出来。当时农村里头还有些经济困难的家庭，孩子上不起学，几个老师就在开学初的时候一起到他们家里做思想工作，说道理，还帮忙垫学费，让所有村子里的适龄孩子都有学习的机会。那时候每个班大概有两三个都是这样的情况。

安排好基础工作，接下来我就主要是抓学校的纪律。为了使老师能够遵守规律，每天早上准时7点钟到校，我制定了严格的规定：迟到一次者这个月的奖金就全部取消。刚开始的时候，学校里有些老师还是有反对的，但是我还是顶着质疑坚持了下来。

有一次，由于前一天晚上整理学校资料弄得比较晚早上起床比以往迟，又由于住的地方离学校比较远，结果骑着自行车来到学校就迟到了。最后我以身作则将自己这个月的奖金取消掉，这样一来，学校里其他老师就没话说了，学校里的纪律就上去了，每个老师都在7点钟以前到校管理班级事务。为了防止再次出现迟到的事情，我就狠狠心、咬咬牙花了12500元买了一辆摩托车，那时候相当于我两年半的工资。按照现在来算都有 12 万了。虽然很心疼那笔钱，但是为了做好带头的作用，我还是咬牙把它买下来了。

除了注重文化课成绩上的提升，我还全面提升了我校的艺术成绩。学校里有个女教师，音乐学得很好，我就让她发挥自己的才能，支持她组织舞蹈队，从班级中挑选有舞蹈爱好和前途的学生，每天利用下午课外活动的时间，将她们聚在一起排练舞蹈，为学校争取了不少的荣誉。记得一次全镇的文艺会演比赛中，她们排的《八月桂花香》舞蹈获得了第一名。学生们在舞台上边唱边跳，真的是很卖力，而且又很开心。每次活动获得荣誉之后，我都会在全校师生面前对她们进行表扬，让她们将自己的兴趣和爱好发展成自己的优势。

丽芬的求学路

1. 小学：学习、弟妹、农活

（王丽芬）我在家中排行第一，是大姐姐，下面有一个弟弟，两个妹妹。因此，作为大姐姐的我，肩子上承担了很多家庭的重担。我从小就看到了父母为了那点微薄的钱而佝偻着背在田地里耕种做农活，我就立志要通过读书改变自己的命运。我要跳出"农门"，带着弟弟妹妹一起过上幸福的生活。下面主要讲的是我的求学经历，其余的生活经历也跟我丈夫差不多。

我出生于始丰溪畔的一个小山村。那个村背靠小山，面朝始丰溪，是一个环境非常好的村庄。我记得，在我开始读小学的时候还要带着我的小妹妹一起上学，因为家里大人需要去田地里干农活，小妹妹太小一个人单独在家里不安全。我记得有一次，上学途中不知道什么原因小妹妹就一直哭个不停，还一边哭一边闹。现在想来可能是肚子饿了。我背着她一边走，一边拼命地拍她背安慰她，哄她别哭。后来小妹妹大概是哭累了就睡去了。她怎么哭着哭着就没有声音了，当时我真是吓死了，叫她，她都不应我，不知道发生什么事情，心一直悬着，害怕是妹妹出了什么意外。后来到了教室，妹妹终于又哭起来了，我才放下心来。

那时候的小学是五年制。我读的是自己村里的小学——"吕小店小学"。当时农村的教育条件很差。一方面是教室房间比较少，硬件设施跟不上；另一方面教师力量不够，教师比较少。因此在这样困难的条件下组建的小学只有两个老师，实行的是复式班教育方式。所谓的复式班就是把不同年级段的学生拼在一起在同一个教室里上课。结果常常就是教室左半边的学生在自修，右半边的学生在上课，轮换着老师讲课。

由于村小的师资力量弱，只有四个年级，等读到五年级的时候，村里的孩子都会到石佛洋小学读五年级。石佛洋小学是由邻近的几个村子合并办的一所小学，师资力量相较于村小更好，被称作"完小"，也就是有完整的从一年级到六年级的年级段。

读小学的时候，碰到农忙时学校里就会放假，让我们回家帮忙一起干农活。那时候小学只有语文和数学这两门科目。上小学用的纸都是那种黄色的很粗糙的纸张，同班级里有一个同学，她爸爸在村里面当会计，纸和笔什么的都会比较多一点，我就很羡慕。而且她的笔都还是那种在笔尾带有橡皮的铅笔，而像我这样家庭条件困难的孩子就只能用简易铅笔，没有橡皮擦。再说到纸，那时候的纸比较缺，所以我都是把纸两面写得满满的直到再也不能写了也不舍得扔掉，而是拿回家，桌子有一角磨损了还可以折起来垫在下面。

小时候的零食是番薯干、玉米炮还有芝麻糖。小店里面把这些零食放在罐子里卖，我每次上下学路过那家小店都会盯着看，很想吃。偶尔几次买到吃就觉得很满足。一块小小的芝麻糖，舍不得一下子就解决掉，会把它含在嘴里慢慢地吃。当然了，虽然我家里条件差，但是我读书非常努力，成绩好。班里有同学作业做不来就会拿我的作业去抄，作为交换，他们会把家里好吃的东西拿给我吃。

我是家里的老大，担负着照顾弟弟妹妹的责任。每次家里烧好饭，弟弟妹妹年纪小都还在外面疯玩，我就整个村子地找他们，一边找还一边喊。家里那时候吃的东西比较少，特别是米饭，每次烧饭的时候都是烧一点点的米饭基本上都是烧番薯吃的。家里烧的那一点米饭也是给弟弟吃的，爸妈也是舍不得吃。弟弟是家里的唯一的男孩，所以爸妈比较看重。那时的村里，重男轻女的观念比较重，每次看到弟弟能够吃香喷喷的米饭我都很是羡慕。

小时候，我最期盼的就是过年。那时候过年还有舞狮子的表演，不仅如此，年内准备的新衣服都可以在正月初一的时候穿出来。而且就算家里再穷都会挤出钱来买年货，吃上好吃的猪肉。过年拜年都是我带着弟弟妹妹们去舅舅家。亲戚家户数比较多，每到一家都吃鸡蛋茶，也就是在荔枝桂圆茶中再敲上一个鸡蛋,因为那时候的鸡蛋是属于有营养的东西,也不是可以天天吃到。所以,开始吃的时候我们都很开心,吃得也很多很快,可以连续几家吃下去,结果就是往往到了最后一家就再也吃不下了,肚子鼓鼓的,非常饱,也很满足。而且舅舅家的小孩子也很多,可以一起玩游戏,很热闹,很开心。

2. 初中:山路、炖饭、挑灯

(王丽芬)五年级毕业的时候,我的成绩比较好。大石中学的初中部一般只招收他们大石中学旁边几个村庄小学毕业的学生。像我的乡镇是属于大石区最外围的,给我小学的指标是很有限的,但是我还是凭着自己的努力,考出好成绩,被选到大石中学去学习。

大石中学离我家里有30多公里的路程,而且我当时只有13岁。那时候客运站的车班次很少,又没有其他什么交通工具,大部分的时间都是跟着年纪比较大的同村孩子去的,基本上是一星期回家一次。每次都是在星期六下午回家,每星期六在学校吃完中饭就开始走回家,出发的时候觉得太阳还是在头顶的上方,等走回到家的时候太阳都下山了。每星期回家都喜欢跟家里人一起,不愿意离开爸爸妈妈,回学校就有一种背井离乡的感觉。

每次回家还要参加家务劳动,下田地做农活。农活干好以后每周日下午就整理好去学校的生活用品。米、咸菜、猪油盐——先把猪油放下去再倒上盐,猪油把盐吸收进去就成了猪油盐。炖饭的时候就把猪油盐放到米里一起,这样饭就是有咸味了也会有一点油分,那时候油都是很宝贵的。

回到学校以后,往往都是不到半个星期就把咸菜吃完了。吃得很快。后来没有咸菜就炖咸饭。那时吃饭都是自己带饭盒的。把生的米粒和水按比例放在铁盒饭中,再添上猪油盐,搅拌在一起,放在蒸笼里与同学的铁盒一起蒸。有时候也会带一点点钱去买菜汤。那时的菜汤是两分钱一碗,五分钱就是炒菜了。现在一想起那个菜汤就一股子油味扑面而来。几片菜叶漂在汤上,几星油粒在上面漂,能喝到就感觉很满足。

那时读书都是很辛苦的,蚊子咬什么的都很正常。脚上穿的只有军鞋。军鞋的保暖功能差,鞋底又薄,很不耐穿。走在石子路上还会硌脚。但是一双军鞋都要穿很久才换,经常是鞋子破了还在穿。下雨天的时候鞋子都要弄湿的,就只能用纸折起来垫到鞋子上,实在不行再垫上稻草,不过还是不行。结果下雨天的时候就只能穿着湿湿的鞋子，很难受。那时军鞋也是很宝贵的，我记得当时有一个比我小一年级的对岸村的男同学，为了怕走石子路把鞋子走破，舍不得穿，就赤脚走路走回家。

我初中读书的时候很认真。晚上学校里都会统一熄灯。熄灯之后，我还会拿着手电筒钻在被窝里复习。睡觉之前头脑里都会把那天所学的东西都跟放电影一样地过一遍。视力也就是在那时候坏了的。等到初三，中考。那时大家一心都想跳出"农门"，吃国家饭，所以农民出身的普通人都想考初中中专。当时填报志愿的时候既可以填临海的一中、二中，也可以填临海师范。当时填志愿是这样明确的：如果你志愿填服从并且被某一个高中录取，却不想去读，就不能参加复习班报考第二年的初中中专。由于我一心就想读初中中专（临海师范）或者一中（现台州中学），不想读回浦中学，所以就没有填回浦中学也没有填服从。

后来成绩出来的时候，我是大石中学考得分数最高的，但是应届毕业中没有一个考到初中中专。那时候初中中专录取分数线很高，一中没到一点点，二中超了。但是那时候没有填报回浦也没有填服从。所以按照规定就没有一所高中可以录取我。本来是想着再读一年复习班考到师范或者一中，但是后来周围的同学和亲戚朋友都是说不复习直接读高中比较好。我也就随着大流，没有读复习班。无奈之下，就只能回到大石中学读高中。虽说按照规定是不能读大石中学的，但是因为我读书好，所以就算我没有填报大石中学，那边的老师还是很乐意接收我的。这件事对我来说是人生的一次打击。初中三年来坚持的梦想破灭，哭是哭过的，也后悔过，现在想来也确实是遗憾。

3. 高中：复读、困乏、高考

（**王丽芬**）我在大石中学读了两年的高中。那时乡下高中只有两年制，城里是有三年制，而且乡下师资力量不好，不能与城里相比。所以我又参加了一年的回浦高考复习班。复习一年之后就考上了浙江农业大学，虽说不是我最理想的大学，但也算是能够上大学了。那时，考上大学是一件很不易的事情。有些人复习了好几年才考上，有些人复习了还考不上。所以不管怎么说，我都是尽了我最大的努力。

现在大脑中对那场高考还是有印象的。记得高考最后冲刺的几天，每晚都复习得很晚，睡眠时间完全不够。连续几天的高压之下，结果在高考那天发生了一个小插曲。那时复习班是在回浦读的，但是考试是在台州中学。两地之间有一定的距离，为了考试不迟到，天还没亮就起床了，和同学赶去台州中学。

正式考试之前，都只能被拦在教室外面，我记得那个地方还有一个石板弄的乒乓桌子，连续几天没好好睡觉，实在是困得不行，我就在石桌上睡着了。后来一直到正式考试了，我都还没醒过来，还是同学把我叫醒的。可想而知，在考试时，我也特别想睡觉，一直打哈欠，但还是靠着自己的毅力坚持了下来。现在想来，如果那时有充足的睡眠和充沛的精力的话，我一定可以考得更好。

人生总会有遗憾，但是没有这些遗憾又怎么组成一个完整的人生呢？我们需要做的就是好好面对今后的生活。

29

女埠细雨：飞渡旧时的岁月沧桑

口述者：章林第　苏丽芳　章雪龙
采写者：章健忠
时　间：2014年2月
地　点：浙江省兰溪市女埠街道口述者家中

　　章林第，女，1938年生，女埠镇渡二村人，文盲，20岁嫁到渡三村。章雪龙，1963年生，章林第长子，初中毕业，做过砖瓦工，养过鸡，黄包车车夫。苏丽芳，1974年生，章雪龙之妻，江西省铅山县柴家村人，小学三年级文化，19岁嫁到女埠镇渡三村，当过工人，基督徒。

执手相濡以相沫

　　（章林第）我那时年龄虽小，但现在对日本鬼子还有些印象。在我五六岁的时候，为躲日本兵，我爸爸带我逃到虹霓山（兰溪白露山前的一个村村名）的溪滩，那时候那边是没什么人的。渡渎村前有一个小山坡，站在那里，整个村子一览无余。日本人就在那个地方放了一挺机枪，作为防备并以此控制整个村子。

　　50年代国家搞土地革命，给老百姓划成分。我家因为还有一些地，所以曾经一度被分成富农。后来把田卖掉，被改成中农。我家就我一个女孩子，那时候养孩子难，生了下来，但是活不下来。（因为没有东西吃，没有营养，妈妈没有奶水。）我小的时候，虽然苦，但还是有粥有饭。但是后来"大跃进"时期，特别是三年自然灾害时期，就没得吃了。

　　家里就我一个劳动力，虽然有田，但是没人种。因为家里缺男人，所以就把我当男孩子养，因此我要做很多的农活，放牛、割草等等。那时候没什么玩的东西。

我是一个文盲，什么字都不识。那时虽然有夜校，但是我就读了没几天，读不进去。我脑子比较笨，字背了没几个，就又忘了。后来我索性就放弃了。另外，家里都让我在田里干活，也不重视读书，认为女孩子读书没什么用。刚开始几年，我家还是有饭吃的。但是搞"人民公社""大跃进"之后，渐渐地就把余粮都吃光了。

15岁时，田里有什么活，就干什么活，种稻子、麦子、油菜、棉花等，还要爬到树上，收集做青油灯灯油的籽。那时没有电灯的，都靠青油灯，一般人家用不起蜡烛。我17岁（1955年）去造水库，那时都在造水库用来养鱼，以此来改善生活。大队里都有任务，只有做完自己的分配任务，才有工分。那时工作是没有钱的，全部按工分计算。我是一天到晚都在做，算半个男劳动力的工分。

但到了三年自然灾害的时候，一点吃的东西都没有。那时有这么一句话——"如果有一碗白米饭，吃掉就是死了也愿意"。没东西吃，就吃糠拌糖精，加开水，或者到池塘里捞胡萝卜的头、黄菜叶，还吃过黍饭（很难吃）。玉米糊、番薯皮、野草、狗尾巴草，都混起来吃。因为经常吃这些东西，不易消化，所以那时的人经常便秘，大便好几天拉不出来。大家都很难受，但没有办法，只能相互帮着抠出来。

那时的人，因为没得吃，所以饭量都很大。常常是饱一顿、饥一顿，有时候也会连续几天没东西吃。因此，也有人偷偷在家烤土豆。但是，如果被大队的人知道，就麻烦了。

那时候，也会有人乱拿别人家的饭。有一次，我去食堂取饭（那时，都是凭粮票在食堂蒸饭），谁知我家的饭被人拿走了，只能和大队里反映情况。结果，大队只给了一点难吃的东西，实在是有苦难言。虽说米也不太贵，但我们根本没钱，而且即使有钱也没地方买。

我们每天很早起来干活，很晚才回来，一天忙忙碌碌，却还是没东西吃。那时的队长，根本是乱来的，一点也不懂种田。玉米种下去，刚长出了，还没结棒子，碰到了"大炼钢铁"运动，大队里下达钢铁指标，结果那些玉米秆被人拔掉当柴，地方空出来炼钢铁。而且是大家半夜里去炼钢，做什么也不知道，上面说什么，就做什么，不做就没饭吃。

那时也不说谈恋爱的事情，都很保守的。当时我丈夫章洪铭（1930—2006）还是个帮工，经常在我家对面的人家干活，然后会来我家玩。他人长得俊，虽然家里穷，但是那时的人都穷。我看他忠厚老实，日久生情，彼此熟悉就喜欢上了，后来就嫁给他了。可惜，他家里真是穷。我家常常完不成组里的任务，没钱拿给组里，工分不够称谷，也就没粮食分。实在没办法，就到大队里借谷，等来年丰收再还。和旧社会地主比起来，至少不会来逼债吧。

我是20岁结婚的，对方是28岁。结婚也是很简单的，那时的结婚证有点像奖状，上面还有毛主席语录。嫁妆就两套衣服（花布衣服，就是一种粗糙的白布染墨汁，一件一毛钱）。喝喜酒就一张桌，几个家里的亲属，也没几个菜，记得有一个粉汤是最好了。那时候，想买个馒头都要排队，有时候去晚了还买不到。后来，还是叫人排队代买。大家情况都差不多，都是穷得一分钱都没。

结婚的时候，家里连张床也没有，而那时一张床要20元。我就问邻居家里借了20元，买了新婚的一张床。这是唯一一件新的东西。后来，邻居家来要钱了，但是家里根本没有20元巨款。最后，实在没办法，只好把我外婆的一对金耳环拿去抵还。（那对金耳环，挺粗的，是外婆给我当嫁妆的。）

我22岁生了大女儿，27岁生了大儿子，28岁生了二儿子，29岁生了二女儿，31岁生了三儿子。我的大女儿，才两三岁就要去学着拔草了，因为那时候不做就没得吃。生大儿子时，没有奶水，就把他送到界牌的一户人家，叫一个奶妈给他喂奶。后来几个月把大儿子接回来，就不给他吃奶了。之后，我和我丈夫就把家里的两头猪（因为没东西吃，猪长不大，一头就半担，50多斤重）一起抬到街道上卖给收猪的人。但是那边竟还说，这猪还不合格，体重不达标（猪也没什么东西吃）。最后，还是卖了一些钱，给奶妈作为谢礼。

家里只有一间小房子，八个人住。等孩子们长大之后，我还和老公盖了两间泥瓦房，作为以后分家的房子，分给两个弟弟。所以，我结婚后，都没怎么回娘家看看我妈。虽然都在一个村，不远，但家里实在忙不过来，而我妈妈也一直说我没良心。我实在无奈，家里的五个孩子，都在喊要吃的。记得大女儿小的时候，家里唯一的一两稀饭，都被她吃了，还哭着喊饿，全家人就饿了一天。

公公那时有夜盲症，晚上干活看不清。有一次干活还从山上摔下来。年轻的时候，他为着家里多赚点，偷偷去外面挑泥。有时被抓到，被罚工分,什么也没有赚到,还赔上一天的工分。

过年的时候也没什么菜,就四碗菜。管食堂的人家好点。那时也没有衣服卖,就算是粗布也是很难领到,不过有裁缝会做衣服。

我基本都在家,在田里干活,很少去县城。(自己不会坐车)现在还好一点,穿穿袋子(一种出卖廉价劳动力的工作,把零件穿到袋子里做成完整的袋子。做一个袋子只有两分钱,一天能做十几元钱就很不错了)。我也用不到什么钱。就是丈夫离世后,一个人会孤单一点,毕竟儿女也忙。

现在至少不用挨饿了。虽然人老了,一身毛病,心脏病、高血糖……不能吃很多的东西。胃也不好,有时也会睡不着。看到孩子们都长大了,心里还是很有成就感的。养这么多孩子,这么难的时期,都过来了。

老一辈的人,尤其是像我们这种没有文化的人,都是窝在一个村子里,度过自己的大半生的。没见过什么世面,每一天都很普通,儿女虽然住得很近,却都比较忙,很少来看自己。

清贫人家亦欢乐

(章雪龙) 我有两个母亲,一个是生母,一个是奶妈。那时,母亲生我的时候,没有奶水,就把我抱到隔壁村的界牌(自然村村名)一户刚生完孩子的人家。在奶妈家几个月,后来就断奶了。我母亲就把家里的两头50多斤的猪拿到镇里卖掉,给奶妈买了一些肉和鸡蛋。

听我母亲说,我小的时候(大概两岁时)眼睛不好,眼睛里长了两粒白点,而且很痛。我一直哭,甚至眼睛里都流血了。那时,家里人都急坏了,带我四处医眼睛,却不见效果。最后,还是多亏一位老奶奶给我母亲一些草药,吃完竟然一点点好起来了。后来,我母亲还买了猪肉去谢谢那位老奶奶。虽然我一点印象没有,但是感觉还是很惊险,还好吉人自有天相。这个毛病太恐怖了。

7岁,我(开始帮大伯)干活。记得和大伯抬一担酱,因为我力气小,抬扁担长的一端,大伯抬短的一端。大伯还一直夸我懂事。那以后不久,大伯就死了。大伯是爸爸的大哥,比二伯大17岁,二伯大我父亲16岁,三人是亲兄弟。我爷爷在我父亲三岁就死了,一直都是大伯在养家。我家隔壁是二伯。其实那时,我奶奶生了9个孩子,三个儿子,6个女儿。女儿都死了,说是夭折,其实还是重男轻女造成的。

二伯家和我家是连在一起的，就隔着一道板，相互说话都是听见的。二伯家有许多女儿，一个儿子。小时候的晚上，两家的孩子就叽叽呱呱地说话，讲故事，甚至有时也会争吵起来。我们相互给对方起搞笑的假名（外号），每晚上都有各种笑声。那时，虽然没有电视电脑，但是还是很开心。

　　小时候，有许多的游戏，捉迷藏、老鹰抓小鸡、跳格子、踢毽子、跳房子，还有一些球类运动，乒乓球、羽毛球等。如果是天气晴朗的夜晚，尤其是夏天没电的时候，小玩伴们出来一起玩耍。记得有一个叫"点点脚趾，桃花几只"的游戏，是扮演各种人物，好像是偷西瓜和抓贼的游戏。

　　我是8岁（1971年）上半年上学的，那时是上半年开学的，在渡渎祠堂（现在是老年协会）里读书。9岁的时候，发红领巾，我上台的时候腿一直在抖。因为从没在那么多的人面前展示自己，心里又怕又紧张。

　　我数学一直很好，尤其是珠算和口算，几乎每次考试都是一百的，现在也是如此。有一次数学考试，妈妈起晚了，早饭也做晚了，我吃完早饭到学校已经开始考试了。我急急忙忙地到老师那里拿了试卷，拼命地写。但是我写好时发现，我是第一个交卷的。后来，我还记得那次考了满分。但是，我的语文不行，总是写不好作文。

　　我还记得语文第一课是《毛主席万岁》、第二课《中国共产党万岁》、第三课《中华人民共和国万岁》、第四课《大跃进万岁》……后来的，就记不住了。

　　音乐课上，老师弹着风琴，教大家唱革命歌曲。脑中还记得"大海航行靠舵手，万物生长靠太阳""我们是工农子弟兵""举红旗，向前走"这些歌词。

　　那时，还是"文革"时期，我家是中贫农，虽然没东西吃，但是没有那些政治批斗什么的。

　　每天早上7点半，总是要去叫妈妈起床烧早饭。妈妈每天睡得很沉，睡得很香。结果，我们总是迟到，即使小学离家只有几百米远。那时的早饭，很简单的。所谓的粥，是先把饭捞起来，再放入番薯丝，混起来的很薄的粥。以至于每次都把碗舔得干净，锅里也是吃得很干净。

　　每次中午回来，大家都是疯跑的，饭都是抢来吃的。那时，谁回家的迟，谁就吃得少。也不知小妹的班里怎么回事，每次都是她们班迟点放,结果回来只能吃一碗。而我们其他四个,每人两碗,还要把饭屉上的米粒吃完。然后,大家洗碗,再将番薯放到炭火里,当点心吃,然后再上学。

小学读了五年半,因为遇上教育改革,我在13岁的上半年才毕业,本来是12岁下半年毕业。那半年,学的东西基本还是以前学过的,是一些综合的教材。

13岁下半年(1976年),我读初一。初中读两年。快毕业的那一年正月初八,我跟人去学泥瓦匠手艺。那个教我的师傅脾气很差,而且在那里东西难吃,住的地方还有跳蚤。所以,学了一个多月,我就回来继续读书了,一直到毕业。

1978年,初中毕业的那年,也没考上高中。因为那时读书也不看成绩,看关系的。那些比我们学习差的人,因为家里人是干部,就去读高中了。自己家穷,就没有继续读下去了。那年,自己就到小队里放牛,一天3个工分。(10个工分相当于5毛多钱,可以买6斤多的谷子,那时是按人口和工分分粮食的。)

1979年,我在田里干活,可以得4.5个工分。(一节一分半,干了三节。)

17岁去挑氨水,7个工分,还有三毛补贴,但是有十多里路。还有去兰溪城里收灰,作为田里的肥料。买灰的钱是小队里出的,五毛一箩筐,先挑到兰溪的兰江码头,叫轮船运到女埠的码头,再挑回村子。一次一担(90—100斤),七八里路,一天两趟,10个工分。不过,买灰这种事,一年也就几次,不多的。你像那个轮船运灰的,运200担灰,加上人,一次30元钱,这种事不多的。18岁学过弹棉花,做被子,但是技术没过关。

那些年,我四处奔波,换了许多地方。20岁(1983年)经界牌的奶妈介绍去江西宜丰县的土窑采泥,做砖瓦,一年下来赚了400多元。我干了两年后,又去江西铜鼓县做瓦,一年下来赚了500多元。后又去江西弋阳中发乡干了3年,一年赚了700多元。26岁在兰溪女埠的钱家村做瓦,也是700多元一年。27岁在女埠陶厂一年,3.5元一天,其实没有一天,其余时间就到田里干活。29岁,去金华仙桥镇做空心砖,做了将近10年的窑匠。

30岁,我在家养鸡一年半,后来因为和弟弟们分家没地方养鸡,所以就放弃了。那时到江西招亲，认识了我后来的妻子。32岁在女埠泽基叶头帮人养鸡，10元一天，包吃住。第二年帮她弟养鸡，15元一天。

那时，临近过年，十二月初一，我们把猪卖掉，猪的五脏和头留下，放到过年除夕夜吃。每年腊月，小队都要拉网捕鱼，每家每户都要分鱼。家里养的鸡，自己家做的粉丝、豆腐干、芋头，全部都是自己搞的，没有买的菜，那时村里还没有菜市场。

还有八宝菜，就是杂菜，红萝卜、水萝卜、豆腐干、辣椒、豆芽和自己家腌制的生菜、大蒜、晒干的萝卜丝（主要的），用菜油烧的。

20岁我买了一辆"海狮"自行车，一辆120多块钱。35岁的时候家里买了煤气灶和一个钢瓶，高压锅，500多元。我用那辆自行车把所有东西从兰溪带回家，妻子自己走路回家。家里每次买一些值钱的东西，就没什么钱了。

我开始攒钱的时候，也是我开始踩黄包车的时候。35岁（1997年）的时候，我买了一辆黄包车，810元（包括30元钱的税）。那800块钱，先是问大姑借了500元，又东拼西凑了300元。最终把踩黄包车赚来的钱还给大姑姑。

黄包车现在好像不怎么赚钱，可那时一天就可以赚40多元钱，而做粗工只有10元。那时，一个月只有5天是可以踩黄包车的，违规要罚款的，一次罚30元。但是，还是有许多的人去偷偷地去干。因为这个工作比较稳定，所以我就一直干下来。后来妻子生病住院，我为了照顾她，也觉得这个活比较自由，每天晚上可以回来照顾妻子，这也是这么多年我没有换工作的原因之一。有空的时候，我去田里种点农作物，油菜、棉花、稻子等，也种些蔬菜、水果。

这里盛产桃子，我家也有一片自己的山地，也种过一些桃子，还有李子、西瓜、枇杷、地瓜、梨瓜等。这些大部分水果，也就是家里人吃吃，卖的主要是桃子。

我这个人的思想比较单纯，也比较老实。我曾经为了妻子的病去信耶稣，但是感觉还是坐不牢。我自己五音不全，唱歌很难听，还有就是神这个东西对我来说比较遥远。我是一个粗人，虽然也有初中文凭，但现在基本干的都是体力活，也没时间看《圣经》，所以信耶稣不适合我。这个家也需要我养活，多干一天也是多赚一天的钱嘛。对于儿子的信仰，我也不干涉，只要他好好读书，以后找份好工作，我就心满意足了。

江西过来的新嫁娘

（苏丽芳）我是江西省上饶市铅山县河口镇柴家村人，1974年生，家里排行老二，一共6个，1个姐，3个妹妹，最小的一个弟弟。早上吃稀饭，南瓜干，自己家腌制的萝卜、霉豆，偶尔买点榨菜丝。那时，饭还是有得吃的，零食一般没有，因为父亲是丧事吹喇叭的，有时候会有糖等零食点心吃。

我9岁上学。到三年级，留了两级，13岁上半年因读不进书，就不读回家了。有一次，数学才考了30来分。语文课，老师主要是讲故事。因为我留过级，是班里年龄最大的，还在语文课上当过小老师。那时，我对音乐比较感兴趣。老师教过《八仙过海》《草鞋之歌》。那时，也有各种考试的，期中考、平时考、期末考。辍学之后，我就帮家里干活，牵牛，割草，养鱼，捡猪粪，洗衣服。

我13岁时，馄饨是二毛五一碗。十五六岁的时候，在工地上干活一天可以拿6块钱，当时饭盒都准备好了，被爸爸拦下没去成。

那时衣服是做一次就要穿好几年。而且姐姐穿过的衣服，偏小了，给下面的妹妹穿，都是这样一个一个传下去的。穿新衣服是很难的。我八九岁那时的衣服是粗洋布，13岁时第一次穿上了"的确良"（一种衣料）的衣服。

农忙季节，帮家里割稻子、晒谷子。过年时，能吃到鱼、猪蹄、母猪头。家里养母猪、牛，小猪有20多斤就卖给别人家养。母猪如果能生，就多养几年，否则就卖掉，至少生五六次，最后留下一个母猪头自己家吃。

过年时，我们要开着门吃饭。没吃以前，先拜灶神。我妈是很信这个的。正月初一是没事做的，正月初二到婆婆家。正月里，滚龙灯，用稻秆做的龙头，其他也是稻秆做的，用红纸做胡须，头上插一支香。有人敲锣打鼓的，唱说："龙头进屋，打开爆竹；爆竹打得响，唱得万万两；一要三面富贵；二要金玉满堂；三要三自起地；四要四季发财；五要五子成功；六要六六顺；七要七字团圆；八要八仙过海；九要久治，十要实作。买天做屋，做屋做得高，金子银子有两包，一包过年，一包买天。龙灯嘴一开，请东家拿钱过别家。"这个都是讨彩的话！

村里有一个人30多岁，喝药水死了。我去看后就得病了。我感觉被鬼附身一样。后来，外婆听别人讲，叫我去信耶稣。那些信耶稣的人来给我唱诗祷告。那次，我好像被鬼附着一样，整个人都不受自己控制。那时，我的小姐妹带我的初恋（20岁）来看我，看到我这样，哭了。村里的人听说我有这个毛病，男的都不敢娶我了。

19岁那年，我丈夫来江西招亲。那时他29岁，两个弟弟都成家了，听界牌的奶妈来的话江西招亲。刚开始，谈了一个，没成。他本来喜欢那个河口的女孩子，可惜当时她外婆死了，办丧事要好几天，就错过嫁他了。时间不等人，媒婆就换了个人，就是我了。做媒两个月，还没见到人过，就看到过照片。

聘礼6000块，给8个媒婆（7个江西的女的，1个浙江的男的）一共1000，男的300，7个人至少一人100。那几个女的还嫌少，还起了争吵。

结婚那天，还有年轻的小伙子拦路问浙江佬讨钱。在婆婆家，喜酒办了8桌。我们坐火车到金华。那时，我俩吃、行的费用，到家里一共花了100元。我和丈夫穿的夹克衫，我穿红色的。裤子是丈夫的妹妹做的，鞋子是球鞋。在自己家拜的堂。桌上放着鸡蛋糕、糖，白天先拜天地，后拜父母，夫妻对拜，大辈给我们红包。晚上请喜酒，摆了两桌酒，一共请了20多个亲朋好友。

20岁的时候我生下一个儿子，八月初九。在下潘医院生的。生的时候，剪脐带没有打麻药针，痛死了。那时候，一只眼睛开，一只眼闭着，那100瓦灯很亮。7斤7两。满月的时候，肉圆、肉要端给各家亲戚。那年，坐老公的自行车去县城头了一台14寸的黑白电视机，共425元。那时，可以收到十几个台，有天线的。23岁，坐着老公的黄包车去兰溪买金耳环，一钱六，480元，再加花纹，20元，一共500元。带去的钱一分也没有剩下。在24岁时候，10月份被人带到义乌在发夹厂做两个月，回来就过年了，后来就不去了。

在我25岁的时候，我到大姐夫家玩，看到邻居家有一张主日单，和我家一样的。我请他家的人带我去聚会。离开教会四五年后，我又重新回到教会里。和弟兄姊妹们交流之后，我重新有了归属的感觉，因为作为外来人（江西），嫁到浙江总有一种不适应和思家的感觉。我一去聚会，就带上我儿子，那时还没有主日学。在儿子6岁的时候，教会有了周六的祷告聚会，刚刚有了主日学。

后来，我参加了教会的乐队，吹萨克斯。那时，教会刚刚组建乐队，是蒙恩带起来的。每隔一周，在聚会结束后，练两个小时。在家里，也练。刚开始练的时候，总是吵到儿子和丈夫。练了不久，就会了几首常吹的。每次弟兄姊妹在一起练习乐器的时候，我的内心总是很甘甜。

那时，教会的丧事、婚事，都要乐队的参加。但是，在我儿子八九岁的时候，我就不参加了。因为发生了一些事，我的旧病复发了。

后来，由于自己的情绪不稳定，就没有出去打工，一直在家。这些年来，一直感觉对不起老公和儿子。信仰带给我许多的帮助，虽然我这个人很笨，看书看得很慢，理解东西、记东西也很慢。但是，上帝还是拣选了我，使我成为他的儿女。还把儿子带到我的身边，我为你感到无比地感恩。

30

浔阳江头：铁汉在香世庵的磨炼

口述者：张铁汉
采写者：倪　琦
时　间：2013 年 1—2 月
地　点：湖北省黄石市京华路家中

张铁汉，男，1957 年生，黄梅县分路区八房墩人，中专学历，银行职员。

书香门第

1957 年 4 月 13 日，农历三月十四日，我出生在湖北东部。在湖北省最东边有一个县叫黄梅县，也就是黄梅戏发源地的那个黄梅县。在黄梅县里有一个区叫分路区，在分路区里有一个村庄叫八房墩，它是一个位于金银塘畔的不起眼的小村庄。

1957 年农历为丁酉年，我是属鸡的，早晨出生，为寅时，也可称为寅鸡。算命的根据人的生辰八字可以得出人的"四字经"。我的"四字经"是金鱼出沼。金鱼是欣赏鱼，好看不好吃，只不过比鸡肋好一点吧；沼，沼泽；金鱼出沼，金鱼游出了沼泽，游入了江河湖海。据此推测，我的前途可能是一片光明。

在农村，人的名字除按族谱取名外，就是按照"五行"学说来取名。按算命推算的结果，我在"金、木、水、火、土"的"五行"中，金少水少，必须靠金和水取名字，这样有利于成长。所以我家里大人们，以金和水为字的偏旁，给我取了个十分强健十分规矩的谱名，就是在新华字典里都有这个名字的解释。

八房墩，是一个普普通通的小村庄，背靠金银塘，面向长江，站在村中的任何地方，都可影影绰绰地看得到远方庐山的轮廓，天气晴朗时，还可看到庐山上牯牛镇的轮廓。村里居住的人口不多，20世纪50年代末，全村总共不过60多口人。我家是从外地迁移过来，曾在这里住过一段时间，后来又迁移到香世庵村。至于我是否真正是在八房墩出生的，父母亲却从未跟我提起过，也许这里是我家"走麦城"的地方，不愿多提及。

讲我的故事，追根溯源，就不得不说到九房墩村，沙池湖畔是又一个与我有着千丝万缕关系的小村庄。我虽然没有在那里居住和生活过，但却有永远抹不去的印象和记忆，因为我的祖先一直居住生活在那个地方。

传说，在很早很早的时候，张姓老祖宗的第九个儿子，从某地迁移到沙池湖畔居住，开荒种地，成家立业，繁衍生息，形成村落，因此而得村名——九房墩村。

九房墩村与前面提到的八房墩村，是完完全全相对独立的两个村庄，它们之间没有一点内存的联系。虽说两村村民都同姓一个张姓，但不属于同一个谱系，只是因为我讲故事的关系，才将两个村庄联系在一起。

九房墩村中心有一个四合院，那就是我家的祖屋，我的祖辈们都是在那里居住生活的，但我从没有居住过。我只是小时候到九房墩拜年的时候看见过，父亲指着一个四合院向我介绍说，这就是我家的祖屋。

四合院中间有一个天井，四周是住人的厢房，院后有一片竹林，竹林后面就是沙池湖；院前有一片田地，形成前呼后拥之势。20世纪50年代初，祖辈们被强令搬出，我家的祖屋被分给七八户人家居住，"文革"的时候，祖屋又被"五马分尸"，住户将其拆开分家，四合院从此灰飞烟灭，再也找不到我家祖屋的影子了。

我的曾祖父是一个读书人，平时以教私塾为谋生手段，到会考时参加科举考试，一路通过了乡试、府试和省试，人们尊称他为举人。清朝咸丰七年，也就是1857年①，参加殿试，在150名进士生员中，及第第75名

---

① 张汝琼于咸丰八年中进士的说法应该有误。原因有二：一、张老先生于1857年中进士，按照本文主人公的讲法，死于1938年湖北沦陷之初，那么张老先生的寿命至少有100岁，这与一般常情不符；二、按照1986年版《黄梅县志》的记载，张汝琼先生是1898年戊戌年的进士，后任刑部主事。1857年是张家人口中比较重要的一年，并且老先生去世时有80高寿。据笔者推测，张汝琼先生应该生于1857年，30多岁时中进士，1938年去世。从另一方面讲，张家后人记不清祖父科举及第的具体年份，也侧面反映了张家人在新中国成立后长期压抑的政治气氛下，所受到的不公正待遇。

进士。人们尊称他为"老爷"，在当地享有名声。

我的曾祖父科举及第后，在候缺等待录用期间，相继为其父母亲守孝六年，后仅在广东（又说北京）某地做过通判，相当于现在的法院院长。抗日战争时期，我的曾祖父不为金钱所诱惑，宁饥不屈，坚守家门不出，保持了高风亮节。他生有两个儿子，第二个儿子就是我的祖父。

我的祖父也是一个读书人，所处的时代已经没有科考一说，一生以教私塾为谋生手段，过着与人无争的中庸生活。我的祖父生有四个儿子一个女儿，第三个儿子就是我的父亲。

在我祖父的四个儿子中，有三个儿子在外地谋生，有的地位还很高，但我的祖父不仅未享其福，反而受其累。奇怪的是，不知为什么，我的祖父把我的父亲一直留在身边，捆在一起同甘苦共患难。

20世纪50年代初，我的祖父被迫从九江回到九房墩村，后又带着我的父母亲和哥哥，离开九房墩村的四合院，迁往八房墩村的茅草房，被强令到新的地方开创新的艰苦的谋生路径。

我的父亲也读了七八年私塾，算是一个读书人出身，但绝大部分时间是做农民，对于农业活路是个行家里手，我长大后干农业活的技术都是父亲教的。我的父亲在农村苦苦挣扎了一辈子，没有享过什么福。

这就是我家的根基，一个上辈都是读书人的家庭，一个实实在在的书香门第。

饥饿年代

香世庵村，沙池湖畔的一个普普通通的小村庄，一个养育我的鱼米之乡。香世庵村因庵而得名，在当地方圆几十里都很有名气。

1958年，当农村由高级合作社向人民公社转变的时候，中国有人在尝试着一步就进入共产主义社会，农村吃公共食堂就是这一尝试的具体实施。

由于吃公共食堂的需要，相邻的八房墩村与香世庵村合并，我家随着全村人一起，也由八房墩村迁移到香世庵村。

香世庵村村中有一座庵庙，村庄因此而得名。在60年代的"四清"运动时，这个庵被改为学校，我后来就是在这所学校里完成了我的小学和中学的。在80年代初"文革"结束以后的某个时期，学校又恢复为庵。

作为一个庵来说，按照常理和常规，庵里住的理应是尼姑，但香世庵却与众不同，庵里住的却是和尚，而不是尼姑，个中缘由，就连村里上了年纪的人也说不清道不明，真是一个阴阳颠倒的奇怪现象。

香世庵村交通不是很方便，靠水路与小池口、九江相连，至今还不通公路，离县级公路约有五公里的路程，只有土路与公路相通。因为长期靠走路与外界沟通来往，村里人都练就了一副好脚板。

香世庵村人口多，土地少而贫瘠，40多户人家，200多口人，300多亩田地，主产水稻和棉花。当年，水稻亩产400来斤，棉花亩产80来斤，一年之中要吃两个月的救济粮。

在1958年以后的几年里，就是人们记忆犹新的三年自然灾荒，中国老百姓经历了一段艰苦奋斗的岁月，特别是在农村，人们为吃饭而发愁，种田人到了缺粮少柴的地步，农民在为填饱肚子而苦苦奋争。

在那段时间里，有几件说起来是小事，但却是事关吃饭的"大事"，因而留给我的记忆却十分深刻。

吃公共食堂的时候，一天傍晚，天上的星星出来了，靠煤油灯照明的农家人，谈不上有路灯之类的东西了。我和母亲一起从食堂分得全家的晚饭回家，不知为什么，我非要提着那装有全家人晚饭，装着似米汤般的粥的小木桶。由于人小力气小，加之天黑，我一不小心，脚下一绊，连人带桶跌倒在地上，似米汤般的粥全洒光了，害得我一家人那天晚上没有吃东西就睡觉了。

在那饥荒的年月，任何东西都可拿来充饥。一种把谷壳碾磨成粉做成的粑叫糠粑，人们用糠粑来充饥，以弥补粮食的不足。每当家里大人们晚上磨糠粑粉时，年纪小爱贪睡的我，也必定苦苦等着吃了糠粑才上床去睡觉。谷糠本来是用来喂猪的，做成的糠粑很难吃，粗糙得难以进口，吃后还爱结肚子，要"方便"又"方便"不出来，肚子胀的那种难受滋味，简直叫人欲哭无泪。我所在生产队队长家，人多口粮少，经常磨糠粑吃，他早晨起床后，首先吹哨子喊开工，安排社员们出工，然后自己去茅厕"方便"，待到社员们做完两个小时早工，回家吃早饭，发现队长还在茅厕里"方便"没出来，成为当时的一个笑料。

在农村，农民家里都有少许自留地，我的父母亲是一个勤俭持家的好手，总是偷偷在自留地的粮食作物里套种芥菜，不是用来当菜吃，而是主要用它来与剩饭和在一起充当晚饭，以补充口粮之不足。但是也好景不长，这种做法被视为"资产阶级的毒草"，被坚决地铲除了。

无形烙印

我的祖父一生教书,生性懦弱,家里田地不少,请人帮助种庄稼,加上几个儿子在外谋生做事,家景相对兴盛。因请帮工和有"海外关系"的双重因素[①],而被指派为"土地的主人"。

50年代初,我的祖父含屈迁移,背井离乡。因生活无着,又贫病交加,更心灵受辱,而痛不欲生,最后客死异乡。后事潦草,令人心寒。

若干年后,我在某一水利工地上,无意中碰到当年参与定夺我祖父命运的一个知情人。据知情人透露,当时的"运动"有指标,我家所在的村子差一个,为了完成任务,所以选中我的祖父。

1963年开始进行的"社会主义教育运动",又叫"四清"运动,似乎是以排除"糖衣炮弹"为目的。那时候,似乎政治氛围相对缓和,我的祖父早已去世,我的父亲也被改为了"中间派"。我家的生活状况似乎也相对好转,我的父亲当上了新华大队的民办教师。

但是,这种好景不长。1966年,"文革"开始了。就在某一天深夜,一伙红卫兵闯入我的家,把我的父亲当作"五一六"分子抓走了。那晚,我在睡梦中被吵闹声惊醒,在昏暗的煤油灯下什么也看不见,本能地胆战心惊地蒙住被子,吓得不敢伸出头来再看一眼。当晚,家里人也不知他们要把父亲带往什么地方去。

过了一两天,红卫兵造反派通知我的家里,叫家里送日常用品到分路中学,家里这才知道父亲就被关在那里。那天,我跟随着哥哥匆忙赶往,隔着教室门口新建的铁栅栏,把东西交给看守的红卫兵,再由他们转交给父亲。

我远望着父亲的身影,只一两天的工夫,父亲看上去明显苍老了许多。我的父亲向儿子挥挥手,似乎要告诉什么,又似乎要安慰什么,但最终没有说话,也许是不被允许说话。我兄弟俩眼含着泪水,强忍着不让它流出来,默默地离开。

过了不久,造反派又将我的父亲送到文桥公社,在公社农机站里住着,我送东西去过几次。

---

① 此处的海外关系主要是指,本文主人公的大伯父张继于1950年前往巴西经营渔场生意;二伯父张维在国民党时期供职于国民政府九江社会服务部,于1950年随国民党部队败退台湾。

这次关押前后达 100 多天。我后来听父亲说，在里面，每天必向"忠"字台进行早请示晚汇报，吃饭之前必背语录，上下午进行劳动锻炼，晚上写检查。

关于分路中学，说起来十分巧合。在此事之前，我的哥哥在这里完成了中学的学业。在此事之后，过了十多年，我兄弟俩均在此校参加高考①，不很顺利但很幸运地跳出了"农门"。

新中国成立前，我的父亲很少做农活，对农业上的事知道的不多，对农业上的技术掌握得很少。经过这么多变故之后，劳动锻炼是唯一的出路。他从头学起，吃了不少苦，受了不少罪，慢慢地样样都会，用牛、使秒、插秧、种地，踹泥巴，做水利，也算样样精通。像这样历尽艰辛的事，我的父亲经历过无数次，每到此时此刻，我的父亲总是想办法把儿女们支开。

我记得在某一天一大早，父亲吩咐我带着妹妹，到安墩供销社去买东西。我感到十分奇怪，家里经济并不宽裕，买东西的事从来不叫我去。安墩供销社离我家大约有四五里路，来回要花三个多小时，当我兄妹俩回到家不久，村上一位叫张心焕的人，护送着我的父亲也回来了。这时我才明白了，生产队里开大会，父亲又经受了一次触及灵魂的斗私批修，为避免儿女们亲眼看见，才想出这样的方法。

每当看到别人家的孩子，成绩不好却有出息，自家的孩子成绩相对突出却无所作为，我的父亲总是面露惭愧之色，认为自己没有创造宽松美好的生存环境。每当看到有的人通过检举批斗，骑在别人的头上往上爬，却混得不错，我的父亲总是放弃人格尊严，叫儿女们也把他当作靶子。可怜天下父母心！

上学风波

1964 年下半年，我开始进入香世庵小学读书，由于家庭政治背景不好，在以后的日子里，我经受了一些与年龄不相称的磨炼。

读五年级的时候，我在一篇作文的开头是这样写的："我生在五星红

---

① "文革"结束后的 1977 年，党和国家逐步开始"拨乱反正"，落实知识分子政策。之后，张家兄弟都一波三折地参加了高考。主人公的哥哥于 1978 年被黄冈师范专科学校录取，毕业后回乡任中学教师。主人公 1979 年被湖北省财政金融干部学校录取，毕业后就职于湖北黄石某国有银行。

旗下，长在社会主义祖国，热爱中国共产党，争做共产主义接班人。"这是争强好胜的我当时的心理真实写照，语文老师非常欣赏这段话，我受到夸奖心里美滋滋的。

我始终把加入少年先锋队作为当时最大的理想。

1965年，一年级下学期的某一天，班主任老师告诉我已被批准加入少先队，随后我又交了买红领巾的钱。此后又一天上午，全校召开学生大会，进行少先队员入队宣誓。然而，宣读的名单中始终都没有我的名字。望着一个个小伙伴，在会议主席台上面对少先队队旗举着小拳头，而站在操场上的我，直觉大脑一片空白，感觉身体在抖动，仿佛心在滴血，眼泪情不自禁地涌了出来。

我不知这样的变故是怎么发生的，也不知怎样去应对这样的变故。散会后，当入队的小伙伴们欢呼雀跃的时候，而我则心情恍惚，人有些神志不清，腿像灌铅迈不开步子。事后回想起来，自己都不晓得是怎么走回教室的，也不晓得是怎么走回家的。

班主任徐志模老师是个正直的底层知识分子，为我入队的事去跟学校讨说法，吵了一架。第二天学校才为我补发了红领巾。

"文革"开始后，香世庵小学所有的教学工作都停顿下来。虽然每学年学生都发有课本，但在长达两年的时间里，老师基本上没有教，学生基本上没有学，学业基本上被荒废，致使有的学生读了五年书，连加减乘除都不熟练。学校取消了留级制度，只升不留，形成学与不学一个样，学好学坏一个样，学校只有造反的风气，没有学习的风气。学生上课学的是语录100条，不仅学识字，而且要会背诵；不仅学生要背诵，而且老百姓也要背诵。走亲访友，公干办事，要到另一个村庄去，村口有人拦住你，背出一条语录才能通行，否则让你去学习班，学好语录再办事，学好语录再走亲访友。

那时，每到麦收时节，学校总是组织学生，帮助卢墩大队的某一个小队割麦。学生劳动从不计报酬，生产队只需提供一个中餐。中午吃饭是同学们最得意的时候，雪白的大米饭，想吃多少就吃多少，没有定量。这在当时普遍吃粮定量和吃不饱的情况下，是多么奢侈的一件事，同学们都非常喜欢参加这样的劳动。

在一片混乱中，1969年底，我小学毕了业。

1970年初新学期又开始了。某一天上午，我和小伙伴们一起，兴高采烈地,有说有笑,背着书包上学堂,准备开始初中的学习生活。

上课铃声响后,吴应龙老师走进教室。我初中的第一堂课,就是由他上的。

吴应龙老师,"文革"前是教小学的,"文革"中却教初中。他有一张瘦削的长脸,与他瘦长的身躯,极为相称。

吴老师在课堂上讲了几句话之后,突然话锋一转,宣布一条对我来说是晴天霹雳的消息。吴说经新华大队党支部研究决定,学校同意,我和另一位姓沈的同学(他家是地主成分)不能读初中,立即离开教室,离开学校。

这时,整个教室里鸦雀无声,虽然学生们都是一群不懂事的小孩,但也知道这件事是非同小可的。然而在当时的农村,大队的决定,学校的决定,是至高无上的,是不可更改、无理可讲的。

我默默地收拾书本,身体在微微地颤动,望着熟悉的教室和伙伴,想到自己已成为另类,再也不能读书,感觉心在滴血,眼泪涌了出来。

大约过了半年以后,为了我读书的事,我的哥哥和学校的李水林校长,分别去找生产大队的张普生书记,说这个孩子年纪小,不读书也没有什么事可做。

张书记这次总算菩萨开恩,说小孩子还是应该读书。就这一句话,初中一年级下学期我又上学了。

1971年,我初中毕业了。在那个不以成绩说话而以家庭成分说话的年代里,对我来说,回家务农是顺理成章的事。

高考征程

初中毕业后,我虽然回到农村劳动,但仍然如饥似渴地阅读一切可以获得的书籍。1977年恢复高考,我报考了中专。整个过程就是参加考试,分数上线,填报志愿,检查身体,等待通知,名落孙山。当时,家里人觉得是成绩不理想,影响了最后录取结果。

1978年,我又报考中专,哥哥报考大专。兄弟俩同时参加考试,分数上线,填报志愿,检查身体,在家等待录取通知书。

那时候,我的哥哥在分路中学谋得代课老师的差事。其间,认识了分路区团委的杨书记,他正好分管区里的招生工作。杨书记捎信说,我们哥俩的政审材料,生产大队还没有送到区招生办,请迅速去催促大队,把政审材料立刻送到区招生办，当天下午区招生办还要送到县招生办，否则就错过了报送时间，一切将化为泡影。

我们找到了大队干部那里。大队的意见说，兄弟中只能有一人去上学，到底谁去，还没有最后定夺，所以政审材料不好出。这时我意识到，1977年高考我可能因为缺少政审材料，而根本没有进入到录取环节。

那天哥哥顾不上吃午饭，立即赶到分路区去找杨书记。经杨从中协调，区招生办给哥哥出具了一份政审材料。哥哥被黄冈师范录取了，而我再一次名落孙山。

哥哥入学那天，我送他到九江市乘船去黄冈。在码头上，看到哥哥迈着稳健的步伐，步入人生转折的新旅途，而自己的命运却受人主宰，眼泪情不自禁地涌了出来。

1979年，全国首次实行大学和中专的统一试题，统一参加考试，分别填报志愿，按分数顺次录取。于是，我直接报考大学。当时我已22岁，在报名时就少报了两岁年龄，后来这个与事实不相符的年龄通过档案年龄已固定，伴随一生。

那年夏天，哥哥专程从黄冈师专赶回家，给我带来了四大本复习资料：语文、政治、地理、历史。我花了一个月的时间脱产复习，将四本书全部背了下来，还自学了高中一年级的数学。

复习过程是痛苦的，从体力劳动到脑力劳动，我开始有些不大适应，头皮发热，像发烧一样，慢慢地就好了。成天坐着不动，屁股都坐出疮疤来了，自己用针将疮疤挑破，鲜血直流，也没有医治，直到考试前才好。

前两年的考试，吃住的问题是怎么解决的，现在已记不清。但是在1979年考试时，我吃住都在余家表叔家里，表叔家离分路中学很近，来去时间只有十多分钟。

十一届三中全会以后，拨乱反正的速度加快，考生档案里再也不需要政审材料了。在等待录取通知书的时候，也发生了一件可笑的事。我的哥哥从黄冈地区招生办了解到我的录取情况后，写信回来说已被湖北省粮食学校录取。我接信后赶到分路，一位同学刚拿到录取通知书，一问正好是省粮食学校。因为多次到门卫那里寻问录取信件的事，我和分路中学的门卫已很熟了，门卫说确实没有我的通知书。在回家的路上，我情绪低落，也不知是怎么从分路走回家的。

后来，我拿到省财政金融干部学校录取通知书的时候，坚决不同意家里燃放早已准备好的用于庆贺的鞭炮。那年我的分数是文科317分，达到了重点大学的录取分数线，最终却只被中专学校录取。

1979年，我被湖北省财政金融干部学校录取，在校期间，学校改名为湖北省银行学校，校址在武汉市武昌区荆南街8号。中秋节后的一天，我离开家乡，从九江乘坐"东方红"号客轮，沿长江而上，到武汉开始新的生活。

那一天，吃过早饭后，我的父亲挑着我上学的行李，一床棉被和一个木箱，和我一起步行到小池口，然后乘坐轮渡到九江，此时已经过了中午时分。在路上，我几次要接过行李担子，父亲就是不给，他要亲自挑着我上学的行李担子，送我到九江。

说来凑巧，在九江去武汉的候船室里，我遇到同公社到武汉同一学校的张华，张华也是父亲挑着行李送到九江，因为学校规定第二天为新生报到的时间。在这之前，因我是往届生，张华是应届生，我俩虽住在同一个公社，但互相并不认识。在同一候船室的同一候船区里，有着同样行李的两个人的父亲相互询问，嘱咐我俩相互接触、扶持。后来，我们不仅在一起读了两年书，毕业后又分配在同一单位工作，一直到现在。

父亲要赶在有日光的时候回家，毕竟九江离家有20多里路程。两位父亲在当天下午4点多钟时，就离开九江回家了。

从九江到武汉的"东方红"号客轮，离开九江港的时间大约在傍晚6点多钟。因为是第一次坐轮船，我上船后，对于这一在长江上漂移的铁皮楼房，感觉到很是惊讶。

"东方红"号客轮沿着长江逆流而上，第二天早晨6点钟左右到达武汉。那时，武汉关有些薄雾，太阳正从东方升起。我挑着行李担子，迈着轻快的步伐走上武汉关码头，深深地吸了一口新鲜空气，心里在大声地呐喊："武汉，我来了！"

31

上峪追忆：黄土坡上的村史家事

口述者：刘正华
采写者：刘　霞
时　间：2014年2月
地　点：山西省汾西县对竹镇上峪村口述者家中

刘正华，男，1940年出生，对竹镇上峪村人，小学毕业，农民。

看家谱，缅祖先，谈乡村旧史

我出生在汾西县对竹镇上峪村。据说，很久以前，一户刘姓人家从汾西县勍香镇迥上迁居而来，来了之后在今旧村山顶上修建了三间洞窑（土窑），在周围山坡上、山沟里开垦荒地，春种秋收，就此定居下来，那儿就是现在村里人叫的"洞窑里"。后来这家人又在山底修建砖窑，生下兄弟4人，他们就是上峪村刘姓祖先——刘姓四老门人，之后逐渐形成村庄。

村子到底有多少年，以前是什么样的，现在已经没有人能说得清楚了。不过村里一直流传着一个有关银楼的传说。据说，上峪村在古代是个繁华的村落，远近闻名。村里有好几座作坊，有印染房、铁器行、木器制作坊等。银楼就是当时冶炼白银、制作银质首饰的作坊，当时制作的银器非常精美，有银簪子、银锁、银镯子、倒吊驴等，一串一串的。后来由于时局动荡、作坊管理人变更等原因，银楼渐渐衰落，成为废墟砖砾，再也没有了原来的风光。

这个传说不知是真是假，但是村里刘姓原本都是一家是可以肯定的。以前，人们的家族观念比较强，村里的刘姓人家名字都是按辈分取的，我所知道的能确定的辈分是从"应"字辈开始排的，依次是应、廷、万、养、正、金、玉、贵、红。但是近些年来，许多人的家族观念没那么强了，就不再全都按辈分取名了。大概是从金字辈开始，取名就不按行辈顺序了，只有一些和我同年龄段的金字辈、玉字辈的人是按这个起的，再之后年龄小些的晚辈名字都是随便起的了。我全名叫刘正华，是排在正字辈的，现在已经是村里辈分最高的。我家在刘姓中应该是旁支，辈分比较大，我比村里一些同年龄的人高出两三辈。

因为刘姓是一家，祭祖自然也就在一块儿了。一般祭祖都是在过年、清明的时候。过年的时候是祭神祇（就是一种记载祖先辈分的挂幅）、拜神庙。原先村里所有人祭的都是同一个神祇，后来人多了，神祇才分开的。我出生以后村里刘姓已有三块神祇，我家一块，万银家一块，正荣家一块，虽然分成了三个神祇，但是过年的时候都需要去拜。

祭拜的神庙就是村里的古庙。以前在上峪村中间的沟底有一座双层庙宇，南北有纱纸厢房，西边是双层殿堂，里边佛像端坐，神童、仙女耸立，二层两侧还摆有石碑、钟磬。每逢大年初一这天，一大早村里人都去庙里拜神、祭祖、打钟、击磬。东边则是戏台大殿，以前庙里每年都要在这唱两台大戏，但我没见过。听大人们讲，在民国年间村里有一次请戏班来唱戏的时候，有一个看戏的人被当场杀死了，从此庙里就再也没有请人唱过戏。"文革"的时候，要"破四旧"，说神祇是"牛鬼蛇神"，不让往下传，就都被烧了。古庙也是在这个时候被拆得面目全非，用拆了的砖修了砖窑，大钟则被当作废铁卖了。现在村里有大事的时候，还会去拜神，不过只能在古庙废墟上祭拜了。

清明时，就是上坟。虽然现在各家都有自己的坟地，但还有一个古坟，是所有刘姓都要祭奠的。古坟"后吉园"就是刘姓祖坟，每年清明节刘姓就在老坟"后吉园"，分家论辈，祭奠祖先。

村里除了姓刘的以外，还有外姓四家。孔家是在土改之前来的，当时万银将他们家在水泉洼的部分地卖给他家，之后正好赶上土改，孔家也分到了土地，从此就在村里定居下来了。吕姓、郑姓两家最早住在后底塬（离上峪村不远的一处山沟），1956年为了便于转社，国家有政策，要将"散庄卧铺"并入大村庄，吕、郑两姓就是这时候搬到村里的。张姓是1967年从灵石张家庄迁居而来，当时村里需要劳力，就允许他们定居在此了。

经战乱，历土改，忆艰辛学路

我出生于 1940 年，对于战争，基本上没什么记忆。新中国成立前这儿是国民党统治的，几个村设一个旅，旅管辖村。日本人来的时候，只打到前面那个村，估计是这儿太偏僻，鬼子都不愿来。共产党的军队倒是在这驻扎过，那时经常有国民党军队下来抓人，在这些村里搜查"叛军"，八路军只是在暗地里活动。村里当时也有入了党的人，但都是秘密的，都不敢和家里人说，一旦被抓就必死无疑。自我记事起，村里人好像都比较拥护共产党，国民党来了就是征粮，没粮就打骂人。共产党在这儿驻扎的时候，就是借地儿住一下，不抢，不糟蹋百姓。新中国成立的时候，村里也没有打过仗。因为这儿没有国民党的军队，附近的前王堤、中化山上倒是打过几场仗，听说当时死了很多人。共产党只是重新选了村里的管理人，这就解放了。

这儿大概是 1948 年解放的，随后就是土地改革。土改时，县里派下来工作队主持，定地主的标准就是地多不多，放过高利贷没有。村里的人世代都以种田为生，加上战乱，家境都不是很好，村里也就没有那些大地主。当时村里定了两户富农，还是"破产富农"，就是刘万银、刘养玉两家。实际上这两家要比现在的人穷得多，根本够不上地主、富农，就是在村里相比较而言富点。当时村里光景最好的实际上是刘金德家，他家被定了"错斗户"，本来被扣起来了，1949 年纠偏的时候改为富裕中农。土地分配是按耕者有其田，就是把土地作产量按人口平均分配，如果地的产量高就少分点，产量低就多分点，不论是地主还是贫农，都是一样样地分，每个人都有，一口人平均下来多少地就是多少地。除了分地外，还有窑洞、农具，当时号召人们"窑多的献出窑，地多的献出地"。有些人家里窑洞多，就主动献出来了，所以也就避免了很多纠纷。

刚开始分了地，是各家种各家的，没什么统一要求。以前村里吸洋烟（即鸦片）的人很多，买不起的人家就自己种。第一年分地以后，公家号召种洋烟，给这些人发了洋烟籽，收获以后统一收购。因为大烟比较好成活，所以村里很多人都愿意种洋烟。第二年的时候，好多人把黑豆、麻生碾烂，作为肥料，施到种洋烟的地里，大面积种植。结果上面又不让种了，说是违法，那年好多人家的地都给毁了。洋烟不种了，可村里吸洋烟的人还得吸，不让种就偷着种，一听说上面的人来查，就抱着烟往山里躲，那时候村里就有人因为私自种洋烟被抓了的。

1949 年的时候，我父亲被征去抬担架。我两岁时母亲因病去世，留下父亲、姐姐和我相依为命。此后，父亲一直没有再娶。父亲这一走，家里就剩下我和姐姐两个人。当时我只有 10 岁，家里没有了劳动力，连口水都喝不上，幸亏二伯给我们担水，才勉勉强强地把日子过下去。那时家里还喂着一头牛，我一个人跑到沟里给牛割草，牛并不是所有的草都吃，只要割回来的草混上了杂草它就不吃，割不下好草还要被姐姐揍，那会儿的日子真的很难。

新中国成立前，我还在私塾里读了一年书。7 岁时，村里几家请了一个私塾先生教我们读书，给他几斗粮食作为工资。我读过三本旧书：《百家姓》《三字经》《人名禅》，最后一本好像没学完。当时学生不多，我、正荣、正清等，除了我们村的，还有其他村的一些孩子也来这儿读。在这些读书的同学中，我年龄最小，学得也最少。年龄大点的学得多点，有人已经学到四书、五经《谎言》等书了。新中国成立后，先生就不来了。

新中国成立以后，村里开始设立小学，我们村和吉王沟、秦家坡三个村划了一个学区，学校设在我们村，其他村的学生都过来读书。男生、女生都可以来读，但女生比较少，书本是按年级分的，由于跑校不方便，那两村的学生都在学校住，女生住一组，男生住二组，老师住三组。当时的老师是迴上的郭俊民老师，他好像连完小都没毕业，但是会教书，方式方法好，我们村的小学在乡里那还是好学校呢。他这个人比较会联系群众，并且专心学习，不会的就提前学，请教中心校里的老师，教我们是完全没问题的。

那时就两门课，算术和语文，算术就是加减乘除，语文总共八册书，念完八册书就小学毕业了。我没有念完小，因为家庭条件不好，不允许。在村里念书的时候就是边做饭边读书，当时母亲早逝，姐姐已经出嫁，家里就只有我和父亲两人，父亲在地里忙的时候，就得我做饭。曾经有一次，中午快做饭的时候，我向老师请假，先回去生火，然后再回来上课。刚回了家，把灶炉点着，学校上课的哨子就响了，我急忙就往学校跑。当我坐在教室正上课的时候，我二伯母在下边叫唤着，说我闯大祸了。我急忙跑回家去，家里天窗正往外冒着浓烟，一看，原来是锅里忘了舀水了。当时锅盖是用高粱秆做的，锅烧得通红，锅盖着火了，冒了满屋子的烟。就这样坚持把小学四年读完，就没有再读了。

入集体，成姻缘，度三年灾荒

我小学不念以后，就在村里劳动。村里正好要求扫盲，我虽然没念完小，但在村里也算读过书的人，就顺便当了义教。主要任务就是将村里不识字的人组织起来，教他们认字，组织他们学文化，给他们扫盲，女的一般是饭后洗碗之后，男的一般是在晚上。当时西河乡扫盲的总负责人，经常组织大家开会，安排教学。干了有一两年吧，后来集体化以后就不再弄了，之后就在村里当保管，统计会计。

最初几年，是各家种各家的地，后来就开始转社。当时这儿没有经过初级社，直接就进入了高级社。初级社当时只是在村里提了一下，并没有实行。只有马家寨搞过一年初级社，其他村里一转就转成高级社，这大概是在1956年左右发生的事。这时，村里的人也多了起来，原来刘姓在村里大概有六七户大家，总共有五六十口人。56年转社之后，加上孔、郑、吕三家，当时村里统计过，是有73口人。

当时上峪村是属于西河乡，转社时西河乡一共成立了两个社，春光社和兴盛社，我们村属于春光社，社办公室设在前坡村。当时社长是马志高，副社长是郑银贵。郑银贵是抗美援朝的老兵，曾参加过解放战争，回来之后也就在村里定居了。抗美援朝的时候也在村里宣传过，号召人们自愿参军，那会是义务兵，口号是"一人参军，全家光荣"，但当时的人们都打仗打怕了，好多人都不敢去。当时村里是刘玉俊当会计，刘养浩当队长。刘养浩只当了1年，1957年就因病去世了。

转社之后，整个村子就集体化了。当时的人都是随大流走，上面的政策下面总是能接受的，集体化是为了消除贫富差距，也不在乎有利有害，上面号召什么就干什么。集体化的时候，整个村子就是一个农业生产队，由政治队长、生产队长、保管、会计、记工员组成集体队委会。村里的农具、牛羊等财产都折价充公了，所折的钱被投资到集体中，土地归了集体，由集体安排耕种。每年大年一过集体队委会就召集大家在一起开会，对去年种植情况进行讨论、分析，在此基础上进行更变，安排新一年的土地种植，然后从大年初二就开始忙起来了。

那时候村子里种的粮食比较杂，像豌豆、玉米、小麦、谷子、莜面、荞面、高粱、小豆、黄豆、黑豆、土豆、红薯等，样样都种，但样样都不高产。当时吃杂粮比较多，像白面这些好点的，也就只有过年才能吃得到。村里虽然也种着麦子，但是人们基本吃不上白面，那会儿要给国家留任务粮，留种子，剩下的才能分给各家，而且国家时不时还会有什么增购粮的任务。村里麦子产量本来就不高，这一折腾，村里各家几乎就分不到多少小麦了。

1958年，毛主席提出了三面红旗："总路线"——鼓足干劲，力争上游，多快好省地建设社会主义；"大跃进"；人民公社。我们这儿的体制也从高级社改为人民公社，最初是属于阡陌前进人民公社。我记得当时的体制好像变了好几次，从阡陌前进人民公社改为对竹公社、秋堰公社，最后定为康和公社。虽然有这些变化，但变的只是这些公社的管辖区域，对下面的土地、村庄人口等并没有实质性改变。公社之下是管理区，当时上峪村是属于马家寨管理区，工分核算就是由管理区统一进行的。每个村挣了多少劳动工分，有多少产量，收入多少，报到管理区，管理区根据上面规定统一核算，决定给每个村分红多少。当时公社、村里都会订报纸，能将外界的消息带进来，人们可以随便看。有《农民报》《山西日报》等，对当时的实事有一定报道。

体制改为人民公社后，村里的干部主要有正队长、副队长、妇女队长、会计、保管员（就是保管队里打下的粮食以及村里公共财产的人）、民兵排长、贫协主任、贫协组长，七人组成了队务委员会，共同管理村子，一起开会讨论决定村里事务。村里队长的人选，一般是上面规定了条条框框，群众来选，上面最后定夺。那时候口号是"贫下中农扛大旗"，尽量让贫下中农掌权，成分高的人总是不让人放心。

我不干义教后，就在村里当仓库保管员，后来是统计。1958年，村里转为食堂化，就是一村人都在一锅里吃饭，村里有空的妇女轮流做饭。我也是这一年结婚的，我和老伴经媒人介绍，在我17岁时订了婚，这年正式结婚。她是秦家坡人，当时17岁。我家送了100元彩礼，就这么点钱当时也拿不出来，后来就拿粮食顶替了。女方没有陪嫁，彩礼不多，也陪嫁不起。当时结婚很简单，没有告诉亲戚，就是村里蒸了点糕，一块儿吃了顿饭，就算结婚了。当时也不收礼，近的亲戚给点被面儿，做床新被子，村里关系比较好的给上5毛钱，最高也就两块钱的礼。当时正好是食堂化，村里人就商量好，以后每家有事的时候，就集体吃顿好的就行，也就是糕之类的。

1960年，村里年成不好，那时候总是遇到灾年，当时是"人无粮，马无草",当时人没吃的,经常在山上刮野菜,到后来野菜也没地儿刮了。牲畜就更没吃的,都是三年自然灾害给闹的。而且集体化以后,国家不允许粮食买卖,就是有钱也没地方买。也有些人在私下里做买卖,就是"黑市",在那儿,一斤玉米面两块钱,一斤白面三四块钱,一颗鸡蛋一块钱,比现在的物价都贵,而这些东西在村里收的时候也就几毛钱,卖这么贵,普通人家根本买不起。

这一年,我成了预备党员,当时的入党条件是要求有一定的素质,成分好。我是贫下中农,经人介绍,就成了预备党员,预备期是一年。但就在这一年预备期内,我犯了一个错误,预备期被延长了。当时家里很困难,我年龄也小,不成熟,就和村里的事务长刘玉俊、保管员刘金德三人向队里隐瞒了1000多斤粮食,三人私分了。后来管理局开会,结果被点名批评,我就主动交代了。最后我被延长预备期,玉俊因是老团员,被开除团籍,刘金德被判二年,因为他是发起人,且年龄比较大,又是富裕中农,成分也不是很好,当时正好提出打击富裕中农的资本主义倾向,他正好撞上了。幸亏我当时是预备党员,要是正式的,被开除党籍了就不可能再入党了。

讲"文革",论村事,叙村官生涯

延长预备期以后,我有点灰心丧气,不想干了,预备期也就停了。结果村民说村里离了我还不行。刘德玲担任公社副书记时,竭力推荐我接着干,没办法,就在村里担任会计,这一干就是八年。但是我们村里的队长一直不稳定,今年张三当,明年就是李四,换了好几任。虽然队长换了五六个,但会计一直是我。

1963年的时候,玉俊当了队长,他干得相当不错,他的管理方式和现在有点像,搞的是承包,农活包工,就是规定了这个任务值多少工分,那个值多少,达到要求的标准就把工记给做工的人。但这种承包不符合政策,县里不允许,当时村里也有一些人不服从他的领导,一年之后他不再当队长,这种"承包"也就作罢了。他不干队长后,大队计划成立一个保健站,在各村选一些爱好学医的人,他当时正好在看医书,已经能看一些小病,我就推荐了他去。当时设立了医柜,他边卖药,边实践,边学习,可以说是自学成才,后来是我们这一带看病的好手。他勤奋读书,靠自学钻研中医学,掌握了精湛的技术,1982年,省卫生厅颁发给他医师资格证，他的中医技术在当地远近闻名，众所周知。

随后，1964年孔支昌担任队长，但是他的群众基础、为人处世都不行。这年核算单位下放到生产队，就是以单村生产队为单位进行核算。马家寨管理区分为两个大队，包括前坡大队和西河大队，分成大队以后实行单村核算。前坡大队总共是六个自然村，包括前坡村、后坡村、秦家坡、上峪村、孙家庄、马家寨，但是有七个生产队，其中马家寨有两个，分别是马一、马二。就是每个生产队产出的粮食，留下任务粮、种子、饲料，剩下的就是基本口粮和劳动粮，如果人均口粮达到360斤/年，就要适当留些储备粮，多了多储备，少了少储备，达不到标准就不储备。这样的话，就是哪个村搞得好，分红就高；哪个村子搞得不好，分红就低。工分如果不平衡的话，生产效果也就不怎么好了。有些村的人实干，经营得好，产量就高，这样的话工分就高，每个工可达到八九毛，一半块。当时村里的工分核算就一直是我负责的。工分计算方法是：一天总共10分，早晨2分，上午5分，下午3分，而10分为一工，一工就是一个劳动日。工分核算一年两次，夏秋各一次。

1966年"文革"开始后，村里的人造孔支昌的反，他也下台了。当时毛主席的口号是"抓革命，促生产"，虽然对村里的影响不是很大，但大伙还是被卷入了。当时村里人基本上都是一派，叫"风雷派"，少数几个就是孔家被称为"野战派"。最初是所谓"文斗"，当时就是学习《毛泽东选集》《毛泽东语录》，贴大字报，进行大辩论等。

1967年的时候升级到"武斗"。在"风雷派"中，秦家坡马志高是前坡大队总指挥，我是副指挥，玉俊是联络员。这年还发生过一些血战。那时候队里有枪，搞了派系以后，都带着枪。之所以会打起来，并没有表面说的那么冠冕堂皇，实际上就是一些人私下有矛盾，借着这机会，互相挑事，你弄我的事，我弄你的事，闹到最后就不可收拾了。

随后不久，"一打三反"运动又来了。所谓"一打三反"，就是打击反革命、反对贪污盗窃、反对投机倒把和反对铺张浪费。村里也紧张兮兮的，人们生怕成了所谓的"反革命"。当时村里的刘正荣是村上唯一的有身份地位的人，他是汾西县城百货公司仓库的保管员。有一次佃坪公社的人去百货公司进货，货从仓库提取出来之后就放在百货公司的院里，但是一夜之间两千多块钱的东西不翼而飞。上面怀疑此事是内部捣鬼，当时我正好在县城开会，刘正荣对我说过此事，我对刘正荣还是比较了解的，他是老实人，这事应该和他没关系。当时正好赶上汾西县和霍州县合并，这件事也就没有深入调查。本来以为这事就过去了，但是之后霍汾县又分开了，且正好赶上"一打三反"，人们又开始纠缠这件事。因为刘正荣性子比较软，他们就集中攻击他，他胆子比较小，结果就自绝于酒坛了。这事到底怎么样，和刘正荣有没有关系，调查的也没说清楚，最后不了了之，成了笔糊涂账。

后来，银保当上队长后，搞得不错，他这人比较能吃苦，带领村里人搞好了。那时，我还是村里的会计，他和我合作了几年，村里是一年比一年好，当时分红的时候一工是四五毛，最高的时候达到过一块钱。当时的政策是基本口粮占80%，劳动口粮占20%。到1969年的时候，咱村人均基本口粮可以达到400斤粮食了。而劳动粮则一个劳动日要分斤半粮食，一个工是半斤麦子一斤秋粮，像这种放羊、喂牛再加上地里劳动一年要挣400来个劳动日（工）。一年挣400个劳动日，光劳动粮就要分到600斤，加上基本口粮，一年有1000来斤呢。如果家里小孩在8月之前出生，赶上夏季分麦子，就可以分到200斤的小麦。当时咱村的分红在全公社都是最高的，成为当时最好的生产队。

这年，村子里还通上了广播，每家墙上挂一个碗口大的喇叭扬声器，每天早上广播就传来了广播体操、新闻、革命样板戏、京剧等，像《红灯记》《沙家浜》《智取威虎山》等，经常播放。

可是最后又倒在了他手里。虽然我当时只是会计，但是村里人对我比较认可，大事都和我商量。银保觉得好像什么都是我当家做主，就排挤我，我就去了大队里，不再管村里的事。我不在村里干了后，再加上银保领导有问题，村里慢慢就不行了。一次，村里春季没粮，就向外村借的玉米，可秋季还的却是豆类。借一斤玉米还一斤大豆，这两者的价格压根就不能相比，比高利贷还厉害。后来大队开会时，林贵就上峪村的情况给写了一个总结："核桃丢了一半，玉米被偷得没结下一段，'山不吃'豌豆烂的垫了猪圈，一年打了一场谷子，还让水漫了。"那一年，村里的人几乎没有什么收成。

要我说，上峪村好起来是从他手里好起来的，败也是从他手里败了的。当初我俩要是一直合作下去，咱村也就弄好了，他也落下好了。作为干部，掌握着大节，总要做对大家有利的事情，但有些人自私自利，只要自己过好了就行，不管别人死活，不考虑群众利益，这种行为怎么可能受到群众的赞成。那时候村里每年都要储备粮食，这些年下来储备下的麦子、谷子、玉米、黑豆等有几万斤，可后来银保用这些储备粮在村里修了十九孔窑洞，把村里储备的粮食全部折腾完了。集体化的时候村里的情况基本就这样了。

我不在村里干了后，就去了大队上。在那儿直接成了正式党员，并被选为支部委员，担任民兵连长。民兵在毛主席时代一直都有，一大队为一连，一村子为一排，每个村子18—45岁的男女都是民兵。那时候大队上还有几支枪，村里民兵轮流扛着巡逻。后来这些枪都被收了，什么时候收的，我也记不清了。三年之后，马志高担任支书时，又让我担任了大队里的会计，主要是辅导各生产队会计结算、算账，并且兼任代销。当时一个大队设一个代销点，负责卖货，收东西，给供销社服务，这一当又是三年。76年我还当了一年支书，银保弄我的事，当时讲阶级路线讲得厉害，我主动请辞。后来我当了畜牧主任，就回家放羊，只管畜牧的事，但只当了一年。

在这期间还发生了一件大事，就是村里通电了。之前，只有大队上有电，但村里没有，各家用的一直都是煤油灯，煤油当时是3毛6分钱一斤。1976年开春，村里开始动工挖坑，秋收后立杆架线，所用的高压线部分国家投资，低压进户线由生产队自筹，年底完工。当年春节全村都有了明亮的电灯，结束了村里的煤油灯历史。

这时候回了村里，集体化已经结束了。分组是在80年，当时分了两组，我们这组是金生当组长，另一组是银保当组长。村子前边的地是我们这组种，后边的地是银保他们那组种，就是由原来的以村为单位核算改为以组为单位核算。当时我们这组分多分少兑了现，就是算下工分来，每个人该得多少钱都给兑现了，但另一组就没有搞成名堂，和了稀泥了。

后来就彻底下放到责任制了，就是人们常说的包产到户，把地作产量平均分配。此后，各家就各种各的地，愿种就种，不愿种转让给张三或李四是你的权利，即使转让不出去让地长了荒草也是你的权利。但这时候的地还是集体的，可以转让，但不能买卖，土地是公有制。话是这么说，但现在好多地方占了地都是将钱付给个人，这实际上也和土地买卖差不多。

说家事，道奔波，叹光阴荏苒

改革开放以后，这附近的煤窑逐渐多起来。我不当村干部以后，就去五龙店煤炭企业上干了8年。这个企业主要包括硫黄车间、煤炭车间、车队车间，是康和公社的社办企业，是集体企业。我当时是在硫黄车间担任统计，主要负责结算工人工资，每月能挣45块钱，这在当时已经是很不错的收入了，而且年终还有福利，发些衣服、吃的。

在这期间，家里也办了几件大事。首先是盖了新房子，以前村里人都在沟里住着，改革开放以后都慢慢往大路周围搬迁。当时修砖窑需要队里批，条件是看你占土地不，原先的房子是否是危房，后来就放开了，只要申请就批，也不管占不占地了，然后村里人就都从旧村搬出来了。刚开始81年烧砖，83年盖的，花了3500块钱吧。再就是家里办喜事了，我有两儿两女，84年大女儿出嫁，85年大儿子娶媳妇，是村里人介绍的，说的是同村正荣家的女儿。那会儿的彩礼500元，整个结婚开支2500元基本就够了。没过两年，小儿子也结婚了，两个儿子娶媳妇花了5000来块吧，但在当时，这也算一笔不小的开支。正好当时我所在的企业搞承包，我们七个人承包硫黄车间。年终的时候，刨除缴的税、给总厂的利等开支后，剩下的钱每人分了7000块钱，正好抵了这些开支。

干了8年以后，企业倒闭，我老伴当时也有病，我就回了村里，边种地，边伺候老伴。后来，老伴去世后，又去了疙瘩上的煤窑，这时候已经是私人煤窑了。那是私人从村里包的，没有什么限制，只要你能开采出来就是你的。在那儿占坑口、发牌牌（就是拉炭的工人出来一次给发一张牌，以牌多少计算其劳动，作为发工资的凭证），干了一年。我当时57岁，大概是1996年。后来又在马家寨的煤窑干了5年，每月挣450元。在那儿，管库房、发牌牌、过磅、丌绞车，什么都干。当时的煤窑大多是私人的，股份的。当时可以随便开采，没有人管，不像现在，查得这么紧。90年代以后这一带村里的人虽然仍以种地为生，但煤窑已成为他们额外收入的主要来源。2000年以后我去了枣洼里的煤窑，干的和前边一样，干了七八年后，得了腰椎间盘突出，只好回来。

回村这几年，在家里闲着没什么事做，有时候就自己写点东西，总结一下过去的生活。人的一生大概就这样，这儿十年，那儿八年的，忙忙碌碌的，然后一生就过去了。

最后，附上我的《老年思感》一首：明明白白一条路，时时刻刻在奋斗；朝朝暮暮迎家济，忙忙碌碌苦追求；烦烦恼恼何日了，是是非非几时休；寒寒暖暖度春秋，迷迷糊糊白了头。

32

执法关中：秦川渭滨的那囚那案

口述者：屈喜成
采写者：孙　娇
时　间：2014年1—2月
地　点：陕西省咸阳市秦都区建设小区口述者家中

　　屈喜成，男，1938年出生，华阴县义合村人，大专毕业，司法干部。

追忆义合：关中老城与成长年轮

　　我1938年在华阴出生。华阴是关中渭南周边的一个普通小县城，东边到潼关，西临华县，南依秦岭，北倚渭水，气候宜人。我住的那个村子叫作义合村。

　　小时候，村子里老的城门还保留完好。村子离华山15公里左右，住的大多数是农民。那个村子很大，当时村里有个夸张的说法，说村子大的从早上走到晚上都走不完。村民们是按姓氏分街道居住的，主要有姓石、屈、张、刘等的，一个姓氏一个街道。屈姓当时在村子里并不算特别大的姓氏。几十条街道，纵横交错，白天的时候热闹非凡。村民大多以种地为生，地都是沙地，以种花生为主。做买卖的也多，主要是贩卖药材。

　　每个巷子都有很多庙宇，有关公庙、龙王庙、老岳庙等，最多的要数观音庙。那时，村里流行赶庙会，几条街的人集中到一个庙里。最重要的仪式是祈雨，天要是旱了，大家伙就到龙王庙里面祈雨。你别说，有时候，这雨就真的祈来了。村里的能工巧匠特别多，过年的时候流行耍社火、唱戏（关中秦腔）、踩高跷等。

　　逢节送礼，自家蒸的花馍是必不可少的。花馍是咱们关中地区传统节日中不可或缺的吉祥物，出笼时好似一个个橱窗里精致的手工艺品，有小老虎、小猪等，各种样式。

送花馍也是非常讲究的。在男女青年初订婚约时，男方就要送给女方一对"鱼儿馄饨"——俏皮鲤鱼尾巴上盛开一朵大莲花，象征男方母亲期望自家未来的儿媳像鱼儿一样灵巧，像莲花一样圣洁，鱼也正是生育力旺盛的表征。

女方送给男方的是"老虎馄饨"——一对威风凛凛的坐虎，这是丈母娘送给未来女婿的礼物，表达了她对未来女婿事业上的期许；在婚礼筵席上，主人家还要给客人送来自家做的各式各样的花馍，花样有上百种之多，并不拘泥于形式；在新婚夫妇生子满月时，娘家和众亲朋就要送"圈圈子"，其形如项圈，上饰各种花草图案，意思是要套住这小宝贝的生命，让他健康成长，其功能相当于盛行于中国各地的长命锁，但这是可以吃的"长命锁"。

待孩子满百日、周岁时，又要送"狮馍"，送"虎馍"，让狮、虎护卫着孩子，使病毒邪魔不得近身。此外，过年过节的时候，亲朋邻里都会互相赠送，花馍的样子也不尽相同，但都包含着吉祥如意的意思。

每个月的集会也很热闹，有很多做买卖的到集市上，卖啥的都有。当然集会上也少不了很多民间艺人，有剪纸艺人，还有捏面人艺人，集会上常常可以看到一个算命先生模样的人，拿着自己的签筒子摇来摇去，然后吆喝道："抽抽抽，呦呦呦，七郎八虎闯幽州，学生抽了我的签，先生不拿板子扇；老婆抽了我的签，往她女家跑得欢；聋子抽了我的签，隔山听见鸡叫欢。"这叫摇签会。农会上，这种抽签的比较多，挺有意思的，往往能逗一圈人哈哈大笑。像这样的集会每次都可以吸引当地方圆几十里的村民过来赶集。

饮食上呢，就是普通的家常便饭，关中人好吃面食，每天都要吃馒头。老家人面条做得特别好，担担面、棍棍面、炸酱面等各色面食应有尽有。晚上的时候吃馒头喝米粥，怎一个美字了得！

结婚或老人过世的时候，家里面会带席，有些富裕的家庭排场大得很，摆流水席让亲朋好友吃一天。一家一户为一个生产单位，主要吃麦米，家里有地，组织人从种到收。如果自己家没时间，无劳力种，可以找人来代种，代种的人给本家留足口粮，再交一部分粮给国家，剩下的就是自己的了。

我小时候，正值抗日战争时期，那时，日本已经占了山西和河北，村子的上空时常有飞机盘旋。印象中在村周围还曾经打下来过一架飞机，所幸的是，日本鬼子没有打过来，光是空袭。他们常常用飞机撒一些传单。尽管日军当时想侵占西安，但是隔着黄河与潼关还驻守了大量的军队，所以日本人始终没有打进来。

我家有三个孩子，都是男娃，老大叫德永，年纪很轻的时候就去世了，后来她的老婆也改嫁了。老二叫开永，我是老小。按照规定，同一个户口有两个以上男丁的家庭，在征兵的时候必须出一个壮丁上前线帮国民党打仗。母亲不愿意孩子们去参军，考虑再三决定把我过继了出去。这样下来，家里只有两个孩子，要是国民党再来要人，家里出点壮丁钱就不用出孩子了，这样就免去了出壮丁。

8个月大的时候，家里把我过继给了同姓的另一户人家，那户人家给我家20块现大洋。被过继的这家经济条件还不错，父亲在耀县开药铺，是药铺的大掌柜，家里没有孩子，所以父亲对我视如己出，十分疼爱。

7岁时，父亲想让我接受教育，就送我去了村里的学校，读初级小学、高级小学。1945年上学，共上了3年。小学毕业后，因为村子里面没有中学，家附近只有南山云台初级中学，学校在华山脚下。那时，村里上学的娃娃不多，上中学的最多没有超过350人。上了初中后由于离家较远，所以一周只回一次家，在家里背点馍馍再到学校，学校是开水灶的。由于从家到学校要经过很多河道，一下大雨就会发洪水，一发水经常淹死人，也淹死过上学的孩子。家里怕上学出现事故，只让我在那里读了小半年，就把我转到了耀县中学。

机缘巧合：加入劳改队，血肉筑就宝成路

刚转回来没多久，耀县城里就来了一个劳改队，押着犯人在耀县生产大石子。那时劳改队的犯人生病抓药都是来我家这个大药铺。有时在药铺买药，有时把犯人押来让医生看病。基本都是按照药的方子交药钱，先挂账，秋收的时候统一结账。渐渐地，开药铺的父亲就和劳改队熟了。

听闻了劳改队要招人后，就给那个大队长说："我有一个儿子，在老家上学过河不方便，你能不能把我的孩子安排到你那里，给你打个杂，跑个腿，送个信。"大队长只问了句，"会不会写字？"父亲说念过几年书。那个大队长就答应了，留了名字。于是我就到了劳改队，那时我差不多

13岁。

我在耀县劳改队生产大石子干了不到一年，主要的工作就是跑个腿，押个人，买个药，干一些杂七杂八的事。那时的劳改队叫作关中劳改大队，后来改名叫了第六劳改大队。

新中国成立的时候，犯人量大，最多的时候达到过二三万人，现在恐怕连几千都没有了，罪犯是按类划分的，有政治犯、盗窃犯等，这里面当属政治犯最多。这些政治犯主要是国民党军官，被判为历史反革命，这些人养尊处优惯了，手上没有力气，干不了重活，连石头渣子都运不动，虽说没有力气，但是也得在劳改场进行劳动改造。

劳改场生产出来的石渣子一小部分铺铁路，大部分用于基建，在华县石杂厂干了一年多（莲花石杂厂）后到耀县石杂厂又干了一年。华县石杂厂的石头是裸露在地表的，开凿起来相对容易，耀县石杂厂的石头是在山里的，开凿起来就费力了。劳改队分干部灶和犯人灶。犯人灶的伙食，差不多一个月能吃一顿肉吧。干部用粮票买饭，伙食还算不错，一周至少能吃一顿肉。

1954年，为了多挣钱，劳改队承包了修宝成铁路的工程，铁路上提供棉帐篷。修宝成铁路的人非常多，犯人就有一万多了。而工程大部分在山里。因为修铁路十分辛苦，有些罪犯有了逃跑的念头。逃跑的犯人被抓回来都要当众鞭打一顿，并且加刑，起个杀一儆百的作用。通常情况下，抓住一个逃跑的犯人，在劳改队里可以安生半年，也就是说至少有半年犯人都不敢再胡作非为了。

铁路活都是用手干的，犯人们要挖隧道、铺道碴，真的很辛苦。最可怕的是，有的时候，山体滑坡、泥石流，这些都是没有预兆的，很多犯人就是这样，被滑坡冲到了悬崖下面，死了以后连尸体也找不到，很可怜。

当然，也有管教干部在修路中不幸遇难的，印象深刻的是我的一个领导，就是在爆破中失去了双腿，所以啊，宝成铁路，真的可以算是用人的血和肉建筑出来的。我主要负责家属接见，看守犯人，也就是通信员的角色，仍然是个跑腿的。记得父亲在1955年的时候还来修铁路这边看过我。父亲临终时，因为工作的原因没能见他最后一面，而这也成了我今生最大的遗憾。

历练老成：工作中磨砺，学习中求索

宝成铁路交工没多久，劳改队便把大部分犯人往农场撤。陕西这边当时有四个大的农场，分别是南泥湾农场、上畛子农场、马兰农场、槐树庄农场。于是开始了我工作生涯的另一个阶段，我遇见了与我相爱一生的伴侣。

我们是经人介绍认识的。有了自己的家庭，就有了更多的责任与义务，之后有了两儿两女，就有了更多的爱和幸福。只可惜因为工作原因，我不能常年陪伴在爱人身边，家里的家务和孩子的照顾都是妻子一个人管照，现在想想还是有些愧对妻子，年轻的时候让她一个人管一个家，真的很辛苦。

因为工作原因，刚结婚我就离开家去了槐树庄农场，也就是槐树庄监狱，它是陕西省最大的监狱，犯人都是男性，地点选在延安市富县，因为那里地方偏僻，群山环绕，且人烟稀少。那里共有20多个站点，每个站点要相隔十几里路。一个站也就是一个中队，有管教干部12名，犯人300名，这里曾经是秦直道线路上面的重要兵站。到槐树庄的时间是1953年，那时我还是干事身份，负责一些琐碎的事务。这里主要关的是一些刑事犯人，也就是偷窃、打架斗殴进来的，政治犯较少，都是判过刑的犯人。

我们会把他们按照犯罪性质分组，白天一部分人农耕，一部分人造林，也有一部分人畜牧，晚上要进行思想汇报。每周有半天时间进行思想教育学习（农忙时节没有），通常干部会对表现好的犯人进行表彰，可以减刑。当然，对表现不好的也会鞭打，拿绳捆绑，戴手铐，关禁闭。对待逃跑的犯人惩罚最重，有时会对逃跑犯人进行加刑处理。

农场有专门的人做饭，分干部灶和犯人灶。犯人伙食还算不错，因为是在农业部门，他们有时在作业时会套到兔子、野猪什么的，交给我们，我们把肉炖了，把鸡头、兔头什么的给他们吃。

工作强度还是很大的，冬季活少，我们会对他们进行爱国教育。通常情况下，国家有什么样的政策，就宣传什么政策。"抗美援朝"的时候就宣传"抗美援朝，保家卫国"，"四清运动"的时候就宣传"阶级斗争"。"四清运动"的时候劳改场比较混乱。

犯人都是统一穿着，统一的服装是由女监制作的。每年过年的时候，

农场的劳改干部都轮流回家过年,过年也会给农场里的工人改善改善伙食,其间他们不用工作,也允许他们在过年期间和自己的家人相见。劳改干部在农场有住砖窑的,有住土窑的,生活条件比较艰苦。

因为是在农场,所以有时庄稼会遭虫灾,动物会得传染病,这样的话对农场的生产会造成很大的影响。而劳改队里缺乏一些专业的农业人才,所以我就有幸被单位选中,去西北农学院(现在的西北农林科技大学)学了一年的畜牧兽医,回来后继续在农场工作。

也就是这个时候,我成了一名劳教干部。59年,单位给了我一次去公安学院深造的机会,就是现在的西北政法大学学习法律。那时单位给的名额多,这种深造只要你愿意就能去。有些干部不愿意去山里,有些干部认为去劳改场管犯人没有什么前途,都放弃掉了。去公安学院学习完后,我又回到了槐树庄,那时我被调到了狱政科。那时的槐树庄就仿佛是沙漠里的一片绿洲,千沟万壑的黄土高原上,只有那里有袅袅炊烟。

现在呢,已经人去楼空,物是人非了。2000年我又去了一次槐树庄,那里只剩下一个厂部,一个医院和两个分监区:草地沟站和大坪站。好多分监区都撤了,只有废弃的监区大院,破烂不堪的窑洞,很凄凉。现在已经全撤出来了!2005年子午岭生态保护区成立后,犯人就被陆续转送到神木南面的监狱服刑了。

在农场工作了至少10年,1969年,我去了新安砖厂,地点位于西安南郊。在砖厂我被安排在教育科,主要是对犯人进行思想政治教育。砖厂不参加"文革",一般是正面教育,当时罪犯一被确立为反革命,就被押往砖厂,最多时砖厂达到7000人,平常就是四五千,一般是长期犯,被判10年以上的陕西犯人在那时大多被押到砖厂,无期、死缓的犯人一般留在庄里,也就是陕西省监狱。

当时的犯人是这样分配的,刑判的犯人先被押到新安砖厂,砖厂人满了,才被安排到农场。"文革"时,政治犯激增,来了很多强制劳改犯进行劳动改造。队里干部对"文革"这事基本上持中立态度,不支持也不反对。所以当时在我们的劳改干部里也没出过什么大的乱子。印象深刻的是"文革"后送一个刑满的,曾被判为"反革命"的一个老汉回家。当时是由我负责送他到家里的,到他家后,我拿出了些钱塞给他,老头那时看着钱,对钱已经不认识了。他抱着我高兴得一直哭,他家里的儿女也哭成一团。不知道为什么,那个画面至今还是记忆犹新。

在砖厂工作了大概四年，家里发生了大的变化，因为政府修建三门峡水库，家乡的人民进行了一次大的迁移。

再忆义合：曾经坝下泣，如今换新颜

修建三门峡水库，那是在咱们国家经济恢复阶段"一五"计划的第一年制定的，经过与苏联商谈，国家决定将根治黄河列入苏联援助的 156 个工程项目。当时修这个工程的时候，好几个陕西的领导人都反对，有些水利专家也不支持，后来这些人都被批判了，有丢官的，有坐牢的。水库区按 338.5 米移民线高程，淹没陕西省潼关、朝邑两个县城，平民、三河口和夫水三个集镇，几十个乡。

1956 年，因水库开始动工，义和村的所有村民，离开了祖祖辈辈休养生息的故土。当年，类似于我们这样的渭南家庭，少说也有 30 万。和我们一样的家庭，近的就迁到了渭北一带，远的有迁往甘肃、宁夏的。有些人不愿意离开，等大坝修好了后又偷跑了回来。

迁移的时候，家里的老坟啊，老屋子啊全部拆除，什么也不留。过去咱们老家的人喜欢把银圆、老翁等家里的宝贝埋在地下，后来迁移的时候都不知去向了。我家因为是开药铺的，有点闲钱，当时家里有很多古人字画，比如郑板桥的等等。家里还有道圣旨，听父亲说，咱家里以前有人当过四品官，圣旨就是那时留下来的。搬迁的时候这些古董什么的全部都被糟蹋掉了，那些画我还见过，在真空玻璃里面放着，里面画着深宫中的女人，脸很白，涂着胭脂，戴着长指甲，盘着头发，旗装。后来都被打碎了。就这样，数以万计的父老乡亲，被迫背井离乡，放弃自家的田地，开始流浪的生活。

1960 年，三门峡水库开始蓄水，一天后，大坝上就出现了一个碧波荡漾的人工湖。兴高采烈的人民尚未从激动中平静下来，"黄河清"的泡沫就破灭了。随之而来的是，93% 的泥沙"只进不出"，如此下去，要不了几年，"黄河第一坝"就会被淤泥淤废。更严重的是，淤积必然会形成河水倒流，危及关中，危及西安。为了修建三门峡水库，为了黄河下游的安宁，渭南"舍小家，保大家"，整整牺牲了 45 年。在这 45 年里，二化、大荔、潼关、临渭等沿渭各县的洪涝灾害几乎没有间断过。水灾，对你们来说，只是一个概念，但是，对于我们来说，它是一个乡村一个乡镇，甚至一个县城的荡然无存。

记得60年代的一次洪灾，没有饭吃，没有衣服穿，水让桑杺之地成为泽国，它使几十万百姓惶惶如丧家之犬四处逃难，它是孤儿寡母的眼泪。现在想想依然后怕。

后来为了每年的抗洪救灾，当地政府不得不大量地付出财力、物力和人力。这还不包括至今仍然困扰着的移民难题。记得周恩来总理曾经忧虑地说过："这样下去，淹没了关中，也救不了下游。"就这样，因为三门峡水库的原因，曾经是陕西数一数二的大村义合村没了，我在华阴的家也没了。

现在三门峡水库已经废弃不用了。2000年后我回去过一次，那里真是大变样，差点都认不得了。义和村现在变成了大荔农场，一马平川。20世纪90年代后迁移的人民回搬了一部分，现在好像叫华西村，那边经济还是挺不错的，都是移民后代搬过去的。种植庄稼都用上了收割机、播种机等现代化的工具。以前那里开的是小摩托，现在好多家都买上了汽车。因为那边地多人少，所以都是机械化种植，现在那边的道路交通设施修得也特别好，已经改造成农村新城啦。

亦文亦武：案中显身手，志中显文蕴

在新安砖厂工作了三年后，单位又把我调到了陕西省公安厅劳动改造管理局，简称劳改局，是省司法厅直属部门。我还是在狱政科，主要负责全省监狱、劳改场的管理工作，监督下面的部门不能体罚犯人，底下的局子有什么事情都要向我们一一汇报。

就这样，直到"文革"结束，单位给了我一次选择的机会：要么继续留在劳改局当劳教干部，要么去咸阳检察院工作。当时，考虑到妻子在咸阳工作，她在咸阳纺织厂当时的工资比我还高，我不想两地分居，另外，有些关系好的朋友说，劳改局当劳教干部那么多年，一直是个小干部，干很多事都要服从别人，听上级的指挥和服从上级的安排。但是检察院不同，那时"文革"刚刚结束，检察院刚成立，工作肯定比在劳改局轻松。所以，最后我就选择调回了咸阳，和家人在一起，在刚刚成立的检察院工作。

从"文革"开始，检察机关被迫停止业务参加活动，至1967年检察机关被彻底"砸烂"，1978年检察机关恢复重建，申诉工作也随即开始。由于"文革"十年造成了大量的冤假错案，加之刚刚粉碎"四人帮"，平

反冤案错案，工作量很大的。

检察院初始时期，设刑事检查处、法纪检查处、监所检查处、政治处办公室，总共十几个人。到检察院的第二年，我正式加入了中国共产党，成了一名共产党员。当时我的职务是监所检查，主要负责对全市监狱、看守所实施检查监督工作。具体工作内容是检查劳改干部是否在监管上面的违法犯罪，以及打骂等不良行为。此外，还得定期去县上进行实际检查，询问工作。

记得有年视察西北贫困县——长武县的时候有这么个案子，当年的长武副县长叫张忠义，任职期间利用职务之便收受犯人的行贿财务，数额在当时可以用"巨大"两字来形容，涉及下面好几个局长。这样的经济大案在那时引起了我们的高度重视，案子立案调查了半年之久，审判的那天，人山人海，很多群众都来围观，最后实施批捕，立即执行。案子当时是公检法联合办案，这在当地引起很大的轰动。群众反应热烈，积极拥护，可谓是大快人心。

案子在当地的影响非常大，它让群众对公检法，对司法部门更有信心，我也通过那个案件深刻认识到自己作为一个司法人员的神圣职责：要服务人民，服务社会，心系百姓。可以说这是陕西新中国成立后最接地气的大案子了，这个县长也算是陕西在新中国成立后处理的最大的一个官，记得当时还追回了大量的赃款，这在当时真算是轰动的大事呢。

有时候也会因为案子出差，最长的一次出差有半年，是去温州办一个有关经济的案子，这也是一个法院和检察院联合办理的大案，我当时是被调过去协助的。那是在改革开放初期，与手工作坊有关的案子。当时，办理的案子大多数都是公诉的，我们和公安局、法院的职责是相辅相成的。三者的关系其实很微妙，既有一致的利益，又有工作上的矛盾。有时候公安局费了半天劲把人捉到，法院却认为证据不足，无法定罪。或者检察院认为侦破工作有问题，还要重新提取材料，要想处决一个犯人，也必须有我们的监督，否则公安机关连人都提不出去。《咸阳检查志》记载："1978—1996年两市两级检察机关共立案侦查经济犯罪案件1252案，挽回的经济损失344965万元。"这么多年，我们办过的案子还真不少哩！

20世纪90年代，检察院又开始复查历史老案，有很多当年被误判了的案子，我们拿出来进行重新审理，那几年给很多曾经被误认为反革命的好同志还了清白，记得很多被平反的同志送来感谢信，见了我们紧紧握手，热泪盈眶地说："政府好，谢谢政府，谢谢党和国家。"

2000年，我和自己的伙伴立过一次二等功，具体的案子已经记不太清了，依稀记得是一个脱逃案，为缉拿逃犯我们追踪到了河南和山东等地，最终将逃犯绳之以法。

我就这么平平淡淡，在检察院待了几十年。退休了以后，因为文笔好，字也写得好看，就被单位返聘了回去，让我编史。此外，我和几个同事退休后开了个法律服务所，帮别人打打官司。有时还在社区推广推广法律常识，为社区普法。就这样，一直工作到65岁。

这么多年来，我的爱好就是白天写写文章，贴贴简报，喝点小酒消遣一下，晚上看看报。现在老了也不弄了，就是偶尔给熟人写写诉状，和老友下下象棋，唠唠嗑。只希望自己和老伴身体健康，儿女孝顺，一生也算圆满了。

第五编　女性故事

33　乌屿人家：女性、命运和我的家
34　吴叶绣娘：历经七十年雨雪风霜
35　月娥惜福：家里家外的"女汉子"
36　临海女工：旧时大户遇上新时代
37　妇女委员：镇西水乡的蚕家故事
38　隆昌忆母：淹没于时光中的悲喜
39　水落坡上：乡村女子的逝水流年
40　惠芳浮想：坎坷起落间的贫与富

33

乌屿人家：女性、命运和我的家

口述者：王能彩　屠雪燕　屠影影
采写者：周涵歆
时　间：2014 年 1—4 月
地　点：浙江省宁波市象山县珠溪乡乌屿山村口述者家中

王能彩，女，1948 年生，珠溪乡乌屿山村人，小学二年级文化，农民。屠雪燕，1968 年生，王能彩之女，师范学院毕业，初中教师。屠影影，王能彩之孙女，1996 年生，高中生。

豆蔻年华时，无缘文化人

（王能彩）我出生在乌屿山，因为村的北边，有一座孤山（原本是一座岛屿），上面的岩石乌黑，就像常吃的乌贼，所以这个村的名字就叫乌贼山，也叫作乌屿山。我两岁的时候（1951 年），乌屿山是属于青莱乡，后来在 1958 年又被划入珠溪乡。村的北边有一个乌屿山渡口，有渡轮可以通往西泽，还有宁波鄞县的横山码头，舟山的六横涨起港。

父亲是乌屿山人，而母亲则是下庄村人，两村隔了大约 3 公里。当时村里非常流行童养媳，穷人家怕娶不起媳妇，所以就到邻村抱养一个女孩当作童养媳。就这样，母亲从六七岁起就在婆家，一直待到成年便与父亲正式结婚。

母亲前前后后怀了十次孕，当时因为家里穷，或因小产，或因生病，前面的五个孩子陆陆续续夭折了。母亲当时吓怕了，一到太阳落山她就不敢进屋。因为家里当时只有一间破茅草房，一盏煤油灯，母亲也不太舍得点。到了晚上整个屋里漆黑一片，她便觉得屋里都是几个小孩的鬼魂，小孩不停地在房顶哭。

还好，没到一年（1941年），母亲又怀孕，生下了第六个孩子，便是我大哥。母亲为了能够让这个孩子存活下来，便骗村里人说是个女孩，因为当时流传说女孩好养，并一直小心翼翼地隐瞒着大哥的性别。母亲很宠爱这个儿子，去农田里干活也都带着他。大哥三岁那年，妈妈把他带到了黄土岭去。当时这块地方很荒，也没什么人。母亲就大着胆子给大哥把尿，没想到还是被路过的村里人瞧了个正着，村里的人由此将此事传了开去。

母亲为了大哥可以说是煞费苦心，大哥也安安耽耽地活了下来。在这之后，有了大姐、小哥、我和小妹。当时村里重男轻女的现象十分严重，"儿子是个宝，女人像根草"，女孩都不怎么受父母的待见。哥哥从小就被送进了村里的学堂，而我5岁就被父母安排着去割猪草。

10岁那年，父母终于让我去了学堂。我的成绩在班里是数一数二的，读到二年级时，我被评上了"少先队员"。当时少先队员都要拿出5分钱来买红领巾，但由于我家里实在拿不出这钱，被迫将名额让给了别人。

没过多久，奶奶死活都不肯让我再去学校了。奶奶常说："破女儿家的，迟早嫁出去，多读那么多书有什么用。"每当她这么说的时候，我也只能背起箩筐，默默地去田里割猪草。那时村里的教书先生尽管不是太有文化，却也懂得爱惜人才。为了让我不辍学，多次跑到我父母面前求情。父母虽有心，却因为实在拿不出钱，放弃了我的学业。可以说，自出生起，我的命运就注定如此。

辍学后，父母亲就开始给我安排一些活干。大哥大姐都负责去田地里干活。小队里的收成也不错，基本上能保证家里的基本口粮。所以，母亲也不再让我去田里，而是让我去海塘里抓些小海鲜。海塘里有滩涂鱼（跳跳鱼）、望潮、螃蟹等等。去海塘里抓跳跳鱼也是我当时觉得最有趣的事了。村里人说"樱桃好吃树难栽，狗逛好吃鱼难捉"，跳跳鱼出了名的好吃，但由于它既能在水中游，又可在岸上跳，所以捉它不是件轻易的事。

前段时间《舌尖上的中国2》上还放了三门人捉跳跳鱼的方法，可那并不是我们这边传统的捕捉方法。一般在海塘里我都会去找跳跳鱼的穴，然后两手同时放到穴里夹击，马上把它掏出来就可以了，也非常方便。此外，如果能在海塘里抓上望潮，我就能开心好一会儿。因为抓望潮也是非常困难的。当它遇到危险时，除了会和墨鱼一样喷墨汁外，逃跑的速度也非常快。抓望潮的时候，我都是用双脚分开踩住望潮的逃洞，然后再伸手去抓，这样也比较容易些。如果抓得比较多，我就会跑到西山下街、着衣亭街上把它们卖掉。跟现在一样，望潮也是论个数来卖的。在当时，把望潮拿到街上卖，一个能卖上五分钱以上的好价钱。现如今，由于望潮在菜市场里非常难见，所以一个能卖上十多块钱。卖完后，我便回家煮中饭，等着父母还有哥哥姐姐从农田里回来。日子也就这么一天天过去了。

十九嫁出阁，奔波劳碌命

（王能彩）我们这辈人的婚姻由不得自己，我们兄弟姐妹五个人的婚姻无一不是父母包办的。两个兄弟娶了村里的姑娘，而三个姊妹除了我之外都嫁到了很远的农村。那时村里嫁女儿也不需要什么嫁妆，备好一个痰盂、几个茶杯、两个水桶、几条被子就行了，但却能从男方那换来几十公斤的粮食。16岁时，姨娘替别人来我家说媒，父母也没多问，就答应了。19岁时，我便简简单单地嫁到了夫家。乌屿山人多姓王和屠，丈夫便姓屠。尽管与夫家是同村的，但由于村子很大，我出嫁前一直没见过这个男人。

当时的婚姻是十分讲究门当户对的。我识字不多，家里经济条件又差。等我嫁了过去，才知道夫家的生活条件更是不好。婆家共有三个儿子一个女儿，女儿早早便嫁给了外乡人，很早便过世，也早就没有什么来往。丈夫在三个儿子中排老二，公婆都是农民。

等我嫁过去后，我和丈夫分到了一间朝西的房子。房子是用石头堆砌而成的，看起来也就十来平方的样子。整个房间内就只有一张床和两个大樟木柜子。除此之外，便什么都没有了。我在房后开了一洞门，门外另盖了一间茅草房，用来烧饭做菜。一间石头房加一间茅草房都是泥土地，高低不平。一到台风下雨天，两间房子的房檐下都是雨水，房子里的地面也都湿答答的。20岁时（1968年），女儿出生了。她还不会走路时，便常常因为路高低不平而摔跤，很是让我焦心。此外，婆家穷得连粮食都不够吃，平常吃的米都是东拼西凑地从邻居家借来的，因此我家也常常被人看不起。

我知道读书是非常重要的。我的弟媳（老公弟弟的老婆）有初中文化，后来小叔子就入赘到了她家。小叔子后来当了村干部，弟媳成了村里的医生，日子过得很是舒服。所以等我有了小孩，便暗自下了决心，不管自己多苦多累，一定要让我的子女能够读上书。

我生了两个子女。女儿要比儿子大三岁，所以在家里处处让着弟弟。她是最勤劳也是最体贴的，平常一下学堂，就会帮我煮菜、做饭、洗衣服。一到暑假，她也必会赶回来，帮家里插秧、割稻。

女儿在村里念的小学，当时村里还有乌屿山小学，初中是在乡里念的，也就是后来的珠溪中学。珠溪中学当时在常乐寺那里，是在我10岁的时候才建起来的，后来还开设了高中部。在当时，珠溪中学是十分辉煌的，基本上当时象山东乡的小孩都在这里读的初中。当时的老师、校长都是非常有名的。但那时候大多都是代课老师上的课，跟现在的老师是没法比较的。尽管这样，女儿读书还是非常用功的。后来她考到了象山最好的高中（象山中学）去读书。当时象山中学在丹城西门头，离家里非常远，当时就算乘车都要1个小时左右。

女儿读高中的时候，正是家里最穷的时候。当时家里正在盖房子，欠了1000多块钱的债。所以，给她的生活费都是我咬着牙攒下的。为了节省回家路费（当时车费也就6分），她很少回家，我曾让她的同班同学给她带过生活费，两个星期才给她3块钱。当时她的同班同学竟嘲笑了起来，在村里宣传，"屠雪燕的妈妈竟然这么小气，真是笑掉大牙了！"

虽然生活很苦，她也熬了下来，后来也去读了大学，上了宁波师范学院（也就是现在的宁波大学），读了英文系，我心里的石头也就落下了。她弟弟却全然不是那回事了。读书读到了初中，却怎么也念不上去了，我怎么劝也不肯听，后来我只好托了人，送他去当了"水电学徒"。只可惜混得不太如人意。可见得，读书还是非常重要的，不管是那时还是现在。

因为没文化，所以除了干农活外，其他的活我一概不会。由于从小就出来干活，这也练成了我干农活的本领。记得大约在我9岁时（1958年），村里建了生产队，村里的田地都归了大队。乌屿山人口比较多，有400多户，所以大队就被分成了几个小队。当时共有12个小队，大家被安排在各自的小队里干活。

乌屿山算是一个半岛，靠近海，所以田地还算是肥沃，大概有1000多亩地。小队里就安排种植春粮（油菜、大麦）和夏粮（水稻），还会种一些柑橘、西瓜等水果。当时柑橘栽培多的时候有300多亩，卖得相当好。现在的乌屿山橘子因为比较甜所以就比较有名，有许多人会专门开车到村里来买。

一般情况下，大家在小队里干活是从早上7点开始到傍晚6点结束，中饭是自己回家做。田地、山地、海塘（1000多亩）都归大队统一管理，大家种植收割的稻谷、油菜还有其他粮食，包括一些统一渔船捕捞卖海鲜所获得的钱，都是归小队所有，然后再根据工分之类的分给每户人家。

大家在小队里面干活时，都是有评分的。女人家干一天一般最多能够评到4—6个分，男人的话能有8—10个分，10分便能抵算成1工。因为当时我在小队里肯做，干活也十分地卖力，所以干上一天一般能够算上5.8分。通常我都能够排到小队里面的前几名。年终的时候小队有分红。我们小队都是肯干的劳力，所以收成比较好。当时我们小队干上一工就有1块钱的分红，但大多数小队通常只能有6、7角的分红。

因为乌屿山地理环境好，海鲜多，所以大队的条件还算是比较好的，村里家家户户的粮食基本上十分充足，也常常有海鲜、橘子可以吃。这在当时的其他村里都是比较罕见的。所以，不论条件多么艰苦和恶劣，我家也没怎么饿着过，也常常能够看到小鱼小虾在餐桌上。后来，大概1983年，村里又把土地分给了每户每家。

辛苦几十年，只为一家人

（王能彩）我的夫家有三个兄弟，两个姊妹。自我嫁过去后，一直与公公婆婆住在一起，生活条件非常艰苦。我的两个小孩出生之后，家里就没有足够的地方容我们落脚。房顶大多都是由茅草、海草搭起来的，上面压一些瓦片，非常不牢固。每当到了夏天台风来的时候，我就很害怕大风会把老房子的屋顶给掀了。

我曾多次跟丈夫提过要造房子，丈夫却一直不同意。他是穷苦惯了，总想着日子能过得去就够了。只要房子不倒，只要有米可以吃，只要能够活得下去就够了。他天天出门去小队干活，拿到足够的工钱也就算过了一天。为此我跟他不知道吵了多少次架。我知道这是靠不上丈夫了，所以不管他多么反对，我坚持一定要造房子，而且是要造平房。

在我36岁（1983年）的时候，终于有了造房子的机会。造房子需要很大一笔钱。虽然那时家里面不愁吃不愁穿，但除了靠给小队干活赚钱，我也没有多余的经济收入。早在造房子前，我就估算过大约要3000来块钱才能够造起房子。为了造房子，我咬牙问村里的人借了1000多块钱。这在当时算是一个巨大的数目。

造房子来来回回花了大半年的时间。这期间丈夫也基本上没有出力，都是由我一个人来担当的，当然期间也多亏了我小哥来帮忙。我自己挑水泥，自己来砌砖头，能省钱的活我基本上都揽了下来。终于，凭借着自己的力量造了一幢两层楼的水泥房。楼下是一间祠堂、一间厨房和一间储藏室，楼上是两间卧房加上一个阳台。虽然简单，但也是当时流行的样式。因为没有钱，也仅仅只给房子上了最简单的粉刷，除此之外，没有任何的装潢。虽然没有什么装饰，但当房子上栋梁的时候，我心里总算是落下了块大石头。

　　自从欠了债，我就想尽方法去赚钱。家里离海很近，所以每天天没亮，我就出门去抓小海鲜，直到半夜才回来，有的时候我也会跟着人家出海去打捞。海塘里有许多望潮、弹涂鱼（跳跳鱼）……这些都能卖上个好价钱。这种生活是很辛苦的，"㧟鱼郎，真悲伤，困的活眠床，吃的卤汁汤，穿的叫花子衣裳，回到家里爹娘泪汪汪，老婆见了肝裂肠伤"。跟我一同去的大多是男人，他们一般会嘲笑我"老女牌（妇女）何苦拼了命？"通常我抓了这些小海鲜后，就马不停蹄地跑到贤庠集市上卖掉它们。

　　有的时候，为了卖个好价钱，我甚至从乌屿山向长沙、公屿那个方向一直走，每次大概要走上5个钟头。为了节约车费，我通常都是挑着担子步行。有一次，我甚至孤身一人从天黑走到了天亮，翻越了各个山头（大珠山、岑山、晁山等）。当时心里怕得要死，手里只有一个手电筒，那些山头有许许多多的坟墓。我越走越快，越走越快，只顾自己低着头走路。只要看到前方一闪一闪的，我的整个心脏都快要跳出来了。但为了孩子和这个家，我一咬牙又坚持了过来。

　　我还会做一些小生意，常常在村里行贩（方言）一些海鳗鱼苗。记得有一次，当时买来的时候是1角1分一条。为了能够卖到好价钱，我专门挑担子到丹城街上去卖。一般走到丹城要花5个小时。我是下午从家里出发的，不巧的是路上遇上了大雨，走得就更慢了。当晚我就到小妹家（小妹嫁到了十亩地，位于乌屿山和丹城的中间）住，想要第二天起个大早再去卖。可是没想到的是，当我5点钟起床后，发现有大量的海鳗鱼苗已经死了，剩下的也都是半死不活的了。等我跑到丹城后，剩下的鱼苗只卖了9分一条。那一次，我足足亏了三四十块钱。为此，丈夫还把我痛骂了一顿。

此外，我还跑到过舟山的沈家门。当时是想给家里的大白鹅卖个好价钱，可是没想到，那次却成了我人生最难忘的经历。当时去沈家门是要坐船的，而这些船通常也都是非常破烂、危险。有人说出海是"三寸板里是娘房，三寸板里是阎王"，大概就是如此了。

去沈家门那天，好巧不巧，刚好是赶上了台风天。为了不让大白鹅饿死，我和同村的另一人还是坚持着让船老大开了船。没想到在海上的情况比我想象的还要糟糕。海浪一阵一阵地打过来，感觉是要瞬间把你吞噬了。坐在船上，暴雨倾盆而降，衣服全部湿透。狂风加暴雨，那个景象比电视上拍的还要惊险很多，就这样持续了一个晚上。幸亏船老大经验丰富，懂得避让那些海浪，我们很惊险地从阎王手里"讨"了命回来。我为了赚钱，做了无数危险的事情，也终于在不久之后还清了那些借款。

借款还清之后，为了供一对儿女读书，我还是会陆陆续续地出去做一些小买卖。等到女儿22岁读完大学，分配到学校里面教书后，日子也就稍微轻松了一些。但随后，儿子也开始要讨老婆，生孩子。我身上的担子又重新重了起来。

寒窗十几载，命途终有改

（屠雪燕） 妈妈辛苦了大半辈子。爸爸是一个对生活要求不高的男人，他总觉得"生活嘛只要过得去就好了，没必要太累太辛苦"，他的责任就是只需要管好自家田里的一亩三分地，只要保障自己天天有老酒喝。而妈妈却截然不同。从小妈妈对自己的要求就很高，她不太愿意落在别人身后。所以，我也不太愿意让她难过，希望能够通过努力学习，改变命运，让她过上好日子。

家里面没什么值钱的东西。在计划经济那会儿，买肉买布都要凭票，有钱也很难买到东西。我身边一些有钱的同学们都买上了自行车。那时候的自行车不像现在那么多的牌子，只有"长征""凤凰""永久""飞鸽"这样几个牌子。然而这些自行车在当时，就像今天的奔驰、宝马、奥迪汽车一样，属于顶级品牌。当时的自行车都是又大又笨重，所以学骑自行车就跟现在考汽车驾照一样，想学会并非易事，需要有人教。而那时家里没有钱买自己的车，更别说有一个人能教我，所以我也就因此而耽搁了下来，至今都没能学会骑自行车。

后来，我考上了县城里面的重点高中——象山中学。母亲看我成绩还行，就咬着牙供我读到了大学。当时家里的日子可以说是苦不堪言，到处需要用钱。我在19岁（1986年）时考上了大学——宁波师范学院。在大学里，我也尽量省吃俭用，一般一个学期也就花五六十块钱。好在当时读师范也不太需要花钱，一般学校里都有粮票发。

上大学的时候，同学们都流行看电影。以前看电影比现在花得少多了，只要8分钱，同学常常会结伴一起去看电影。每当同学邀请我一起去的时候，我都会摸摸自己的口袋，找个借口推辞掉。

读书时我结交了一个好姐妹。我俩基本上是形影不离的，一起吃饭，一起睡觉，一起相约到外面玩。她也非常照顾我。她家的生活条件比我家好。在那时，家里要是有一万元存款都是非常了不起的，她家就是村里唯一的万元户。她也经常会邀请我去她家玩，每一次都能拿出一些新鲜的东西给我吃。当时能吃上柚子、水蜜桃是非常奢侈，也是少有的。每次她给我的时候，我都会把这些带回家去给妈妈吃。我知道，家里最辛苦的就是妈妈，我努力想让妈妈开心。

读完大学后，因为家里没有什么关系，学校就直接把我分配到了一个山沟里——菜篙岙去教英语。这个地方交通非常不方便。每次回家，我要翻三座山，走上半天。虽然这样，母亲还是非常开心，好歹我有了一份稳定正当的工作。

后来，在学校里遇到了我的丈夫，他在这所学校教历史与社会。我们是自由恋爱的。那时谈恋爱找对象不像现在这样，家里一定要有房子、车子，只要人好便大致可以了。

我的夫家在章家弄村。当时他家也是相当穷的，甚至比我家还差。我嫁过去的时候只有一间石头房，就像我小时候住的老房子那样，房子又矮又黑。我的公公是抗美援朝的老兵，拿过枪杆子。从朝鲜回来后，分配在供销社里上班，但后来因为待得不愉快就回家务农了。婆婆也与公公一起在自己家的农田里种菜。所以，结婚的时候，我们没有任何东西。连仅有的一张床和一个柜子都是借钱买的。但因为丈夫是一个比较上进的男人，所以母亲没多讲什么，就让我嫁了过去。结了婚之后，我便生了一个女儿。到现在一晃都过去20多年了。

20多年过去了，通过我跟丈夫的努力，在城区有了一套商品房，通过贷款在宁波也买了一套商品房。而母亲家的房子自从1983年以后却再也没有变过。今年我下定决心，要帮助母亲重建老房，争取让这个辛苦了一辈子的老人有个幸福的晚年。

单亲 90 后，怀梦闯前程

（屠影影）我出生于 1996 年。家里面没有什么小孩，所以从小我就备受宠爱。爷爷是一个不太顾家的人，尽管如此，他对我也非常好，只要口袋里有钱就会塞给我。听大人说，我从小比较活泼淘气，喜欢跟在哥哥姐姐的后面跑。而且我还很喜欢吃零食，每次吃饭只吃一点点，就吵着要吃糖。

小时候我家的家庭条件不好，我没有喝过任何奶粉，也没玩过任何的洋娃娃。妈妈是爸爸从外地娶来的。妈妈的老家在四川一个非常贫困的乡里。当时妈妈在上海打工，爸爸也在上海，做水电工。两人在朋友的介绍下认识后便立刻结了婚。妈妈看这边条件不错（跟她老家相比），便留了下来，这在当时村里是非常少见的。妈妈听不懂这里的土话，所以也常常受村里人的排挤，从小就有人喊我"外地人"。尽管如此，我还是觉得和爸爸妈妈在一起的这段时光，我过得非常开心。

后来，为了养家，爸爸妈妈就常年待在外地打工。那时奶奶也常常出去做生意、打零工来补贴家用。我经常是由爷爷来带的，所以也就成了留守儿童。

8 岁时，我上了小学（珠溪小学）。刚上小学时，因为我没有上过幼儿园，所以我连最基本的 1 加 1 等于几都不知道，经常被同学们嘲笑。后来暑假的时候，我常住在姑姑家，在姑姑、姑父的辅导下成绩才有了很大的提升。

也不知从哪一年开始，爸爸妈妈常常为了琐碎的小事而吵得不可开交。妈妈骂爸爸不是男人，赚不来钱，爸爸也开始讽刺妈妈是外地人什么的。后来他们索性闹上了法庭，强制离了婚。从那开始，我便成了无人管教的"野孩子"。

妈妈其实已经越来越适应在象山的生活，也说得上一口流利的象山话。在与爸爸离婚后，便又找了个男人嫁了过去。这两年来，妈妈也常常把我接过去。而爸爸自从与妈妈离婚后，生活得越来越不如意，脾气也越来越古怪，工作也常常是"三天打鱼，两天晒网"的。除了给我基本的生活费和学费，爸爸也拿不出其他的钱来了，所以我平常都是跟着奶奶一起生活。

小学毕业后，我的成绩越来越差。姑姑通过关系把我送到了殷夫中学，这是农村里面最好的学校。农村俗语说"孩子都是乖三岁恨九年"，可是我恰恰不这么觉得。当时的我没人管教，爸爸妈妈各忙各的，爷爷也只懂得烧饭给我吃。所以，我就想尽办法吸引他们的注意。我逃过学，骗过老师，偷过钱，有一次我还离家出走去外面住了几天，奶奶为此伤透了心。

　　后来我才知道，为了找我，奶奶姑父跑到大街上到处问，到处找，才找到的我。当找到我时，奶奶并没有痛骂我，而是跟我讲道理。之后，我也开始慢慢地体会到奶奶的良苦用心。

　　奶奶常常告诉我，我家没有任何的关系，唯有靠自己的勤奋，好好学习，做一个有文化、有知识的人，才能走不一样的路。后来，我凭着自己的努力考上了一所职高学校——象山职业高中。我平常非常喜欢画画，所以我选择了广告设计这个专业。

　　记得那年去报到，是奶奶送我去的。看着其他同学都有爸爸妈妈为他们清洗床铺，整理被子，而我只有满头白发的奶奶陪伴在侧，心里很不是滋味。现在我已经读高二了，虽然我的学校在这个县城里，是一个很不起眼的学校，但我也有了自己近两年来的学习发展规划。我希望能够通过自己的努力，读一所大专并有自己的一技之长。让奶奶不再失望，让她能够过上好日子。

34

吴叶绣娘：历经七十年雨雪风霜

口述者：陈香女
采写者：倪镭尹
时　间：2014年1月
地　点：浙江省台州市椒江区口述者家中

陈香女，女，1944年生，椒江区吴叶村人，半文盲，农民。

儿时家道始中落

我是1944年出生的，家里一共有五个小孩，有一个哥哥、三个妹妹。父亲是酿酒的，有两处老房子和一处新房子，都是两层楼的，那时候两层楼的房子是看不到多少的，家里面还有一些田地，所以日子过得还是蛮好的。我也去念过一年的书，大概是七八岁的时候。

记得一册书刚念完，村里搞土改，父亲被人说成是地主，家里成分有问题，屋里什么好的不好的东西都给分掉了，还赶我们去住老房子，把很好的新房子分给了别人住。我偷偷跑去看过父亲，看见他和村里的一些人都在地上跪成一排，其他人就指指点点，后面说还要开会什么的，他们就被一起关起来不给回家，就关在我念书那个学校的厕所旁边，一间又臭又黑的小屋子里。我就赶紧跑到家里，把这些都讲给母亲听，她晓得事情以后哭得不行。

后面家里的日子就不好过了。那时候都讲"贫下中农一条心"，所以我就不想再去念书了，二年级的书买来读了一两天我就回家了。老师还跑到家里喊我去念书，说我脑袋瓜子灵，但是我就是不肯去。说到以前上学的事，书上的东西到现在我还能记得一点："一股毛凤松，好像皮球好像绒，对它轻轻吹口气，吹出很多小山峰，飞啊飞，送到我们乡村中，到了明年三四月，路边开满蒲公英。"后来，我就在家里学绣花了，也没怎么干过农活。

到了1958年"大跃进"的时候，搞大集体，村里人都扛着工具去田里一起干活，生产队给每个人记工分，我们做一天的工夫是八九分的样子，小孩子做就少一点，六七分的样子。天晓得，很多人都是在那里磨洋工，一天到晚就站着不干活，领导来了做做样子。吃饭是很多人在一起吃大锅饭，不给人在自己家做饭，要是一有人看见你家有烟冒出来，队里就有人跑过来了。所以大家都是站在那里，看大食堂的红旗有没有插起来，红旗插起来了就是可以吃饭了。

当时大家吃饭都是发饭票的，我记得每月每人分到的米也就二十几斤，男的多点，女的少点，然后煮成粥，每家都是拿着饭桶去领。我家吃饭的时候，吃到后面饭桶都会被我妹妹和我侄子两个人夺来夺去，争着抢着要刮饭桶边上的一点点米汤吃。家里的大大小小，每顿吃得也就一碗米汤，还算不上粥，又没油又没菜的，实在是吃不饱呐，"一桶饭"根本就不够吃，人一下子就饿了，站都站不直。但是，那时候有这点东西吃也很高兴了，至少还有的吃，不用饿肚子。

到后面实在困难的时候，大家都是想着各种办法填饱肚子，谁还管那些东西到底能不能吃、好不好吃。现在买回来的萝卜都会把它上面的叶子摘了扔掉，那时候实在没什么东西吃了，母亲是特地跑去沙殿（地名）买萝卜叶回来给我们吃，还都是枯黄的那种，就放在清水里煮烂了当饭吃，一点油也没放。困难的时候我还吃过芹菜根，因为有见过别人这么吃，我也拿了自己家里的刀去地里垦，在河里洗干净后就煮了吃，没想到味道甜甜的，还挺好吃的。大食堂前后办了两三年，后来就倒闭了。有一部分田分到了小队里，我们吃的谷子就是小队里发下来的；还有一部分就按照每户人家的人口数分掉了，当作自留地用，一个人四厘地，这点地就是拿来给我们种点菜的。

初为人妇万事难

我19岁的时候结的婚，丈夫21岁。我在娘家的日子过得还算不错，嫁到他家以后生活可就苦了。要知道那时候结婚对象都是经别人介绍认识的。两家先是去饭店吃饭（要自己扛米去，饭店就烧菜，一顿饭9块钱），吃饭的时候可以看看对方像不像样，其实也看不出什么名堂，也就是看见对方表面的东西，根本看不出他家里是什么情况。一般来说，两边要是觉得可以就答应下来，不像样、不合心意就直接回家。我当时才是一个 19 岁的女孩，什么也不懂，所以都是由哥哥说了算的，他家里没了父亲，就由叔公们做主。当时两家觉得都还可以，我就和他去照了张相片，这件事就算是办成了，过程很简单的。

等到嫁过去了，才晓得他们家真的是什么都没有，连一条像样的被子都没有，只有一床烂被褥和粗布被，还有一个破衣柜。我是 8 月份嫁过去的，过了两个月，天气就已经很冷了，可是我们还睡在草席上面，其他的什么也没有，晚上睡觉的时候真的是冰冷冰冷的。父亲知道了以后，就把家里的旧军毯送过来给我们盖，还把家里的旧棉絮拿去海门翻新，也给我们用，这样晚上睡觉才好过一点。

家里就只有这一条被子，所以每次我一洗完被子就要把它挂在外面河边的树上，这样被子干得快一点，要不晚上就没被子盖了。哪里像现在这样，被子多的是，前几天刚洗了一条，又翻了一条新的睡。那时候也没个洗衣机，冬天都是用双手洗了再拧干，手经常是冻得通红，每年都长冻疮。我的脚一天到晚也都是冰冷冰冷的，冻得僵硬，等到晚上躺进被窝里，一时间脚还捂不热，要很长时间双脚才有感觉。

后来我哥看见我家的旧床，就帮我把旧的卖掉，买了一张新床回来，还去路桥买了两条板凳给我们用，也就 5 块钱，有一条板凳到现在我都还留着。其他一些东西，像畚箕这些都还是我去娘家拿来的，香烛什么的也都是我向别人家借过来用的。那时候家里穷得真的是什么都没有。不过再怎么苦，还是得熬过来，那时候的人不会说家里穷就闹离婚。

嫁人前，我在娘家没怎么干过农活，嫁到他家以后，没办法，我要做各种农活。一年有三个农忙的时候，二三月份割麦，六月份种早稻，十月份种晚稻。自己家五口人分到了两分自留地，我在那块地上面就是种点菜和花草子（紫云英，相当于今天的肥料，种起来捣碎，撒在田里）什么的。丈夫在家的时候就不怎么干活，也帮不上什么忙，所以小队农田里的活、自留地上的活都是我去做。后来他去外面打了四五年的工，家里的活就全靠我一个人在干着，不晓得有多苦。

不光是地里的活，家里还要喂猪，一天到晚零零碎碎的活多的是。实在忙不过来的时候，就叫小孩子帮忙干活，还好家里的几个孩子特别听话懂事，不吵不闹。大儿子一放学回家就去煮饭、喂猪，哪和现在的小孩一样，放学一回家就写字什么的。女儿自己会去割草，有一次还掉到后门的河里去了，还好河水不深，她自己爬了上来。孩子从小跟着我过得也苦，也不怎么和其他的小孩子玩。孩子小，干不了多少活，但能帮着家里做多少算多少。

其他时候，我更喜欢绣花，这个赚得多，又省力。那时，舅舅经常托熟人去海门拿好的花样过来给我绣，十多天我就能做好送回去，一次换20块钱左右，一个月能做个两趟，四五十块钱都是有的。绣台布就赚得少一点，一块布才11块钱，每个月顶多赚个二三十块钱。丈夫在外面一个月也就赚个二三十块，还是我赚得多一点，他自己吃吃喝喝就花得差不多了，根本没有剩着的钞票可以寄回家里来，整个家就靠着我赚的钱生活。

地里忙的时候，白天我在那里干活，夜里我就点着洋油灯，一边绣花，一边摇摇篮哄小孩睡觉，每晚都做到十多点才睡觉。有的时候和别人合着绣花，为了赶工，夜里我就做到很晚，绣着绣着实在想睡觉了，就躺床上眯一会儿再起来继续做。因为经常要熬夜绣花，所以眼睛到30多岁就不中用了。后来，夜里就让女儿帮我抽丝，小孩子眼睛亮，一下子就抽完了，等弄好了她再去睡。

平时闲一点的话，天一亮我就搬到外边亮堂的地方开始绣花，一天到晚都没怎么休息，只有小孩子闹起来的时候才带他们到外面转转，也让自己休息休息。其实我还是喜欢在家绣花赚钱，特别是冬天，灿烂的阳光晒下来很暖和，很舒服。平时稍微闲一点，我就到山头割草，草放在太阳底下晒干了系成一捆一捆的，担到家里堆在一起，过年的时候就全部拿到海门卖掉来换钱用。

起居生活思苦甜

吃食堂大锅饭的时候，饭都吃不饱，家里有自留地的时候，日子也没好到哪里去。稻谷都是小队分发的，量是按照人头数分的，这样还是不够吃。每次看到家里米缸里的米没剩多少时，我就开始算着稻谷丰收的日子，估量自家米缸里还剩下多少米，再合计家里的米够不够吃。不够吃就会多放些菜、少放些米，每天掐着量吃。要是不这么算着，米早就不够吃了，以后的每一顿就要一直吃菜，那肯定吃不下去的。

记得四五月份的时候，米不够吃了，我就往包心菜里掺一点点米煮着吃。其实那一碗里面都是菜，天天吃，人都吃得反胃了，到现在我看到包心菜都还不想吃。讲到这里，我还想到有一次，邻居杨富他娘一手抱着孩子一手在舀饭。（那时候家里面都有一个人把大家的饭舀好，要是都自己舀，后面的人就吃不到饭了。）孩子小，就在舀饭的时候撒尿了，有些还撒在了舀好的一碗饭里。家里人都把干净的端走了，她也没办法，还是得吃那碗饭，不然下午就得饿肚子呐。现在想想虽然好笑，但事实上以前的社会就是这么困难，大家都没什么吃的，也都没现在这么讲究。

那时候家家户户都会养猪，苍蝇就特别多，我家的两头猪就养在后门那里，和厨房间没离多少路。一到夏天，有很多苍蝇在那里飞，厨房间也都是苍蝇在飞，门根本就挡不住。我把烧好的菜放在桌上，没过多少时间就有苍蝇掉进菜里面去了，也就是把苍蝇撩掉之后照样吃。换做现在，肯定觉得脏，整盘菜都倒掉不吃了。要晓得，那时有的吃就不错了，哪里管得了卫不卫生、干不干净，每顿饭都会吃得精光，哪像现在这样，吃不完就倒掉。我看到都心疼得不得了，自己真的是一粒米也不舍得扔掉啊。

平时家里桌子上放的都是蒸熟的咸菜、霉干菜，有时候再炒个菜就好了。家里没什么油，更不要说有肉了。虽然每户人家都有养猪，但都不是自己杀来吃，谁舍得吃呐，都是养过年边上到海门市场把整头卖掉，一头猪大概能卖个十多二十多块钱，要是自己想吃就去市场上切点肉回来。

平日里鸡蛋泡老酒已经算是营养顶好的东西了，有这个吃小孩子就高兴得不得了。哪和现在一样吃得这么讲究，每盘菜都有油炒着吃，每顿饭还都有鱼啊肉啊。但是回头想想，过去家里烧好的米饭，一打开来就觉得喷香喷香的，咸菜的味道也很好，霉干菜泡饭里加点虾干，吃起来就觉得特别好吃。现在一桌子的鱼啊肉啊的，吃起来也没有那个味道了，也不晓得为什么。

平常我们都是凑合着吃的，亲戚邻居什么的走动串门也不多。要晓得别人一来你家，就得招呼他们留下来吃饭，自己都没什么吃的，拿什么给别人吃。其实这个道理大家心里都清楚，平时没什么事情就不怎么走动。

一到过年过节的时候就不一样了，亲戚、朋友间串门的就多了，今天叫几个朋友来家里一起吃饭，明天自己又被叫到别人家去吃饭，过年大家图的就是开心、热闹。虽然吃的东西肯定没现在的好，但是怎么说饭菜也都比平时的要好吃些。所以小孩子就天天盼着有什么节日过，都会问什么时候过清明，端午到了没有啊，什么时候过冬至。

说到过年，那就更开心了。年前，大家就都忙着做年糕，炒米，炒兰花豆，炒番薯片，有时候连酒也都是自己家里酿的。现在大家每天都忙工作，家里都不做这种东西了，想吃什么，街上都有的卖，平时也都能吃到。以前就这个时候吃得好一点。小孩子们最喜欢吃零食了，还变着花样地吃。他们拿炒豆赌谁赢谁输，赢了就抓别人的吃，这样就很开心了。

小孩子还喜欢三天两头地往外公外婆、爷爷奶奶、伯伯叔叔家跑，他们知道去了大人那里，就会有吃的塞给他们。回来的时候衣服、裤兜里都装满了这些零食，一路嗑着回家，要晓得他们平时都没有那么多好吃的东西。

过去的生活虽然很穷，但日子过得倒也蛮开心的，活动也多。像贴春联，以前邻居间的房子挨得近，这户贴上了春联那户也就赶紧一起贴起来了。红彤彤的一片特别好看，特别有过年的味道。邻居之间的关系也都很亲，人情味浓。

以前吃的用的东西都是要拿着票去买，没有票就是有钞票也买不到，我19岁嫁人的时候就已经用票了。整个国家都困难，东西都是按人头数分配好的，像猪肉票、布票、火柴票、洋油（煤油）票、洋皂票……结婚那会儿，家里老酒票用完了就是拿绿豆票和别人换的。我因为经常绣花，家里的洋油用得就特别快，这就要向洋油票有多的人家换一点回来。丈夫抽烟的事，现在想起来还是觉得很好笑，那时候一整包香烟买来还要和别人一支一支地分着抽的。布票是一年发一次，发给的布都没有两尺，平时要是做件衣服就要六尺五左右，这根本就不够做一件衣服、一条裤子，又没有地方可以直接拿钱去买布。所以当时外国人说咱们三个中国人合穿一条裤子就是这个道理。

以前老师讲一件衣服"新三年，旧三年，缝缝补补又三年"，差不多就真是这样。现在哪里想得到，那时候就连内裤也补，只要干净就好。家里稍微好一点的布料就拿来补衣服什么的，干活要担担子，上衣肩膀这块儿地方老是会磨破，也得补。现在的衣服哪会破。年轻人应该都没听过的卡（布料的一种），那时候算是很好的东西了，我就像宝贝一样放着，一直都不舍得穿，现在谁还要穿呐，有些我还放在老家的衣柜子里，都还好好的。小孩子的衣服都是大的孩子穿了给小的，小的穿了再给更小的穿。像我家女儿小时候就一直嚷着要穿新衣服。在以前，女孩子只要是穿上红彤彤的新衣服，就觉得很漂亮。

以前冬天来得早，天气很早就开始冷了，从 10 月份割稻的时候一直到过年，这三个月都是很冷的。屋檐上霜冰挂下来都有三四寸长，地上也都是冰，也不晓得自己是怎么过来的，就记得手上、脚上、耳朵上都长了冻疮，通红通红的。这么冷的天，三四个月大的小孩子都不穿裤子，他们就睡在篓里，不冷，暖烘烘的。篓里面先垫上一些晒过的稻秆，再在破草席中挑点好的剪下来包着。再看看现在的小孩子，哪一个不是鞋子袜子穿得暖暖的？多好啊！

还有，鞋子也是要自己做的，不然上哪儿去买？一年到头，我的鞋子加起来也就两双，一双拖鞋、一双布鞋，平时在田地里种田都是光脚的，布鞋都是偶尔穿穿的。小孩子们也没什么好鞋穿，就是我做的布鞋。他们去上学，碰到下雨天，穿着鞋走路，鞋子就会湿掉，他们就脱下来拿在手里光脚走，天气冷的时候脚就冻得发抖，真是没办法啊。还好后来有了高筒靴，这鞋子在雨天也湿不了，孩子们高兴坏了。现在，街上什么鞋子没得卖，穿得又舒服又暖和，真是好啊。

改革开放换新颜

这样困难的日子到邓小平当国家领导人的时候就好很多了。1981 年开会说生产队要散，不搞集体了，以后每家都是单干户，大家自己管自己的。村里人一开始都不敢相信，后来等手里分到田了都高兴坏了。我家五口人分到了三亩多地，种的粮食除了要按照计划卖给国家外，剩下的都是自己的。我记得很牢，邓小平说要改革开放，做生意都开放了，社会就逐步地发展起来了。

单干没多少时间，我家就不想种田了，把地都给别人种了，跑去海门做生意赚钱去了。那时候，海门的很多地方都还是田地，没有开发，和现在完全是两个样子。起先城门头的房子好一点，就是靠着码头的那里，和现在比比，又差得远了。那时房子也就两三层楼，马路也不宽，是那种一块一块的青石板路，路边开的店面有理发的、照相的、五金的、卖吃的什么，街上摆摊的也挺多的，所以这些地方热闹一些，后来十字马路那里也发展起来了。

一开始，没什么生意好做，就租了一家小店面卖一些建筑材料，像玻璃碎、瓷砖什么的放在脸盆里做样品，谁要是想买就去别的地方运货过来，后来就批发南北货、烟酒什么的，一直做到今天，有 30 多年了。这么多年，日子真的是一年好过一年。我家买自行车的时候，别人家都还没有。我家的"永久"牌自行车是在海门托熟人买的，一百五六十块钱一辆，一般人不舍得买。我家住在乡下，店开在海门，来来去去做生意不方便，就得买一辆，钱不够就先向亲戚借过来买了一辆。

说到自行车，就想到那时候的路了。以前的路都是在河边，又是很小的那种烂泥路。哪里和现在的路一样这么宽，分人走的和汽车走的这么多道。以前到了夜里，路上没有灯，黑的什么都看不见，要是山上的鸟突然叫起来或者是河里的青蛙突然跳上来，真的是要吓死人。这样的路骑自行车也很难，我学骑车的时候就摔了好几次。到了晚上，从海门回来就更危险，回来的那条路的一边就是河，夜里黑，看不见，一不小心就会掉下去，现在想想都觉得害怕，不过那时根本就没想那么多，胆子比现在大多了。看看现在的水泥路这么宽，这么平，路上装满了灯，街上都是人和汽车，多么热闹，到了夜里 11 点多还有很多人，街上也还那么亮。以前根本想不到，就这么二三十年的工夫，会有这么大的变化。

没多久，摩托车、汽车都有了，真是发展得越来越快。以前，别人都会问你们家有几辆自行车，现在都问你们家有几辆轿车，这个变化真是太大了。和那时候比起来，现在的日子是吃得好、穿得好、住得好、睡得好，什么都好，日子真的是从来都没有现在这么好过啊。

35

月娥惜福：家里家外的"女汉子"

口述者：张月娥
采写者：许烃烃
时　间：2014年1月
地　点：浙江省慈溪市周巷镇界塘村口述者家里

张月娥，女，1942年生，慈溪市天元镇人，嫁至周巷镇界塘村，文盲，农民。

儿时记忆

我是家里最小的孩子，上面有一个哥哥，一个姐姐，哥哥是家里的老大。那时啊，不管是父母还是自己都没有想过读书这件事。1958年，我16岁的时候，村里有了夜校，说让我们去上上课，好歹识几个字，可是哪有这个闲工夫啊，晚上也就去一小会儿，回来还要忙着干活，像我和姐姐就是在家不停地编草帽。我们是不想去上学的，对识字也不重视，去上那么几个小时的课，就得晚睡几个小时，因为干部发通知说一定得上，才不情不愿地去了。

这是我一直感到遗憾的事，后悔当初没有珍惜那个机会好好识字。我连自己的名字都不会写，有些事就不得不求靠别人，像现在年纪大了都兴念经赚点儿钱，可我这眼睛不亮的要好几天才能记住一个经文，而且还得麻烦人家一句一句教我。

跟现在比，那时的日子是苦得没话说了，不过因为小的时候我家是中农，虽然活没比人家少干，但跟有些人家没饭吃的情况一比，我们还算是幸福的，可以吃上饭，虽然不多但不至于饿肚子。我家有很多地，种了很多东西，像葡萄、番茄之类的。因为地太多，自己种不过来，所以经常雇一些人来种地，通常都是给工钱再加一餐饭，有些人没地方住还会住在我家。

那时候最高兴的日子就是过年那段时间了，不像现在的年轻人对过年都没什么感觉，也没什么期待，不能理解老一辈人提起以前过年时的兴奋。离过年还有好几个月的时候，我们就开始数着日子，盼星星盼月亮地盼过年。

过年穿新鞋新衣是我们都有过的愿望，吃的也会比平时的好点，但大鱼大肉是不可能的。记得当时过年桌上会有一碗扣肉，一条鱼，就放在桌子的正中间，除了过年的正日子拿出来摆着，其余的时间都是好好地藏着的，只有在客人来的时候再摆出来。小的时候不懂事，有一次实在馋得不行，跟哥哥姐姐踩着凳子把吊在房梁上的篮子拿下来，里面藏着的肉拿出来每人吃了一块，也不敢多吃，怕被大人发现，但还是被妈妈发现了，把三个孩子狠狠打了一顿，因为知道自己做错了，也不敢大声哭，后来我们再也没有贪吃。

那两碗菜，要在客人来的时候才会摆出来，但是即使客人们来了，他们也是不向这两碗菜伸筷子的。出了正月，没有客人来了我们才开始吃，但不是一次性吃完，每餐尝一点，慢慢吃。冬天气温低可以放很久，看它有点白花了（发霉了）就蒸一下，然后再放着，这样前前后后蒸好几次，放最久的一次是到了6月份，收麦子的时候。

有一年家里实在是困难拿不出肉，还是借邻居家的扣肉用一下的，客人一走马上还回去。所以啊，正是有过这样子的记忆，所以现在过年我们是很珍惜、很高兴的，吃剩的菜不舍得倒掉。好日子来得是多么不容易，我们是知道的。

后来大哥娶了媳妇，多了个嫂子，嫂子对我们不是很亲热，但也没有欺负我们两个小的，而且因为家里就哥哥一个儿子，没有分家的烦恼，也少了很多争端。

二姐19岁时，出嫁了，嫁到余姚的一个小农村里。那边的生活更不好，当时正值挖渠塘，造水库，家里劳力多的挣工分就多，男的干一天大概是有10个工分，女的大概是5个或6个。但我姐她们家，劳力少，要养活的人多，一大家子8个人，男劳力就我大哥（我姐的丈夫，我一直是叫大哥的）和大哥的父亲，而且大哥他是文人，体力活干不太来，挣的工分自然就少很多了，人家可以分到一斤米，大哥他们就只有半斤不到，每天的温饱都不能保证。

我妈心疼我姐，就和我每天少吃点饭，把米一点点积起来，等有个半斤了就走上30里左右的路给她送去，好歹能撑几天。日子就是这样一天天熬过来的。

婆家生活，顶起自家天

爸妈去世得早，他们去世后家里的日子就更难了，什么事都要我们自己拿主意，自己去做。我哥自然成为家里掌事的，但那是对外，家里的事是大嫂管着的，吃的、穿的、用的都管得牢牢的，我们小的只能自己努力点，勤奋点，多干点活过日子。

后来我经人介绍订了亲。嫁人要用的东西都是我自己一分一分赚来的，有可以放衣服和被子的大橱，箱子，六个桶，这六个桶都是不一样的，大小脚桶、米桶、和面桶……还有桌子、方台、蜡烛台等。结婚的时候坐的是花船，其实就是脚划的渔船。那时出嫁，不是坐花船就是走花桥，在船上、桥上绑上些红布，图个喜庆。喜酒的那些份子钱我是一分也没拿到。也正是因为少了娘家的扶持，在婆家的日子不好过。

我不是性子很强的那种人，总是想着与人为善。22岁时，我嫁到了界塘吴家。嫁过去后，日子过得是更苦了。其实，吴家条件是不错的，在生产队里负责养猪，家里有十几头又大又膘的猪，公公是有名的养猪能手，在浙江省都是有名头的，因为这个省长还特地来慰问过，当初要是我丈夫继续养猪，还可以评个全国劳模，可惜他从小就不喜欢养猪。

婆婆是个老党员，当过妇女主任，当时全家还一起去支援宁夏。说起这个啊，也真的是运道不好，当时支援大西北的人很多，留在那边不回来的都转成了居民户口，回来的也都有劳保，可就是我丈夫这些去宁夏的，因为早回来了一天，什么都没有，你说这是不是命不好？唉，这虽然是陈芝麻烂谷子的事了，平日也不会去怎么想它，但是一说起还是很感慨，这人的命啊真的是说不好。

丈夫是家里的独生子，很多人都想：独生子是个宝啊，你嫁过去真是走运了。可实际上根本不是这样的。公公和婆婆是那种很典型的比较封建的公婆，架子端得很高，两个人是只顾自己日子过得好过得舒爽的那种心态，儿子家过得怎么样是瞅也不瞅一眼，不帮衬着点也算了，还要让你做这做那地埋汰你。存着的钱宁愿借给别人，也不愿给儿子用点让他把日子过得稍微舒服点，看儿子债台筑得高高的也无动于衷。他们去世之后，那些借给别人的钱没有上账，根本不晓得借给了谁，有几个知道的做小辈的没借据也不好去讨，别人也不会烂好心上门还钱，这钱就跟打了水漂似的，影子也没瞧见。

记得刚嫁过去的那年，过年了每家每户里不都是要弄碗扣肉的啊，婆婆让我去做。可是我妈去世得早，根本就没来得及教我，这不是让瞎子看书一眼黑啊。就跟婆婆说让她教我一下，她把我骂了个狗血淋头，就自顾自地跟人唠嗑去了。刚离家没多久心里本来就是不好受，还来这一出，我真的是流着眼泪咬着牙硬挺着，自己按着记忆里的扣肉样子做，做出来后卖相不好看，肉都散开来了，但总归是做好了。

还有做布，家里有一台织布机，木头做的，人家那边棉丝拿来浆好，然后就在布机上纺，左右开弓，配合着来，两天就要做好一匹布。婆婆她自己不想做了，就把浸布的大缸放到我们房里，让我晚上不时地翻翻布。我做自己的都来不及还要做她的，白天又要洗这洗那，扫这扫那，里里外外的家务都得我一个人做，打扫猪圈也是我的活。想想看，十几头猪要吃东西，弄起来是多大的工程，忙得脚不沾地，屁股都没碰过椅子，还要一直听婆婆坐在堂上不停的骂声，晚上也挨不了床。

一起过了几年我实在是受不了了，日子再这样过下去，离闭眼蹬腿也不远了。就和丈夫商量着，不和公公婆婆一起过了，自己开火，各吃各的。这样，日子稍微好过了点，我也有了喘息的时间。

我有三个孩子，老大是儿子，下面两个是女儿。那时小孩子出生后都是要穿土布衣服的，大多数家里都是孩子奶奶做的，有些要是孙子的话，那更是一次性要做上好几套。可是婆婆一针一线也没碰。生大儿子是1965年，我嫁过去的第二年。生产前几天，我还在不停地干活，家里两大缸水，每天是我挺着大肚子来来回回挑满的。水都是去村外围的那条河里去挑的，大概有一里左右的路。那时河水是很干净的，吃的和用的都是河水。生产的时候，婆婆也没来看一眼，更不用说生产后了。

女人生了孩子是要坐月子的，像现在听人说什么请月嫂，吃月子餐，娇贵得不行。我生好大儿子后，坐月子开头都没坐好，休息了没几天，就编草帽连着编了好几天，去换了些布连夜做了11件催生衣裳给孩子换着穿，然后就下地干活了。

孩子放在家里没人照料，我也抽不出时间来回给孩子喂奶，我就像现在很多外地人一样，有时把孩子绑在背上，有时绑在前面。孩子也争气，白天只要喂好了不吵不闹乖得很，给我省了很多力气。到了晚上孩子睡觉离不了人，一定要抱着一起睡才行，就只能先把孩子哄睡，孩子什么时候睡着了我就什么时候起来继续干活。不是织布就是编草帽，编草帽的话一晚上我能编两顶，几天下来就能拿着草帽换点工分。

草帽分三个档次，最好的是白草帽，编起来是慢一点，但是价钱高，一顶有个一二十块的，然后就是稻草帽，五块钱一顶，最便宜的但编起来最快的就是麦秆草帽，一顶四角，一天能编五顶，也就是二块。虽然白草帽值钱，但是它不是一直可以编的，得去草帽行去预订草料，大概一个月能拿到编一顶的草。

那时候是在生产队里挣工分生活的，没有工分什么也拿不到，男人挣的工分通常比女人多，丈夫和我因为在家要帮着公公养猪，工分挣得不多，日常生活就显得更拮据了。丈夫读书是读到了初中毕业的，在当时算是比较有文化的，他当过生产队的小队长，哨子一吹，大家都赶着上工，也当过小队的会计。

后来我们要从村子里面搬到外面重新盖房的时候，有人看着眼红就给审计的人告状，说我丈夫是拿了公款在用，审计的人就带着人上门查我丈夫，让他把小队的钱和账本拿出来审查，虽然最后查出来丈夫是被冤枉的，但这会计是当不下去的了。在生产队只有倒出的份，没有赚钱的，但过日子是要用钱的，也没有私有地，只能去其他地方拿点货来卖。

丈夫做过肉生意，做过海鲜生意，为了拿便宜点的肉，他坐火车去了好几次金华，拿海鲜他是划船带着大儿子去了宁波镇海。卖海鲜的时候我和丈夫早上3点就起来，去远一点的余姚市场卖，在近的地方怕被人说闲话。后来有人去公社告我丈夫"贩卖"，说丈夫是"投机倒把"。为这，丈夫还被叫去学习班接受学习，这条路算是又断了。

再后来有个远房亲戚弄养鸡场，他家养鸡场的蛋总是孵不出小鸡，我就跟他们商量着拿点死蛋回来卖，这一卖也有个四五年。我还扎了十年的石棉，每个月能有个70来块，就用这些钱捐会，30块的会，50块的会，后来500的会，1000块的会，就靠着这些会钱造了两间高平房。

土地、房子和人

说起私有地，真的是太感谢邓小平了。邓小平来了，实行"分田到户",我们这才有了自己的地。以前没地,公公家的地里种满了甘蔗,我家两个女娃儿馋得很,我就掰了一根给她们俩尝尝鲜,结果被公公看见了,就见他斜着眼说我们娘仨:"你们这些没私有地的倒是厉害了!"

还有一次,我在他们的"扶叶"上晒了下棉被,那时候我第二个孩子还小,经常尿床,棉被不晒就发臭发霉了,我家又没有地方晒,只能在婆婆屋前的空地上晒晒,结果婆婆一把把被子扔到了地上。这些事我是永远也不会忘记的,这就是没有私有地的苦。

后来大概是二女儿16岁的时候,邓小平来了,我们都很欢喜,终于有自己的地了,分地是按人头分的,有劳动能力的就分劳力地,像我女儿她们还不算劳力的就分私有地,我家丈夫算一个劳力,我是算半个劳力,再加上分在孩子们头上的私有地,总共分到了4亩左右。有了地,只要自己肯干肯吃苦就不怕日子过不下去。丈夫不喜欢干农活,就去集体厂里干活。我就在地里种菜,我种过青菜、大白菜、西红柿、茄子,也种过西瓜,多数拿去卖,留一些自己吃,生活总算是好了些。

后来里面的屋子实在太小了,孩子也大起来了,就打算搬到村外围,大概是二女儿十一二岁的时候。丈夫事事不管,我去村大队跑了一次又一次,好说歹说才让管事的同意,把外围的一块地换给我们,让我们盖新房。

那块地其实是个小湖塘,原来是用来种茭白的,大概有两三米深,要在上面施工盖房,只能先把湖填起来。这就要多亏了我姐夫,没有他这房也起不起来。我一直是叫姐夫大哥的,知道我要盖新房,也知道我家的困难,什么话也没说,就托人送来了一个信封,里面是整整800块钱。这些钱在现在看来很少,起不了多少用处,可是在那个缺钱的年代,在钱还值钱得很的年代,800块已经是个很大的数字了。

大哥不仅送了钱,还帮着忙上忙下。填湖需要石头,我一个妇道人家又不懂这些东西,丈夫又是甩手掌柜一个,都是他帮着联系了两只运输船。大哥还找了些熟人帮忙,那时候还没有小工,都是找人互相帮着,这两只运输船开来又开走,整整运了半年多,每天中午帮忙师傅们就在我家吃个便饭,菜都是地里种的,再从河里捞几条鱼,一餐就好了,人情味浓浓的。现在这样浓的人情味是越来越少了。

后来,湖终于填满了,开始施工。施工用的水泥也都是大哥去宁波买好,再用运输船送来,挑的都是最好的水泥。你别看现在水泥厂很多,水泥都是现成做好了的，打个电话马上就能用大卡车送到家门口，但当时水泥厂还不多，要水泥得先去订好，有关系才能拿到好的水泥，大哥为了这事没少跑。施工也不是几天就能完成的事，有些水泥放久不好了，大哥就把坏了的水泥搬走，换了好的再运过来。施工的师傅们也都是大哥联系的，手艺都是竖起大拇指的。

房子盖好了后请上梁酒，我整整摆了 13 桌酒，3 张是亲戚，另外 10 张是施工的师傅、运输的师傅和帮过忙的邻里朋友。没有大哥的帮忙，没有朋友们的相助，就没有我们的新房子，没有新的开始。人要学会念着人家的好，记得感恩，这些人情到现在我都记得牢牢的，永远不会忘记。

我的孩子们

等到我儿子大点了，爷爷奶奶就把他接过去养着了。毕竟是孙子，传宗接代还是很重要的。因为公公婆婆他们的生活过得比我们好很多，儿子在那吃的比两丫头好多了。但吃得好，使的力气也多。7 岁时就一个人去周巷挑着两个重重的担子来回，这路程现在骑自行车一趟大概要 20 来分钟。再大点，就跟着他爸撑着船去拿猪饲料。

有一次下雪，那时天气不像现在暖和，一下雪就积得厚厚的，他们父子俩一早就拿了条被子放在船里出去了，结果等到吃晚饭的点还没回来，我担心他们出事，就出去找他们，二女儿跟着我沿着河道向上走，一直走到桥头也没看见他们，只得折回家等着，后来他们俩回来了才知道回来的时候水闸没有拉上去船过不去，还好带了被子。

儿子也是三个孩子里读书读得最多的，一直读到了 16 岁初中毕业。后来他爷爷奶奶觉得没必要再读下去，还是在家干活好。他自己也读厌了，身边一起长大的朋友都陆陆续续离开学校了，就更加不想读了，于是就没再读下去。他每天要把两大缸水灌满，把十几头猪的饲料拌好喂好，重活脏活拿起就十。去桥头卸货，几百斤的东西扛上肩，开始走得跟跄跄，后来越走越稳，我这做母亲的看在眼里，说不心疼是假的。因为从小就跟着他爷爷和爸爸出船，游泳游得很好，还划得一手好船，船梢也会做。后来几百斤的猪也会杀。那时候村里人提起我这儿子，都是竖起大拇指，念他好。

二女儿是三个孩子里最可怜的，也是最懂事的。从小到大爷爷奶奶就没有照顾过她，好脸色也没有。小的时候不懂事，爷爷奶奶们开饭早，她就倚在他们门口看着,没人招呼她,就自己吃自己的,这心也真的够冷的。大点了,知道爷爷奶奶不喜欢她,就再也没到他们跟前凑过。看到哥哥在吃好吃的也不眼馋,没跟哥哥闹过。她越是懂事,我看着越是心疼,也就对她越好,从来不让她披着乱发,再忙也要把她的头发扎成两根漂亮的辫子。她哥哥喝酒糟糊,她没得喝,我就煮给她吃,虽然稀点但她总是喝得很开心。

她6岁的时候我就教她编草帽,这孩子很有耐心,也坐得住,很快就会了,织的也很快,麦秆帽一天能编六顶。再大点,就让她学着做饭,我自己以前吃过亏,就想着让自己孩子多学点,以后到了别人家不用看脸色听闲话。她8岁上的学,但是她每天中午要赶着回来烧饭。因为我跟她爸都在外面做活,回来吃个饭就得走,根本没时间做饭。后来想想真的对不起二女儿,她读到五年级就不去读书了,说是她自己不要读了,但这何尝不是我们做大人的没用,让一半大的小孩每天来回地赶,在家又要干活带妹妹,根本没时间没心思花在学习上。

我小女儿其实是她姐带大的,不会走路的时候抱她最多的是她姐,会走路了就跟着姐姐转悠。每次两姐妹一前一后到田地里找我们,地里一起干活的邻居们都会笑着说,你家两个小不点来了。小女儿读书好,一直是三好生,读到初二数学有点跟不上,家里也困难,就没有继续读下去,在家里编草帽扎石棉,待了一年就进厂了。

两个女儿是从小跟在我身边长大的,吃过不少苦,但都很懂事。在老屋的时候,房子旁边就是邻居家的桃子林。有一棵桃子树就在窗户旁边,结果的时候一树杈就把又红又大的桃子送到了窗户边,一开窗就能摘到。虽然是缺吃的年代,但两个女儿从来没有摘过。邻居每次看到我家两个姑娘都要夸她们:"你家两个女儿教的好哦,这要是换了旁人,老早把桃子摘了去了,管它是自己的还是别人的,像这样好品性的孩子不多啊!"有这样的孩子我很知足了。

儿子因为一直跟着爷爷奶奶过,跟两个妹妹没有很亲热,但也很护着两个孩子,从来没红过眼。有一年雪下得很大,积雪都到小孩的膝盖了,儿子就背着妹妹一路走到了学校,傍晚放学了也背着她一起回。还有一次是夏天,地上点了可以灭蚊子的草堆,老二不知道是脚滑还是被什么绊了,一膝盖跪到了火堆上,伤了膝盖,后来也是她哥背着上学的。夏天孩子们都喜欢去抓蝉,也是哥哥带着两个妹妹去的。

我辛苦了一辈子没什么其他念想，就想着三个孩子能过得好好的。

当下生活

现在的日子我真的是很满意。我在一个小厂里工作，人家都说我这把年纪了还做什么，可以好好养老了。但是我是真的很喜欢，想想以前干死干活都赚不到钱的日子，现在做了就有钱，能赚到钱是多么幸福。以前没鞋穿，没衣服穿，现在是要穿什么有什么，以前没得吃，现在要肉有肉，要鱼有鱼，饭也不用怕这顿吃太多会没了下顿，要吃几碗就几碗。家里新的卫生间也装上了，空调也有了。这样的好日子我还有什么不满意的呢。

几个小辈都很好：孙子当兵回来，还入了党，现在工作也有了，性子也稳下来了；大外甥女大学二年级，是一本大学的，每次回来都会来看我们这两个老的；外甥高高壮壮的，还是重点中学的，今年要高考了；小外甥女性子活泼，嘴巴儿甜得很，现在念初二，成绩也不错。

五年前也就是2009年，我家旁边那条路要修了，这条路实在太小太破了，一辆小轿车勉勉强强能通过，路面破碎的很。所以要修路我是很支持的，自己家的地让点出来去修路也没什么好犹豫的，而且政府也补贴了些钱。因为路是临河的，所以得先用石头驳墈，这个弄了挺久的，后来也不知道什么事，工程断断续续地，前年终于修好了，宽度增加了很多，一辆小轿车再加两辆小电瓶一起通过是没问题的，而且路面整得很平，还顺便把我家的道地给浇成了水泥地。

村子里以前是比较落后的，大多是卖菜为生，地里建了很多大棚，小菜、番茄、茄子、葱、梨头都种了很多。房子也多数是平房，楼房是比较少的。近几年，慢慢发展起来了，上了年纪的没力气种菜了，年纪轻的多数都是进厂工作去了，大棚现在都是一些外地人租了当地人的田种起了西瓜和草莓。房子现在也都是楼房了，平房的很少很少了。本来河对面基本都是农田，现在已经是小别墅群了。

我跟丈夫年纪越大处得倒是越融洽，以前都是我做饭，他挑这挑那儿，现在倒是反过来了，我们在一个厂里，他是管门卫的，事儿少，每天烧饭烧菜的事就归他了。现在的年轻人啊都是不惜福的，过着这么好的日子还嫌这嫌那的，我们这些老的，能过上这样的日子就够了。

临海女工：旧时大户遇上新时代

口述者：孙玲飞　孙晓飞
采写者：于鑫情
时　间：2014年1月
地　点：浙江省台州市临海六角井小区口述者家中

孙玲飞，女，1968年生，临海市青田村人，小学毕业，务农，手工业者。孙晓飞，孙玲飞之妹，1977年生，小学毕业，手工业者。

追根溯源：没落地主子嗣的早年生活

（孙玲飞）我出生在一个地主家庭，说是地主，其实是因为在"斗地主"时期将大户人家划为了地主，但我的祖辈曾经是村里的大户人家。我的太太公年轻时家里比较富裕，有房有田。具体富裕到什么地步，只是听说太爷爷娶媳妇时，太奶奶的花轿队伍从西街头排到了东街头，嫁妆十分丰厚，因为没有马车，所以都是人手抱着一样嫁妆，十里场地，因此队伍十分浩荡。

但也许正是因为家庭富有，太爷爷又是长子，不懂得珍惜，喜欢出去赌博，花天酒地，最后欠债累累，家里的房子、田地都被抵押出去还债。这样家道就败落了，爷爷的兄弟到要成家的年龄时，根本娶不上一般家庭的姑娘，只能从僻远的山上拉了一个姑娘回家就算是娶亲了。在以前，贫穷家庭只能将女儿送出给别人家，当"小带媳妇"。"养儿防老"的观念是那时比较崇尚的，意思是女儿是送给别人养的，儿子是留在家里养，防止自己老了没人养。

家里的房子、田地都已被抵债了，全家人连基本的生活都有困难，这使我们后来逃过了"斗地主"。记得当时村子里斗了三个地主,一个地主婆被斗得特别激烈,村里的人将地主婆绑在祠堂的戏台上,将一顶纸做的高帽戴在地主婆头上,高帽上写着"打倒地主",其他人则会把一些脏东西比如烂菜叶子等恶狠狠地扔到地主婆身上,而大多数人,只是围观看热闹。

小时候日子过得很艰辛,每餐不像现在是大鱼大肉,只有一碗菜泡饭。虽说是菜泡饭,其实就是一碗清汤加一片烂菜叶子和几粒米饭。生活中也不存在"零花钱",印象深刻的是有一次我在马路边捡到了一分钱,开心得不得了,那时的一分钱相当于现在的一元钱,一分钱能买五个羊角蹄。因为不舍得一个人独享这"美食",我把羊角蹄放在衣兜里暖着带回家,弟妹爸妈一人一个,不过爸妈总是把东西留下来,给我们吃。

我是家里的长女,我还有一个弟弟和一个妹妹,其实原本有两个弟弟的。在妈怀第三个孩子时,正赶上计划生育的苗头,政策不允许多生,村委会的人就跟我妈说:"你这孩子生下来,到时可要罚款的。"我妈就说:"如果真的要罚款,到时候孩子一生下来就埋到后头山上。"因为那时家里穷得一干二净,根本交不起罚款。也许因为妈的话,那个弟弟一生下来身体就比较虚弱,没过几天便夭折了。

而妈怀小妹的时候,政府口头是要计划生育,但也没切实地落实,因此小妹是偷生的。那时我希望妈再生一个弟弟,并不是因为重男轻女的思想,而是这样家里就只有我一个女娃,妈和爸也会疼爱自己一些,而不是把唯一的弟弟当作宝贝。当时有种说法是"独生女"是很好的,因为到时出嫁时嫁妆也会丰厚一些。

"斗地主"结束后,村里便把所有地主的房子、田地都没收,然后村子开始成立了生产队,上下两个村子联合在一起,再分8个小队,小队里面再进行分组,小组领好田地,每个人都有自己明确需要干的活。由于干多干少一个样,大家种田地的积极性不是很高,而且田地种的粮食全部上缴。家里的粮食是在生产队将稻麦全部收获后,全家人在田地里捡那些遗落稻穗或者上山去捡遗落的小番薯获得的,虽然政府按照人口发放粮票、肉票等,但那些量也是极小的,肉票每年才发一次,因此爸妈经常会把一些米剩下来去卖以补贴家用。

也是从那时开始,年轻人开始出门学手艺,或者做生意来增加家庭津贴。记得我八九岁左右时,妈和爸就开始做点小生意——倒卖,从低价的地方收购粮食等东西到别的地方高价出售。那时没有什么像样的交通工具，他们都是走路去三门等地方采购粮食、肉之类的东西然后带到别的地方去卖。而我经常被奶奶指派带饭给爸和妈，去三门的路途很遥远，要翻越好几个山头。后来回家的时候，上坡我便自己走路，下坡的时候坐在爸拉的二轮的手拉"车"上。

但是，生意还没起步，村里就开始打击投机倒把，倒卖被禁止了，被抓的倒卖者会因为心存不甘而将其他人举报出来，爸和妈就这样被别人举报，都被抓进了生产队里，分别关押着。记得那时候审讯，审押的人会分别问爸和妈的话，如果两个人有一些倒卖生意信息不同，便会被关押继续审问。于是我和弟弟妹妹送饭的时候，爸会把他将交代的信息写在纸条上，塞到饭里面，然后由我们带给妈，这样爸妈交代的信息就一样了，最后罚了270元才将爸妈放回家。那时，270元简直可以让全家吃上好几个月，这些钱都是东家借、西家补才交上的。所幸的是三四年后国家政策允许做生意，罚的270元也归还给我们。我记得是爸去领的那些钱，一领到便去买了"乘风"牌电扇和一个鼓风机，这些东西让我兴奋了好一段日子，印象也极其深刻。

小桥流水：初中辍学，女工生涯

（**孙玲飞**）我没读几年书，小学毕业，初一的时候就辍学了。每个村子里都会有小学，而初中是一个乡才一个。那时上学用的桌椅都是相连的，我们会在中间画一条"三八线"来分清界限，但是男生会比较凶，把他们那边的地方画大一点。

读小学的时候，毛主席逝世了，小学生都被集合到初中部那边开追悼会，场面很隆重严肃，每个人的表情都是哀伤的，其实我对毛主席没什么印象，但也不敢表达出来，不然长辈会指责你。

上初中时，家里离学校比较远，我便在学校吃饭，蒸饭一次要三分钱，这对于普通家庭负担有点重，妈就要求我带点手工在学校做，以补贴家用。记得有一次我要参加跑步比赛，妈特别在饭里加了咸菜碎肉，但在我拿饭盒的时候，旁边同学不注意把我的饭盒挤到了地上，看着地上的咸菜碎肉，当时我的眼泪就在眼眶里打转。那时，能吃一次肉对于我来说可是天大的幸福啊。

我初中的成绩是蛮优秀的，数学比赛拿到过第三名，跑步也拿到过第三名，而我放弃学习是因为我的老师。那时，老师来家访，妈就询问我的学习情况，老师就说："农村的女孩能写自己的名字就好了，其他出息什么的根本谈不上。"妈便说我早已会写自己的名字，那我可以不用继续读书了。

我当时觉得很气愤，但也无可奈何，在长辈人观念里，男丁总比女儿强，男丁是要继承家业，而女儿总得嫁出去，有句俗话"嫁出去的女儿，泼出去的水"。所以我面临着两个选项——要么继续读书，争口气给老师和妈看；要么放弃，以免以后真的被这个老师说中，女孩没什么出息可言。并且当时已经开始学习英语，英语对于我来说，实在太困难。最终我选择了辍学，开始出去打工挣钱。

我的第一份正式工作应该是绣花。那时候每一份工作都是属于国家的，每一门手艺都要经过严格的考核，颁布证书，你才能去工作。工作人员会凭着你的证书，然后给你相应的布料让你去给衣服的领子、袖口绣上精致的花，然后规定时间上交。还记得那个绣花的料子是绸缎，当时中国人已经不流行穿绸缎了，这些衣服加工好是出口的，卖给外国人。

我凭借绣花这门手艺，16岁给自己买了一个手表；17岁买了一辆自行车，是当时村子里少有的"有车户"；18岁给家里买了一台黑白电视机，因为小时候经常去村里一个有电视机的人家里看电视，但那家的主人妹妹不是很客气，经常踢小板凳，不让看，所以我就很羡慕有电视机的家庭，希望自己家也有一台；19岁买了一个缝纫机……

我曾经没日没夜地缝了5天衣服，攒了3.5元钱给爸，让爸去市集上买葡萄的种子，希望在家里的田地里种上葡萄，不仅可以让家里人吃上，而且葡萄的价格高，可以卖个好价钱。不幸的是，由于缺乏科学的管理，葡萄并没有种成功，或许也是因为田地的土壤不适合葡萄的生长，这个计划落空了。

后来绣花的工作结束了，我也没找到其他好的工作，于是和村里一些胆子较大的人一起做起了倒卖生意。我们从村子里买了便宜的猪肉，虽然那时买猪肉、粮食等东西都是凭借粮票、肉票的，但是私人也是可以买卖猪肉、粮食的，但不允许倒卖。因为是在猪肉贩子那里买的猪肉，在我们上车准备将猪肉带到上海卖的时候，被肉贩子举报了，收购站的工作人员把我们带到了收购所。

我们一共三个人，我和一个女孩差不多大，另一个是已婚的妇女。那个妇女和收购站人员有点认识，于是趁妇女和他聊天的时候，我和另一个女孩便偷偷地将猪肉搬到外面去，而收购站人员也看在我们是女孩子的面上，睁一只眼闭一只眼，让我们将大部分猪肉搬了回去，留在收购所的只是少量的。

  从猪肉贩子那里买的猪肉是2.3元左右一斤，因为是冬天，所以我和其他人都是乘客车去上海，将猪肉放在车后面，也不用担心猪肉变坏。还有，我们买的肉是猪后腿瘦肉部分，大部分人都是蛮喜欢买的，我们就以2.5元到3元之间的价钱卖出去。当时贩卖的地点在一个家乡人创办的上海木制品工厂前面，没有什么摊子，就一块布，一把菜刀，一杆秤，人们看中了哪一块肉，我们就将猪肉切出给他，剩下的肉，就贩卖给工厂食堂，这样下来，能够赚得一二百元钱回家，也是比较"有赚头的"。

  后来改革开放，国有企业开始招收农民工。我便到了一家浙医纺公司打工，这家公司主要做口罩、医用的止血带、止血巾等东西。一开始，公司对工作时间没有具体要求，于是我一天能做十多个小时，工资也是相当高的，但是到后来，国家严格规定了工作时间制。公司严格规定工作时间，使得我原本的工作时间整整少了一倍，工资也不那么令人如意。于是我便开始人生中的第一次跳槽。我和村里的女孩们被一家劳务公司带到了杭州，结果劳务公司被对方欺骗，根本没找到工作。不过，当时我们住宾馆，其他女孩都很担心回家的问题，我却很大胆地在杭州游玩了一圈，最终大家都平安地回家了。

  第二次，我和一些女孩自己去找工作，去椒江学做衣服，那个小工厂规模比较小，老板一开始答应，"有的做就按照你做的工作量来发放工资，没得做便每人每天2元的生活补贴"。后来，有一个月里，我只做了16天，因为都没有什么工作，其他女孩都不敢去问老板他一开始承诺的生活补贴，但我不乐意，于是我便去问老板拿钱，老板就板着脸对我说："爱做不做，不做滚蛋！"于是我又跳槽了。其实这之前还有一个小插曲，我和那些女孩在去小工厂之前，还去了工艺品工厂考试，但只有我一个人考过了，工厂表示只能要我一个人，我考虑到其他女孩，便放弃了和那些女孩一起去了小工厂。这是我第二次跳槽。

  因此，后来我便一直在工艺品工厂工作，还当了车间主任。后期工厂将厂子迁到了临海，于是我也跟着去了临海，并扎根在临海。

花开无意：我的婚姻，我不做主

（孙玲飞）我的婚姻不是想象中的那么幸福，如果让我再自由地选择一次，我一定不会嫁给他。那个年代十八九岁便可以说媒嫁人了，20岁有的女孩都抱上小孩了。那时，一般是由媒人牵两边的线，媒人将双方的情况告诉对方，如果双方同意，再由媒人选好日子订婚，下彩礼，两家的婚事便成了。因此，早些的婚姻大多是没有感情基础的，不过与当今择婚标准相同的是长辈们也都会先了解一下对方的房产家业。

年轻时，我是村里面数一数二能干的姑娘，很早就有了自己的自行车，在同龄人当中也算得上"富裕"的，是村里的一枝花，18岁就有人来为我说媒了，追求我的男孩也很多，但是那时我不懂妈的心思，不敢去谈恋爱，怕被妈阻挡，到后来才明白妈是支持我去谈恋爱的，希望我早点出嫁，但我却错过了"自由恋爱"的年龄。于是妈便开始张罗我的婚事。

第一次和他见面的时候，是在我生日那天，我和几个朋友一起去了羊岩山游玩。我妈那时在家里做手工，有一些婶婶、姑婆什么的也会在我家一起做手工，有一个做手工的人便向我妈说媒，推荐我妈带我去看隔壁村的一个"忠厚老实"的年轻人。本来是不想去的，但是妈硬拉着我去。他家兄弟姐妹很多，早年的时候和几个兄弟出门学手艺，做木工，算是有一份比较有保障的工作。

但是，第一次看到他，我便觉得两个人不合适，他坐在一个角落里，也不说话，只有长辈问话的时候再支吾几句。虽然或许像推荐的人说的那样他是个忠厚老实的人，但他的性格内向，我的性格外向，两个人根本无法开心地在一起玩耍，甚至谈恋爱。第二次见面时，我19岁，他25岁，我很明确地跟他提出："我们两个如果硬是要在一起，根本不会有太大的幸福可言的。"而他却只是笑呵呵地看着我，也不说话。

但是爸和妈都很喜欢他，对他很满意，因为我经常在外面工作，不在家里，弟弟也在外工作，妹妹年龄还小，能力有限，而那时家里的田地比较多，丰收季节家里根本忙不过来，于是他经常去我家帮爸妈割稻打稻，村子里的人都很羡慕我爸妈，说我爸妈有一个孝顺的未来女婿。或许是不想违抗父母，我和他也相处了好几年，有时候出去玩也会叫上他，但他总是有各种怪理由拒绝我。

记得有一次我过生日，和一个朋友以及她男朋友决定出去玩，我便想叫上他，他却说自己要去参加他表弟的生日。或许，他心里的爱情与我想要的爱情不同，我希望有一个浪漫的爱情，有一个体贴爱护可以陪伴我的男朋友，而他就是单纯简单地想好好过踏实的日子。但接下来，妈收下了他家订婚的礼金，礼金就一笔钱——2000元，虽然在现在看上去这笔钱不算上什么，但在当时已经算大手笔了。并且这2000元包括了所有婚礼要用到的东西购置的钱。换句话说，男方出了2000元，其他比如婚庆用品都是由女方包办的。那时我还在厂里面工作，根本由不得我拒绝。到后来，甚至结婚前夕，我仍然在工作，妈的电话是连绵不断："我已经收下人家的礼金了，你不嫁也得嫁。如果在结婚那几天你还不回家，你就不用再回来了……"

碍于爸妈的压力以及大龄女子的无奈，我心不甘情不愿地嫁入他家，不过在结婚那天我也风光了一回，因为当时村里人结婚都是由男方骑自行车带女方回家的，高档一些的则是由带斗篷的三轮摩托车接送，我跟他要求如果不是三轮接送，我便坚决不嫁他。于是他借来了一辆三轮来娶我，当时在村里也算是风风光光地嫁了出去。

在以前，嫁妆都是在嫁入门之前就搬到婆家的，最看重的是新床被叠的层数，层数越多代表你这个婚礼越隆重，以后生活也会很美满，传统都是七床被，如果你家庭比较富裕也有九床、十几床等。在婚礼上，一共置办了三四个大桌子，算是比较"奢侈"的啦，在婚桌上，我们会一一敬酒过去，表示对参加婚礼的亲戚们的尊重，也是通过饭桌上，我要认识他的一系列的亲朋好友，长辈小辈，象征着我从今以后在他们家生活，更好地融入他们家。

嫁入他家后，我的日子并不那么好过，他母亲十分刁钻，不满意我做的任何一件事，却对我的嫂子——他兄弟的媳妇甚是疼爱。而我一心投身工作，对这些也并不是那么看重。我一共为他们家生育了一女一儿两个孩子。婆婆很重男轻女，当年到医院听到我生下女孩后，头也不转地离开了医院，甚至没看我和我的女儿一眼。原本我是不打算再生一个孩子，我觉得一个孩子努力养大就已经很不容易了，但我的婆婆强烈要求我再生一个，这才有了第二个孩子。

（孙晓飞）我是家里面最小的孩子，当我懂事时，哥和姐已在外打工拼搏了。七八岁时，家里分配到了大片土地，爸妈经常带我去田地里干活，春播秋收。无奈家里人口比较少，爸妈经常忙得饭也顾不上。后来家里经常过来一个年轻人，帮着爸妈收割稻麦，我以为是爸妈请来的小工。直到妈忙着姐的婚事时，我才知道那是我未来的姐夫。对于姐夫的印象，我并不是很深刻，只记得他经常埋头割稻，然后将稻子塞进打稻机里，话说得很少，是一个沉默的人。

后来姐终于要结婚了，那时我只有十几岁，只记得村子里的人都来看热闹，家里是喜气洋洋的，姐姐穿着一身红色的婚纱，当时不像现在结婚流行穿白色婚纱（白色是丧事、不好的象征）。虽然只是嫁到邻村去，但看着穿着漂亮洋气的姐姐，我的心里真是舍不得啊，眼泪在眼眶打转，看妈和爸的眼睛也是红红的。送姐出门前，妈让我把一碗盛有红枣和桂圆的汤端给姐姐，在家乡出嫁前喝红枣桂圆汤是吉祥的象征，祝福新人早生贵子。姐是坐着三轮"汽车"出嫁的，相对于村里新人骑自行车接亲洋气多了，家里人感觉到十分骄傲，别人眼中都是满满的羡慕。

我并不清楚姐姐嫁给姐夫是否幸福，但是当姐姐生下女儿后，我明显地感受到了亲家母对姐姐的不满意。姐姐由于工作的原因无法照顾孩子，本想把孩子寄放在她婆家，但亲家母却表示自己照顾不了孩子，还要忙农活，让姐把孩子带回自己家。姐没办法，只好将孩子托付给了妈妈。并且亲家母一个星期才来看我侄女一回，也没带什么营养品来给孩子，象征性地看了一眼便急匆匆地回去了。我向妈抱怨亲家母怎么可以这样，妈却沉默地摇头，叹息道："如果是个男孩就好了。"生男生女在老一辈的眼里还是挺看重的。

不一般的春节

（孙玲飞）说到过年，现在过年家家户户都会在门口贴上春联、"福"字等等，但那时候，只有家里有点学问的人，才会用毛笔字写春联，贴在门口迎接新年。再加上红纸是相对贵的东西，只有少数人家才会去买。小时候一听到要过年，兴奋劲绝对比现在的孩子高出不知道多少倍。过年那几天是唯一可以好好休息，好好玩耍，早晨赖床，不帮家里干农活儿也不会被爸妈训斥的日子。

更开心的是那几天会忙着走亲访友，去不同的长辈家里玩耍，不像现在的孩子宅在家里，蹲在电脑前。并且拜访长辈，在别人家里大多吃的是馒头，而不是大鱼大肉；小孩子还能收到拜岁果——拜岁果由糖板、红薯干、花生、瓜子等零食组成。

由于我是长女，爸妈经常带我出门拜岁，于是我经常收到一些好吃的零食和压岁钱，弟妹过年收到的东西就比较少。小时候爸妈怕我们把过年的零食吃得太快，就把拜岁果分成三份，给我们几个。我常耍小聪明，将自己那袋东西藏着不吃，先偷吃弟弟妹妹的。虽然这些行为看上去十分幼稚，但那时自己偷吃零食时的满满幸福感，到现在回想起来也能深刻地感受到。

大年初一一早，小孩儿会比赛早起放鞭炮，那个年代的鞭炮大概长10公分，宽1.5公分，先放在手中点燃，然后迅速扔出去，只有"砰——""啪——"两声便结束了，不像现在的鞭炮有美丽的烟火，有各种各样的形状。我的胆子比较大，经常带着弟妹和男孩子们在一起玩耍，和他们比赛放鞭炮，比赛谁收到的压岁果比较多，等等。

过去的春节和现在的相比没有变化的就是吃麦油脂——一种用麦粉做的小吃，薄皮里包着各种馅，呈圆筒状，又叫食饼筒。制作材料有肉片、猪肝、蛋皮、鱼肉、豆腐片，还有金针、木耳、粉丝、笋丝、菜梗等。那时的麦油脂只是包有少量的碎肉，大多是野菜，经常从初一吃到十五。虽然过去的过年有点寒酸，但每天洋溢在孩子脸上的都是喜气。

一转眼，三四十年过去了，我也成了一名标准的家庭主妇，女儿顺利考上大学，是婆婆家的第一个大学生，让婆婆高兴了好一会。因此，婆婆与我的关系也越来越亲密。儿子在读初中，现在国家教育政策义务教育九年，家庭支出压力减轻。

以前爷爷奶奶住的老屋子已经被拆迁，爸妈住的房子也开始装上了现代设施，生活是越过越美好。虽然有时会想念年轻时候的奋斗日子，但现在看着儿女长大，家庭和谐，父母健康，我的心里就像是被灌了蜜糖，满满的都是甜！

37

妇女委员：镇西水乡的蚕家故事

受访人：嵇毛娜　章珊钟　嵇卫斌
采写人：章姚旸
时　间：2014年2—3月
地　点：浙江省湖州市镇西镇口述者家中

　　嵇毛娜，女，1927年生，湖州市镇西镇人，农民，曾是生产队的负责人、妇女委员，退休在家。章珊钟，女，1968年生，嵇毛娜的小女儿，曾做过护士，现为公务员。嵇卫斌，男，1978年生，嵇毛娜的孙子，退伍军人，现为镇西镇政府公务员。

扯蚕丝，挖水菜

　　（嵇毛娜）我家一直是普通的农民家庭，并且生活十分艰苦。12岁的时候，母亲就已经死了，我和父亲相依为命，听父亲说，我家本来不是没有钱的，但在我4岁那年的冬天，屋子里堆着的柴火，不知什么原因竟然烧起来了，火把屋子里面的东西都烧光了。从这之后我家就一无所有了，只有一间很小的房子，全家挤在一起住。

　　我很小的时候就会做农活了，养蚕、种田、割草，样样都会。当时的水稻一年只能收获一次，我家只有五六亩地，种出来的粮食吃都吃不饱。一年要养两季蚕，13岁就跟大人一起去养蚕了。当时养蚕是要先去买蚕种，将蚕种捆在腰上，叫作孵蚕。当时年纪小，个子不高，大人们扯丝可以坐着，我却只能是站着做这活计。我父亲扯丝不怎么上心，扯出来的丝品质不好，所以我家都是由我来扯丝的。

　　因为就算种田和养蚕也不一定吃得饱，所以还要去摸螺蛳、捞虾。那时站在河边上，用竹篾一捞，捞上一碗虾就可以当菜吃了。冬天就去河滩上挖水菜（河蚌），用那个烧火的钳子一夹就捉住了。我从小耳朵不好，又没有钱治，听人家说有个偏方，就是把田螺里的水倒到耳朵里，说是这样能治好耳朵的顽疾。冬天没有田螺就是用河蚌，还有用酱油的。可能我现在耳朵不行，也是因为年轻时候用多了这些偏方。

当时我只上了三年学。那时候上学不像现在，那时老师教你一篇文章，只要你背出来就好了，不要求你会识字。我那时候很聪明，背书背得快，背完书就早点回家做活，但是字一个也不识。我小时候容易生病，读书的日子隔三岔五就发烧，所以断断续续地读了几年书也就不再去了。

我十几岁的时候就能干活了，去城里给人做了帮工。我有一个过继的姑母，我当时就到她家里给他们洗衣服、擦地板、洗菜，然后就拿点米作为报酬。村里有两个地主，养蚕的季节忙不过来，我就去帮他们摘桑叶。他们有时候给我两块绿豆糕，有时候切一块糯米饭给我，就当是工钱，我也很乐意。

小闺女，女委员

（嵇毛娜） 后来我嫁人了，就不出去帮工了，和我的第一个丈夫一起专心地养蚕、种田。他母亲也早就没了，两家人相互扶持。但是过了也就是十几年的样子，有一天早晨，他没有起床，就这样突然死了。

第二任丈夫章水坤，也是差不多的身世，他父亲死得很早，母亲甚至通过讨饭养大了几个孩子。因为家中孩子生得很多，所以养起来真的不容易，但他母亲依旧供他读了一些书，因为他识字，又比较聪明，当时在村里还有一个绰号叫"先生"，是比较有文化的一个人。但是他的母亲脾气不太好，不讨人喜欢，也没有改嫁。他大概十几岁的时候，有一次去田地里挖荠菜，手里拿着一把剪刀，走到田埂的时候绊了一跤，人就往前那么一摔，剪刀戳在了眼睛里，瞎了一只眼睛。因为他家里穷，兄弟又多，母亲又不好相处，还瞎了一只眼睛，所以一直讨不到老婆。

我由于嫁了一次人，生了两个孩子，直到第一个丈夫过世很久，孩子们都长大了，我才和他看对了眼，那时我已经快 40 岁了。结婚之后生了一个小女儿，当时我已经 42 岁了，小女儿三四岁的时候我就带着她一起去公社里开大会，我挑一个担子，前面放上石头或者一些东西，后面挑着她。人们看到就问我："嵇大姐，你的孙女都这样大了？"我就说："这是我的小闺女。"人家都很惊讶，觉得我这么老了还生，很不可思议。丈夫曾经说:"这个岁数生了一个孩子,我们以后恐怕吃不着她养活的饭了。"小女儿结婚的时候,他又跟我说:"没想到可以吃到她养活我们的饭了。"一直到他老了,也经常说:"我的身体不好,但你可以享她养的福了。"后来孙女出生,我们就连田地都送给儿子云初了,不用再种田,算是真让小女儿养着了。

新中国成立之后,我们两个人因为都是吃了许多苦的,成分都是贫农,而且我特别会干活,所以我虽然不识字,却在当时的生产大队里管得很多,又是管计划生育的,又是管养蚕和农产的,也是妇女委员会的委员。丈夫在生产队里当的是经济保管员。

管生产的时候,我又是管试验田的。当时试验田的收成全是要送到上面的,稍微有点不好也是要负责的。我每天起早贪黑地守在田里,非常辛苦。当时我们代表生产队里去大队开会,可以拿8个工分,妇女委员拿6个,生产队只拿2个,所以我们经常去开会,生产队是很支持的。

那时我主要是要抓计划生育,大姑娘要吃避孕的药片,生产队里一户一户地发,就是我去发的。然后上避孕环,做节育,也是一批一批的,都要我去联系人。那时候刚开始计划生育,人们都不自觉,都是要去做工作的。还有到处躲着我们的。这工作很麻烦,还要担很大的责任。

有一回生产大队里有一对夫妻,名叫新江和阿沛(音),他们没遵守规定,阿沛又怀孕了,然后我们要去带她把孩子流掉。找了他们夫妻个把月,才把人找到。那时候去了三个人,我和计划生育委员会的主任、副主任,一起陪着新江和阿沛到双林医院里去。主任和副主任去看床位,拿被子,留下我陪着他们。刚走到楼梯口,新江的哥哥来了,他是个在镇里面做木匠的,跟他们说不要做人流,快点走。我就拉住他们的手不让他们走。拉拉扯扯一直走到了医院的外面。这个时候遇到了同村的一个人,他认识我的干爹,就问我是怎么回事。我把事情和他说了,他就劝我说:"你一个人拉得住三个人吗?你要知道,跑得了和尚跑不了庙,你现在就放了他们,以后再去找也可以。"我就对他说:"你这样对我说,我明天来找你要人了。"他就笑着说:"如果找不到人,那我也只能给你一袋虫子充数了。"主任和副主任看好床位,来找我们发现人不见了,非常生气地骂了我一顿。

计划生育办公室的人员就开大会批评我。大队的妇女主任也来了,她姓吴,我们都叫她老吴主任,还有好几个别的妇女主任。她就先把我骂了一顿，又问我："毛娜同志，你有什么要说的？"我就说："各位同志，我是个乡下人，说话不太好听，又不太懂道理，要是说错了大家要批评我。"然后把事情的经过说了一遍，又继续说："主任和副主任都在，你们想一想，我一个人哪里拦得住三个人呢？现在我们还可以去找，阿沛一定在家里，不然我只好去找别人要一袋虫子充数了。"大家都又好气又好笑，老吴主任说："你怎么能说这种气话呢？难道你真的去要一袋虫子吗？"后来我们又去了新江和阿沛的家里，做了好多工作，用了三天时间和他们讲道理，阿沛才去医院做了人流。

菊花蚕，大瓮验

当时我们都要养蚕，新中国成立前一年只养两季，后来要养五季。头蚕，二蚕，秋蚕，再秋蚕，最后一轮菊花蚕。一个生产队里轮流看着蚕种，从村头到村尾两户、两户轮过来。我也算是负责人，要每天守在那里。

一天，有一家的阿雄妈妈来找我，跟我说要和那天来看着蚕的阿桑换。我觉得很奇怪，就跟她说："生产队里是安排好的，今天是阿桑就是阿桑，明天是你阿雄妈妈就是明天，你不能说要换就换，如果你明天真的没有空，可以让阿雄来。"她就有点不高兴地走了，当时阿雄爸爸也是生产队里的蚕种负责人，我觉得不太对劲。当时我看护蚕是比较上心的，进门要闩门，出门要锁门，不能透风。蚕室里面放一个大水缸，一个小水桶。水缸的水是给蚕喝的，水桶的水是大家喂蚕之前洗手的。刚好她来看护那一天天气凉，蚕室里要烧火取暖，我就去烧火。烧完火我就去洗了手，水弄脏了之后我就想换一点，于是就想从水缸里舀水。她就拦着我，要给我去担水，我对她说："生产队要你们来看蚕，只要摘桑叶喂就好了。担水是我们的活，你不用多帮我们做的。"但是她一直不肯，还是给我担了水来洗脸和洗手。

后来我们从水缸里舀了半碗水喂了蚕，然后阿雄妈妈就去睡了。因为生着火，怕引起火灾发生意外，我和宝珠两个人要前后值夜班。没想到蚕喝了水居然都扭动着抽搐了。蚕在蚕簟上好像摔跤一样发出噼里啪啦的响声，我还以为是天下雨了，就跑到天井那去看看。没想到外面月亮很明亮，根本没有下雨。我跑回来一看，蚕都已经不行了。跟我一起负责的宝珠也被吓得不轻，我就去找了我的阿舅和阿毛，他们一个去找生产队，一个去找蚕种研究室。我们烧了很浓的药茶，浇在蚕上，可是已经晚了，蚕已经都死了。

这是一件大事情，所有人要开大会。然后大家都说是跟我们一起负责的林阿宝毒死了蚕。当时每个人发一张选票写上名字，按指印来选。大家都选了林阿宝，但是我不肯按手印，我当时还有一枚印章，可我就是不肯印。连我的儿子云初也来骂我。他当时也是年轻小伙子脑子发热，他说："大家都选林阿宝，为什么你不肯选？"我就跟他说："这个章是不能盖的，万一盖了林阿宝就要蹲牢房到死了，他有老有小，没有证据不能害了他，必须要叫他自己说出来我才信。"因为少了我的票，生产队没法把这件事情上报给公社，很多人都很生气。

大队里那时候正好换了队长，新队长阿发是一个退伍的军人，他到我办公室里来找我，问我说："毛娜姐，你养蚕负不负责？"我说："我当然负责。"他就一敲我的桌子，大骂道："蚕都被毒死了，怎么叫负责？"我就也一拍桌子对他说："我养蚕是负责的，我养的蚕没有翻白肚的，没有不吐丝的，养好几轮蚕我也很负责。可是有人要毒死蚕，我就负责不了了！"他就问我："那你知不知道是谁毒死的？"我说："我是不知道的，除非人家自己坦白，不然我不能乱说是谁干的坏事。"

为了这件事情，生产队开了五天五夜的大会，就是没有人承认。直到有人提议说，长生桥有一个大瓮，是很灵验的，只要站在上面，不管你是偷了鸡还是做了别的，也会把实情吐露出来。生产队的所有人就一起去了，包括阿雄妈妈、林阿宝、我、宝珠都去了。我心里坦荡，就第一个上去站了，后来大队长也去站了，大家都装作它灵验的样子。阿雄妈妈看到吓坏了，不敢再隐瞒，就把事情一五一十地都说了。原来是她往水缸里下了农药，想要陷害我。因为她觉得我和松林娘舅有染，但是松林娘舅已经60多了，我当时才30多岁，我觉得很可笑。

后来又要给阿雄妈妈做思想工作，还有知情的张林元。生产队让主任去给她做工作，我要去负责张林元的工作。我就对张林元说，我太累了，我要睡一会儿。等到阿雄妈妈说的都差不多了，我还躺在外面装睡，主任就用掏耳朵的勺子挠我的脚心，我故意装成睡熟了。主任和别人感叹说："毛娜看来养蚕确实很负责，人也很实在，所以累成这样。"最后生产队要我决定怎么罚她，我跟大家说："我怕罚得太多，她也拿不出来，我们都退一步。"后来那一季的蚕算她赔了80块钱还有100斤的肥田粉。

因为我丈夫水坤做经济保管员，也有很多的是非。有一回人家放在我们这儿的米，自己来取走了，又诬陷是我们没有给他。还有一回，人家说水坤受贿。他很生气，找了人来查账，查了三天也没有什么破绽。但是他还是觉得被冤枉了，我就劝他不要再干了。

49岁那年，我脸上长了一块瘤，就去医院做手术把它割了。可是手术没有做好，我的脸就变形了，眼睛歪了一只，嘴巴也是歪的，有点吓人。我又是管计划生育的，平时许多人就对我有意见，这样一来大家会借机笑话我，我就不再去生产队里工作了。

我现在年纪虽然很大了，但是身体还不错，头发也没有全白，只是耳朵不好，没办法跟人很好地聊天了，而且牙齿也掉光了。我现在就喜欢吃吃素，念念经。以前干什么都觉得自己是对的，别人是错的，现在都看开了，觉得每个人都有苦处和不容易的地方。我年纪大了之后，耳朵聋得很快，如今几乎已经听不见别人和我说话了。有人想要和我聊天，大声在我耳边说话，我也只能依稀听到一些声音，却不知道他说了什么。

丈夫死后我就跟小女儿到城里生活了，其实我是不喜欢这样的。但是我想想现在孙女也长大了，我也没有几年了，能陪他们一阵是一阵吧。

八十年代的农村大学生

（**章珊钟**）我出生得比较晚，那会儿家里的经济条件已经不错了。父母是农村生产队里的干部，我大姐17岁就已经离开家里嫁人了，二哥云初在福建当兵，家里就我一个小孩子，大家都很宠我，我也有点霸道。

那时刚好知青下乡，村里来了几个知识青年，也会教小孩子读书认字。我印象里第一次知道小说，就是听到知识青年在讨论《第一次握手》，说这篇小说多么好看，我特别好奇。然后第一次看电影是《一江春水向东流》，我还记得那里面有个镜头，一男一女坐在床上，当时觉得非常震惊，大家也都批评说这样的镜头怎么可以放呢。

那时候一个村里只有一台电视机，都是放在晒谷场上全村一起看的。我就自己拿一个小板凳先跑去占位子，一定要占第一排的位置。不过我也会给我当时的老师家占一个，因为老师家那个村子很小，没有电视机，要来我们村一起看。下雨天的话电视机就放在我家前厅里，因为我家前厅特别宽敞。

我上小学之后是先进分子，每年都得三好学生，后来还得了市级的三好学生。要做表率就不能随便看电视了,我就偷偷地站在门口,躲在人群后面看。

我读书成绩很好,又是学校里的干部,所以性格很霸道的。我去上学的时候,就从来不肯自己背书包,都是同村的两个男孩子帮我背书包。小学三年级的时候我第一次穿上了"的确良"的衬衫,一件白色的短袖衬衫,我妈给我绣了一朵小花,我平时都舍不得穿。

我上小学的时候刚刚粉碎"四人帮",教育开始受到重视。我一个人跑到乡政府去表决心,说我到这个学期末一定会考语文、数学双第一。结果期末考的时候,我语文考卷写了一个错别字,给我监考的施老师看见了很着急,就偷偷地给我指了指。后来我就考了两门100分。

我大姐在城里面生活,姐夫是个工人。大姐当时已经开始做点小生意了。我小学快毕业的时候,她从城里回来看我,给我买了一条很好看的花裙子。那是我第一次穿上裙子,拍了小学的毕业照。当时很多人看到我的裙子都羡慕得不得了,因为大家都没有裙子。

后来上了初中,我们乡的初中是要住校的。住校条件很差,就是在地上铺很多柴草,然后睡一大排,跟养猪一样。当时班里有两个同学,上初中还尿床的,就害羞不肯上学了。那时候每周是要自己挑柴草去学校,要走一两个小时的路。

初中已经有学生会了,当时我是学生会会长,同时也是副班长。本来我是班长的,但是班主任和我谈话说,你已经是学生会主席了,能不能把班长让给另一个男同学姚金泉,我就同意了。但是当时我长得漂亮,他长得矮小又土气,所以大家都听我的,出去参加演讲比赛,作报告,代表公社也都是我去的。那时候我说我肚子饿了,班里的男生还跑出去到路边给我买饼吃。

那时中考,考得最好的人才能上重点高中,其次的人可以上中专,考的再次的人上普通高中。不过就算这样也有一半多的人是不能读高中的。我的化学成绩不好,因为化学老师有口音,还有点结巴,我听不懂他讲课,就不喜欢化学。我的物理特别好,物理老师又很喜欢我,他从家里带肉圆子来吃,如果带十个肯定分两个给我吃,平时成绩好的几个还在他的办公室里开小灶,一起做作业。中考的时候,班里只有姚金泉是上了重点高中湖州中学的。我和另外两个女生去了卫校,还有三个男生考了湖州师专,还有一个去了农校。

差不多是 83 年吧，那时候已经是责任制了。我妈跟我说，今年过年分到了几块钱，可以给我买双鞋子了。当时过年是基本没有新衣服的，有双新鞋子我已经很满足了。我考上卫校之后，我爸是不愿意让我去读的，因为觉得女孩子早点回家务农，然后嫁人更好。我妈以前是妇女干部，比较开明，就偷偷跟我说"你既然考上了，就去读吧。读中专肯定比务农好，我不告诉你爸，就说你去外面玩几天。"然后我就去读了卫校，当时卫校第一年就有每月 13 块钱的补贴，第二年及之后就是每月 17 块。我记得第一年我省下了 3.5 块钱，给自己买了一双坡跟的护士鞋，当时算很厉害了。卫校也有社团，我就参加了现代朦胧诗社，接触到了顾城、北岛、舒婷这些诗人的作品，还参加了湖州师专的镇西同乡会，给自己取了个笔名叫"赟赟"，每个月都发表几篇批评文章，可算是一个文艺青年。

　　到了卫校第三年就要实习了，就要跟普通护士一样上夜班，我当时有点松懈，实习的成绩很好，但是文化成绩落下了不少。当时考试是 100 道选择题，涂好卡，老师用抠了洞的纸板一盖，露出来的选项就是对的。因为在卫校整日参加活动，我文化课落下许多，有一次考试我差点没有及格。

　　我毕业分配是被分配到了菱湖。其实那时分配已经要靠关系了，但是我家是农村的，爸妈年纪也大了，根本不懂这个。我虽然有一个姐姐和一个哥哥，但是都没有什么感情，我填关系表就只写爸妈。大家都以为我是独生的，爸妈又年纪大，想要把我分配回镇西，但是镇西的名额又满了，所以就把我分配到了菱湖镇上。那时候在菱湖医院妇产科，我也参加了团委，基本上每周都要出去跳舞，组织舞会，但是忙里偷闲我也会看看书，然后也给姚金泉写信。当时他还在北京读大学，我们原先在初中没有什么往来，但是读大学之后，他成了我们这些小镇人里走得最远的一个，我也很希望从他口中知道外面的精彩，我俩书信来往，后来也就顺理成章走在一起。我在菱湖医院一干就是近 10 年，后来我也是在菱湖医院生下了自己的女儿。

　　给我印象很深的是，我有一个江苏的堂哥，他父亲死得也很早，小时候是我爸把他养大的。后来他在泰州做工人。我上卫校第一年，他从江苏回来探亲，到湖州来看我，给我买了一双 19 块钱的高跟鞋，那是我第一双皮鞋，真是时髦。我 1986 年参加工作，第一个月工资是 54 块钱，到了年底我给自己买了一件 60 块钱的大衣。那时姚金泉在北京读大学，他每个月还给我 10 块钱。

我们那时就是写情书往来，他在北京的中国公安大学，当时算是非常厉害了。但是他家里穷，我已经可以养活自己了，我就有时候把多出来的粮票换成那种全国可以用的鸡蛋票给他寄过去，他那时候特别瘦，然后长很多的青春痘，但是已经很高了，又是学生会主席，还是比较受欢迎的。

当时他在北京，我还一个人坐火车去看他。暑假里，我们一起去北戴河玩。我也是第一次去北京，特别激动。他会从北京给我带一点时髦的衣服回来，虽然很便宜但却是小地方买不到的款式，他还会给我带诗集和杂志。

每周我至少要写三封信给他，他比较忙，回的也比较少。我的文化程度比不上他，我信里总有很多错别字，而他就会认真地给我纠正。他还跟我说，你已经工作了，但是还可以继续读书，参加成人考试。我当时跟他说，那我就学法律，考律师资格。他很赞同，还从北京寄了许多书给我。但是因为我当时从事护士工作，经常值夜班，看书的时间零零散散，加上身边也没有人指导，只考了一次，分数很难看，就不愿意再考了。一直到我考进公安系统，我才又去自考了公安管理学的本科文凭。

他毕业之后分配回到湖州，当时北京来的大学生在湖州公安局是很了不起的。他的同学大多留在了北京，或者去了广州、深圳，当时已经 90 年了，广州发展势头正好。我为了这个还和他吵了一架，我怕他以后觉得是我拖累他回到湖州的。

他回到湖州之后，经常来菱湖看我。25 岁那年，他们单位要分房子，我俩就登记结婚了。当时因为分房子而结婚的人真的不少。我们在湖州有了一间小房子，后来我又在菱湖医院生下了女儿，我生产的那天还下着一点雪，非常冷，我的同事沈智慧陪着我，到现在她的手上还有我抓出来的一块疤。

时间一晃就过去 20 多年了，但是想考法律资格这件事我也是记得的，所以去年我通过了国家司法考试，也总算是实现了 20 多年前的一个目标。我是一步一步读书从家里走出来的，这点我永远记得。

改革开放后的小一辈

（嵇卫斌）我读小学的地方是一个叫效五的地方。每当开学我们都会自己搬着从家里带来的凳子到学校去，因为教室里是只有桌子没有凳子的。当时的教室是那种五六十年代的土房子，下雨天，教室里到处都会漏雨，因为地面是泥地，所以会形成很多的水坑。天热的时候，我们还会在课堂上玩水，但到了冬天因为水很冰，所以就很难受了。冬天最可怕的就是窗户，教室的窗户上的玻璃差不多都是破的，甚至是没有的。老师从家里找点塑料纸来糊上，西北风一吹就哗哗地响，灌进来的风和刀一样厉害。

  我的中饭是在奶奶家吃的，那时候最幸福的零食就是奶奶烧饭留下来的锅巴，吃了饭去读书的路上咬着"吱吱"响的锅巴，到现在想起都觉得是那样的幸福。

  我读书那时是没有零花钱的，在我记忆里最深刻的是有一次我的铅笔写没了，没了的概念是铅笔短的连小手都抓不住了。因为爸爸妈妈都不在家我就跑去找爷爷要一分钱，要买支铅笔好下午参加考试。爷爷说家里没钱，于是我很委屈地不敢去读书，怕被老师骂。奶奶看见一向很早去学校的我怎么没去读书就问我怎么回事情，我哭着和奶奶说"我要不到一分钱"。奶奶跑去和爷爷吵了一架才给我要来一分钱，并领着我去了学校。那时，一分钱对我来说，可真是巨款。

  小学每年清明都有一次春游，那就是去到15公里外的长超山踏青。照例能带的就是爷爷奶奶偷偷给的五分、一毛钱和家里灌好了的水壶和包好的粽子。天还没亮就要出发的，因为是走着去的，浩浩荡荡的队伍，前面的大个子同学拿着红旗，老师穿插在队伍中间。要走上3个多小时才能到那里，玩一个找宝的游戏，就是老师在各种地方放上纸条，那就是要找的"宝"了。在山上采点杜鹃花，回来的时候在山下的小镇上花五分钱吃一碗小馄饨，这样简单的游乐，能让我回来后持续幸福很多天。

  我的老家在南浔余家兜，听奶奶讲村里有一样东西在十里八乡很出名的——桃子。在我小的时候，村子边和家家户户的池塘边都种满了桃树，这些桃树的品种听说从我太爷爷辈就开始有了。春天桃花开的时候那真叫一个漂亮，远远地望过来就仿佛是一个桃花岛。村里的桃子是分好几个品种的，有早早成熟的四月桃、五月桃，有最好吃的七月水蜜桃，还有最大的八月桃。桃子开始有样子的时候就是我们闲不住的时候，常常趁大人不在的时候爬上树去偷吃，没熟的桃子的涩味到今天还在嘴里回荡。桃子成熟的季节里，大人们会挑着桃子出去卖，卖的钱添补点家用。种桃树还有一样好东西那就是桃凝，在那个没有东西吃的年代那是好东西。桃凝就是桃树老了流出来的树脂。养在水里会变得滑溜溜的，可当菜又能当饭。可惜到后来要平整土地了，池塘被填平了，桃树也被砍了。从此，村里再没人种桃树。

到了夏天，我们一帮没事情做的男孩子最喜欢的就是下河去摸河蚌。不是因为河蚌好吃而是因为可以泡在河里洗澡，而摸回来的河蚌一般是剁碎了喂鸭吃的。一般摸河蚌都是在夏天的午后，三两小伙伴带着一个木制的水桶（现在都已经没有了，早年是家家户户用来拎水用的）光个屁股就下河了。哪里有河蚌我们比谁都清楚。摸河蚌是有技巧的，先是用脚尖去踩，因为河蚌一般在一米水深的位置，我们人小直接用胳膊是找不到的。踩的时候不能太用力，力大了会被河蚌的壳划破脚的。当脚尖踩到河蚌露出来的尖角时，就一个猛子扎下去，一次不行就两次，两次不行摸三次，直到把河蚌挖出来为止。一般1个小时就能摸到一水桶的河蚌，但我们都不愿意摸完就回家，能泡在河里就是好的啊。但这个时候大人都会来叫我们，把我们赶上岸来，我们的心思大人怎么可能不知道呢。

后来我读完初中就被爸妈赶去当兵了，军营里苦啊。我是在杭州当兵的，虽然离家不远，但是很难回家，每天就是在训练，也没有什么好说了。后来退伍了，自己想做点小生意，结果都失败了。如今好不容易多读点书，又重新靠考试考进了公务员，在自己镇上的镇政府坐坐办公室，也算是满足了。

38

隆昌忆母：淹没于时光中的悲喜

口述者：钟方琴　钟方成
采写者：周　欢
时　间：2014年1—2月
地　点：四川省成都市口述者家中

钟方琴，程淑芳之女，1966年生，隆昌县黄家区人，初中文化，个体户。钟方成，程淑芳之子，1951年生，文盲，农民。

老夫少妻的婚姻

（钟方琴）我妈叫程淑芳，她最爱给我摆龙门阵（聊天）了，我是家里的小女儿，我妈也很爱我，没事的时候就爱把我抱在腿上，给我说她以前的事情。那时我年纪小，不是很喜欢听我妈给我摆这些事情，现在自己年纪大了，回想起来才知道，那时候我妈是心头苦得很，想找人倾诉一下。

我妈这一生真的是不容易，我外公在她十一二岁的时候就死了，她是家里面的老大，下面还有两个弟弟，一家人的顶梁柱倒了，对这个原本就不富裕的家庭来说无疑是雪上加霜。虽说当时生活很苦，但是妈和我说，比起出嫁之后，她在家里当姑娘的时候是她这一生最幸福的时光了。那时普遍存在的重男轻女现象在我妈家没有怎么体现出来，因为家里亲戚邻朋生的都是儿子，就只有她一个女娃娃，所以家里还是很稀奇（珍惜疼爱）她，对她很不错。

那时结婚都是很早的，几乎没有哪个女娃是在家里面过了20岁生日的，再加上我外婆一个人拉扯三个娃实在是苦，所以，屋头（家里）很早就开始给我妈找婆家了。虽说我妈娘家条件不是很好，但是我外婆还是尽可能地给我妈选个好点的人，东选西选最终选中了邻县的钟云章，就是我爸。

我爸这个人是出了名的老实，三天都说不到两句话，而且，他从小就是个孤儿，没爸没妈，哥哥姐姐、弟弟妹妹啥都没有，我爸受别人欺负了也不会有人站出来说句话，所以我爸从小就养成了胆小怕事的性子。当时，本来妇女的地位就低，在农村就更是了，丈夫打妻子的事情常有发生。外婆就是看中了我爸他老实，估计自己的女儿嫁过去不会挨打，所以对我爸的其他方面也就不再过多计较，就把我妈嫁给了我爸。那年我妈15岁，而我爸已经34岁了。

以前结婚不像现在这样可以自由恋爱，那时都是经人介绍的。当时的媒人把两个人凑成对了，结婚的时候就可以拿到谢媒钱。所以，她们那张嘴厉害得很，黑的都可以说成白的。自己要嫁的人好不好，个人（自己）是看不到的，全凭媒人一张嘴说，把你父母说动了，他们同意了，这事儿就算成了，不会让你姑娘家说半句话的。当时我妈和我爸他们家离得还是挺远的，而且那时农村里根本没有车可以坐，到再远的地方去都是走路，所以我爸在结婚的前一天就带着"聘礼"到了我外婆家，等着第二天接我妈回家。

我爸家里穷，根本拿不出像样的礼物，没有当时流行的鸡、鸭、肉什么的，就是三个小方盒装的米，我妈后来给我们讲起都觉得寒酸。但是我外婆心疼自己女儿，给我妈的嫁妆还是丰厚的，没有亏待她，在我印象中，有两个铜做的榔头，算是比较值钱的，一直放在老屋子的房梁上，但是后来被我哥哥偷去卖了。还有一把剪刀，其余的就是些生活用品了。

我妈嫁给我爸的时候根本就没有什么婚礼婚宴，跟着我爸进了他家门，就算是程家的女儿成了钟家的媳妇儿。我妈到了我爸家里才是真的知道了他家有多穷，住的房子可能只比旁边的牛棚好点，家里什么东西都没有，就连碗筷都只有一副，进门那天都是我爸先吃了饭，然后把碗筷给我妈，我妈才吃饭。

支撑家庭的艰辛

（钟方成）我是家里的第三个娃娃，上头有一个哥哥，一个姐姐，但是那个哥哥生下来没多久就死了。听我妈说那时她才十六七岁，自己都还是个娃娃，根本不懂带孩子，家里又没有个长辈教，而我爸根本不管娃娃的事，再加上当时屋头穷，没有吃的喂他，这个孩子就这样死了。

　　我是51年出生的，那时的日子跟现在完全是没有法比的。在我印象中，小时候吃饭从来没有吃三顿的，家里好点的时候吃两顿，不好的时候吃一顿甚至没有饭吃。那时煮饭，从来没有说是煮干饭的，一家人烧一大锅水，放一小把米，煮出来的稀饭都可以照出人影，根本看不到几颗米，至于菜就更别提了。

　　我记得58年的时候开始搞"大跃进"，吃大伙食团，那时我才8岁。一个生产队的人都要在一起吃饭，不准你自己在家开伙。那时真的是温饱都解决不了，在伙食团里不管你胃口有多大，吃不吃得饱，一个人就只有一瓢。加上我四弟、五妹也出生了，一家6个人张着嘴等着吃饭，结果发给我们的就只有一小瓜瓢，尽是清汤寡水的糊糊。说句老实话，其实那时根本吃的不是饭，是水啊。再加上我爸老实，在村里说不上话，一家人真是受了不少委屈。吃大伙食团要排队，不管我们这一家人怎么排，发到我们的时候就是所剩无几了。我妈心疼我们，经常省着让我们多吃点。

　　后来等我10岁左右的时候大伙食团就解散了，我们才可以自己做饭自己吃。但是那时我们自己家里还是穷，也没有什么粮食可以吃，一样地吃不饱。当时的小娃娃，最喜欢的就是过春节，因为只有过春节才可以吃到一次白米饭。

　　我爸根本没能挑起一家人生活的重担，整天都是面朝黄土背朝天地在地里做事，稀里糊涂地过日子。我妈看到一家人生活艰难，靠一点点土地根本养活不了一大家人，所以实在没法就和别人学了认草药，自己上山采草药卖，这样家里才好了点。

　　等我十二三岁的时候，又开始搞啥子"四清"，当时喊的口号就是"打倒投机倒把做生意的人"，像我妈这样扯草药卖的就是当时要打倒的对象。那时，我们一家人因为我妈卖草药日子好过了不少，再加上我家娃娃又多，当时流行的就是多生，多子多福，所以眼红的人还是不少，我妈干这个事情，就被那些眼红的人告发了。

　　告发的当天就来人把我妈抓到乡里的"黑房子"里面关起来，那时关起来就是关起来了，不会给你一点水喝一点饭吃，还要挨打。我妈当时就是被吊起来，被人用搓衣板打。那些人根本不会管你的死活，下手也不会分轻重，我妈被打得遍体鳞伤，不过那天晚上我妈就被放回来了。躺在床上动都不敢动一下，那时家里是没有闲钱去看医生的，只能自己用些土方，敷点草药，等伤口自己愈合。经历了这件事情，我妈多少都是有些害怕的，但是一想到自己的娃娃没有饭吃，我妈还是悄悄地干。后来除了卖草药，我妈还去买粮票、布票啥的来倒手卖，只是做起来就小心多了。

我妈这一辈子受的苦，可以说都是为了她的儿女受的，不管是省吃省喝，还是违反规定做生意，都是为了自己的孩子能吃饱饭。

当时的农村有着严重的重男轻女观念，生个儿就是个宝，生个女就是根草。我妈嫁给我爸就是看他的老实，心想不会挨打，结果根本不是这个样子的！我爸是个老实人，对外说不起话，尽遭人欺负，他不会和外人争吵打架，但是一回家就要把气撒到我妈身上。

我记得1963年生我七妹的时候我妈才是真的遭罪啊。当时我爸在地里面犁地，旁边的人给我爸开玩笑说："钟云章，你们钟二嫂又给你生了个女儿，你还在这儿干啥哦，干得再多还不是帮别个干的啊！"没想到我爸一听，把锄头一扔就跑回家，我妈那时在床上坐月子，我爸把我妈从床上抓起来就打，我妈连发生了什么都不晓得。

打完之后，我爸才说我妈又生了个"赔钱货"，把我妈委屈的不行啊，抱起娃娃就去找那个人理论，结果还是被人说，意思就是你生了个女儿，就是没得用。在外头被别人说三道四，受尽闲气，在家里又要被自己的男人打，我妈就这样活活被气疯了！连我七妹的奶都不晓得喂，经常把我七妹饿哭。后来我们慢慢长大，我妈的脑筋才好了点。

"文革"时，听说城里面搞得挺厉害的，在农村还好一点，像我们这种贫苦老实的庄稼人，是没有受到什么太大的波及。虽然如此，还是感受到了一些，像那时搞什么红卫兵，手臂上套一个红色的袖笼，这个就是他们的标志。

当红卫兵在当时来说是一件很光荣的事情，而且参加红卫兵是有条件限制的，像我们这种家庭里面有人违反规定做过生意，被批斗过的是没有资格的，只有那种"荣誉家庭"的孩子才有机会。当时农民下地做活之前，是先要齐声喊口号的，要表示对毛主席万分的尊重。

我在乡里见过被批斗的人，真的是被整得很惨，一般把他们的头发剪得乱七八糟的，还又是打又是骂，在那个场景下是不会把他们当人看的。那时真的是一个敏感时期，我记得在"文革"都快结束的时候，有两个人偷了公社的玉米，被人发现了，一直追到我家里面，我妈看到都是认识的人，又不好意思得罪他们，就让他们进我家躲一下，结果被发现了。公社里面当官的说我妈是窝藏罪犯,这个罪名是很大的,是要被批斗的。我爸一点都不管事,而且还怕事,有人来抓我妈的时候,我爸竟然把我妈往门外推,说是害怕把家里的瓶瓶罐罐打烂了,真的是要把人气死啊!

妈被关起来之后,是我给妈送的饭,当时我差不多懂事了,妈问我咋办嘛,我就给她出了主意,让她跑,第二天我就给她带了锥子,把锁弄烂之后,我妈就从后面的一条阴沟里面爬出去,在外面躲了一阵之后,这件事也就淡化了。

我出生的时间没选对,那时家里太穷了,我是一点书都没有读到,我四弟也只读了一年的书。但我后面的姊妹都是多少读了初中的。有些毕业了,有些没有,这些都是他们自己读书能力的问题了。我妈对我们这群娃娃是尽了她最大的心力了。对我和我四弟,我妈想到我们没有读过什么书,就在我们十多岁的时候,给我们找了一个泥水匠,喊我们拜他当师傅,多少学门手艺,就是希望不要一辈子靠天吃饭,没得保障。

那时是一个生产队的人一起种地,每天会有人喊出工,听到哨子之后,就背起锄头下地干活了,去晚了是会被扣工分的,每天做了多少都会有人记录,一般是半年结算一次。男的一般是做些重活,比如挑粪什么的,做一天可能有10分左右,女的就是使锄头,一天就只有8分。一般家里面的娃娃能做事了,就会到地里面挣工分,但是刚开始的"小学徒"工分挣的是很少的,可能一天下来只有个四五分左右。

那时生产队里养了牛,割牛草、喂牛也是可以挣工分的,小娃娃差不多就是割草挣工分。我弟弟妹妹他们放学之后,都是先要去割牛草的,割完之后拿到公社去称,累计100斤可以有六七分。但是那时的牛草一点都不好割,山上、田里的草都被割得差不多了,大家都是在争,而且那时我们又认不得秤,经常被整。

我和我四弟到外面去学手艺了,就没有在生产队里面做事,那时除了读书可以不做事之外,其他情况不到地里干活都是要被扣工分的。因为我们两个,我们一家人的工分扣得所剩无几。到结算的时候,由于收成原因,除去上交给国家的公粮,分到手里的粮食就只有几斤,而这几斤粮食就是我们一家人半年的食物!

浅尝幸福后的逝去

(**钟方琴**)我是家里面最小的女儿,跟我的那些哥哥姐姐比起来我算是受苦受得少的。我懂事的时候，我家在乡里面算是比较可以的一户了，虽然当时公社分很少的粮食给我们，但是好在我妈会做些小生意，能挣到一点钱，可以自己买粮食吃。

我记得小时候，还没有开始读书，最喜欢我妈去赶场（赶集）了。中午我就会坐在堂屋门口的石头上，眼巴巴地望着马路，等着我妈回来。因为我妈每次都会给我们带点小东西，苹果、梨儿、桃子啥的，每次我都要吃最大的一个。

有时家门口会有卖糖的经过，他们都是一根扁担上挑两个箩兜，箩兜上面有个簸箕，上面摆的就是"花杆糖"、麻花什么的，那时糖是1角钱10个，麻花是5分钱1个，只要我妈在，每次都会给我买几个。那时不像现在，想吃什么就可以买到，当时能吃到这些东西，是很开心、很开心的一件事了。

我家真正开始好起来是在1980年，土地下放到户。我记得刚下户的那一年，大家都是很高兴的，极其认真地对待自己的庄稼，那一年田里面水稻的穗长了很长，而且颗粒饱满，都是垂下来的。15丈田可以收300多斤谷子，之前农业社的时候，干多干少、干好干差一个样子，大家的积极性都不高，相比之下最多可以收200多斤。这样子一下就猛增了100多斤，而且那时一个人就可以分到30多丈，这样算下来一家人就有好几千斤谷子！记得那时几乎家家户户都在自家屋里用石头砌成方形的仓库，上面是没有盖子的，专门用来装粮食。

第二年，我们那儿涨洪水，把我家的院坝都淹了，我们的田也是完全淹了。等水退了之后，水稻上全是淤泥，我们挨着洗干净，只是那年打出来的米都有一种泥巴色，并且减产了。就算这个样子，依旧比以前多很多。那时的粮食完全够吃，加上我妈做生意的钱，一家人的生活好太多了，几乎每个星期可以吃一次肉，常常都是红薯干饭。而且我们这些小娃娃过年的时候都可以买新衣服、新鞋子。

记得有一年的大年三十晚上，我妈给我们几姊妹说："把脚洗干净一点，明天好穿新鞋子，而且明年你们到别人家里面去，就可以碰到他们吃好的。"当时真的是很相信，认认真真洗了很久的脚，妈把新鞋子给我的时候，真的是高兴惨了，那时候的鞋子叫"飞机鞋"，其实没有什么特别的，就是灯草绒做的布鞋，有一根绳子可以在脚背上系，但是当时稀奇得很，穿在脚上生怕踩在地上沾了灰，上床睡觉的时候小心翼翼地把鞋底拍干净，然后又穿上睡觉。

第二天大年初一，是绝对不能说错话的，不然是会挨打的。起来的时候，在房间里面看到堂屋（客厅）是亮的，我就自己爬起来，看到哥哥他们都在吃饭了，是"冒儿头稀饭"（就是米比较多，熬得比较干的），我就说了一句"你们都不喊我，自己就开始吃了"，我妈走过来，直直摇手，又指了一下稀饭，意思就是叫我不要在这里乱说话，自己悄悄地去盛稀饭吃。

虽然一家人的日子是越来越好，但是我妈毕竟是经历过苦日子过来的人，还是节约得很。有一年端阳的中午，一家人在一起吃了一顿比较丰盛的午饭，下午几个姊妹想去牛佛街上看划龙船，妈就一人给了两角钱。到街上看龙船的时候碰到卖糖的，我就花了5分钱买了一个"鸭子糖"吃，回去时我就只剩了1角5分钱，妈晓得了很生气，把我骂了一顿，说中午吃饱了饭又出去买糖来吃，一点都不晓得节约。当时我觉得很委屈，想你都把钱给我了还管我咋个用，现在自己挣钱才晓得一分一厘都是妈老汉儿（爸爸妈妈）的血汗啊。

妈去世的时候，我已经结婚有了娃娃，也开始在成都做生意，经济开始宽裕了，但是妈却没有福气享受。像妈这种在农村吃惯了苦的人，稍稍过点好日子是很容易长寿的。但是妈就是因为冬月间回老家坐了夜车，在候车室吹了一晚上的冷风，受了寒，又舍不得花钱去看医生，结果越拖越严重了。到我们晓得送她去医院的时候，已经是没得救了。

我记得那时我在成都，1996年的大年三十我弟弟给我打电话，说妈可能不行了，喊我们几个姊妹都快点赶回去。于是一家人准备第二天大年初一回家。但是那天早上下很大的雪，根本赶不上车，而且我的娃娃才刚刚一岁多点，真的又急又恼火。

一家人赶到家已是初二的中午，妈已说不出话了，但是我一走进妈的房间，她的眼睛就一直看着我，拉着我的手，我晓得她在等我，等不到我她是落不下气的。我回去的当天下午，她就落了气。

现在想起妈，我真的觉得她这一辈子不值得啊，为了儿女把苦受尽了，却没有享到我们的一天福，每次回想起妈给我说的"我在家里当姑娘的时候呀，是我这辈子最快乐的时候了"，我都忍不住地想哭。现在想起，真的是妈在的时候没有珍惜过她，等她死的时候，我才晓得后悔。

39

水落坡上：乡村女子的逝水流年

口述者：杲荣英
采写者：侯新新
时　间：2014年1月
地　点：山东省阳信县水落镇口述者家中

杲荣英，女，1933年生，水落坡镇水落坡村人，文盲，农民。

闺阁之中的锦瑟年华

我出生在山东省阳信县水落坡乡下辖的皮户刘村村东头的一个普通人家，我们村与水落坡村毗邻。我家里共有五口人，爹娘、哥哥、妹妹、我。

我从五六岁就开始缠脚，那时以小脚为美，差不多大的姑娘们都要缠脚。用裹脚布把脚裹起来，一开始骨头软，没感觉疼。年纪大一点儿就疼了，疼得整宿整宿地睡不着觉。那时候我在大伯家睡，晚上睡觉疼得直哼哼。大伯跟我娘说，别让大妮儿缠脚了，疼得晚上都睡不着觉。娘说，别人家的闺女都缠脚，咱家的闺女不缠脚，脚大不好看，嫁不出去。一直等到20多岁的时候才不裹脚了，把脚放开。可虽然说放了，可脚指头还是变形的，恢复不过来了，走路还是比不裹脚的慢很多。我妹妹就没裹脚，她们那时已经不兴裹脚了，少受了不少的罪。

我9岁时，那天恰巧是腊八节，所以记得很清楚。村子里乱哄哄的，大家都忙活着收拾东西。我娘也忙着收拾东西，我问娘怎么了，她说鬼子快要进村了，得赶紧逃。我们一家人逃到了毕家村的三姨家里，刚想吃中饭，就听见门外有马蹄声。我妹妹那时候小，越听到有动静，就哭得越厉害。哭得我们心里发慌，怕把鬼子招来。我从门缝里看见那些日本人都骑着高头大马，背着大盖帽和枪。无奈还得继续逃，也不知道走了多久，走到了哪里。看见有一户木匠家开着门就去问了问。木匠说这是后赵村，并热心地让我们进去躲躲。我们在木匠家一直躲到日本鬼子离开，才敢回家。

听村里人说，村里的鸡差不多都让鬼子吃了，鬼子还在锅里拉了屎。邻居家有一个去上学的小子，回到家里以后，家里人都逃命去了，他只看见很多鬼子在院子里，吓得动弹不得。小鬼子用枪指着他，说一些他听不懂的话，他这才回过神儿来，吓得拔腿就跑。鬼子在后面追他，幸亏他跑得快，逃到了一个村里的上了年纪行动不便所以没有来得及逃走的老人家里，才躲过了一劫。

还有一个老太太，日本鬼子走了以后，她的腿就折了。一开始大家都以为她让鬼子打折了腿。细问才知道，是老太太自己听说鬼子来了，着了慌，躲到了磨盘底下，出来时让磨盘砸到了。鬼子祸害完东西以后就走了，没伤什么人。那时候不像现在一样到处可以看见汽车，大家一听到汽车声，心里就害怕，睡不着觉，随时准备逃。

我在娘家的时候，日子还算过得去。家里有几亩地，爹娘都是勤快的人。他们会蒸馍馍（馒头）、炸果子（油条）、蒸包子去卖。做这些东西就需要面粉。那时候不像现在用机器磨，庄户人家都是自己在石磨上磨的。我家需要的面更多，每天都得磨。我妹妹小，哥哥不干活，家里的活只有我跟爹娘干。天还不亮，娘就把我叫起来磨面，她跟爹去蒸馍馍。我爹把驴牵到屋里，套上，再给驴戴上眼罩（这样它不停地拉磨转圈就不会晕），拴起柱嘴棍（防止驴偷吃粮食，也使它闷着眼睛转圈的时候有了向导），我就开始磨。别看不用人拉磨，即使是牲口拉磨，一个人也是很忙活的。磨一阵，要下磨道跟在驴后往磨圈里添料，还要顺着磨台一边收集一边扫刷清理，到天亮差不多可以磨 30 斤。

磨完了还要罗面，罗的白面用来蒸馒头卖，自己家里吃黑面，白面是舍不得吃的，除非是过年过节。等我罗完面，天也亮了，爹娘也把馍馍蒸熟了，就用扁担挑着去附近的村里串乡，我就在家里烧火做饭，喂牲口。吃完饭，我就去择菜、洗菜、切菜，等爹娘把馍馍卖完，再回来做包子卖。那时候，爹回来总是给我买点儿吃的，当作奖励。爹最喜欢我，因为我最听话，干活最多。

卖果子的时候，爹就用扁担一头挑着果子，一头挑着炸果子用的油去卖。人们如果没钱买是可以用东西换的，比如粮食、肉等；也可以赊账，等到过年的时候再给钱。那时候的人都有良心，不会赖账什么的。我爹收账的时候，碰见有宰猪宰牛的，就会买些肉回来给我吃。那时候的日子虽然算不上好，但却是可以吃饱的。

晚上也是不闲着的，不是纺线织布就是纳鞋底做鞋。那时候不像现在有电灯，就拿"居撅"（记音），用点儿炸果子的油，放到一个碗里，点上当灯用。要织布先纺线，把棉花里的棉籽去掉，再用弹棉花弓把棉花"弹熟"，这时就可以纺棉花了。纺棉花前，要先把"弹熟"的棉花搓成一根根小棉花卷，叫"居撅"。纺棉花时，用右手摇动纺车，左手拿"居撅"在不停旋转的"锭子"上抽出棉线，然后轻轻地向后拉，使棉线不断变长。待到左手向后拉到不能再拉的时候，摇纺车的右手要停一下，并往回倒转半圈，以使左手拉着的棉线从锭子尖部卸下，左胳膊向上一抬，再往前一送，随着右手摇动纺车，这条线就缠到锭子上了。这些动作不停地反复，锭子上缠着的线就渐渐增多了，变成了一个大线团。这线团叫作"穗子"，纺出一个个穗子后，使用"拐子"拐线，用面浆水浆线，用络车络线，再经布，运布，织布。最后，从织布机上织出一块块棉布。要织有颜色的布还得去买颜色，染布，更麻烦。

当时每个晚上，我都得织一丈三尺的布才去睡觉。裹脚疼得睡不着的时候，也不闲着，就从炕上起来织布。冬天的时候，天冷，手裂开好几个口子，疼啊。那时候可遭了不少的罪。织的布就用来做衣服，做帘子等。剩下的"居撅""穗子"还可以拿到集上去卖。

不纺线就纳鞋底、做鞋子。平常就把不用的布用糨糊一层一层地粘起来，再放到板子上晒干。晒干以后再按照鞋样剪裁好，就开始用锥子、针线一针针地纳，这是很费功夫的，最后再把做好的帮子上到鞋底上。那时候都穿自家做的鞋，一针一线实实在在的。这样的鞋是很养脚的，不像现在的鞋，虽然便宜省事，但是对脚不好。现在的孩子也不愿意穿这样的鞋了，时代不一样了嘛。

我16岁时，哥哥娶了邻村的一个闺女。嫂子比我大一岁，不太懂事儿。可能是与我哥性格不合吧，两个人在一起总是吵架，我嫂子总是哭闹着，三天两头地往娘家跑。爹娘就得去她娘家赔礼道歉，再接回来，如此往复。哥嫂这么一闹，爹娘也就没什么心思做买卖了，再加上后来也不让做买卖了。家里的情况就不如以前好了。我和妹妹后来都嫁出去了。爹很年轻的时候就得了病去世了。哥哥知道自己应该成为家里的顶梁柱,随着年龄的增长也越来越懂事了。因为有点儿文化,在村里当了个官儿,撑起了这个家。嫂子也不闹了,生了三个女儿一个儿子。我娘很高兴,总算有了盼头。

可是,好日子没过多久。不知道为什么,哥哥在一天晚上跳井自杀了。有人说,他是去县里开会,看见有人杀头,吓死的。我娘跟我说是因为他把她一直以来珍藏的佛像烧了,神仙怪罪他才把他带走的。具体是什么原因我们也没有弄清楚。我娘唯一的指望就是她的孙子洪友了,没有儿子还有孙子可以继承香火。她指望着孙子长大以后可以撑起这个家,就这样她含辛茹苦地把孙子给拉扯大。

可她这孙子并没有遂她的愿。洪友长大以后,撇下她,带着他娘还有他的三个姐姐,变卖了家里的房子还有家里所有的东西,去东北了。我跟妹妹埋怨洪友没有良心。可我娘说,走就走了吧,只要他过得好有出息就行。我都是半截儿身子在土里的人了,怎么过不是过。我就把娘接到了我家里。

过了几年,这个不孝的孙子又回来了。他娘和他的三个姐姐都在东北成家了,他在外面混不下去就回来了。他又是认错又是哭的,求着我娘跟他回家。我本来不打算让我娘跟着他回去的,可她经不住孙子的软磨硬泡,以为他改过自新了,就跟他回去了。房子卖了,我娘就跟她孙子住在一间人家不住的破房子里,四面透风。洪友说要做点儿生意,我娘以为她孙子会跟她好好过日子,就把她最后的棺材本钱都给了他。可是洪友拿着这钱只知道吃喝,最后他看我娘是真的没有钱了,就又抛下她走了。我娘又挨饿又受冻,再被洪友一气,生了一场大病,至此再也起不来了。那个不孝子还回来过几次,一事无成还得一身的病,最后沦落成了乞丐,以乞讨度日。我娘走了以后,没人再见过他,不知道是死是活。一个好好的家就这么没有了。

在娘家虽然很辛苦干了不少的活,但这也让我学会了不少的东西。那时候虽然不富裕,可是爹娘是最疼我的,不会受什么委屈。我嫁人以后,我爹来赶集,还会到婆家看看我,塞给我几毛钱。老话虽然说"嫁出去的闺女,泼出去的水",但是不管走到哪里,娘家都是根儿,闺女还是对娘家人有很深的感情。

妹妹也在63岁的时候走了。按照这里的习俗，大年初四，娘家的侄子是要来给姑姑拜年的。每到初四我都没人上门，我就会想起我爹娘，想起我哥哥还有我妹妹。看到人家逢年过节的都去娘家看看，再想想我没有娘家可回，我就伤心。

嫁为人妇的艰辛岁月

七八岁的时候大伯就给我订了亲，是水落坡街上的一户人家，家里有七八亩地，还有一头黑牛，这在当时算是很不错的人家了。再说离我家也比较近，我爹娘也就同意了，而我是不能说什么的，嫁给什么样的，都是父母说了算，这就是"父母之命，媒妁之言"呐。我是17岁嫁的人，男方才14岁。那年村里流传着以后娶亲是不许坐轿子的传言，为了能延续坐轿子的传统，大家都着急着结婚，那一年娶亲的人真不少。现在，村里有好多差不多大的都是那一年嫁过来的。我们是最后一波坐轿子的新娘，之后成亲的就是新娘子坐轿子，新郎骑马，再后来就都骑马了。

快成亲的时候，婆家找人送来了一套红棉袄红棉裤，就是嫁衣了。可是，他们送来的棉袄棉裤不仅很薄而且都不合适，棉袄袖子短，棉裤的裤腿也短。我娘把棉袄收下了，说给这棉袄改改将就穿了，可这棉裤就没有办法改，就给婆家退了回去。过了一天，婆家又送了一条棉裤过来。我嫁过去才知道，那条棉裤是借别人家的，过后就得给人送回去。嫁妆有两对箱（还是借的我刚嫁过来的嫂子的，要送回娘家的），一个镜子（后来我妹妹结婚的时候给她了），一个铜洗脸盆，还有三铺三盖。这就是我全部的陪送（嫁妆）。陪送是不能自己想买什么就买的，是爹娘给什么就要什么。

我出嫁的那天，婆家来迎亲。最前面是一吹一打，接着是男方的轿子，再就是我坐的轿子，一顶轿子由四个人抬着。那天是腊月二十几，差不多是那年最冷的时候，我坐在轿子里，穿着婆家送来的很薄的红棉袄棉裤，蒙着盖头，冻得浑身发抖。我的那顶轿子还"吱嘎""吱嘎"得响，怪危险的。

婚礼也不像现在这么热闹，那时候基本没有什么人，婆家也就招待一下娘家的客人，也没有随礼的，也没有围着看热闹的。就是到了晚上的时候，有几个跟我丈夫差不多大的来闹洞房，跟我要些火烧（小饼子）。那时候结婚要三天，三天以后才回娘家。我天天盼着，感觉婆家不是我家，睁开眼看看四周都不一样，就会想我这是在哪里。

　　幸运的是男方没有缺胳膊少腿，是个正常的人，人长得也还不错。虽然只有 14 岁但已经有一米七几的个头了，一开始我还以为他隐瞒了自己的真实年纪，把自己说小了。终于盼到了第四天，可以回门了，回到娘家才感觉心里踏实。现在的孩子 17 岁，才上高中，还是小孩子。那时的我却要到别人家里给人家当媳妇儿，伺候丈夫，伺候公婆。

　　不管是有多么不舍得，还是得离开娘家，到婆家过日子。婆家加上我一共有 7 口人，有老婆婆、老公公，婆婆、公公，还有我和丈夫以及他的七八岁还在上学的弟弟。老婆婆是个特别苛刻的人，不讲理，我婆婆和我都没少受她的气，老公公人是挺好的。婆婆是家里的顶梁柱，对我是很好的，就像对待自己的亲闺女一样。我公公是个半哑巴，据说是小时候让蛇把舌头尖给舔没了，脾气不好也不干活。我待丈夫的弟弟就像是待我自己的孩子一样。

　　我的老婆婆有一个儿子和两个女儿，她把嫁女儿的钱用来给她半哑巴的儿子置办田地娶媳妇，以至于她的两个女儿都记恨她，她死以后也都不给她上坟。我的老婆婆是很疼她的半哑巴儿子的，也多亏了有个疼爱他的娘，不然怎么会有后来的这一大家子人。

　　我老婆婆用嫁闺女的钱给他的儿子置办了八九亩地，让人家给她的傻儿子说了一房媳妇，就是我的婆婆。我婆婆的娘家只有两个女儿，家里的情况也不是很好，她娘还有病。没有办法，她就嫁过来了，用收的钱给她娘治病。就这样她嫁给了一个什么活也不干脾气还很大的半哑巴，这就是命啊。嫁给这样一个人，而且婆婆对她还不好。什么活都让她干，有什么好吃的她却休想沾一点儿。

　　有一次，她去厕所听到邻居家的人说她的闲话：你看那女人还赖在那个家里干嘛，有个半哑巴的傻男人，婆婆还让她受气。你看吧，过不了多少日子就得跑咯，待不下去的。婆婆听了这话暗暗下定决心，再苦再累也要把这个家撑起来，过出个样子，给她们看看。后来我婆婆就有了两个女儿和两个儿子，其中的一个女儿夭折了。后来大女儿嫁人了，两个儿子也都成了家。她就这样默默地撑起了一个家。

　　我嫁到这个家以后，就像在娘家一样勤勤恳恳地干活。老公公、婆婆和丈夫要去地里干活儿，我就在家里磨面，给一大家子做饭、织布、做鞋子。老婆婆就跟监视犯人一样在我身边转悠，指挥我做这做那，生怕我偷懒偷吃。

有一回，我在做饭。平时，我都是先放胡萝卜，等胡萝卜熟得差不多了再放米，这样米就不容易溢出来。那次，她非要让我先放米，煮熟了以后再放胡萝卜，我就很委婉地告诉她这样是不行的。她就说我顶嘴，回来以后就找我丈夫告状，我丈夫是个明事理的人，就说让她不要瞎掺和。她这下可受不了了，跟我老公公告状说我丈夫娶了我以后这个家容不下她，吵吵着要回娘家。就是这么能闹腾，家里的人都知道她的脾气，也没人搭理她，她也就不闹了。

大冬天的她也不让烤火，我跟婆婆的手都冻裂了，婆婆就等老婆婆睡着了以后，偷偷地支一个铜的脸盆，把棒子瓢点上，再抹上吃饭用的油，在上面烤，手生疼生疼的。白天有人来家里串门，看见我就说："这是谁啊，长得这么白净这么俊。"老婆婆就说："是大小子家的，哼，每天不干活，还吃好的，能不白白胖胖的吗！"我听了就心酸，每天累死累活的，还被这样说，心里委屈得很。

还有一回，就是我婆婆要回娘家去伺候她生病的娘，我就得伺候我的老婆婆了。那天，我老婆婆要吃饺子，她不让我包也不让我吃。她就让她的半哑巴儿子来切菜，可是她那个儿子不愿意切，就扔下刀，骂骂咧咧地走了。她实在是没有办法就来找我，当时我在纳鞋底，她说一开始怕耽误我干活所以才没叫我，你公公不愿意切菜，你就去切吧。我就去给她切菜，拌饺子馅。她给我拿来了两个鸭蛋说放到饺子馅里，我就把这两个鸭蛋打到饺子馅里了，顺手把鸭蛋壳扔到了灶里。我老婆婆来来回回地逛，我就问她，奶奶您找啥呀。她说我找鸭蛋壳好给鸭子吃。我知道她是怕我偷偷地留下一个，不全放到里面去。我就用棍子把在灰里的鸭蛋壳找了出来，她一看是四片，才放心地走了。

我帮她包完、煮熟饺子以后，给她端了过去。她不好意思不让我吃又舍不得让我吃，就给我端了三个饺子，让我尝尝。我一看三个饺子，有两个是饺子皮。我就给她端了过去，说奶奶您吃吧，我不吃。我也得吃饭，我就自己烩了个饼子放了几根葱。

她的那顿饺子只让我老公公、她的傻儿子还有我丈夫吃。我小叔子中午放学回来了，她也不让吃，说他只上学不干活，大儿子干活所以只让他吃。小叔子没有办法，只好来我屋里，看到我在烩饼子，他说他也要吃。可我以为他去吃饺子了，所以没有做他的份儿。没办法，我也不能饿着他，就让他先吃，我吃了点儿他剩下的，凑合着了。

我婆婆回来还没进家门，老婆婆就向她告我的状，说我偷着把葱吃了，她也没能尝个鲜儿，说我只知道偷吃东西，不知道干活。我婆婆是个明事理的人，只是笑，也不说什么，她知道我这老婆婆是不讲理的。

我家外面就是集市，到了赶集的那天，老婆婆就出去收地基费。那些卖东西的卖什么就给她些什么。她就留着自己吃，可以吃整整五天。没事的时候她就在过道里沏上茶，喝茶。我老公公烙饼是很好的，我就给他打下手烧火，烙完以后他就出去了。我老婆婆问他数过了没，我老公公就告诉她说我有数，八个大的一个小的。还是那个样，不给我和小叔子吃。她年轻的时候就不怎么干活，现在老了就更不干了。

嫁到婆家的第二年，也就是18岁的时候，大女儿出生了。那时候天气特别冷，每天我都先把孩子放到怀里盖上被子焐热了，才把她放下。孩子没奶水吃，哭得厉害，公公就瞒着我婆婆去街上买两块饼，揣在怀里，偷偷地送到我屋里让我给孩子吃。

我21岁时二女儿出生了，可是二女儿没赶上什么好时候。她两三岁的时候，家里的地、牛还有粮食都上交给了大队，也不让自己烧火做饭了，锅灶什么的都拆了，家里什么也没有了。就连家也不让回，大门上都贴上封条。大家都到场院里搭上棚子，这叫安营扎寨。

妇女、青年都去地里干活，上了年纪的就去推磨。我的口粮被分到了别的村里，我得到那个村里去干活才有饭吃。我就带着年幼的二女儿到那个村里去了，他们给我分了一间屋，屋里还有一口棺材，想想都生气，我就抱着孩子在屋外坐着。他们村里的人问我为什么不进去，我说屋里有口棺材我进去给人家守灵啊。他们就另给我找了一个地方，让我跟其他村里的人一起挤挤。

白天就给我们分配活干，让我们挑沟、深翻地。每个人都有指标，干完了才有饭吃。就这样，给他们干完了安排的活，我们就回家了。可是家里什么也没有了，也不让自己烧火做饭，就都到大食堂里领饭吃，领饼子什么的，不是什么好吃的。大家也都吃不饱，那时候饭量大的都饿死了，死的人可真不少。我丈夫那时候搬个东西有个台阶，都没力气迈腿，一下子就摔倒了。大家都吃不饱，哪还有力气干活。再说大家一起干活，干多干少都一样，就都磨磨蹭蹭的，没什么动力。从早上盼着到晌午，可以领中午的饭，再从下午盼着晚上，可以领晚上的饭。虽然不多，总比饿着强。

过了大概一年，就允许大家自己生火做饭了，领半成品，领回家再自己加上些代食品，可以填饱肚子。再以后就把村里的人和地分成了七个小队，自己队里干自己队里的活，由小组长记上工分，再分粮食。那时候上级给每个村，派几个驻村的干部。那些干部看我丈夫为人踏实肯干，人品也好，有奉献精神，就让他入党了。分队之后，我们归了六队，我丈夫当了六队的小队长。他带着大家伙一块儿干活，给大家记工分，把工分报上去，再给大家分粮食。他虽然是小组长但从来不假公济私，没有给我们自己家多分半点儿粮食。

那时候家里的三个女儿还有我丈夫都去挣工分，我就在家里想方设法地多做点儿吃的，让他们能吃饱。那时候做饭也不是个容易的事，巧妇难为无米之炊，我得到处找能吃的东西，掺到粮食里，才够这一大家子吃。

我也想方设法地挣工分，到了秋收的时候，就去队里剥棒子皮，拼命努力地剥，手都肿了，就想多挣一点儿工分，多分点儿粮食。我还做过军大衣，领回来，白天晚上地做，还得做得仔细，不然验的时候不合格，还得返工，更麻烦，这个也是记工分的。

我家算是比较好的，只有两个老人，家里其他人都能干活，挣的工分多，分的粮食也就多，可以填饱肚子。有的人家，老人和年幼的孩子多，能干活挣工分的人少，日子就过得比较困难了。到我大儿子小学毕业的时候，队里就把地按照人头分给各家各户种了。自己种自己的地，大家积极性就高了，也勤快了。收了粮食，交了公粮剩下的就是自己的了。大家的日子也渐渐好过了起来。大儿子小学毕业就不上学了，帮着家里干活。大儿子手巧，我就让他跟着村里的木匠学手艺，出师以后，可以挣一些钱，家里的日子就这样慢慢地好起来。

我有4个女儿，2个儿子。三女儿一生下来，公公看见是个闺女，很嫌弃，丈夫倒是没说什么。到了第四个孩子，一看还是个闺女，丈夫也沉不住气了。他跟我商量着跟人家要一个儿子来养活，我不同意，所以这事也就没成。那时候没有儿子是会被人家说闲话、看不起的。村里的人都称只有女儿的为"绝户"，是很难听的。再有就是有儿子，可以帮着干地里的活，减轻家里的负担。女儿毕竟是要嫁人的，不能延续香火。不像现在，不管是男孩女孩都只让生一个孩子，最多也就两个，大家也就都不说什么了。现在的地也不多了，都用机器，大人都不用干什么农活，孩子就更用不着了。

可能也是老天爷可怜我，看到了我的不容易，34 岁时，大儿子出生了。38 岁的时候有了二儿子，这样也算是圆满了。现在，6 个孩子都成了家，都有自己的孩子，日子都过得很不错。但是丈夫 63 岁时得了心脑血管疾病，两年后去世了。

家里的土地早就不种了，分给了两个儿子。现在政策好了，也不用交公粮，国家还给补贴，孩子们给我粮食。我帮着他们把孩子拉扯大，最小的孙女都快上高中了。孩子们都很孝顺，女儿们常常来看我，给我钱给我买穿的吃的。现在交通方便了，他们也常常把我接到他们家里去小住，可我还是觉得家里好，有老姐妹们可以聊聊天。

政府还给我们这些老年人补贴，我一开始是 60 块钱一个月，后来是 65 块，现在都涨到 70 块钱了。现在是身体健康，吃得饱，穿得暖，也有钱，想买什么也都能买得到。我年轻的时候是做梦也想不到会有现在这样的好日子过的。跟以前比，现在都到天上了。可惜老头子早早地就走了，没享到现在的福。

惠芳浮想：坎坷起落间的贫与富

口述者：王惠芳
采访者：葛程思
时　间：2014年1月
地　点：浙江省杭州市江干区口述者家中

王惠芳，女，1943年出生于福建，祖籍浙江省诸暨市，现居杭州市。小学文化，农民。幼时家庭富裕，后逐渐败落，青年时自诸暨至杭州定居。

为人子时知富足

父亲是诸暨人，母亲是富阳中村那边的，但是我却是出生在福建，一直到3岁才回到诸暨。这讲起来也不复杂，大多是由于父亲工作的原因。

我常常听父亲说起那段往事，他20岁左右的时候，日本人侵入诸暨，当地的时局非常糟糕，情况很混乱。父亲想了想便决定外出，他花了许多心思，希望说服祖父、祖母以及他的兄弟姐妹跟他一起走，但是结果没有成功。原因我并不清楚，也许父亲在某些问题上与他们产生了矛盾，并且这个矛盾有些难以启齿，是非常私密的，因为后来谈起往事，在这个话题上父亲从来不开口，如果话题涉及了这里，那么他会走开去或者干脆让我们停止谈话。我私下里觉得可能是因为父亲家里颇有资财，田地又多，祖父和父亲的兄弟不想离开，他们抛不下诸暨的一切，在另一个陌生的地方重新开始。那时，也许大家都是这样的想法，父亲反而成了"离经叛道"的那一个，一个不愿守着祖宗家业的"坏胚"。

后来父亲一个人离开了诸暨，他去了福建，加入了国民党，进入了后勤部，后来成了团长，因为他负责粮食的运输，所以经常在福州和沈阳之间来回跑。他也回过几趟诸暨，但终究觉得福建更适合他，毕竟他的工作，他的朋友都在那里，他说他在那里活得自在。

一次很偶然的机会，父亲代替祖父来杭州见一位多年不曾联系的旧亲。具体是谁，我已经不记得他当时的话了，只记得应该是我曾祖父的远亲了。两人聊天之下，听说父亲二十三四了还没有结婚，就说他认识一个好人家的姑娘，对方家里的男孩子也都是国民党部队里当兵的，可以说是父亲的"同行"，问父亲是否愿意见一见，我记得父亲跟我提起当时的情况，跟我形容说他是"欣然同意"。于是经那位远亲的介绍，父亲认识了母亲，两人处得很顺利，不断进行着书信往来，一年多之后他们就结婚了。

结婚之后，父亲带着母亲一起去了福建，听说一开始母亲非常不喜欢那里，不习惯福建的气候和习惯。她自小生在富阳这样水好土好的地方，又是家里的娇小姐，父母兄弟都宠着这个家里唯一的女孩子，要风得风，要雨得雨。幸好生来性格平稳不骄纵，是个讲道理，明事理的，否则父亲怕是要吃足她家里人的苦头了。但是如果母亲真是那样的性格，我想父亲也是不会娶她的，因为他是一个非常要强的，也是充满大男子主义的人，喜欢去闯荡，也喜欢别人顺从他。

母亲经过一长段时间的适应，终于缓了过来，她大概终于意识到什么叫"嫁鸡随鸡，嫁狗随狗"了，她嫁了父亲，就得跟着父亲过，她得适应福建，哪怕她是真的一直有回富阳的念头。

他们回到福建的那年，母亲就怀了我，来年我出生，属羊，却是个女孩，很多周围的老人明面上、私底下都摇头说不好，他们说女孩子属羊不吉利，是克父、克夫又克子的命，男孩子属羊才是好的，是旺前程的。他们多次跟父亲和母亲说，最好是把我过继给别家，过继给穷人家最好，用穷人家的苦来磨一磨我身上的"厄运道"，否则难保不出点灾灾祸祸的。但是在这一点上，父亲和母亲的决定却是一致的，他们没有把我过继出去，而是养在身边，觉得女儿也挺好，写信回家也直说他俩人不在乎生肖属相，只说是生了个千金，而"千金难得"。

我在福建一直生活到虚岁三岁，实际上也就两岁多一些而已。那时父亲刚刚在军队驻扎的不远处买下了一家店铺，用来卖米粮。那家店原来是卖吃食的，但是当兵的去吃面吃饭之后总是只记账不付钱，老板又不敢去伸手讨债，最后实在支撑不住了，决定转手出让。父亲觉得是个好机会，就立马接手了。

但是这样一来，母亲和父亲就都忙碌起来了，没有办法顾全我，于是他们两人商量之下给家里写了信，最后决定找人带着我回诸暨去，托祖父祖母以及几位伯伯姑妈照看我，就这样，我第一次回到了诸暨。母亲曾与我说过，她也想到要把我送到外祖父家里，她觉得在富阳我可能会过得更加自在一些，但是她是个温顺的女人，父亲执意如此，她便只能默不作声了。

后来长大些记事了，就常听大伯他们说起那时候的事，直说我回到诸暨之后闹个不停，不是个听话的孩子。事实上，怎么可能听话呢，我才3岁，第一次离开父母，又到了完全陌生的地方。

父亲家是个大家族，人口多得数不清，到了五六岁了，周围的人我都还没有认识完全，他们讲的方言有的我仍然听不懂。几位伯母对我也是冷淡得紧，远没有想象中的亲近。有一次，几个孩子在一起玩，我躲在厨房的柴堆后面，等着他们来找。等了很长时间也没有听到声音，我就走出去，刚走到大门口就听到大伯母从院子里传来的声音，她在跟大哥哥和二哥哥讲话。

那时候我虽然小，她的声音也轻，但是仍然能记得一些，她说"不好""别一起""命硬""不听话"，这些话我都记得。我那时已经开始懂事了，我知道他们中有些人不喜欢我，大都认为我父母把我寄放在这里却没有拿出一分钱。但是我知道有的，父亲托人带我回来的时候还一起带有几根金条，用手帕包着，一并转交给了我祖父，但是我不知道为什么宅子里还是有这样的谣言。

父亲和母亲中间回来过几趟，想要带着我坐飞机回福建，但是听别人说小孩子不能坐飞机，对孩子的耳朵不好，于是就放下了这个主意，一直留我在诸暨，他们得空了就回来看我。

有一次父亲母亲来了又走，我特别难受，之后我开始闹起来，家庭老师来给我上课，我就不听，也不做作业，他教的是数学，我在本子上写毛笔字，把他气走了。老师出门的时候碰到我小姑妈，于是他大大地向她抱怨了一通，说我淘气不懂事，气愤得不行。小姑妈是个要面子的人，直被我那位数学老师说得满脸通红，好像比他还生气。

等那位老师走了，小姑妈二话不说就走上来，在我的背上重重地打了几下，我没有哭，她可能觉得仍然没有让我记住教训，于是把我扯到后院。她是个壮硕的女人，我个子矮小，她只用两手握着我的脚腕，把我倒挂起来悬在后院的那口井上，非常生气地警告我再敢这样就将我丢进井里面去。井水在我脑袋下面荡着一圈又一圈水晕，黑乎乎的一口，我当时就被吓得哇哇大哭起来。

我晚上就发起了高烧，第二天烧退了也没有醒过来，又昏了一天。家里的人终于觉得不对劲了，一面给父亲打电报让他赶回来，一面又去问村里的老人，最后说是我被吓掉了魂魄，要赶紧招回来，不然就要死了。他们把我放在养蚕的大蚕匾中央，叫了几个和尚围着我念经，要把我的魂招回来，可是没有用。

那时父亲已经坐飞机回到诸暨了，他一看到我的情况就知道不好了，他跑到他的一个朋友那里询问该怎么办。那位叔叔刚从国外学医回来，他跟父亲说青霉素可能有效，让父亲给我试试。青霉素在当时是最好的东西了，不仅贵还不一定能找到，父亲给了那位叔叔一根金条，嘱托他无论如何想个办法。后来就是那一针青霉素救了我的命，否则我就要死在那张蚕匾上了。母亲坐着火车随后也赶了回来，一起回来的还有我第一个妹妹，她还被母亲抱在怀里，不会自己走路。

我醒了之后，他们两人又回到福建去了，妹妹也被留了下来。但是很快，解放战争结束了，国民党军队大败，消息传到福建的时候已经太迟了，父亲被共产党抓住了。后来父亲跟我说过，就算消息提早传回来，他也不可能跟着国民党的军队一起去台湾，他一大家子人都在诸暨，我和妹妹更是离不开父母。

共产党抓住父亲后，先是要求父亲和他的部下在一处全部站好，让父亲拿出相关的名单，有多少人就必须有多少枪，就是说每个国民党军人都必须上交他们的枪，喊到一个名字，站出一个人，上交一把枪。然后共产党封了父亲的米铺，问他是否愿意"弃暗投明"。父亲想了想，大概觉得自己的年纪和精力已经不适合干这些了，他就拒绝说自己已离家多年，老父老母、幼女都在诸暨，想要回家乡种田去，过安稳日子。于是父亲也没有加入共产党，带着母亲回到了诸暨。

母亲回到诸暨，又坐车去家乡打探她的兄弟，也就是我几个舅舅的消息。到了家里，她才知道，原来家中只有外祖父一人守在那里了，几个舅舅已经跟着军队一起去了台湾。外祖父当时看见母亲就满脸泪水，说幸好还有一个孩子能够相见。他听说国军败了的时候，以为母亲也会跟着父亲南下台湾的。当时外祖父的身体已经不见好了，母亲料想他可能已经时日不多，于是匆忙给父亲打电报，让他快些赶来中村，并且带上我和妹妹俩人。

我们三人赶到中村，在外祖父家里住了小半个月，他的身体果然是不好了，他死的时候我们四个都在他的身边，父亲用手捂住我的眼睛，母亲捂住我小妹妹的眼睛，因为那里有一种说法，说是小孩子的眼睛干净，容易看到人的魂魄，这样我外祖父就会去不了阴间，无法投胎的。等外祖父的丧事过了之后，我们就回去了诸暨。

回到诸暨之后，我到了上学的年纪。那时我知道家里已经开始败了，以前伯母姑母都有专门为她们梳头的妇人，为她们梳好头发，抹好头油，穿上旗袍，再系上帕子，戴好玉兰花，然后有人拎着篮子跟在她们身后去买东西，或者她们自己坐上黄包车去听戏，但是后来这些都没有了。我的家庭教师，那时候也已经没有了。

祖父说，分家吧。于是又一场吵吵闹闹，又一场拉拉扯扯，最后分了家，各家顾各家的，说祖父是要跟着我大伯过日子的，所以大伯家要求分到的家财最多，说我父亲常年在外，没有尽到孝道，所以分到的很少。父亲一句多余的话也没有，安安静静地分完了家，拿出在福建赚来的那些钱，在离开老宅不远的地方买了一亩多地，盖了房，买了二三十亩的田，用来种水稻。后来听母亲提起过，父亲原本打算把在福建赚的拿出来分给家里人的，但是后来看他们的做法就寒了心，所以什么也没说。

在那之后我就去念书了，一年交给先生四五元钱作为学费，班级里总共三四十个人，规矩是轮流每天给先生带午饭。起先教的东西简单，我都已经从家庭教师那里学过，后来的就得认真学了。在学校里，一开始没有什么人和我玩在一处，可能知道父亲以前是国民党的军人，怕惹上麻烦，家里的长辈吩咐他们不要接近我。后来过了几年，发现风平浪静，一点麻烦都没找上父亲，这才慢慢好了起来。其间我有一个弟弟和一个妹妹出生了，排行分别是老三和老四。

为人妻时多愁苦

一直念书到 16 岁，村里来人说不准我再念书了，要去干活了。干活，给我们安排的也就是种水稻，割羊草，喂猪，拉粪车这些活，我个子小，力气也不大，干不了拉粪车这样的活，最后去割羊草喂猪。开始哪里受得了呢，回到家里就哭，父亲和母亲也没办法，他们自己也有很多活，甚至我妹妹也得去干。

母亲那段时间脾气也格外不好，在外面不好发脾气，只能回到家里对着亲近的人发牢骚，有时说着说着会哭起来，又有老三和老四要照顾，感觉日子越发艰难了。但是没法子，只能这样过，我知道家里的光景是越来越不好了。

19岁时，父亲以前的战友，一个在萧山工作的叔叔，给父亲提起了他在杭州的一个朋友的孩子，也就是我丈夫。见了几次面，父亲和母亲私下商议了几次，觉得丈夫非常老实，为人又勤奋。他家里人口简单，除了他父母，就一个小他10岁，与我同年的弟弟。虽说丈夫脾气比较倔强，但确实是个好人，而且父母觉得他比我大10岁，应当是个懂得照顾人的，也会让着我一点。我出嫁了，家里的负担也会轻一份，未尝不是件好事。这样，我的婚事很快就定下来了。

19岁那年，我嫁给了他，并一起回到杭州，他家就在离钱塘江边不远的地方。嫁过去的时候就拎着两只樟木箱子，里面放着些平常穿的衣物，还带了一床被子，其他什么都没有了。其实跟着他过日子也是一个样，割草，种地，卖菜，就多了一件事——侍奉公婆。

丈夫家里的经济条件并不好，还够不上一般的人家。他父亲一直都是务农的，婆婆有些手艺，能裁剪衣服。嫁给他后，也经常听他提起小时候的事，过得很苦，住的也一直是茅草屋，五六岁就开始干活了。他和我说起过小时候碰到日本人的事，说是一共碰到过两次。

他记忆力很好，四五岁时的事情还记得。那次他一个人正在家门口蹲着玩石子，有两三个日本兵路过他家草屋门口，看到他一个人蹲在那里，就走过去蹲下来，摸了摸他的头，用别扭奇怪的语调说了几句中国话"小孩子，小孩子"，然后掏出两块糖给他，丈夫说他拿了糖之后还对那几个日本兵笑，他年纪那么小，什么都不懂，就算看到他们穿着黄色的军服，拿着长长的枪，也不知道那是大人口里的"坏胚子"，是"日本佬"。

还有一次，日本人去他家要鸡蛋。他说日本人特别喜欢鸡蛋，经常去老百姓家里要。那次是他家里刚吃完晚饭，四五个日本人到他家要鸡蛋，我公公说没有，于是一个日本兵揪住公公的领口，另一个日本人打开一盒柴火，点着了一根，指着茅草屋比画了一下，意思就是说如果不拿出鸡蛋就把他家给烧了。公公没办法，拿着篮子去附近挨家挨户地讨要，这家要一个，那家要一个。回来之后把鸡蛋给日本兵，那群日本人就直接在他家门口围成一圈，用他家的柴火和稻草堆起了一个火堆，用来烤火取暖。

丈夫说，日本人不太动不动就杀人，但是经常奸掠妇女，所以村子里的人都知道不能让家里的女孩子单独出门，那样肯定是有去无回，是要遭殃的。日本人要么不杀人，如果杀起来就要杀光、烧光，什么人、什么东西都不留下。丈夫家这一片地方，土匪很多，这些土匪经常晚上跑到老百姓家里去睡觉、吃东西，他们手里有枪、有刀，老百姓都不敢不照做。不仅要给他们开门让他们进屋，还要把家里最好的睡觉的地方让给他们，不然是会被杀掉的。

而如果日本人半夜看到这些土匪翻墙进到老百姓家里，他们就会认为土匪其实是伪装过的游击队员，老百姓就是在帮忙窝藏游击队员。那么第二天就会有大批的日本人过来包围这块地方，让当地的男人自己挖好一个个大土坑，然后把这块地方的人全部活埋了，最后一把火把所有房子都烧掉。杭州的乔司，那一块地方就发生过这样的事，被土匪连累，被日本人杀光、烧光。

我自己没见过日本人，却听他经常说起这些。丈夫家这块地方，估计也是被用过细菌药品之类的脏东西的，因为听说村里有很多人，不知是踩到了什么还是碰到了什么，很多人的手脚都烂了，烂了之后都能看到里头的骨头了，真是白白吃了苦头。

他还告诉我说，日本人经常喜欢把他们的手当成一把刀，放到脖子底下比画一下，用来恐吓老百姓，意思是说不听话就把他们杀掉。抗战结束，日本军队输掉后，村子里的日本人都哭了，因为他们的国家战败了，他们马上要一起回日本去了。那时村里的老百姓好像一下子都不害怕了一样，对着那些哭的日本人，也把自己的手放在脖子底下比画几下，日本人看了也没有什么反应。

丈夫也只读了没几年书就干活去了，学校里背百家姓入门，之后再学其他的，用毛笔描红字，写得好，老师才给打分，一整年的学费也就是三四块钱。干活后就不去读书了，停了几年，直到后来村子里有组织地读夜校，他就又去读了几年夜书，断断续续地，老师也不严格，有空去几天，没空就不去，没有多大的用处。他家里条件不理想，在村里也是那种不爱出头的人家，到了结婚的年纪也没人记得给他介绍对象，就拖啊拖，一直到了29岁跟我结了婚。

结婚的第二年，我生下了大女儿，不是男孩子，公公婆婆总是叹气，但也没多说什么，只说以后肯定会有男孩子的。之前，因为国家实行"精简"，丈夫就被单位里给辞退了，算是下岗了，就在家里干农活。大女儿出生的那年，单位里又需要人了，把他给招了回去，所以他常常笑着说这个姑娘是个有福气的人，给他爸招来了工作，并没有因为第一个孩子是个女孩子而有什么不喜。

又过了三年，我在当地卫生院生了第二个孩子，还是个女孩子。公公当时在外面干农活，有人去通知他说又生了个女孩，听说他只是笑了几声就不作声了。婆婆当时在家里，她以前都是白天在外面干点农活，晚上才待在家里给别人缝制衣服的。那天早上见我要生了，她就没有去干活，而是等在家里，坐在家门口缝衣服。报信的说我生了个女孩，她就默不作声，又在门口坐了一会儿，转身出门去干活了。

我来不及想这些，来不及去想又生了一个女孩子会怎样，因为从诸暨传来消息，三弟因为生病，不知道什么病，死了，他只有13岁。也许去大医院，拿出钱来还是有救的，可是父亲哪里还拿得出那么多钱来呢，到了60年代，父亲原本国民党军官的身份又被反复提及，麻烦很多。反正弟弟就这样躺在家里死了，家里唯一一个当宝贝养大的男孩子就这样没了，我在杭州仅仅是用想的都能知道，父亲和母亲该有多难过。所以连月子都没有坐，我就和丈夫一起去了诸暨，没有赶上他出殡，就陪着母亲不停地哭。

回到杭州之后，该干的还得干，日子总要过下去。丈夫的工作还算顺利，后来也加入了共产党，成了党员，对他的工作也有好处。丈夫倔强，但是又是个不争不抢的性格，下面有一个弟弟，这个弟弟也是个性格安静，没有什么脾气的，人很好相处，又因为没有其他兄弟姐妹，所以两兄弟的关系特别好，没有什么龃龉。不过，日子没安静多久，母亲就给我来消息说，父亲出事了。

"文革"没开始几年，父亲以前的事情就被他们村子里的几个"干部"拿出来到处宣扬，像是好不容易逮到个小辫子一样，死命揪着不放。他们把父亲的双手反绑着，押到村子里的一间专门开辟出来的"审讯室"里。明明知道，还要拿着腔调，装模作样问父亲"你叫什么名字""家住哪里""你几岁了"等等，父亲如实答了，他们便再问他是哪年哪月加入国民党，做过哪些见不得人的坏事，他留在大陆是不是为了当间谍，是不是给敌人秘密传过消息之类的。

天天问，时时问，父亲的回答永远一样。村子里的人只知道他当过国民党军官，但是不知道做的是哪个职务。父亲一口咬定自己就是一个排长，再没往上做官了。那时，他们那个地方，处置像父亲那样情况的，规定排这一级别的以及以下的是不会受到身体上的重罚的，主要是思想上的教育和惩罚性质的劳动，但是再往上的级别就要被"严惩"了。最后村子里的"干部"实在调查不出别的，也就算了，父亲真可以说是逃过了一劫。等我后来听说了，也是觉得大概父亲命不该绝。

为人母时知安乐

1966年7月，我生下了第三个孩子，这次终于是个男孩子，总算大大地松了一口气了。又过了三年，生下了最后一个孩子，我的小女儿，没能再添一个男孩子，说不失望是假的，但总算前面已经有了一个，还不至于哭天抢地的。

而小叔子家里也是生了2个女儿，几年后又生了一个孩子，那也还是一个女孩子。两家人，7个孩子，只有一个男孩，可想而知，所有人对这个孩子都是"含在嘴里怕化了，捧在手里怕摔了"。特别是公公婆婆，对着这个唯一的小孙子，绝对没有一个不字。4个孩子，家里的负担很大，一共三间茅草屋。晚上睡觉的时候，把三个女孩子安排在一起睡，男孩子跟着我和丈夫睡。

那时我已经在生产队里工作了，日子很辛苦，但是幸好小叔子已是生产队队长了，我还能得到一点额外的"关照"，可以抽空回趟家看看孩子好不好，乖不乖。同个生产队里的其他人当然都知道，也就是睁一只眼闭一只眼罢了，知道我家里有根"独苗"要照看，明面上也就没说什么，但是私底下的闲话还是有的，我也就只能当作不知道，是我理亏。

过年时，我要给四个孩子做四双新鞋子，用黑色的布料，自己做起来。以前不会的，后来也就慢慢地学着做了，没有办法，没钱买新鞋，只能自己做，这样便宜些，还算负担得起。大年三十夜，趁着孩子睡着了，在每个人床头把鞋子放好。自己家里炒好的花生、瓜子也要分成四个小袋子，和鞋子放在一起，这样到了第二天，四个孩子一睁眼就能看到新鞋子，吃到好彩头。三个女孩子很听话，你说了该做什么不该做什么，她们都会听，儿子就会调皮一点。

过年的时候亲戚总会送来一些年礼，大部分是糕饼、炒货这样的年货，对这些年货，家里一般是不去拆封的，因为转而要去送给其他的亲戚。这家送来的给那家，那家送来的给这家，这样家里就能省下很大一笔钱。

我儿子年纪小，嘴馋，又被家里人宠惯了，胆子也大，经常趁着家里人不注意就一个人去偷吃，一长条的酥饼，他会偷偷地从中间抽走一个，因为包装是纸做的，再拢一拢，一时半会儿也看不出来。有时候也会从一篮子苹果里悄悄地拿走一个，藏在衣服下面，鼓鼓囊囊地突出在那里，一看就知道。他以为自己做得挺好，其实家里的大人都知道，只不过因为宠着他，又瞧他做得有趣，也就随了他去，毕竟一年到头也就那几天能让他得点"新鲜货"。

到了儿子8岁时，就送去念书了。那时总以为现在是农民，以后也肯定是农民，现在是种田的，以后一辈子也肯定是个种田的。男孩子不一定要念书好，只要把他养好了，身体健康，以后大了能帮着家里干农活，种田也就可以了。

一方面是有这种思想，另一方面就是家里的大人都宠着他，都喜欢顺着他。儿子喜欢睡懒觉，就算到了上学的时间点了，家里的大人也没有一个去叫他起床的。公公等到他"自然醒"后，再让他坐在自己的肩膀上，带他去"集"上吃早饭，吃完了早饭再把他送去学校，别的孩子都上完两节课了，他才背着空书包去学校。也不算空书包，虽然没书，但是塞满了他爷爷给他买的零食。还好，男孩子脑子不笨，该听的都听进去了，该学的也学会了。

那时村里的学校和老师可不太正规，有的确实是城里来的老师，还有些就是从自己村子里选出来的，稍稍有些文化的，能认字会算数的，这些都在学校里当着老师，管得宽松，也不在意你学不学得好。到儿子三年级的时候，公公去世了，不知道是什么病，也没去让医生检查过，只知道从一两年前就开始身体不舒服，偶尔这里疼，偶尔那里疼，断断续续的，知道可能是病了，但是总是说没事，其实说到底也就是没有钱罢了。

那时我已经不常回诸暨了，一年最多也就回去一次，也就是过年的时候，大年初三或者大年初四，带点苹果，带点糕饼回去。因为家里唯一的男孩子死了，后来也没有生下一个男孩子，所以我大妹妹招了一个"上门女婿"，倒是生了两个男孩子，把父亲高兴坏了，这样家里也不至于断了"香火"，总算是传宗接代了。而我其他两个妹妹都是嫁出去了，"嫁出去的女儿，泼出去的水"，因为不是嫁在诸暨，关系也早就疏远了。

等家里总算有一点钱了，丈夫就和我说不能再住那几间破茅草屋了，风吹雨打的，已经不能再住人了，打算自己找人帮忙，用那几年攒下来的钱盖两间小平房。就这样，总算是离了那几间茅草屋，在边上盖起了小平房，盖完房也就差不多用完了那一点点的积蓄了。可是我挺高兴，就觉得是该换个地方住了，不然这运道永远改不过来，想过好日子也指望不上。等到儿子15岁的时候，婆婆也走了。没什么病痛，她是自然老死的，在睡着的时候走的，家里人在第二天才发现，叫她起来吃早饭，喊了几声都没反应，这才知道她走了。

等到儿子16岁了，大女儿也22岁了，给她相看了几个对象，最后定了下来。不远，就是隔壁村的，是家里的大儿子。家庭条件一般，算是和我家差不多，说实话，我既不想高攀别人家，但也不想我女儿受苦，这样的人家挺好的，门当户对。

大女儿出嫁的时候，给了她一台12寸的黑白电视机，一台缝纫机，一个收音机，还有一辆自行车，这"四件套"就算是陪嫁了。女儿家出嫁是要舅舅抱出门的，可是我没有兄弟，女儿哪来的舅舅。因为我大妹妹是招婿的，所以也就只能把他当成舅舅了。他从诸暨赶过来，也没抱怨，高高兴兴地帮我们把女儿送出了家门，临走的时候我塞了个红包给他，多谢他大老远地赶过来，不至于让这趟婚事失了该有的礼数。

我儿子是个能干的人，18岁就出去干活了，还自己给家里盖了两层楼的房子，但就只是想着赚钱让家里人过上好日子，怎么也不肯去找个对象。后来几年，另外两个女儿也找了人家陆续出嫁了，二女儿嫁出去的时候23岁，小女儿是24岁出门的。

只有儿子，怎么也看不好对象，我心里发愁，这么个"混世魔王"，不知道哪家的姑娘管得住他。只这么一个儿子，我就指望他平平安安地过日子，别总是心思活络，安顿不下来。说来也是有缘分的，25岁的时候，儿子终于找了个姑娘定了下来，是同村的，还是他小学同学。

姑娘家里条件比我家里好多了，父亲还是他们那时候小学里的校长，有知识有文化。起初怕她家里的父母反对，没想到两人都是开明人，并不在乎男孩子家里的家庭条件怎么样，只说只要对家里的姑娘好就行，只要人聪明勤奋，别的并不多做要求。

这样，两个人终于在来年结了婚。我是盼着他俩给我生个孙子的，可是这个盼不来，盼来盼去，到底是生了个女孩子。因为只能生一个孩子，多生一个就得罚款，我就跟我儿子说要不你们再生一个，兴许就是个男孩子，大不了就认罚。但是儿子不肯，说女孩子也是好的，只要是聪明健康就不在乎是男是女，以后也会是有出息的。我听着，开始心里难受，怎么都转不过这个"弯"，但是后来看着小孙女很乖，很听话，慢慢地就觉得也挺好的，这种事又哪里强求得来。

　　后来丈夫退休了，我听了儿子的劝告，把家里的两亩田地都转卖了，不再每天起早贪黑地去干活了。人老了，是该停下来享清福了。丈夫身体不好，有心脏病，有高血压，又有气管炎。我想着我不去干农活了，也能在家里照看着他，伴了几十年，总希望他活得长长久久。

　　年轻的时候我是不信佛的，反而是到了五六十岁的时候开始吃斋念佛了。每月初一和十五是一定要吃素的，平常日子里若是碰到了哪位菩萨的生日，那也是要吃素的，不仅吃素，我一般会和其他几个老太太一起住宿在庙里，为家里人念念经文、祈个福愿，希望佛祖和各位菩萨保佑他们。我知道有些人说这是迷信，是不好的，可是我人老了，总觉得是"宁可信其有，不可信其无"。

　　我有 4 个儿女，1 个孙女，1 个外孙女，2 个外孙，现在又有了 2 个曾外孙，这一大家子的人，也已经是四世同堂了，所以总是希望在心里找个寄托，吃斋念佛，希望他们都好。我每天傍晚都和丈夫一起去散步，平时自己偶尔去上天竺和普陀山礼佛，他则是天天去茶馆报到。前几年儿子就已经为我们买了房，很宽敞，女儿也经常回来看望我们。这辈子虽然苦过，但是想来也是值得的。

后　记

《倾听·记录·传承：飘散而去的中国乡土世界》为继《三代人·六十年：中国乡土社会的40个故事》之"口述乡土历史"的第二部。从2013年初开始，50多位年轻学子前后经过近二年的努力，终于完成了采写工作。

鉴于《三代人·六十年：中国乡土社会的40个故事》的经验，本项目的准备工作更为充分，采写者的积极性与工作热情更高，主动性与自觉性更强，尽管费时仅及二年，同样取得了极好的效果，并在后期用较大精力进行记录材料的分辨与核实、文字语言的归纳与整理以及段落标题的斟酌与提炼等编研工作。通过本项目的进行，项目组成员获得了初步的口述历史研究过程之实战训练，也获得了对家乡、家族与社会的全新认识以及社会责任感的增强。同时，《倾听·记录·传承：飘散而去的中国乡土世界》收录进程中对完成的文稿进行了筛选，精选了其中更有价值的一些口述历史，也使项目的总体质量得到保证。

《倾听·记录·传承：飘散而去的中国乡土世界》粗略分为"旧貌新颜""时光流逝""家族往事""农家孩子"和"女性故事"五个部分，记录了浙江、江西、安徽、山西、陕西、山东、四川等地乡村的口述历史40则。它力图以普通民众的生活与情感为视角，以作为社会细胞的家庭为支点，讲述20世纪中期以来中国乡土社会的快速发展与巨大变化，从潜默而巨大的新旧对比中，代表性地反映出中国社会从贫穷落后、灾难深重一变而为国家富强、民众安乐的发展历程，以及民族、国家、社会、家庭与个人的紧密关联。

在编著期间，得到了浙江省哲学社会科学重点研究基地——浙江省民国浙江史研究中心、浙江省重点学科——杭州师范大学中国近现代史学科和杭州师范大学人文学院、杭州师范大学中国近现代史教研室等的大力帮助与全力支持，尤其是浙江省民国浙江史研究中心、杭州师范大学历史专业（浙江省重点专业、浙江省优势专业）和杭州师范大学中国近现代史学科为本项目的进行提供了部分经费，并为本书的出版提供了资助。袁成毅教授、陶士和教授、陶水木教授、朱俊瑞教授、潘国旗教授、薛玉琴教授，洪治纲院长、严柏炎书记、吴兴农书记、夏卫东副院长、余洁副书记，刘俊峰博士、王才友博士等，一直关心与支持着本计划的进展。

在后期编排中，张幸芝、蔡蕾、解慧丽、陈君君、倪琦、葛程思等，在组织落实、章节编排、文本校订等方面做了大量细致而艰苦的工作。在多数情况下，口述历史访谈的原始记录资料是比较杂乱的，不具学术逻辑的，需要进行校正、拼接、编辑等，采写者或编辑者需在理顺文法、调理逻辑结构等"技术"层面上进行整理加工，这也是一项浩繁的工作。陆凤婷、张笑、周欢、叶倩玲、陆逸文、江虹、于鑫情、许烃烃、陆佳丽、赖艳艳、徐燕君、金铭、姜胜蓝、蒋伊凡、章姚玚、金小燕、徐旭日、林嘉晖等，多次放弃休息天，在最后的文稿编辑修订过程中贡献更多，并参与了文稿的一校、二校、三校工作。中国社会科学出版社，尤其是宫京蕾老师对民国史中心的出版事务总是不辞劳苦，为本书的编辑、校对与及时出版操劳良多，在此一并诚致谢意！

感谢大家为此所付出的辛勤劳动。

编著者于杭州仓前余杭塘河畔
2014 年 12 月 16 日